ÜBER DEN AUTOR

Tony Park wurde 1964 geboren und wuchs in den westlichen Vorstädten Sydneys auf. Er arbeitete als Zeitungsreporter, Pressesprecher, PR-Berater und freiberuflicher Schriftsteller. Ausserdem diente er 34 Jahre lang in der australischen Armeereserve, davon im Jahr 2002 sechs Monate in Afghanistan. Tony Park und seine Frau Nicola verbringen ihre Zeit je zur Hälfte in Australien und im südlichen Afrika.

Tony Park ist Autor von über zwanzig weiteren afrikanischen Romanen.

www.tonypark.net

Übersetzung aus dem Englischen: Maya von Dach

BÜCHER VON TONY PARK

Weitere Romane von Tony Park in Deutsch

Geister der Vergangenheit

Okavango

Rote Erde

Afrikanischer Himmel

LAUTLOSER JÄGER

TONY PARK

Übersetzt von
MAYA VON DACH

Ingwe
PUBLISHING

Für Nicola

PROLOG
HEUTE

Tom Furey stöhnte.

Jeder Herzschlag hämmerte in seinem Kopf, als versuche sein Gehirn, den Schädelknochen zu durchbrechen. Seine Zunge war geschwollen und so trocken, dass sein erster Gedanke war, er ersticke. Schliesslich wurde er sich eines hellen Lichts bewusst, das auf seine geschlossenen Augenlider schien. Er öffnete die Augen und blinzelte, doch selbst diese kleine Bewegung entlockte ihm ein erneutes Stöhnen.

Er hörte eine Art mechanisches Geräusch neben sich, wie ein Motor mit einem defekten Auspuff. Schnarchen. Unter weiterem Schmerz drehte er den Kopf – und sah die auf dem Rücken liegende Frau. Sie schlief mit offenem Mund, ihre nackten Brüste hoben und senkten sich und das Laken lag als Wirrwarr über ihren Unterschenkeln. Sie war genauso nackt wie er und der Tag bereits hell.

»Scheisse!«

Er tastete nach seiner Uhr und seinem Mobiltelefon auf dem Nachttisch. Es war sechs Uhr morgens und durch die Glasschiebetüren strömte helles afrikanisches Sonnenlicht herein. »Scheisse!«, sagte er wieder laut. Er ignorierte den Schmerz hinter seinen Augen, schwang sich aus dem Doppelbett und kämpfte sich durch das von der Decke bis zum Boden reichende Moskitonetz. Er zog, auf einem Bein hüpfend, seine Shorts an, schnappte sich das Mobiltelefon und kontrollierte den Wecker. Er hatte nicht geklingelt, war aber auch gar nicht gestellt gewesen.

Tom schnallte seinen Gürtel um und steckte seine Neun-Millimeter-Glock 17 ins Holster über seiner rechten Hüfte. Er befestigte seine Uhr am Handgelenk und überprüfte noch einmal die Zeit. Zwei Minuten nach sechs. »Scheisse.«

Auf seiner linken Seite wurde das Gewicht seiner Pistole durch einen ausziehbaren Schlagstock, ein Reservemagazin mit Munition und eine Taschenlampe ausgeglichen, die alle in schwarzen Ledertaschen steckten. Die zwei zusätzlichen Ersatzmagazine stopfte er zusammen mit seinem Taschenmesser in seine Hosentasche. Trotz der Eile hätte er sich nackt gefühlt, wenn er den Raum ohne seine persönliche Ausrüstung verlassen hätte.

Er zog ein blaues Hemd an, liess es hängen, so dass es die Ausrüstung bedeckte und zwang seine Füsse schliesslich ohne Socken in Turnschuhe. Gott sei Dank stand lockere Kleidung auf der Tagesordnung.

Er schüttelte wütend den Kopf über die schlafende Frau, stürmte aus der Tür und über den Steg aus erhöhten, dunkel gebeizten Holzstämmen, der sich durch das dichte Dornengestrüpp hinter und zwischen den einzelnen Luxus-Häuser der Safari-Lodge schlängelte. Er hielt an und klopfte an die Tür des Häuschens neben seinem. »Bernard?«, rief er. Keine Antwort. Natürlich erhielt er verdammt noch mal keine Antwort. Der Berater war früher bei der Royal Navy und kam bestimmt nicht zu spät zum Dienst. Tom rannte weiter.

Obwohl die Morgenluft noch kühl war, brannte die Sonne schon heiss auf sein Gesicht, als er auf den Sabie-Fluss hinausschaute, dessen Granitfelsen in der Morgendämmerung rosa leuchteten. Ein Nilpferd grunzte und verspottete ihn mit seinem Lachen tief aus dem Bauch, als er endlich die Terrasse erreichte.

Um zu Atem zu kommen und wieder ein gewisses Mass an Würde zu erlangen, verlangsamte er seinen Schritt, bevor er den prächtigen Empfangsbereich betrat. Unter den hohen Balken des strohgedeckten Dachs standen auf einem langen Tisch frühmorgendlicher Tee und Kaffee, Zwieback und Obst bereit.

»Was ist los? Sie sind spät dran.« Inspektorin Sannie Van Rensburg sah auf die Uhr und runzelte die Stirn.

Der südafrikanische Minister sprach, eine leere Kaffeetasse in der Hand, mit einem Assistenten. Er sah Tom an und dann hinter ihm auf den Gang.

Tom zog die Inspektorin leicht mit einer Hand an ihrem Ellbogen zur Seite. Sie wich seiner Berührung aus. »Wo ist Greeves?«, flüsterte er.

»Das möchten wir auch gern wissen. Sie kommen zu spät und er ist auch nicht aufgetaucht. Und sein politischer Berater genauso wenig.«

Er sah nackte Missbilligung auf ihrem Gesicht, sowohl über sein Auftreten wie auch seine Verspätung. Sie schien zu ahnen, was in der Nacht geschehen war. Doch er hatte keine Zeit, darüber nachzudenken, was sie von ihm dachte. Er musste mit England telefonieren. »Ich gehe nachschauen.«

»Das habe ich bereits getan«, erwiderte sie. »Ich erhielt keine Antwort.«

»Warum sind Sie nicht zu mir gekommen?«, fragte er.

»Ach, ich bin für meinen eigenen Mann verantwortlich und kann nicht auch noch Ihnen hinterherlaufen, Tom.« Ihr Afrikaans-Akzent, den er anfangs als reizvoll exotisch empfunden hatte, schmerzte in seinen Ohren. Er schritt den Gang zurück und zur Suite des britischen Ministers für die Beschaffung von Verteidigungsmitteln. Tom betete, dass er Recht hatte und der ehrenwerte Robert Greeves sich verspätet hatte, weil er in einer dringenden Staatsangelegenheit mit seinem unmittelbaren Vorgesetzten, dem Verteidigungsminister, oder einem hochrangigen Bürokraten telefonierte und deshalb nicht an die Tür gegangen war.

Er fühlte sich körperlich krank, wusste aber nicht, warum. Er hatte am Abend nur ein einziges Bier getrunken. Er erreichte das dritte Haus und holte tief Luft, um das Schwindelgefühl zu unterdrücken und sich zu beruhigen, bevor er klopfte. Keine Antwort.

»Sir? Ich bin's, Tom«, rief er.

Er wartete genau eine Minute, dann klopfte er erneut. Nichts. Er zückte sein Handy und wählte die Privatnummer des Ministers. Sie war nur für Notfälle bestimmt, aber Tom spürte, wie sein Pulsschlag sich beschleunigte. Der Anruf ging direkt auf die Sprachbox. Er versuchte es auf dem Handy des Politikberaters. Es klingelte, dann hörte er Bernard Joyces kultivierte Stimme in der automatischen Antwort.

Tom ging weiter zu Bernards Suite und klopfte dort an die Tür, obwohl er es schon einmal versucht hatte. »Bernard?« Wieder nichts. Er klopfte noch fester. »Bernard!«

Er rannte die Terrasse hinunter zu seiner eigenen Unterkunft, öffnete die Tür, ging hinein und rief von dort in Greeves' Suite an. Während er wartete, sah er durch den Schleier des Moskitonetzes, dass die Frau immer noch auf dem Bett lag. Falls sie wach war, verbarg sie es. Er verfluchte sich selbst – seine Schwäche. Das Festnetztelefon klingelte, aber niemand hob ab. »Scheisse«, sagte er. »Bleib cool.« Keine Antwort in Bernards Suite, aber sie sprachen gewöhnlich nicht über das Zimmertelefon.

Tom ging zur Rezeption zurück. Er ignorierte den fragenden Blick der südafrikanischen Polizistin und ging zum diensthabenden Manager der Lodge, einem jungen Weissen namens Piet. »Ich brauche den Schlüssel zu Greeves' Suite.«

»Aber, Tom, Mann, das ist gegen allen Bestimmungen, das können wir nicht einfach ...«

»Sofort!«. Diesmal gehorchte der Mann ohne Widerrede.

Tom zwang sich, den südafrikanischen Verteidigungsminister Patrick Dule, dem es schwerfiel, seine Ungeduld zu verbergen, anzulächeln. Greeves war nicht der Typ, der mit Bernard einen spontanen Morgenspaziergang unternahm. Tom hatte in kürzester Zeit die Erfahrung gemacht, dass er sich an einen Zeitplan hielt und wehe dem, der auch nur eine Minute zu spät kam.

Tom lief zu Greeves' Haus zurück. Instinktiv hob er sein Polohemd an, so dass der Griff seiner Glock frei lag und leichter zu ziehen war. »Mister Greeves, Sir?«, rief er erneut.

Er hörte Schritte und drehte sich um. Es war Sannie, die ihren eigenen Nachschlüssel hochhielt. *Sehr geschickt*, dachte er, ohne sich zu freuen. »Gehen Sie zu Nummer vier – der Suite von Bernard Joyce. Dort gab auch niemand Antwort. Öffnen Sie und gehen Sie hinein.«

Sie nickte. Für Diskussionen war keine Zeit.

Er öffnete das luxuriöse Haus des Ministers, das mit seiner Ausstattung und Opulenz im Safari-Chic identisch war wie sein eigenes. Er entdeckte die Zeichen sofort: Eine Ständerlampe war umgestürzt, die Laken zerwühlt, das Moskitonetz lag als Gewirr auf dem Boden und auf der offenen Schiebetür prangte ein blutiger Handabdruck. Er zog seine Pistole. Auf dem Schreibtisch lag ein aufgeklappter, aber nach unten gedrehter Laptop. Greeves' Brieftasche und sein ausgeschaltetes Handy lagen auf dem Nachttisch.

Tom ging schnell durch den Rest der Suite und überprüfte das Badezimmer und die Toilette. Ausser seinen Toilettenartikeln und einigen Kleidungsstücken im Badezimmer gab es keine Spur des Mannes. Er ging wieder nach draussen und sah Sannie, die den Weg zu ihm hin gelaufen kam.

»Joyce ist weg «, keuchte sie. »Es gibt Anzeichen für einen Kampf, aber es sieht nicht aus, als wäre er von einem Tier angegriffen worden.«

Tom schüttelte den Kopf. »Greeves ist auch weg. Die Brieftasche mit Bargeld und das Handy liegen neben dem Bett, also waren sie nicht auf Geld aus.«

»Oh, lieber Gott«, sagte sie, und es klang eher wie ein Gebet als eine Lästerung.

Und Tom Furey brauchte jede Fürbitte, denn er war gerade im schlimmsten Alptraum erwacht, den es für einen Personenschützer geben konnte.

1

ACHT TAGE VORHER

»Ich muss mal pissen.«

Tom lächelte, obwohl es hinten im Transporter zu dunkel war, um das Gesicht des jungen Wachtmeisters zu erkennen. Er seufzte und flüsterte: »Du hättest bevor wir losfuhren gehen sollen.« Er hatte darauf gewartet – so wie der Junge seit einer Stunde herumzappelte.

»Ja, Papa.«

»Hey, Harry, schau hin!«, sagte Tom, der das Haus mit der Nummer vierzehn im Auge behielt und durch das Guckloch in der Seitenwand des Wagens dorthin starrte. Im vorderen Zimmer des unscheinbaren, mit Backsteinen verkleideten Doppelhauses in der ruhigen Enfield-Strasse brannte immer noch Licht. Er fragte sich, ob die Nachbarn eine Ahnung davon hatten, was hinter der grünen Tür vor sich ging. Er schätzte, dass hier hauptsächlich Pendler mit sicheren Jobs wohnten. Büroangestellte der mittleren Ebene, Sekretärinnen oder Handwerker – Leute, die einen Anfall bekämen, wenn sie wüssten, dass sie in derselben Strasse wie eine Bande von Menschenschmugglern wohnten. Aber irgendjemandem musste etwas aufgefallen sein, sonst wären sie nicht hier. Nach den Selbstmordattentaten in der U-Bahn und den Bussen waren die Londoner

7

aus ihrer Apathie erwacht und gelegentlich zahlte sich das Spionieren von hinter den Vorhängen aus.

»Verdammt, Tom, es stimmt. Du bist alt genug, um mein Vater zu sein.«

»Vielleicht bin ich es. Ich war in den achtziger Jahren in Uniform in Islington. War deine Mutter jemals auf einem Bryan Ferry Konzert?«

»Jetzt machst du mich krank.«

Auf der anderen Seite des engen Raums blickte Steve, der zivile Informatikexperte, über den Rand seiner Zeitschrift. Im Gegensatz zu Harry blieb Steve bei einer Operation ruhig.

Tom Furey sass auf einem ausklappbaren Campinghocker aus Segeltuch und Metallrohr, den er zusammen mit einer Thermoskanne mit Tee, einem Schlafsack, Sandwiches, einem Kreuzworträtsel der Times und einem Taschenbuch mitgebracht hatte. Er deutete auf den letzten Gegenstand, den er mitgebracht hatte. »Was glaubst du, wofür das leere Erdnussglas in der Ecke ist? Oder dachtest du vielleicht, hier gäbe es eine chemische Toilette?« Tom schüttelte den Kopf, aber sein Blick blieb auf die Eingangstür von Nummer vierzehn gerichtet.

»Nichts ist so, wie ich es erwartet habe«, sagte Harry. »Es ist auch überhaupt nicht wie im Fernsehen, oder? Keine elektronische Überwachung, keine Reihe von Bildschirmen und keine Infrarot-Nachtsicht-Überwachungskamera. Und am allerwenigsten eine verdammte chemische Toilette. Nur ein schäbiger alter mit Schaumstoff und Sperrholz ausgekleideter Lieferwagen mit einem Guckloch. Gott bewahre uns, wenn das die Frontlinie im Hightech-Krieg gegen den Terrorismus ist. Und ich muss immer noch pissen.«

»Als ich 92 in Kilburn bei einer Überwachungsaktion in einem IRA-Unterschlupf mein Pissglas mit einem Kerl teilte, habe ich mir eine Blasenentzündung zugezogen und diesen Fehler mache ich nicht noch einmal. Es fühlte sich an, als würde ich Rasierklingen pissen.«

»Oh je ... die IRA. Erzähl, was du sonst noch so gemacht hast im Krieg, Dad.«

Die Mitglieder der alten Metropolitan Police Spezialeinheit – auch als SO12 bekannt – verfügten über ein breites Spektrum an Fähigkeiten, die im neuen Kampf gegen den Terrorismus gefragt waren. Sie sassen im Überwachungsfahrzeug, weil es hiess, die Zielpersonen in Haus Nummer vierzehn – pakistanische Herren – hätten möglicherweise Verbindungen zu Al-Qaida und unter ihren Kunden befänden sich neben Prostituierten und illegalen Arbeitern auch ein oder zwei Bombenbauer.

Tom war vor einundzwanzig Jahren, im Alter von zweiundzwanzig Jahren, zur Met gekommen. Nach seiner sechzehnwöchigen Ausbildung in Hendon hatte er seinen Abschluss als Polizist gemacht und seine Bewährungszeit in Brixton verbracht. Drei Jahre später, als die Bombenangriffe der IRA auf dem Festland in vollem Gange waren, bewarb er sich für die Spezialeinheit. Nachdem eine Bombe einen Armee-Anwerber vor seinem Laden in zwei Teile zerfetzt hatte, war Tom als Erster vor Ort. Das dort Erlebte bewog Tom dazu, dies als nächsten Schritt in seiner Karriere anzustreben. Er bestand die Aufnahmeprüfung und kehrte für eine elfwöchige Ausbildung zum Kriminalbeamten nach Hendon zurück. Er verbrachte sowohl einige Zeit als Detektiv im irischen Dezernat, wie auch bei der Überwachung. Er arbeitete verdeckt, oft in den übelriechenden Lumpen eines Landstreichers auf den kalten Strassen Londons, versteckte sich in verlassenen Gebäuden und kalten, dunklen Lieferwagen, wobei er seine Beobachtungsgabe schärfte und Geduld lernte.

»Bitte, gib mir das Erdnussglas«, sagte Harry.

»Sei still.«

Nach der bestandenen Prüfung zum Unteroffizier war Tom nur widerwillig zum Dienst in Uniform zurückgekehrt, die die Beförderung als Verpflichtung mit sich brachte. In seinem neuen Rang verbrachte er einige Zeit in Enfield – was ein weiterer Grund war, warum er sich wieder auf den Strassen der Stadt aufhielt. Er kannte die Gegend besser als die meisten anderen, die an dieser eilig zusammengeschusterten Operation beteiligt waren.

Schliesslich kehrte er zum Special Branch zurück, wo er seiner Meinung nach hingehörte und seine Karriere zu Ende zu bringen gedachte. Er absolvierte die Schusswaffenausbildung und liess sich zum Personenschützer ausbilden. Wie jeder andere in diesem Job, sträubte er sich gegen die Bezeichnung ›Leibwächter‹, obwohl ihn jeder Zivilist oder, noch schlimmer, jeder Zeitungsreporter als genau das bezeichnet hätte.

Die Spezialeinheit hatte unzählige Siege gegen die Iren errungen, aber es gab einige öffentlichkeitswirksame Fälle von angeblicher übertriebener Härte – darunter einen, der gefilmt wurde. Dies veranlasste die Politiker dazu, die Spezialeinheit zu zügeln und ihr Image aufzubessern. Nach dem 11. September und den Bombenanschlägen vom 7. Juli 2005 in London wurde bei Umstrukturierungen eine neue Einheit für die Terrorismusbekämpfung geschaffen. Gleichzeitig beseitigte man die Grundlage, die es den Ermittlern ermöglichte, unkompliziert von einer Einheit zur anderen zu wechseln und dort neue Fähigkeiten zu entwickeln und zu üben, obwohl sie unter demselben Kommando blieben.

Bei der letzten Umstrukturierung wurde der Spezialschutz – Toms Spezialgebiet – ausgegliedert und unter dem Dach der Spezialorganisationen in einer neuen Einheit weitergeführt, womit die polizeiliche Terrorismusbekämpfung von SO15 übernommen wurde.

Tom Furey hatte eine Vielzahl von Politikern beschützt, etwa einen ehemaligen Premierminister, einige europäische Monarchen, afrikanische Diktatoren und den einen oder anderen arabischen Prinzen. Die britischen Polizisten bewachten Würdenträger, die sich als offizielle Gäste im Vereinigten Königreich auf Besuch aufhielten. Tom hatte in diesen Tagen keinen ›eigenen Schützling‹ zu bewachen und stand auf der Liste von Schutzbeamten, die darauf warteten, von der Kugel getroffen zu werden, die eigentlich einem ausländischen VIP galt. Er mochte seine Arbeit, bei der er interessante Leute traf und gelegentlich ins Ausland reisen konnte. Aber wenn er ehrlich zu sich selbst war, musste er zugeben, dass es nicht eine hochherzige Berufung war, die ihn in diesem Job hielt, sondern schlicht und einfach das Geld. Mit Schichtzulagen verdiente er das Zwei- bis Dreifache dessen, was er als Detektiv in anderen Bereichen der Met, der London Metropolitan Police, verdient hätte. Der Nachteil war, dass

Scheidungen in seiner Branche üblich waren. Weil Alex und er während ihrer gesamten Ehe ihre Arbeitszeiten nicht aufeinander abzustimmen versuchten, waren sie gut damit zurechtgekommen. Sie hatten es mit einigen wunderbar luxuriösen Überseeurlauben kompensiert, die sie sich mit ihren beiden ziemlich guten Gehältern leisten konnten.

Gelegentlich, wenn die SO15 – wie jetzt – überlastet war, wurde Tom gebeten, bei der Überwachung oder anderen Spezialaufgaben zu helfen, die eigentlich nicht in den Aufgabenbereich eines Schutzbeamten fallen. In letzter Zeit hatte sich die Bedrohungslage für Grossbritannien aufgrund der verstärkten Truppenpräsenz in Afghanistan verschärft und die Ressourcen waren knapp.

Harry war auch ein Schutzbeamter, doch anders als in der alten Struktur der Spezialeinheit, brachte er weder Erfahrung in der Überwachung mit, noch war er ein qualifizierter Detektiv. Er steckte erst seit sechs Monaten nicht mehr in Uniform. Das war ein Zeichen der Zeit.

»Erwartest du, dass ich mir in die Hose mache, Tom?«

»Halt die Klappe«, zischte Tom Harry zu. Dann sprach er leise, aber langsam und deutlich in sein Funkgerät: »An alle, zwei Ziele in Bewegung. Sie gehen nach links, in Richtung Hauptstrasse. Normale Kleidung. Ich habe sie im Blick. Vier-zwei, sie kommen in deine Richtung, over.« Tom wiederholte die Bewegungsrichtung, damit die anderen, die in der Gegend am Funk mithörten – eine Mischung aus Angehörigen der Polizei und MI5-Geheimdienstmitarbeitern – sicher sein konnten, wohin die beiden jungen pakistanischen Männer unterwegs waren. Vier-zwei war der Codename für einen verdeckten Polizisten auf einem Motorrad – in diesem Fall Detektiv Wachtmeister Paul Davis – der sich gerade am Ende der vorstädtischen Seitenstrasse befand, wo diese auf die Enfield Road traf.

Harry war jetzt still und Tom konnte den plötzlichen Adrenalinschub in der feuchten Enge des Überwachungswagens fast riechen.

Dreihundert Meter weiter, am Ende der Strasse, bei der Ecke mit einer Kneipe, befand sich ein Kebab-Laden. Die beiden Zielpersonen gingen jeden Abend zwischen 19.30 und 20.00 Uhr zu diesem Lokal, kauften ihr Abendessen und setzten sich in den gepolsterten Sitznischen an die mit Laminat überzogenen Tische. Gemäss den Angaben der anderen Beobachter dauerte die Mahlzeit mit Kebab, Cola, Tee und Zigaretten gewöhnlich zwei Stunden.

Tom sprach wieder ins Handfunkgerät. »Vier-zwei, ich habe den Augapfel verloren, haben Sie ihn?«

»Verstanden. Sie sind auf dem Weg zum Laden und zum Abendessen, over«, sagte Paul.

Tom funkte den Polizisten an, der den Lieferwagen auf das Grundstück – den Ort, wo die Operation stattfand – gefahren hatte und wies ihn an, zu kommen und sie abzuholen. Der Beamte, der mit einem älteren Ehepaar, das zehn Häuser weiter wohnte, ferngesehen und zahlreiche Tassen Tee getrunken hatte, schlenderte schliesslich die Strasse hinauf. Er trug die blaue Latzhose eines Handwerkers und hatte eine Werkzeugtasche dabei. Ohne die anderen im Fond zu beachten, kletterte er in den Lieferwagen, startete den Motor und fuhr um eine Kurve, von der Hauptstrasse weg und ausser Sichtweite von Hausnummer vierzehn.

»Gut, gehen wir«, sagte Tom, als der Fahrer den Motor abstellte.

Die Hintertür des Lieferwagens schwang auf und Tom, Steve und Harry, der seine platzende Blase vergessen zu haben schien, kletterten heraus.

»Nicht so schnell«, sagte Tom. Er sah die menschenleere Strasse auf und ab.

Tom trug Jeans, einen dicken schwarzen Rollkragenpullover und darüber eine Jacke. Es war ein kühler Novemberabend, aber die Jacke diente vor allem dazu, seine Waffe zu verbergen. Auch er hatte eine Werkzeugtasche bei sich, die allerdings, genau wie die des Fahrers, eher zur Schau diente. Sein Handwerkszeug für diesen Job – ein Satz Dietriche – befand sich in seiner Tasche.

Tom führte seine Männer zurück auf die Strasse und dann über einen Seitenweg zur Hintertür des Fahrzeugs. Innerhalb von drei Minuten waren sie wieder drinnen. Er brauchte den beiden anderen nicht zu sagen, dass sie schnell oder leise sein sollten, erinnerte

Harry aber daran: »Du bleibst hier und passt hinten auf. Ich gehe mit unserem Freund.«

Das Haus roch muffig und vernachlässigt. Er kontrollierte die Küche. Teebeutel und ein Wasserkocher, keine Teller in der Spüle und keinerlei Anzeichen, dass hier gekocht wurde. Diese Jungs assen jeden Abend auswärts und diese Gewohnheit würde ihnen zum Verhängnis werden. Mit mehr Leuten und mehr Ressourcen hätten sie das Haus gründlich durchsuchen können, aber heute Abend hatten sie den IT-Experten dabei, für dessen Schutz Tom verantwortlich war, was bedeutete, dass der Computer oberste Priorität hatte.

Er stellte sich im vorderen Zimmer auf und spähte durch einen Spalt in den Vorhängen auf die Strasse, um jegliche auffällige Aktivität zu entdecken.

Der Computer befand sich ebenfalls im vorderen Zimmer, auf einem billigen Schreibtisch. Neben dem Rechner und dem gebrauchten Bürostuhl, in dem Steve sass, standen eine schäbige Samtcouch und ein unpassender Sessel.

Tom warf einen Blick über die Schulter und sah Steves pickeliges junges Gesicht, das in blaues Licht getaucht wurde, als er den Computer hochfuhr. Seine mit Latexhandschuhen umschlossenen Finger tippten eifrig auf der Tastatur herum. Tom hörte einen Hund bellen und in seinem Nacken sträubten sich die Haare. »Alles in Ordnung da hinten?«, funkte er Harry an.

»Ich weiss es nicht. Irgendetwas hat den Hund im Hof hinter uns aufgeschreckt. Soll ich mal nachsehen?«

»Nein, bleib, wo du bist, aber halt Wache.«

»Scheisse!«, sagte Steve. »Das musst du dir anschauen!«

»Was ist es?« fragte Tom, den Blick immer noch auf die Strasse gerichtet.

»Porno!«

Tom schüttelte den Kopf. »Verdammt. Mach einfach weiter, ja? Du weisst ja, worauf wir aus sind – E-Mails, Namen, Nachrichtenverkehr. Ich muss dir ja wohl nicht sagen, was dein Job ist.«

»Nein, aber du solltest es dir trotzdem ansehen. Das ist echt kranker Scheiss, Mann.«

Tom wollte gerade etwas sagen, als ihm die Stimme von Paul Davis ins Ohr zischte. »Hier ist Vier-Zwei. Die Zielpersonen kehren um. Sie sind in den Laden hineingegangen und gleich wieder herausgekommen. Es scheint, als wäre ein Streit im Gang. Einer von ihnen durchsucht seine Jacke und es sieht aus, als hätte er seine Brieftasche vergessen. Ich wiederhole, sie kehren um.«

»Scheisse«, sagte Tom. Er sah zu Steve hinüber, der starr in den Bildschirm schaute. Tom bemerkte zum ersten Mal die schwarze Ledergeldbörse auf dem Computertisch.

»Schalt ihn aus, wir müssen gehen!«

»Aber das ist Gold!«

»Lass die verdammten Pornos in Ruhe und fahr ihn runter. Sie sind auf dem Rückweg, also verziehen wir uns.«

»Auf keinen Fall, Mann, das können wir nicht einfach hierlassen. Ich nehme es mit. Das ist mehr als nur Porno.«

Tom schüttelte den Kopf. Das Ganze entwickelte sich zu einem monumentalen Schlamassel. »Du weisst so gut wie ich, dass wir den Computer nicht einfach klauen können. Kannst du das, was immer es ist, nicht auf einer Diskette oder so speichern?«

Steve kramte in der Tasche seines Mantels und fischte einen USB-Stick heraus.

»Bewegung!« Tom hörte das Wort in seinem Kopfhörer und zog mit geübter Leichtigkeit die Glock aus dem Holster. Er bewahrte in der rechten Jackentasche ein Reservemagazin auf und das zusätzliche Gewicht half beim Griff nach der Pistole, das Rückenteil der Jacke aus dem Weg zu schwingen.

»Was ist los?«

»Ich dachte, den Kopf eines Mannes zu sehen, der auf der anderen Seite des Zauns von Nummer zwölf entlanglief«, antwortete Harry.

»Die Ziele sind auf dem Rückweg. Behalt sie im Auge und haltet euch bereit.«

»Scheisse.« Harry zog seine Waffe.

Ein Hund bellte und Tom nahm im peripheren Blickfeld wahr, dass in den Nachbarhäusern das Licht eingeschaltet wurde. Vom

Haus nebenan hörte man hinter der Wand ein Baby schreien. Das war eine gute Mahnung daran, dass es überall um sie herum unschuldige Zivilisten gab.

»Wir gehen.« Tom streckte die Hand aus und packte Steve am Kragen seines Mantels, aber der IT-Experte schlug seine Hand mit unerwarteter Kraft weg. »Lass mich in Ruhe, Furey! Das ist verdammt wichtig.«

»Scheisse, da bewegt sich definitiv jemand auf der anderen Seite des hinteren Zauns«, flüsterte Harry und Tom konnte seine Stimme im Kopfhörer kaum hören. »Ich sehe ihn durch die Zaunpfähle. Was soll ich tun?«

»Geh jetzt sofort durch die Vordertür hinaus. Keine Widerrede!«, befahl Tom dem Mann hinter dem Computer, dann wiederholte er die Anweisungen für Harry.

»Ich brauche nur zwei Minuten«, bettelte Steve.

Tom fluchte. Er schaute aus dem Fenster, die Strasse hinunter und sah die beiden Zielpersonen in hundert Metern Entfernung auf sie zukommen.

Harry kam durch die Hintertür herein. »Ich habe den Kerl aus den Augen verloren.«

»Sag mir, dass es das wert ist, die ganze Operation zu gefährden«, sagte Tom zu Steve.

Steves sonnenentwöhntes Gesicht sah im Licht der Beleuchtung geisterhaft aus, als er zu ihm aufblickte. Der Computermann schluckte und Tom beobachtete, wie sein übermässig grosser Adamsapfel wippte. »Ja.«

Tom öffnete die Haustür und trat auf den Bürgersteig, wo er seine Glock hob und die Schusshand mit der linken Hand abstützte. »Polizei, wir sind bewaffnet! Auf den Boden runter, sofort!« Harry stand neben ihm und ahmte seine Haltung nach.

Der Mann auf der rechten Seite griff in die Tasche seiner Lackbomberjacke und Tom drückte den Abzug. Doch schon bevor er den Abzug ganz durchdrücken konnte, fiel der Mann zu Boden, als würde er von einem unsichtbaren Vorschlaghammer zur Seite geschleudert. Es war kein Knall zu hören, also konnte es nicht ein

Schuss Harrys sein, der ihn umfallen liess. Es musste ein Schalldämpfer sein.

Tom drehte sich um und registrierte einen dunklen Schatten, der sich um die Hausecke bewegte. Der fallende Mann hatte keine Waffe, sondern einen Schlüsselbund aus seiner Tasche gezogen. Tom sah, dass er eine kleine schwarze Plastikfernbedienung, wie man sie zum Aktivieren einer Autoalarmanlage verwendet, in der Hand hielt. Er vermutete, dass er während er stürzte den Knopf drückte. Bevor er auf dem Boden aufschlug, fiel auch sein Begleiter um. Tom sank auf ein Knie und sah nach links. Er registrierte einen schwarz gekleideten Mann, der eine Pistole in der Hand hielt und wegrannte. Harry folgte dem Flüchtigen und öffnete den Mund, um ihm etwas zuzurufen.

Bevor einer von ihnen dem Fremden befehlen konnte, stehenzubleiben, explodierte das Haus.

2

Nachdem das Feuer gelöscht war, fand ein Feuerwehrmann die Leiche von Steve. Harry sass mit den Füssen in der Gosse und dem Kopf in den Händen am Boden. In seiner Nähe roch es nach frischem Erbrochenem.

Tom lehnte sich, die Hände um einen Styroporbecher mit Tee geschlungen, gegen die Motorhaube eines Polizeifahrzeugs. Die Anwohner hatten ihre Fernsehgeräte längst abgeschaltet – einige von ihnen waren jetzt sogar selbst im Fernsehen zu sehen. Sie waren Futter für die Reporter, die auf der Suche nach dem Nachbarn, der die Feuersbrunst in allen Einzelheiten beschreiben konnte, von einem zum andern zogen. Er betastete sanft die Wunde über seinem linken Auge. Eine Glasscherbe, die aus dem Fenster von Hausnummer vierzehn geschleudert worden war, hatte eine Furche parallel zu seiner Augenbraue geschnitten, aber die Sanitäter hatten die Wunde mit selbstklebenden Wundstreifen verschliessen können. Trotz des verkrusteten Blutes auf seiner Wange ging es ihm gut.

»Von unserem Computergenie ist nicht mehr viel übrig«, sagte Hauptkommissar David Shuttleworth, dessen Atem, als er hinüberging, in Form einer Wolke sichtbar wurde. »Es sieht aus, als wäre die

Bombe irgendwo in der Mitte des Vorderzimmers platziert gewesen – vielleicht sogar unter dem Computertisch selbst.«

»Ich weiss nicht, was ausser ein paar Pornos auf diesem Gerät war. Aber er ist dafür gestorben.«

»Aye, nun, das können wir jetzt nicht mehr herausfinden«, sagte Shuttleworth. Er fischte ein Päckchen Dunhill aus seiner Barbour-Jacke und bot Tom eine Zigarette an.

Tom schüttelte den Kopf. »Ich habe wieder einmal aufgehört.«

»Wie du willst.« Shuttleworth machte eine Pause und zündete sich eine an. »Das ist eine ziemlich verworrene Geschichte, Tom. Was denkst du über die Anwesenheit des Schützen und der Pakistaner?«

Tom zuckte mit den Schultern. »Ich vermute, er hat das Haus, genau wie wir, beobachtet und wollte sich hineinschleichen, um einen Hinterhalt zu legen. Aber ich habe keine Ahnung, warum.«

»Wir wissen, dass es sich bei den beiden Erschossenen um Menschenschmuggler handelt. Angeblich leisteten sie ihren Beitrag zum weltweiten Dschihad, indem sie dem einen oder anderen Terroristen mit Papieren, Geld und ähnlichem aushalfen. Aber warum streckte unser Mann in Schwarz sie nieder?«

»Weil sie zu viel wussten und er nicht riskieren konnte, dass sie erwischt werden?« Tom nippte an seinem Tee.

Shuttleworth nickte und inhalierte einen langen Zug seiner Zigarette. Der Rauch und der gefrierende Atem hüllten seinen Kopf und seine Schultern in eine schimmernde Aura, die von rot und blau blinkenden Lichtern beleuchtet wurde. »Sie werden immer besser darin, ihre Spuren zu verwischen.«

»Der IT-Techniker hat sich bei dem, was auf dem Rechner war, fast in die Hose gemacht.«

»Warum habt ihr nicht einfach den Computer oder die Festplatte mitgenommen?«

Tom sah zu seinem Vorgesetzten hinüber und runzelte die Stirn. Sie kannten beide die Antwort auf diese Frage. Grossbritannien befand sich zwar im Krieg mit islamisch-fundamentalistischen Terrorgruppen, aber sie mussten sich immer noch an die Rechtsstaatlichkeit halten.

Shuttleworth sah wieder in seinem Notizbuch nach. »Du sagtest, er habe nicht mehr zu dem gesagt, was er auf der Festplatte gefunden hatte, als ...«

»›Porno‹. Wie ich dir gesagt habe. ›Irgendein kranker Scheiss‹, war alles, was er sagte. Aber ich wette, er ist nicht nur geblieben, um sich ein paar Fickbilder anzusehen.«

»Nun, wir haben zwei tote Verdächtige, drei verletzte Zivilisten von nebenan, keinen Computer, keinen Computerexperten und einen maskierten Attentäter, der frei herumläuft. Ganz zu schweigen von einem vermissten Schutzbeamten.«

Tom leerte seinen Tee und zerdrückte den Pappbecher, als der Rest von Shuttleworths Kommentar das Pfeifen, das von der Bombenexplosion in seinen Ohren zurückgeblieben war, durchdrang. »Vermisst? Wer wird vermisst?«

»Nick.«

»Was ist passiert?«

»Er sollte heute Abend in der Stadt mit Robert Greeves an einem politischen Spenden-Nachtessen teilnehmen, ist aber nicht erschienen. Verursachte höllischen Stunk. Er setzte Greeves um fünf zu Hause ab, kam aber nicht wie vereinbart um sieben zurück, um ihn abzuholen. Wir haben es bei ihm zu Hause und auf dem Handy versucht, aber er geht nicht ran. Deidre hat auch nichts von ihm gehört.«

Tom runzelte die Stirn. Nick Roberts war einmal ein Freund gewesen – sie waren etwa im gleichen Alter zur Met gekommen und schlugen den gleichen Berufsweg ein. Nicks Ex-Frau, Deidre, hatte als Krankenpflegerin im selben Krankenhaus wie Toms Frau, Alexandra, gearbeitet und die beiden Frauen waren wirklich eng befreundet gewesen. Nach Nick und Deidres Scheidung und Alex' Tod hatten er und Nick sich ausserhalb der Arbeit nur noch selten gesehen. Als Personenschützer waren beide viel von zu Hause weg. Während diese Abwesenheit Nick seine Ehe gekostet hatte, war sie für Tom eher eine segensreiche Erleichterung. Der Job hatte ihm ein wenig geholfen, indem er ihn regelmässig aus seinem einsamen Haus voller Erinnerungen herausholte.

»Das ist seltsam. Ich habe noch nie gehört, dass er einen Termin verpasst.«

»Weisst du von irgendwelchen Problemen?« Hauptkommissar Shuttleworth, ein Schotte, war im Zuge einer Beförderung neu in ihr Team versetzt worden und kannte noch nicht alle Eigenheiten seiner Mitarbeitenden.

»Mit Nick? Nicht, dass ich wüsste. Er trinkt gern – wer in unserem Beruf tut das nicht. Aber er hat sich bestimmt noch nie wegen eines Katers krankgemeldet, wenn Sie das meinen. Scheint alle paar Wochen ein anderes Vögelchen zu haben.«

Tom fühlte sich nicht wohl dabei, noch mehr Lobgesang auf Nick zu singen. Als sie beide im selben Team waren, um einen afrikanischen Staatschef zu beschützen, gab es einmal einen Vorfall. Ein Dutzend ausländische Dissidenten hatte dabei vor dem Londoner Restaurant, in dem der Präsident speiste, protestiert. Als sich einer der Demonstranten dem Präsidenten zu sehr näherte, hatte Nick ihn gewarnt und aufgefordert, sich zurückzuhalten. Der offenbar betrunkene Mann sagte Nick, er solle sich verpissen. Nick hatte den Mann hart, schnell und so kraftvoll in den Magen geschlagen, dass er zu Boden ging. Ein Teammitglied, aber nicht Tom, hatte den Vorfall gemeldet. Tom hatte erwartet, dass der Demonstrant eine formelle Beschwerde einreiche und beschlossen, die Wahrheit über seine Beobachtung zu sagen, falls er aufgefordert würde, eine Erklärung abzugeben. Nick hatte unnötige Gewalt angewendet. Der damalige Hauptkommissar der Einheit erfuhr davon und beorderte Nick in sein Büro, um seine Version der Ereignisse zu erläutern. Zum Glück für Nick meldete sich der Beschwerdeführer nie. Im Büro gab es daraufhin Spekulationen, Mitarbeitende des Präsidenten hätten den Zeugen unter Druck gesetzt. Tom bemerkte, dass sich sein Verhältnis zu Nick danach deutlich abkühlte und er vermutete, dass Nick, obwohl er ihm dies nie ins Gesicht sagte, dachte, Tom sei hinter seinem Rücken zum Vorgesetzten gegangen.

»Deidre schien nicht allzu besorgt zu sein, als ich mit ihr sprach. Ich weiss, dass eine Scheidung nie schön ist, aber es schien mir, als es hätte es sie auch nicht interessiert, wenn er gestorben wäre.«

Tom zuckte mit den Schultern. »Ich kann bei ihm zu Hause vorbeischauen, wenn du willst. Wir haben – ich meine, ich habe – noch einen Schlüssel. Wenn die einen von uns im Urlaub waren, haben Alex und Deidre einander immer nach dem Haus gesehen. Die Pflanzen gegossen und so. Nick ist im Haus geblieben und Deidre ist umgezogen.«

Shuttleworth nickte. »Aye, okay. Wenn du ihn mit einer Nutte oder einem Kater im Bett findest, erschiesst du ihn bitte, bevor der Minister für Rüstungsbeschaffung ihn erwischt. Dann wäre das für alle das Beste.«

SHUTTLEWORTH HATTE IHM VORGESCHLAGEN, am Morgen den hausinternen Psychiater aufzusuchen und eine Stressberatung in Anspruch zu nehmen, aber Tom hielt ein Nickerchen für die bessere therapeutische Lösung. Es würde eine lange Nacht werden.

Er winkte dem Polizisten, der ihn zu seinem Haus in Highgate gefahren hatte, dankend zu und ging die Stufen zu seinem Reihenhaus hinauf. Mittlerweile war Southwood Lane ziemlich nobel – die Wohngegend von Bankern, Anwälten, Ärzten und dergleichen. Obwohl er keine Uniform trug, war er sich ziemlich sicher, dass die meisten Leute in der Strasse wussten, dass er ein Polizist war. Wahrscheinlich hielten sie deshalb Abstand von ihm. Er war in diesem Haus aufgewachsen und hatte, abgesehen von ungefähr sechs Jahren, als er etwas über zwanzig und frisch der Met beigetreten war, die meiste Zeit seines Lebens dort gelebt. Tom war ein Einzelkind, dessen Eltern ihn spät bekommen hatten und als er achtundzwanzig war, waren sie innerhalb eines Jahres gestorben. Zu diesem Zeitpunkt war er seit vier Jahren mit Alex zusammen und es erschien ihm auf eine seltsame Weise logisch, dass der Tod seiner Eltern der Auslöser für ihn war, um ihre Hand anzuhalten.

Tom betastete die schwache Narbe über seiner rechten Augenbraue. Sie war kaum noch zu sehen, aber er betrachtete und berührte sie jeden Morgen, wenn er sich rasierte. Als er Alex vor neunzehn Jahren kennengelernt hatte, war das weisse Hemd seiner Sommeruniform blutgetränkt vom Schnitt, den ihm ein Betrunkener mit einer zerbrochenen Bierflasche zugefügt hatte. Sie war damals noch Praktikantin und so schön, dass er nicht anders konnte, als sie, während sie ihn wieder zusammennähte, um eine Verabredung zu bitten. Sie hatte gelacht und gesagt, ihres Wissens gäbe es Regeln gegen so etwas. Er war hartnäckig geblieben und schliesslich willigte sie ein. Sie war ein wunderbares Mädchen aus Essex und er war sich sicher, dass sie zusammen alt werden würden. Ihre Schichtarbeit und seine ungewöhnlichen Arbeitszeiten zu Hause und im Ausland bedeuteten, dass sie nie wirklich wie ein normales Paar lebten. Sie scherzten vor Freunden, sie sähen sich nur an Geburtstagen, dafür an Weihnachten nie, weil sie dann beide arbeiteten. Sie planten beide, früher in den Ruhestand zu gehen, um all die verlorenen Nächte nachzuholen.

Hier war er nun. Seit mehr als einem Jahr allein. Um sein Leben und um seine Frau betrogen. Er versuchte, nicht daran zu denken, aber in diesem Haus erinnerte ihn alles an sie. Wie sollte es auch anders sein? Als er in die Küche ging, zündete er das Licht im Flur nicht an. Vielleicht verblassten die Erinnerungen, wenn er im Dunkeln blieb. Der Schlüssel hing am Haken neben der kleinen Tafel, an der sie ihre Einkaufslisten zu schreiben pflegte, genau dort, wo sie ihn hingehängt hatte. Alex war die letzte Person, die den Schlüssel zu Nicks Haus angefasst hatte. Er stand in der verdunkelten Küche, schloss die Augen und hielt den Schlüssel in der Faust. Er schloss sie so fest, bis er den Schmerz der gezackten Metallkanten in seiner Handfläche spürte. Dann öffnete er die Augen und ging wieder hinaus, ohne die vier oder fünf Briefe zu beachten, die im Flur auf dem Boden lagen.

Toms alter Jaguar mit festem Verdeck sprang auf Anhieb an und der V12 schnurrte wie eine riesige Katze, die ihren Besitzer mit Schmeicheln begrüsst. Alex hatte sich ein neues Auto gewünscht, aber Tom mochte alte Dinge – alte britische Dinge – und mit Überstunden konnte er es sich sogar leisten, den Tank gelegentlich zu füllen. Er konnte sich nicht vorstellen, einen Renault oder erst recht einen Japaner zu fahren.

Während er fuhr und sich in die langsamere Fahrspur einordnete, tauchte in seinem Kopf die Erinnerung an Alex' abgemagerten Körper auf und ihre Augen, die so tief in den Höhlen lagen, dass sie fast herausquellend aussahen. Er kniff seine Augen für eine Sekunde zu. Neben ihm ertönte ein Hupen und er merkte, dass er für einen Moment weit aussen auf seiner Fahrspur fuhr. Er zwang sich, sich zu konzentrieren und ignorierte die Beschimpfungen eines jungen Mannes, den er überholte. »Reiss dich zusammen«, sagte er laut vor sich hin. Die Uhr auf dem Armaturenbrett zeigte neun Uhr abends und ihm war nach einem Drink zumute.

Tom folgte den Verkehrsschildern auf die A406 und reihte sich in den stockenden Verkehr ein. Die Strecke führte ihn um die westliche Seite Londons herum nach Kingston im Südwesten, wo Nick, nicht weit vom Hampton Court Palast Heinrichs des Achten, lebte. Er wurde sich eines Autos neben ihm bewusst, das weder beschleunigte noch verlangsamte. Er schaute hinüber und sah eine blonde Frau in einem BMW Z4 Cabrio. Hübsch, Ende dreissig oder gut erhaltene Anfang vierzig. Sie trug eine schlichte weisse Bluse – eine Geschäftsfrau, vermutete er, die vielleicht spät von der Arbeit nach Hause fuhr. Sie schaute zu ihm herüber und lächelte ihn an. Er lächelte zurück, was ihm aber wohl nicht besonders gut gelang, denn sie setzte ihren Fuss aufs Gas und raste an ihm vorbei. Vor zwanzig Jahren hätte er vielleicht dasselbe getan und sie durch den Verkehr verfolgt, aber jetzt fühlte er sich einfach nur schuldig, denn Alex lächelte ihn trotz der Schläuche, die in ihren vergifteten Körper drangen, tapfer an. Er schüttelte den Kopf. Sie hatten – er hatte – gerade den einjährigen Jahrestag ihres Todes hinter sich gebracht. Es war eine harte Nacht gewesen und er ziemlich betrunken.

Die Fahrt führte ihn am Richmond Park vorbei, dem einstigen Jagdrevier der Könige und heutigen öffentlichen Park. Er bog von der A307 ab, umrundete das Stadtzentrum von Kingston und fand die ruhige Strasse, in der Nick wohnte. Er war oft genug mit Alex dort gewesen, um sich den Weg zu merken und hielt vor Nicks Doppelhaushälfte an. Er klopfte an die Tür und wartete. Niemand meldete sich. Er versuchte es erneut.

Er steckte den Schlüssel ins Schloss, drehte ihn um, öffnete die Tür und lauschte auf Pieptöne. Er konnte sich nicht daran erinnern, dass es im Haus eine Alarmanlage gab und hoffte, dass Nick seit seinem letzten Besuch vor fast zwei Jahren keine installiert hatte.

Das Haus war nur ein paar Grad wärmer als die kühle Nachtluft, also musste die Zentralheizung ausgeschaltet sein. »Nick?«, rief er. Er ging auf dem dicken weissen Teppich den Flur entlang. Er erinnerte sich vage an einen dunkleren Farbton. Deidre hatte Nicks Kinder zu sich und ihrem Chef, einem orthopädischen Chirurgen, geholt. Tom erinnerte sich daran, dass sich Nick mehr über die Wahl ihres Partners zu ärgern schien als über die Tatsache, dass sie ihn verlassen hatte. Sowohl er als auch Alex hatten gespürt, dass die Ehe schon seit einigen Jahren auf wackligen Beinen stand.

Was Tom jedoch überraschte, war das neue Aussehen des Hauses. Die antiken Buffets und die überfüllten Chintzsofas waren wohl Deidre zu verdanken, denn Tom staunte, als er die minimalistische, fast ganz in Weiss gehaltene Einrichtung sah, die das ehemals überfüllte Wohnzimmer nun belebten. Weisse, lederne und verchromte retro-moderne Loungesessel umgaben einen Couchtisch mit Glasplatte. An der Wand hingen ein Breitbildplasmabildschirm und Surround-Sound-Lautsprecher und nahmen den Platz billiger Drucke von Constable-Gemälden und schlecht ausgeführten Landschaftsbildern eines Verwandten von Deidre ein.

Die einzige Farbe im Raum kam von einem Leopardenfell in der Mitte des Bodens, das grell und deplatziert aussah. Auch die Küche hatte sich gemausert. Anstelle von Holzbänken im Landhausstil und Türpaneelen aus gemasertem Laminat war ein elegantes Prunkstück aus glänzendem Edelstahl und schwarzem Granit entstanden. »Nick?«, rief Tom wieder, diesmal lauter.

Er ging die Treppe hinauf und kam an einem der Kinderzimmer vorbei, das in ein Büro umgewandelt worden war. Auf einem antiken Schreibtisch mit Lederbezug – dem einzigen Zugeständnis ans Leben vor dem einundzwanzigsten Jahrhundert, das Tom bisher gesehen hatte, stand ein Flachbildschirm. Im zweiten Schlafzimmer befand sich eine Reihe neuartiger Fitnessgeräte – Laufband, Heimtrainer und ein Multifunktionsgerät, das eher wie ein futuristisches Folterinstrument aussah. Tom joggte jeden zweiten Tag in der Woche, egal wie das Wetter war, fünfzehn Kilometer und machte anschliessend hundert Klappmesser und sechzig Liegestütze. Er hielt Fitnessstudios für schicke, aber stinkende Orte, an denen sich die Leute gegenseitig übertreffen wollten.

Das Hauptschlafzimmer war das absolute Gegenstück zum weissen Wohnzimmer. Ein dunkelblauer Teppich umrandete ein riesiges Bett mit schwarzen umgeschlagenen Satinlaken und einer dunkelgrauen Bettdecke, auf der schwarze chinesische Kalligraphiezeichen prangten. Die Wand dahinter hatte eine Farbe, die Alex wohl als Aubergine bezeichnet hätte und die anderen drei Wänden waren in tiefen, dunklen Rottönen gemalt. Tom schaltete das Licht ein und bemerkte den Dimmschalter. Er drehte daran und lächelte, als er in die neue Einbauleuchte blickte. An der Hauptwand hing ein impressionistisches Gemälde, das trotz der unscharfen Linien eindeutig eine nackte Frau zeigte, deren Hände zwischen ihren Beinen lagen. Scheinbar hatte sich Nick komplett dem Junggesellenleben verschrieben und diese Lustgrotte war eindeutig sein operatives Hauptquartier. Die Kommode aus einer Art schwarzen Holzes, die als Nachttisch diente, enthielt zwei Schachteln mit Kondomen und einige Porno-DVDs. Tom sah, dass es Hetero- und Hardcore-Filme waren, aber nichts Perverses. Tom schob die Türen eines deckenhohen Spiegelschranks auf, der neben Regalen mit ordentlich gefalteten Kleidern und einem Anzugständer einen weiteren Grossbildfernseher und ein Abspielgerät für die Disketten enthielt. Ausserdem stand eine digitale Videokamera auf einem Stativ darin. »Du Schwein«, sagte Tom.

Es war klar, dass Nick nicht zu Hause war und es machte auch nicht den Eindruck, dass er eben erst im Haus gewesen war. Tom ging wieder nach unten in die Küche, wo sich das Telefon befand. Er hatte das blinkende rote Licht auf dem Anrufbeantworter bemerkt, es aber vermieden, weiter ins Privatleben seines Kollegen einzudringen, solange es nicht wirklich nötig war. Jetzt war es notwendig und er drückte den Knopf.

Der Anrufbeantworter piepte und eine Frauenstimme sagte: »Ich bin's. Ich weiss nicht, woher du meine Nummer hast, aber ich warte auf dich. Heute Abend. Ich habe von sechs bis zwei Dienst im Club.« Zum Abschluss ertönte ein Piepton und danach gab es keine weiteren Nachrichten.

Ihre Stimme klang jung, war aber ziemlich tief und die Aussprache präzis, als sei die Sprache erlernt, aber nicht die Muttersprache. Tom hörte einen klaren Akzent – möglicherweise irgendetwas schwarzafrikanisches und fragte sich, ob es sich möglicherweise um eine Freundin handle. Ein ›Club‹ konnte eine ganze Reihe von Dingen bedeuten und im Dienst zu sein konnte alles Mögliche umschreiben, von der Arbeit hinter einer Bar bis hin zu irgendeiner Art von Auftritt. Er hörte sich die Nachricht noch einmal an. Der Tonfall des Mädchens war leicht verärgert. Vielleicht hatte Nick sie getroffen und wollte sie näher kennen lernen – daher ihre Sorge, dass er sie aufgespürt hatte. Tom hoffte, Nick habe keine polizeilichen Mittel eingesetzt, um die Telefonnummer einer Frau zu bekommen, aber er wäre nicht der Erste.

Um ein besseres Gefühl dafür zu bekommen, wann Nick zuletzt zu Hause war, ging Tom zum Kühlschrank und prüfte, wie viele Lebensmittel sich darin befanden und welches Verfallsdatum sie hatten. Bevor er ihn öffnete, fiel ihm eine Visitenkarte ins Auge, die mit einem ›*I love Ibiza*‹-Magneten angehängt war. Er hob die Karte an und hielt sie an den Rändern fest, denn sie war glänzend und würde wahrscheinlich einen Fingerabdruck gut halten. Die Karte zeigte das Bild einer Blondine in knappen Dessous und Stöckelschuhen, die sich an einer Messingstange festhielt und sich zur Seite hinüberlehnte. Darunter stand ›*Club Minx*‹ und auf der Rückseite war mit Kugelschreiber ein Name geschrieben: *Ebony*. Vielleicht der Künstlername einer Stripperin? Das passte auch zum afrikanischen Akzent auf dem Anrufbeantworter.

Toms Handy klingelte und er fischte es aus der Jackentasche. »Hallo, hier ist Tom.«

»Hattest du Glück? Bist du in Nicks Wohnung?«

Es war Shuttleworth. »Nein und ja. Es gibt kein Zeichen von ihm,

Chef. Sieht so aus, als wäre er nicht mehr hier gewesen seit ...« Tom öffnete die Kühlschranktür und schaute hinein. Die Regale waren kahl. In der Tür stand eine Packung Milch mit dem gestrigen Datum als Verfallsdatum. »... seit geraumer Zeit. Der Kühlschrank ist bis auf etwas abgestandene Milch leer und die Heizung ist ausgeschaltet. War er in Übersee?«

»Nein, aber bis er heute zu Greeves zurückkehrte, war er vier Tage lang im Urlaub. Wegen der jüngsten Al-Qaida-Drohungen im In- und Ausland stehen der Verteidigungsminister und untergeordnete Minister wie Greeves jetzt unter strengem Personenschutz. Nick muss vom Ort, an dem er seine freien Tage verbrachte, direkt zur Arbeit gegangen sein. Dann ist er heute Abend verschwunden. Gibt es Anzeichen dafür, dass er nach Hause gekommen sein könnte?«

Tom hielt die Karte des Pole-Dancing-Clubs hoch und wunderte sich. Obwohl sie einst über ihre Frauen befreundet gewesen waren, schuldete er Nick nicht mehr Loyalität als die, die er gegenüber jedem anderen Mitglied des Teams empfinden würde. Aber es ging nicht an, einem Detektiv, der unter Schutz steht, zu unterstellen, dass er mit Prostituierten verkehrt. »Nein, aber ich kann in einem Lokal, in dem er scheinbar verkehrt, vorbeischauen und sehen, ob jemand dort etwas von ihm gesehen oder gehört hat.«

»Ja, das ist gut. Aber bleib nicht bis in die Morgenstunden im Ausgang. Ich will dich morgens um halb neun in meinem Büro sehen.«

»Und was ist mit meinem Termin beim Psychiater?« *und meinem Schlaf*, dachte Tom.

»Das kann warten. Du scheinst mir recht normal zu sein.«

Tom trat die Kühlschranktür zu, wobei der Ibiza-Magnet auf den Boden rutschte. Als er sich hinkniete, um ihn aufzuheben, sah er die Ecke einer kleinen weissen Karte, die unter dem Kühlschrank hervorlugte. Er zog sie hervor, hob sie auf und stellte fest, dass es eine weitere Visitenkarte war. Sie enthielt den Namen und die Handynummer eines freiberuflichen Journalisten, dessen Namen Tom nicht kannte. Er schrieb sich die Daten in sein Notizbuch und legte die Karte auf den Kühlschrank.

. . .

DER CLUB ›MINX‹ lag in Soho, einem Teil Londons, den Tom nicht mochte. Er war nicht prüde und hatte schon viele Strip-, oder Table-Dance-Clubs, wie sich diese Lokale nannten, besucht, aber das überfüllte, schäbige Zentrum deprimierte ihn.

Die betrunkenen Bürohengste in ihren Anzügen und gelockerten Krawatten sahen nur das Lächeln und das Fleisch. Als Bobby, Strassenpolizist, hatte Tom auch die andere Seite erlebt: Er fand in Toiletten Teenager mit einer Überdosis, sah Huren, die von ihren Zuhältern oder sadistischen Kunden verprügelt worden waren oder Kinder aus misshandelnden Familien, die nirgendwo hinkonnten und keine andere Verdienstmöglichkeit hatten als ihren Körper, sowie Mädchen aus dem Fernen Osten und den ehemaligen Sowjetrepubliken, die in die moderne Sklaverei verkauft worden waren. Nichts von alledem war besonders sexy.

Als er den Jaguar zurück nach Highgate fuhr und die U-Bahn in die Stadt nahm, war es fast Mitternacht. Er hatte die Jacke abgelegt und ein Sakko angezogen, so dass er nicht mehr wie ein Bauarbeiter, sondern eher wie ein Geschäftsmann ausser Dienst aussah.

Tom fuhr mit der Northern Line der U-Bahn bis zur Station Tottenham Court Road, wo er ausstieg. Als er die Strassen im Schein der Laternen glitzern sah, wünschte er sich, eine wasserdichte Jacke mitgenommen zu haben. Unter einer aufgestauten Dachrinne hatte sich eine schlammige Pfütze gebildet, in die Regentropfen prasselten. Er ging die Oxford Street hinunter, die immer noch von Touristen und Nachtschwärmern bevölkert war, die zu den Pubs und Clubs kamen und gingen. Dieser Teil der Stadt erwachte gerade erst zum Leben.

Soho haftete immer noch der Ruf an, sündig und schäbig zu sein, obwohl die Striplokale, Bordelle und Sexshops mittlerweile immer mehr Bistros, Restaurants, trendigen Bars und Cafés hatten weichen müssen. Auch in der Old Crompton Street hatten sich wellenartig neue Geschäfte niedergelassen, die grösstenteils durch das ›rosa Geld‹ angeheizt wurden. Das, was von der anzüglichen Vergangenheit Sohos übriggeblieben – oder zumindest für die Passanten noch sichtbar war –, war in einem Gürtel aus Berwick, Walker und Peter Street eingezwängt. In der Berwick Street kam er an einem Geschäft mit Lederkorsetts und Fesseln im Schaufenster vorbei und ignorierte das Drängen eines Anwerbers, der ihn aufforderte, hineinzukommen und sich seine völlig nackten Mädchen anzusehen.

Ein grauhaariger Mann im Anzug duckte sich aus einem Buchladen mit Büchern ›nur für Erwachsene‹ und schaute schuldbewusst in beide Richtungen, bevor er sich in die vorbeiziehende Menschenmenge stürzte. Eine Gruppe von einem Dutzend Jungs im späten Teenageralter und den frühen Zwanzigern sang den Refrain eines alten Rolling-Stones-Songs – ziemlich schlecht –, während sie sich durch die schmale Durchgangsstrasse schlängelten. Ein Touristenpaar hielt vor ihm an und blockierte den Fussweg, um in ihrer Londoner A-Z Broschüre etwas nachzusehen. Tom hielt seine Ungeduld im Zaum.

»Warst du in eine Schlägerei verwickelt?«, fragte ihn der Türsteher, als er die Treppe bei der Peter Street herunterkam.

»Ich bin gegen eine Schranktür gelaufen«, sagte Tom und fingerte unbewusst an der Wunde des Glasschnitts über seinem Auge, die er bereits vergessen hatte.

Der Türsteher musterte ihn von oben bis unten, stellte fest, dass er nicht betrunken war und sagte: »In Ordnung. Ich glaube, du musst mir deinen Ausweis nicht zeigen, damit ich kontrollieren kann, ob du minderjährig bist.«

Nachdem er am Pförtner vorbeigegangen war, spürte er den Rhythmus der Musik, die er hörte, in der Brust. Sie klang langsam und schleifend, perfekt, um sich zu entkleiden.

»Zehn Pfund, bitte«, sagte das Mädchen hinter dem Empfangstresen.

Tom wünschte jetzt, er hätte Shuttleworth von seiner informellen Untersuchung erzählt. Wenn er nicht offiziell arbeitete, konnte er den Eintritt in einen Strip-Club auf keinen Fall auf die Spesen setzen. Er wollte dem Mädchen seinen Ausweis nicht zeigen, denn das hätte unter den Angestellten und Gästen des Clubs Panik ausgelöst, so dass sie alle verschwänden. Er hätte darauf gewettet, dass einige der Mädchen illegal eingewandert waren.

»Danke«, sagte das Mädchen, als er ihm sein Geld reichte. Es trug ein tief ausgeschnittenes Minikleid, das wenig der Fantasie überliess.

Auf einer Seite des Schalters stand ein Mann in den Fünfzigern, korpulent und mit Glatze. Eine zusätzliche Sicherheitskraft, nahm Tom an. Ein dünnes, rothaariges Mädchen in einem lindgrünen Lycra-Rock in der Breite eines Haarbands und einem dazu passenden winzigen Oberteil wankte auf schwarzen Plateau-Schuhen mit zehn Zentimeter hohem Absatz vorbei. Es führte einen übergewichtigen Mann im Anzug an der Hand und das Paar ging an der Rezeption vorbei und verschwand durch eine Tür. Tom beobachtete sie und schaute dann zum Mädchen hinter der Kasse.

»Waren Sie schon einmal hier?«

»Nein.«

»Private Shows finden hinten statt. Sprechen Sie einfach eins der Mädchen an – es ist Ihnen gern behilflich.«

Er nickte und betrat den Club. Die Luft war von einem süsslichen Nebel aus Desinfektionsmittel, Zigarettenrauch und Schweiss geschwängert, der von billigem Parfüm überdeckt wurde. Ein Mädchen in weissen, halterlosen Strümpfen und mit passendem BH und Höschen ging mit einem Tablett voller Getränke an ihm vorbei und lächelte ihm zu.

In der Mitte des Raumes befand sich ein quadratisches Podium, das durch zwei Messingstangen mit der schwarzen Decke verbunden war. Um die Bühne herum gab es Sitzplätze für vielleicht zwanzig Leute, von denen aber nur vier besetzt waren. Die Männer betrachteten aus nächster Nähe eine bis auf einen knappen G-String, schwarze Lackstöckelschuhe, Nippelringe und ein mit Scheinen gefülltes Strumpfband nackte Brünette. Sie lächelte ihn an, als er auf einem Stuhl gegenüber von den anderen Männern Platz nahm.

Das Mädchen drehte Tom den Rücken zu und kniete vor den Männern nieder. »Zeig uns alles«, sagte einer von ihnen, laut genug, dass Tom es trotz der dröhnenden Musik hörte. Sie schüttelte den Kopf und sagte etwas, das Tom nicht verstand, aber der Mann, der gesprochen hatte, stand auf und ging zu seinem Tisch zurück. Sein Kollege stand kurz darauf ebenfalls auf und gesellte sich zu ihm, so dass nur noch zwei Zuschauer übrig waren. Tom beobachtete sie über den makellosen Rücken des Mädchens hinweg. Sie hatten rasierte Köpfe, Football-Shirts und zu viel Klunker. Falls sie Verbrecher waren – und dem Spinnennetz-Tattoo an seinem Hals nach zu urteilen, hatte mindestens einer von ihnen gesessen –, waren sie Kleinkriminelle.

Die in Brautweiss gekleidete Kellnerin kam zu Tom und er bestellte ein Becks. Ausserdem zahlte er dreissig Pfund für etwas Plastikgeld, das er ins Strumpfband des Mädchens steckte. Sie kniete sich hin und beugte sich nach hinten, bis ihr Haar die Bühne berührte. Sie musterte Tom von oben bis unten und er lächelte sie an.

Da die beiden anderen Männer keine Freude daran hatten, zog sich das Mädchen mit Hilfe der Stange auf die Beine und kroch, nachdem sie aufgestiegen und schwungvoll wieder heruntergerutscht war, auf allen Vieren auf Toms Seite des Podiums. Sie grinste und zwinkerte, als Tom einen Geldschein hochhielt. Sie drehte sich auf die Seite, so dass er das Geld zwischen ihr Strumpfband und ihren nackten Oberschenkel schieben konnte. Als die Transaktion abgeschlossen war, beugte sie sich über ihn und liess ihr langes Haar um sein Gesicht fallen. Ihre Nase war nur wenige Zentimeter von seiner entfernt. Sie bewegte ihren Mund zu seinem Ohr und blies hinein.

»Hallo, mein Name ist Ivana«, flüsterte sie.

»Hallo, mein Name ist Detektiv Fahnder.«

Das Lächeln verschwand aus dem Gesicht des Mädchens, als es sich zurückfallen liess. Eine Russin vielleicht, oder Ukrainerin, oder Lettin, oder Litauerin. Es spielte keine Rolle. Er hätte hundert Pfund darauf gewettet, dass sie eine illegale Einwanderin war. Sie blickte über die Schulter zum fernen Empfangstresen.

»Machen Sie sich keine Sorgen, Ivana, die Geschäftsleitung weiss nicht, dass ich ein Bulle bin.« Die Kellnerin stellte Toms Bier vor ihn hin.

Sie schloss die Beine. »Was wollen Sie?«

»Weltfrieden, Arbeitszufriedenheit und eine dauerhafte Beziehung.«

Sie sah ihn verwirrt an. »Ich habe der Polizei nichts zu sagen.«

»Gut, dann können wir uns an der nächsten Ecke unterhalten, wenn Sie das möchten. Wir können aber auch bei Ihnen zu Hause vorbeikommen und Sie können Ihren Pass holen. Wir müssen Ihre Identität und Ihren Aufenthaltsstatus überprüfen.«

»Ich bin nicht illegal und das kann ich beweisen.«

Tom nippte an seinem Bier und zuckte dann mit den Schultern. »Das sagen Sie. Ich kann in einer halben Stunde mit ein paar uniformierten Polizisten zurück sein. Das sollte das Geschäft ankurbeln.«

Sie schaute wieder über die Schulter. »Ich bin in ein paar Minuten mit dem Tanzen fertig. Dann können wir reden. Aber ich sage Ihnen jetzt, Polizist oder nicht: Kein Sex.«

Tom nickte. Ivana kehrte auf die andere Seite der Bühne zurück, wo sie aus den Fussball-Hooligans noch ein paar Pfund herauszuholen versuchte, während Tom sich an einen Tisch in einer dunklen Ecke des Clubs setzte.

Ivana beendete ihren Tanz und verliess unter dem spärlichen Beifall der anderen Gäste, die an mit Kerzen beleuchteten Tischen sassen, die Bühne. Sie schlüpfte in eine Art verkürzte Krankenschwesternuniform aus Vinyl und kam zu Tom. Die Kellnerin kehrte zurück und Ivana schaute erst zum anderen Mädchen und dann wieder zu Tom.

»Oh, na gut. Was darf's sein?«

»Doppelter Wodka mit Tonic.«

Tom bestellte ein zweites Bier und zuckte zusammen, als das Mädchen ihm den Preis nannte. Er zückte ein paar Scheine und wünschte, er hätte sich an die Regeln gehalten. Die Kellnerin liess sie liegen.

»Wenn Sie von der Polizei sind, zeigen Sie mir Ihren Ausweis.«

Tom zog seine Brieftasche heraus und zeigte seine Ausweiskarte.

»Furey? Bedeutet das nicht Wahnsinn?«

»Manchmal.«

»Warum sagen Sie dem Besitzer nicht, wer Sie sind?«, fragte sie ihn.

»Wo ist Ebony heute Abend?«

Die junge Frau lehnte sich im Stuhl zurück und nippte an ihrem Getränk. Als sie das Glas absetzte, fragte sie: »Was sind Sie, noch ein Stalker oder so?«

»Was heisst hier ›noch einer‹?«

Ivana sagte nichts.

»Arbeitet sie heute Abend?«

»Dies ist keine offizielle Angelegenheit, denke ich.«

Tom schaute auf seine Uhr. »Wie ich schon sagte, es kann sehr einfach sein.«

Ivana seufzte und strich sich eine lange, geglättete Strähne ihres tiefschwarzen Haares aus dem Gesicht. »Sie hat sich krankgemeldet.«

»Wann hat sie das letzte Mal gearbeitet?«

»Letzte Nacht. Wollen Sie die ganze Nacht hierbleiben und das Geld ausgeben, das Sie gekauft haben?«

Tom sah auf das laminierte Spielgeld auf dem Tisch. »Sie sagten, ›noch ein Stalker‹. Hat ein Mann sie belästigt?«

Ivana lachte und Tom dachte, sie sei wirklich hübsch. »Wir werden in jeder einzelnen Nacht von Männern belästigt, Herr Polizist.«

»Sie wissen genau, was ich meine.«

»Es gab einen Stammkunden. Einen Mann, der in den letzten zwei Wochen vielleicht fünf oder sechs Mal kam und immer private Shows buchte.«

»Wie sah er aus?«

Ivana trank ihren Wodka aus und schlürfte, als sie den Rest durch den Strohhalm aufsaugte. Sie lächelte süsslich, sagte aber nichts.

Tom schob ihr das Plastikgeld hinüber und sie legte es auf den Tisch.

»Brille, rote Haare, Sommersprossen. Mitte zwanzig. Klein – wohl unter eins siebzig. Sieht aus wie ein Akademiker oder vielleicht ein IT-Fachmann.«

Also definitiv nicht Nick, dachte Tom und beschrieb ihr den anderen Detektiv.

»Das könnte eigentlich jeder Mann sein, der hier reinkommt«, sagte Ivana achselzuckend.

Sie hatte recht und Tom wusste es. Jemand musste ein Foto mitbringen. Er wollte mehr über das Mädchen wissen. »Ist das Mädchen, Ebony, schwarz?«

»Jetzt weiss ich, warum Sie Detektiv wurden.«

»Ha, ha. Woher kommt sie? Von den Westindischen Inseln?«

»Aus Südafrika.«

Das war ein bisschen ungewöhnlich. »Ist sie eine illegale Einwanderin?«

»Hinter wem sind Sie her, hinter ihr oder diesem grossen Kerl mit den schwarzen Haaren?«

»Hat sie sich in letzter Zeit anders verhalten?«

»Gestern Abend ist sie früh nach Hause gegangen. Ich nehme an, es war die Krankheit, die sie heute Abend ferngehalten hat. Aber als sie ging, gab ich eine Privatvorführung, deshalb habe ich nicht mit ihr gesprochen.«

»Hat gestern Abend eines der anderen Mädchen gearbeitet?«

Ivana sah sich im Club um. »Nein.«

Aufgrund ihrer einstudierten Nonchalance vermutete Tom, dass sie, vielleicht, um ihre Kolleginnen zu schützen, log. Das gefiel ihm. Würde bei den Stripperinnen. »Gab es keine anderen Stammgäste, von denen Sie wissen?«

Ivana schüttelte den Kopf und sah auf die Uhr. »Ich habe bald Feierabend. Möchten Sie eine Privatvorstellung?«

Tom lächelte sie an. »Nein, danke. Wie lange ist Ebony schon in England?«

»Ungefähr ein Jahr, glaube ich.«

»Wie alt ist sie?«

»Jung – aber nicht minderjährig, falls Sie das meinen. Ungefähr neunzehn, denke ich. Der Boss hier ist in manchen Dingen sehr streng. Keine Drogen, keine Kinder.«

Tom fragte sich, ob Nick Ebony gesehen hatte und ob er der

Grund dafür war, dass sie die Arbeit am Vorabend so früh verlassen hatte. Er wollte die Empfangsdame nicht fragen, um ihre Aufmerksamkeit nicht auf sich zu ziehen.

»Haben Sie eine Frau, Herr Polizist?«, fragte Ivana und störte damit den Fluss seiner Gedanken.

»Nein.«

»Eine Freundin?«

»Das geht Sie nichts an.« Er leerte sein Bier.

»Ich glaube nicht. Polizisten sind schlecht in Beziehungen. Mein Freund in Russland war Polizist. Er hat mich geschlagen, also habe ich ihn erstochen.«

»In der Tat eine schlechte Beziehung. Rufen Sie mich an, wenn Ihnen noch etwas in den Sinn kommt.« Er gab ihr seine Karte und verliess den Club.

Es war fast zwei Uhr morgens, als er die Tür zu seinem warmen, aber leeren Haus öffnete. Sein Gesicht brannte noch immer von der Schnittwunde und er dachte wieder an die Explosion und den Tod von Steve, dem Computerfachmann. Er zog sich aus und kletterte zwischen die kühlen Laken des Betts. Er schaute auf das Bild von Alex und lächelte sie an. Er wusste, dass es genauso gut er hätte sein können, der bei der Explosion getötet wurde.

Ein Teil von ihm wünschte, es wäre so.

»SÜDAFRIKA.«

Als Shuttleworth das Wort sagte, beunruhigte dies Tom nicht. Weder das Reiseziel noch die fehlende Ankündigung. Er war schon mit einem Aussenminister im Sudan und mit einem ehemaligen Premierminister in Marokko gewesen, aber noch nie im südlichen Afrika. Er blickte hinaus, über die Themse und auf den Palast von Westminster. Der Himmel war schmutzig grau und etwas Sonnenschein wäre nicht schlecht.

»Da Nick vermisst wird, brauche ich dich, um vor dem Besuch von Robert Greeves eine Erkundung durchzuführen. Dein Flug geht heute Abend von Heathrow nach Johannesburg«, sagte der Schotte.

»Greeves ist sowohl aus geschäftlichen wie auch aus privaten Gründen ein häufiger Afrikabesucher und auf dieser Reise macht er ein bisschen von beidem. Er mag Tiere und liebt Wildtierparks. Er wohnt in einer Luxuslodge, in der er schon früher oft war. Während seines Aufenthalts wird er sich mit seinem südafrikanischen Amtskollegen, einem Minister namens Dule, treffen, um mit ihm über den Kauf von Trainingsflugzeugen bei einem britischen Rüstungsunternehmen zu sprechen.«

»Ich habe etwas darüber gelesen.«

»Ja und im Internet wirst du genügend Material finden, das du während des Fluges lesen kannst.« Shuttleworth schob Tom über seinen unaufgeräumten Schreibtisch zwei dicke Ordner zu. Es waren Nicks Akten über die vergangenen Besuche des Ministers für die Beschaffung von Verteidigungsmaterial in Afrika. »Deine Vorreise für seinen Besuch ist kaum mehr als eine Formalität. Er hat schon einmal in der Lodge übernachtet und du wirst mit denselben Leuten vom südafrikanischen Polizeidienst zusammenarbeiten, die schon bei Nicks letzten Besuchen mit dabei waren.«

»Wie heisst die Lodge?«, fragte Tom, auch wenn er kein Safarilager von einem anderen unterscheiden konnte.

»Tinga. Sie liegt im Krüger-Nationalpark und ist erstklassig. Fünf-Sterne-Luxus. Nur das Beste für unseren Robert.«

»Dann sind meine Steuern also bei der Arbeit.«

Shuttleworth runzelte die Stirn. »Was hast du gestern Abend in Nicks Wohnung gefunden?«

»Nicht viel. Eine Karte von einem Strip-Club und auf seinem Telefon die Nachricht einer Frau namens Ebony, die ihn bat, sich mit ihm im Club zu treffen, in dem sie an der Arbeit sei.« Tom war der Meinung, er schulde seinem vermissten Kollegen keinen besonderen Gefallen, da er jetzt seine Arbeit weiterführte. Deshalb hatte er sich entschlossen, den einzigen Hinweis auf Nicks möglichen Aufenthaltsort preiszugeben. Da er das Land verliess, musste ausserdem jemand anderes Nicks Verschwinden weiterverfolgen.

»Du warst im Club.« Tom bemerkte, dass Shuttleworth sich nicht einmal die Mühe machte, es als Frage zu formulieren, sah aber die

Missbilligung in den Augen des buchstabengetreuen Chefinspektors.

»Ja, aber es war eine ziemliche Sackgasse. Es gibt eine Stripperin namens Ebony, die dort arbeitet, aber sie hat sich krankgemeldet. Das Mädchen, mit dem ich gesprochen habe, hat Nick anhand meiner Beschreibung nicht erkannt.«

»Hmm. Ich werde Morris und Burnett losschicken, um offiziell nachzuforschen. Interessant, dass sie sich am selben Abend, an dem Nick das Bett hütete, krankgemeldet hat.«

»Wir wissen nicht, ob dies nur ein Ausreisser ist. Es könnte genauso gut etwas Schlimmeres sein.«

»Ja, egal welche Erklärung es dafür gibt, es ist verdammt unangenehm. Weisst du viel über sein Privatleben? Ich erinnere mich, dass du sagtest, er scheine alle paar Wochen einen anderen Vogel zu haben.«

Tom schüttelte den Kopf. »Ich habe nur Gerüchte gehört. Ich habe mich seit seiner Trennung von seiner Frau nicht mehr mit ihm getroffen. Sein Haus sieht mittlerweile eher wie eine Junggesellenbude aus den Siebzigern aus. Es könnte also sein, dass er das Singleleben in vollen Zügen geniesst.«

»Schreib deine Notizen und einen Bericht über die letzte Nacht. Wenn du damit fertig bist, kannst du nach Hause gehen und packen. In Südafrika ist es um diese Jahreszeit herrlich warm.«

Tom brachte die Akten zu einem der mobilen Arbeitsplätze, die von den Personenschutzbeamten genutzt wurden und schaltete den gemeinsamen Computer ein. Er musste die Dateien jetzt verarbeiten, da nichts aus dem Gebäude genommen werden durfte. Er flog am Abend nach Südafrika, verbrachte den nächsten Tag und die Nacht dort und kehrte am folgenden Nachmittag nach Grossbritannien zurück. Nach etwas mehr als vierundzwanzig Stunden, in denen er sich ausruhen konnte, gehörte er zu Greeves' Personenschutzteam und musste in ein weiteres Flugzeug nach Südafrika steigen. Wenn mehr Personen zur Verfügung gestanden hätten, wäre er einfach dortgeblieben und hätte auf die Ankunft des Ministers und des restlichen Teams gewartet.

Er las ein Bündel von E-Mail-Ausdrucken aus der Akte. Der Schutz für Greeves war sehr dürftig und das gab Anlass zu einiger Sorge. Natürlich konnte er nicht viel gegen die Personalprobleme tun, denn die kürzlich erhöhte Sicherheitsstufe bedeutete, dass selbst untergeordnete Minister wie Greeves im In- und Ausland engen Personenschutz erhielten. Er konnte noch nicht einschätzen, wie ernsthaft der Mann, der für die Beschaffung von Verteidigungsgütern zuständig war, als Zielscheibe in Frage kam, aber er erhielt von der Polizei nur spärliche Bewachung.

Während er die Nachrichten las, die Nick an seinen Partner in Südafrika geschrieben hatte, fragte er sich erneut, wo, wann und wie sein Kollege auftauchen würde. Als er sich Zutritt zu Nicks Wohnung verschafft hatte, rechnete er halbwegs damit, ihn im Badezimmer zu finden, tot, mit auf die gefliesste Wand gespritztem Gehirn.

Er würde es nämlich so machen, falls er sich dafür entschiede. Weil es viel einfacher war, die Wohnung für den Anwalt, den Arzt oder den Buchhalter, der danach einzog, zu reinigen.

Tom gehörte in der alten Spezialeinheit zu einer seltenen Art: Er war einer der wenigen Katholiken, aber das behielt er für sich. Nicht etwa, weil er Angst vor Sticheleien oder Vorurteilen hatte, insbesondere wenn der Feind Ire und seines eigenen Glaubens war, sondern weil er nicht mehr wirklich glaubte. Er fand, es gäbe zu viele Widersprüche. Wenn stimmte, was die Nonnen ihm als Kind beigebracht hatten, wären Alex und er eines Tages im Jenseits wiedervereint. Sollte er jedoch eine Abkürzung zu ihr nehmen, indem er Selbstmord beging, wäre er verdammt und musste in der Hölle schmoren, weil er, wenn er sich selbst das Leben nahm, eine Sünde beging.

3

————————

»Tee, Sir?«

Tom blinzelte und schüttelte den Kopf, um wach zu werden. Während die Flugbegleiterin auf seine Antwort wartete, schenkte sie ihm ein Lächeln, das ihm fast aufrichtig schien.

»Ja, bitte«, antwortete er und stemmte sich auf dem flachen Business-Class-Bett in eine halbsitzende Position hoch. Neben ihm öffnete jemand die Jalousie und goldenes Sonnenlicht durchflutete die Kabine der British Airways 747.

»Haben Sie gut geschlafen?«, fragte sie und stellte die Tasse auf seinen Beistelltisch.

»Wie ein Stein«, sagte er. Die lange Nacht im Club und der frühe Start erwiesen sich als wahrer Segen, denn er war bald nach dem Essen eingeschlafen. Er hatte sich längst daran gewöhnt, auf Langstreckenflügen Business oder First Class zu reisen und schätzte die Einführung völlig flacher Betten in der Business Class sehr.

Kurze Zeit später kündigte der Flugkapitän an, die Kabine werde nun für die Landung vorbereitet. Als Tom von der Toilette zurückkam, wo er sich mit einem batteriebetriebenen Rasierapparat das Kinn rasierte und sein zerzaustes, grau meliertes Haar kämmte, hatte sich sein Bett wieder in einen Sitz verwandelt. Er beugte sich vor und schaute aus dem Fenster auf Afrika hinunter.

Die Landschaft war grüner, als er erwartete, aber der Pilot hatte für den Zielort Regen vorausgesagt. Unten gab es nicht nur offenes Grasland, sondern auch kreisförmig angelegte Felder, auf denen unterschiedliche Getreide angebaut und bewässert wurden. Was Tom über Landwirtschaft wusste, passte auf die Rückseite einer Fahrkarte für Londons öffentlichen Verkehr. Noch weniger wusste er über Wildtiere. In den Teilen Afrikas, die er bisher besucht hatte, war die Bevölkerung mehr durch AK 47 als durch Löwen oder Leoparden gefährdet.

Bevor er auf dem Flug einschlief, hatte Tom seine Ausdrucke aus dem Internet gelesen: Einige allgemeine Informationen über Südafrika, den Krüger-Nationalpark und die Tinga Legends Lodge. Er musste noch eine Menge über das Land, das er gleich betreten würde, lernen, aber in gewisser Hinsicht war das nicht so wichtig.

Ein Inspektor des südafrikanischen Polizeidienstes würde ihn am Flughafen abholen und zur Safari-Lodge begleiten, die, wie er gelesen hatte, etwa vier Autostunden entfernt lag. Robert Greeves würde bei seinem Besuch in den Park fliegen, bei Toms Vorabbesuch konnte die Organisation das Geld aber besser anderweitig als für einen Inlandflug nutzen. Ihm war das egal, denn eine Fahrt gäbe ihm bessere Chancen, ein Gefühl für das zu bekommen, was die Leute als das ›neue Südafrika‹ bezeichneten.

Es gab bei diesem Job jedoch einige Dinge, die ihm bereits Sorge bereiteten. Zunächst einmal hätte er nicht allein sein dürfen, denn normalerweise bestand ein Schutzteam aus mindestens zwei Personen. Detective Constable Charlie Sheather, ein weiterer Polizist der Met, war bereits in Südafrika, aber er war auf der Erkundung und Kontrolle für das Radisson Hotel in Kapstadt, wo Greeves nach seinem Besuch in Tinga wohnte. Charlie leistete die Vorbereitungen für diese Etappe der Reise und er und Tom arbeiteten erst zusammen, nachdem auch Tom zum Kap flog. Das widersprach zwar den üblichen Verfahrensweisen, aber der bestehende Personalmangel verschlimmerte sich durch Nicks Verschwinden plötzlich zusätzlich.

Ausserdem war Greeves ein untergeordneter Minister – die Beschaffung von Verteidigungsgütern war zwar wichtig, hielt den Politiker aber nicht in den Schlagzeilen. Im Gegensatz zum Verteidigungsminister, der immer noch ein volles Team hatte, konnte man sein Schutzteam reduzieren.

Als die Klappen geöffnet und die Räder ausgefahren wurden, gab es irgendwo hinten in der Economy Class ein entferntes Geräusch. Er schaute aus dem Fenster und sah Vorstädte: Auf kleinen Grundstücken standen Reihen von Einfamilienhäusern, einige davon mit Swimmingpools. Er lächelte vor sich hin – keine Elefanten oder Zebras. Von der sonnenerwärmten afrikanischen Landschaft stieg heisse Luft auf und Tom blickte auf das näherkommende Afrika hinunter, das ihn begrüsste.

TOM SAH NUR WENIG vom internationalen Flughafen von Johannesburg, ausser dass das Empfangsgebäude grösser, geschäftiger, moderner und effizienter war, als er es sich vorgestellt hatte. Die wenigen Südafrikaner, die er in London getroffen hatte, schienen nichts lieber zu tun, als wegen Korruption, zunehmender Kriminalität und einer Verschlechterung der Dienstleistungen seit der Einführung der Mehrheitsregierung im Jahr 1994 über die neuen Machthaber ihres ehemaligen Heimatlandes zu schimpfen. Tom war nicht so naiv, ein Land nach seinem Flughafengebäude zu beurteilen, aber es erinnerte ihn daran, seine Vorurteile zu vergessen und sich mit Fakten, nicht mit Anekdoten oder Gerüchten zu beschäftigten. Er bezweifelte, sich bei einer einzigen Erkundungstour tiefe oder dauerhafte Eindrücke von der afrikanischen Politik und der südafrikanischen Demokratie verschaffen zu können, wollte aber seine Augen und Ohren offenhalten.

»Detective Sergeant Furey?«

»Der bin ich.« Tom hatte an der blonden Frau, die einen schicken Geschäftsanzug mit hochgeschlossener Jacke und Rock trug, vorbeigeschaut. Sie war etwa eins neunzig, vier Zentimeter kleiner als er, doch ihre Absätze glichen den Unterschied beinahe aus. Ihr Haar war zu einem kurzen Bob geschnitten, aber das Erste, was ihm, abgesehen von ihrer Grösse, an ihr auffiel, waren ihre blauen Augen. Er wusste, dass er sie anstarrte, konnte es aber nicht verhindern. Er zwang sich, zu blinzeln.

Sie lächelte höflich über seine Unbeholfenheit hinweg. »Ich bin Inspektorin Susan Van Rensburg. Man nennt mich Sannie.«

Sie streckte ihre Hand aus, deren polierte Bronzehaut sich weich und kühl anfühlte, obwohl ihr Griff fest war. Er erkannte den Afrikaans-Akzent schon bevor sie ihren Nachnamen nannte. Er schätzte sie auf etwa Mitte dreissig. Am Ringfinger ihrer rechten Hand steckten zwei Ringe, davon einer mit Diamanten besetzt, aber sie trug keinen Ehering. Dort, wo er herkam, trugen nicht viele Polizistinnen bei der Arbeit Lipgloss. »Tom. Freut mich, Sie kennenzulernen. Sie haben also die E-Mail wegen Nick Roberts erhalten?«

»Ja. Haben Sie herausgefunden, wo er ist?«

»Nein, wir wissen noch nichts. Haben Sie schon einmal mit ihm gearbeitet?« Sie führte ihn zu den Türen des Terminals und ignorierte einen Schwarzen mit einer Bomberjacke, der fragte, ob sie ein Taxi bräuchten. Tom hatte seine Reisetasche über eine Schulter gehängt und sagte: »Nein, danke«, als ein Träger ihm anbot, sie für ihn zu tragen.

»Ja, ich habe mit Nick gearbeitet«, sagte sie, gab dabei aber keine weiteren Informationen preis und Tom konnte auch keinen Ausdruck von Besorgnis erkennen.

»Sind Sie normalerweise als Verbindungsperson eingeteilt, wenn Mister Greeves Südafrika besucht?«, fragte Tom.

»Ja. Haben Sie schon für ihn gearbeitet? Er ist ein netter Kerl.«

Tom schüttelte den Kopf. Er fand es sehr interessant, dass sie über den Minister eine persönliche Meinung äusserste, aber nichts zu dem Mann sagte, mit dem sie am engsten zusammengearbeitet hatte und der vermisst wurde.

»Nun, wenn Sie bereit sind, können wir gehen.« In seinem Handgepäck trug Tom einen zweiten Reiseanzug, zwei kurzärmlige Hemden, Unterwäsche und seine Toilettenartikel, dazu ein Paar Jeans, Shorts, ein Freizeithemd sowie Freizeitschuhe. Er folgte

Sannie durch die Ankunftshalle nach draussen. Es war warm, wenn auch nicht unangenehm heiss und zwischen den grauen, immer noch regenschwangeren Wolken öffneten Risse Zipfel blauen Himmels.

»Da sind wir«, sagte Sannie und drückte auf den Knopf der Fernbedienung am Schlüsselbund. Die Lichter an einem Mercedes blinkten. Es war wohl nicht das neueste Modell, aber auch längst noch nicht alt. Sie öffnete den Kofferraum und er warf seine Tasche hinein.

»Wir sind nur zu zweit«, sagte sie. »Wir sind personell unterbesetzt und heute und morgen findet in Kapstadt eine Tagung der Organisation der Afrikanischen Union statt. Aber für die Erkundung brauchen wir niemanden sonst, denn Minister Greeves war schon oft in Tinga und im Krügerpark.«

»Ich weiss, was Sie damit meinen, zu wenig Leute zu haben. Wir haben auf dieser Reise nur ein Minimum an Personal. Ich habe den Sicherheitsbeauftragten der britischen Botschaft kontaktiert und selbst er ist zu beschäftigt, um uns heute zu treffen.«

Sannie zuckte mit den Schultern. »Ich habe Giles ein paar Mal getroffen, aber es gibt nichts, was ein Sicherheitsbeamter Ihnen nicht auch sagen könnte. Waren Sie schon einmal in Südafrika?«

»Nein, noch nie. Ist das Kriminalitätsproblem so schlimm, wie es in den Medien dargestellt wird?« Tom streifte seinen Mantel ab und setzte sich auf den Beifahrersitz.

Sannie zog ihre Jacke auch aus und hängte sie über die Rückenlehne ihres Sitzes. Als sie einstieg, zog sie eine Neun-Millimeter-Pistole Z88 aus dem Holster, das an einem schmalen Gürtel am oberen Ende ihres massgeschneiderten Rocks befestigt war. Sie lächelte ihn an und steckte die Waffe in ein kleines Fach in der Mittelkonsole, wo die meisten Leute ihre Sonnenbrille aufbewahren.

»Richtig«, sagte Tom. Er hatte gedacht, es sei nicht nötig, seine Glock bei einer Erkundung, die nicht viel mehr als eine Formalität sei, dabei zu haben. Aber jetzt war er sich nicht mehr so sicher.

»Sie ist übrigens geladen und gesichert. Obwohl wir von der Polizei der Öffentlichkeit raten, sich nicht zu wehren oder eine Waffe zu benutzen, wenn jemand überfallen wird.«

Tom hatte gelesen, dass in Johannesburg und anderen Teilen des Landes bewaffnete Autodiebstähle ein ernstes Problem darstellten, wobei die Räuber ihre Opfer oft erschossen. In Grossbritannien dagegen handelte es sich bei den bewaffneten Personen in der Regel um Kriminelle aus der Unterwelt, die eher gegeneinander vorgingen, als Unschuldige zu bedrohen.

»Was ist ihr Plan, wenn wir von einem Dieb angehalten werden?«

»Wenn der Autoknacker mich erschiesst, bevor ich ihn erwische, möchte ich, dass Sie ihn töten, okay?«

»Ist das Ihr Ernst?«

Sie lächelte, blinkte, beschleunigte und ordnete sich in den Verkehr vor dem Terminal ein.

»Ist das ein Scherz?«, beharrte er.

Sannie sah, ohne zu lächeln, zu ihm hinüber und sagte: »Mein Mann war Polizeihauptmann und ebenfalls im Personenschutz. Er arbeitete bei der Bewachung von Greeves mit Nick Roberts zusammen, weil ich noch Urlaub hatte und mit meinem dritten Kind schwanger zu Hause war. Eines Tages war er ausser Dienst und holte unseren Sohn bei einem Freund ab. Auf dem Weg wurde er, bevor er nach seiner Waffe greifen konnte, an einer Ampel erschossen. Das war vor zwei Jahren. Ich habe das Baby verloren.«

Tom nickte und starrte durch die Windschutzscheibe. Er versuchte, die richtigen Worte zu finden, um sein Beileid über ihren Verlust auszudrücken, doch er wusste aus eigener Erfahrung, dass nichts, was man jemals sagen konnte, richtig war – oder es leichter machte. Er schaute hinüber und sah, wie sie ihn anschaute, bevor sie ihren durchdringenden Blick wieder auf die Strasse richtete.

»Danke«, sagte sie.

»Wofür?«

»Dafür, dass Sie nichts gesagt haben.«

Es sah alles so normal aus. Die industriellen Vorstädte am Rande des Flughafens erinnerten ihn an Staines in der Nähe von Heathrow. Als Sannie auf eine sechsspurige Autobahn auffuhr, sah er ebenso viele weisse wie schwarze Gesichter. Auf Schildern wurde für Mobiltelefone, Kaufhäuser und ein Kasino geworben. Johannesburg – oder ganz Afrika – mochte wie andere Teile der Welt aussehen, aber die Pistole, die zwischen ihnen lag, sprach von der mitschwingenden Gewalt des Lebens in diesem Teil Afrikas.

Sannie sagte nichts mehr und er beobachtete, wie sie fuhr. Zielgerichtet defensiv, würde er es beschreiben. Sie schaute aufmerksam in ihren Rückspiegel und hielt Abstand zum vorausfahrenden Auto. Als die Ampel – sie nannte sie ›den Roboter‹ – auf Rot schaltete, hielt sie mit fünf Metern Abstand vom Vorderauto an, damit sie Platz zum Manövrieren hatte, falls sie in Bedrängnis kam.

»Sie sagten, Sie haben einen Sohn?«, fragte er.

»Ja, einen Sohn und eine Tochter. Mein Junge ist neun und mein Mädchen ist fünf. Meine Mutter lebt bei uns und passt, wenn ich weg bin, auf sie auf.«

Sannie wechselte die Spur und beschleunigte, so dass der Tacho auf hundertzwanzig Kilometer stieg. Sie blickte zu ihm hinüber. »Und Sie, sind Sie geschieden, oder nehmen Sie, wenn Sie reisen, nur Ihren Ehering ab, wie ...?«

Er schaute auf seinen linken Ringfinger hinunter. Er hatte den Ehering erst vor sechs Monaten abgenommen, als er sich dachte, jetzt sei es an der Zeit. Aber genau wie Sannie bemerkte er, dass sich immer noch eine Vertiefung und eine schwache weisse Linie auf der gebräunten Hand zeigten, wo der Ring sich fünfzehn Jahre lang eingekerbt hatte.

»Alex ist vor einem Jahr gestorben. Brustkrebs.«

»Oh, nein, das tut mir so leid. Ich wusste, dass Sie jemanden verloren haben, aber ich wusste nicht, dass es Ihre Frau war.«

»Woher wussten Sie das?«

»Weil Sie nichts gesagt haben, als ich Ihnen erzählt habe, was mit meinem Mann und meinem Baby passiert ist. Nur Menschen, die keine wirkliche Trauer kennen, glauben, dass Worte sie erleichtern können. Dabei geht sie nicht wirklich weg, oder?«

»Nicht, dass ich wüsste.« Er wollte verzweifelt das Thema wechseln. »Was Sie vorhin gesagt haben, über das Abnehmen des Eherings auf Reisen: Sie haben ›wie...‹ gesagt. Wessen Namen wollten Sie hinzufügen?«

»Vergessen Sie es«, sagte sie.

»Wie Nick?«

»Hören Sie, wenn er ein Freund von Ihnen ist, tut es mir leid. Und ausserdem tut es mir leid, dass er vermisst wird.«

»Aber?«

»Aber was?«

»Ich ahne ganz einfach, dass es ein ›aber‹ gibt. Unsere Ehefrauen kannten sich besser als wir. Nick ist ein Kollege, Sannie. Ich will versuchen herauszufinden, was mit ihm passiert ist, aber ich kenne ihn nicht gut genug, um zu wissen, warum er verschwunden ist – falls es freiwillig war.«

»Okay. Ich habe Nick vor etwa vier Jahren kennengelernt, als mein Mann noch lebte und Nick noch verheiratet war.«

»Und?«

»Und er hat versucht, mich anzumachen.«

»Wirklich?«

»Ja. Auf der ersten Fahrt, genau wie Sie und ich jetzt sind. Ich konnte es nicht glauben. Er sagte zu mir: »Was unterwegs passiert, bleibt unter uns.« Ich kann Ihnen sagen, ich habe es ihm so richtig gegeben.«

»Hat er es später erneut versucht?«

»Noch einmal, letztes Jahr, nachdem seine Ehe vorbei und mein Mann tot war und nach meiner Fehlgeburt. Er dachte wohl, jetzt sei ich zu haben. Wir waren mit ein paar anderen Polizisten in einer Kneipe. Meine Freunde waren an der Bar und wir sassen allein da, als er sagte: »Ist nun die richtige Zeit, Baby?«

»Was haben Sie gemacht?«

»Ich habe ihm gesagt, die Zeit wäre selbst dann nicht reif, wenn wir die beiden einzigen Menschen auf der Welt wären. Und dann habe ich ihm eine Ohrfeige verpasst, und zwar eine richtig heftige.«

Tom lächelte, aber er erfuhr immer mehr über Nick und das war nicht gut.

»Ich bin mittlerweile so *gatvol* von Männern.«

»*Gatvol*?«, fragte er. Sie hatte das ›g‹ wie ein ch ausgesprochen und es klang, als ob sie ihn anspucken wolle. Das Wort, was immer es auch bedeuten mochte, schien zu ihrem Gefühl zu passen.

»Wie ›ich habe genug‹ auf Deutsch. Aber nichts für ungut, ja?«

Er lachte. »Schon gut.«

Auf einer Karte hatte er gesehen, dass der Flughafen am östlichen Stadtrand von Johannesburg lag. Die Fabriken, Lagerhäuser, Bergwerkshalden und abgelegenen Reihenhaussiedlungen, die sich hinter hohen, weiss getünchten Mauern verbargen, wichen bald offenen Grasflächen und Farmen. Sannie erklärte, Johannesburg liege im ›Highveld‹, also auf einer höhergelegenen Ebene, als dort, wohin sie unterwegs waren. Der Krügerpark lag im ›Lowveld‹, dem Tiefland, wo es heisser und feuchter war. »Ich hoffe, Sie haben Ihr ›Mücken-Muti‹ dabei.«

»Insektenschutzmittel?«, erkundigte er sich.

»Dort, wo wir hinfahren, ist Malariagebiet und nun, in der Regenzeit, ist es besonders schlimm.«

Als sie sich der Ausfahrt zu einer Stadt namens Witbank näherten, bemerkte er das erste Schild, das vor Autoüberfällen warnte. Unter einem grossen Ausrufezeichen stand: *»Attention – highjacking hotspot!"*, *nicht anhalten, Überfallgefahr.*

»Was macht man bei einer Panne?«, fragte er.

»Beten«, sagte Sannie, »und auf die Körpermitte zielen.«

Tom hatte die Erfahrung gemacht, dass die meisten Menschen, die in vermeintlich gefährlichen Gegenden der Welt lebten, dazu neigten, die vorhandene Bedrohung herunterzuspielen, etwa indem sie allgemeine Warnungen aussprachen, wie etwa: ›Meiden Sie nachts diese und jene Gegend, dann ist alles in Ordnung‹ oder ›Es ist nicht so schlimm, wie die Medien es darstellen.‹ Nach dem, was Sannie ihm bisher erzählt hatte, schien in Südafrika das Gegenteil der Fall zu sein. Die Menschen hier machten sich keine Illusionen über ihr Kriminalitätsproblem.

»Vieles davon ist organisierte Kriminalität und daran sind die Weissen nicht unschuldig. Ausserdem leben Menschen aus ganz Afrika hier. Die Menschen, die die Grenze von Simbabwe her überqueren, sind bitterarm und einige von ihnen werden zu Dieben. Für die Mosambikaner gilt dasselbe. Und am schlimmsten sind die Nigerianer – sie kontrollieren die Drogenszene. Früher, als ich bei der Polizei anfing, war das anders – damals gab es die Todesstrafe.«

Ja, und Unruhen in Soweto und eine Polizei, die das Feuer auf Zivilisten eröffnet, dachte Tom, sagte aber nichts. Es war ihr Land und er war nicht hier, um Urteile zu fällen.

»Ich weiss, was Sie denken. Aber wissen Sie, wir sind nicht alle verrückte Rassisten. Ich war mit vielem, was unter der Apartheid geschah, nicht einverstanden. Aber das Kriminalitätsproblem hatten wir damals unter Kontrolle.«

»Das hängt davon ab, wen Sie als Kriminelle einstufen.«

Sie lächelte.

Kurz hinter der Mautstelle in Middelburg hielt Sannie an einer Tankstelle, die genauso aussah, wie einer der grossen Komplexe auf einer englischen Autobahn. Tom stieg aus, um sich die Beine zu vertreten. Er gähnte, aber es ging ihm gut. Der Zeitunterschied zwischen Grossbritannien und Südafrika war gering und er hatte im Flugzeug gut geschlafen. Es tat gut, die Sonne auf dem Gesicht zu spüren. Sannie kam mit zwei Colas und ein paar Chips zurück. »Wie weit ist es noch?«, fragte er.

»Ach, nicht wirklich, oder? Sie hören sich an wie meine Kinder. Wenn wir schnell fahren, sind es noch etwa drei Stunden.«

Und sie fuhren schnell. Tom warf einen Blick hinüber und sah, dass der Tacho selten unter hundertzehn Stundenkilometer sank. Es war spannend, zu beobachten, wie die Einheimischen fuhren. Sie hatten eine interessante Form der Verkehrsetikette: Im hier herrschenden Linksverkehr zogen langsamere Fahrzeuge nach links, um schnellere Autos auf der eigentlichen Fahrspur vorbeiziehen zu lassen. Das überholende Fahrzeug – es war immer Sannie – schaltete danach kurz die Warnblinkanlage ein, um sich zu bedanken, während das Auto, das gerade überholt worden war, mit den Scheinwerfern aufblinkte, als wolle es ›Gern geschehen‹ sagen. Es war wie ein Paralleluniversum, dachte Tom, in mancher Hinsicht ähnlich wie England, aber in Vielem so ganz anders.

Die Strasse, auf der sie sich befanden – die N4 –, führte sie nach Osten, in Richtung der Grenze zu Mosambik, wie es die Schilder zur Hauptstadt Maputo anzeigten. Tom wusste, dass Mosambik eine ehemalige portugiesische Kolonie war, einen langen Bürgerkrieg hinter sich hatte und es angeblich wunderschöne Strände gab. Darüber hinaus war es für ihn nicht mehr als ein Name auf der Landkarte. Er nahm sich vor, sich in einige Bücher über Afrika zu vertiefen, bevor er mit Robert Greeves zurückkehrte.

Sannie hatte das Radio auf einen Sender namens ›Jacaranda FM‹ eingestellt, der leichte Popmusik, hauptsächlich aus den Achtzigern und Neunzigern, spielte. Die Moderatoren und Nachrichtensprecher wechselten manchmal mitten im Satz von Englisch zu Afrikaans. »Sprechen Sie mit Ihren Kindern zu Hause Afrikaans?«

»Ja, und Englisch. Im neuen Südafrika gibt es etwa ein Dutzend Amtssprachen. Meine Kinder lernen in der Schule Xhosa. Ich denke, es ist gut für sie, wenn sie die Sprache derer sprechen, die jetzt das Sagen haben.«

»Ich nehme an, es war hart für ... für Leute wie Sie, seit die Afrikaner das Land übernommen haben.«

Sie zuckte mit den Schultern. »Zunächst einmal bin ich selbst auch eine Afrikanerin. Nur zufällig eine Weisse. Sicher, nachdem der ANC die Macht übernommen hatte, gab es eine Menge positiver Massnahmen. Ich nehme an, ich habe Glück, dass ich eine Frau bin.«

»Was meinen Sie damit?« fragte Tom. Der Verkehr hatte sich etwas verlangsamt, denn die Strasse führte nun in Kurven bergab.

»Im neuen Südafrika geht es vor allem um *Empowerment*. Schwarze Frauen erlebten früher eine schwierige Zeit, deshalb stehen sie jetzt ganz oben auf der Liste für gute Jobs oder Beförderungen, gefolgt von schwarzen Männern. Dann kommen Farbige und Inder und dann wir weissen Frauen und schliesslich die weissen Männer, die jetzt ganz unten stehen. Früher war es genau umgekehrt.«

Sie schien nicht verbittert, dachte er, sondern hatte sich damit abgefunden, das Beste aus ihrem Leben zu machen. Doch wenn er sie beurteilen wollte, dann danach, wie sie ihre Arbeit als Polizistin machte und nicht danach, was sie vom Leben unter der schwarzen Mehrheitsherrschaft hielt.

Eine verschwommene Bewegung im Gras links von ihm erschreckte ihn. »Verdammt! Was war das?«

Sannie blickte hinüber. »Oh, nur *Bobos*. Paviane – auf Afrikaans nennen wir sie *Bobbejaans*.«

Tom beobachtete den Trupp von etwa einem Dutzend Affen. Ein besonders grosses Exemplar starrte ihn an und knurrte aus seiner hundeähnlichen Schnauze mit langen, gelben Zähnen. »Aber wir sind doch nicht in einem Nationalpark, oder?«

»Nein. *Bobos* und grüne Meerkatzen, die kleineren Affen, sieht man überall dort, wo es noch etwas Busch oder Bäume für sie gibt. Ein grosser Teil des Landes ist landwirtschaftlich genutzt, aber es gibt noch einige Wildgebiete.« Die mautpflichtige Strasse teilte sich und Sannie erklärte, man könne auf beide Seiten zum Krügerpark fahren, die rechte Abzweigung führe aber über Waterval Boven und am Ende des Hochlands einen steilen Pass hinunter. Die Gegend sei landschaftlich reizvoller als auf der Strasse über Lydenburg.

Sie fuhren einem Fluss entlang, der die Felsen durchschnitten und einen Pass gebildet hatte. Die Eukalyptusbäume der Plantagen wurden in einer rauchenden Papierfabrik verarbeitet. Tom sah hagere schwarze Arbeiter in ausgebeulten Overalls und fragte sich, ob die Männer an AIDS erkrankt seien.

Nach mehr als drei Stunden Fahrt wurde er langsam schläfrig und Sannie hielt an einer weiteren Tankstelle an, um erneut Cola und Chips für sie beide zu kaufen. Tom stieg wieder aus dem Auto, um sich ein wenig zu strecken und sofort fiel ihm die Veränderung des Klimas auf. Hier war es viel heisser als in Johannesburg und die Luft fühlte sich schwerer und feuchter an. Sannie erklärte ihm, dass sie sich Nelspruit, der Hauptstadt der Provinz Mpumalanga näherten, die früher Ost-Transvaal genannt wurde. »Das Lowveld, also das Tiefland. Jetzt nähern wir uns dem Busch«. Sie sagte es mit Begeisterung, fast ehrfürchtig. »Manche Leute nennen es das ›Slowveld‹, weil hier alles langsamer geschieht. Das macht die Hitze.«

In der Ferne sah Tom einige hohe Bürogebäude, aber bevor sie in die eigentliche Stadt kamen, bog Sannie links ab. Nun ging es einige Hügel hoch.

Als sie die Stadt White River erreichten, waren alle Ampeln ausgeschaltet. Ein schwarzer Polizist regelte den Verkehr mit den übertriebenen Bewegungen eines Robotertänzers. »Er scheint Spass an seiner Arbeit zu haben«, sagte Tom.

»Ja, aber es ist nicht zum Lachen. Der Strom ist abgestellt – schon wieder. Unser Stromversorger, Eskom, nennt das ›Loadshedding‹, übersetzt ›Lastenabwurf‹. Das Elektrizitätsangebot in Südafrika kann mit der Nachfrage nicht mithalten und in den letzten zehn Jahren wurde nicht genug Geld in die Infrastruktur investiert. Deshalb wird der Strom stundenweise in ganzen Bezirken abgeschaltet, um zu verhindern, dass das gesamte System zusammenbricht.«

Sie verliessen die Stadt und fuhren durch bewaldete Hügel mit Kiefern und australischen Eukalyptusbäumen. Nachdem sie einen hohen Gipfel erreichten, verschwanden die Wälder und eine Landschaft aus roter Erde und gleichfarbigen Hütten aus Lehmziegeln folgte. Kein einziger Baum war mehr in Sicht. »Viele der Schwarzen leben noch in Townships wie diesem. Die Regierung baut im Rahmen des Regionalentwicklungsprogramms neue Häuser, aber sie kann mit der Nachfrage nicht Schritt halten. Auf der einen Seite gibt sie Zehntausende von Rand aus, um die Namen der Städte von Afrikaans in afrikanische Namen zu ändern oder den Jan Smuts Flughafen in OR Tambo umzubenennen, aber sie schafft es nicht, ihren eigenen Leuten ein anständiges Dach über dem Kopf zu verschaffen oder die Stromversorgung des Landes aufrechtzuerhalten.«

Tom hörte die Bitterkeit in ihrer Stimme. Die meisten der Häuser hatten rostige Wellblechdächer und einige sahen aus, als wären sie komplett aus selbstgemachten Lehmziegeln und alten Verpackungskisten gebaut worden. Durch die Luftklappe der Klimaanlage roch es nach Holzrauch und Tom vermutete, dass dies die Bäume waren, die einst auf den Hügeln gestanden hatten. Kleinkinder liefen barfuss herum, die Unterschenkel mit rotem Schlamm bespritzt. Eine skelettartig abgemagerte Frau trug ein Baby auf dem Rücken, das sie in ein Stück fleckiges Tuch eingewickelt und sich um die Hüfte gebunden hatte. Sannie fuhr ihr Tempo weiter und ignorierte die bösen Blicke einer Gruppe von Teenagern, die wie amerikanische Ghettobewohner gekleidet waren: Aus tiefsitzenden Jeans lugten bunte Boxershorts hervor und die Menge an Klunker, mit der sie behängt waren, verrieten die Möchtegern-Gangster.

»Hier möchte ich keine Panne haben«, sagte sie. Sie passierte eine Abzweigung, die zum Numbi-Tor des Krügerparks führte und Sannie erklärte, dass sie weiter nördlich zu einem Eingang, der näher an der internen Polizeistation des Parks lag, fuhren. »Ich wollte Ihnen nur zeigen, wie manche Leute leben. Vielleicht verstehen Sie dann das Kriminalitätsproblem ein bisschen besser.«

Tom nickte. Etwas, das Sannie vorher über afrikanische Frauen gesagt hatte, erinnerte ihn an seine kurze, informelle Untersuchung von Nicks Verschwinden. »Sannie, haben Sie jemals bemerkt, dass Nick sich für schwarze afrikanische Frauen interessiert hat?«

Sannie schniefte. »Dieser Mann würde sich selbst für eine Kobra interessieren. Warum fragen Sie?«

»Ich glaube, eine der letzten Personen, die ihn gesehen haben, war eine Südafrikanerin.«

»Eine Nutte?«

»Sie mögen ihn wirklich nicht, oder?«

»Wie kommen Sie denn darauf?«, fragte Sannie und warf ihm einen unbewegten Blick zu.

»Eigentlich war sie das, was man in höflichen Kreisen eine ›exotische Tänzerin‹ nennen würde.«

»Eine Stripperin? Das klingt nach ihm. Er und ein paar männliche Polizisten waren in Pretoria einmal in einem Tabledance-Club. Meine Kollegen erzählten mir, Nick habe sich besonders für ein Mädchen interessiert und dieses war schwarz.«

»Ich frage mich, ob es dasjenige sein könnte«, überlegte Tom laut.

»Es kann sein, dass er auf jedes Mädchen stand, das mit ihm sprach – selbst wenn er Geld in ihr Strumpfband stecken musste, wissen Sie.«

Sie fuhren zurück in die ländliche Gegend und zu üppigen Farmen, die die Berge in der Nachmittagssonne in verschiedene

Smaragdtöne tauchten. Tom bemerkte Bananenfarmen und dass tropische Früchte wie Avocados und Mangos am Strassenrand zum Verkauf angeboten wurden. Fruchtbares Land. »Ich bin hier in der Nähe auf einer Bananenfarm aufgewachsen«, sagte Sannie, als sie durch eine kleine, chaotische Stadt namens Hazyview – sie nannte sie ›Dorp‹ – fuhren. »Ich war ein echtes Buschkind. Meine Eltern nahmen meine Brüder und mich in den Schulferien und an zahllosen Wochenenden mit in den Krügerpark. Aber ich wurde es nie satt.«

Arbeiter, die auf dem Weg nach Hause waren, drängten sich auf den Bürgersteigen und vor den Ampeln bildete sich zur Hauptverkehrszeit ein kleiner Stau von mit landwirtschaftlichen Erzeugnissen und Düngemitteln beladenen Pick-ups. Aus riesigen, vor einem Elektrofachgeschäft hingestellten Ghettoblastern dröhnte lauter Hip-Hop. Eine Schar von Schulmädchen in gestärkten Uniformen kicherte über irgendetwas.

»Haben Sie in einer solchen Hütte, wie wir sie ansteuern, übernachtet? Nach dem, was ich gelesen habe, sind die sehr teuer.«

Sie gluckste. »Sie müssen noch eine Menge lernen, mein Freund. Der Krügerpark hat etwa drei Millionen Besucher pro Jahr und die meisten davon sind einheimische Familien. Sie können in den Camps des Nationalparks übernachten, in denen es Campingplätze und ›Rondavels‹, das sind Rundhütten für Selbstversorger gibt, müssen aber nicht in die teuren Lodges. Es hat für jeden etwas, aber als ich ein kleines Kind war, war der Park ausschliesslich für Weisse. Es ist gut, dass ihn jetzt mehr schwarze Familien besuchen. Ich gehe mit meinen Kindern ein paar Mal im Jahr dort zelten.«

Sie fuhren weiter und Sannie sah auf die Uhr. Die Kinder kämen bald aus der Schule. Wenn möglich wollte sie ihre Mutter anrufen und sich vergewissern, dass sie sicher bei ihr angekommen waren und ein wenig mit ihnen reden. Tom schien tief in Gedanken versunken zu sein und sie vermutete, dass er immer noch darüber nachdachte, was mit seinem Polizeikollegen geschehen war. So sehr sie Nick verabscheute, einem winzigen Teil von ihr tat es leid, dass ein Polizist, der trotz all seiner Fehler immer pünktlich war und professionell arbeitete – zumindest, wenn es um den Mann ging, den er beschützte –, plötzlich verschwunden war. Sie fühlte sich schuldig, dass sie ihm insgeheim Unglück gewünscht hatte. Sie hoffte, er tauche betrunken oder bekifft im Bett irgendeiner afrikanischen Stripperin auf. Die Tracht Prügel, die er bekäme, wäre längst überfällig und eine gute Lehre für ihn. Sie hatte Nick nie Drogen nehmen sehen, aber bemerkt, dass er es mit Pol und Kobus, den anderen Mitgliedern ihres Teams, wenn sie nicht im Dienst waren, locker beim Trinken aufnehmen konnte und die waren sehr trinkfest.

In der einen Nacht in Pretoria war sie etwas beleidigt gewesen, als die drei in der Kneipe ankündigten, dass sie in den Stripclub gehen wollten. Nicht, weil sie sie verliessen, sondern weil sie sie nicht einmal gefragt hatten, ob sie mitgehen wolle. Sie war noch nie in einem solchen Lokal gewesen, nicht einmal im Rahmen ihrer Arbeit, und war neugierig, was dort vor sich ging.

Sannie nahm die Abzweigung zum Paul Krüger Gate, dem Haupteingang des Nationalparks. Sie liebte es wirklich, hierher zu kommen. Ob im alten oder im neuen Südafrika, der Park war ein Garten Eden, eine Naturoase, in der man die alltäglichen Probleme und Herausforderungen des Lebens vergessen und in die erholsame, inspirierende Stille des Buschs eintauchen konnte. Obwohl sie hier einen Arbeitsauftrag hatte, spürte sie, als sie den Sabiefluss überquerte, wie der Stress aus ihrem Körper wich und sich ihr Griff um das Lenkrad entspannte. Hundert Meter vor dem strohgedeckten Pförtnerhaus hielt sie an, zog ihre Z88 hervor und nahm die Munition heraus. Sie bemerkte, dass Tom sie aus dem Augenwinkel heraus beobachtete. Sie handhabte ihre Waffe sicher und war eine gute Schützin, die auf dem Schiessstand alle ihre männlichen Kollegen regelmässig übertraf. Sannie steckte die Pistole zurück ins Holster und lächelte ihn an.

»Braucht man das nicht für Löwen und Tiger?«

»In Afrika gibt es keine Tiger. Nein, dieser Ort ist so sicher, wie es in Südafrika nur sein kann, jedenfalls solange man im Auto bleibt.«

Tom zog eine Grimasse und sie lachte. Er sah gut aus. Solide gebaut, mit vollem Haar, blauen Augen, die ihr gefielen und einem kräftigen Kinn. Im Gegensatz zu einigen anderen Polizisten, mit denen sie arbeitete, hielt er sich offensichtlich fit. Es gab keine Anzeichen für einen Bierbauch, der über den Hosengürtel hing.

Seit Christos Tod hatte Sannie nur mit einem Mann beinahe geschlafen und das auch nur ein einziges Mal. Es war eine Katastrophe gewesen. Auf der Weihnachtsfeier ihrer Dienstgruppe hatte sie getrunken – und zwar so viel, dass sie beschloss, nicht mehr nach Hause zu fahren. Sie wollte gerade ihre Mutter anrufen, als ihr Chef, Hauptmann Henk Wessels, ihr anbot, sie nach Hause zu bringen. Er wohnte wie sie im Vorort Kempton Park, nur ein paar Strassen weiter.

Es war damals etwas mehr als ein Jahr her, dass Christo umgebracht worden war und sie war so sehr mit den Kindern beschäftigt gewesen – ihnen dabei zu helfen, mit ihrer Trauer fertig zu werden und sich in der Schule zu konzentrieren – dass sie nicht einmal an eine andere Beziehung gedacht hatte. Als Wessels vor ihrem Haus anhielt, beugte er sich vom Fahrersitz herüber, um ihr einen Gutenachtkuss zu geben.

Es war nicht angemessen, dass ein ranghoher Offizier so etwas mit einer Untergebenen tat, aber sie dachte ›was soll's‹. Es war Weihnachten, eine verdammt gute Party gewesen und er hatte sie nach Hause gebracht. Als sie sich vorbeugte, um ihm ihre Wange anzubieten, schlug er schnell wie eine Mamba zu und drückte ihr einen Kuss auf die Lippen. Sie wich überrascht zurück und war sich nicht sicher, ob es ein Fehler im Timing oder in der Positionierung gewesen war. Henk war kein unattraktiver Mann. Er hatte seine Frau und vier Kinder für ein fünfundzwanzigjähriges Mädchen, das nur etwas mehr als halb so alt war wie er, verlassen. Es war eine schlimme Situation, die sich für den Offizier noch zuspitzte, als ihn die jüngere Frau nach sieben Monaten verliess. Sannie glaubte, er sei mittlerweile mit einer Krankenschwester zusammen, aber die beiden lebten getrennt. Er lächelte sie an. Er war ein schlechter Mensch.

Und dies, erkannte sie, war genau, was sie in diesem Moment brauchte. Dieser Gedanke kam ihr mit einer Klarheit, die nur sieben

Brandy mit Cola bringen konnten. Sie küssten sich und krallten sich aneinander fest wie zwei Teenager nach einem Tanzspiel. »Nicht hier«, flüsterte sie.

»Bei mir«, keuchte Wessels.

Sannie fühlte sich heiss und lustvoll und sehnte sich danach, wieder einen Mann zu spüren. Während er in gefährlichem Tempo zu seinem leeren Haus zurückfuhr, bewegte sich ihre Hand in des Hauptmanns Hose.

Die Fahrt hätte ihr eigentlich eine Warnung sein müssen, dass die Nacht nicht besser werde. Henk war nicht in der Lage, sie zu nehmen und keine ihrer Zuwendungen, weder im Auto noch in seinem schäbig eingerichteten, unordentlichen Haus, hatte geholfen. Schliesslich hatte er sich geschlagen gegeben und sie nach Hause gebracht. Erschöpft, betrunken, frustriert, peinlich berührt und furchtbar traurig hatte sie sich in den Schlaf geweint. Am nächsten Morgen mischte sich das beklemmende Gefühl, Christo untreu gewesen zu sein, in den Kater. Vergeblich versuchte sie sich einzureden, dass sie mit ihrem Leben weitermachen und sich vielleicht sogar einen anderen Mann suchen sollte, ihre Schuldgefühle behielten die Oberhand. Später fragte sie sich, ob sie anders empfunden hätte, wenn sie Sex gehabt hätten.

»Ist das das Begrüssungskomitee?«, fragte Tom Furey.

»Was? Oh, Entschuldigung. Mir ist gerade etwas eingefallen, das ich meiner Mutter über die Kinder erzählen muss. Ja, das ist Captain Tshabalala aus Skukuza. Das ist das Hauptcamp des Parks und dort gibt es einen Polizeiposten. Er begleitet uns dorthin, so dass wir uns keine Gedanken über Eintrittsgelder, Parkgenehmigungen und so weiter machen müssen.«

Hauptmann Tshabalala war ein rundlicher, lächelnder Mann in den Mittvierzigern, mit dem Sannie im Laufe der Jahre oft zusammengearbeitet hatte. Obwohl er genau der Art von Person entsprach, die sie vor 1994, als Nelson Mandela das Land zur Mehrheitsregierung führte, festzunehmen versucht hätte, mochte sie ihn. Isaac Tshabalala war als Mitglied von ›Umkhonto we Sizwe‹, dem ›Speer der Nation‹, dem militärischen Arm des Afrikanischen Nationalkongresses ANC, in der ehemaligen Sowjetunion ausgebildet worden. Glücklicherweise hatte Südafrika den Übergang zu einer echten Demokratie geschafft, ohne dass Isaacs Ausbildung in Sprengstoffanschlägen und Sabotage auf die Probe gestellt werden musste.

»Willkommen im Krüger-Nationalpark«, sagte Isaac zu Tom, als er ihm die Hand schüttelte. *»Kunjani*, Sannie. Wie geht es Ihnen?«

»Gut, Sir, und Ihnen?«

Isaac führte sie ins Büro an der Pforte und sprach schnell in der Sprache der Shangaan mit der jungen Frau hinter dem Schreibtisch. Sannie verstand jedes Wort. Sie hatte es als Kind von ihrem Kindermädchen gelernt und mit den Kindern der Landarbeiter geübt. Ihre Mutter hatte das nicht gutgeheissen und ihr mehr als einmal einen Klaps auf den Hintern gegeben, wenn sie in der Sprache der Mehrheit der Bewohner ihres Teils des alten Ost-Transvaal sprach. Ihr Vater hatte ihr jedes Mal zugeblinzelt, wenn sie die Strafe erleiden musste, was den Schlägen den Stachel nahm. Isaac erzählte der Frau, sie seien alle drei von der Polizei, sogar die hübsche, aber zu dünne Blondine. Die Empfangsdame hielt sich eine Hand vor den Mund, um das Lachen zu verbergen. Sannie hatte dem Hauptmann nie verraten, dass sie seine Sprache sprach und verzog keine Miene. Sie wusste, dass eine afrikanische Sprache ein nützlicher Trumpf im Ärmel war, den man mit Bedacht einsetzen musste.

Captain Tshabalala fuhr in seinem betagten Toyota Venture voraus. »Schauen Sie, auf der rechten Seite ..., Giraffen«, sagte Sannie sachlich zu Tom.

Wo? Junge, sehe ich nicht gut? Da! Das ist ja unglaublich, wie sie sorglos herumwandern. Das ist einfach ...

Er war im wahrsten Sinne des Wortes sprachlos und sie lächelte, als sie bemerkte, dass er zurückschaute, um die Tiere weiter anzusehen, während sie hinter Tshabalala weiterfuhr. Sie wünschte, sie könnte sich an das erste Mal erinnern, als sie eine Giraffe gesehen hatte. Der furchteinflössende, süchtig machende Schrecken, als sie mit fünf Jahren zum ersten Mal einen Löwen aus nächster Nähe gesehen hatte, war eine ihrer frühesten Kindheitserinnerungen und blieb ihr für immer im Gedächtnis. Tom Furey war gerade zum ersten Mal vom Afrika-Fieber gepackt worden. Je mehr dieser unglaublichen Dinge man sah – Löwen, die etwas erlegt hatten, einen Leoparden, der sich an ein Impala heranpirschte, Elefantenbullen, die kämpften – desto mehr musste man wiederkommen. Robert Greeves, Toms neuer Schützling, war eindeutig ein hoffnungslos Süchtiger. Sie erinnerte sich daran, dass er einmal gesagt hatte, er sei in den letzten fünfzehn Jahren jedes Jahr nach Afrika gereist, entweder aus geschäftlichen Gründen, zum Vergnügen oder wegen beidem.

»Verdammt, meine Kamera ist in meiner Tasche.« Tom klang enttäuscht.

»Keine Sorge, später gibt es noch mehr Giraffen zu sehen – und alles andere auch.«

Tshabalala führte sie zum Polizeiposten von Skukuza, wo er Tom bei einem Kaffee die örtliche Befehlskette und die Zuständigkeitsbereiche erklärte. Grundsätzlich würden er und seine Beamten, deren Anzahl und Ressourcen begrenzt waren, für eine erste uniformierte Unterstützung zur Verfügung stehen, falls während des Besuchs ein Zwischenfall dies erfordern sollte. Die politischen Beziehungen zwischen Südafrika und Grossbritannien waren gut, so dass keine Demonstrationen oder Proteste drohten – wobei derartige Aktionen innerhalb eines Nationalparks, in dem vor allem Tiere und nicht Menschen das Sagen hatten, überhaupt möglich wären. Isaac erklärte, dass für den Fall, dass Greeves krank würde oder sich verletzte, in Skukuza rund um die Uhr ein Arzt zur Verfügung stehe und das Krankenhaus in Nelspruit nur fünfundvierzig Minuten entfernt sei.

»Ich kann mir wirklich nichts vorstellen, was schief gehen könnte, ausser dass der Minister krank wird oder auf einer Pirschfahrt von einem Löwen gefressen wird.« Der stämmige Offizier bebte am ganzen Körper und Sannie hätte schwören können, dass sie den Boden unter ihren Absätzen vibrieren spürte, als er über seinen eigenen Scherz lachte.

Sie sah, dass Tom höflich lächelte und dann Fragen zum Polizeifunk, zu Notfrequenzen, Telefonnummern und Verbrechenszahlen für den Nationalpark und seine Umgebung stellte. Er war sehr professionell, aber Sannie hatte vom Engländer nichts anderes erwartet. Wie ihr vorher durch den Kopf gegangen war, war sogar dieser Widerling Nick Roberts gut in seinem Job. Ein Schutzbeamter zu sein und sich entsprechend in anderer Leute Revier zu bewegen, erforderte Diplomatie und Tom bewies solche.

Nach der Besprechung verliessen Sannie und Tom den Polizisten und gingen zu ihrem Auto zurück. »Die Lodge ist nur etwa zehn Minuten von hier entfernt.«

»Teilen Sie seine Zuversicht hinsichtlich der Risikobewertung hier im Park?«, fragte Tom, als sie den Mercedes mit der Fernbedienung entriegelte. Die Hupe gab einen kleinen Piepton von sich und die Warnblinkanlage blinkte, als der Alarm deaktiviert wurde.

»Ich schliesse mein Auto ab, obwohl ich weiss, dass die Wahrscheinlichkeit, dass es vor einem Polizeiposten mitten in einem Nationalpark aufgebrochen oder gestohlen wird, bei eins zu einer Million liegt.«

Tom öffnete die Autotür. »Deshalb sind wir hier.«

4

———

»Mister Speaker, geht der Minister für die Beschaffung von Verteidigungsmitteln auf die Äusserungen ein, die er vor kurzem gegenüber Rüstungsunternehmen gemacht hat und in denen er andeutete, dass die Regierung in der Tat nicht beabsichtigt, die Truppenstärke im Irak weiter zu reduzieren? Gibt der Minister ausserdem Auskunft über den Zeitplan der Regierung für den Abzug?« Der Hinterbänkler der Opposition grinste und beobachtete, wie auf seiner Seite des Unterhauses im Palast von Westminster Gelächter aufkam, während er von den Bänken der Regierung mit Stöhnen und Spott bedacht wurde.

Robert Greeves knöpfte seine Anzugjacke zu, stand auf und näherte sich der Abgeordnetenloge. Er sah die Mitglieder der loyalen Opposition Ihrer Majestät kalt an. Man konnte darüber streiten, wie loyal dieser schwachsinnige Haufen politischer Federgewichte war. »Mister Speaker, noch einmal für die langsam Lernenden ...«

Er hielt inne, als auf den Regierungsbänken gezwungenes Gelächter ertönte. Als die Theatralik abgeklungen war, fuhr er fort. »Mister Speaker, dies wäre eine lächerlich dumme Frage, wenn das Thema nicht so verzweifelt ernst wäre. Wir sitzen heute umgeben von bewaffneter Polizei, die uns absichert, von Sicherheitspersonal, Metalldetektoren, Kameras und einer Reihe von Schutzsystemen hier im Parlament. Draussen, in den Wüsten des Südiraks, auf den Strassen von Basra und Bagdad und in vielen anderen Städten und Dörfern dieses armen, gottverlassenen Landes, befinden sich britische Männer und Frauen in Gefahr. Männer und Frauen, die der Gefahren von improvisierten Sprengsätzen – für Sie und mich Bomben –, sowie raketengetriebenen Granaten und Kugeln ausgesetzt sind.«

»Warum bringen Sie sie dann nicht nach Hause?«, spottete ein Oppositionsmitglied.

Greeves wusste, dass er den Köder nicht schlucken und sich nicht auf ein Wortgefecht einlassen sollte. Er hielt inne und blickte den Abgeordneten gegenüber, der die Frage gestellt hatte, starr an. Sein Schweigen war wirksam und ansteckend. Das ganze Haus war still und wartete darauf, dass er mit seiner tiefen Stimme und gemessenen Art fortfuhr.

Mit seinen zweiundfünfzig Jahren war er noch relativ jung, gehörte aber, da er im Alter von nur sechsundzwanzig Jahren gewählt worden war, zu den dienstältesten Abgeordneten des Parlaments. Obwohl zahllose Schreiberlinge und viele in seiner eigenen Partei darüber spekuliert oder darauf gedrängt hatten, er solle es tun, hatte er das Amt des Premierministers nie angestrebt. Er war länger als der amtierende Premierminister Mitglied des Parlaments und hatte dazu beigetragen, dass dieser ins Parlament kam. Robert Greeves war kein König, sondern ein Königsmacher. Seine Genugtuung bestand darin, seine Partei an die Regierung zu führen – und dieses Ziel hatten sie nach Jahren in der Wildnis der Opposition erreicht. Ausserdem wollte er dabei helfen, eine Reihe von talentierten, engagierten und intelligenten Leuten an die Spitze zu bringen, solange seine Partei an der Macht war. Für sich selbst wollte er nichts ausser einem anspruchsvollen Kabinettsposten, auf dem er etwas bewirken konnte. Führungspersönlichkeiten kamen und gingen und wenn sie das höchste gewählte Amt im Land verliessen, war das in der Regel das Ende ihrer politischen Karriere. Greeves dagegen wollte in der Politik bleiben, bis er starb. Es war sein Leben und seine Berufung. Und er war sehr, sehr gut darin.

»Aber, Mister Speaker, ich spreche heute nicht über die guten Männer und Frauen unserer eigenen Armee und der Royal Air Force, die im Irak dienen und auch nicht über unsere ebenso hervorragenden Seeleute in den immer noch unruhigen Gewässern des nördlichen Arabischen Golfs.

Ich spreche von den Männern der noch jungen irakischen Verteidigungskräfte und von der irakischen Polizei. Weil sie es wagen, das Richtige zu tun und die Uniform ihres neu unabhängigen und neu demokratischen Landes zu tragen, riskieren diese Männer tagtäglich Attentate, Hass und Einschüchterung, nicht etwa nur gegen sich selbst, sondern auch gegen ihre Familien. Wie können wir sagen: ›Wir sind genauso wenig wie ihr der Meinung, dass ausländische Aufständische eure Frauen und Kinder wahllos mit Autobomben töten dürfen, aber wir haben jetzt genug davon und für euch ist alles vorbei‹?«

»Das ist nicht unser Krieg!«, rief ein anderer Oppositioneller.

»Sagen Sie das den Opfern der sieben Bombenanschläge in London!«, gab Greeves an den Zwischenrufer zurück. *Verdammt*, sagte er zu sich selbst. Er hatte auf die Provokation geantwortet, was zu einem Sturm von Buhrufen beider Seiten führte. Wenn er über den Terrorismus und den weltweiten Kampf gegen ihn sprach, wurde er emotional. Obwohl er ein geschickter Politiker und Redner war, war er auch nur ein Mensch. Als auf das Klopfen des Rednerpultes relative Ruhe folgte, fuhr er fort.

»Mister Speaker, wir können die irakischen Rekruten noch nicht sich selbst überlassen. Ich kann nicht sagen, ob sie nächste Woche, nächsten Monat oder nächstes Jahr bereit dafür sind, ihre Aufgabe zu erfüllen. Aber der Krieg, den sie führen, ist derselbe, den Grossbritannien gegen den Aufstieg grausamer islamischer Fundamentalisten kämpft, die Schande über ihr Volk und ihren Glauben bringen. Ich nutze diese Gelegenheit gerne, um die Parlamentsmitglieder über die Ereignisse von vor zwei Tagen in Enfield auf den neuesten Stand zu bringen«.

Ohne näher auf die Operation einzugehen, bei der der Computer der Bewohner gehackt wurde, gab Greeves einen Überblick über die Explosion im Haus in Enfield. Er lobte den jungen Mann, der bei der Explosion ums Leben gekommen war, von ganzem Herzen, nannte aber weder den Namen noch den Beruf von ›einem der besten und klügsten jungen Leute des Sicherheitsdienstes‹. In aller Stille beglückwünschte er sich selbst dazu, wie er mit dieser Antwort eine Frage zur eigentlich gar nicht vorhandenen Rückzugsstrategie der Regierung im Irak in eine Mahnung über die Gefahr von Terroranschlägen im eigenen Land verwandelt hatte.

»Mister Speaker, anscheinend wurden die beiden Verdächtigen, die am Tatort dieses Bombenanschlags getötet wurden, von einem ihrer eigenen Leute umgebracht. Es kann nur vermutet werden, dass diese beiden Männer pakistanischer Herkunft Informationen über ein terroristisches Netzwerk oder einen bevorstehenden Anschlag hatten, die so wichtig waren, dass ihr Mitverschwörer nicht riskieren konnte, dass sie verhaftet und befragt werden. Dies erklärt auch, warum die Terroristen ihr eigenes Versteck in die Luft gesprengt und damit unseren Sicherheitsdiensten den Zugang zu möglicherweise dort gelagerten Materialien oder Informationen verwehrt haben.«

Dies erinnert uns alle daran, dass es dieselben Feinde sind, denen unsere jungen irakischen Freunde – Seite an Seite mit ihren Kameraden von den britischen Streitkräften – gegenüberstehen, die auch in unserem eigenen Hinterhof am Werk sind. Es ist im Angesicht der Widrigkeiten eine Mahnung an uns alle, wachsam, entschlossen, stark und mutig zu sein. Es ist eine Mahnung, Mister Speaker, britisch und stolz darauf zu sein!«

Der Jubel von den Regierungsbänken übertönte die Opposition und Greeves wandte sich an seine Kollegen, von denen viele aufrichtige Glückwünsche nickten.

Als er den Saal verliess, fing ihn seine Pressesprecherin ab. »Gewählt«, sagte Helen MacDonald und benutzte damit ein Lieblingswort ihrer neuseeländischen Herkunft. Ein Jahr vorher hatte Greeves sie von einer Boulevardzeitung abgeworben, bei der sie seit ihrem Weggang vom *New Zealand Herald* zehn Jahre lang als politische Reporterin gearbeitet hatte. Helen hatte oft scharfe Kritik an der Partei und ihrer Regierungsführung geübt, was einer der Gründe war, warum er sie eingestellt hatte. Mit ihrer Anstellung beseitigte er auch einen Dorn im Auge der Partei. Ausserdem wollte er sicherstellen, dass mindestens ein Mitglied seines Teams kein eigennütziger politischer Apparatschik war, der nur darauf wartete, dass ein sicherer Platz für ihn gefunden wurde. Ein Pressesprecher musste unabhängig – idealerweise sogar unpolitisch – und ehrlich sein und durfte sich nicht scheuen, Kritik zu üben. »Am Ende haben Sie es ein wenig übertrieben. Ich konnte fast hören, wie aus Ihrem Hintern ›Land of Hope and Glory‹ kam«, kommentierte sie.

Er lachte. Er hatte sich Helen gut ausgesucht. »Wie immer schmeicheln Sie mir zu sehr, Helen. Aber was ist los?« Er wusste, dass sie ihn nicht einfach nur aufgesucht hatte, um ihm ihre Rückmeldung zu seiner Leistung in der Fragestunde zu überbringen.

»Wie ist das mit Ihnen und Afrika?«, fragte sie, als sie gemeinsam einen Korridor entlanggingen.

»Sie sind zwar aus Neuseeland, aber das heisst nicht, dass ich Sie nicht für klug halte. Sie wissen genau, dass ich nach Südafrika fliege, um den Verkauf einiger Trainingsflugzeuge an die dortigen Verteidigungskräfte voranzutreiben.«

»Nein, das meine ich nicht. Es gibt Journalisten, die mich immer wieder fragen, warum Sie Ihren Urlaub immer dort verbringen. Ausserdem brauchen die Leute, die diese Flugzeuge bauen, Sie nicht wirklich, um mit ihrer Ware zu hausieren.«

»Als ich Sie einstellte, wollte ich Offenheit, Helen, nicht Unverschämtheit.«

Sie liess den Scherz über sich ergehen. Ihr streitlustiges Geplänkel war nicht schlimmer als sonst. »Da ist einer, der einen Artikel über Sie schreiben will – den ›echten‹ Robert Greeves zeigen‹ und all dieser Mist. Er ist besonders an Ihrer ›offensichtlichen Liebesaffäre mit Afrika‹ interessiert – und wie sie angefangen hat.«

»Kein Interesse«, sagte er, öffnete einen ledergebundenen Ordner und prüfte seine nächsten Termine, während sie weitergingen. »Geben Sie ihm den üblichen Satz aus meinem Lebenslauf, dass ich als junger Geologe zum ersten Mal nach Sambia reiste und eine grosse Affinität zu Afrika, seinen Menschen und seiner erstaunlichen Tierwelt entwickelte. Sie wissen, was ich meine.«

»Es ist trotzdem schade. Ein nettes, warmes und kuscheliges Profil, bei dem Sie sich als umweltbewusster Unternehmer profilieren, könnte Ihnen für die Zukunft helfen.«

»Danke, Helen. Ich bin sehr zufrieden als Minister für das Beschaffungswesen im Verteidigungsbereich. Falls Sie meine Antwort auf diese Frage nicht ganz verstanden haben: Wissen Sie, es herrscht Krieg. Es ist meine Pflicht, mich auf dieses Ressort zu konzentrieren. Wo essen Sie zu Mittag?«

»Tut mir leid, ich treffe mich mit einer Kontaktperson.«

»Immer am Arbeiten, was, Helen? Das ist nicht gut für Sie.«

Helen MacDonald verliess das Parlamentsgebäude durchs Stephanstor und war wie immer dankbar für eine frische Brise und eine Zigarette. Während sie rauchte, wich sie einer Schar mit Digitalkameras bewaffneter spanischer Touristen aus.

Es war – wie meistens in London – grau. Wenn Robert Helen sagte, sie sei ein langweiliges Mädchen, weil sie nur arbeite, war das gut. Er würde noch früh genug zum Thema Afrika schwenken. Er nahm Bernard mit, seinen Berater für die Verteidigungsindustrie und es war klar, dass es auf dieser Reise keine Fotomöglichkeiten geben würde. Eine Pause von Robert täte ihr auf jeden Fall gut und sie könnte sie nutzen, um sich bei ihren alten Kontakten bei den Zeitungen nach einer Rückkehr in den Journalismus umzuhören.

Im Gegensatz zu vielen ihrer früheren Kollegen sah sie die Arbeit als Pressesprecherin nicht als Ausverkauf ihrer selbst an. Sie verdiente zwar mehr, als sie als Reporterin verdient hatte, aber das war nicht ihr Hauptgrund für den Wechsel. Sie hatte sich schon immer für Politik und Politiker interessiert – vor allem dafür, wie sie tickten – und wenn sie danach zur Zeitung zurückkehrte, wäre sie durch ihre Zeit in Westminster eine bessere Journalistin. Sie kannte jetzt alle Tricks der politischen Meinungsmache – und hatte sie irgendwann einmal in die Praxis umgesetzt. Sie würde sich nie wieder etwas vormachen lassen.

Als sie als fünfundzwanzigjährige Reporterin aus Neuseeland hierherkam, war sie zunächst überrascht, wie genau die britische Presse, insbesondere die Boulevardblätter, das Privatleben von Politikern unter die Lupe nahmen. In ihrem Heimatland und in Australien, wo sie während eines längeren Urlaubs ein Jahr lang gearbeitet hatte, gab es zwar viele Gerüchte über die sexuellen Neigungen und Vorlieben von Parlamentsmitgliedern und über Affären in den Korridoren der Macht, doch gelangten diese nur selten an die Öffentlichkeit. Wenn dies doch einmal der Fall war, betraf die Geschichte in der Regel die höchste politische Ebene, nicht nur einen Minister oder ein Parlamentsmitglied. Ausserdem wurde sie in der Regel von einem Parlamentskollegen als Teil einer breit angelegten Verleumdungskampagne aufgedeckt. In England hingegen schien es genauso wichtig zu sein, mit wem – und wie – Politiker schliefen, wie ihre Ansichten zum Weltgeschehen oder ihre Politik.

Sie hatte sich auch gefragt, warum ein grosser Teil der hochrangigen Politiker Ehebruch zu begehen schien. Zumindest so lange, bis sie sich in Robert Greeves verliebt hatte. Er war zweifellos ein gutaussehender Mann, daneben aber auch witzig, klug und zielstrebig und sogar nach all der Zeit in der Politik immer noch idealistisch. Aber mehr als das war er ein mächtiger Mann. Auf sein Wort hin zogen Männer und Frauen in den Krieg, wurden Bündnisse mit anderen Nationen geschmiedet und gebrochen, milliardenschwere Verträge unterzeichnet und das Schicksal von Nationen entschieden. Seine grauen Augen waren hinreissend.

»Hör auf«, sagte sie laut, schnippte ihre Zigarettenkippe auf den Bürgersteig vor sich und trat sie aus, ohne aus dem Schritt zu fallen.

Helen hatte ihn auf einer Reise begleitet, die nicht nach Afrika sondern nach Deutschland führte, wo eine Konferenz der NATO-Verteidigungsminister stattfand. In den drei Monaten vor dem Treffen hatte sie gespürt, dass ihre Gefühle für ihn wuchsen. Sie war vernarrt in ihn, verleugnete aber alles, da sie sich sagte, es sei moralisch falsch, sich zu einem verheirateten Mann hingezogen zu fühlen. Es gab keine Anzeichen dafür, dass er zu Hause unglücklich war.

Doch trotz ihrer Versuche, ihre Gefühle zu unterdrücken, wollte sie ihn.

Ein Geschäftsmann im Anzug, der in ihre Richtung kam, lächelte und suchte den Blickkontakt, doch sie ignorierte ihn. *Verdammt,* sagte sie zu sich selbst, *ich will nicht irgendeinen Anzugträger, sondern meinen Chef.* Mit ihren siebenunddreissig Jahren verdrehte sie immer noch Köpfe und zog auf der Strasse die Blicke von Fremden auf sich. Sie trainierte sechs Tage die Woche und achtete darauf, wo und was sie ass. Nicht einfach in der Enge des Parlaments, wo Alkohol, Essen und der Mangel an Möglichkeiten zur körperlichen Betätigung eine tägliche Bedrohung für die Figur – schmale Taille, sportliche Beine, hübsches Gesicht, kecker Hintern – darstellten.

In Berlin hatte Robert Helen einmal spätabends in seine Hotelsuite gerufen. Es war nach dem offiziellen Abendessen, schon elf Uhr und er bat sie um Unterstützung bei der Überarbeitung seiner Rede. Sie hatte mit einer Gruppe von Journalisten an einem der hinteren Tische gesessen und im Glauben, ihre Arbeit sei für heute erledigt, den grössten Teil von zwei Flaschen Wein allein getrunken.

Als sie klopfte und er die Tür öffnete, trug er eine schwarze Anzughose und ein weisses Hemd. Die Ärmel waren hochgekrempelt und die beiden obersten Knöpfe hatte er geöffnet. Sie erhaschte einen Blick auf ein Dickicht aus grauem Brusthaar und hätte am liebsten ihre Hand hineingesteckt, um es zu streicheln. »Vielen Dank, Helen. Es tut mir leid, dass ich Sie so spät rufe, aber ich will das richtig machen. Wenn Sie ein Glas möchten, ich habe eine Flasche geöffnet.« Bei diesen Worten hatte er mit dem Kinn auf den Weisswein in einem frischen silbernen Eiskübel gedeutet. Sein Bett im Hintergrund sah riesig aus.

Sie hatten Seite an Seite auf dem Sofa gesessen und die Rede durchgesprochen. Am Ende hatte er sich überschwänglich für ihre Hilfe bedankt. Worte des Lobes wären fehl am Platze gewesen, weil Sie sich zu oft um einzelne Wörter gestritten hatten. Sie wusste, dass er ihre Arbeit und ihren Rat schätzte und das hatte ihr immer gereicht.

»Ich meine es ernst, Helen. Manchmal weiss ich nicht, wie ich ohne Sie zurechtkäme«, hatte er gesagt.

Sie hatte ihm tief in die stahlgrauen Augen geschaut. Was war da los? Konnte es sein, dass er dasselbe für sie empfand wie sie für ihn? Bevor sie wusste, was sie tat, hatte sie ihre Hand auf seinen Oberschenkel gelegt. »Es war mir ein Vergnügen«, hatte sie mit einer tieferen Stimme als sonst gesagt, als ob die Worte von jemand anderem, von ausserhalb ihres Körpers, gesprochen würden. Später schob sie alles auf den Wein. Sie hatte sich näher zu ihm gelehnt, die Augen halb geschlossen und darauf gewartet, dass er den nächsten Schritt machte. Auf den Kuss, der kommen musste.

Doch er war zurückgewichen, als wäre sie eine giftige Schlange oder so etwas. Er war höflich gewesen und hatte sanfte Worte verwendet, aber sie hatte offensichtlich alle Signale missverstanden. Als sie sich dem St. Stephen's Pub dem Palast von Westminster gegenüber näherte, überlegte sie zum tausendsten Mal, ob er wirklich in Versuchung geraten war und einfach in letzter Minute einen Anfall von Schuldgefühlen bekommen hatte. Vielleicht war sie aber auch einfach eine Närrin, weil sie geglaubt hatte, dass er seine Frau betrügen würde.

»Helen, ich habe ernst gemeint, was ich gesagt habe«, hatte er erklärt, war aufgestanden und hatte sich vom Sofa entfernt, »aber ich liebe meine Frau und meine Kinder. Es wäre nicht richtig, wenn zwischen uns etwas passieren würde – auf diese Art und Weise.«

Verdammt, dachte sie, als sie den warmen Mief der Kneipe auf sich wirken liess und den Reporter, der ihr zuwinkte, in der Ecke sitzen sah. Das Einzige, was mit ihrem Chef nicht stimmte, war, dass er zu gut für die Politik war.

5

Tom fand die Vorstellung, durch ein afrikanisches Wildreservat zu fahren und dabei an Familien in Autos mit einem Wohnwagen vorbeizukommen, ziemlich seltsam. Es passte nicht zu dem, was er im Fernsehen in Wildtierdokumentationen gesehen hatte. Sannie bog von der Teerstrasse ab – was an sich schon eine weitere Überraschung war – und fuhr auf eine Kiesstrasse.

Der afrikanische Busch war eine Mischung aus graugrünen, verkümmerten Bäumen und hellen, neu spriessenden Gräsern. Die Jahreszeit war am wechseln und der Himmel bewölkte sich wieder. Es war heiss – fast wie im Fernen Osten. Das Laub war dichter, als er erwartet hatte und bis jetzt hatte er noch keine einzige Grassavanne gesehen. Südafrika entsprach seinen Vorstellungen überhaupt nicht und stellte ihn auch aus der Sicht eines Personenschutzbeamten vor eine Reihe von Herausforderungen. Der Busch rund um die Lodge war so dicht, dass es für jemanden mit den richtigen Fähigkeiten ein Leichtes wäre, hineinzukommen. In England würde man den Leuten sagen, sie sollten ihre Bäume und Hecken in den Gärten beschneiden, um Einbrechern nicht zu viel Deckung zu bieten. Der Unterschied war natürlich, dass die Schurken an zweihundert Kilogramm schweren Katzen vorbei mussten, die im Garten patrouillierten.

Nachdem sie den Polizeiposten in Skukuza verliessen, überquerten sie die beiden Flüsse Sabie und Sand auf niedrigen Brücken. Sannie fuhr den Mercedes nun langsam und er konnte die riesigen Schnauzen, die Schweineaugen und die winkenden Ohren der Nilpferde aus nächster Nähe beobachten. Ein narbengesichtiger Büffel mit riesigen Hörnern beobachtete sie, ein Maul voll Gras kauend. Tom versuchte, einen kühlen Kopf zu bewahren, aber den wilden Tieren so nahe zu sein, war unbestreitbar aufregend. Er wünschte sich, Alex wäre bei ihm, um diese Erfahrung mit ihm zu teilen, doch dieser Gedanke dämpfte seine Freude.

Sie folgten den Schildern zur Tinga Legends Lodge und kamen am Ende der Kiesstrasse zu einem zwischen zwei weissen Pfosten angebrachten, ziemlich kunstvoll aussehenden dunklen Holztor, das mit gewelltem Schmiedeeisen verziert war. Das Tor öffnete sich automatisch, ohne dass sie eine Gegensprechanlage oder eine Klingel betätigten. *Kameras oder Sensoren*, dachte Tom.

Die Reifen knirschten über den Kies der Auffahrt, die sie um einen begrünten Kreis herum zu einem imposanten, strohgedeckten Gebäude führte, das so hoch wie ein zweistöckiges Haus war. Eine Frau in einer weiten, weissen Bluse, enger, khakifarbener Hose und Stiefeln, trat ihnen von der breiten Veranda her entgegen. Ihr Gesicht wurde von langem, glattem, tiefschwarzem Haar umrahmt und sie trug eine Halskette, die wie aus kleinen Goldnuggets gefertigt aussah. Sie schien um die dreissig zu sein und war attraktiv. Hinter der weissen Frau stand ein hübsches junges schwarzes Mädchen mit zu winzigen Spitzen geflochtenen Haaren, das ein silbernes Tablett in der Hand hielt.

»Hüten Sie sich vor Carla«, sagte Sannie. »Sie ist wohl das, was auf dieser Reise einem Menschenfresser am nächsten kommt.« Sie gingen auf sie zu.

»Hallo, willkommen auf Tinga, ich bin Carla Sykes. Sie müssen Tom sein?«

Tom schüttelte ihre Hand und nahm ein eiskaltes Handtuch vom

Tablett, das das Mädchen, das Carla als Given vorstellte, ihm hinhielt.

»Sannie, schön, Sie wiederzusehen«, sagte Carla, wobei Tom fand, dass ihr Lächeln wenig aufrichtig wirkte.

Sannie nickte nur. »Ebenso, Carla.«

»Precious wird einen der Jungs organisieren, der Ihr Gepäck bringt und das Auto wegfährt. Das gleiche Prozedere wie immer, Sannie. Was kann ich Ihnen zu trinken bringen?«

Tom hätte am liebsten ein Bier bestellt, sagte aber: »Ein Ginger Ale, bitte.« Sannie bestellte ein Mineralwasser und Carla gab die Bestellungen an einen afrikanischen Mann weiter, der rechts von ihnen hinter einer riesigen Bar aus dunklem Holz stand.

Carla führte sie durch den luftigen Empfangsbereich. Sannies Absätze klackten angenehm auf dem polierten karamellfarbenen Boden, dessen harte Oberfläche hier und da von türkischen Teppichen unterbrochen wurde. Vor einem riesigen Kamin, auf dessen Sims das Schwarz-Weiss-Foto eines liegenden Leoparden prangte, standen gepolsterte Ledersessel und -stühle. Im Gegensatz zum Aussenbereich war der luftige Empfangsraum der Lodge kühl und schattig. Das Licht kam von sanften Glühbirnen in antiken Wandhaltern und einem Kronleuchter hoch über ihren Köpfen. Der Barmann kam hinter seiner festungsartigen Bar hervor und brachte ihnen die Getränke auf einem Tablett. Tom warf einen Blick auf die crèmefarbenen Wände, an denen neben weiteren monochromen Fotos antike Tierdrucke hingen. Das Lokal war eine Mischung aus kolonialem Luxus und modernem afrikanischem Ethno-Chic. Andernorts hätte das vielleicht nicht funktioniert und wäre übertrieben gewesen, aber hier wirkte alles sanft, gehoben und zugleich einladend.

Obwohl der Empfangsbereich grossartig war, wirkte er im Vergleich zur spektakulären Aussicht auf die Natur am anderen Ende der offenen Halle eher unauffällig. Carla blieb auf der Terrasse stehen, von der aus man einen breiten Fluss überblickte, der sich um rosafarbene Felsblöcke schlängelte und von üppig grünem Schilf gesäumt war. Etwas, das wie eine fünfhundert Kilogramm schwere steroidgepeitschte Gans klang, grunzte von dort draussen.

»Ein Flusspferd, wir nennen sie hier Hippo. Ich fürchte, Sie werden sich an sie gewöhnen müssen, Tom. Kommen Sie, hier entlang.« Sie berührte seinen Arm und führte ihn über eine breite Treppe hinunter zu einer achteckigen Terrasse aus gebeiztem Holz durch deren Mitte ein riesiger Baum wuchs. Auf der rechten Seite befand sich eine Rasenfläche mit einem Swimmingpool und unterhalb davon gab es einen weiteren offenen Bereich mit einer kleineren Plattform, die über den Fluss hinausragte.

Carla wies sie an, an einem Holztisch im Schatten des Baumes Platz zu nehmen, wobei sie Tom erneut am Arm berührte. Sie wies auf die Äste über ihnen. »Das ist ein Jackalberry-Baum. Tinga befindet sich auf dem Gelände eines ehemaligen Gebäudes der Nationalparkverwaltung namens *Jakkalsbessie*, was auf Afrikaans Jackalberry heisst. Es war ein sehr exklusiver Ort und in den Jahren der Apartheid ein Lieblingsplatz der herrschenden Elite. Da es so nah am Krüger-Flugplatz liegt, konnten die hohen Tiere aus Pretoria und Jo'burg einfliegen, in der Abgeschiedenheit ihre Treffen abhalten und sich ein wenig amüsieren.«

»Und woher kommt der jetzige Name?«, fragte Tom.

»Tinga ist eine Abkürzung des Shangaan-Wortes ›*Tingala*‹, was ›viele Löwen‹ bedeutet. Der Teil ›Legende‹ bezieht sich auf die Geschichte des Camps. Es gibt zahllose Geschichten über geheime Treffen, die hier stattgefunden haben. Es heisst, einige der Mitarbeiter der afrikanischen Nationalparks hier seien in Wirklichkeit verdeckte ANC-Agenten gewesen, die die heimtückischen Geschäfte der Regierung belauschten. Aber heutzutage braucht Herr Greeves keine Spione mehr zu fürchten!«

»Ich weiss, dass Sie das alles schon einmal erlebt haben, Carla und es muss Ihnen wie eine lästige Pflicht erscheinen, aber ...«, begann Tom.

»Das ist völlig in Ordnung, Tom. Ich weiss, wie die Dinge gehandhabt werden müssen und wie wichtig ein vorheriger Besuch ist. Wir haben hier viele ausländische Würdenträger zu Gast und auch einige aus unserem Land, einschliesslich unseres Präsidenten und ich bin es gewohnt, mit Leuten wie Ihnen umzugehen. Ausserdem kann ich mir keine bessere Art vorstellen, einen Nachmittag zu verbringen, als in der Gesellschaft eines gutaussehenden Polizisten. Sie müssen mir später von all den Leuten erzählen, für die Sie als Bodyguard gearbeitet haben.«

Tom lächelte höflich und bemerkte, dass Sannie ihre Augen rollte.

»Übrigens«, fragte Carla, »wie geht es Nick? Ist er krank? Ich habe Ihre E-Mail erhalten, in der Sie schrieben, Sie würden die Erkundungen durchführen und nahm an, es gehe ihm nicht gut.«

»Er ist neulich überraschend nicht zur Arbeit erschienen. Wir versuchen, ihn ausfindig zu machen.«

»Oh«, sagte Carla. »Das hört sich nicht gut an. Er wirkte auf mich immer besonders ... pflichtbewusst.«

Tom schaute zu Sannie und sah, dass sie den Blick über den Sabie schweifen liess.

»Hatten Sie im Vorfeld dieses Besuchs, in der letzten Woche oder so, Kontakt zu Nick?«, fragte Tom.

»Äh, nun ja ... Ich meine, es gab die offizielle Mitteilung über das Treffen zwischen den beiden Ministern, die vor zwei Wochen von der britischen Botschaft kam und die Buchungen für die Zimmer und den Konferenzraum ...«

Tom sagte nichts. Irgendetwas an Carlas Tonfall und Sannies Haltung und früherer Bemerkung verriet ihm, dass Carla mehr als nur offiziellen Kontakt mit Nick gehabt hatte. Er wusste, dass der beste Weg, jemanden zum Reden zu bringen, darin bestand, zu schweigen und das Gegegnüber die Lücke füllen zu lassen.

»Vielleicht noch ein oder zwei zusätzliche Nachrichten«, sagte Carla, blickte nach unten und strich mit den Handflächen über die Vorderseite ihrer hellen Leinenhose. »Es gab nichts Besonderes, wenn Sie das meinen.«

»Besonderes?«, fragte Tom.

»Nun, Nick hat sich in seinen E-Mails gut ausgedrückt. Er mochte Afrika und die Arbeit mit Robert. Er freute sich darauf, wiederzukommen und ...«

»Und?«, fragte Sannie.

Tom lächelte innerlich. Es machte ihm nichts aus, dass sie seine Befragung unterbrochen hatte, er hätte genau das Gleiche gefragt. Als Carla einmal zu reden angefangen hatte, konnte sie gar nicht mehr aufhören. Ihr Akzent war weicher als der von Sannie und da sie Sykes hiess, was er, da sie keinen Ehering trug, für ihren Mädchennamen hielt, vermutete Tom, sie sei eine Südafrikanerin britischer Abstammung und nicht Afrikaans sprechend.

»... unsere wunderschönen Wildtiere hier in der Konzession zu sehen«, antwortete Carla Sannie mit zusammengepressten Lippen.

»Danke, Carla, es tut mir leid, dass ich Sie in Verlegenheit bringe, aber wir versuchen, uns ein Bild von Nicks Bewegungen und Kontakten in den Tagen, bevor er nicht zur Arbeit kam, zu machen. Dabei ist jede Information wertvoll.«

»Wenn mir noch etwas einfällt, melde ich mich später«, sagte sie und lächelte Tom wieder an. »Wenn Sie nichts weiter zu besprechen haben, zeige ich Ihnen jetzt Ihre Zimmer. Ihre Nachmittagspirschfahrt ist um vier Uhr, also in etwas mehr als einer Stunde. Ich nehme an, Sie nehmen daran teil?«

»Der Reiseplan des Ministers sieht eine Fahrt am Nachmittag vor, daher würde ich gerne die Route sehen, die wir fahren werden«, sagte Tom.

»Vergessen Sie Ihre Kamera nicht – natürlich nur zu Arbeitszwecken«, lachte Carla. Sie schien dankbar zu sein, dass das Gespräch sich nicht mehr um sie und Nick drehte, sondern über die Vorbereitungen für den Besuch.

IHRE SUITEN BEFANDEN sich in separaten, entlang des Sabie-Flusses aufgereihten Häusern, die durch einen Holzsteg, der etwa einen Meter über dem Boden verlief, verbunden waren. Während der Busch vor jeder Suite gerodet worden war, um den Blick auf den Fluss freizugeben, gab es zwischen und hinter den einzelnen Einheiten Bäume und andere natürliche Vegetation.

»Was ist mit wilden Tieren, die auf das Gelände kommen?«, fragte Tom Carla auf dem Weg zu seinem Zimmer.

»Wir haben um die Unterkünfte herum niedrige Elektrozäune, die das Wild nicht daran hindern, zum und vom Fluss zu wandern. Unsere Gäste mögen das Gefühl, in der Wildnis zu sein und nach Einbruch der Dunkelheit werden alle von einem Wachmann zu ihrer Suite begleitet.«

»Tiere wie Löwen könnten also über die Zäune springen?«, fragte Tom und tat sein Bestes, um nicht beunruhigt zu wirken.

»Wir haben einen ansässigen Leoparden, der nach Belieben herumwandern kann. Ich glaube, er läuft unter dem Zaun hindurch. Wenn Sie Glück haben, sehen Sie ihn«, sagte Carla fröhlich.

»Gut.«

Im Inneren der Suite wurde ihm klar, warum Tinga so viel Geld kostete. Es war so luxuriös, wie er sich eine afrikanische Safarilodge vorstellte. Das Zimmer war geradlinig angelegt, mit einem separaten Wohnzimmer, einem Schlafzimmer und einem Badezimmer, alle mit grossen Glasfenstern zum Fluss hin. Vom Wohnzimmer aus führten Schiebetüren auf eine private Terrasse mit Tisch, Stühlen, Sonnen-liegen und einem eigenen kleinen Badebecken. Tom tauchte einen Finger hinein. Ja, das Wasser war natürlich geheizt.

Im Inneren gab es eine Klimaanlage, ein Soundsystem, einen Breitbildfernseher mit DVD-Player sowie einen Telefon- und Computeranschluss. Das Badezimmer verfügte über eine tiefe Wanne auf einer erhöhten Plattform, von der aus man das Wild beobachten konnte und eine Dusche, die genug Platz für zwei Personen bot.

»Ich lasse Sie jetzt allein, damit Sie sich häuslich einrichten können«, sagte Carla.

Sie war eine schöne Frau, sexy und offenbar alleinstehend. *Warum sollten sie und Nick nicht eine Beziehung miteinander eingehen?*, fragte sich Tom. Das war zwar nicht besonders professionell, aber Nick wäre nicht der erste Schutzbeamte, der auf einer Auslandsreise sein Glück fand. Tom dachte, dass er Shuttleworth Bericht erstatten und Carla vielleicht dazu bringen müsse, Kopien von Nicks E-Mails auszudrucken. Wenn Nick ihr geschrieben hatte, er freue sich darauf, nach Südafrika zurückzukehren und sie zu sehen, war das ein guter

Hinweis darauf, dass er nicht vorhatte, vor einer kostenlosen Reise hierher zu verschwinden.

Tom stellte sein Gepäck ab und ging dann mit dem Schlüssel, den Carla ihm gegeben hatte, nach nebenan ins Haus, das Greeves benutzen würde. Dieser Teil der Erkundung gehörte für ihn selbstverständlich dazu.

Er ging zuerst durch die Räume und vergewisserte sich, dass die Aufteilung und Ausrichtung mit seiner eigenen übereinstimmte. Er überprüfte die Schlösser der Eingangstür und der Schiebetür zur privaten Terrasse und vergewisserte sich, dass sie von innen gesichert werden konnten. Er würde sich später von Carla eine Liste geben lassen, auf der ersichtlich war, wie viele Haupt- und Nebenschlüssel die Lodge hatte und wer darauf zugreifen konnte. Als er auf die Terrasse hinausging, sah er nach, ob man von einer der anderen Suiten auf diese sah. Wie erwartet, gehörte zum Angebot von Tinga hohe Privatsphäre, was zwar gut war, aber gleichzeitig bedeutete, dass Tom kein wachsames Auge auf den Aussenbereich von Greeves' Suite werfen konnte. Das Gebüsch um seine Unterkunft war genauso dicht wie um alle anderen – was ein Minuspunkt war.

Das Fehlen weiterer Teammitglieder machte Tom weiterhin zu schaffen, doch er sah Möglichkeiten, die Situation zu verbessern. Da die Polizei in Skukuza nicht über genügend Personal verfügte, um nachts eine uniformierte Wache zu stellen, wollte Tom ein passives Alarmsystem aus Grossbritannien mitbringen. Er würde vor Greeves' Tür und auf der Terrasse Infrarotsensoren anbringen, so dass Tom in seinem Zimmer ein Warnsignal erhielte, wenn sich etwas bewegte. Normalerweise würde das Risiko den zusätzlichen Aufwand für die Sicherheit nicht rechtfertigen, aber in diesem Fall könnte die Technologie helfen, die fehlende Rund-um-die-Uhr-Überwachung auszugleichen.

Tom überprüfte das Festnetztelefon im Zimmer und stellte fest, dass dieses und die Internetverbindung einwandfrei funktionierten. Nach der Pirschfahrt wollte er beim Essen oben den privaten Speisesaal ansehen, in dem Greeves und sein südafrikanischer Kollege ihre

Mahlzeiten einnehmen würden. Er bat Carla auch darum, ihm eine Liste des Restaurantpersonals, der Reinigungskräfte und anderer Personen zu geben, die Zugang zu den Bereichen hatten, in denen die Minister sich bewegten. Er wollte die Geburtsdaten und andere Angaben von neuen Mitarbeitenden. Diese wollte er für den Abgleich mit dem südafrikanischen Strafregistersystem an Sannie weitergeben.

Tom schloss die Tür zu Greeves' Haus ab und ging in sein eigenes zurück. Er zog sein Business-Hemd, sein Jackett, die Hose und seine glänzenden, schwarzen Schuhe aus und zog ein Paar dunkelblaue Shorts, ein weisses T-Shirt, Turnschuhe und weisse Socken an. Als er spürte, dass er nach dem Flug und der langen Fahrt langsam müde wurde, nahm er eine Dose Cola aus der gut gefüllten Minibar. Es klopfte an der Tür.

»Sorry, Tom, so angezogen können Sie nicht in den Busch gehen!«, sagte Sannie. Sie trug grüne, sehr kurze Shorts, mit einem geometrischen afrikanischen Muster verzierte Gummisandalen mit Klettverschluss und ein ärmelloses, khakifarbenes Hemd, das bis über die Waffe in ihrem Holster reichte.

»Warum nicht?«, fragte er leicht beleidigt.

»Wir werden irgendwann aus dem Fahrzeug aussteigen und dafür ist es viel zu gefährlich. Ihre schneeweisse Kleidung würde jeden Elefanten aggressiv stimmen und Sie eine perfekte Zielscheibe abgeben! Warten Sie, ich bin gleich wieder da.«

Verärgert schaltete Tom den Fernseher ein. Ein paar Leute sprachen in einer Seifenoper Afrikaans und er verstand kein einziges Wort. Dann klopfte es erneut an die Tür.

»Hier«, sagte Sannie. »Ihre neue beste Freundin, Carla, hat gesagt, das passe für Sie mit Ihren ›kräftigen, breiten Schultern‹. *Jissis*, ist diese Frau durchschaubar.«

Während er sein weisses T-Shirt auszog und sich ein khakifarbenes Golfhemd mit dem Löwenkopf des Tinga-Logos auf der linken Brustseite anzog, ging sie in die Suite. »Glauben Sie, dass da etwas zwischen ihr und Nick gelaufen ist?«, fragte Tom.

Sannie lachte. *»Denken? Ich weiss es.* Ich habe sie eines Abends bei einem seiner Erkundungsbesuche aus seiner Suite kommen sehen. Diese Frau ist so was von heiss auf Polizisten.«

»Wie finden Sie es?«, sagte Tom und zeigte das neue Hemd vor.

»Wenigstens laufen wir so nicht Gefahr, von einem Elefanten umgebracht zu werden. Gehen wir!«

Als Sannie und Tom zurückkamen, standen im Empfangsbereich Tee, Filterkaffee und eine Auswahl an Kuchen und frischgebackenen Keksen bereit. Eine amerikanische Familie, Eltern und drei Kinder, war mit dem Vertilgen des Essens beschäftigt. Auf Sannies Vorschlag hin liessen sie und Tom den Nachmittagstee ausfallen und gingen nach draussen, wo zwei Toyota Land Cruiser geparkt waren. Carla stellte ihnen ihren Führer, Duncan Nyari, vor. »Nyari bedeutet Büffel«, erklärte er.

Die Fahrzeuge waren nach allen Seiten hin offen, hatten aber jeweils ein über einen Metallrahmen gespanntes Zeltdach. Im hinteren Teil befanden sich drei Reihen abgestufter, mit grüner, reissfester Plane überzogener Sitze. Duncan erklärte ihnen den Ablauf und die Sicherheitsbestimmungen, die sich auf einige wichtige Regeln beschränkte: Nicht aufstehen, weil die Bewegung die Tiere, die sie beobachteten, aufschreckte; leise sein; und nicht aus dem Fahrzeug aussteigen, ausser wenn man dazu aufgefordert wird.

»Sie arbeiten für Robert Greeves?«, fragte Duncan Tom, nachdem er und Sannie die Sitze direkt hinter dem Fahrer eingenommen hatten.

»Ja.«

»Er ist ein guter Mensch. Er liebt Afrika und seine Tiere, aber auch seine Menschen. Er hat meinem ältesten Sohn einige Lehrbücher für sein Universitätsstudium besorgt – ohne dass ich ihn darum gebeten habe. Er ist ein guter Freund.«

Tom nickte schweigend, er war beeindruckt. Greeves hatte den Ruf, in der Politik ein harter Hund zu sein – einige Medien nannten ihn ›Stahl-Bob‹ –, daher war es interessant, zu hören, dass er auch eine menschliche Seite hatte. »Nehmen wir heute dieselbe Route, die Sie mit den Herren Greeves und Dule während deren Besuch fahren werden?«

Duncan zuckte mit den Schultern. »In der Regel fahren wir dorthin, wo wir die Tiere vermuten – wir erhalten Funkrufe aus unseren Fahrzeugen und sprechen mit anderen Führern und Leuten auf der Strasse. Allerdings werden wir während des Besuchs der Minister grösstenteils im Gebiet unserer Konzession bleiben, so dass wir den Kontakt mit anderen Parkbenutzern auf ein Minimum reduzieren können.«

»Dorthin zu gehen, wo die Tiere sind, klingt gut und Unvorhersehbarkeit ist optimal.« In Toms Beruf waren die gefährlichsten Zeiten die, in denen Menschen Gebäude – Wohnungen, Büros und sogar das schwer bewachte Parlament – regelmässig zu bestimmten Zeiten betraten und verliessen. Abläufe, die nicht geändert werden konnten, boten potenziellen Attentätern die beste Chance.

Als sie aus den elektronischen Toren von Tinga herausfuhren, erklärte Duncan, dass Tinga eine von mehreren privaten Konzessionen innerhalb des Krüger-Nationalparks sei. Um die Einnahmen der Nationalparkverwaltung zu erhöhen, seien diese vor einigen Jahren vergeben worden. Das alte Jakkalsbessie-Camp sei bei den katastrophalen Überschwemmungen, von denen der Park im Februar 2000 betroffen war, teilweise zerstört worden. Statt es wieder aufzubauen, habe die Regierung beschlossen, das Gelände mit zusätzlichem Land für exklusive Pirschfahrten an einen privaten Betreiber zu verpachten. Die Konzession von Tinga umfasse ein für Wildbeobachtungen erstklassiges Gebiet zwischen den parallel verlaufenden Flüssen Sabie und Sand, die ganzjährig Wasser führten. Die Fahrzeuge der Lodge dürften auch auf den öffentlichen Strassen des Nationalparks fahren, die allen Urlaubern aus Südafrika und dem Ausland offenstanden, aber nicht umgekehrt. Innerhalb ihrer eigenen Konzession könnten sie ausserdem abseits der Strassen querfeldein in den Busch fahren – etwas, das im übrigen Park streng verboten sei.

Sannie zog eine Broschüre des Krügerparks hervor, deren Seiten verschiedene Karten des Parks zeigten. Sie waren mit Zeichnungen von wilden Tieren, Vögeln und Reptilien illustriert und deren Verhalten kurz beschrieben. Tom verfolgte ihr Vorankommen auf der

Karte. Sie bogen auf eine asphaltierte Strasse ab und überquerten den Sand-Fluss auf einer niedrigen, einspurigen Brücke. Duncan hielt in einer Nische an, um ein Auto mit einem Wohnwagen vorbeizulassen. Er wies nach rechts und sagte: »Nilpferd.«

Tom legte das Kartenbüchlein weg und holte die Kamera aus seinem Rucksack. »Man sagt, dass Nilpferde in Afrika mehr Menschen töten als jedes andere Tier, aber das glaube ich nicht«, sagte Duncan.

»Welches sonst?«, fragte Tom und schaltete die Digitalkamera ein.

»Moskitos«, warf Sannie ein.

»Stimmt«, sagte Duncan. »Und Schlangen töten jedes Jahr etwa einhundertzwanzigtausend Menschen auf der Welt, viele davon in Afrika. Ich persönlich bin auch überzeugt, dass Krokodile mehr Menschen töten als Nilpferde. Die Todesfälle ereignen sich aber in den entlegensten Teilen Afrikas, vor allem entlang des Sambesi-Flusses, weshalb man nie im Radio oder Fernsehen etwas darüber hört. Wenn jedoch jemand von einem Nilpferd getötet wird, ist das eine Nachricht wert.«

Tom war enttäuscht, denn das Nilpferd war wieder untergetaucht.

»Keine Sorge, sie werden noch mehr Nilpferde sehen, das versichere ich Ihnen«, sagte Sannie, als Duncan wieder auf die Hauptspur der Brücke fuhr.

Auf der anderen Seite des Flusses fuhren sie das Steilufer hinauf, doch bevor sie den Kamm erreichten, bog Duncan rechts auf eine Kiesstrasse. Am Strassenrand gab es einen Steinhaufen mit einem Fahrverbotsschild, auf dem auf Englisch *No entry* und auf Afrikaans *Geen toegang* geschrieben stand.

»Dies ist die Einfahrt zu unserer Konzession. Hier dürfen keine Fahrzeuge hineinfahren ausser unsere eigenen. Sobald wir diesen Teil des Parks erreichen, sind Ihre Minister vor neugierigen Blicken sicher«, lächelte Duncan.

Tom war froh, die asphaltierte Strasse zu verlassen, denn hier fühlte es sich eher so an, wie er sich eine Fahrt durch den afrikanischen Busch vorgestellt hatte. Es gab immer noch keine Anzeichen von offener Savanne oder Tausenden von wandernden Gnus – er wusste, dass diese Bilder ohnehin aus Kenia und Tansania stammten – aber der dichte Busch zu beiden Seiten des Fahrzeugs vermittelte ein Gefühl von Ruhe, das mit etwas Unheimlichem gemischt war. Die meisten Bäume waren mit Dornen übersät und der Busch sah unwirtlich aus.

In seinen frühen Zwanzigern hatte Tom vier Jahre lang im 10. Bataillon des Fallschirmjägerregiments der Territorialarmee gedient. Als Teilzeitsoldat hatte er die Wochenenden in der freien Natur sehr genossen, aber die eisigen, kargen Hügel von Wales und eine Übung in den Wäldern Bayerns hatten ihm nur wenige Fähigkeiten vermittelt, die sich auf den afrikanischen Busch übertragen liessen.

Duncan verlangsamte das Fahrzeug bis es fast zum Stillstand kam und schaute auf den Boden hinunter.

»*Ingwe*«, sagte er, eher zu sich selbst als zu seinen Gästen.

»Leopard«, übersetzte Sannie. »Wie alt ist die Spur, Duncan?«

»Nicht alt – etwa eine Stunde oder sogar noch weniger. Die Spuren sind durch nichts überdeckt – keine Ameisenstrasse und kein verwehtes Laub. Ich kenne den hier, er ist ein grosses Männchen.«

»Ich dachte, Leoparden seien nachtaktiv«, wagte Tom zu sagen.

»Nein«, sagte Sannie. »Sie sind tag- und nachtaktiv – opportunistische Jäger und äusserst anpassungsfähig. Hier im Krügerpark haben sich einige von ihnen an die Anwesenheit von Fahrzeugen gewöhnt und nutzen diese sogar für die Jagd. Das Brummen von Motoren überdeckt dabei die Geräusche ihrer Bewegungen auf der Pirsch nach Impalas.«

»Sie scheinen sich auszukennen.«

»Duncan ist der wirkliche Experte und weiss so viel mehr, als ich je wissen werde.«

»Ich führe gern Leute, die den Busch kennen«, sagte Duncan bescheiden. »Dadurch muss ich härter arbeiten. Dieser Leopard folgt dem Fluss und hält sich in Deckung. Vielleicht finden wir ihn später.«

Tom fand die Fahrt informativ und gleichzeitig entspannend, da Duncan immer wieder anhielt, um auf einen farbenfrohen Vogel, eine kleine Herde brüllender Zebras, eine Giraffenfamilie oder einen scheuen Buschbock hinzuweisen, dessen schokoladenfarbiges Fell mit zarten weissen Streifen und Flecken gezeichnet war. Er hatte die Speicherkarte seiner Kamera fast voll, als Duncan sagte: »Pst! Nicht reden.«

Tom und Sannie hatten über die Wahrscheinlichkeit von Medieninteresse beim Besuch des Ministers gesprochen. Tom hatte ihr erzählt, Greeves' Pressesekretärin, Helen MacDonald, habe ihm in einer E-Mail mitgeteilt, dass die Presse in Westminster kein besonderes Interesse am Verkauf von Jet-Trainern an Südafrika habe. Ein paar Verteidigungskorrespondenten verfolgten die Geschichte und ein Journalist einer Londoner Boulevardzeitung habe gefragt, ob es eine Fotogelegenheit von Greeves auf der Suche nach Wildtieren im Krügerpark gäbe. Helen habe dies verneint, warnte Tom aber in ihrer Nachricht, dass der Reporter sehr verärgert darüber sei, dass keine offiziellen Fotos veröffentlicht würden. Es bestehe die Möglichkeit, dass er einen südafrikanischen Reporter anheure, um zu fotografieren. Sannie bezweifelte, dass die Johannesburger Medien sich für den Besuch in Tinga interessierten. »Verglichen mit euren Leuten sind unsere Medien gut erzogen«, hatte sie gesagt, doch dann forderte Duncan sie zum Schweigen auf.

»Da, sehen Sie das Ohr?« flüsterte Duncan.

»Ja, da!«, sagte Sannie.

»Ich sehe überhaupt nichts«, gestand Tom.

»Schauen Sie nicht *auf den* Busch, sondern *durch ihn hindurch*«, wies ihn Sannie an.

Sie lehnte sich näher zu ihm hin und zeigte mit der Hand an seiner Brust vorbei auf seine Seite des Fahrzeugs. Er roch ihr Parfüm. Es roch nach Rosen. »Wo?«, fragte er.

»Dort, gleich hinter dem dunklen Baumstamm. Ein Nashorn.«

Nun sah er seine Masse. Die stumpfgraue Haut hatte die perfekte Farbe, um sich in den trockenen, staubigen Bewuchs einzufügen. Das vordere Horn war so lang wie sein Unterarm mitsamt seiner Hand. Der riesige Kopf des Nashorns war gesenkt und jetzt, da der Motor des Fahrzeugs ausgeschaltet war und alle schwiegen, konnte er das beinahe mechanische Geräusch hören, mit dem das Nashorn das spröde gelbe Gras zermahlte. Die grossen, trompetenartigen Ohren des Nashorns zuckten und drehten sich wie Antennen.

»Dies ist ein Breitmaulnashorn. Es sieht eher schlecht, dafür hat es ein feines Gehör«, erklärte Duncan.

Das riesige prähistorische Tier wirkte für Tom ganz friedlich, fast wie eine riesige gehörnte Kuh. »Sind sie gefährlich?«

»Wie die meisten Tiere, eigentlich nicht, ausser man kommt ihnen überraschend zu nahe und sie erschrecken. Wenn wir zu Fuss im Busch unterwegs sind, klatsche ich ab und zu in die Hände, damit sie wissen, dass wir in der Nähe sind. Wir überraschen sie nicht gern. Aber die anderen, die Spitzmaulnashörner, sind viel gefährlicher. Sie sind aggressiv und greifen manchmal, wenn sie einen schlechten Tag haben, an.«

Tom unterdrückte ein Lachen.

Schliesslich schlenderte das Nashorn ins Dornengestrüpp, seine dicke Haut war unempfindlich gegen Kratzer. Duncan startete den Land Cruiser. Die Sonne näherte sich immer schneller dem Horizont und als sie in das Staubband, das über dem trockenen Buschland zu schweben schien, eindrang, wurde sie von Sekunde zu Sekunde röter. Duncan bog von der Schotterpiste auf eine grasbewachsene Lichtung über dem Fluss ab, von dem man diesen überblicken konnte.

»Sundowner«, verkündete Sannie. »Meine Lieblingszeit des Tages.«

Duncan schob einen Tisch aus den Halterungen am Heck des Land Cruisers und lehnte Toms Angebot, ihm zu helfen, höflich ab. Er öffnete die Heckklappe und holte eine Kühlbox, einen Korb mit Gläsern und Tellern mit Snacks sowie – zu Toms Überraschung – einem weissen Tischtuch heraus.

Sannie bat um einen Gin Tonic und Tom beschloss, der Arbeitstag sei zu Ende und nahm sich eine Dose Castle Lager vom Eis, die er mit einem zufriedenstellenden Knall öffnete. »Der Klang der afrikanischen Nacht«, sagte Sannie und nippte an ihrem Gin Tonic.

Duncan öffnete eine Dose Cola und die drei standen ein paar Minuten lang in geselligem Schweigen da und sahen zu, wie die

Sonne hinter dem dunkler werdenden Busch verschwand. Vögel zwitscherten und Frösche begannen ihr Abendkonzert. Irgendwo unten im Fluss grunzten ein paar Nilpferde unisono. Dann kam ein Geräusch, das Tom nur mit Mühe identifizieren konnte. Es klang wie ein sehr lautes, sehr tiefes Keuchen. *Woah...woah... woah.*

»*Ngala*«, sagte Duncan.

»Löwe?«

»Stimmt«, sagte Sannie. »Die meisten Leute erwarten ein grosses Brüllen, wie das des MGM-Löwen in den Filmen, aber es ist eher schwermütig, sogar sanft – es sei denn, er ist direkt vor deinem Zelt, dann ist es tatsächlich erschreckend!«

»Gibt es hier im Krüger Löwen in der Nähe des Zeltes, wenn ihr darin übernachtet?« fragte Tom.

»Nein. Hier hat es Elektrozäune. Wir haben ein paar Mal in Simbabwe gezeltet, bevor die Situation dort schlimmer wurde und in einigen der dortigen Parks sind die Camps nicht eingezäunt. Wir hatten Löwen, die durch den Zeltplatz liefen und ich habe mir fast in die Hose gemacht.«

»Nur Sie und die Kinder? Das ist sehr mutig.«

»Nein. Ich, mein Mann und die Kinder.«

»Oh, entschuldigen Sie, Sannie«, sagte Tom.

Sie zuckte mit den Schultern. »Es ist schon komisch, aber in Momenten wie diesen, wenn alles so schön, friedlich und ruhig ist, vermisse ich ihn am meisten. Auf der Arbeit kann ich mit den Problemen umgehen und mit dem Unfug der Kinder, wenn sie sich gegen mich auflehnen. Das muss ich auch, weil ich jetzt alleinerziehend bin, aber gerade dann, wenn alles perfekt zu sein scheint, merke ich, dass ich niemanden habe, mit dem ich alles teilen kann. Oh, tut mir leid. Ich wollte nicht so deprimiert klingen.«

»Nein, es ist schon gut. Ich habe gerade das Gleiche gedacht. Wie sehr es Alex hier gefallen hätte. Wir haben schon seit Jahren über einen Safari-Urlaub gesprochen.« Ihm wurde klar, wie viel schwerer der Trauerprozess für Sannie war, die ihre Kinder grossziehen und für sie stark sein musste. Er bewunderte sie nicht nur dafür, dass sie unter diesen Umständen weitermachte, sondern auch dafür, dass sie so ehrlich war. Sie hatte, im Gegensatz zu ihm, dem dies normalerweise schwerfiel, keine Hemmungen, über ihren Kummer zu sprechen.

»Es ist bestimmt nicht leicht für Sie«, sagte Sannie.

»Wir hatten unsere Zukunft geplant. Es war, als ob wir die erste Hälfte unseres Ehelebens mit der Vorstellung, sie in den Ferien und nach einer Frühpensionierung nachzuholen, auf Eis gelegt hätten... Jetzt bin ich an der Reihe, mich zu entschuldigen. Normalerweise rede ich nicht so viel über Alex.«

Sie legte kurz eine Hand auf seinen Unterarm. »Es kommt nicht oft vor, dass ich jemanden finde, der mir zuhört. Ich bin sicher, dass die Polizisten in England genauso sind wie in Südafrika. Wir sperren viel Schlimmes in uns ein und tun so, als ob es uns nichts anginge.«

Sie lächelte und Tom nickte. Es war schwierig, nicht einfach dazustehen und ihr in die Augen zu schauen. Er spürte eine wachsende Verbindung zu ihr, die tröstlich, aufregend und zugleich ein wenig beängstigend war.

»Wo war Ihr Lieblingsurlaubsziel?«, fragte sie.

Er war dankbar, dass sie wieder sprach, denn er fühlte sich langsam so unsicher wie ein Teenager. »Eine kleine griechische Insel, direkt vor der türkischen Küste, namens Lipsi. Wunderschön, unberührt und weit weg von den Touristenmassen. Ein bisschen wie hier, nehme ich an.«

»Oh, da wäre ich mir nicht so sicher. Sie sollten Krüger während der Schulferien sehen – auf den Strassen hier ist es manchmal wie zur Hauptverkehrszeit in Johannesburg.«

»Noch etwas zu trinken?«, fragte Duncan. Beide bejahten, aber Tom war ein wenig enttäuscht, dass Duncan ihr Gespräch unterbrochen hatte.

Anders als in England brach in Afrika die Dunkelheit mit der Plötzlichkeit eines sich schliessenden Vorhangs herein. Die Nacht war mondlos und als sie zur Lodge zurückfuhren war es stockdunkel. Duncan hatte nicht nur die Autolichter eingeschaltet, sondern hielt während der Fahrt auch einen Scheinwerfer in einer Hand, den er dauernd nach links und rechts schwenkte. Er suchte nach den Augen von Nachttieren, die, wie er erklärte, im hellen Lichtstrahl wie Reflektoren leuchteten.

Er hielt an und Tom spähte ins dunkle Gebüsch. »Im Baum – dem grossen«, zischte Duncan.

Tom folgte dem Lichtstrahl den bleichen Stamm hinauf und sah die Katze. Der Leopard hockte auf einem Ast. Zwischen ihrem Kiefer hielt die Katze eine rehbraune Antilope an der Kehle.

»Er erstickt das Impala «, erklärte Duncan in sachlichem Ton, während Tom das Herz in seiner Brust pochte. Er staunte schweigend. Duncan liess den Motor des Lastwagens wieder an, bog von der Strasse ab und fuhr im Schritttempo immer näher an den Baum heran. Der Leopard starrte böse auf sie herab, wobei seine Augen wie gelbe Lichter glühten. Duncan lenkte den Lampenschein leicht auf eine Seite des Tieres, so dass es zwar noch sichtbar war, er aber nicht mehr direkt in seine Augen leuchtete.

»Er kann das Zwei- bis Dreifache seines eigenen Körpergewichts im Maul tragen. Er muss auf einen Baum klettern, um seine Beute zu fressen, sonst wird sie ihm von Löwen und Hyänen gestohlen. Es ist das grosse Männchen, dessen Spuren wir heute Nachmittag auf der Strasse gesehen haben.«

»Erstaunlich!«, flüsterte Tom.

»Du hast grosses Glück«, sagte Sannie. »Viele Leute haben noch nie im Leben einen Leoparden gesehen.«

Der Leopard kletterte den Stamm hinauf, hängte den Antilopenkadaver in eine Astgabel und verkeilte ihn dort. Er biss ins Hinterteil, wobei sich sein geflecktes Gesicht sofort rot färbte.

»Sie töten durch Ersticken, damit die Beute keinen Lärm macht und andere Raubtiere damit anlockt. Er ist ein lautloser Jäger«, sagte Duncan.

Tom schäumte seinen Körper unter dem starken, stechend heissen Duschstrahl ein und wusch den afrikanischen Staub, der seine Haut überzogen hatte ab. Obwohl er nur kurze Zeit in der Nachmittagssonne verbracht hatte, bemerkte er, dass seine Arme und Beine bereits gerötet waren.

Er griff über den Sims und schnappte sich sein Bier. Er hatte sich ein Castle aus der Minibar geholt, um es während des Duschens zu trinken, was ihm für ein Fünf-Sterne-Safari-Refugium eine angemessen dekadente Sache schien. Er lächelte, als das kalte Lagerbier seine Kehle hinunterfloss und einen köstlichen Kontrast zum heissen Wasser auf seinem Körper bildete. Es war, so dachte er, ein grossartiger Tag gewesen. Geschäftsreisen bedeuteten für ihn in der Regel, von einem Hotelzimmer zum nächsten zu ziehen. In den Pausen gab es Hotelrestaurants und Bars, die sich bis auf die Sprache des Personals kaum voneinander unterschieden. Bei den Orten handelte es sich meistens um Konferenzräume oder Veranstaltungszentren von Hotels, vielleicht auch um eine Schule oder ein Krankenhaus, die andere bevorzugte Aufenthaltsorte von hochrangigen Politikern darstellten. Er hatte bei einem Schutzauftrag noch nie so etwas erlebt, wie an diesem Nachmittag. Er erkannte jetzt den Reiz, jemanden wie Robert Greeves zu bewachen – auch ohne die beiden schönen Frauen, die er hier kennengelernt hatte.

Tom dachte an Sannie und wie verletzlich sie im Moment gewirkt hatte, als sie erwähnte, wie sie mit ihrem Mann und ihren Kindern in den Urlaub gefahren war. Es war erstaunlich, dass sie beide praktisch zur gleichen Zeit das Gleiche gedacht hatten. Er spürte, dass sie immer noch empfindlich war und schüttelte über Nicks Gefühllosigkeit den Kopf. Aber er konnte sich vorstellen, dass ein Frauenheld wie er es durchaus für einen Versuch werthielt.

Carla Sykes war ganz Ohr für Toms Leopardengeschichte gewesen, nachdem Duncan sie am Eingang zur Tinga-Lodge abgesetzt hatte. Er stellte sich vor, dass sie an jedem Arbeitstag Gäste über begeisternde Wildsichtungen erzählen hörte, aber sie schien wirklich an seinen Lippen zu hängen. Sie hatte eine Hand auf seinen Unterarm gelegt und gesagt: »Sie wissen schon, was für ein grosses Glück Sie heute Abend hatten, Tom. Ich frage mich, wie wir dieses Erlebnis noch übertreffen können.«

Sie flirtete, kein Zweifel. Es war kein Wunder, dass sie und Nick sich gut verstanden hatten.

Er trocknete sich ab und zog bequeme Schuhe, eine Hose und ein frisches Hemd an. Er sah auf die Uhr. Sieben Uhr dreissig. Er öffnete die Tür seines Hauses.

»Guten Abend, Sir«, sagte der uniformierte afrikanische Wachmann und salutierte vor ihm. Der Mann trug eine Taschenlampe in der Länge eines Knüppels in der Hand.

»Guten Abend«, grüsste Tom. Er war von der Pünktlichkeit des Mannes beeindruckt. Er hatte die Regeln der Lodge befolgt und darum gebeten, dass der Wachmann um diese Zeit in seiner Unterkunft war. Wie Carla ihm erklärt hatte, durften die Gäste nach Einbruch der Dunkelheit nur mit einer Sicherheitseskorte zum Hauptgebäude und von ihm weg gehen. Offensichtlich nahm man die Gefahr möglicher Begegnungen mit nachtaktiven Wildtieren ernst. Er wusste nicht, ob Robert Greeves eine Begleitung erwartete, doch Tom fühlte sich viel wohler, wenn er wusste, dass es Leute gab, die sich gut auskannten und diese Aufgabe übernahmen. Was würde er, ein Engländer in Afrika, tun, wenn er und Greeves auf dem Weg einem Leoparden begegnen würden? Seine Glock ziehen und ihn erschiessen? Er lächelte bei diesem Gedanken und folgte dem Mann.

Sannie sass bereits an einem Tisch für zwei Personen im Esszimmer, las einen Taschenbuchroman und trank ein Glas Weisswein. Sie hatte sich eine Jeans und ein locker sitzendes Bauernhemd angezogen und trug eine Halskette mit klobigen, von Holzperlen flankierten Muscheln. Sie sah entspannt und frisch aus und lächelte ihn an, als er hereinkam.

»Tut mir leid wegen des Buches«, sagte sie und steckte es in ihre Handtasche. »Ich warte in diesem Job viel zu viel allein.«

»Ich weiss genau, was Sie meinen.«

»Ich habe schon Wein bestellt, möchten Sie auch welchen?«

Er nickte und bei einem Drink besprachen sie die verbleibenden Einzelheiten des gemeinsamen Ministerbesuchs – Zeitpläne, Routen, Fahrzeuge, Kommunikation – und gingen den Plan für den Notfall durch. Bei einem Essen mit marinierten Kudu-Steaks – einer grösseren Antilopenart als sie zuvor bei der Leopardenmahlzeit gesehen hatten – besprachen sie zuerst das Geschäftliche, dann erzählte Sannie über ihre Kinder und fragte ihn, warum er und Alex keine hätten.

»Am Anfang war es keine bewusste Entscheidung. Das Wichtigste war für uns beide der Job. Sie war Ärztin – als ich sie kennenlernte erst Praktikantin – und wir arbeiteten beide sehr viel. Als ich zur damaligen Spezialeinheit ging, war die IRA unsere grösste Bedrohung und ein Grossteil meiner Arbeit war in der verdeckten Überwachung. Wir hatten uns angewöhnt, im Ausland Urlaub zu machen und unsere beiden Gehälter dafür auszugeben. So waren wir uns wohl beide einig, dass Kinder nicht wirklich zu uns passten.«

»Bereust du es jetzt, wo sie nicht mehr da ist?«

Er zuckte mit den Schultern. »Ich hätte gerne eine Erinnerung an sie, nehme ich an, aber ich weiss nicht, ob das ein ausreichender Grund ist, um Kinder zu haben.«

»Für mich war es.« Sannie runzelte die Stirn und nahm einen weiteren Schluck Wein, um ihren Kummer zu verbergen.

In diesem Moment hätte er ihre Hand ergreifen und festhalten wollen, aber er tat es nicht. Er spürte, dass er sich von Minute zu Minute mehr zu ihr hingezogen fühlte, aber es gab viele Gründe, seinen Instinkten nicht zu folgen. Erstens, sagte er sich, wäre es unprofessionell. Er sagte sich auch, dass er sich immer noch schuldig fühlen sollte, obwohl Alex schon seit über einem Jahr nicht mehr da war. Drittens – und wenn er ehrlich war, das Wichtigste – wollte er nicht zu früh etwas tun, was das gefährden könnte, was sich gerade zwischen ihnen entwickelte. Er wollte nicht, dass sie dachte, er würde ihre gemeinsamen Erfahrungen als Anmache benutzen.

Nach dem Essen gesellte sich Carla zu ihnen, um etwas zu trinken. Sie war während des Abendessens von Tisch zu Tisch gehuscht, um sich zu vergewissern, dass mit dem Essen und dem Service alles in Ordnung war. Die Amerikaner hatten sich als anspruchsvoll erwiesen, denn sie verlangten ›einfache gegrillte Garnelen‹ und nicht die mit Sesam ummantelten, in der Pfanne gebratenen Garnelen in der Grösse eines kleinen Hummers, die auf der Speisekarte angeboten wurden. Ausserdem trafen während Tom und Sannie auf ihrer Pirschfahrt waren, zwei deutsche Paare ein.

»Die Mahlzeiten für Herrn Greeves und Herrn Dule werden in einem privaten Raum serviert«, erklärte Carla, und setzte sich mit einem Glas Wein in der Hand hin. Tom bemerkte, dass sie es schnell austrank.

Nachdem die letzten Gäste auf ihre Zimmer begleitet worden waren, schien Carla die verlorene Zeit wieder aufholen zu wollen und bevor Tom sein abschliessendes Lagerbier ausgetrunken hatte, bestellte sie zwei weitere Getränke. Carla war voller Fragen über London und erzählte, dass mehrere ihrer Freunde Südafrika in Richtung Grossbritannien verlassen hatten, um dem abscheulichen Problem mit der Kriminalität zu entkommen.

»Ich selbst würde lieber in Südafrika bleiben, hätte aber gern einen grossen, starken Detektiv, der auf mich aufpasst und mich vor Autoüberfällen beschützt«, gurrte sie.

»Tut mir leid, bitte entschuldigen Sie mich, aber ich bin heute Abend ziemlich müde. Gute Nacht und bis morgen früh«, sagte Sannie.

Tom war traurig, dass sie ging. Er hatte ihre Gesellschaft den ganzen Nachmittag und Abend über genossen und nun das Gefühl, Carla dringe in etwas ein. Ausserdem war ihre Bemerkung, dass ein Polizist auf sie aufpassen sollte, nicht nur unverhohlen kokett, sondern auch äusserst unsensibel, falls sie wusste, wer Sannies Mann gewesen und wie er gestorben war.

Er schaute auf seine Uhr und sagte: »Es ist bereits nach elf.«

»Partymuffel«, schimpfte Carla und gab ihm einen Klaps auf den Arm. Es war nicht das erste Mal, dass sie ihn während ihrer Unterhaltung berührte. Mit jedem Drink lehnte sie sich ein wenig näher zu ihm.

Tom konnte die Zeichen lesen – er war nicht blind. Carla war hübsch, kokett, sexy und wurde immer betrunkener. Er spielte die Unschuld vom Lande und sagte: »Wir müssen morgen früh raus, also sollte ich wirklich etwas schlafen.«

»Der Wachmann bringt gerade die Mädchen zurück in ihr Quartier. Ich begleite Sie – wenn Sie mir zutrauen, dass ich gefährliche Tiere abwehren kann.«

Er würde Carla im Moment nicht hinter das Steuer eines Autos lassen und hatte keine Ahnung, wie sie einen Löwen erkennen sollte, wenn sie nicht geradeaus gehen konnte, zuckte aber mit den Schultern und sagte: »Natürlich vertraue ich Ihnen.«

Carla nahm eine Taschenlampe und ging vor ihm her, wobei es schlicht unmöglich war, nicht zu bewundern, wie herrlich sich die Hose an ihren festen Po schmiegte.

»Da sind wir nun, zu Hause, daheim. Schön und vor Raubtieren sicher.« Als er die Tür öffnete, lehnte sie sich neben dem Türrahmen an die Wand.

»Gute Nacht, Carla. Danke für alles.«

»Gute Nacht«, sagte sie und er glaubte, zu sehen, wie sich ihre Lippen zu einem Schmollmund verzogen.

Drinnen schaltete Tom das Licht ein und zog die Schuhe aus. Mit nur einer Stunde Zeitunterschied zu Grossbritannien litt er nicht unter einem Jetlag und entgegen dem Eindruck, den er bei Carla erweckte, war er gar nicht so müde. Die Pirschfahrt war wie ein Rausch gewesen, von dem er sich noch immer nicht erholt hatte. Während er noch überlegte, ob er ein letztes Bier trinken sollte oder nicht, klopfte es an der Tür.

Carla stand da und ein verruchtes Grinsen umspielte ihre Mundwinkel. »Ich habe Sie nicht gefragt, ob Sie Ihr Bett aufgedeckt haben möchten, Sir.«

Sie legte ihre Handfläche auf seine Brust und schob ihn ins Zimmer.

6

———————

»Sie sehen ein bisschen müde aus. Waren Sie lange auf und haben sich geprügelt?«, fragte Sannie und blickte von ihrem Buch und einem Teller mit Speck und Eiern auf.

»Wenn Sie damit feiern meinen, nein. Ich bin bald nach Ihnen ins Bett gegangen«, sagte Tom.

Als die Kellnerin kam, sagte Tom, er sei ausgehungert und bestellte ein komplettes, warmes Frühstück. Sannie fragte nicht, was Carla in der Nacht gemacht habe, und er erzählte ihr nichts, während sie ihr Frühstück beendete und er seins verzehrte.

Die Fahrt zurück nach Johannesburg verlief ereignislos und ihre sporadischen Gespräche waren banal. Sannie fand, er sei heute äusserst zurückhaltend und fragte sich, ob er ein schlechtes Gewissen habe. Carla hatte ihn nach dem Abendessen überrannt und Sannie das Gefühl gegeben, das dritte Rad am Wagen zu sein. Der Satz, dass sie sich einen Polizisten als Freund wünsche, der sie vor Autoknackern beschütze, war der Tropfen, der das Fass zum Überlaufen brachte. Sie erinnerte sich, dass sie der Frau einmal erzählt hatte, was mit ihrem Mann geschehen war. Vielleicht hatte Carla das in ihrem Alkoholrausch vergessen.

Sannie wollte selbst ein wenig zurückhaltender sein. Sie hatte zu viel über Christo gesprochen. Vielleicht war es die Tatsache, dass Tom auch seine Partnerin verloren hatte, die sie dazu brachte, sich mehr zu öffnen, als sie es normalerweise tat. Vielleicht war es ganz gut, dass sich Carla nach dem Essen aufgedrängt hatte – wer weiss, worüber sie sonst noch gesprochen und wohin es geführt hätte. Sie gehörte sicher nicht zu den Frauen, die gleich am ersten Tag mit einem Mann schliefen, aber sie hatte erkannt, dass sie sich körperlich und emotional zu Tom hingezogen fühlte. Er war ein gutaussehender Kerl, klug, sensibel und im Staunen auf seinem ersten Besuch im Busch beinahe kindlich. Das gefiel ihr am meisten an ihm. Ausserdem trauerte er, genau wie sie, immer noch und vielleicht waren es ihre mütterlichen Instinkte, die die Oberhand gewannen und sie zwangen, sich um ihn kümmern zu wollen.

Dumm, dachte sie. Sie hatte bereits zwei Kinder und brauchte keine weitere Verpflichtung – oder einen One-Night-Stand oder einen Freund, der eine halbe Welt entfernt lebte. Sie würde es spüren, wenn die Zeit für einen anderen Mann reif war. Mit Wessels war es falsch gewesen und mit Tom wäre es letzte Nacht definitiv nicht richtig gewesen. Ihr Mobiltelefon klingelte.

»Hallo?« Sannie hörte der Frau am anderen Ende der Leitung zu. »Oh nein!« Sie schüttelte den Kopf. Sie sagte der Anruferin auf Afrikaans, dass sie so schnell wie möglich käme.

»Alles in Ordnung?«, erkundigte sich Tom.

»Das war die Schule, die meine Kinder besuchen. Mein Junge ist auf dem Spielplatz gestürzt und hat sich am Kopf verletzt. Sie haben ihm ein paar Pflaster aufgeklebt, meinen aber, er sollte zum Arzt gehen. Meine Mutter besucht heute meine Tante und ist in Pretoria.«

»Nehmen Sie einfach keine Rücksicht auf mich. Ich muss sowieso noch ein paar Stunden bis zum Flug totschlagen.«

»Es tut mir leid, Tom, aber danke. Es wäre kein grosser Umweg für uns. Vielleicht kann ich ihn abholen und Sie dann auf dem Weg zum Arzt am Flughafen absetzen.«

»Kümmern Sie sich zuerst um Ihren Jungen. Ich habe ja nichts Besseres zu tun. Im schlimmsten Fall kann ich später ein Taxi rufen.«

Sie bedankte sich noch einmal bei ihm und trat aufs Gaspedal.

Scheiss auf die Radarfallen, dachte sie. Wenn ihr Junge genäht werden musste, hatte er vielleicht auch eine Gehirnerschütterung. Es war nett von Tom, keine grosse Sache daraus zu machen, wie er zum Flughafen kam. Er fragte sie, ob sie im Auto ein Ladegerät für ein Handy habe – seins war die gleiche Marke wie ihres – und sie wies ihn an, es aus dem Handschuhfach zu nehmen. Er legte es neben ihrer Pistole in die Konsole und sie fuhr in halsbrecherischem Tempo zur Schule.

An der Ausfahrt R21 bog Sannie von der N12 ab und achtete kaum auf ihre Geschwindigkeit. Es war später Vormittag und der Verkehr nicht allzu schlimm. Obwohl sie versuchte, Tom zuliebe ruhig zu bleiben, machte sie sich schreckliche Sorgen um Christo, der nach seinem Vater benannt worden war. Durch ihren Job und die unregelmässigen Arbeitszeiten plagte sie ab und zu ein schlechtes Gewissen, weil sie nicht so viel bei ihm und Ilana sein konnte. Meistens holte Ihre Mutter sie von der Schule ab und schaute an drei oder vier Abenden pro Woche zu ihnen. Aber was konnte sie sonst tun? Sie musste das Essen auf den Tisch bringen. Das war mit ihrem Grundlohn schwierig genug, selbst mit den Überstunden, die sie nachts und an den Wochenenden beim Schutz von wichtigen Persönlichkeiten machte. Sie wollte nicht zurück zum uniformierten Dienst, zur Mordkommission oder zu irgendeiner anderen Detektivabteilung. Sie liebte ihre Arbeit und redete sich wie immer ein, dass sie einfach mit dieser Schuld leben müsse.

Als sie an der Grundschule in Kempton Park ankam, wurde sie von Christos Lehrerin, Frau De Villiers, empfangen. Sannie steckte ihre Waffe ins Holster und sagte Tom, er könne gern im Auto warten. Aber Tom widersprach und sagte, er begleite sie. Das war eine nette Geste, aber Sannie konnte den fragenden Blick in Frau De Villiers' Augen sehen, als sie sie Tom vorstellte. »Tom ist ein Arbeitskollege aus Grossbritannien, der im Moment hier arbeitet«, erklärte sie, um jegliche Gerüchte aus der Welt zu schaffen, bevor sie im Lehrerzimmer der Schule und bei den anderen Müttern die Runde machten.

»Hallo Christo, du warst wohl im Krieg, was?«, sagte Tom, als sie den Jungen auf einem Bett im Krankenzimmer liegen sahen. Christo schaute vor dem Fremden schüchtern zu Boden.

Sannie umarmte ihn und hielt ihn dann auf Armeslänge von sich, um die Wunde unter dem Pflaster zu untersuchen. Sein dunkles, dichtes Haar – ein Erbe seines Vaters und für Sannie eine weitere ständige Erinnerung an diesen – war mit getrocknetem Blut verkrustet und die Wunde sah ziemlich übel aus. »Geht es dir gut, mein Schatz? Wie fühlst du dich?«, fragte sie ihn auf Afrikaans.

»Gut, Mama«, antwortete er.

»Toll, du bist so tapfer. Trotzdem müssen wir mit dir zum Arzt gehen, um sicher zu sein, dass alles in Ordnung ist.« Sannie wechselte ins Englische. »Das ist Herr Furey, Christo. Er kommt aus England und arbeitet mit Mommy.«

»Hallo«, sagte Christo und streckte seine Hand aus, die Tom nahm und schüttelte. Sannie war stolz auf seine Manieren. »Spielen Sie in England Rugby?«

Tom lachte. »Nein. Ich habe früher Fussball gespielt – Soccer.«

»Das ist lustig«, sagte Christo. »Kennst du die ›Kaizer Chiefs‹?«

Dann lachte Sannie und sagte zu Tom, der den Kopf schüttelte: »Hier in Südafrika wird Fussball hauptsächlich von den Schwarzen gespielt. Deshalb staunt Christo, dass Sie es spielen. Kommt, lasst uns gehen.«

Frau De Villiers kam einige Minuten später mit der kleinen Ilana zurück, deren Haarfarbe und -schnitt, Nase und Mund ihrer Mutter ähnlich waren. »Christo ist umgefallen, Mami. Wer ist dieser Mann?«, fragte sie auf Afrikaans.

Sannie wiederholte die Erklärungen und stellte Tom vor, aber Ilana verhielt sich gegenüber dem britischen Polizisten schüchtern. Sannie verabschiedete sich von Frau De Villiers und die Kinder setzten sich auf den Rücksitz des Autos.

Die Arztpraxis befand sich in einem kleinen Einkaufszentrum, das von einem Zaun aus spitzen Metallstangen umgeben war und von Sicherheitspersonal bewacht wurde – für Johannesburger Verhältnisse unauffällig. Tom ging mit Sannie ins Wartezimmer und setzte sich, während sie mit der Sprechstundenhilfe sprach, zu den

Kindern. Glücklicherweise würden sie gleich, nachdem er den aktuellen Patienten behandelt hatte, zum Arzt gehen können. Sie bedankte sich bei der Frau und ging zu ihren Kindern zurück. Ilana, bemerkte sie, zeigte Tom in einer alten Ausgabe von *National Geographic* ein Bild von einem Löwen. Tom fragte sie, was dieser für ein Geräusch mache, und die Fünfjährige stiess ein mächtiges Brüllen aus, so dass eine alte Dame, die ihnen gegenübersass, in Gelächter ausbrach. Die Kinder schienen sich in Toms Nähe bereits wohlzufühlen und Christo fragte ihn, ob er auch irgendwelche Narben habe.

»Es tut mir so leid, dass ich Sie da mit reinziehe«, sagte Sannie zu ihm.

»Wie ich schon sagte, ich habe bis zu meinem Flug nichts zu tun und kann nirgendwo anders hin. Möchten und dürfen die Kinder ein Eis essen? Ich habe nebenan einen Laden gesehen.«

Die beiden kleinen Gesichter drehten sich zu ihr um und nickten zustimmend. Sie hatten noch nicht zu Mittag gegessen und normalerweise hätte sie nicht zugestimmt, aber da Christo verletzt war und die Kinder sich in seiner Gesellschaft so entspannt hatten, konnte es nicht schaden. »Sie müssen nicht, Tom, aber ich bin sicher, es würde die Beziehung festigen.«

Kaum hatte Tom die Praxis verlassen, begann in Sannies Handtasche ein Handy zu klingeln. Allerdings war ihr der Klingelton unbekannt. Es war das von Tom, das sie spontan aus der Konsole des Autos genommen und in ihre Handtasche gesteckt hatte, da sie besorgt um Christo war und ihr Telefon auf einem Parkplatz nie offen liegen liess, selbst wenn ein Sicherheitsdienst da war. Sie schaute über ihre Schulter aus dem Fenster der Praxis und sah, dass Tom in der Eisdiele verschwunden war. Sie könnte den Anruf auf die Mailbox gehen lassen, aber vielleicht war es etwas Wichtiges. Sie entschied sich, anzunehmen.

»Das Telefon von Tom Furey.«

»Hallo? Oh, Sannie, sind *Sie* das?«

»*Ja.*« Es war eine Frauenstimme. Gerade als sie sie erkannte, sprach die Anruferin weiter.

»Ich bin's, Carla. Seid ihr beide noch zusammen?«

»Ja, ich bringe ihn zum Flughafen.«

»Oh, cool. Hören Sie, Sannie, wären Sie bitte so lieb und fragen ihn, ob er heute Morgen einen meiner goldenen Ohrringe gesehen hat? Ich habe überall gesucht und auch die Zimmermädchen können ihn nicht finden. Der einzige andere Ort, wo ich ihn verloren haben könnte, ist Toms Haus. Vielleicht hat er ihn beim Packen heute Morgen irrtümlich eingepackt.«

»Klar, kein Problem. Ich werde die Nachricht weiterleiten«, sagte Sannie und legte auf. Sie fühlte sich unwohl. Vielleicht kam dies vom Geruch der Arztpraxis. Vielleicht auch nicht.

Tom sass in der Lounge der British Airways am internationalen Flughafen OR Tambo und nippte an einem Bloody Mary, den er sich gerade an der Selbstbedienungsbar zubereitet hatte. Die Lounge mit ihrer Ruhe bildete einen Kontrast zum geschäftigen Abflugterminal im ersten Stock.

Ihm war sofort klar, dass Sannies veränderte Haltung ihm gegenüber auf die Nachricht zurückzuführen war, die Carla hinterlassen hatte. Er hatte zweimal versucht, ihr zu erzählen, was passiert war, aber Sannie würgte die Erklärung schon ab, bevor er Zeit hatte, sie zu formulieren.

»Ich habe Ihnen gesagt, Tom, dass dies nichts mit mir zu tun hat. Wir sind hier alle erwachsen. Was Sie in Ihrer Freizeit machen, ist Ihre Sache.«

Sie hatte natürlich recht und er war ein bisschen sauer, dass ihr Tonfall ihm suggerierte, er hätte etwas falsch gemacht, obwohl das nicht der Fall war. Es war jedoch schade, dass ihre gemeinsame Zeit, gerade als er dachte, er lerne sie besser kennen, in kühler Stimmung endete. Er hatte sie beim Abendessen zwar nicht gedrängt, aber er wünschte sich, dass sie ihn mochte – und zwar nicht nur im beruflichen Sinn, wie zwei Kollegen, die eng zusammenarbeiten mussten. Auch die Kinder hatten ihn überrascht und wie sehr er die kurze Zeit, die er mit ihnen verbrachte, genoss. Während sie darauf warteten, dass Christos Kopf genäht wurde, hatte Ilana so getan, als würde sie ihm aus einer Zeitschrift vorlesen und nachdem Christo und Sannie endlich aus dem Arztzimmer gekommen waren, hatte der Junge Tom stolz seine Naht gezeigt. Jetzt fühlte er sich verloren und so, als hätte er etwas Wertvolles aus den Händen gegeben.

Die *Daily Mail,* in der er blätterte, musste mit dem Morgenflug gekommen sein, da sie bereits einen kleinen Artikel über die Explosion in Enfield enthielt. Der Innenminister habe gesagt: ›Beamte des Sicherheitsdienstes haben dieses Haus überwacht, weil die Bewohner im Verdacht standen, in Verbindung zu einer terroristischen Organisation zu stehen.‹

Tom runzelte die Stirn. Das war ein bisschen zu einfach ausgedrückt. Das Haus war von mutmasslichen Menschenschmugglern bewohnt, die möglicherweise Terrorverdächtigen Unterschlupf gewährten. Auch die Tatsache, dass Steve auf dem Computer Pornografie gefunden hatte, liess Tom vermuten, dass die illegalen Einwanderer, die zeitweise im Haus wohnten, für das Sexgewerbe bestimmt waren. Doch er wusste, dass Politiker die Dinge gerne vereinfachten und das Wort ›Terror‹ immer für eine Schlagzeile gut war. Er dachte wieder an den Computerexperten, der ums Leben gekommen war. Was für eine verdammte Verschwendung. Sie würden wohl nie erfahren, worüber er so aufgeregt war.

Eines stand ausser Zweifel: Die Bewohner mussten etwas sehr Sensibles im Haus – vermutlich auf ihrem Computer – versteckt haben, dass es in die Luft gejagt wurde. Er fragte sich, ob sie, wie die Regierung spekulierte, dabei gewesen waren, einen weiteren ›spektakulären Anschlag‹ in der Grössenordnung der Zwillingstürme oder der Londoner U-Bahn-Bombe zu planen.

Er schaute auf die Uhr und rief von seinem Handy aus Shuttleworths Direktnummer an. Als der Chefinspektor sich meldete, gab ihm Tom einen kurzen Überblick über die Vorerkundung in Südafrika und versicherte, hier sei alles in Ordnung.

»Wir haben immer noch nichts von Nick gehört«, sagte Shuttleworth.

»Wie wäre es mit dem Strip-Club, Chef?«

»Dort ist auch nichts. Dieses Mädchen, Ebony – mit richtigem

Namen Precious Mary Tambo – scheint abgetaucht zu sein. Sie ist eine Illegale und niemand hat mehr etwas von ihr gehört. Wir haben aber eine Adresse. Frank und Bill werden sie im Laufe des Tages überprüfen. Nicks Ex hat auch nichts von ihm gehört.«

»Ich werde einen Bericht schreiben, wenn ich zurück bin, aber von hier aus sieht es so aus, als ob unser Nick sich während seines Aufenthalts in Afrika vergnügt hat, wann immer er konnte. Ausserdem besuchte er in Pretoria einen Table-Dance-Club und schien schwarze Mädchen zu bevorzugen.«

»Hmmm. Mir gefällt das alles nicht, Tom.«

Tom stimmte zu. Hatte Nick sich in irgendwelche Schwierigkeiten gebracht? Drogen? Glücksspiel? Eine Stripperin zu treffen, war kein Grund für eine Entlassung aus dem Dienst, aber es war möglicherweise ein Hinweis darauf, dass er in etwas verwickelt war, das an der Grenze der Legalität lag. War Nick verführt oder genötigt worden, dem afrikanischen Mädchen zu helfen? Polizisten verschwinden nicht einfach.

Der Flug nach London Heathrow wurde aufgerufen und Tom leerte seine Bloody Mary. Er freute sich darauf, nach Hause zu kommen und sich vor seinem ersten vollen Tag mit Robert Greeves gut auszuschlafen.

Als er aufstand, fiel ihm ein Hochglanzbildband, das in einem Bücherregal stand, auf. Es zeigte die Tierwelt des Krüger-Nationalparks. Er erinnerte sich an die aufregende Begegnung mit dem lautlosen Jäger – dem Leoparden – in der Dunkelheit. Trotz seiner Vorbehalte gegenüber dem Job freute er sich darauf, in ein paar Tagen wieder in Afrika zu sein.

Bei einem normalen Auftrag wäre er in Afrika geblieben, ein anderer Schutzbeamter hätte Greeves auf seinem Flug begleitet und Tom hätte sie am Flughafen abgeholt. Aber, wie die erhöhte Gefahrenstufe und Nicks Verschwinden bewiesen hatten, waren dies keine normalen Zeiten. An allen Ecken und Enden wurde gespart und Tom spürte, wie seine bereits seit dem Beginn bestehende Besorgnis wuchs.

7

Tom rückte seine Krawatte zurecht und klopfte an die dunkelblaue Tür in der weissen Steinfassade des Stadthauses ›Belgravia‹. Das Haus war ein Vermögen wert, aber die Grösse und Lage des Londoner Wohnsitzes von Robert Greeves überraschte ihn nicht. Aus der Informationsbesprechung wusste er, dass der stellvertretende Minister nicht nur ein erfolgreicher Politiker, sondern auch äusserst wohlhabend war.

Greeves' Familie gehörte zum alten Adel und im Gegensatz zu vielen anderen wussten sie, wie man ein Pfund verdient und ausgibt. Greeves' Frau Janet stammte ebenfalls aus einer reichen Familie, die eine landesweite Supermarktkette betrieb und ihr Vermögen im Handel gemacht hatte. Sie stammte aus einer langen Reihe von Parteitreuen und Tom hatte gelesen, sie sei in der Exekutive tätig gewesen.

Ein Mädchen im höheren Teenageralter öffnete die Tür. Sie hatte eine gepiercte Nase und tiefschwarzes Haar und trug ein langes schwarzes Kleid und ein mit Nieten besetztes Lederhalsband um den Hals. »Papa!«, rief sie. »Ich glaube, das ist dein Leibwächter.«

»Schutzbeauftragter, Ma'am«, sagte Tom. Das Mädchen verdrehte die Augen, wandte sich ohne ein Wort des Grusses um und ging einen Korridor entlang. Tom lächelte. Es schien, als hätte die politisch makellose Familie mindestens ein graues Schaf.

Greeves erschien, zuckte mit den in einer Anzugsjacke steckenden Schultern und stopfte sich ein Stück Toast in den Mund. »Ich will, dass du um elf Uhr zu Hause bist, Samantha«, rief er durch sein Frühstück hindurch. »Auch wenn ich nicht im Land bin, rufe ich dich an.«

Tom warf einen Blick über die Schulter, um sich zu vergewissern, dass auf der Strasse alles in Ordnung war, und sah, dass Greeves' offizieller Fahrer, Ray Butler, im Auto sass und der Motor lief. Greeves war zur Abfahrt bereit und hatte einen Aktenkoffer und eine Reisetasche im Gang stehen. Tom machte keine Anstalten, die Taschen zu holen und Ray hatte er angewiesen, im Dienstfahrzeug zu warten.

Sally, die andere Schutzbeauftragte, die mit Nick im britischen Team von Greeves arbeitete, stand neben ihrem BMW, dessen Auspuffgase sich in der kühlen Morgenbrise um ihre Beine schlängelten. Sie nickte Tom zu. Während Tom der Hauptschutzbeauftragte und in Nicks Abwesenheit auch der Teamleiter war, fungierte Sally als enge Personenschützerin.

»Guten Morgen. Robert Greeves«, sagte der Minister höflich, wenn auch völlig unnötig. »Beachten Sie meine Tochter nicht. Wenn man sie gut kennenlernt, kann sie fast höflich sein. Sie ist auf dem College und wenn sie nicht gerade in den Clubs unterwegs ist, wohnt sie hier im Londoner Haus. Meine Frau Janet ist auf unserem Landsitz in Buckinghamshire.«

»Detective Sergeant Tom Furey, Sir.« Tom schüttelte die Hand des Ministers. Dieser hatte den festen Griff und den Augenkontakt eines Mannes, der von Berufs wegen einen Grossteil der letzten zwanzig Jahre damit verbracht hatte, Menschen die Hand zu schütteln, dachte Tom.

»Sie und ich sollten uns mal darüber unterhalten, Tom, wie das zwischen uns laufen soll. Es ist ein anstrengender Tag, wie immer. Wo ist Ray?«

»Dort, wo sein Platz ist, Sir, im Auto mit laufendem Motor.«

Greeves sah zuerst ihn eine Sekunde lang an, dann auf seine

Taschen hinunter, bevor er sie wieder aufhob. Es beunruhigte Tom nicht. Wenn Nick die Dinge anders machte und den Chauffeur wie einen Pagen agieren liess, war das seine Sache. Tom ging zur Seite, als Greeves an ihm vorbei hinausging. Tom zog die Haustür zu und sagte dann in das Mikrofon seines Funkgeräts: »Wir fahren jetzt los, Sal.«

»Okay, Tom.«

Tom ging vor Greeves und öffnete die Hintertür der dunkelblauen Jaguar-Limousine. Greeves warf seine Taschen vor sich hinein und kletterte hintennach. Tom schloss die Tür. Er hatte einmal einen frisch beförderten Minister beschützt, der darauf bestand, neben dem Fahrer auf dem Vordersitz und mit Tom auf dem Rücksitz zu sitzen. Ausserdem hatte er Tom gesagt, dass er nicht wolle, dass sein Schutzmann ihm wie ein Lakai die Tür öffne. Tom hatte ihm höflich, aber bestimmt erklärt, er mache, was er tue, nicht aus Höflichkeit. »Ich kontrolliere die Tür, Sir«, hatte er gesagt »und steige erst ein, wenn ich sicher bin, dass alles klar und die Strasse frei ist. Und Sie steigen erst aus, wenn ich kontrolliert habe, dass draussen alles sauber ist, Sir.«

Tom warf einen weiteren Blick die Strasse hinauf und hinunter. »Klar, Tom«, sagte Sally in seinem Kopfhörer. Wenn sie auf dem Gegensprechkanal miteinander sprachen, sagten sie sich die Vornamen. Tom drehte sich um und sah, dass sie vor ihrem Auto wartete, bis er im Jaguar sass. Sie war gut, auch wenn Nick die Dinge hatte schleifen lassen. Der Jaguar blinkte, fuhr von der Bordsteinkante weg und Sally folgte ihm im BMW.

Tom suchte die Strasse ab und achtete auf alles, was ungewöhnlich war – geparkte Autos oder Lieferwagen oder Menschen auf der Strasse, die sich für sie interessierten.

»Komische Sache mit Nick«, sagte Greeves vom Rücksitz aus.

»Ja, Sir«, sagte Tom, ohne sich nach dem Minister umzusehen. »Wir haben Detektive eingesetzt, die nach ihm suchen und seine Spuren verfolgen.« Tom warf einen Blick in den Aussenspiegel und sah, dass Sally dicht hinter ihnen war.

»Ich mache mir langsam Sorgen, ob es ihm gut geht, Tom. In

seiner Freizeit schien Nick ein ziemlicher Kerl zu sein, aber er kam nie eine Sekunde zu spät zur Arbeit und das zählt für mich verdammt viel. Was er in seiner Freizeit tat, war seine Sache, aber wenn ich Berichte über Ermittlungen in Stripclubs und so weiter höre, beunruhigt mich das.«

Obwohl Greeves natürlich den Einfluss und genügend Grund hatte, sich auf dem Laufenden zu halten, war Tom überrascht, dass Greeves über so viele Einzelheiten der Ermittlungen verfügte. Die Bedrohung seines Schutzbeauftragten konnte für Greeves selbst ein Risiko bedeuten, wenn jemand versuchte, an Nick heranzukommen oder ihn in irgendeiner Weise zu bestechen. Greeves hatte zu Hause viele Feinde aber auch in der ganzen Welt.

»Nick und ich haben uns gut verstanden«, fuhr Greeves fort, »weil er in seinem Job gut und im Denken immer einen Schritt voraus war. Ich kenne Ihren Hintergrund – er ist ähnlich wie der von Nick – und ich bin sicher, dass Sie Ihre Arbeit genauso gut machen.«

»Ja, Sir«, sagte Tom pflichtbewusst. Es war die Art der Begrüssung, die er erwartet hatte. Robert Greeves mochte bekannt, reich und mächtig sein, aber für Tom war er nur ein Mensch aus Fleisch und Blut, der genauso leicht einer Kugel, einer Bombe oder einer anderen Bedrohung zum Opfer fallen konnte, wie jeder andere auf der Strasse. Es war einfach Toms Aufgabe, dafür zu sorgen, dass dies nicht während seiner Schicht geschah.

»Wie hat Ihnen Afrika gefallen?«

Das überraschte Tom. »Sehr gut, Sir.«

»Aha, ich sehe, Sie sind ein Mann weniger, aber gut gewählter Worte. Haben Sie sich verliebt?«

»Entschuldigen Sie, Sir?«

»In Afrika.«

Tom dachte an die Drinks unter der untergehenden roten Sonne, hörte den Löwen in der Ferne, sah den Leoparden und seine Beute. Und obwohl sie sich in frostigem Ton getrennt hatten, dachte er an Sannie Van Rensburg. »Ich glaube schon, Sir«, sagte er.

»Wenn der arme alte Nick nicht bald auftaucht, wird es nicht das letzte Mal sein, dass Sie den dunklen Kontinent besuchen.«

Tom zog den ausgedruckten Tagesplan aus der Innentasche seines Anzugs und blickte darauf hinunter. Wie Greeves sagte, war es ein für einen Minister typischer arbeitsreicher Tag, auch wenn das Parlament am Vortag aufgelöst worden war. Der erste Termin, zu dem sie jetzt aufbrachen, war ein Frühstück in der Stadt, bei dem es darum ging, Spenden für den bevorstehenden Wahlkampf zu sammeln und zu sichern. Danach gab es ein Last-Minute-Briefing des Rüstungsunternehmens, das sich um den Verkauf von Flugzeugen an die Südafrikaner beworben hatte, gefolgt von einer Pressekonferenz mit dem Vorstandsvorsitzenden des Unternehmens, einem Besuch in einer HIV-AIDS-Klinik in Islington, einer Art Scheckübergabe, einem Nachmittagstee mit ausgesuchten Wählenden im Westminster-Büro im Portcullis House und schliesslich dem abendlichen Flug von Heathrow nach Johannesburg. Toms Tasche befand sich im Kofferraum des Polizeiautos und sein Zuhause sah er erst in fünf Tagen wieder. Er wollte Sheather in Kapstadt anrufen, um sich zu vergewissern, dass dort alles bereit war. Das erinnerte ihn erneut daran, dass es sich hier um eine Operation mit wenig Geld handelte. Sally konnte nicht nach Afrika kommen, weil sie bald Urlaub hatte und ihre Tochter ins Krankenhaus musste, um sich die Mandeln entfernen zu lassen.

Bei der Frühstücksveranstaltung hatte Tom zum ersten Mal die Gelegenheit, Greeves in Natura vor einem Publikum sprechen zu sehen. Im Laufe der Jahre, in denen er verschiedene Politiker bewachte, hatte Tom Hunderte, vielleicht sogar Tausende solcher Reden gehört. Er betrachtete sich selbst, wenn es um Politik ging, als Zyniker und glaubte, die beiden grossen Parteien unterschieden sich kaum voneinander. Er bezeichnete sich selbst als linksgerichteten Konservativen und das bedeutete, dass er beim Wählen genauso gut die Augen schliessen und es dem Zufall überlassen konnte, die Leute auszuwählen, für die er stimmte. Es kam selten vor, dass jemand während einer Rede seine Aufmerksamkeit halten konnte, zumal es zu Toms Aufgabe gehörte, das Publikum, das Catering-Personal und alle anderen Personen im Raum im Auge zu behalten, *aber nicht die Redner selbst.* Die Zuhörer waren geladene Gäste, die fünfhundert

Pfund pro Person bezahlt hatten, um Robert Greeves zu hören. Sie waren durch und durch parteigläubig. Tom blieb wohl weiter wachsam, aber er hatte ein offenes Ohr für die Worte des Mannes hinter dem Rednerpult. Er wollte an diesem Tag so viel wie möglich über Greeves erfahren.

»Spielt es wirklich eine Rolle«, sagte Greeves, lehnte sich nach vorne und stützte die Ellbogen auf das Rednerpult, um näher an sein Publikum heranzukommen, »ob es im Irak Massenvernichtungswaffen gab – Chemikalien, Giftgasbomben, Raketen voller Nervenkampfstoffe und so weiter und so fort?«

Greeves wartete die Sekunden des Schweigens ab. Tom wollte schon fast aufspringen und sagen: »Ja, das ist verdammt wichtig, denn die Regierung hat uns in einen Krieg geschickt, der auf einem Dossier aus Fiktion und Halbwahrheiten beruht.«

Greeves schien Tom fast direkt anzuschauen, als er sagte: »Es *gab* tatsächlich eine Massenvernichtungswaffe in diesem Land, von der wir mit Sicherheit wissen. Saddam Hussein. Ist es richtig, dass Grossbritannien oder die Vereinigten Staaten sich zurücklehnen und nichts tun, während ein Mann sein eigenes Volk vergast und reihenweise Dissidenten ermordet, während seine Söhne nach Lust und Laune foltern, vergewaltigen und massakrieren? Nein, meine Damen und Herren, es war nicht richtig, mit dem Irak so umzugehen, wie wir es getan haben. Es war nicht richtig, 1991 vor den Toren Bagdads Halt zu machen; es war nicht richtig, die Sumpfaraber im Stich zu lassen, als sie sich nach diesem Krieg gegen Saddam erhoben; und es war nicht richtig zu sagen: »Überlassen wir ihn sich selbst, eines Tages wird sein Volk aufwachen und ihn loswerden. Das ist nicht unser Kampf.«

Tom hatte das Argument schon einmal gehört – und es hatte für ihn immer noch den Beigeschmack einer Pflasterpolitik. Diese Regierung versuchte immer noch, die Menschen davon zu überzeugen, dass es richtig gewesen war, sich im Irak zu engagieren, auch wenn es nicht aus den ursprünglich angeführten Gründen geschah. Tom war noch nicht bekehrt, aber von der Art und Weise beeindruckt, wie Greeves seine Argumente vortrug. Wie schon am Vortag im Parlament, personalisierte er den Konflikt, indem er sich für die Menschen im Irak – vermutlich die Mehrheit – einsetzte, die die Bombardierungen, die Kämpfe und die Hinrichtungen satthatten.

Sowohl im Irak wie auch in Afghanistan waren Schutzbeamte der Metropolitan Police im Einsatz und begleiteten den Premierminister, den Verteidigungsminister und den Aussenminister. Tom war nicht für diese Teams ausgewählt worden, weil er seine Qualifikation für das Heckler & Koch-Maschinengewehr noch nicht erneuert hatte – die Waffe, die er bei einem solchen Einsatz hätte tragen müssen. Wenn man ihn dazu aufforderte, ginge er mit, aber im Gegensatz zu einigen der jüngeren Beamten meldete er sich nicht freiwillig.

Greeves spielte erneut auf die Bombenexplosion in Enfield an und Tom konnte nicht anders, als mitzuhören. Er hatte die Hitze der Explosion gespürt und die verkohlten Überreste des Computerexperten gesehen, als man ihn herausrollte.

»Wir werden wahrscheinlich nie erfahren, was die Terroristen planten und weshalb dieses tapfere Mitglied des Sicherheitsdienstes in dem Haus sein Leben verlor. Aber wir wissen, meine Damen und Herren, dass sich Grossbritannien weiterhin im Krieg mit den Mächten des Bösen befindet. Wir alle, nicht nur unsere unermüdlichen Sicherheitsdienste, müssen in unserer Entschlossenheit, Grossbritannien dem Terror *nicht nachgeben zu lassen,* wachsam, engagiert und entschlossen bleiben. Wir müssen die Demokratie überall auf der ganzen Welt unterstützen, wo anständige Menschen nur von einem solchen Konzept träumen können. Ausserdem müssen wir dafür werben und all derer gedenken, die jeden Tag ihr Leben für Menschen wie Sie und mich aufs Spiel setzen.«

Der Beifall war so intensiv, wie Tom ihn seit vielen Jahren nicht mehr erlebt hatte. Um nicht als einziger Sitzender gesehen zu werden, war auch er auf den Beinen, aber er war auch seltsam bewegt von der Rede, ganz besonders von der letzten Zeile. Ein junger Banker mit einem Kindergesicht an seinem Tisch, der sich Tom vorgestellt hatte und daher wusste, dass er Greeves' Schutzbeauftragter war, nickte ihm zu und murmelte: »Gut gemacht.« Tom fühlte sich peinlich berührt.

»Er ist gut«, sagte Sally. »Zu schade, dass er seine Kinder nicht dazu bringen kann, sich so gut zu benehmen, wie man es von ihnen erwarten könnte«, fügte sie beiläufig hinzu.

Als Greeves von Tisch zu Tisch ging und den Parteimitgliedern die Hand schüttelte, blieb Tom direkt hinter ihm, an seiner Schulter, während Sally bereits nach draussen ging.

»Fahrzeuge bereit. Draussen ist alles klar.«

»Danke, Sal«, antwortete er in sein Funkgerät. »Jetzt geht's los.«

Auf der Fahrt zum Hauptsitz des Flugzeugherstellers in einem Gewerbegebiet in Ealing las Greeves auf dem Rücksitz die *Times*. Bei der Ankunft wiederholten Tom und Sally ihre Routine. Während Greeves seine Besprechung mit den Führungskräften des Unternehmens hatte, warteten sie in einem Vorraum des Büroturms. Tom wusste, dass der Vertrag nicht nur für die Arbeitsplätze vor Ort, sondern auch für die Stellung Grossbritanniens in der internationalen Verteidigungs- und Luftfahrtindustrie wichtig war. Deshalb auch die persönliche Lobbyarbeit des Ministers in Südafrika.

Die Pressekonferenz fand in einem eigens dafür eingerichteten Raum im Erdgeschoss statt. Tom ging mit Greeves hinein und positionierte sich an einer Seite des Podiums, auf welchem der Minister zusammen mit dem Geschäftsführer und dem Vorstandsvorsitzenden sass. Die PR-Leute des Unternehmens hatten gesagt, dass die Identität aller Reporter, die an der Konferenz teilnahmen, überprüft worden und dem Unternehmen bekannt seien. Nach dem, was Tom über die Medien und ihre Arbeitsweise wusste, war diese Konferenz schlecht besucht – nur ein halbes Dutzend Reporter und er erkannte keinen von ihnen. Niemand vom Fernsehen oder Radio und auch keiner der üblichen Westminster-Galeristen war anwesend. Es waren Verteidigungskorrespondenten und die meisten von ihnen von Fachzeitschriften.

Der Vorsitzende des Unternehmens, ein ehemaliger Kommodore der Royal Air Force, gab eine langatmige Einführung über die Vorzüge des für Südafrika angebotenen Tainings-Jets. Greeves folgte mit einer knappen Rede über die Bedeutung der Schaffung britischer

Arbeitsplätze und der Aufrechterhaltung guter Beziehungen zu Afrikas stabilster Demokratie.

In der Fragerunde wurden technischen Fragen zu den angeblichen Mängeln bei der Avionik des Flugzeugs gestellt und um detailliertere Angaben zu den Einnahmen, den Arbeitsplätzen und der Möglichkeit von mehr Verkäufen auf dem afrikanischen Kontinent, wenn die Südafrikaner an Bord kämen, gebeten. Als die Konferenz fast zu Ende war, fragte ein Reporter, ein junger Mann mit roten Haaren und einer Brille: »Herr Greeves, warum haben Sie das südliche Afrika in den letzten vier Jahren vierzehn Mal besucht?«

Greeves wirkte, als sei er leicht aus dem Gleichgewicht gebracht und er griff nach dem Glas Wasser, das vor ihm auf dem Tisch stand. Tom bemerkte, dass zwei der anderen Reporter ihren Kollegen fragend ansahen, so als wären auch sie überrascht, dass er etwas Ungewöhnliches fragte. Offensichtlich waren diese Verteidigungsjournalisten eine andere Sorte.

»Afrika ist für Grossbritannien wichtig«, begann Greeves, der sich schnell wieder gefangen hatte. Wir haben natürlich starke historische Verbindungen zu vielen Ländern des Kontinents und wenn Sie die Zeitungen lesen«, was einige der anderen Pressevertreter zum Schmunzeln brachte, »gibt es auch viele ernsthafte und dringende Probleme, die die Aufmerksamkeit und den Einsatz der Regierung erfordern.«

»Warum waren Sie so oft zum Vergnügen und auch geschäftlich da?«, fragte der junge Mann weiter.

»Wer ist das?«, flüsterte Tom der Medienverantwortlichen des Unternehmens zu, die seitlich des Podiums stand.

»Michael Fisher, von *Die Welt*.«

Wenn man die Medien wie ein ›Anwesen‹ betrachtete, wie es die Amerikaner taten, dann war die *Welt* das Taschentuch des Gärtners. Ihr Inhalt bestand aus Titten und Ärschen und kaum legalen ›Seite-drei-Mädchen‹. *Was tat ihr Reporter hier?* fragte sich Tom.

»Wo ich meinen Urlaub verbringe, ist meine persönliche Sache. Wie ich aber bereits sagte, sind die wichtigsten Punkte, an die man sich bei diesem Vertrag erinnern sollte, dass er für Grossbritannien

Vorteile bringt: Vierhundert Arbeitsplätze in der Fabrik im Norden. Aber er ist genauso gut für Südafrika, das ein modernes, sicheres Flugzeug auf dem neuesten Stand der Technik zu einem sehr guten Preis erhält. Und erst recht ist er für die britische Industrie und Technologie gut. Meine Damen und Herren, ich danke Ihnen.«

Greeves hatte die Pressekonferenz gekonnt beendet. Tom war beeindruckt. Tom sah, wie der Reporter, Michael Fisher, von seinem Stuhl aufsprang, als Greeves den Konferenzraum verliess. Tom schlich sich hinter den Mann, den er beschützen wollte. Er sagte kein Wort und rührte Fisher nicht an, aber der Mann verstand schnell, dass er dem Minister nicht näherkommen konnte. Die PR-Frau schritt ein und trieb die Journalisten hinaus, während die Beamten durch eine Sicherheitstür zurück ins Innere des Gebäudes gingen.

»Es tut mir leid, Robert, wenn dieser Emporkömmling Ihnen Sorgen bereitet hat«, hörte Tom den Firmenchef sagen, als er ihnen folgte. Offenbar kannte der Mann Greeves persönlich.

»Überhaupt kein Problem, Hugh. Die Opposition hat vor ein paar Monaten unter dem Titel ›vom Steuerzahler finanzierte Safaris‹ einen Artikel veröffentlicht und *Die Welt* hat das aufgegriffen und sogar eine Karikatur von mir mit einem Tropenhelm gedruckt«, lachte Greeves. »Ich liebe Afrika, aber das ist nicht der Grund, warum ich geschäftlich dorthin reise, und ich möchte diese Art von Fragen so schnell wie möglich aus der Welt schaffen. Ich will nicht, dass die Menschen in Grossbritannien denken, ich nutze meine Position, um auf ihre Kosten Flugmeilen zu sammeln.«

»Natürlich nicht«, sagte der Vorsitzende. »Wenn Sie wollen, gebe ich heute eine Erklärung ab, in der ich mitteile, dass Sie sich geweigert haben, die Rechnung für Ihre Unterkunft in der Safari-Lodge bezahlen zu lassen.«

»Danke, aber ich glaube nicht, dass das eine gute Idee ist«, sagte Greeves.

»Warum nicht, es stimmt doch. Ich kann auch erwähnen, dass das Unternehmen – auf Ihren Vorschlag hin – ein AIDS-Aufklärungsprogramm sponsert und Mittel für eine Klinik am Arbeitsplatz der

Arbeitnehmenden bereitstellt, die wir in Südafrika beschäftigen werden, wenn wir den Zuschlag erhalten.«

»Das sind alles gute Dinge«, stimmte Greeves zu, »aber ich möchte diesen Besuch herunterspielen. Wenn Sie den Auftrag erhalten, sollten Sie im Norden ausbauen – dort ist er am wichtigsten. Ich möchte sehen, wie Ihre Fabrik expandiert, Hugh. Es geht hier nicht um mich, sondern um Ihre Männer und Frauen in der Fabrik.«

Tom fand, er klinge, als ob er es wirklich ernst meine.

Der Besuch in der HIV-AIDS-Klinik in Islington war eine unspektakuläre Angelegenheit. Der Auftritt war nach einer halben Stunde erledigt und bestand darin, dass Greeves den Direktor, seine Mitarbeiter und einige ambulante Patienten kennenlernte.

Tom hatte erwartet, es wären Medien anwesend und Greeves würde vielleicht im Rahmen eines Fototermins sogar einen dieser blöden grossen Schecks überreichen. Beides war nicht der Fall, aber Tom fand es seltsam, dass ein Verteidigungsminister Mittel für etwas übergab, das eindeutig in den Zuständigkeitsbereich des Gesundheitsministeriums fiel.

Während sie durch London nach Westminster fuhren, beendete Greeves die letzten Anmerkungen zu einem Stapel von Notizen, die er aus seiner Aktentasche gezogen hatte. Tom sah seine Chance, seine Bedenken wegen des Mangels an Schutzbeamten vorzubringen. »Sir, ich möchte gern zusätzliche Sicherheitsausrüstung mit nach Südafrika bringen – ein passives Alarmsystem, das ich an der Tür und dem Balkon Ihrer Suite in Tinga anbringen würde.«

»Fragen oder informieren Sie mich, Tom?«

»Es ist nicht aufdringlich, Sir und ich möchte nicht Sie überwachen, nur den Zugang zu Ihrem Zimmer. Es ist eine Empfehlung, Sir, da wir einen Mann weniger im Team haben.«

»Sehr gut.« Greeves unterschrieb eine weitere Akte und schloss seine Tasche.

Ihr Auto fuhr auf den Sicherheitsparkplatz unter dem Portcullis House, dem mehrstöckigen Labyrinth von Parlamentsbüros gegenüber dem Palace of Westminster, das durch unterirdische Gänge mit diesem verbunden ist.

Während des Nachmittagstees im Vorzimmer von Greeves' Büro stellte sich Tom Helen MacDonald, der Pressesekretärin, vor. Er war neugierig, warum der Minister einen Scheck an eine Gesundheitsorganisation überreichte, die eindeutig nicht in sein Ressort fiel.

»Es ist sein eigenes Geld«, sagte Helen und nippte an einer Tasse Tee, während sich Greeves mit einigen Hausfrauen, lokalen Geschäftsleuten und einer Schar grauhaariger Omas unterhielt.

»Wirklich?« Tom war überrascht. »Wie viel?«

»Selbst wenn ich es wüsste, würde er nicht wollen, dass ich es sage – aber nach dem, was ich über seine früheren Spenden für wohltätige Zwecke weiss, können Sie darauf wetten, dass es ein mindestens fünfstelliger Betrag ist. Er ist ein wahrer Philanthrop, unser Robert.«

Tom nickte beeindruckt. Er wusste, dass Greeves reich, aber nicht, dass er auch grosszügig war. »Warum hat er nicht etwas Werbung dafür gemacht? Um das Bewusstsein für AIDS zu schärfen und so weiter?«

»Ich habe immer wieder versucht, ihn dazu zu bringen, den Medien davon zu erzählen, aber es ist eine seiner eisernen Regeln, seine persönlichen Spenden nicht zu veröffentlichen.«

»Ich nehme an, er möchte nicht von jeder anderen Wohltätigkeitsorganisation im Lande belästigt werden«, spekulierte Tom.

Helen schüttelte den Kopf. »Nein. Wissen Sie, ich glaube, er tut es privat, weil es das Richtige ist. In dieser Hinsicht ist er anders als jeder andere Politiker, dem ich je begegnet bin. Er ist nicht zynisch – zumindest nicht auf diese Weise.«

Tom erzählte Helen von der Frage des Journalisten Fisher. »Kein Grund zur Sorge«, sagte sie. »Das ist ein totes Pferd. Aber versuchen Sie bitte, in Südafrika die Fotografen von ihm fernzuhalten. *Die Welt* hat es aus irgendeinem Grund auf ihn abgesehen.«

Tom konnte niemanden daran hindern, Robert Greeves an einem öffentlichen Ort zu fotografieren, schon gar nicht in einem anderen Land. Er konnte höchstens versuchen, den Paparazzi aus dem Weg zu gehen. Der Versuch, ihnen zu entkommen, konnte – wie im Fall von Prinzessin Diana – tödlich enden und Reporter oder Fotografen, die

niemanden körperlich bedrohten, anzugreifen, galt als Körperverlet-
zung. Trotzdem hielt Tom den Mund und nickte Helen einfach zu. Er
war sicher, dass sie die Grenzen kannte, innerhalb derer er arbeitete.

IM FLUGHAFEN HEATHROW WURDEN GREEVES, Tom und der politische
Berater des Ministers, Bernard Joyce, von zwei uniformierten Polizisten, von denen einer eine Heckler & Koch trug und einem Sicher-
heitsbeamten der British Airways Special Services begleitet.

Tom war mit seiner Glock, einem Schlagstock, einem Messer und
Munition bewaffnet. Nach der Passkontrolle liessen sie sich für die
Stunde vor dem Abflug in der Lounge der Ersten Klasse nieder.

Der Flug verlief ereignislos und Tom schlief auf dem Erste-
Klasse-Sitz hinter Greeves gut, obwohl er keinen Alkohol trinken
durfte.

In Johannesburg stiegen sie als erste aus dem Flugzeug und der
britische Botschafter in Südafrika wartete zusammen mit dem
südafrikanischen Verteidigungsminister Patrick Dule auf sie. Sannie
war als Leibwächterin für den Minister dabei und nickte Tom kurz
zu. Sie wurden vom Flughafenpersonal und den Sicherheitskräften
in eine VIP-Lounge geführt, wo ihre Pässe von den Einwanderungsbeamten abgestempelt wurden. Die beiden Minister tranken einen
Kaffee mit dem britischen Botschafter, der sie nicht in den Krügerpark begleitete.

Unten, vor dem Flughafengebäude, warteten im strömenden
Regen südafrikanische Soldaten in Paradeuniform mit Regen-
schirmen und begleiteten die Gruppe der Offiziellen die paar Meter
zu zwei Autos. Sie wurden über die Rollbahnen zu einem VIP-Trans-
portflugzeug der südafrikanischen Luftwaffe, einer Boeing Business
Jet, gefahren, die auf der Rollbahn bereitstand und deren Triebwerke
sich bereits drehten. Diesmal flogen sie in den Krüger-Nationalpark.
Tom sass im hinteren Teil des Flugzeugs, war aber drei Sitze von
Sannie entfernt, so dass er sich nicht mit ihr unterhalten konnte.

Von der Firma, die die Trainingsflugzeuge herstellte, reiste
niemand mit Greeves. Es handelte sich also vornehmlich um einen

politischen Besuch und obwohl Greeves die Vorzüge der britischen Bewerbung und ihre Vorteile für die britische Wirtschaft anpries, wollte er mit Dule auch über andere Verteidigungsfragen sprechen.

Dule war ein freundlicher, weltgewandter, rundlicher Mann in einem massgeschneiderten Designeranzug mit blütenweissem Hemd, weinroter Seidenkrawatte und passendem Einstecktuch in der Brusttasche. Tom erinnerte sich an Sannies Verbitterung über die Armut, in der so viele Südafrikaner noch immer lebten. Die Mehrheitsherrschaft hatte nicht für alle Trinkwasser und eine angemessene Unterkunft schaffen können, aber einige waren wohlgenährt und wohlhabend geworden, dachte Tom.

Tom hatte es in den letzten Tagen weder geschafft, Sannie völlig aus dem Kopf zu bekommen noch das Gefühl loszuwerden, etwas Gutes verpasst zu haben. Er wollte es bei ihr zumindest wieder gutmachen, wenn nicht sogar dort weitermachen, wo er dachte, hätten sie aufgehört. Sie sah in ihrem leichten, cremefarbenen Geschäftsanzug cool und sexy aus. Er hatte sie angelächelt, als sie im Flugzeug Platz nahm, aber sie ignorierte ihn, was ihn ärgerte. Irgendwie schien es ihm wichtig, ihr zu sagen, dass er nicht mit Carla Sykes geschlafen hatte. Es ging Sannie zwar nichts an, aber er spürte, dass sie wegen Carlas Äusserungen weniger von ihm hielt.

Er fand es eine Frechheit von Carla, Sannie zu erzählen, sie glaube, sie hätte einen Ohrring in seinem Haus in Tinga verloren. Vielleicht lag es daran, dass sie mit Nick zusammen gewesen war und er damit irgendwie das Gefühl hatte, sich in etwas einzumischen. Vielleicht war es aber auch nur ihre überspannte Persönlichkeit, jedenfalls fand er, sie sollte nicht die erste Frau sein, mit der er nach Alex' Tod schlief. Er hatte die Anzeichen körperlicher Erregung gespürt, als sie zusammen getrunken und Carla ihre Hand auf seinen Oberschenkel gelegt hatte, aber er hatte die unvermeidlichen Lüste verdrängt. Er hatte noch nie Sex gehabt, wenn er beruflich unterwegs war. Ausserdem war er Alex während ihrer Ehe treu gewesen und seither hatte sich nie eine Gelegenheit ergeben.

Er hatte Carla höflich abgewimmelt und gesagt, er sei müde vom Flug und seiner Pirschfahrt. Unbeeindruckt davon hatte sie gesagt:

»Sie schulden mir eine Tasse Kaffee, wenn Sie mit Ihrem VIP zurückkommen.« Er hatte sie umgedreht und sie sanft aus seinem Zimmer geführt.

Als das Flugzeug abhob, überlegte er, ob Carla wohl noch an ihm interessiert sei, wenn sie zurückkamen. Sie hatte, als er Tinga verliess, gesagt: »Ich kann nicht versprechen, dass ich es nicht wieder versuche.«

»Pfefferminzbonbon?«, fragte Bernard Joyce, Greeves' verteidigungspolitischer Berater, ihn vom anderen Ende des schmalen Ganges aus. »Es hilft mir, meine Ohren beim Starten und Landen freizubekommen.«

»Nein danke«, sagte Tom.

Helen MacDonald hatte ihm gesagt: »Es wird Ihnen gefallen, mit Bernard unterwegs zu sein. Er ist laut und lustig, so aufgeräumt wie eine Reihe von Zelten und so scharfsinnig wie eine Reisszwecke. Er war früher bei der königlichen Marine – der jüngste stellvertretende Kommandant eines Atom-U-Boots aller Zeiten.«

»Ich hasse Afrika«, sagte Bernard und beugte sich vor. »Verdammter Staub, die Hitze und all diese wilden Tiere.«

»Ich habe bei meinem ersten Besuch vor ein paar Tagen einen Leoparden gesehen«, sagte Tom.

»Wie schön für Sie. Völlig unnatürlich, wenn Sie mich fragen, einen Meter entfernt von Löwen und Hyänen und dergleichen ohne Türen und Fenster herumzufahren.«

»Im Gegensatz zu einer halben Meile unter dem Wasser?«

»Ah«, sagte Joyce und hob eine Augenbraue, »ich nehme an, unsere grossmäulige Kiwi-Medienfrau hat Ihnen den Klatsch und Tratsch über alle erzählt!«

»Es hält sich in Grenzen«, versicherte ihm Tom.

»Da bin ich mir nicht so sicher. Wir treuen Fusssoldaten von Robert Greeves sind ein seltsamer Haufen, aber er ist ein grosser Mann, Tom, daran gibt es keinen Zweifel.«

Er nickte. Er fing an, dies selbst zu glauben.

Die Start- und Landebahn von Skukuza, einst der offizielle Flughafen des Krüger-Nationalparks, war seit dem Bau eines neuen internationalen Regionalflughafens etwa vierzig Kilometer südlich, in der Nähe von Nelspruit, für private Charterflugzeuge reserviert.

Neben der Landebahn von Skukuza warteten bereits drei von Tingas offenen Land Cruisern.

»Willkommen, Herr Minister Dule und Herr Minister Greeves«, sagte Carla Sykes. Sie sah trotz des flirrenden Hitzedunstes, der von der Rollbahn aufstieg, gepflegt und attraktiv aus. Tom mahnte sich, sich auf seine Arbeit zu konzentrieren.

Auf Drängen von Dule posierte Greeves vor der Boeing für ein Foto der beiden mit drei Flugbegleitern der Air Force.

»Oh, ich habe übrigens meinen Ohrring gefunden«, sagte Carla sowohl zu Sannie als auch zu Tom, während sie alle darauf warteten, dass fotografiert wurde. »Er war gar nicht in Toms Zimmer, sondern in der Bibliothek.«

Sannie Van Rensburg fragte sich, wen Carla in der Bibliothek gefickt habe. Sie spürte immer noch kleine Stiche der Eifersucht auf diese Frau, war nach wie vor wütend auf sich selbst und versuchte, sich auf den breiten Rücken und den kahlen schwarzen Kopf von Patrick Dule zu konzentrieren. Sie sass mit den beiden Würdenträgern in der hinteren Sitzreihe des Land Cruisers, während Tom vorne neben Duncan Nyari Platz genommen hatte.

Irgendetwas – eigentlich vieles – an Carla nervte sie, aber es war schwer zu ergründen, warum sie so stark auf diese Frau reagierte. Carla schlief herum, das war ihre Sache, aber es schien Sannie für eine Frau in ihrer Position nicht angemessen, sich bei Gästen anzubiedern. Vor allem, wenn sie, wie in Tom Fureys Fall, geschäftlich dort waren.

Sie machte sich wieder Vorwürfe. Hätte sie nicht beinahe mit ihrem Vorgesetzten geschlafen? Wie professionell war das denn? Wie auch immer, all diese Gedanken mahnten sie daran, Geschäft und Vergnügen ganz sicher nicht zu vermischen. Es war gut, so schnell wieder im Busch zu sein. Der Anblick, die Gerüche und das allgemeine Wohlbefinden, das sie im Krügerpark empfand, machten die

Tatsache fast wett, dass sie ihre Kinder bei Einbruch der Dunkelheit vermissen würde. Der kleine Christo hatte sich von seiner Kopfwunde erholt und ging wieder in die Schule. Er hatte sie gefragt, ob sie sich mit Tom, dem Engländer, der Fussball spielte, treffe. »Ich möchte ihm meine Narbe zeigen«, hatte er gesagt.

Tom warf ihr einen Blick zu. Sie schaute weg und suchte den Busch nach wilden Tieren und anderen lauernden Gefahren ab.

In Tinga warteten drei Mitarbeiter auf die Fahrzeuge. Zwei von ihnen trugen Teller mit kühlen Getränken und der dritte ein Tablett mit kalten Handtüchern. Carla sprang aus dem Land Cruiser, den sie sich mit den Mitarbeitern der Minister geteilt hatte und begann, weitere Mitarbeiter zu organisieren, damit alle zu ihren Häusern begleitet wurden. Zuerst kamen die Politiker an die Reihe. Der südafrikanische Minister hatte eine politische Beraterin namens Indira. Sie war Inderin und Sannie fand sie, ganz im Gegensatz zum Minister, der eigentlich recht charmant war, schroff und herrisch.

»Sannie, bringen Sie bitte meine Tasche auf mein Zimmer. Ich muss den Sitzungssaal für den Minister überprüfen«, sagte Indira zu ihr.

»Ich bin sicher, dass das Personal das übernehmen kann«, antwortete Sannie. Sie war weder die Taschenträgerin des Ministers noch Indiras Dienerin.

»Hallo«, sagte Tom und ging auf die beiden Frauen zu. »Sannie, hast du Hauptmann Tshabalala Bescheid gesagt, dass wir angekommen sind?«

»Natürlich«, sagte sie und wusste, dass sie verärgert klang. Sie sah, dass er ihre Gefühle spürte. Sie hatte überreagiert, weil sie nicht mochte, wenn man ihr sagte, wie sie ihren Job zu machen hatte. Doch sie vermutete, Tom wolle einfach nur sicherstellen, dass alles nach Vorschrift ablief und er konnte nicht wissen, dass Indira sie gerade ebenfalls geärgert hatte. »Ja, Tom«, sagte sie, ihr Tonfall war nun sanfter. »Ich habe den Anruf getätigt.«

»Gut«, sagte er. »Ich werde einen Kontrollgang auf beiden Seiten der Häuser entlang der Uferpromenaden machen.«

»Ich schaue mir den Konferenzraum an. Die Sitzung beginnt erst in einer halben Stunde – so haben die Politiker Zeit, sich frisch zu machen.«

Er nickte und sah sie an, als wolle er noch etwas sagen, die Anwesenheit von Indira, die neben ihr in ihr Handy quäkte, schien ihn davon abzuhalten. Er ging und Sannie liess die Taschen bei Indira stehen, die ihr einen gequälten Blick zuwarf, den sie aber ignorierte.

Sannie sah Tom nach. Sie bereute es, ihn angeschnauzt zu haben und hätte ihm gern erzählt, was Christo gesagt hatte. Nachher wollte sie höflicher zu ihm sein. Vielleicht hatten sie Zeit, sich zu unterhalten, während ihre Chefs mit ihrer Besprechung beschäftigt und für ihr Arbeitsessen eingeschlossen waren.

Eine junge Frau stellte Krüge mit Saft und Eiswasser in den privaten Raum, der ansonsten leer war. Sannie ging auf die Terrasse hinaus und betrachtete den Busch rund um den Veranstaltungsbereich der Lodge. Es waren weder Tiere in Sicht und weder Spuren noch plattgedrücktes Gras deuteten darauf hin, dass in den letzten Tagen irgendetwas oder irgendjemand in der Nähe gewesen war.

Als Sannie in den zentralen Empfangsbereich zurückkehrte, sah sie Tom vom anderen Ende der Promenade zurückkommen. Er war nicht allein, Carla ging an seiner Seite – sehr nah bei ihm, denn der Weg war recht schmal. Sie lachte viel zu laut über etwas, das er gerade gesagt hatte und das Gackern klang für Sannie wie der Ruf einer Hyäne. Carla legte ihre Hand auf Toms Arm und Sannies gute Vorsätze schwanden dahin.

»Ich kann es kaum erwarten, die VIPs zu empfangen«, sagte Carla in einem übertriebenen Bühnenflüsterton zu Sannie, als sie sich ihr näherten, »dann können wir uns alle zum Essen und Tratschen niederlassen.«

8

Das Mittagessen in Tinga war erneut so gut wie Toms letzte Mahlzeit in der Lodge. Diesmal gab es *Kabeljou* einen südafrikanischen Fisch, der gegrillt und mit goldenen Pommes serviert wird. Ein einfaches, aber sehr schmackhaftes Essen.

Sannie und er setzten sich zusammen, um die Vorbereitungen für den Nachmittag zu besprechen und später gesellte sich Carla zu ihnen und übernahm das Gespräch. Nun fiel ihm auf, dass Sannie die andere Frau ganz offensichtlich nicht ausstehen konnte.

Indira und Bernard verliessen die Sitzung zu unterschiedlichen Zeiten, um Anrufe auf ihren Handys zu tätigen oder entgegenzunehmen, aber Tom und Sannie verbrachten den grössten Teil des Nachmittags mit Warten. Carla verliess die beiden, um sich nach den Führern für die Pirschfahrt am Nachmittag zu erkundigen. Sannie ging weg, um in ihrem Roman zu lesen und Tom blieb mit dem Gefühl zurück, eine weitere Gelegenheit für ein Gespräch mit ihr verpasst zu haben. Er wanderte in sein Zimmer zurück, um für die Nachmittagsfahrt den Anzug gegen Freizeitkleider zu tauschen.

Punkt vier Uhr nachmittags stiegen sie in die Land Cruiser. Beide VIPs schienen gut gelaunt zu sein und freundschaftlich miteinander umzugehen, so dass Tom davon ausging, dass das Mittagessen und die Treffen am Nachmittag positiv geendet hatten.

Es waren nur zwei Fahrzeuge auf der Fahrt. Im ersten Land Cruiser sassen Indira und Bernard hinter ihren jeweiligen Ministern, im zweiten Tom, Sannie und Duncan.

»Zwischen Carla und mir ist beim letzten Mal nichts passiert«, sagte Tom schnell, bevor sie die Gelegenheit hatte, ihn zu unterbrechen.

Sannie sah ihn an. »Das ist unwichtig, Tom. Ich habe Ihnen schon einmal gesagt, dass es mir egal ist.«

Er wartete darauf, dass sie mehr sagte und die Leere füllte, aber auch sie war eine Polizistin. Sie wusste, wann sie den Mund halten musste, und schuf damit eine Pattsituation.

Auf der privaten Schotterstrasse, die aus Tinga herausführte, fuhren sie an kleinen Herden von Impalas, Wasserbockfamilien sowie drei Kudus vorbei. Deren zarte Gesichtszüge, die grossen Ohren und ihre rehbraunen Augen liessen sie wie die unschuldigsten aller Kreaturen aussehen, dachte Tom. Sannie schwieg und Tom war enttäuscht und stellte sich darauf ein, dass sie nicht nachgeben würde.

»Christo will Ihnen seine Narbe zeigen.« Sie schaute geradeaus und dann pflichtbewusst zum Zebra, auf das Duncan gerade hinwies.

Tom lächelte. »Greeves schlug auf dem Flug vor, dass ich, wenn ich wieder mit ihm käme, wenn Nick ... Na ja, Sie wissen schon. Dass ich mir Urlaub nehme und nach seinem nächsten Besuch ein paar Tage hier verbringen sollte. Vielleicht könnte ich dann vorbeikommen und den Kindern Hallo sagen.«

»Das wäre schön.«

Er konnte sehen, dass sie sich an der Stange vor ihrem Sitz festhielt, obwohl der Feldweg sehr eben war und es nicht schüttelte. *Langsam*, sagte er sich. *Das ist ein grosser Schritt für sie.* »Vielleicht bei einem Abendessen.«

»Das wäre vielleicht auch schön. Aber Tom ...«

»Ja?«

»Nur Freunde, okay?«

»Von mir aus.«

Hier kommt die Teerstrasse.

Er konzentrierte sich wieder auf die Arbeit, obwohl er zum ersten Mal seit langem wieder so etwas wie glücklich war. Anstatt das Gefühl zu haben, untreu zu sein, dachte er, Sannie hätte Alex gefallen. Sie waren beide kluge, wortgewandte Frauen, die ihre Gefühle im Gegensatz zu ihm gut ausdrücken konnten. Tom war sich sicher, dass Alex, die sich leidenschaftlich für die Erhaltung der Tierwelt einsetzte, den afrikanischen Busch genauso geliebt hätte, wie Sannie. Als sie auf den Asphalt einbogen, schaute Tom sich um. Hinter ihnen fuhr ein weisser Corolla und hielt am Strassenrand. Er sah, dass sich die späte Nachmittagssonne auf einem Kameraobjektiv spiegelte. Es zielte nicht in den Busch, sondern war auf sie gerichtet. »Wir haben Gesellschaft«, sagte Tom und zog ein Notizbuch und einen Stift aus der Hosentasche.

Das Auto bog auf die Strasse und beschleunigte schnell, um sie einzuholen. »Duncan, wie weit ist es noch bis zur Abzweigung der Konzession?«, fragte Tom, während er das Kennzeichen des Corolla notierte.

»Einen Kilometer.«

»Gehen Sie an Ihr Funkgerät und sagen Sie dem vorderen Wagen, er soll aufs Gaspedal drücken.«

»Im Park gilt auf Teerstrassen ein Tempolimit von fünfzig Stundenkilometern.«

»Dann sagen Sie ihm, er soll die Fünfzig fahren. Dalli.«

Duncan gehorchte und Tom spürte, wie sich der Wind auf seinem Gesicht verstärkte, als sie beschleunigten. Er sah sich um. Das Auto näherte sich ihnen und der Fahrer hatte den rechten Blinker gesetzt.

»Fahren Sie nach rechts, Duncan, als ob Sie das vordere Fahrzeug überholen wollten. Ich will nicht, dass der Typ uns vor der Abzweigung überholt.«

Als der Corolla hupte, drehten sich alle vier Insassen des führenden Fahrzeugs um und Greeves schaute verwundert zu Tom und Sannies Cruiser, der auf der falschen Strassenseite fuhr.

Der Corolla-Fahrer lenkte mit der linken Hand, mit der rechten hielt er seine Kamera aus dem Fenster, die mit einem Teleobjektiv in der Länge von Toms Unterarm ausgestattet war. Durch das heikle Manöver geriet der Mann ins Schleudern, übersteuerte und verlangsamte eilig, so dass das Fahrzeug an Geschwindigkeit verlor.

»Verrückt.« Tom sah erfreut, dass Greeves' den Kopf nach vorn beugte, so dass es nicht mehr dem Fotografen zugewandt war.

»Die Abzweigung kommt gleich, Tom.« Duncan driftete zurück auf die linke Strassenseite, dann sagte er plötzlich etwas in seiner Sprache, das für Tom wie ein Fluch klang.

Tom schaute nach links und sah, dass der Fotograf stark beschleunigte, um sie auf der nahen Seite zu überholen. »Vorsicht!« Tom wollte den Fotografen in Schach halten, aber dabei auf keinen Fall einen Verkehrsunfall verursachen.

Gerade als der Corolla mit Duncans Land Cruiser gleichzog, schwenkte das Führungsfahrzeug nach rechts. Duncan riss das Lenkrad herum und sie fuhren vom Asphalt auf die Kiesstrasse. Der Corolla bremste zwanzig Meter weiter und legte den Rückwärtsgang ein. Tom blickte zurück, als der Fahrer auf die Piste einbog und dann das Schild ›*Einfahrt verboten*‹ sah. Tom lächelte.

Das vordere Fahrzeug fuhr um eine Kurve und als sie ausser Sichtweite der Hauptstrasse waren, hielt der Wagen mit den VIPs an. Duncan bestätigte einen Funkspruch und hielt neben dem anderen Land Cruiser an.

»Sieht aus, als wäre unser Freund von der Presse«, rief Greeves Tom über die laufenden Motoren hinweg zu.

»Ja, Sir«, sagte Tom, unsicher, was Greeves von seinem Handeln halten würde. »Er ging ein bisschen zu frech vor.«

»Gut gemacht, Tom, und gut gefahren, Duncan. Danke.«
Alles in allem, dachte Tom, wurde der Nachmittag immer besser.

Sie hielten an der gleichen kleinen Lichtung am Flussufer, an die Duncan Sannie und Tom beim letzten Mal gebracht hatte. Jetzt waren sie beide Polizisten im Dienst, Alkohol kam also nicht in Frage.

Sie lächelte ihn bei ihrem Glas Mineralwasser an und wandte sich dann wieder Indira zu, mit der sie im Gespräch war. Tom stand Sannie im Kreis der Persönlichkeiten und Bediensteten gegenüber und liess seinen Blick über die Lichtung und den umliegenden Busch schweifen. Er bemerkte, dass Carla auf ihn zukam.

Sie war in einem dritten Land Cruiser zusammen mit einem Barkeeper und zwei Dienstmädchen schon vor der Hauptgruppe hierhergefahren, so dass sie bereits Tische aufbauen und mit gestärkten weissen Tischtüchern decken konnten. Als die Safarifahrzeuge eintrafen, standen die Mädchen schon mit Silbertellern voller Biltong und *Droëwors*, also Trockenfleisch und -wurst, sowie Schälchen mit Chips und Nüssen bereit. Carla hatte einen grünen Safari-Rock angezogen, der zehn Zentimeter oberhalb der Knie endete.

»Entschuldigen Sie, Tom, ich muss Ihnen etwas zeigen. Es kam per E-Mail, während Sie auf der Fahrt waren«, sagte sie und hielt zwei Blätter Papier hoch. Tom entschuldigte sich und stapfte aus dem Kreis.

»Es ist sehr wichtig«, fügte Carla hinzu.

»Neuigkeiten über Nick?«

»Nein, nicht ganz.« Sie führte ihn ans Ende der Reihe geparkter Land Cruiser. Die Dunkelheit brach rasch herein und Tom wollte sichergehen, dass er Greeves noch sehen konnte. Sie hielten auf der anderen Seite des vordersten Fahrzeugs an und Tom nahm Carla die Papiere ab. Er sah, dass sie lächelte.

Die erste Seite, die sie ihm zeigte, war ein leeres Deckblatt des Fax mit dem Briefkopf der Tinga-Lodge. Er sah sie fragend an.

»Lesen Sie das nächste.«

Er schüttelte lächelnd den Kopf. Auf der zweiten Seite hatte sie in einer fetten, mädchenhaften Handschrift geschrieben: *Ich werde dich heute Abend nach dem Essen ficken.*

Er lachte, spürte aber, dass sie seine Hand nahm. Es war albern, aber, wie er zugeben musste, auch ein wenig aufregend. Er fühlte, dass ihn Erregung packte. Carla schaute an der Reihe der Fahrzeuge auf und ab und zog seine Hand an den Saum ihres Rocks.

»Stopp«, versuchte er es, liess sie aber seine Hand weiterziehen.

Sie hob den Stoff ihres Rocks damit an. Dann fühlte er sie. Die nackte Haut. Die Falten, die Hitze, die Nässe. Gott, es war so lange her.

Carla stellte sich auf die Zehenspitzen und liess seine Hand los. Er wusste, dass er sie wegnehmen sollte, aber es war ein intensiver erotischer Moment, der durch das Risiko, erwischt zu werden, noch verstärkt wurde. »Nein«, sagte er und nahm seine Hand weg. Er dachte an Sannie und daran, dass er schliesslich ihre Entschlossenheit durchbrochen und sie davon überzeugt hatte, dass zwischen ihm und Carla nichts vorgefallen war.

Sie presste ihre Lippen auf die seinen und versuchte, seinen Mund mit ihrer Zunge zu öffnen. Tom brach den Kuss ab und drehte sich gerade um, als er Schritte hörte.

»Zeit zu gehen«, sagte Sannie, die zwischen dem zweiten und dritten Land Cruiser hervortrat.

Auf der Rückfahrt nach Tinga sass Sannie auf der Sitzbank hinter Tom. Sie ignorierte seine erbärmlichen Versuche, ihr zu erklären, was genau passiert war. Wie er diese verdammte Frau gestreichelt und geküsst hatte, während der Mann, den er eigentlich beschützen sollte, keine zehn Meter entfernt war.

»Was haben Sie sich nur dabei gedacht? Sie sind ein Personenschützer!«, war das Einzige, was sie während der ganzen Fahrt zu ihm sagte.

»Ich sagte doch, sie hat mich angemacht. Ich sagte ihr, sie solle damit aufhören und ich hatte Greeves *immer* im Blick.«

Sie ignorierte ihn und überlegte, dass sie ihn fast in ihr Leben und, was noch schlimmer war, fast ins Leben ihrer Kinder gelassen hätte.

Sannie hatte es ernst gemeint, als sie vorhin zu Tom sagte, dass sie es langsam angehen und erst einmal nur Freunde sein sollten. Dennoch hatte sie sich die kurze Fantasie erlaubt, wie er wohl ohne sein Hemd aussähe. Seine Haut war – typisch englisch – blass, aber sein Gesicht und seine Arme zeigten den Beginn einer afrikanischen Bräune. Anhand seines dunklen Haars und der dichten Augenbrauen vermutete sie, in seinen Adern fliesse etwas keltisches Blut. Sie kam sich jetzt doppelt dumm vor, einerseits, weil sie sich erlaubte, für diesen Mann Gefühle zu hegen und andererseits, weil sie sich von jemandem betrogen fühlte, auf den sie keinerlei Anspruch hatte.

ALS SIE SICH vor dem Abendessen alle im Empfangsbereich zu einem Drink trafen, versuchte Tom erneut, sich zu entschuldigen und Sannie zu überzeugen, dass er nichts falsch gemacht habe. Er scheiterte spektakulär. Sie drehte sich auf ihren hohen Absätzen um und ging weg.

»Streit unter Liebenden?« Bernard schlenderte mit einem Gin Tonic in der Hand herüber.

»Ein Missverständnis.«

»Ich würde mich an Ihrer Stelle für die Dunkelhaarige entscheiden. Sie hat einen besseren Kleidungsstil und ich glaube, die geht ziemlich ab.«

Tom lächelte und schüttelte den Kopf. Er, Bernard, Indira, Carla und Sannie sassen beim Abendessen zusammen an einem Tisch, während an einem anderen die beiden Politiker mit drei hochrangigen Beamten des Krüger-Nationalparks und einem der Besitzer der Lodge speisten.

Sannie nahm Tom gegenüber Platz, aber ein kunstvoller silberner Leuchter, der zwischen ihnen stand, machte ein direktes Gespräch mit ihr, selbst wenn sie mit ihm hätte sprechen wollen, praktisch unmöglich. Stattdessen unterhielt sich Sannie mit Indira, von der Tom wusste, dass sie sie überhaupt nicht mochte und mit Bernard, der sie während des Essens ein paar Mal zum Lachen brachte.

Carla sass neben ihm und er war sich sicher, dass Sannie ihm gerade einen bösen Blick zuwarf, als sie Carla erwischte, die unter dem Tisch seinen Schenkel drückte.

Greeves stand auf, schlug die Gabel ein paarmal an sein Glas und hielt eine kurze Rede, in der er sich für die Gastfreundschaft, die ihnen allen von den Mitarbeitern der Tinga-Lodge, der südafrikanischen Regierung und der Nationalparkbehörde entgegengebracht wurde, bedankte. Dule bekräftigte dies und verwies auf die ›positiven Gespräche‹, die die beiden über eine Reihe von Themen geführt hätten.

Nach dem Kaffee entschuldigten sich Greeves und Dule gleichzeitig. Carla zwinkerte Tom zu, aber er ignorierte sie, während er und Sannie dem Sicherheitspersonal der Lodge folgten, das Greeves und Dule zu ihren Zimmern zurückbegleitete.

»Danke, Tom.« Greeves öffnete die Tür zu seiner Suite. »Gute Arbeit, dem Fotografen heute zu entkommen. Geniessen Sie einen Schlummertrunk und wir sehen uns morgen früh um sechs. Kommen Sie nicht zu spät.«

»Gute Nacht, Sir.«

Nachdem sie ihren Auftraggeber in Sicherheit gebracht hatte, kam Sannie auf ihn zu. »Wenn ich Sie auf einen Drink einladen darf, erkläre ich Ihnen, dass das alles ein Irrtum war. Zwischen mir und Carla läuft nichts.«

»Warum hat sie dann während des Essens Ihren Schwanz gestreichelt? Gute Nacht, Tom.« Sie liess seinen Namen wie ein Wort mit fünf Buchstaben klingen, als sie sich mit ihrem Wächter entfernte.

»Verdammte Frauen«, sagte Tom zu sich selbst. Dann hätte er in seine Suite zurückgehen können und dies auch tun sollen. Stattdessen sagte er zum Sicherheitsbegleiter: »Bringen Sie mich zur Lodge zurück«.

Bernard und Indira waren schon gegangen, aber Carla stand noch hinter der Bar. Sie winkte ihn herüber und beugte sich dann, ausser Sichtweite, nach unten. Als er bei ihr war, stand bereits ein mattes Glas Lagerbier auf dem polierten Tresen.

»Ich sollte nicht«, sagte er.

»Ach was. Einer wird dich nicht umbringen.« Sie schenkte sich ein Glas Wein ein.

Tom hob das taubeschlagene Glas und nahm einen langen Schluck. Sie hatte recht, einer würde ihn nicht umbringen. »Sie waren heute ziemlich unverschämt, da draussen im Busch.«

»Das hat doch gar niemand mitgekriegt.« Der Wachmann hielt

sich in der Nähe des Empfangsbereichs auf. »Danke, George«, rief sie. »Sie können für heute Feierabend machen. Ich bringe Mr. Furey zurück auf sein Zimmer.«

Sie gingen zu seiner Suite und als sie davor anhielten, küsste er sie. Eine schöne Frau wollte, dass er mit ihr Liebe machte, wogegen Sannie nicht einmal mit ihm sprechen wollte. Er fühlte sich benommen, führte es aber auf die Dehydrierung und vielleicht auf ihr Parfüm zurück.

Er brauchte Carla und zwar sofort. Aber als sie ins Haus kamen, entschuldigte sie sich und ging ins Bad. Er fühlte sich schwindlig und hatte Mühe, das Moskitonetz richtig über das Bett zu ziehen. Er fluchte und setzte sich schwer auf das Bett mit der aufgeklappten Decke. Er legte eine Hand auf seine Augen. Nein. Da stimmte nichts.

Als sie zurückkam, war sie nackt und ihr haarloser Körper schimmerte golden im sanften Licht der Nachttischlampe. Doch als sie sich auf die Knie sinken liess und die Schnalle seines Gürtels öffnete, erstarb der Protest auf seinen Lippen.

9

HEUTE

Die ›*Kruger Park Times*‹ war eine kleine Zeitung, die sowohl den Nationalpark wie auch die privaten Wildreservate und die an den Krügerpark grenzenden Gebiete belieferte.

Shelley du Toit war seit sechs Monaten mit dem Studium fertig und schätzte sich glücklich, irgendwo im Land einen Job als Journalistin bekommen zu haben. Als weisses Stadtmädchen war sie keine Expertin für den Busch und hatte das ›*Lowveld*‹, das Tiefland, nur in den Schulferien ein paar Mal besucht. Shelley wollte jedoch die verlorene Zeit nachholen und war für ihren ersten Job als Reporterin gern ans andere Ende Südafrikas gezogen.

Sie war fest entschlossen, nicht zur Expertin für die Tierwelt ihres Landes, für Wildreservate und den wichtigsten Nationalpark Südafrikas zu werden, sondern ihre an der Rhodes-Universität erworbenen Kenntnisse in die Praxis umzusetzen. Shelley interessierte sich nicht nur für die üblichen Lobeshymnen über Spendenaktionen, Schulsport und wiedergekäute Pressemitteilungen, die jede Lokalzeitung füllen. Kurz nachdem sie die Stelle bekommen hatte und ins winzige *Dorp* Hoedspruit gezogen war, hatte sie sich die Priorität gesetzt, den Polizeichef des Krügerparks, Isaac Tshabalala, kennenzulernen.

Isaac wollte natürlich ein Bild vom Krügerpark als Paradies ohne Kriminalität zeichnen, das dank der Wachsamkeit seiner hart arbeitenden Beamten und natürlich durch ihn selbst aufrechterhalten wurde. Er wünschte, dass in den Berichten regelmässig an die Verkehrsregeln im Park erinnert wurde und dass angekündigt werde, dass in den Ferien Blitzaktionen gegen zu schnell fahrende und nicht fahrtüchtige Fahrzeuge durchgeführt würden. Das war alles schön und gut und Shelley kam dem gerne nach, aber sie hatte kürzlich von einem Betrug gehört, bei dem Parkausstattung – von Toilettenpapier und Seife bis hin zu Bettlaken und Handtüchern alles – herausgeschmuggelt und an Zwischenhändler in den Nachbargemeinden verkauft wurde. Es handelte sich um einen Schwarzmarkt für Regierungseigentum. Eine echte, ehrliche und spannende Nachrichtengeschichte. Vielleicht der erste Schritt auf dem Weg zu ihrem Traum, zunächst in Südafrika und später im Ausland als investigative Reporterin bei einer Tageszeitung zu arbeiten.

Sie hatte Isaac Tshabalala darum gebeten, ihn treffen zu können, um ihm ein paar Fragen über den Diebstahl von Parkzubehör zu stellen. Er hatte ihr daraufhin angeboten, sie früh morgens am Orpen-Tor, dem nächstgelegenen Eingang zum Park in Hoedspruit, abzuholen. Er wollte den Betrieb einiger hochmoderner Geschwindigkeitsüberwachungskameras überprüfen und sagte Shelley, er beantworte ihre Fragen gern, sofern sie ihre Kamera mitbringe und einen Bericht über die neuen Überwachungskameras schreibe. Das hörte sich für Shelley wie ein fairer Deal an.

»Mister Tshabalala, wie besorgt sind Sie über diesen gross angelegten Diebstahl von Staatseigentum?«, fragte sie ihn. Wie man es an der Journalistenschule beigebracht hatte, stellte sie eine offene Frage, die er nicht mit einem einfachen "Ja" oder "Nein" beantworten konnte und würzte sie mit einem gefühlsbetonten Wort, damit sie eine Antwort erhielt, die sich für einen guten Text eignete.

Isaac Tshabalala war es seit vielen, vielen Jahren gewöhnt, mit Reportern zu sprechen. »Shelley, die südafrikanische Polizei nimmt alle Meldungen über den Verlust von Eigentum sehr ernst und untersucht jeden solchen Vorfall in vollem Umfang. Wie ich Ihnen bereits gestern am Telefon sagte, sind unsere neuen Radarkameras ein wertvolles Instrument im Kampf gegen gefährliches Fahren im Krügerpark.«

Shelley runzelte die Stirn. Er schien eine harte Nuss zu sein, aber sie mochte Tshabalala und wenn sie seine lahme Blitzer-Geschichte vorerst mitspielte, konnte sie ihn bei Laune halten. »Wie viele Leute wurden denn letztes Jahr wegen Geschwindigkeitsübertretungen im Park angezeigt?«

»Nun, es gab ...« Isaacs Handy spielte eine Rap-Melodie.

Shelley lächelte. Der Typ war alt genug, um ihr Vater zu sein.

»Telefonieren während der Fahrt ist auch illegal, es sei denn, man hat eine Freisprechanlage. Ich habe meine gerade erst installieren lassen«, sagte Isaac und drückte den grünen Knopf, um den Anruf entgegenzunehmen. »Captain Tshabalala.«

»Isaac, hallo, hier ist Sannie Van Rensburg. Wir haben ein ernsthaftes Problem.«

Shelley richtete sich auf dem Beifahrersitz von Isaacs Toyota Venture auf.

Tshabalalas Gesicht war von einem Anflug von Panik gezeichnet, als er zu ihr hinübersah, dann fuhr er von der asphaltierten Strasse herunter und auf den unbefestigten Randstreifen. Er griff nach dem Telefon, schien aber mit seiner neuen Freisprecheinrichtung nicht vertraut zu sein, in der das Gespräch weiterhin gehalten wurde. Die Frau am anderen Ende der Leitung sagte: »Isaac, bist du da? Greeves ist verschwunden und ein Berater – es sieht so aus, als wären sie ent...«

Endlich hatte Isaac Sannie in seinem Telefon. »Sannie, ich habe eine Reporterin bei mir. Sag das noch mal. Dann rufe ich dich vielleicht besser später zurück.«

Selbst als Isaac das Telefon an seinem Ohr hielt, hörte Shelley die Frau am anderen Ende der Leitung auf Afrikaans fluchen.

»OH, GUTER GOTT, TOM«, murmelte Sannie, und es klang eher wie ein Gebet als eine Lästerung. Sie waren in Greeves' Zimmer.

»Ich habe gerade Hauptmann Tshabalala angerufen«, fuhr sie fort. »Er schickt ein paar uniformierte Beamte hierher.«

Tom nickte. Er musste London kontaktieren. Es war der Anruf, von dem er gehofft hatte, ihn in seiner Karriere nie tätigen zu müssen. Aber so sehr er sich auch davor fürchtete, wusste er doch, dass es schnell gehen musste und wählte die Nummer, die er für solche Notfälle gespeichert hatte.

»Reservezimmer, DC Hyland«, sagte am anderen Ende der Leitung eine Männerstimme in New Scotland Yard. Der Nachtdienstbeamte gähnte.

»Hier ist DS Tom Furey, der Personenschützer von Robert Greeves, dem Minister für Verteidigungsbeschaffung, aus Südafrika. Wir haben hier ein Problem. Der Minister ist verschwunden.«

»Wie bitte?«

Tom wiederholte es und der Mann schien hellwach zu werden. Der Nachtdienstbeamte arbeitete in der Reserveabteilung der Terrorismusbekämpfungseinheit. Tom rief ihn nicht an, weil er vermutete, dass es sich um eine terroristische Aktion handelte – zumindest noch nicht – sondern weil diese Nummer vierundzwanzig Stunden am Tag besetzt war. Der diensthabende Beamte musste nun den ›Nachtdienstordner‹ konsultieren, eine umfassende Liste mit Namen und Nummern aller Personen, die über einen Vorfall wie diesen unterrichtet werden mussten. Damit wäre der Mann noch einige Zeit beschäftigt. Tom gab ihm die Details, die er hatte, hinterliess seine Handynummer und legte auf. Als nächstes rief er seinen direkten Vorgesetzten zu Hause an.

»Sie rufen zu früh an«, sagte Shuttleworth.

Tom wiederholte die Fakten.

»Gütiger Gott, Allmächtiger. Sind die Südafrikaner an der Arbeit?«

Die Uniformierten sind auf dem Weg und als nächstes werden wohl die Kriminalbeamten gerufen.

»Und was tun Sie anschliessend?«

»Ich finde ihn, verdammt noch mal.«

»Bleiben Sie ruhig, Tom. Wenn in Südafrika ein Verbrechen

begangen wurde, sind Sie nicht zuständig. Wir brauchen Sie dort als Kontaktperson, als unseren Verbindungsmann. Ich nehme den nächsten verfügbaren Flug. Zwei Detektive werden mich begleiten und wir werden unsere Ermittlungen beginnen. Mein Gott, Tom.«

Tom wollte auf keinen Fall die Hände in den Schoss legen und Empfangsdame spielen. »Okay. Ich warte ab«, schwindelte er und beendete das Gespräch.

Sannie kam vom Badezimmer, wo sie mit ihrem Handy telefoniert hatte, in den Wohnbereich der Suite zurück. »Tshabalala ist auf dem Weg. Aber er ist in der Nähe von Orpen, also wird er noch ein paar Stunden brauchen. Er hat zwei Beamte in Skukuza, die jetzt zumachen und hierherkommen – und zwar jetzt jetzt.«

Tom hatte bereits gelernt, dass die Wiederholung des Wortes ›jetzt‹ in Afrika ›sofort‹ bedeutet. Zwei Beamte. »Was ist mit Ermittlern?«

»Der Plan sieht vor, dass Tshabalala ein Team aus Nelspruit, der nächstgelegenen grossen Stadt, mobilisiert.«

»Gut.«

»Ich dachte, Sie hätten bei Greeves' Zimmer einen Sicherungsalarm installiert?«, fragte Sannie.

Tom nickte. »Er ist nicht losgegangen. Ich habe den Laptop überprüft, der den passiven Alarm steuert, aber er hat nichts registriert. Und ich habe ihn offensichtlich in der Nacht nicht gehört. Ich weiss nicht, wie sie ihn umgangen haben.«

»Ähm, da ist noch etwas anderes, Tom.«

»Was?«

Sannie erzählte ihm von der Reporterin, die mit Shabalala im Auto sass und von der Tatsache, dass sie zumindest einen Teil von Sannies Nachricht mitbekommen hatte.

»Mein Gott. Ich hatte gehofft, wir könnten die Sache noch eine Weile geheim halten. Wie gross ist die Chance, dass Isaac die Reporterin zum Schweigen bringen kann?«

»Wenn Sie eine zweiundzwanzigjährige Journalistin wären, die gerade von der Universität kommt und herausfindet, dass ein ausländischer Minister in Ihrem Hinterhof entführt wurde, würden Sie die Geschichte dann für sich behalten?«

Die offensichtliche Antwort bedeutete, dass Tom keine Zeit zu verlieren hatte. »Ich verfolge sie.«

»*Was tun sie?*«

Tom ging aus Greeves' Zimmer auf den Gehweg. Sannie folgte ihm und öffnete den Mund, um zu protestieren.

»Hey, was soll die ganze Aufregung?« Carla, die ihr Haar in Ordnung brachte und ihr Safarihemd zuknöpfte, kam aus Toms Suite. Sie war barfuss und ihr grüner Rock war schief, so dass eine Gesässtasche nach vorne zeigte.

Sannie schüttelte angewidert den Kopf. »Sagen Sie es ihr«, wies sie Tom an. »Ich muss noch mehr Anrufe tätigen und Sie, Tom, gehen nirgendwo hin. Dies ist jetzt eine Angelegenheit des südafrikanischen Polizeidienstes, und bis ein höherer Beamter eintrifft bin *ich* zuständig. Carla, bringen Sie sich in Ordnung. Es gibt verdammt viel zu tun.«

Tom drehte sich um und ging durch die Rezeption zurück, am südafrikanischen Minister und seinem Berater vorbei, nach draussen, wo die Land Cruiser immer noch geparkt waren, um die morgendliche Pirschfahrt vorzubereiten.

»Duncan, holen Sie Ihr Gewehr, wir gehen zu Fuss!« Auf dem Armaturenbrett von Duncans Cruiser lag ein tschechisches Jagdgewehr aus Brünn, das der Safariführer, wenn er seine Touristen auf eine Pirschfahrt durch die Tinga-Konzession mitnahm, bei sich hatte.

»Ignoriere sie«, sagte er, als sie durch die Rezeption gingen, wo alle ein Handy ans Ohr gepresst und gleichzeitig zu reden schienen.

Tom führte Duncan in Greeves' Suite zurück und anschliessend zu der von Joyce und erklärte ihm, was geschehen war. Duncan kletterte über das Balkongeländer vor Bernards Wohnung und liess sich einen Meter tiefer ins hohe Gras fallen. Er bewegte sich in einem Bogen um die Vorderseite der Suite herum, auf die andere Seite von Greeves' Haus und dann zurück zu einem Punkt in der Mitte der beiden. »Hier entlang«, sagte er.

Tom sprang ins Gras hinunter. Er hätte gerne eine Hose und

festere Schuhe angezogen, aber die Shorts mussten reichen, denn es galt, keine Zeit zu verlieren.

Duncan zeigte zu Bernards Suite zurück. »Der Mann von hier hat sich mehr gewehrt. Ist er jünger?«

»Ja«, sagte Tom. Das passte. Joyce war ein ehemaliger Marinesoldat, körperlich fit und kräftig gebaut. Am Vorabend hatte er beim Abendessen das Fehlen eines Fitnessstudios beklagt und gesagt, wenn er in London sei, besuche er täglich sein Training in Westminster. Greeves hatte kein Übergewicht, aber als Politiker bestand sein Leben darin, von einer kostenlosen Mahlzeit zur nächsten gefahren zu werden. Es war nicht verwunderlich, dass der ältere der Männer leichter zu bändigen gewesen war. Tom war bereits von Duncans Fähigkeiten beeindruckt.

»Wir haben hier Spuren von sechs Männern im Busch.« Er zeigte auf die einzelnen Gebäude und erklärte: »Zwei für einen und zwei für den andern« und Tom verstand, was er damit sagen wollte. »Die Entführungen wurden von zwei Angreiferpaaren durchgeführt. Duncan bewegte sich nun mit gesenktem Kopf und in gebeugtem Gang und suchte nach heruntergedrücktem Gras. Er brach einen gelblichen Halm ab und hielt ihn hoch. Tom sah den getrockneten braunen Fleck. Man musste ihm nicht sagen, dass es Blut war. Es schien, als sei Greeves in seinem Zimmer irgendwie verletzt worden. In Bernards Zimmer gab es keine Blutflecken. »Einer der Männer, ich glaube der Jüngere, wird hier geschleift. Schauen Sie, hier sind die Spuren seiner Fersen im Sand. Ich vermute, er war bewusstlos.«

Tom versuchte, sich die Entführungen vorzustellen. Vielleicht klopften die Angreifer an ihre Türen und gaben sich als Lodge-Mitarbeiter aus. Oder sie warteten bereits in den Zimmern der Opfer. Später würde man selbstverständlich alle Mitarbeiter befragen. Wenn es sich um einen Insider-Job handelte, würden sie den oder die Komplizen durch intensive Befragungen bald ausfindig machen. »Wie alt sind die Spuren?«

Duncan hielt inne, liess sich auf ein Knie fallen und streifte einige Grashalme beiseite. »Hier hat eine Maus die Spur überlaufen und da ist eine kleine Katze, eine Ginster- oder eine Wildkatze, stehen geblieben und hat am Gras mit dem Blut geschnuppert. Das Blut ist trocken. Das plattgedrückte Gras hat sich erholt. Diese Spuren sind vielleicht etwa drei oder vier Stunden alt.«

Duncan führte ihn unterhalb der Uferpromenade durch und dann über einen der kniehohen Elektrozäune. »Hier haben Sie angehalten, um die beiden Männer über den stromführenden Draht zu heben.«

Das machte für Tom Sinn. Sie konnten nicht riskieren, dass Greeves, obwohl er zu diesem Zeitpunkt der Flucht vermutlich schon geknebelt war, einen Laut von sich gab oder zu sich kam, falls der Zaun ihm einen Schlag versetzte. Tom zupfte an einem dornenbesetzten Ast, der sich in seinen Shorts verfangen hatte. Seine Arme waren von dem kurzen Spaziergang bereits mit Kratzern übersät.

»Hier lagen vier Männer. Schauen Sie, man kann sehen, wo das Gras plattgedrückt ist.« Tom schaute zur Stelle, auf die Duncan zeigte. »Die Angreifer haben hier gewartet, im tiefen Gebüsch hinter dem erhöhten Steg und am Fuss eines dicht belaubten Baumes. So konnten sie durch das Laub nach oben und auf die Promenade schauen, aber für alle, die sich auf dem Steg befanden, waren sie kaum zu entdecken, erst recht nicht in der Dunkelheit. Schauen Sie mal.«

Tom wollte gerade weitergehen, als Duncan eine Streichholzschachtel ins Morgenlicht hielt. Tom wünschte, er hätte sie nicht berührt, denn vielleicht war eine DNA-Spur oder sogar ein Teil eines Fingerabdrucks darauf zu finden. Doch für solche Feinheiten war bei dieser Untersuchung keine Zeit. Das Wichtigste war Eile. Einer der Männer war so unvorsichtig, zu rauchen, während er auf jemanden wartete und liess schliesslich sogar Beweise zurück.

»Aus Mosambik«, sagte Duncan und reichte Tom die Streichholzschachtel. Das Etikett war gelb und auf der Vorderseite standen über dem Bild einer Rappenantilope mit gebogenem Horn die Worte *Pala Pala, Fosforeira De Mocambique*. Tom drehte die Schachtel um. Auf der Rückseite befanden sich eine Karte von Mosambik und die Zeichnung eines Kompasses.

»Kann man die in Südafrika kaufen?«

Duncan schüttelte den Kopf. »Ich habe sie noch nie gesehen.«

Der Krügerpark ist ein langer, schmaler Landstrich, der sich in Nord-Süd-Richtung entlang der Grenze zwischen Südafrika und Mosambik erstreckt. Kamen die Entführer aus der ehemaligen portugiesischen Kolonie und hatten sie Greeves und Joyce dorthin gebracht? Dass die Männer eine Streichholzschachtel liegen liessen und möglicherweise rauchten, während sie warteten, verriet ihm, dass sie keine Profis waren. Nun hielten sie ein weiteres Puzzlestück in den Händen und hatten einen kleinen Pluspunkt errungen, aber nur, wenn sie schnell handelten.

Duncan führte ihn dem Holzzaun, der die Gästehäuser von den Personalunterkünften trennte, entlang. Diese befanden sich in den Gebäuden des alten Nationalpark-Camps, die die Überschwemmungen im Jahr 2000 überstanden hatten. Nachdem sie das letzte Haus auf der linken Seite passiert hatten, führte der Weg in einem Haken und über einen weiteren niedrigen Elektrozaun zur Einfahrtsstrasse zurück. Tom fluchte. Dass man den Tieren über das Gelände der Lodge eine Verbindung zum Fluss liess, hatte den Entführern Tür und Tor geöffnet.

Duncan bewegte sich schnell und Tom schwitzte bereits als sie den Feldweg erreichten. Die aufgehende Sonne brannte auf Toms hutlosen Kopf und die nackten Arme, welche von dornigen Ästen zerkratzt wurden. Er schätzte, dass sie etwa dreihundert Meter von den Eingangstoren von Tinga entfernt waren – weit genug, dass niemand darauf aufmerksam wurde, wenn ein Fahrzeug gestartet wurde. »Hatten sie hier ein Fahrzeug geparkt?«

Duncan umkreiste die Stelle, an der die Fussabdrücke auf die Strasse trafen und wies Tom mit einer Handbewegung stumm an, sich von der Spur fernzuhalten. Darauf achtend, dass er in seinen eigenen Fussspuren blieb, verfolgte er seine Schritte zurück. Er kniete am Strassenrand nieder und winkte Tom zu sich. Mit einem breiten Lächeln nickte er vor sich hin.

»Was ist das?«

»Öl.«

»Und?« Tom hatte bereits vermutet, dass die Entführer mit dem Fahrer eines Fahrzeugs verabredet waren.

Duncan tauchte einen Finger in die Flüssigkeit und im selben Moment wurde Tom die Bedeutung dessen bewusst, was er sah. Das Öl war noch nicht im Sand versickert!

»Noch besser«, sagte Duncan, wobei seine Augen Toms aufgeregten Blick widerspiegelten. »Fühlen Sie!«

Tom streckte die Hand aus und berührte Duncans Finger. »Es ist immer noch verdammt warm!« Das war die beste Nachricht, die er seit dem Aufwachen erhalten hatte. Das Fahrzeug hatte bis vor kurzer Zeit dort gestanden. »Verfolgen Sie die Spuren bis zur Teerstrasse, Duncan und ich rufe Hilfe.«

Tom rannte den Feldweg zum Eingangstor in leichtem Laufschritt hinunter, nahm sein Handy in die Hand, durchsuchte die Adressliste und wählte Sannies Handynummer.

»Van Rensburg.«

»Sannie, wir haben die Spuren des Fluchtwagens gefunden. Sie sind erst vor einer halben Stunde oder so weggefahren. Kommen Sie bitte sofort zum Eingangstor.« Er blieb nicht lange genug in der Leitung, als dass sie etwas hätte erwidern können.

Als sie am Tor eintraf runzelte sie die Stirn. »Tom, ich habe die Kriminalbeamten in Nelspruit angerufen. Sie werden bald hier sein.«

»Mein Gott, Sannie, wir können nicht warten. Sie scheinen sich im Busch versteckt und auf den Sonnenaufgang gewartet zu haben. Nur verstehe ich nicht, warum.«

»Ich schon«, sagte sie. »Privatpersonen dürfen nach Einbruch der Dunkelheit nicht im Park herumfahren. Wäre ein Ranger in der Nähe gewesen, hätten sie sofort dessen Aufmerksamkeit auf sich gelenkt.« »Wahrscheinlicher ist, dass sie sich im nahen Busch versteckt hielten und die Entführer, als sie ihre Leute hatten, über Funk die Abholung anforderten. Die Tore der Camps werden um halb sechs Uhr geöffnet und Skukuza ist ganz in der Nähe. Die Pirschfahrten von Tinga erreichen die öffentlichen Strassen erst gegen halb sieben.«

Tom sah auf die Uhr, die sechs Uhr zwanzig zeigte. »Sie meinen also, dass sie, wenn sie irgendwann in den letzten fünfundvierzig Minuten weggefahren sind, keinen Verdacht erregen?«

Sie zuckte mit den Schultern. »Das ist möglich.«

»Dann müssen wir *sofort* handeln.«

Sie blickte über die Schulter zu den Häusern zurück. Er verstand ihren Loyalitätskonflikt. Einerseits wollte sie, genau wie er, den Entführern so schnell wie möglich auf die Spur kommen, andererseits war ihre Hauptaufgabe, den südafrikanischen Verteidigungsminister zu schützen. Ausserdem musste sie in Tinga auf die Ankunft von Isaac Tshabalala und den Detektiven aus Nelspruit warten. »Tom, Sie haben hier keine Handlungsberechtigung.«

»Ich habe die beiden Männer verloren, die ich eigentlich beschützen sollte. Ich kann hier nichts mehr tun, Sannie. Ist das Ihnen nicht klar?« Er erzählte ihr von der Anhand der Spuren vermuteten Anzahl Männer und vom Fund der mosambikanischen Streichholzschachtel, die er ihr reichte.

Duncan trabte, das Gewehr locker in der rechten Hand, die Strasse entlang auf sie zu. Seine engen, kurzen grünen Shorts, die hoch über dem Knie abgeschnitten waren und seine braunen Schnürstiefel betonten seine kräftigen Oberschenkel- und Wadenmuskeln. Er schwitzte kaum, während Tom sich mit dem Hemdsärmel über die Stirn wischte. »Sie bogen links auf die Teerstrasse ab und fuhren in Richtung Nordosten. Das ist alles, was ich Ihnen im Moment über das Fahrzeug sagen kann. Ich kann es auf der geteerten Strasse nicht verfolgen. Ausserdem habe ich mir die Stelle, an der das Fahrzeug stand, noch einmal angesehen. Es gab zwei Ölflecken. Die vorderen Tropfen, sehr dünnes, schwarzes Öl, stammten aus der Ölwanne, vom Motor. Die hinteren Flecken waren Getriebeöl, vom Diff.«

Tom nickte. »Ein altes Fahrzeug, meinen Sie?«

Duncan nickte. »Es gab noch ein weiteres Paar Fussabdrücke, nämlich die des Fahrers. Ausserdem fand ich am Heck des Fahrzeugs Schleifspuren und Fussabdrücke und an den Seiten des Fahrzeugs, wo sie eingestiegen sind.«

Tom machte sich bereits ein Bild vom Fluchtwagen. »Damit

haben wir fünf Verdächtige plus die beiden Opfer. Am Heck Schleifspuren, sagten Sie? Bedeutet das, dass Joyce noch immer bewusstlos war und sie ihn auf die Tragfläche des Fahrzeugs geladen haben?«

»Ja, eines *Bakkies*, nehme ich an.«

»Eines was?«

Sannie warf ein: »Das, was man korrekterweise Pick-up oder ein Transportfahrzeug mit Ladefläche nennt. Wahrscheinlich mit einer Doppelkabine. Zwei Männer vorne und zwei oder drei hinten. Einer der Männer vielleicht auf der Ladefläche, um die beiden Opfer zu bewachen.«

»Das macht Sinn. Die Transportfläche könnte mit einem Verdeck überdacht sein, wahrscheinlich mit getönten Scheiben. Das schränkt den Kreis der möglichen Fahrzeuge ein.«

Sannie schüttelte den Kopf. »Ein Doppelkabinen-Fahrzeug, das so alt ist, dass Öl aus dem Motor und dem hinteren Diff tropft und mit einem Dach hinten? Tom, diese Beschreibung passt ungefähr auf jedes zweite Fahrzeug in Südafrika!«

»Aber es ist doch immerhin etwas, verdammt noch mal. In diesem Park sind bestimmt nicht in jedes solche Auto fünf oder sechs Männer hineingequetscht.«

Sannie telefonierte bereits mit Tshabalala und gab eine Beschreibung des wahrscheinlichen Fahrzeugs und der Anzahl der Insassen durch, zusammen mit dem Vorschlag – sie konnte keine Befehle erteilen –, die Beschreibung über Funk an alle Polizeibeamten im Park und an alle Ein- und Ausgänge zu übermitteln. »An jedem Tor gibt es Sicherheitspersonal«, erklärte sie Tom, nachdem sie aufgelegt hatte. »Dieses kontrolliert die Fahrzeuge bei der Ausfahrt auf pflanzliche und tierische Produkte, die die Leute möglicherweise illegal mitgenommen haben.«

»Ich brauche eine Karte.«

»Im Land Cruiser ist eine. Ich hole das Fahrzeug«, sagte Duncan und sprintete los.

Sannie sah aus, als ob sie erschrocken wäre, dass die Dinge sich so rasant entwickelten, war aber nicht schnell genug, um Duncan aufzuhalten. Für Tom war es unglaublich frustrierend, dass er Robert

Greeves und Bernard Joyce scheinbar nur um Minuten verpasst hatte. »Ich muss mich auf den Weg machen, Sannie. In diesem Teil des Parks gibt es fast überall Handyempfang, haben Sie mir gesagt, also können Sie mit mir und ich mit London in Kontakt bleiben. Wenn ich sie erwische – was ein Wunder wäre – fordere ich Verstärkung an.«

»Okay.« Sannie drückte sich mit den Fingern auf den Nasenrücken und schloss für zwei Sekunden die Augen, dann holte sie tief Luft. »Sie wissen ja, dass es in dieser Situation das Falsche ist, aber trotzdem ist es das Sinnvollste.«

Duncan hielt an und sprang aus dem Land Cruiser, liess den Motor aber im Leerlauf laufen. Er schlug sein Krüger-Kartenbuch bis zu den Seiten auf, die die südwestliche Ecke des Parks zeigten und legte es auf die Motorhaube des Fahrzeugs.

Sannie zeigte auf die Tinga Legends Lodge nördlich von Skukuza, nahe der Grenze des Parks in einem Abschnitt, der wie die Spitze eines langen Stiefels nach Westen ausläuft. Ansonsten war der Park ein langes, schmales Rechteck, das sich im Osten der mosambikanischen Grenze entlang erstreckte. Sie zeichnete den Weg von der Lodge zur Teerstrasse nach, die auf der Karte rot eingezeichnet war. »Okay. Sie bewegen sich in Richtung Nordosten, möglicherweise nach Mosambik, obwohl wir uns dabei nur auf eine weggeworfene Streichholzschachtel stützen. Von hier aus gibt es zwei offizielle Grenzübergänge, die innerhalb eines Tages erreicht werden können. Entweder fahren sie nach Südosten«, Sannies Finger bewegt sich in die rechte untere Ecke der Karte, »und verlassen den Park über das Crocodile Bridge Gate, von wo sie über Komatipoort nach Mosambik fahren können. Das ist der Hauptübergang für Reisende aus Südafrika und sehr geschäftig.«

»Wäre es dann schwieriger oder einfacher, zwei gefesselte und geknebelte Männer auf dem Rücksitz Ihres Fahrzeugs durchzuschmuggeln?«, fragte Tom.

»Schwieriger. Die Zollbeamten auf der anderen Seite sind sehr gründlich. Sie hassen es, wenn südafrikanische Urlauber ihre eigenen Getränke und Lebensmittel mit nach Mosambik nehmen, anstatt sie vor Ort zu kaufen. Entsprechend kontrollieren sie immer den Kofferraum, damit man für irgendetwas Zoll bezahlt. Der andere Grenzübergang ist hier oben«, sie blätterte in der Karte und zeichnete einen Weg nach Nordosten, »durch den neuen Grenzposten Giriyondo, etwa auf halber Höhe des Parks. Durch diesen wurde ein Zugang zum neuen grenzüberschreitenden Nationalpark auf der anderen Seite von Krüger geschaffen. Dort ist es ruhiger und die Zöllner sind vielleicht entspannter. Ich kann mir aber nicht vorstellen, dass Entführer es überhaupt riskieren, einen der offiziellen Grenzübergänge zu benutzen.«

»Könnten sie einfach durch den Busch fahren?«

»Vielleicht wenn sie ein Stück zu Fuss gehen, aber nicht den ganzen Weg fahren.«

Tom war überrascht, als ihm Sannie beschrieb, wie viele Mosambikaner auf der Suche nach Arbeit und einem neuen Leben illegal durch die Wildnis des Krügerparks nach Südafrika kamen. Einige werden unterwegs von Löwen und anderem Wild getötet, aber viele finden, es sei das Risiko wert.

»Wenn sie ihr Fahrzeug stehenliessen, konnten sie also überall durch?«

»Sicher«, bestätigte Sannie, »aber auf der mosambikanischen Seite gibt es nicht viele Strassen. Ausserdem wollen sie wohl kaum mehrere Tage lang zu Fuss mit zwei Gefangenen unterwegs sein.«

Duncan beugte sich vor und studierte die Karte. »Ich kenne diese Gegend. Meine Eltern stammen ursprünglich aus Mosambik. Die nächstgelegenen Städte auf der anderen Seite sind Machatunine, Macaene und Mapulanguene.«

Sannie schaute sich die Karte genauer an. »Südlich des Satara-Camps im Krügerpark gibt es in der Nähe der Singita-Privatlodge – dem alten Camp im N'wanetsi-Nationalpark – eine Teerstrasse, die ganz in der Nähe der Grenze endet. Das letzte Dorf, das Sie erwähnten, liegt nicht weit von der Grenze entfernt.«

»Mapulanguene«, wiederholte Duncan und nickte. »Höchstens zwanzig Kilometer.«

»Ja. Der N'wanetsi-Fluss fliesst dort mitten durch die Lebombo-

Berge. Aber er wird von Singita und einem öffentlichen Picknickplatz im Nationalpark überschaut, nicht wahr?«

Tom sah auf der Karte nach, wo diese lagen. »Wie wäre es mit dieser Kiesstrasse, gleich nördlich davon?« Diese parallele Route, die S100, lag etwas südlich des Satara-Camps.

Duncan rieb sich das Kinn. »Ja. Vielleicht nehmen sie die Schotterstrasse, überqueren die Grenze durch den Busch und fahren ausser Sichtweite der Touristen zum N'wanetsi hinunter.«

Tom fragte Sannie, ob sie Polizei- und Nationalparkpatrouillen damit beauftragen könne, die drei Orte im Park zu überwachen, bei denen sich auf der anderen Seite der Grenze, in Mosambik, Strassen und Dörfer in unmittelbarer Nähe befanden.

»Ich tue, was ich kann, Tom. Immerhin kommt das einem Plan, den wir haben, am nächsten. Wenn wir uns natürlich in Bezug auf die Verbindung zu Mosambik irren, sind wir in die falsche Richtung unterwegs.«

»Im Moment ist für mich am wichtigsten, einfach überhaupt irgendwohin zu gehen.«

»Tom, seien Sie vorsichtig. Diese Männer kennen sich im Busch aus. Vor allem, wenn sie vorhaben, im Park zu Fuss unterwegs zu sein. Sie sind bestimmt bewaffnet und es ist Löwengebiet.«

»Ich kümmere mich um ihn«, sagte Duncan, kletterte in den Land Cruiser und Tom nahm auf dem Beifahrersitz Platz.

»Sie sollten wahrscheinlich hierbleiben, Duncan, aber ich habe einfach nichts gesehen.«

»Gehen wir«, sagte Tom.

»Tom, warten Sie.« Sannie legte eine Hand auf die Oberseite der abgeschnittenen Tür des Fahrzeugs. »Viel Glück!«

Sannie ging die Auffahrt zum Empfangsbereich von Tinga hinauf. Carla war in der Eingangshalle. »Ich brauche einen Ort, um eine Kommandozentrale einzurichten. Er muss privat sein, einen Telefonanschluss haben, einen Fernseher mit DSTV und einen Platz für einen Computer.«

Carla hatte Zeit gefunden, ihre Haare zu machen und sich zu schminken. »Das Veranstaltungszentrum ist heute den ganzen Tag über für ein Seminar gebucht. Eine der Banken aus Jo'burg ist dort und ich kann sie nirgendwo anders unterbringen. Die Teilnehmer belegen heute Abend alle unsere freien Zimmer. Warum nehmen Sie nicht Toms Zimmer? Er wird sicher mitarbeiten wollen, wenn er zurückkommt.«

»Okay. Ich gehe jetzt dorthin und bereite alles vor. Rufen Sie mich bitte, wenn Hauptmann Tshabalala eintrifft.«

»Ja, Ma'am«, sagte Carla mit einem gespielten Armeegruss.

Sannie war weder für Humor noch für Carla in der Stimmung. Sie durchquerte den Gang und öffnete Toms Zimmer. Dort konnte sie weder das zerwühlte Bett übersehen noch den Geruch von Parfüm verdrängen. Sie schnitt eine Grimasse. So leid ihr Tom tat, so sehr ärgerte sie sich über ihn. Er hatte den ganzen Tag versucht, sich bei ihr einzuschmeicheln und war dann ohne zu zögern mit diesem Flittchen, Carla, ins Bett gegangen. Sie liess die Tür des Häuschens einen Spalt offen und schob die Glasschiebetüren auf, um frische Luft in den Raum zu lassen und die Gerüche zu vertreiben.

Sannie nahm sich eine Cola aus Toms Minibar, setzte sich an den polierten hölzernen Schreibtisch und zog ihr Notizbuch aus der Handtasche. Sie begann, einen Zeitplan zu erstellen und alles darin festzuhalten, was seit ihrem Aufbruch gestern Abend bis zu Toms verspätetem Eintreffen am Morgen, geschehen war. Sie notierte auch Duncans vorläufige Erkenntnisse über die Anzahl der Verdächtigen, seine Einschätzung des verwendeten Fahrzeugtyps und den offensichtlichen Modus Operandi der Bande.

Sie fragte sich nach den Motiven. Mit Ausnahme von ein paar Bombenanschlägen vor einigen Jahren, die mit einheimischen Muslimen in Verbindung gebracht wurden, litt Südafrika bisher nicht unter Terrorismus im Zusammenhang mit islamischen Extremisten. Allerdings gibt es in Mosambik und Südafrika beträchtliche muslimische Gemeinschaften, deren Ursprünge auf arabische Händler zurückgehen, die die afrikanische Küste befuhren und mit jeglichen Waren, von Gewürzen bis zu Sklaven, handelten. In der Vergangenheit hatte sie als Verbindungsperson zu amerikanischen Geheimdienstteams gearbeitet, die einen ehemaligen Präsidenten bei einem Besuch in Südafrika schützten. Dabei hatte sie an Sicherheitsbesprechungen teilgenommen, in denen behauptet wurde, im südlichen Afrika gäbe es bereits – wenn auch ›wahrscheinlich schlafende‹ Al-Qaida-Unterstützungszellen und mit ihnen verbundene Gruppen. Greeves war kein hochrangiger Minister, hatte aber vor kurzem im Parlament Erklärungen zu Grossbritanniens laufenden Verpflichtungen im Irak und in Afghanistan abgegeben, über die sogar in Südafrika berichtet wurden.

Abgesehen von Terrorismus war das gute alte Geld ein weiteres mögliches Motiv. Sannie wusste von Tom und Nick vor ihm, dass Greeves sehr reich war. Vielleicht waren die Entführer Kriminelle, die ein Lösegeld wollten. Dieser Theorie wurde natürlich vom Aspekt verkompliziert, dass Bernard Joyce ebenfalls entführt worden war.

Sannie wünschte, sie hätte Tom begleiten können. Er hatte Recht – wenigstens tat er etwas. Nachdem sie ihre Notizen beendet und alle wichtigen Leute angerufen hatte, fühlte sie sich in Toms leerer Suite nutzlos. Sie stand auf und ging zur Toilette.

Als sie durchs Badezimmer ging, schimmerte auf der Arbeitsplatte des Waschtischs etwas in der Morgensonne, die durch das Fenster hereinfiel. Sie blieb stehen und betrachtete es genauer. Es war ein kleiner, quadratischer Reisespiegel. Sie beugte sich näher heran. In der Mitte des Glases glänzte eine dünne Linie aus weissem Puder. Sannie holte tief Luft.

»Sannie?«, hörte sie die tiefe Stimme von Isaac Tshabalala und erinnerte sich, dass sie die Tür offengelassen hatte.

Sie kam aus dem Badezimmer.

»Ist es so schlimm, wie ich denke, Sannie?«, fragte Tshabalala.

»Sehen Sie sich das mal an, Captain. Ich glaube, es ist für jemanden gerade noch sehr viel schlimmer geworden, wenn dies überhaupt möglich ist.«

10

Tom Furey betete nicht, er fluchte.

Trotz der frühen Stunde und der Tatsache, dass sie sich mitten im afrikanischen Busch befanden, bildete sich vor ihm ein Verkehrsstau. In London wäre die Ursache vielleicht ein Autounfall gewesen, aber hier war es ein Löwe. Drei Löwen, um genau zu sein und deshalb gab es einen Stau.

Vor ihnen standen, Stossstange an Stossstange, vier Fahrzeuge und warteten darauf, auf eine Brücke über einen grösstenteils trockenen Fluss zu gelangen, die von vier weiteren Wagen, welche nebeneinander standen, praktisch blockiert wurde. Die Plane über dem offenen Land Cruiser von Tinga war hoch genug, dass Tom auf dem Beifahrersitz aufstehen konnte, um einen besseren Blick auf das Chaos vor ihm zu haben. Er erhaschte einen flüchtigen Blick auf eine grosse, zottelige Mähne, als einer der drei Löwen sich vom Teer erhob und sich ausser Sichtweite wieder hinlegte.

»Löwen mögen die Wärme der Teerstrassen in den frühen Morgenstunden. Sie liegen dort, bis sie die Autos irgendwann satthaben oder die Sonne ihnen zu heiss wird. Dann ziehen sie sich in den Schatten der Bäume zurück«, erklärte Duncan.

»Und wie lange dauert das noch?«

Der Safariführer zuckte mit den Schultern. »Vielleicht fünf Minuten, vielleicht eine Stunde?«

»Wir haben nicht so viel Zeit.«

Vor ihnen ertönte kurz und laut ein Horn. Mit der Sonne erhitzte sich auch die Stimmung. Die Morgenstrahlen tauchten den Busch auf beiden Seiten in ein warmes Orange-Gold und die grasbewachsene Flussaue war mit verkümmerten Ilala-Palmen gesprenkelt. Ohne Stau und die Tatsache, dass das Leben zweier Männer auf dem Spiel stand, wäre es wunderschön gewesen. Soweit Tom sehen konnte, war ein Kleinbus mit einem Gepäckanhänger, der seitlich herangefahren war und die Brücke auf der anderen Seite blockierte der Grund für den Stau. Selbst wenn auf ihrer Seite des Flusses ein Fahrer in der Warteschlange genug Löwenfotos hatte und weiterfahren wollte, um den nächsten in der Schlange die Chance zu geben, die Katzen zu sehen, konnte er dies nicht tun. Durch Duncans Fernglas beobachtete Tom, wie der Fahrer des Tourbusses jemandem den Mittelfinger zeigte. »Das geht verdammt noch mal zu weit!« Er beugte sich vor und betätigte die Hupe des Land Cruisers. Einige der anderen Fahrer kommentierten dies mit verständnisvollen Rufen oder hupten, aber weder der Reisebus noch die Löwen bewegten sich vom Fleck.

»Was tun die Löwen, wenn sie einen Menschen zu Fuss sehen?« fragte Tom.

Duncan sah zu ihm hinüber. »Das ist doch nicht Ihr Ernst?«

»Sagen Sie's mir.«

Duncan kratzte sich am Kinn. »Nun, es gibt zwei Möglichkeiten. Entweder sie laufen weg oder sie greifen an und töten den Fussgänger.«

Tom zog seine Glock und öffnete die Beifahrertür. Duncan streckte die Hand aus, um ihn zu packen, war aber nicht schnell genug. »Tom! Seien Sie kein Idiot!«

Tom ging an der linken Seite der ersten Fahrzeugkolonne entlang. Duncan startete den Motor, drängte sich an ihnen vorbei und fuhr direkt hinter Tom auf dem unbefestigten Randstreifen. »Steigen Sie wieder ein«, rief er.

Die Leute begannen, sich umzudrehen und ein Kind rief etwas auf Afrikaans. Tom stellte sich vor, es sage so etwas wie ›Seht euch diesen blöden, dummen Mann an, der gleich aufgefressen wird‹. Eine Frau schrie auf und duckte sich hinter ihre Autotür, als sie seine Waffe sah. »Steigen Sie wieder in Ihr Fahrzeug«, schrie ihn ein älterer Mann an. Tom ignorierte ihn und näherte sich der Brücke. Duncan fuhr so nah wie möglich an ihn heran, aber es gab keine Möglichkeit, mit dem Land Cruiser auf die Brücke selbst zu gelangen.

Tom konnte die Löwen jetzt sehen, aber sie lagen zur anderen Seite gewandt, in der Richtung des Reisebusses. Jetzt sah ihn der Reiseleiter am Steuer des Busses und zeigte auf ihn, um die Touristen auf den herannahenden Verrückten aufmerksam zu machen. Tom sah, wie vier Fotoobjektive synchron zu ihm hinüberschwenkten. »Polizei!«, schrie er. »Weg von der Brücke, sofort!«

Der Fahrer starrte ihn an und konnte kaum glauben, was er da sah. Beim Klang von Toms Stimme hoben die Löwen alle gleichzeitig ihre Köpfe. Einer stand auf und stiess ein tiefes, kehliges Knurren aus, das Tom einen Schauer über den Rücken jagte.

»Steigen Sie ein«, sagte eine Frau zu ihm, lehnte sich zurück und öffnete die hintere Tür des BMW. Tom schlich sich zum Auto, nahm die Einladung aber nicht an.

Er hielt seine Waffe in die Luft gerichtet. »Fahren Sie sofort weg!« Der Fahrer des Reiseveranstalters kam endlich zur Vernunft und startete den Motor. Als er jedoch versuchte, zurückzusetzen, geriet sein Anhänger ins Schlingern und er musste den ersten Gang einlegen und wieder nach vorne fahren. Unterdessen waren alle drei Löwen auf den Pfoten, knurrten und blickten in verschiedene Richtungen. Die unberechenbaren Bewegungen des Transporters erschreckten sie, aber die Katzen sassen, wie die anderen Fahrer auf der Brücke, in der Falle. »Bewegen Sie sich!«

Der Löwe, der Tom entdeckt hatte, blickte wieder zu ihm hin. In die Enge getrieben, wie er war, hatte er nur eine Möglichkeit. Er rannte zwischen zwei Autos hindurch und direkt auf Tom zu. Leute schrien und Kameras surrten, als der Löwe die Lücke schloss und zum Angriff überging. Tom hatte sich zur Vorderseite des BMW begeben, um besser mit dem Fahrer des Reisebusses reden zu können, aber jetzt sah er das hellbraune Pelztier auf sich zukommen. »Steigen Sie ein!«, rief die Frau hinter ihm erneut. Er brauchte keine weitere Aufforderung, ging drei Schritte zurück und sprang Kopf voran auf den Rücksitz. Die Frau versuchte, die Tür zu schliessen, aber sein Fuss war im Weg. Als er spürte, wie die Tür gegen seinen Knöchel drückte, schrie er auf, doch als er sich umdrehte, um nach hinten zu schauen, sah er, dass es nicht mehr die Frau war, die die Tür zu schliessen versuchte. Sie sass zusammengekrümmt auf dem Beifahrersitz und kreischte wie verrückt. Der Löwe stand auf den Hinterbeinen und brüllte. Der Druck auf die Tür kam von zwei massiven Pranken und die ledrigen Pfoten, jede so gross wie ein Teller, drückten gegen die Scheibe der Autotür. Der faulige Atem der Bestie beschlug das Glas. Sie kämpfte darum, ins Innere des Fahrzeugs zu gelangen, und ihr tiefes, keuchendes Knurren erschütterte das Auto fast so sehr wie ihr massives Gewicht.

Tom lag quer über dem Rücksitz und entsicherte seine Glock, wobei eine Kugel in den Lauf schoss, als er den Schlitten nach vorne fliegen liess. Er streckte die Hand aus und drückte an der Tür gegenüber dem Löwen den Knopf für das elektrische Fenster. »Was zum Teufel tun Sie, Sie verdammter Idiot?«, sagte der Ehemann der Frau, der bis jetzt schockiert geschwiegen hatte, vom Fahrersitz aus. Als das Fenster herunterglitt, spürte Tom, wie der Druck auf das Auto nachliess. Der Löwe war allerdings nicht weg, sondern nur schlauer geworden.

Er steckte eine riesige Pranke in den Spalt der teilweise geöffneten Tür und Tom sah die herausragenden hakenförmigen Krallen, jede so lang wie einer seiner Finger. Er war dabei, die Tür zu öffnen. Tom zog endlich seinen Fuss frei, streckte seine rechte Hand aus dem Fenster und drückte viermal ab. Kinder weinten und Eltern brüllten. Beim ohrenbetäubenden Knall der Schüsse zog der Löwe seine Pranke weg, drehte sich um und rannte über die Brücke zurück, um seinen beiden Brüder zu folgen.

Der Reisebus hatte endlich gewendet und raste davon. Die Strasse war nun frei wie eine entkorkte Sektflasche und die Autos rasten über die Brücke, begierig darauf, so schnell wie möglich so viel Abstand wie möglich zwischen sich und den Verrückten mit der Waffe zu bringen. Die Frau im BMW, die Tom wahrscheinlich das Leben gerettet hatte, war ein schluchzendes Wrack. »Steigen Sie sofort aus meinem Auto aus, Sie blödes Arschloch«, spie ihr Mann Tom entgegen.

Duncan fuhr mit dem Land Cruiser neben sie und schüttelte den Kopf. »Nun, Sie haben die Brücke geräumt«, sagte er.

»Tut mir leid«, war alles, was Tom zu dem Paar im Auto Fahrzeug konnte. Er kletterte aus dem Auto und sprang zurück auf den Beifahrersitz des Wildbeobachtungsfahrzeugs.

Tom bemerkte ein Schild an der Brücke, das angab, dass sie über den Sweni-Fluss fuhren. Während Duncan fuhr, überprüfte er die Karte. Duncan überholte nun ein Auto nach dem anderen und kümmerte sich nicht mehr darum, dass er fast das Doppelte der zulässigen Höchstgeschwindigkeit von fünfzig Stundenkilometern fuhr. Einige Leute hupten verärgert. Sie hatten von Skukuza aus bereits etwa sechzig Kilometer zurückgelegt, aber es lagen noch mehr als zwanzig Kilometer auf einer nicht asphaltierten Strasse südlich des Satara-Camps, der S100, vor ihnen. Wenn die Männer, die sie verfolgten, sich an die Geschwindigkeitsbegrenzung hielten, um keine unnötige Aufmerksamkeit zu erregen, hoffte Tom, dass sie sie einholen könnten, bevor sie das Fahrzeug stehen liessen. Vorausgesetzt natürlich, dass sie den Plan der Entführer richtig einschätzten und auf der richtigen Strasse waren.

Sie waren inzwischen auf die Kiesstrasse abgebogen und Duncan hatte den Land Cruiser auf etwa sechzig Stundenkilometer verlangsamt – immer noch zwanzig über der Höchstgeschwindigkeit, die für Schotterstrassen galt. »Können Sie nicht schneller fahren?«

»Wenn wir in eine Antilope oder einen Elefanten fahren, kommen wir überhaupt nicht mehr weiter.« Duncan konzentrierte sich wieder auf die Strasse und Tom hielt sich an der Stange vor dem Armaturenbrett fest, als sie wie auf einer Achterbahn durch eine Wasserrinne fuhren. Bei einer Bodenwelle, wo ein Planiertraktor abgebogen war, kamen alle vier Räder des Fahrzeugs von der Strasse ab.

Sie hinterliessen eine rote Staubwolke und hüllten damit zwei Autos und deren Insassen ein, die angehalten hatten, um ein Giraffentrio zu fotografieren. Die langbeinigen Tiere, die durch das Dröhnen des Dieselmotors des Land Cruisers aufgeschreckt wurden, galoppierten davon und sahen aus, als könnten sie jeden Moment stolpern.

Tom blickte noch immer nach hinten, als Duncan heftig bremste. Er wurde gegen das Armaturenbrett geschleudert, wo er schmerzhaft mit der rechten Schulter aufschlug. »Was war denn das?« Er blickte auf und sah das grosse Männchen, ein Weibchen und drei winzige Ferkel einer Warzenschweinfamilie, die im Galopp, die Schwänze wie Antennen gerade nach oben gerichtet, davonrannten. Duncan gab wieder Gas und schaltete die Gänge durch, bis sie wieder ihre sichere Höchstgeschwindigkeit erreichten.

»*Bakkie* vor uns!«, rief Duncan. Es war bereits der fünfte Pick-up dieser Art, den sie sahen. Diesmal stand auf der Heckklappe in fetten, erhabenen schwarzen Buchstaben die Marke Isuzu. Tom fiel auf, dass die Scheiben des geschlossenen Verdecks stark getönt war. Er zog seine Pistole aus dem Holster und hielt sie locker in seinem Schoss.

»Überhol sie«, befahl Tom und Duncan drückte den Fuss hinunter.

Als Duncan sie an der rechten hinteren Ecke des Pick-ups vorbeiführte, sah Tom im Aussenspiegel des Fahrers ein Gesicht. Es war ein dunkelhäutiger Mann, der sie aufmerksam beobachtete. Tom bemerkte, dass sich das hintere Beifahrerfenster der Doppelkabine zu öffnen begann. Er hob seine Pistole auf die Höhe des Armaturenbretts, aber immer noch ausser Sichtweite der Insassen des vorderen Fahrzeugs.

Für einen Augenblick wurde das Gesicht eines Mannes sichtbar. Sein Teint war dunkel, aber nicht schwarz. Tom hätte ihn als Araber eingeschätzt. »Machen Sie sich bereit, sie zu rammen, wenn ich es Ihnen sage.« Duncans Gesicht war grimmig, aber er nickte nur.

Als sie sich darauf vorbereiteten, längsseits zu fahren, verlangsamte Duncan ein wenig. In diesem Moment hörte Tom heulenden Protest beim Schalten, das andere Fahrzeug beschleunigte und schoss vorwärts. »Schneller!«

Duncan legte schnell einen anderen Gang ein, aber das *Bakkie* zog von ihnen weg. Tom hatte nur den Bruchteil einer Sekunde Zeit, um eine Entscheidung zu treffen. Es könnte sich einfach um einheimische Männer handeln, die sich darüber ärgern, dass ein reicher Tourist von einer privaten Wildlodge und sein Führer versuchen, sie mit überhöhter Geschwindigkeit zu überholen. Oder es könnten die Entführer von Robert Greeves sein.

Er hob seine Hand und zielte auf den rechten Hinterreifen des anderen Fahrzeugs. Als er abdrückte, geriet Duncan in eine tiefe Spurrille und musste mit dem Steuerrad ringen, um sie gerade zu halten. Toms Schuss ging daneben. Falls der Fahrer des anderen Fahrzeugs den Schuss gehört hatte, beachtete er ihn nicht als Warnung, sondern beschleunigte weiter. Tom hustete, als sie durch die Staubwolke fuhren, die der Isuzu aufgewirbelt hatte. Es war schwierig, sich durch den rotbraunen Streusandnebel ein klares Bild zu machen und er hatte Angst, versehentlich einen der Menschen zu töten, die sie zu retten versuchten.

Als die getönte Heckscheibe des *Bakkies* plötzlich nach oben flog, verschwand jeder Zweifel, den Tom an der Identität des anderen Fahrzeugs hatte. Er sah einen Mann mit einer schwarzen Skimaske, der eine kurzläufige Version einer AK 47 auf sie richtete. Tom hob instinktiv den Arm, duckte sich dann aber. Auch Duncan erkannte die Bedrohung und wich wild aus, als er das Sturmgewehr bemerkte. Die raue Fahrt erschwerte dem Schützen das Zielen und die Kugeln flogen zu hoch. Tom blickte hinauf und sah zwei Löcher, die durch das Sonnendach gestanzt worden waren.

Tom genügte es nicht, dass sie den richtigen Weg genommen und das Fahrzeug der Verbrecher gefunden hatten. Er konnte sich nicht vorstellen, dass es die einzige automatische Waffe im *Bakkie* war, und somit waren sie zahlenmässig und waffentechnisch unterlegen. Er konnte unmöglich zurückschiessen, denn er war sich sicher, dass der Mann mit dem Gewehr Greeves und Bernard bewachte, von denen er annahm, dass sie hinten auf der Ladefläche des Wagens lagen. Alles, was sie tun konnten, war, in Sichtweite zu bleiben.

»Bleiben Sie an ihnen dran, aber kommen Sie ihnen nicht zu nah«, sagte er zu Duncan, der sein Bestes tat, um genau das zu tun.

Tom fischte sein Handy aus der Tasche und hielt es hoch, damit er das Display sehen konnte. »Kein Empfang. Verdammt, Duncan, wir sind auf uns allein gestellt.«

»Nicht ganz.« Duncan fuhr einhändig weiter, schnappte sich das Mikrofon seines Funkgeräts und begann schnell in Shangaan zu sprechen. Tom hörte zu und behielt das Fahrzeug vor ihm im Blick, das ab und zu durch eine aufgewirbelte Staubwolke zu sehen war. Er hörte eine Reihe von Bestätigungsmeldungen in afrikanischem Dialekt. Als Duncan die Lautstärke aufdrehte, konnte er ausserdem Funksprüche auf Afrikaans hören. »Vielleicht erhalten wir Unterstützung, wenn wir nicht bereits zu spät kommen.«

»Wir können es benutzen. Können Sie Tinga mit dem Ding erreichen?«

»Dafür sind wir jetzt zu weit weg, aber ich kann versuchen, eine Nachricht übermitteln zu lassen.« Dies gelang ihm mit einigen weiteren Gesprächen über Funk, in denen er die Koordinaten ihres Standorts angab und bestätigte, dass sie sich in Sichtweite der Vermissten befanden.

Während sie durch enge Kurven schlitterten und ein ausgetrocknetes Flussbett überquerten, kam eine Antwort von Tinga, die Duncan übersetzte. Sannie liess über einen anderen Führer mitteilen, dass die Polizei auf dem Weg sei, sich aber keine Luftunterstützung organisieren lasse, weil der normalerweise im Krügerpark stationierte Hubschrauber der Parkverwaltung zur Überholung des Motors in Johannesburg sei. Sie versuche, vom nahe gelegenen Luftwaffenstützpunkt in Hoedspruit militärische Luftunterstützung zu bekommen. »Wir sind immer noch auf uns allein gestellt«, sagte Tom enttäuscht.

»Diese Strasse endet bald an einer T-Kreuzung. Dann können

sie entweder nach links oder rechts abbiegen, oder, wenn Ihre Theorie stimmt, das Fahrzeug stehen lassen und zu Fuss weitergehen.«

»Nun, hoffen wir, dass wir diesen Teil ihres Plans vereitelt haben. Ich nehme an, Sie bringen das Ding hier durch den Busch?«

»Da können Sie sicher sein, Mann.« Duncan klopfte zärtlich aufs Armaturenbrett. »Sie werden langsamer. Was soll ich tun?«

»Zurückbleiben.«

Toms Anweisung kam zu spät. Der vor ihnen fahrende Pick-up kam ins Schleudern und hielt an. Obwohl Duncan ebenfalls bremste, verringerte sich der Abstand zwischen ihnen durch das plötzliche Anhalten des vorausfahrenden Fahrzeugs rapide. »Runter!«, schrie Tom, als er sah, dass der Schütze auf dem Rücksitz zielte. Eine der hinteren Türen der Fahrerkabine öffnete sich und ein weiterer Mann mit Skimaske, der ein identisches russisches Sturmgewehr hatte, sprang heraus.

Beide Männer feuerten ihre AK 47 auf Automatik und Tom spürte, wie die Kugeln in den Motor einschlugen. Die Front des Land Cruisers sackte ab und Tom wusste, dass die Reifen getroffen worden waren. Aus dem durchlöcherten Kühler zischte Dampf und dann hörte Tom, wie der Motor des Isuzu wieder ansprang. Er hob den Kopf und sah erneut eine Staubwolke. »Nimm dein Gewehr.«

Tom stieg aus dem angeschlagenen Geländewagen und begann, die Naturstrasse, von der er wusste, dass sie bald endete, hinaufzulaufen. Wenn die Bäume vor ihm so dicht waren, wie zu beiden Seiten, würde der Schwung des anderen Fahrzeugs, selbst wenn es von der Strasse abkam, durch das Gebüsch gebremst, vielleicht auf Schritttempo. Er blickte zurück und sah Duncan hinter sich traben, der den Verschluss seines schweren Jagdgewehrs betätigte und im Laufen einen Schuss abfeuerte. Er fühlte sich einen Moment lang schuldig, weil er den Safari-Führer in Gefahr brachte. Er war ein Zivilist und dies war nicht sein Kampf. Tom hatte kein Recht, ihm zu befehlen, sich in Gefahr zu begeben und als er neben ihm herlief, sagte er es ihm auch.

»Mr. Greeves und Mr. Joyce sind Kunden. Ich bin also genauso für ihre Sicherheit verantwortlich wie Sie. Seien Sie ruhig und sparen Sie sich den Atem besser für den Kampf.«

Bei seiner Rede hob Duncan eine Hand und steuerte von der ansteigenden Strasse weg ins hohe goldene Gras und das Dickicht von Dornensträuchern zu ihrer Rechten. Tom folgte dem Führer, der sein Tempo gedrosselt hatte. Sie hörten den Dieselmotor des Isuzu vor sich, der sich in ein mühsames Brummen verwandelt hatte. Duncan hielt inne und ging in die Knie und Tom tat es ihm gleich. Durch den Busch hindurch sah er die Kreuzung vor sich.

Duncan neigte den Kopf zur Seite. »Sie sind geradeaus gefahren und schlagen sich durch den Busch. Sie werden nur langsam vorankommen. Hören Sie!«

Von links hörte Tom den Motor eines anderen Fahrzeugs, der in einer hohen Tonlage aufheulte. Er blinzelte in die Morgensonne und sah, dass ein dunkelgrüner Land Rover mit einer Staubwolke im Schlepptau auf sie zukam. Das Fahrzeug hielt an der Kreuzung an und Tom und Duncan rannten hin, um den Fahrer zu begrüssen.

»Howzit, my *boet*«, sagte der weisse Afrikaner, der den Land Rover fuhr, zu Duncan und sie schüttelten sich nach afrikanischer Art die Hände. Der Mann war grauhaarig und sein mahagonifarbenes Gesicht war von tiefen Furchen durchzogen, die vom Alter und einem Leben in der unerbittlichen afrikanischen Sonne herrührten. Sein Bart war vom Tabakrauch gelb gefärbt. Er unterhielt sich in schnellem Shangaan mit Duncan. Im Fond seines Land Rovers, der wie Duncans Land Cruiser, weder Seitenwände noch ein festes Dach hatte, sondern nur eine darüber gespannte Plane, sassen zwei sichtlich verwirrte Touristen, ein junges Paar.

»Hat Duncan erklärt, was los ist?« fragte Tom den Mann.

»Ja. Ich bin Willie. Er hat mir erzählt, dass Sie mit meinem Land Rover in den Busch fahren wollen, um die anderen Kerle zu verfolgen.«

»Das ist richtig«, sagte Tom. »Wir haben keine Zeit zu verlieren. Geben Sie per Funk Ihre Position durch und lassen Sie jemanden kommen, der Sie und Ihre Kunden abholt.«

»Warte mal, *Bru*. Sag mir nicht, was ich zu tun habe und niemand, nicht einmal Duncan, darf mein Auto fahren. Ich habe ihm gesagt, er solle hierbleiben. Ich werde dich fahren.«

Duncan sah Tom an und zuckte mit den Schultern. Der Weisse fuhr fort: »Ich war bei einem Aufklärungskommando in unserem Krieg in Angola. Wenn diese Banditen so schlimm sind, wie Duncan sie darstellt, kann so einer wie ich euch besser helfen als jemand wie er.« Willie nahm sein Gewehr aus der Halterung auf dem Armaturenbrett des Land Rovers, setzte den Bolzen ein und lud eine Patrone, die so lang war wie Toms Mittelfinger. »Also dann, Leute, mein Kollege Duncan hier wird sich um euch kümmern, während dieser Herr und ich im Busch nach ein paar *Tsotsis, Verbrechern,* suchen.«

Bevor die verwirrten Touristen zu viele Fragen stellen konnten, sass Tom neben Willie auf dem Beifahrersitz. Der grosse Afrikaaner schaltete den Allradantrieb ein und der massive Wagen schlingerte einen Entwässerungsgraben hinunter und in den Busch. Die Spur, die der Isuzu vor ihnen gegraben hatte, war deutlich zu erkennen. Willie bog nach rechts ab.

»Was machst du?«

»Sie werden auf der Hut sein und erwarten, dass wir ihren Spuren folgen. Schau dich um – dies ist ein Tal. Sie wollen nur in eine Richtung, und zwar nach Osten, nach Mosambik. Ich werde also versuchen, ihnen den Rücken zuzudrehen. Meine Bestie hier fährt besser und schneller durch den Bundu als ihre – das verspreche ich dir.«

Die Fahrt war fast schon ekelerregend, denn der Land Rover schlingerte über umgestürzte Baumstämme, hüpfte durch versteckte Löcher und fuhr in Gräben und sandige Wasserläufe hinein und wieder hinaus. Dornige Äste peitschten an ihnen vorbei, zerfetzten dabei die Plane und zerkratzten Toms ungeschützte Arme. Wenn Willie die bösartigen Stacheln spürte, sagte er kein Wort. Tom sah sein irres Grinsen und wusste, dass der Mann voll und ganz in seinem Element war.

»Nach Angola habe ich eine Zeit lang bei der Parkverwaltung gearbeitet. Ich kenne dieses Land besser als die meisten«, sagte Willie über das protestierende Heulen des Motors hinweg. Auf der mosambikanischen Seite, nicht weit von hier, gibt es eine Stadt. Dort beginnt die Strasse, die bis an die Küste führt.«

»Das hat man mir gesagt.«

Willie nickte. »Wir treffen auch gleich auf einen Feuerpfad, von dem eure bösen Jungs hoffentlich nichts wissen. Er ist auf keiner öffentlich zugänglichen Karte verzeichnet.«

Wie auf das Stichwort krachten sie durch ein niedriges Gebüsch, drückten dabei die Schösslinge platt und landeten auf einem geräumten Feldweg. Er war zerfurcht und mit Steinen übersät, aber nach der Fahrt durch das unberührte Buschland kam er Tom wie eine vierspurige Autobahn vor. Willie schaltete in einen höheren Gang und gab Gas. Eine winzige Antilope – von den Afrikanern Steinbock genannt – huschte über ihren Weg und rettete sich tiefer in den Busch.

Der Weg führte sie über einen Bergrücken oberhalb einer Einmündung ins Tal des Olifants-Flusses. Diese Strasse schien Tom und Willie der logischste Weg für das flüchtende Fahrzeug nach Mosambik. Als es auf einer Strecke begab ging, stellte Willie den Motor ab und schaltete in den Leerlauf. »Hör mal gut hin.«

Über die Geräusche ihres Fahrzeugs hinweg hörten sie den Motor des Isuzu, der immer noch langsam dröhnte, weil sich das *Bakkie* seinen Weg durch den ungezügelten Busch bahnte. Willie drehte das Lenkrad herum und liess sein Fahrzeug in einige Dornenbüsche pflügen. »Zeit für einen Hinterhalt«, grinste er.

Tom kletterte, die Stacheln, die ihn zerkratzten und sich in sein bereits zerrissenes Hemd bohrten, ignorierend hinunter. Er folgte Willie durch den Busch. Der grössere Mann blieb alle paar Schritte stehen und lauschte. An einer Stelle hob er seine Nase. Wir sind in Windrichtung, ich kann ihre Abgase riechen – sie wehen schneller an ihnen vorbei als sie sich bewegen.

Sie suchten sich ihren Platz gut aus, zwischen einer Ansammlung von Granitblöcken und mit Blick auf einen ausgetrockneten Nebenfluss. »Wahrscheinlich folgen Sie diesem Wildpfad«, sagte Willie und deutete auf einen ausgetretenen Pfad von etwa einem Meter Breite, der sich auf dem Boden des flachen Tals durch den Busch schlängelte. »Sie werden langsam durchfahren müssen und dabei werden wir sie platt walzen.

»Ziele auf den Fahrer und die Passagiere in der Kabine, aber feure nicht auf die Ladefläche und das Verdeck, denn dort befinden sich die Geiseln.«

Willie nickte und stützte sein Jagdgewehr auf der glatten Oberfläche eines Felsblocks ab.

Tom hatte zu Beginn des Tages drei Magazine mit je siebzehn Schuss und jetzt fehlten ihm davon sechs Kugeln aus zweien. Im Fahrzeug mit den Entführern waren bis zu fünf bewaffnete Männer. Im Moment hatten er und Willie den Überraschungsmoment auf ihrer Seite, aber das war so ziemlich der einzige Faktor, der für sie sprach. Was Tom beunruhigte, war, dass er glaubte, die Männer würden Greeves und Joyce erschiessen, wenn sie dachten, sie seien in Gefahr, gefangen genommen zu werden. Aber er hatte keine andere Wahl und das Geräusch des Wagens kam immer näher. Die blaue Motorhaube des Allradfahrzeugs tauchte auf. Tom hielt seine Pistole mit beiden Händen fest.

»Wir schiessen, um zu töten, ja?« flüsterte Willie.

Tom nickte.

Der erste Schuss von Willie tötete den Fahrer des Isuzu auf der Stelle. Die Kugel vom Kaliber .458, die einen angreifenden Elefantenbullen stoppen würde, riss dem Mann die Schädeldecke ab und bespritzte die anderen vier Insassen und das Innere des Doppelkabinenfahrzeugs mit seinem Blut und Gehirn. Der Pick-up schleuderte nach links und prallte gegen einen Bleiholzbaum. Der Motor tuckerte weiter, aber das Fahrzeug kam nicht vom Fleck.

Tom gab zwei gezielte Schüsse in den hinteren Teil des Führerhauses ab, konnte aber nicht sehen, ob er jemanden getroffen hatte, denn die erste Salve wurde bereits unfreundlich erwidert. Der Mann, der hinter dem Fahrer sass, hatte seine AK 47 auf die offene Fensterbank gestützt und feuerte blindlings mit voller Kraft. Die meisten seiner Schüsse flogen zu hoch, aber einige schlugen Splitter von den rosa Granitfelsen, hinter denen sich Tom und Willie versteckten und zwar so nah, dass sie sich ducken mussten.

Als Tom erneut einen Blick über den Stein riskierte, sah er, dass mit Ausnahme der Fahrertür alle Türen des Fahrzeugs offen waren, genau wie die Heckscheibe und die Heckklappe.

Nachdem er im Stehen eine weitere Patrone geladen hatte, stiess Willie einen Ur-Kriegsschrei aus und kletterte über seinen schützenden Felsen und in die Talsohle hinunter. Ein Schwarzer, dessen Gesicht nicht unter einer Maske verborgen war, kniete nieder und wechselte das Magazin seiner AK47. Tom rannte hinter dem verrückten Weissen her, hob den Arm und gab zwei Schüsse ab. Der zweite Schuss traf den Schwarzen mit dem Sturmgewehr in die Brust und schleuderte ihn nach hinten.

Die Schüsse auf sie wurden intensiver und Willie verlangsamte, um hinter einem dicken Baumstamm in Deckung zu gehen. Tom stürmte, von Blutgier und Wut getrieben und überwältigt, ohne Rücksicht auf die Gefahr für sich selbst, weiter. Auf der Haut seines rechten Oberschenkels brannte etwas, er stolperte und fiel. Als er aufblickte, sah er, wie zwei vermummte Gestalten aus dem Heck des *Bakkies* gezerrt und an der Front des abgestürzten Fahrzeugs vorbei vorwärts gestossen wurden. Tom versuchte aufzustehen, was ihm auch gelang, dann stemmte er sich gegen einen Baum, um wieder zu zielen. Ein Mann schrie etwas in einer fremden Sprache, möglicherweise Arabisch, in Richtung von Greeves und Joyce, die von einem anderen Mann, der sein Gewehr als eine Kombination aus Schlagstock und Keule benutzte, weitergeschoben wurden.

Willies Waffe dröhnte erneut, aber das Geräusch des einzelnen Schusses wurde bald von zwei AK47 übertönt, die im Automatikmodus schossen. Tom musste sich erneut hinknien. Blätter und Zweige regneten auf ihn herab und auf beiden Seiten flogen Kugeln an ihm vorbei. Er hörte, wie weitere Kugeln in den Baum, der ihn schützte, schlugen. Er sagte sich, dass er die Kontrolle zurückgewinnen müsse, trat hinter dem Baum hervor und rannte los. Er war nur noch zwanzig Meter vom fahruntüchtigen Isuzu entfernt, den er als seine nächste Schussposition wählte.

Während er rannte und stolperte – er war sich des Schmerzes in seinem Oberschenkel und der blutgetränkten Shorts mehr als bewusst – trat einer der maskierten Bewaffneten hinter einem Baum hervor. Es schien, als seien die beiden anderen mit den Gefangenen den trockenen Wasserlauf hinunter verschwunden. Der Mann feuerte einhändig in ihre Richtung und Tom hörte einen Schmerzensschrei aus der Richtung, in der er Willie zuletzt gesehen hatte.

In der anderen Hand des Schützen befand sich ein grün gefärbter Zylinder in der Grösse einer Getränkedose. Der Mann kniete nieder, liess sein Gewehr fallen und zog den Stift aus der Granate.

Während sein eigenes Gehirn noch verarbeitete, was vor sich ging, hörte Tom, wie Willie eine Warnung ausstiess.

Tom warf sich auf den Boden und hörte die Explosion, die nicht ganz so laut war, wie er sie aus seiner Militärzeit in Erinnerung hatte. Als er aufblickte, wurde seine Sicht von einem blendend weissen Lichtblitz aus dem Inneren des Isuzu geblendet.

»Weisses Phos!« rief Willie.

Tom blinzelte, sah Sterne und spürte, wie eine Welle erdrückender Strahlungshitze über ihn hinwegrollte. Er rollte vom Isuzu weg und kroch blindlings durch das Gras. Dann explodierte der Kraftstofftank des Fahrzeugs und überall um ihn herum schien der Busch zu brennen. Als er es schaffte, sich aufzusetzen, sah er, dass der weisse Phosphor heftig und hell brannte und ein Feuer entfachte, das sich schnell über die Talsohle ausbreitete. Die Rauchwolke des brennenden Fahrzeugs und die Brandherde, die überall dort entstanden, wo Teile des Brandsatzes gelandet waren, hatten den Rückzug der Terroristen verdeckt.

Tom hörte im trockenen Gras neben sich eine Bewegung und hob seine Pistole.

»Nicht schiessen«, sagte Willie, der auf ihn zu taumelte. Er umklammerte seine linke Schulter. Durch seine Finger sickerte Blut und lief über seinen rechten Unterarm. »Der Wind ist gegen uns. Das Feuer wird jeden Moment auf uns übergreifen.«

Tom schüttelte den Kopf. »Ich muss weitergehen. Ich werde versuchen, um das Feuer herumzukommen. Wie geht es deiner Schulter?«

»Ach, ich habe schon Schlimmeres erlebt. Ich werde es überleben.« Im nächsten Moment schien die ganze Farbe aus dem Gesicht des grossen Mannes zu schwinden und er wurde ohnmächtig.

»Scheisse«, sagte Tom. Als er sich hinkniete und Willie wie ein Feuerwehrmann aufhob und über seine Schulter legte, wirbelten bereits Asche und brennende Glut um ihn herum. Sein Oberschenkel brannte noch immer von der Wunde, die er sich zugezogen hatte. Er hatte sie sich angesehen und festgestellt, dass die Kugel ihn nur gestreift und einen oberflächlichen Kratzer hinterlassen, aber weder die Haut noch den Muskel nicht richtig durchdrungen hatte. Das war's dann wohl mit seinem Teil Glück für heute.

Er taumelte unter dem Gewicht des Safari-Führers und spürte, wie Willies heisses, klebriges Blut sein Hemd durchtränkte. Er hätte die Wunde verbinden sollen, aber wenn er sich nicht schnellstens auf die Socken machte, würden sie beide bei lebendigem Leibe verbrennen. Der Rauch stieg ihm in die Nase und er bemerkte zu beiden Seiten Bewegungen im trockenen, gelben Gras. Ratten, Eidechsen und alles mögliche Kleingetier flohen vor dem herannahenden Feuer. Um ihn herum schwirrten Vögel und fingen vom Feuer aufgescheuchte Insekten. Er spürte die Hitze auf seinem Rücken und zwang seine Beine, schneller zu laufen.

Tom folgte der Spur der Zerstörung, die der Isuzu durch den Busch hinterlassen hatte. Eine weitere Explosion in seinem Rücken bestätigte ihm, was er vermutet hatte: Willies Land Rover wurde von den Flammen verschlungen. Er schaute zurück und sah eine schwarz-orangene Säule über dem Buschfeuer aufsteigen. Tom hoffte, Sannie sei in der Lage gewesen, Luftunterstützung zu organisieren – ab sofort war das ihre einzige Hoffnung, mit der Bande Schritt zu halten.

Er ächzte und hielt kurz inne, und verlagerte Willies Körper auf seinen schmerzenden Schultern. Ein Blick nach unten zeigte ihm, dass das Gras um seine Füsse herum brannte. Er hustete, weil Rauch in seine Lunge drang, zwang sich aber, weiterzugehen und machte sich wieder auf den Weg. Irgendwo in der Ferne hörte er das Trompeten eines Elefanten, doch wilde Tiere waren jetzt seine geringste Sorge.

Tom riskierte einen weiteren Blick zurück und sah einen hohen Baum in Flammen stehen. Er rannte immer noch, ohne auf den Boden zu achten und als sein Fuss in das Loch eines Tiers geriet, stolperte er und kippte kopfvoran ins Gras. Willies Masse presste ihn zusammen und quetschte die Luft aus seinen Lungen. Als er versuchte, wieder Atem zu kriegen, sog er Rauch und Asche ein, was ihn zum Erbrechen brachte. Er wurde unter seinem Kollegen eingeklemmt und spürte, wie ein ofenartiger, heisser Luftstoss die Haare auf der Rückseite seiner Beine versengte. Er versuchte, Willie von seinem Rücken zu stossen, weil ihn die Kräfte verliessen. *Gut, dieser Zeitpunkt ist so gut zum Sterben wie jeder andere*, dachte er.

Ganz plötzlich fiel das erdrückende Gewicht von ihm ab. Benommen und mit vom Rauch tränenden Augen nahm er vage wahr, dass jemand seinen Namen rief. Eine schwarze Hand wedelte mit ausgestreckten Finger vor seinem Gesicht. Er griff nach ihr.

»Stehen Sie auf, Tom. Kommen Sie schon!«, sagte Duncan. Er zerrte an Toms Hand, drehte ihn um und zog ihn auf die Beine.

Duncan kniete nieder und packte Willie unter den Armen. Der Weisse, mit seinem blutgetränkten Hemd, kam zu sich und stöhnte. Tom stellte sich vor Willie hin und griff unter einen seiner Arme, während Duncan auf der anderen Seite stützte. Unvermittelt spürte Tom einen Klaps auf dem Rücken und sah zu Duncan hinüber, dessen Augen vor Entsetzen weit aufgerissen waren.

»Tom, Ihr Hemd hat gebrannt, Mann! Wir sind zu nah!«

Sie rannten mit Willies Unterstützung weiter, als hinter ihnen ein hoher Baum aus Bleiholz umstürzte und einen Regen aus Funken und Asche in die Luft schickte.

An der T-Kreuzung warteten drei weitere Safarifahrzeuge von verschiedenen Lodges auf sie. Tom und Duncan legten Willie auf eine mit einer grünen Plane bespannte Sitzbank in einem der Land Rover. Duncan reichte ihm seinen Erste-Hilfe-Kasten, den er, bevor er Tinga verliess, einpackte. Tom riss einen Verband auf und tat sein Bestes, um den Mann, der in so kurzer Zeit so viel für ihn getan hatte, zusammenzuflicken.

»Was ist mit den Tätern?« Willie hustete und zuckte zusammen, als er sich aufzusetzen versuchte.

»Leg dich hin, Kumpel. Wir müssen dich zum Arzt bringen.« Tom blickte auf den brennenden afrikanischen Busch zurück. Duncan stieg neben dem Fahrer ein und wies den Mann an, nach Tinga zu fahren.

11

Als Tom hereinkam, hatte Sannie ihr Mobiltelefon am einen Ohr und wartete in der Schleife auf den Luftwaffenstützpunkt in Hoedspruit, während sie über das Festnetz mit dem Büro der Kriminalpolizei in Nelspruit telefonierte.

Seine entblösste Haut war von Russ und Schmutz geschwärzt und sein Hemd sah aus, als hätte man es mit einer brennenden Zigarette gefoltert: Überall waren Brandlöcher. Seine Shorts und sein linkes Bein waren mit getrocknetem Blut verkrustet. Als er eintrat, zog er sich das Hemd über den Kopf und sagte kein Wort zu ihr.

»Ich rufe Sie in zehn Minuten zurück«, sagte sie zum zivilen Verwaltungsassistenten der Kriminalpolizei. Sie folgte ihm ins Badezimmer, das Mobiltelefon immer noch an ihr Ohr haltend.

»Wir haben sie verdammt noch mal verloren«, sagte Tom. »Sannie, wir waren so unglaublich nah dran, dass ich sie sehen konnte. Sie sind am Leben, aber einer von ihnen – Greeves, glaube ich – sah verletzt aus. Er hinkte stark. Zwei der Bastarde haben wir erwischt, aber das Feuer hat ihre Leichen bestimmt gefressen.«

Als er zurück nach Tinga gefahren war, sprachen sie, sobald Tom wieder Handyempfang hatte, miteinander. Er hatte ihr die Beschreibungen der Bandenmitglieder gegeben, so dass sie das meiste von dem, was er sagte, bereits wusste. Sie hörte in der Dusche Wasser laufen.

»Was machen Sie, Tom?«

»Wonach hört es sich an? Ich mache mich frisch, ziehe mich um und gehe wieder auf die Suche nach ihnen.«

Sannie hörte, wie sich die Tür zur Suite öffnete und drehte sich um. Isaac Tshabalala kam, von einem Polizisten in graublauer Uniform begleitet, herein. »Mir wurde gerade gesagt, dass er zurück ist. Wo ist er?«

Tom kam, ein Handtuch um die Hüfte geschlungen, aus dem Badezimmer. »Er ist hier. Wie sieht es aus? Konnten Sie schon Luftunterstützung organisieren? Wahrscheinlich sind sie noch zu Fuss unterwegs.«

Tshabalala bewegte seine rechte Hand zum Griff seiner Pistole im Holster. »Detective Sergeant Furey, die Weiterführung dieser Untersuchung geht Sie nichts mehr an und …«

»Das interessiert mich nicht. Ich brauche ein Fahrzeug, um zum nächsten Grenzposten zu gelangen.«

»Sie gehen nirgendwo hin. Geben Sie Ihre Pistole, die Handschellen und alle weiteren Waffen und die Munition, die Sie bei sich tragen ab.« Tshabalala gab dem Uniformierten ein Zeichen, nach vorne zu gehen, und der Mann trat auf Tom zu.

»Worum geht es?«

»Wir haben das Koks gefunden, Tom«, sagte Sannie.

Sie sah die Verwirrung auf seinem Gesicht. »Coca-Cola?«

»Das Kokain, im Badezimmer«, sagte der dunkelhäutige Beamte.

Tom lachte. »Was? Ich habe in meinem Leben noch nie illegale Drogen genommen. Was zum Teufel ist hier los? Gehen Sie mir bitte aus dem Weg.«

Tshabalala legte eine Hand auf seine Pistole. »Ihre Pistole und die Handschellen. Und zwar jetzt. Sie werden wegen des Besitzes eines illegalen Betäubungsmittels angeklagt, Furey. Die mutmasslichen Drogen, die Inspektor Van Rensburg in Ihrem Badezimmer gefunden hat, erklären zum Teil, warum Sie heute Morgen zu spät zum Dienst erschienen sind und wie Sie es geschafft haben, dass Ihnen der

Mann, den Sie angeblich bewachen sollten, vor der Nase entführt wurde.«

»Carla«, sagte er und sah Sannie direkt an. Sie fühlte sich unwohl und konnte seinen Blick nicht erwidern. »Es ist ihres. Sie hat sich gestern Abend wie wild aufgeführt. Fragt sie.«

Derselbe Gedanke war ihr, als sie seine Räume betreten hatte, auch gekommen. Sie erinnerte sich sofort daran, dass es Carla selbst gewesen war, die vorgeschlagen hatte, den Kommnandoposten in Toms Zimmer einzurichten. Sie erklärte dies Tom und die Überlegung, dass die Frau nicht so dumm sein konnte, sich einer Verhaftung auszusetzen.

»Nein, sie hat mich einfach reingelegt, das ist alles«, sagte Tom. »Wenn es nicht so albern wäre, wäre es lustig. Wo ist sie?«

»Sie ist zu Tingas anderer Lodge gefahren, Narina. Sie wird in einer Stunde oder so zurück sein«, sagte Sannie.

»Ich habe während dem ganzen Morgen Beschwerden über Ihre kleine Eskapade im Park erhalten«, sagte Tshabalala. »Sie bedrohen Leute mit einer Schusswaffe und brechen alle Regeln, die im Nationalpark gelten.« Als seine Wut zunahm, flog Isaac Spucke aus dem Mund. »Sie sind in diesem Land nicht zuständig und können keine Fahrzeuge und Männer anweisen, die Arbeit zu erledigen, die Sie von Anfang an hätten erledigen sollen. Dies ist nicht Ihr kleines koloniales Reich! Nehmt ihn fest!«

Sannie hatte das Gefühl, ihm werde Unrecht getan, aber die Beweise sprachen alle gegen Tom und so sehr sie auch mit dem Engländer fühlte: Alles, was Isaac Tshabalala gerade gesagt hatte, stimmte. Jemand rief auf ihr Mobiltelefon an.

»Ja«, sagte sie und hörte dem Kapitän der Luftwaffe am anderen Ende der Leitung zu.

Als der uniformierte Beamte Toms Pistole, Magazine und den Klappstock einsammelte, starrte Tom Tshabalala wütend an.

Sannie beendete das Gespräch. »Das war Hoedspruit. Sie sagen, solange sie nicht die Erlaubnis des Verteidigungsministers oder einer höheren Instanz haben, können sie keinen Hubschrauber in den mosambikanischen Luftraum schicken. Ich habe vor zehn Minuten mit Indira gesprochen und sie sagte, Dule warte auf einen Rückruf von seinem Amtskollegen jenseits der Grenze, in Mosambik.«

»Mein Gott, ihr Leute wärt nicht einmal fähig, Sex in einem Bordell zu organisieren«, sagte Tom.

»Wen meinen Sie mit ›Ihr Leute?‹« fragte Tshabalala.

Sannie teilte Isaacs Gefühl, von Tom beleidigt zu werden, dabei war er alles andere als in der Situation, die südafrikanischen Behörden zu kritisieren. Immerhin war *er* es, der Robert Greeves verloren hatte.

»Legt ihm Handschellen an«, sagte Isaac zum Polizisten. »Sannie, behalten Sie den Gefangenen im Auge. Ich werde mit Minister Dule sprechen und dann fahren Ndlovu«, er deutete auf den Uniformierten, »und ich nach Skukuza, um auf die Ankunft der Beamten aus Nelspruit zu warten und sie zu informieren. Rufen Sie mich an, wenn es hier neue Entwicklungen gibt.«

»Ja, Sir.«

»Öffnen Sie die Dinger, Sannie.« Er setzte sich aufs Bett und streckte ihr die Hände entgegen.

»Sie wissen genau, dass ich das nicht kann, Tom.«

»Carla kommt nicht zurück. Das wissen Sie doch, oder?« Er strich sich mit den gefesselten Händen die Haare aus dem Gesicht.

Sie spürte, wie ihr ein kaltes Kribbeln den Rücken hinaufkroch. Als Carla ins Zimmer gekommen war und gesagt hatte, sie müsse nach Narina, um sich um die Beschwerde eines Gastes zu kümmern, war Sannie an zwei Telefonen gewesen. Sie hatte nur genickt.

»Sie ist ein Teil davon. Sehen Sie das nicht? Sie hat mir die Schuld in die Schuhe geschoben, um die Verfolgung zu verlangsamen. Deshalb hat sie sich so sehr an mich rangemacht und wahrscheinlich hat sie auch deshalb mit Nick Roberts geschlafen. Sie benutzte ihn, um Informationen über diesen Besuch zu bekommen und letzte Nacht nahm sie mich aus dem Spiel. Ich bin in meinem ganzen Leben noch nie zu spät zur Arbeit gekommen und ich trank gestern Abend nicht genug, um mit einem so schlechten Gefühl aufzuwachen wie heute Morgen. Sie muss mir etwas in mein Bier getan haben, denn ich war danach regelrecht bewusstlos. Entweder ging die Alarmanlage, die den Eingang zu Greeves' Zimmer überwachte, los und ich habe sie verschlafen, oder sie hat sie manipuliert. Aus welchem Grund auch immer, Carla ist Teil dieses Komplotts. Checken Sie sie mal ab.«

»Was?«

»Überprüfen Sie ihre Vorstrafen und schauen Sie mal, was dabei herauskommt. Hören Sie sich bei ihrer Familie und ihren Freunden um, vielleicht hat sie erst spät im Leben zu Allah gefunden. Sie wäre nicht die erste Europäerin, die in ein ausländisches Terrornetzwerk hineingezogen wird. Vielleicht geht es auch nur um Geld. Ich weiss es nicht, verdammt.«

Sannie wurde klar, dass sie und Isaac von den Drogen und Carlas Irreführung, die ihr jetzt sehr plump erschien, geblendet worden waren. Sie glaubte Tom: Er war nicht die Art von Mann, der Drogen nähme – und wenn, wäre er nicht so dumm, sie liegen zu lassen. Und Carla traute Sannie alles zu.

»Bestimmt schlug sie vor, mein Zimmer als Kommandozentrale zu benutzen, um Sie zu den Drogen zu führen. Wie dumm wäre ich, eine Linie mit Koks einfach so im Badezimmer liegen zu lassen! Sannie, Sie müssen mir helfen.«

Sie drehte ihm den Rücken zu, schritt über den dicken Perserteppich auf dem Boden des Häuschens und starrte mit verschränkten Armen auf den Sabie hinaus. Ein Elefant saugte einen Rüssel voll schlammigen Wassers auf und bespritzte sich mit der schwarzen Brühe. Genau wie Tom wusste sie, dass an diesem Punkt der Verfolgung jede Minute zählte und dass dem Diktat einer kleinlichen Bürokratie wertvolle Zeit geopfert wurde. Während sie darauf warteten, dass Diplomaten das Bett verliessen und auf Telefonanrufe reagierten, stand das Leben von Menschen auf dem Spiel.

»Ich muss nach Mosambik, Sannie.«

»Isaac hat Sie gerade verhaftet, Mann. Wenn ich Sie jetzt freilasse, verstosse ich gegen das Gesetz. Ich werde als Rassistin gebrandmarkt, weil ich mich gegen einen schwarzen Vorgesetzten wende und für Sie

Partei ergreife – ob es stimmt was Sie sagen oder nicht. Das wär's dann mit mir und dem Polizeidienst und ich würde als Sicherheitsbeamtin bei einem Pick'n'Pay enden.«

»Wenn wir jetzt nicht vorwärtsmachen, sterben zwei Männer.«

Sie schüttelte den Kopf. Verflucht. Er hatte recht damit und wahrscheinlich auch mit Carla Sykes. Tom hatte einen Fehler gemacht, als er den Annäherungsversuchen dieser Frau auf den Leim gegangen war und Sannie war genauso mitschuldig, weil sie auf deren Schwindel hereingefallen war.

Sannie ging zum Schreibtisch hinüber, nahm Tinga-Briefpapier und einen Kugelschreiber heraus, setzte sich hin und begann etwas aufzunotieren. »Gehen Sie zur Minibar, nehmen Sie eine Flasche, leeren Sie den Inhalt weg, spülen Sie sie gut aus und pissen Sie hinein«, sagte sie, ohne ihn anzusehen.

»Was?«

»Ich schreibe eine Nachricht für Tshabalala. Ich will ihm das nicht am Telefon erklären. Ich melde ihm, dass Sie in meinem Auftrag und unter Aufsicht eine Urinprobe abgegeben haben. Die soll er analysieren und gleichzeitig Carla Sykes gründlich abklären lassen. Wenn die Urinprobe negativ auf Drogen ausfällt, sind Sie teilweise entlastet. Wenn sie positiv ausfällt, bringe ich Sie nach Skukuza zurück und er kann Sie einsperren. In der Zwischenzeit nehme ich Sie in Gewahrsam und tue, was er mir aufgetragen hat: Ich behalte Sie im Auge. Sobald die Polizisten aus Nelspruit eintreffen, zieht man mich hier von den Ermittlungen ab und vermisst mich nicht.«

Tom öffnete die Minibar und kippte den Inhalt einer Flasche Sprudelwasser ins Waschbecken im Bad. Während er mit immer noch gefesselten Hände den Reissverschluss seiner Shorts öffnete, rief er ihr von der Toilette aus zu: »Sie sagten, Sie würden hier nicht vermisst. Wohin haben Sie vor, zu gehen?«

»Nach Mosambik.«

12

Helen MacDonald sass in ihrem Büro in Westminster am Schreibtisch und versuchte erneut, die richtigen Worte für die Medienmitteilung zu finden. Sie wischte sich mit dem Handrücken eine Träne weg.

Das Telefon klingelte.

»Hallo, mein Name ist Pauline le Roux, ich rufe aus Südafrika an, von Radio 702. Ich freue mich, dass ich Sie endlich erreiche, Frau McDonald. Hören Sie, wir haben einen Anruf von einer Reporterin aus dem Osten des Landes, in der Nähe unseres Krügerparks, erhalten. Sie sagt, Robert Greeves werde vermisst. Ich bitte Sie, das zu bestätigen und mir alle Details mitzuteilen, die Sie bisher haben.«

»Sind Sie damit schon auf Sendung gegangen?«

»Nein, und auch sonst niemand. Es ist also wahr?«

»Ich nehme nicht an, dass ich Sie mit irgendetwas, das ich sage, dazu bewegen kann, diese Geschichte innert der nächsten vierundzwanzig Stunden noch nicht zu veröffentlichen, oder?« Es war einen Versuch wert, dachte Helen mürrisch.

»Ich fasse das als ein Ja auf. Und nein, Sie haben recht, es gibt nichts, womit Sie mich davon abhalten könnten, diese Geschichte zu bringen. Wenn Sie auf Sendung gehen wollen, nehme ich es jetzt auf.«

»Ich schicke Ihnen in einer halben Stunde eine Erklärung.« Helen legte auf. Sie hatte weder bestätigt noch dementiert, dass Robert vermisst wurde und sich genug Zeit verschafft, um ihre Erklärung für die Medien fertig zu stellen, aber die Nachricht ging jetzt raus. Sie rief das Büro des Premierministers an.

FÜNFUNDVIERZIG MINUTEN SPÄTER, zur südafrikanischen Mittagszeit, schaltete der freischaffende Fotograf Eugene Coetzee in seinem Corolla das Radio auf 702, um die Nachrichten zu hören. In der Umgebung von Tinga hatte sich an diesem Morgen etwas Seltsames ereignet.

Eugene ahnte, dass sein Opfer, der englische Politiker Robert Greeves, frühmorgens von Tinga aus auf eine Pirschfahrt fahren würde. Nachdem er den Schnappschuss am vorigen Nachmittag verpasst hatte, war er entschlossen, dieses Mal aus dem Hinterhalt ein Bild des Minister zu erwischen.

Eugene hatte sich am Vorabend im Camp von Skukuza in einem Rondavel einquartiert – er war sicher, dass die britische Zeitung, für die er arbeitete, die Kosten dafür übernehmen würde – und den Wecker seines Handys so gestellt, dass er um fünf Uhr geweckt wurde. Er erholte sich schnell von den mehreren Cola mit *Klipdrift*, die er am Abend zuvor getrunken hatte und stand an der Spitze der Autoschlange, die beim Tor des Camps darauf wartete, dass es um halb sechs geöffnet wurde.

Er kannte Tingas Ablauf. Es hatte nur eines Anrufs vor ein paar Tagen bedurft, bei dem er vorgab, an einem Aufenthalt in der Lodge interessiert zu sein, um herauszufinden, wie viele Fahrten pro Tag angeboten wurden und zu welchen Abfahrtszeiten. Er wusste, dass die offiziellen Gäste die Lodge nicht vor sechs Uhr fünfzehn verliessen und zuerst die Privatstrasse entlangfahren mussten, über die die Tinga Legends Lodge von der Hauptstrasse her zu erreichen war. Eugene hatte um Punkt sechs Uhr fünfzehn auf dem unbefestigten Randstreifen geparkt und an dieser Ecke gewartet. Aber es kamen keine Safarifahrzeuge.

Er hatte sich gefragt, ob sie, nachdem er gestern versucht hatte, ein Foto von Greeves zu bekommen, den Zeitplan absichtlich änderten. In all seinen zwanzig Jahren als Paparazzi hatte Eugene noch nie einen so zurückhaltenden Politiker erlebt – meistens lebten sie dafür, ihre Bilder in die Zeitung zu bekommen. Er hatte keine Ahnung, warum sich ›die Welt‹ so sehr für diesen Greeves interessierte und es war ihm auch ziemlich egal. Aber Eugene liebte Herausforderungen und das hier entwickelte sich zu einem Kampf des Willens.

Kurz nach halb sieben hörte er das Brummen eines Land Cruisers und als das Tinga-Safarifahrzeug in Sicht kam, startete er den Motor seines eigenen Fahrzeugs. Seltsamerweise befanden sich nur zwei Personen darin – ein afrikanischer Führer am Steuer und ein weisser Mann neben ihm. Es war derjenige, der im hinteren Teil des Fahrzeugs gesessen hatte, das ihm gestern den Weg abschnitt und der ihn daran gehindert hatte, seine Aufnahme zu machen. Die beiden beschleunigten schnell und erreichten bald eine Geschwindigkeit, die gefährlich nahe am Verbotenen lag. Sie entfernten sich von Eugenes Corolla.

Er lächelte. Ein so offensichtlicher Lockvogel. Hatten sie erwartet, dass er ihnen folgte? Vielleicht sollte er denken, dass der Safariwagen mit den Ministern Greeves und Dule an Bord früher losgefahren sei und sie jetzt losbrausten, um diesen einzuholen. Eugene stellte den Motor wieder ab und wartete. Und wartete.

Um sieben Uhr hörte er sich die Radionachrichten an – es war nichts Interessantes dabei – und beschloss dann, den Radioscanner einzuschalten, mit dem er die Polizei- und Nationalparkfrequenzen abfangen konnte. Sofort hörte er aufgeregtes Geplapper. Ein Tinga-Safarifahrzeug war wegen überhöhter Geschwindigkeit gemeldet worden. Isaac Tshabalala, der alte Mann, der für die Polizei im Krügerpark zuständig war, war auf dem Weg von Orpen nach irgendwo im Süden des Parks. Da schien irgendetwas Seltsames im Gange zu sein.

Den Rest des Vormittags über hatte er eine seltsame Ansammlung von Fahrzeugen beobachtet, die aus Tinga kamen und gingen. Polizeiautos, ein nicht markiertes Polizeifahrzeug – zumindest hatte der kräftige weisse Mann hinter dem Steuer wie ein Polizist ausgesehen. Dann, vor Kurzem, waren die beiden aus dem Tinga-Fahrzeug, der Führer und der Mann, von dem er annahm, dass es sich um Greeves' Leibwächter handelte – zurückgekehrt, allerdings in einem anderen Safarifahrzeug. Sie sassen nach vorne gebeugt, wie um etwas oder jemanden auf einem der Rücksitze zu schützen.

Die Mittagsnachrichten brachten etwas Klarheit und liessen einen Adrenalinstoss durch seine Adern fliessen. Robert Greeves war aus der luxuriösen Lodgesuite verschwunden und vermutlich entführt worden. Dule war unversehrt. Und er, Eugene Coetzee, war der einzige Fotograf am Ort des Geschehens – jedenfalls vorerst.

Ein Krankenwagen schoss an ihm vorbei und Eugene startete seinen Motor erneut. Er beschleunigte in der Staubwolke des Fahrzeugs, das die private Zufahrtsstrasse nach Tinga hinunter raste. Eugene war ein Pressevertreter, der eine Story verfolgte – und hatte die Samthandschuhe ausgezogen. Er blieb dicht am Krankenwagen dran und fuhr hinter ihm durch die unbemannten elektrischen Tore, hinter denen die Luxus-Lodge lag.

MAJOR JONATHAN FRASER stand in Wiltshire auf dem Rollfeld der Royal Air Force Lyneham. Er sah zu, wie das letzte von sechs schwarzen Land Rover Discovery-Fahrzeugen die hintere Laderampe hinaufrollten und im Bauch der wartenden C-17 verschwand. Das geschäftige militärische Lufttransportzentrum befand sich inmitten des ansonsten friedlichen grünen Schachbretts des West Country Farmlands. Wenn man zügig unterwegs war, nur eine kurze Fahrt von der Heimat des SAS, Special Air Service, in Hereford entfernt, nahe der walisischen Grenze.

Die Düsentriebwerke des grossen, fetten grauen Flugzeugs heulten im Leerlauf. Die Angehörigen von Frasers Spezial-Truppe strömten über das Vorfeld zur Rampe und warteten, bis sie an Bord gehen konnten. Die Mittagssonne liess sich durch den verdunkelten Herbsthimmel kaum blicken.

Fraser trug Zivilkleidung: Einen blauen Blazer, eine hellbraune Hose und ein Oxfordhemd mit Knopfleistenkragen. Bei Antiterror-einsätzen bewegten sie sich nicht in Uniform, um nicht noch mehr Aufmerksamkeit auf sich zu lenken, als es ein Konvoi schwarzer Allradfahrzeuge sonst schon tat. Der Vorsteher der Spezialeinheiten, ein Generalmajor, war von einem Treffen mit dem Premierminister direkt nach Wiltshire gefahren worden.

»Du weisst, dass wir schlechte Chancen haben, Johnno, ja?« Als Jonathan einer seiner jungen Truppenführer gewesen war, war der Generalmajor der kommandierende Offizier des Regiments gewesen. Niemand sonst könnte es sich erlauben, ihn so zu nennen.

Jonathan hatte schon seit vielen Jahren das Gefühl, dass die Spezialtruppe hervorragend für Geiselbefreiungen ausgebildet war, aber einen Fehler beging, den die meisten Kampftruppen im Laufe der Geschichte begangen hatten: Sie trainierten ausschliesslich für die letzte grosse Schlacht. Das DSF hatte Recht. Die Chance, Greeves lebend zu finden, war gering. Ausserdem waren die Terroristen gut vorbereitet und würden sowohl ihre Geiseln als auch einen grossen Teil der Angreifer töten, sobald ein direkter Angriff begann. Die Geiselnahme in Beslan in Russland, wo Tschetschenen eine ganze Schule gefangen gehalten hatten, war nach Jonathans Ansicht ledig-lich eine Übung, um die russischen Spezialeinheiten ins Visier zu nehmen. Seiner Meinung nach hatten die Entführer nie die Absicht, eines der Kinder freizulassen und die gesamte Operation war darauf ausgerichtet, Terror in seiner reinsten Form zu erzeugen und dabei eine ganze Reihe von ausgebildeten Anti-Terror-Soldaten auszu-schalten. Grossbritannien fasste den Krieg gegen den Terror immer noch mit Samthandschuhen an und die Amis waren nur unwesent-lich besser darin. Wenn sie drei oder vier Al-Qaida-Typen entdeck-ten, die in einem anderen Land durch die Wüste fuhren, erledigten sie sie vom Erdboden aus mit einer von einer unbemannten Drohne abgefeuerten Höllenfeuer-Rakete. Jonathan war der Ansicht, Präven-tivschläge wären der richtige Weg. Die Bastarde sollten, bevor sie ihre schmutzigen Taten begingen, erwischt werden, nicht erst danach. »Leider könnte die Hinrichtung von Greeves bereits gefilmt worden sein, um sie an die Satellitenfernsehsender zu senden.« »Ja, Sir. Selbst wenn wir Greeves und seinen Mann finden, werden sie sie wahrscheinlich töten, bevor wir in ihre Nähe kommen.«

»Genau. Trotzdem, heute Morgen waren sie verdammt nah dran, die Täter zu fassen. Irgendein armer Trottel, Greeves Bewacher, der ihn verloren hat, hätte damit seinen Hals fast noch aus der Schlinge ziehen können.«

»›Nahe dran‹ reicht in unserem Spiel aber nicht wirklich, oder, Sir?« Er hatte die vorläufigen Geheimdienstberichte gelesen und obwohl er wenig über Greeves' Ersatz-Leibwächter, einen Polizisten, wusste, hatte er mit Interesse zur Kenntnis genommen, dass am Morgen, während er nach Lyneham gefahren war, zwei der Terroristen bei einem Feuergefecht im afrikanischen Busch getötet worden waren. Vielleicht gab es ja doch eine Spur, der Jonathan und seine Jagdhunde folgen konnten.

»Habt ihr die Boote auch?«

»Mosambik hat eine zweieinhalbtausend Kilometer lange Küste, Sir, und falls sie irgendwo dort sind, könnten die Boote nützlich sein.«

»Du warst schon immer ein unverschämter Kerl.«

»Ja, Sir.«

Bei den Booten handelte es sich um in Container verpackte Zodiacs aus Gummi, die hinten aus der C-17 herausgeschoben und dann von den Soldaten, die nach der Landung aus dem Flugzeug stiegen, mit Hilfe von Druckluftzylindern wieder aufgepumpt wurden. Die Container konnten, ohne dass der Feind sie sah, kilometerweit vor der Küste abgeworfen und danach für einen Angriff herangefahren werden. Neben dem Frachtflugzeug, das die Soldaten nach Südafrika brachte, erhielt Fraser auch durch drei Oryx-Hubschrauber der South African National Defence Force Luftunterstützung.

»Wenn Sie es schaffen, gehen Sie natürlich in die Geschichtsbücher ein.«

»Es ist nur ein weiterer Job, Sir.«

»Das ist die richtige Einstellung, Johnno. Aber Sie vergessen nicht, dass es Afrika und das Land anderer ist, nicht wahr?«

»Ja, Sir.«

»Bevor Sie gehen noch eine weitere gute Nachricht für Sie: Unsere Cousins jenseits des Atlantiks haben ihre Unterstützung angeboten. Wenn Sie eine Idee davon haben, wo die Kerle sich versteckt haben, werden sie einen Satelliten umprogrammieren und uns Bilder liefern. Ausserdem befindet sich derzeit ein amerikanischer Flugzeugträger im Indischen Ozean. Ich habe um ein Flugzeug mit FLIR gebeten und sie haben mir eine FA-18 angeboten. Wenn Sie dort ankommen, wird sie auf dem südafrikanischen Stützpunkt in Hoedspruit sein und Ihnen zur Verfügung stehen.«

Das war die beste Nachricht, die er bisher in diesem Job erhalten hatte. Die Tatsache, dass er das Kommando über einen schnellen Jet mit einer vorwärtsgerichteten Infrarotkamera der Marine eines anderen Landes erhielt, war sowohl ein guter Indikator für den Umfang der Operation wie auch für das Vertrauen, das seine Vorgesetzten in ihn setzten. Wenn sie die Terroristen zu einem festen Stützpunkt verfolgen konnten, würde der Jet diesen überfliegen und sein Radar nutzen, um die Wärmeabstrahlung von Personen im Inneren aufzunehmen. Ausserdem würde das Flugzeug genug Bomben, Raketen und Waffen mit sich führen, um einen kleinen Krieg zu gewinnen.

»Sie können sich vorstellen, Johnno, dass der Premierminister über diese dreiste Entführung sehr verärgert ist. Er hat mir zu verstehen gegeben, dass wir, falls wir zu spät kommen, Greeves und sein Berater tot sind, Sie das Ziel aber immer noch im Visier haben, uns nicht weiter mit Verhaftungen herumschlagen wollen.« Der Generalmajor hob die Augenbrauen. »Sie können Ihr Flugzeug also gerne so effektiv wie möglich einsetzen. Die Amis werden nichts dagegen haben.«

»Verstanden, Sir. Dann gehen Sie jetzt besser, Sir. Ich will meinen Flug nicht verpassen.«

13

___

Sannie hatte organisiert, dass Duncan sie in einem anderen Tinga-Fahrzeug zum Skukuza-Camp fuhr. Dort angekommen, nutzte sie ihre persönliche Kreditkarte, um im Avis-Büro am Hauptempfangsgebäude ein Auto zu mieten.

Das einzige verfügbare Fahrzeug war ein winziger, hellblauer Volkswagen Citi-Golf Chico, eine zweitürige Schräghecklimousine mit einem 1,3-Liter-Motor. Es war kaum das Fahrzeug, mit dem man über Land nach Mosambik fahren konnte, aber sie vergass, der Frau hinter dem Schalter zu sagen, dass sie dorthin wollte. Als sie den Papierkram unterschrieb, fragte sie sich, ob es Probleme geben würde, wenn sie mit dem Fahrzeug über die Grenze fuhr, da es ihr nicht gehörte. Nein, sagte sie sich. In Afrika liessen sich mit einem Polizeiausweis und etwas kaltem, hartem Bargeld die meisten Hindernisse überwinden.

Als sie hinter dem Lenkrad sass, hielt sie inne und stellte sich erneut die allerwichtigste Frage: *Warum tue ich das?* Sie versuchte, ihre Überlegungen zu destillieren, aber im Moment war Vernunft nicht ihre Stärke. Bauchgefühl? Moralisch hatte Tom damit recht, die Entführer trotz der rechtlichen Hindernisse so schnell und effizient wie möglich zu verfolgen. Aber da war mehr. Was sie antrieb, war weder gute Polizeiarbeit, noch Adrenalin oder Ruhm. Es sollte eigentlich keine Rolle spielen, doch sie wollte bei ihm sein und ihm helfen. In der Tat könnte dies sogar das Ende ihrer Karriere bedeuten. Sie schüttelte den Kopf.

Das spielte keine Rolle. Jetzt galt es, keine Zeit zu verlieren. Um sie herum, auf dem Parkplatz vor dem Krüger-Hauptquartier, kamen und gingen die Touristen, als ob nichts geschehen wäre. Für südafrikanische Familien war der Krüger Nationalpark ein Zufluchtsort vor alltäglichen Sorgen wie Kriminalität und dem immer härter werdenden Broterwerb. Die schreckliche Sache, die Robert Greeves zugestossen war, wäre schlechte Werbung für den Park, wenn sie in den Medien bekannt würde. Sie fuhr durch das Haupttor und bog an der Kreuzung nach links ab.

Zurück in der Tinga Legends Lodge bemerkte sie einen weissen Corolla, der vor der Eingangshalle geparkt war. Gleichzeitig wie sie aus dem Chico stieg, kletterte auch ein Mann in einer Fotoweste aus diesem und begann, sie zu fotografieren, wobei seine teure Kamera ebenso schnell klickte wie eine automatische Waffe. Instinktiv schlug sie eine Hand vor das Gesicht. »Wer zum Teufel sind Sie?«

»Eugene Coetzee, von der unabhängigen Nachrichtenagentur«, sagte er, immer noch Bilder schiessend, während er rückwärts vor ihr herging.

»Gehen Sie mir aus dem Weg oder ich verhafte Sie.«

»Ah, Sie sind also von der Polizei. Können Sie bestätigen, dass Terroristen Robert Greeves entführt haben?«

Duncan stand an der Rezeption. Sannie deutete mit dem Zeigefinger auf den Fotografen. »Wer hat ihn hier reingelassen?« Der Fremdenführer zuckte mit den Schultern. »Nun, Carla soll ihn vom Gelände schaffen. Ist sie schon aus Narina zurück?«

»Nein.«

Verdammt noch mal, dachte Sannie. Sie hätte Carla niemals erlauben dürfen, die Lodge zu verlassen. Es gab zu viele Dinge auf einmal zu tun. »Wenn sie zurückkommt – *falls* sie zurückkommt –, sagen Sie ihr, dass Captain Tshabalala mit ihr sprechen muss. Es ist sehr wichtig.«

Tom war geduscht und hatte, als sie sein Zimmer erreichte, eine lange Hose und ein blaues Baumwollhemd angezogen. Er hatte bereits gepackt. Sie warnte ihn vor dem Pressefotografen, der an der Rezeption herumlungerte. Er nickte und erzählte ihr, ein Krankenwagen sei gekommen und habe den schwarzen Safari-Führer ins Krankenhaus nach Nelspruit gebracht. »Der Mann hat einen Orden verdient.«

»Nun, wenn wir Ihren Mann nicht zurückbekommen, wird es für uns keine Medaillen geben. Eher Gefängnisaufenthalt. Los geht's.«

Als sie an der Rezeption vorbeigingen war der Fotograf immer noch da. Tom blieb vor dem Mann, der ein Bild nach dem anderen knipste, stehen. Sannie seufzte. Sie hatten wirklich keine Zeit für so etwas.

»Sie sind der Leibwächter, nicht wahr?«, fragte Coetzee über das Surren seiner digitalen Spiegelreflexkamera hinweg. »Wie fühlt es sich an, den Mann verloren zu haben, den Sie beschützen sollten?«

»Wie sich das anfühlt? Ungefähr so, wie es sich anfühlt, wenn der Arzt versucht, die Linse da herauszuholen, wo ich sie bei Ihnen hinstecken möchte. Für wen arbeiten Sie?«

»Eugene Coetzee, unabhängige Nachrichtenagentur. Und Sie sind?«

»Nein, ich meine, wer zieht die Fäden im Hintergrund, Eugene. Sagen Sie mir nicht, dass Sie nur zufällig hier herumhängen und einfach um Spass zu haben, versuchen, Fotos von britischen Politikern zu machen.«

Coetzee zuckte mit den Schultern, als hätte es keinen Sinn, zu verbergen, wer seine Rechnungen bezahlte. »Eine eurer englischen Boulevardzeitungen, *Die Welt*. Ein Journalist mit dem Namen Michael ...«

»Fisher?«

»Ja, genau. Kennen Sie ihn?«

Tom schüttelte den Kopf. »Tschüss.«

»Hey, ich war derjenige, der die Fragen stellen sollte.«

Sie stiegen in den Chico und Sannie ignorierte den Fotografen, obwohl er sein Objektiv an das Fahrerfenster drückte und neben ihnen herging, als sie zurücksetzte, wendete und die Einfahrt von Tinga hochfuhr. Im Rückspiegel sah sie, wie Duncan Coetzee eine Hand auf die Schulter legte. »Was soll das alles?«, erkundigte sie sich.

Tom zuckte mit den Schultern. »Nichts. Ich weiss es nicht. Bevor wir London verliessen, wurde Greeves von diesem Reporter, Fisher, verfolgt.«

»Ist Greeves in England in Schwierigkeiten?«

»Nein, weit gefehlt. Nach dem, was ich bisher von ihm gesehen habe, hat er eine weisse Weste – keine Fehler, die mir bekannt wären. Es gab ein paar hochgezogene Augenbrauen wegen der vielen Auslandsreisen, die er vor allem nach Afrika unternimmt, aber das war's auch schon.«

»Vielleicht ist das der Grund, warum sich die Boulevardpresse für ihn interessiert – soweit ich weiss, ist es ihre Art, Schmutziges über einen sauberen Politiker zu finden.«

»Ja. Beeindruckendes Fahrzeug, nebenbei bemerkt. Wollen wir damit wirklich durch den Dschungel von Mosambik fahren?«

»Keine so schlauen Bemerkungen. Es war alles, was sie hatten. Wir werden wahrscheinlich ein paar schlechte Strassen treffen, aber in diesem Land wird eine Menge Geld ausgegeben, um die Dinge in Ordnung zu bringen. Schlimm ist, dass das Land nach dem Ende des Bürgerkriegs 1992 gerade dabei war, alles in den Griff zu bekommen, als im Jahr 2000 ein Wirbelsturm einen ganzen Haufen Brücken und Küstenorte platt wälzte. Aber Mosambik hat sich seitdem wieder erholt.«

Auf der Fahrt von Skukuza nach Tinga hatte Sannie ihre Mutter angerufen und ihr erzählt, was geschehen war – es war inzwischen überall in den Nachrichten. Diese würde ihre Enkelkinder abholen und bei sich behalten bis Sannie zurückkam, obwohl diese nicht genau sagen konnte, wann das sein würde. Ihre Mutter hatte am Telefon etwas verärgert gewirkt, aber Sannie wusste, dass sie in Wirklichkeit nur um ihre Sicherheit besorgt war.

Sie fuhren die gleiche Strecke wie Tom und Duncan am Morgen bei der Verfolgung der Terroristen. Um die Zeit zu verkürzen, blieb Sannie auf der asphaltierte Hauptstrasse, weigerte sich aber, schneller als fünfzig Stundenkilometer zu fahren. »Wir wollen in einem Stück dort ankommen, Tom«, sagte sie, »es wäre nicht gut, wenn wir ein Tier anfahren würden.«

Je weiter sie auf der H1-3 in Richtung Satara Camp fuhren, desto offener und trockener wurde die Landschaft. Dies war das Land der Löwen, mit offenem, hügeligem Grasland, das gute Weidegründe für Steppentiere wie Zebras und Gnus bot.

»Warum, Sannie?«

»Warum?«, wiederholte sie und verlangsamte, um sich ihren Weg durch einen Stau von Autos und Safarifahrzeugen zu bahnen, der allerdings nicht so schlimm war wie der, durch den Tom sich auf der Brücke gekämpft hatte. Als sie vorbeifuhren, sagte ein Mann in einem Kombi: »Irgendwo da drinnen im Busch ist ein Leopard«, aber Sannie und Tom hatten keine Zeit, anzuhalten.

»Warum helfen Sie mir?«

»Diese Frage habe ich mir auch schon oft gestellt. Ich nehme an, es ist eine Kombination von Gründen. Ich habe das Gefühl, unser System war heute Morgen nicht gut genug und wir haben Sie im Stich gelassen. Ausserdem kann ich mich in Ihre Situation hineinversetzen. Ich weiss, dass weder Sie noch ich das alles tun sollten, aber ich kann nicht einfach herumsitzen und hoffen, dass sich alles zum Besten wendet. Wir verfolgen die einzige verfügbare Spur – irgendjemand muss es ja tun.«

Sie dachte an Carla und den Geruch ihres Parfüms in seinem Zimmer. Auf persönlicher Ebene war sie immer noch wütend auf ihn und ein Zurück zu dem, was hätte sein können, stand ausser Frage. Aber beruflich stand sie immer noch zu ihm.

Sie fuhren schweigend an einer Herde von etwa zweihundert Büffeln vorbei und Sannie erklärte ihm, dass die riesigen schwarzen Rinder, wenn man ihnen zu Fuss begegnete, zu den gefährlichsten und unberechenbarsten Tieren Afrikas gehörten.

Von Skukuza bis zum Letaba-Camp waren es einhundertsechzig Kilometer und weitere vierunddreissig Kilometer bis zum Grenzposten Giriyondo und dem dortigen Übergang nach Mosambik. Bei der Geschwindigkeit, mit der sie fuhren, würde es fast vier Uhr nachmittags sein, bis sie die Grenze überquerten und es bereitete ihr Sorgen, mit dem kleinen Auto nachtsüber auf der anderen Seite der Grenze auf den Buschstrassen zu fahren.

Während sie fuhr, studierte er eine Karte von Mosambik. Als sie den Mietwagen abholte, hatte er in der Bibliothek von Tinga Legends einen Strassenatlas des südlichen Afrikas gefunden und verfolgte darin nun die Route, die sie besprochen hatten. »Falls es Terroristen sind, was wollen und was brauchen sie?«

Zu diesem Zeitpunkt hatten sie nur einen groben Plan, wohin sie fahren wollten, nachdem sie die Grenze überquert hatten: Im Wesentlichen so schnell wie möglich nach Osten, an die Küste. Sannie kaute auf ihrer Unterlippe. »Privatsphäre. Ein gutes Versteck.«

»Sicher«, sagte er. »Aber das könnte sowohl ein abgelegenes Lager mitten im mosambikanischen Busch wie auch eine Stadt sein, in der Fremde nicht auffallen.«

»Sie brauchen eine Fluchtmöglichkeit, für den Fall, dass wir sie finden.«

»Richtig.« Tom fuhr mit dem Finger über die grünen Flecken der Wildnis auf der Karte. Aber wenn man mitten im Busch von der Polizei umzingelt wird, gibt es nur einen Ausweg, ob zu Fuss oder mit dem Geländewagen.«

»Wir gehen davon aus, dass sie mit einem anderen Fahrzeug über die Grenze gefahren sind, das sie aber nicht lange benutzen wollen. Wenn sie auf diesen Nebenstrassen unterwegs sind, wird man sie bemerken und sich, wenn es Polizeisperren gibt, an sie erinnern.«

»Aber wenn sie genug Geld, Verbindungen zu Spezialeinheiten und Handgranaten mit weissem Phosphor zur Verfügung haben, können sie es sich auch leisten, ein paar Autos zu kaufen und bereit zu halten.«

»Das ist in einer grösseren Stadt leichter zu bewerkstelligen«, sagte sie und folgte seiner Argumentation, die unaufhaltsam in Richtung Küste führte.

Als sie herunterschaltete und darauf wartete, dass eine Herde von einem Dutzend Elefanten die Teerstrasse überquerte, sah sie aus dem Augenwinkel, dass sein Finger das blaue Wasser des Indischen

Ozeans erreicht hatte. »Dort haben Sie auch die Möglichkeit, über das Meer zu fliehen. Sei es über einen etablierten Hafen, Jachthafen oder wegfliegen, wenn ihr Budget für ein Flugzeug ausreicht.«

»Xai-Xai?«, fragte sie. Die Küstenstadt Xai-Xai – sie sprach es ›Schai-Schai‹ aus – lag in gerader Linie vom Ort aus, an dem die Bande illegal die Grenze überquert hatte und entsprach allen Kriterien, die sie für das Versteck der Terrorgruppe bestimmt hatten. Gleichzeitig fragte sie sich jedoch, ob sie nur deshalb zu diesem Schluss gekommen waren, weil sich damit ein gutes Ziel für ihre Reise ergab. Schliesslich konnten sie ebenso gut irgendwo anders an der zweieinhalbtausend Kilometer langen Küste sein.

»Ja«, seufzte er.

DAS KLEINE VOLKSWAGEN STADTAUTO hatte keine Klimaanlage und Tom klebte das verschwitzte Hemd am Rücken. Als sie das Letaba-Camp im Krügerpark erreichten, war er genauso erleichtert wie Sannie, aussteigen und sich die Beine vertreten zu können.

Auf der Karte des Parks hatte er gesehen, dass das Camp an den Ufern des gleichnamigen Flusses lag. Innerhalb der Umgrenzung war es üppig und grün, wie er es auch an den anderen ganzjährig wasserführenden Flüssen im Park gesehen hatte. Es war eine willkommene Abwechslung zu den trockenen, staubigen Brauntönen, durch die sie den ganzen Nachmittag gefahren waren.

Während Sannie Chicos Tank füllte, zeigte sie ihm den Weg zum Campingshop und wies ihn an, mit seiner Debitkarte ein paar Rand aus dem Geldautomaten im Laden abzuheben. Während er ging, dachte er wieder einmal darüber nach, wie sehr sich Afrika von seinen Erwartungen unterschied. Hier war ein Kontinent, auf dem Millionen von Menschen an Malaria starben, weil sie keine Moskitonetze hatten, und doch gab es mitten im Busch in einem Wildreservat einen Geldautomaten. Bizarr.

Auf dem Weg dorthin sah er zu seiner Überraschung zarte braune Antilopen, die zwischen den dauerhaften Safari-Zelten und den Häuschen des Camps umherwanderten. Nachdem er den Gegenwert von dreihundert britischen Pfund abgehoben hatte – den Höchstbetrag, den ihm seine Bank bei einer Transaktion in ausländischer Währung gestattete – ging er in den Laden. Er war gut bestückt mit gefrorenem Fleisch, Süssgetränken und Alkoholischem, Souvenirs und all den kleinen Campingutensilien, die eine Urlauberfamilie vielleicht einzupacken vergisst. Er schnappte sich einen Korb und wählte eine faltbare Kühltasche, einige Getränkedosen, eine Fünf-Liter-Plastikflasche mit Trinkwasser, ein Sechserpack Castle-Bier, zwei gefrorene Steaks, einen Beutel mit Eiswürfeln, einige Kartoffeln, eine Pfanne, Salz und Pfeffer, Margarine und einige Dosenpfirsiche. Daraus würden sie kein Festmahl zaubern können, aber Sannie hatte ihm gesagt, er solle mindestens für eine Nacht einkaufen. Er bezahlte gerade mit der Kreditkarte, als Sannie eintrat.

»Haben Sie alles?«

»Es scheint kaum genug für eine Safari in die Wildnis Afrikas.«

Sannie sah auf die Uhr. »Los, wir müssen uns beeilen, wenn wir den Übergang schaffen wollen, bevor die Grenze um vier Uhr schliesst. Ausserdem ist dies wahrscheinlich für eine ganze Weile der letzte Ort, an dem man Handyempfang hat.«

Als sie aus dem Tor des Camps fuhr, atmete Tom tief durch und wählte Shuttleworths Telefon. Als der Schotte abnahm, teilte er Tom mit, dass er in Gatwick sei und auf seinen Flug nach Johannesburg warte. »Wo soll ich Sie morgen früh treffen?«, fragte ihn sein Chef.

»Ich werde in Mosambik sein.«

»*Was?*« Shuttleworth war kein Mann, der zu Gefühlsausbrüchen neigte und so war Tom nicht auf die folgende Tirade vorbereitet. Unmissverständlich und mit Schimpfwörtern anstelle von Satzzeichen sagte ihm sein Vorgesetzter, er solle seinen Arsch sofort zurück in die Tinga Lodge bewegen. Tom hielt sich das Telefon vom Ohr weg und rollte theatralisch mit den Augen. Sannie lächelte ihn an.

»Es hat keinen Sinn, nach Tinga zurückzukehren«, sagte Tom zu Shuttleworth.

»Was zum Teufel soll das heissen, *keinen Sinn*?«, schrie Shuttleworth.

Flüsternd fragte ihn Sannie, ob er wolle, dass sie anhielte, damit er das Gespräch beenden konnte. Sie war ausserhalb des Camps an einer Kreuzung rechts abgebogen und fuhr nun einen steilen Hügel hinunter zu den breiten, meist sandigen Flächen am Letaba-Fluss.

Tom schüttelte den Kopf. »Ich habe meinen Bericht geschrieben und auf dem Tinga-Computer ausgedruckt. Dort ist alles für Sie bereit. Ich fahre heute Abend über die Grenze und versuche morgen, ihre Spur aufzunehmen. Wahrscheinlich haben wir keine Chance, aber in Tinga kann ich nichts anderes tun, als herumzusitzen und darauf warten, dass ich meinen Job offiziell verliere. Die Südafrikaner haben heute Morgen schon versucht, mich zu verhaften.« Tom lächelte Sannie an und hielt das Telefon wieder weg, damit sie beide Shuttleworths Geschrei hören konnten, bis das Telefonsignal abbrach.

»Jetzt sind wir wirklich auf uns allein gestellt«, sagte sie.

Abseits des Verkehrs im Park drückte Sannie das Gaspedal weiter hinunter und der Kleinwagen ruckelte über eine ockerfarbene, von trockenem gelbem Gras gesäumte Wellblechstrasse in Richtung des Grenzpostens von Giriyondo, der auf einem Hügel am Pass durch die Kette der Lebombo-Berge lag.

Diese Berge, die für Toms Auge nicht viel mehr als eine Reihe niedriger, dunstiger blauer Hügel waren, markierten die natürliche und tatsächliche Grenze zwischen Südafrika und Mosambik.

Der mit Blitzableitern, Radioantennen und Satellitenschüsseln bestückte Grenzposten von Giriyondo war eine relativ neue Erweiterung des Krüger-Nationalparks. Er wurde eingerichtet, um den Zugang zu einem ehemaligen Jagdreservat auf der mosambikanischen Seite zu ermöglichen, das in den neuen ›Greater Limpopo Transfrontier National Park‹ integriert worden war.

Der neue Park sollte die traditionellen Wanderrouten der Tiere wiederherstellen und dem verarmten Mosambik dabei helfen, von den Touristengeldern zu profitieren, die von Südafrika her durch den Krügerpark hierher fliessen sollten. Der Park steckte noch in den Kinderschuhen, erfreute sich aber bei einheimischen und ausländischen Besuchern, die ein anderes Busch-Erlebnis oder eine Abkürzung von Krüger zu den Stränden Mosambiks suchten, bereits grosser Beliebtheit. Die Tierwelt des Reservats, erklärte ihm Sannie, als sie durch die Tore des Postens fuhr und vor einem neuen, braunen, strohgedeckten Gebäude parkte, sei während des Bürgerkriegs in Mosambik durch Wilderei dezimiert worden. Sobald sie die Grenze überquert hätten, sei es unwahrscheinlich, so viele Tiere wie im Krügerpark zu sehen.

Die südafrikanischen Behörden versuchten, die Anzahl der Tiere im Park wieder zu erhöhen. Insbesondere mit Elefanten, deren Zahl im Krügerpark zugenommen hatte, seit die Regierung dem internationalen Druck nachgegeben und die Praxis des Abschiessens beendet hatte. »Ausländische Tierschutzextremisten halten uns davon ab, unsere Elefanten zu töten, so dass es im Park jetzt viel zu viele davon gibt, so dass sie der Umwelt schaden. Die Parkverantwortlichen haben einige von ihnen über die Grenze gebracht, aber Elefanten sind schlau und sie wussten, dass Mosambik ein gefährlicher Ort ist. Viele von ihnen sind einfach zurück über die Grenze nach Südafrika gelaufen.«

Sie stiegen aus, schlossen die Autotüren und Tom machte sich auf eine Geduldsprüfung durch die afrikanische Bürokratie gefasst. Sobald sie jedoch drinnen waren, wechselte Sannie von Afrikaans zum lokalen Dialekt und brachte die Einwanderungs- und Zollbeamten auf der südafrikanischen Seite bald zum Lächeln. Sie nutzte ihren Polizeiausweis, um den diensthabenden Mitarbeiter des Nationalparks davon zu überzeugen, dass sie keine Ausreisegenehmigung benötigten, weil sie in offizieller Mission unterwegs seien.

Die Dinge verlangsamten sich jedoch, als sie über eine weisse Linie auf dem Boden, die den Übergang von Südafrika nach Mosambik markierte, traten und zu einem identischen Gebäude nebenan gingen.

»*Bom Dia*«, lächelte der blau gekleidete Beamte der Einwanderungsbehörde, als sie eintraten, doch seine freundliche Miene verschwand, als sie ihre Pässe und die ausgefüllten Einreiseformulare vorlegten.

»Kein Visum?«, fragte er Tom und reichte ihm seinen Pass über den Tresen zurück.

»Brauche ich eins?«, fragte er Sannie. Sie sprach in Tsonga-Shangaan, der mosambikanischen Version der Stammessprache mit dem Mann und er zog, überrascht darüber, dass sie diese Sprache beherrschte, die Augenbrauen hoch.

»Er sagt, Südafrikaner erhalten hier an der Grenze ein Visum, aber Sie müssten sich an das Hochkommissariat in Nelspruit oder an die Botschaft in Pretoria wenden, um Ihres zu bekommen.«

Tom spürte, wie ihn Wut erfüllte und sein Gesicht rot wurde. »Was zum Teufel meint er damit? Die sind Hunderte von Kilometern entfernt. Sagen Sie ihm, das Leben eines Mannes stehe auf dem Spiel und ...«

Sie legte ihm eine Hand auf den Arm und er schaute darauf hinunter. Die Berührung beruhigte ihn. »Pssst«, tadelte sie ihn. »Ich habe Ihnen schon einmal gesagt, dass man in diesem Teil der Welt am besten mit der Bürokratie zurechtkommt, wenn man ruhig bleibt und geduldig ist. Das haben Sie bereits vermasselt.«

»Ja, aber ...«

»Ja, aber überlassen Sie das mir.«

Der Beamte lehnte sich zurück, verschränkte die Arme vor der Brust und schüttelte, während er sprach, weiterhin den Kopf. Sannie richtete ihre Aufmerksamkeit auf den Zollbeamten, der neben dem Einwanderungsbeamten sass und sich aktiv am Gespräch beteiligt hatte.

Der Einwanderungsbeamte und sein Kollege unterhielten sich miteinander und wechselten dabei von Tsonga-Shangaan zu Portugiesisch. Tom vermutete, dass sie dieses Gespräch vor Sannie geheim halten wollten. Sie schaute über die Schulter zu ihm und zwinkerte ihm zu. »Es ist okay«, murmelte sie.

»Kommen Sie«, sagte der Einwanderungsbeamte, stand auf und winkte Tom zu sich.

Tom sah Sannie um eine Erklärung heischend an. »Was auch immer er verlangt, bezahlen Sie es ihm einfach. Wir haben keine Zeit zum Feilschen und sie haben das Gesetz auf ihrer Seite«, sagte sie.

Tom folgte dem Mann von der Einwanderungsbehörde in einen angrenzenden privaten Befragungsraum, in dem ein Plakat mit den Worten: *Mosambik sagt Nein zur Korruption* an der Wand hing. Er dachte, dies sei der Gipfel der Ironie.

Drinnen setzte er sich dem Mann, der ein leeres Anmeldeformular herausnahm und auf dessen Rückseite *R1000* schrieb, gegenüber an einen Schreibtisch. »Verdammte Scheisse«, sagte Tom laut und griff widerwillig nach seiner Brieftasche. Der Betrag belief sich auf fast hundert Pfund. Er zählte die Scheine ab und warf sie auf den Tisch. Der Mann von der Einwanderungsbehörde schaute nach links und rechts, obwohl der Raum bis auf sie beide leer war, dann liess er das Geld von der Tischplatte in seine Tasche gleiten.

Sannie nickte ihm grimmig zu, als er auftauchte. »Der Zollbeamte wird auch seinen Anteil haben wollen.«

Sie hatte Recht. Ausserhalb des klimatisierten Gebäudes machte der Mann eine Show daraus, das Innere des Autos und den Kofferraum zu untersuchen und sagte, er suche nach Alkohol und Lebensmitteln. Dann verlangte auch der Zollbeamte fünfhundert Rand für Einfuhrabgaben, ohne jedoch anzugeben, worauf diese Steuern erhoben würden. Sannie nickte Tom zu und er zog weitere blaue Hundert-Rand-Scheine aus der Hosentasche.

Tom schluckte seine Empörung hinunter und zahlte das Bestechungsgeld, dankbar, dass er endlich durch das Tor gewunken wurde. »Möchten Sie, dass ich fahre?«, fragte er.

»Ich fahre gern weiter, bis wir zur Teerstrasse kommen. Ich habe in Afrika gelernt, auf Naturstrassen zu fahren, Tom, aber im Londoner Verkehr würde ich mich verirren.«

Tom studierte eine Karte, die sie beim Bezahlen der Eintrittsgebühr für den Nationalpark erhalten hatten, der auf mosambikanischer Seite ›Parque Nacional Do Limpopo‹ hiess. Das Wahrzeichen des Parks war die Rappenantilope mit ihrem gebogenen Horn, das gleiche Tier, das Tom auf der Streichholzschachtel gesehen hatte, die einer von Greeves' Entführern liegengelassen hatte.

»Hier im Busch stossen wir wahrscheinlich weder auf Radarfallen noch auf viele Tiere «, sagte sie, als sie seinen Blick auf den Tacho bemerkte. »Ich möchte, bevor es dunkel wird, so nah wie möglich an die Küste kommen. Dort ist die Strasse besser.«

Sie fuhr mit etwa achtzig und schaltete ein paar Mal gekonnt herunter, wenn der Volkswagen im tiefen Sand kurzzeitig aus der Spur geriet. Der Wagen hüpfte über die Riffelkämme der härteren Pisten und als sie über einen Abschnitt fuhren, der mit runden Steinen von der Grösse von Tennisbällen gepflastert war, fing die Federung das Schlimmste ab. Ein oder zwei Mal zuckte Tom zusammen, als der Unterboden des Chico über einen Erdhügel oder Felsen schrammte, aber Sannie hielt das unerbittliche Tempo bei und nahm jede Kurve wie eine erfahrene Rallyefahrerin.

Auf der mosambikanischen Seite war die Vegetation anders und Sannie bestätigte Toms Vermutung, dass die Bäume älter und der Busch dichter waren, weil es dort fast keine Weidetiere gab. In der ersten Stunde der Fahrt sah er nur zwei Impalas und ein einziges Steinböckchen, eine kleine, zierliche ziegelfarbige Antilope, die beim Geräusch ihres nahenden Fahrzeugs floh. Doch die Tiere auf vier Beinen waren jetzt seine geringste Sorge.

Als sie das Dorf Macavene erreichten, eine weit verstreute Ansammlung von Lehmhütten mit strohgedeckten Dächern, verlangsamte Sannie. Sie sahen die Ruine eines alten portugiesischen Bauernhauses, aber sie vermuteten, dass niemand mehr in dem leeren Gebäude lebte. Eine Gruppe Kinder versammelte sich um sie, die alle schweigend vor sich hinstarrten. Sannie fragte nach dem Weg und ein junger Mann zeigte nach links auf eine Abzweigung der Strasse, die zu ihrem nächsten Ziel, dem Massingir-Damm führte.

Nachdem sie das Dorf verlassen hatten, verschlechterte sich die Strasse rapide und Sannie musste den grössten Teil der stark zerfurchten und erodierten Strecke im zweiten und dritten Gang fahren. Während sie sich ihren Weg bahnte, murmelte Sie Flüche auf Afrikaans. Ein Strassenabschnitt war so ausgewaschen, dass das kleine Auto etwa hundert Meter lang in einem bedenklichen Winkel fuhr. Einmal, als es sich anfühlte, als würden sie sich überschlagen, streckte Tom instinktiv die Hand aus, um sich am Armaturenbrett abzustützen. Sie lachte über sein Gesicht, was die Spannung der Verfolgung für eine kostbare Minute löste.

Als sie am bemannten Tor ankamen, das die Grenze zum Limpopo-Park markierte, stand ein glänzender neuer Corolla vor ihnen, der sich als Mietwagen herausstellte. Er wurde von zwei Brüdern mittleren Alters aus Tasmanien in Australien gefahren. Sie unterhielten sich kurz miteinander, dann schüttelte Tom den Kopf. Anscheinend waren er und Sannie nicht die einzigen Verrückten, die dem Unbekannten in Mosambik trotzten.

Massingir war eine beeindruckende, von Menschenhand geschaffene Ergänzung der afrikanischen Landschaft, ein fünf Kilometer langer Erddamm, der mit neuem Beton, einer Fahrbahn und modernen Überläufen versehen war. Er staute den Olifants-Fluss und das Land unmittelbar flussabwärts der Mauer war grün und fruchtbar. Welch starker Kontrast zum einheitlichen Khaki des Buschs auf beiden Seiten des Wasserlaufs. Tom sah Fischer in Kanus, die sich entlang des Seeufers bewegten, als sie zur Abendarbeit aufbrachen. Die Bäume am Ufer färbten sich in den sanften goldenen und pastellenen Farbtönen, die er mit dem Einsetzen der kurzen afrikanischen Dämmerung assoziierte.

Er fühlte sich plötzlich schuldig, weil er Sannie ihren Kindern weggenommen hatte und sie die Risiken mittragen musste, um seine Fehler wiedergutzumachen. »Sie wissen, dass ich das ohne Sie nicht tun könnte«, sagte er.

»Ja, ich weiss. Deshalb bin ich ja hier.«

Nachdem sie den Damm überquert hatten, überliess sie Tom das Steuer und ermutigte ihn, den Wagen auf hundertzwanzig zu beschleunigen. Die Strasse war schmal – es gab gerade genug Platz für zwei Autos – und obwohl der Teer mit Kieselsteinen übersät war, war er glatt genug für die Höchstgeschwindigkeit. Das Gebüsch reichte bis an den Rand der Fahrbahn und ihm war klar, dass er kaum eine Chance hätte, rechtzeitig anzuhalten, wenn eine Ziege oder eine Kuh – oder gar ein Mensch – aus den Bäumen auf beiden Seiten auftauchen würde. Er packte das Lenkrad fester und drückte das Gaspedal durch, bis der Motor aufheulte, bevor er einen Gang höher schaltete.

Gerade als er glaubte, ganz Afrika sei mit dornigen Büschen und verkümmerten Akazien bedeckt, endete die Strasse auf der sie fuhren an einer T-Kreuzung und die Landschaft änderte sich. Sie bogen nach rechts auf eine breitere, glatt geteerte Strasse ab und gelangten in ein weites, flaches Land mit baumlosen Überschwemmungsgebieten. Hier war die Strasse erhöht, auf einer Art Deich. Parallel dazu verlief links ein langer, gerader Be- oder Entwässerungskanal, der mit Schleusen ausgestattet war, wie man sie von englischen Kanälen kennt. Auf der rechten Seite der Strasse verlief eine Eisenbahnlinie.

»Gutes Agrarland«, sagte Sannie. »Ich erinnere mich, dass das Obst und Gemüse von hier zum Besten gehörte, was ich je gegessen habe. Die grünsten Salate und die rötesten Tomaten, die man je gesehen hat.«

Hier und da waren auf dem scheinbar endlosen grünen Ackerland weisse Häuser mit roten Dächern, die wie Terrakottafliesen aussahen, zu sehen. Erst später, als sie näher an einem solchen Bauernhaus vorbeikamen, sah Tom, dass das Dach in Wirklichkeit aus Wellasbest bestand, das so bemalt war, dass es wie Ziegel aussah. Es war ein kleines Stück Portugal-Imitat, von längst verstorbenen Kolonisten errichtet, die sich nach der fernen Heimat gesehnt haben mussten, die sie vom reichen Boden Afrikas und dem Schweiss ihres Volkes mitversorgten.

In den kleinen Städten, durch die sie fuhren, gab es noch mehr Anzeichen für den Einfluss der alten Herrscher: Schilder in portugiesischer Sprache, katholische Kathedralen, robuste Betonbauten der Kolonialverwaltung und Ansammlungen von Handelsvillen mit einem ausgeprägten mediterranen Flair. Einige der Häuser waren frisch in blassen Pastellfarben gestrichen – noch mehr Pseudo-Europa –, während andere die Einschusslöcher und schwarzen Brandspuren der postkolonialen Gewaltorgie trugen.

Sie kamen an einer kleinen Moschee mit einem verkümmerten, spitzen Minarett vorbei, das mehr eine Verbeugung vor dem Islam als ein Turm war, von dem aus die Gläubigen zum Gebet gerufen wurden. Das brachte Tom zum Nachdenken über die Männer, die sie verfolgten. Obwohl er ausser den Gesichtszügen eines Mannes noch keine Beweise für ihr Motiv, ihren Hintergrund oder ihre Identität hatte, nahm er an, dass es sich um islamisch-fundamentalistische Terroristen handelte. Als er sich selbst daran mahnte, unvoreingenommen zu bleiben, traf ihn das Ausmass der Aufgabe wie eine Kugel in die Brust: Die wahrscheinliche Aussichtslosigkeit ihrer Jagd durch ein fremdes Land, ohne Unterstützung und Rückendeckung.

Am Rande des Kanals neben der Strasse ging das Leben weiter. Frauen in bunten Tüchern wuschen sich und ihre Babys in seifigen Plastikwaschschüsseln, kleine Jungen sprangen von Brücken und Männer fischten mit langen Schilfrohrstangen, an deren Enden Angelschnüre befestigt waren. Sie fuhren an einem Mann im Anzug und mit Cowboyhut auf einem Fahrrad vorbei und an einem neuen Land Cruiser, der von einem dicken, winkenden portugiesischen Bauern gefahren wurde.

»Einige der alten Bauern aus der Kolonialzeit kehren zurück und es gibt hier auch weisse simbabwische Bauern. Sie wurden von ihrer Regierung, die einst mit der Regierungspartei hier in Mosambik verbündet war, von ihrem eigenen Land vertrieben. Auch das ist Afrika für Sie«, sagte Sannie.

Tom schüttelte den Kopf.

»Was ist los?« fragte Sannie. »Sie sehen grimmig aus.«

»Sie brauchen nicht hier zu sein, Sannie.«

»Ja, ich weiss.«

Sie schwiegen ein paar Sekunden lang, während sie beide über die Auswirkungen dieser Aussage nachdachten. Schliesslich unterbrach Tom ihre Träumerei.

»Wir haben nicht den Hauch einer Chance, oder?«

»Wahrscheinlich nicht.« Sie reichte ihm eine Dose Cola und nahm einen Schluck aus der anderen. »Aber wir können sonst nichts tun.«

14

Bernard Joyce hatte den grössten Teil von acht Jahren auf See verbracht und für die Weiten des leeren Ozeans gelebt, auch wenn er die meiste Zeit in dessen Tiefen war. Jetzt betete er, darum, das Wasser wiederzusehen.

Er wusste, dass sie an der Küste waren, weil er es riechen konnte. Der feuchte Geruch von Salzwasser gehörte ebenso zu einem millionenschweren Atom-U-Boot, wie zu einem von Nelsons Linienschiffen oder einer arabischen Handelsdhau und obwohl er sich mit afrikanischen Vögeln überhaupt nicht auskannte, gaben Möwen auf der ganzen Welt das gleiche irritierende Gekreische von sich.

Seine Welt war eine der Dunkelheit und des Schmerzes. Er lag auf dem kalten Betonboden, das Gesicht mit einem groben Jutesack bedeckt, der mit einer Schnur um seinen Hals gebunden war. Seine Hände waren mit Kabelbindern aus Plastik hinter seinem Rücken gefesselt und die Finger taub. Seine Schultern schmerzten von der Haltung, in der er seit seiner Entführung in der kühlen, dunklen Morgendämmerung in Tinga gehalten worden war.

Wenn man in der Dunkelheit gefangen gehalten wurde, war die Zeit schwer einzuschätzen, aber als er und Greeves im hinteren Teil des Lastwagens zusammengepfercht waren und auch während eines Teils ihrer alptraumhaften Fahrt, hatte Tageslicht das grobe Gewebe seiner Kapuze durchdrungen. Er hatte sich gefreut, Schüsse zu hören, erschrak aber, als die heissen Patronenhülsen auf ihn herabregneten und seine nackten Arme verbrannten, weil ihre Entführer auf denjenigen schossen, der sie verfolgte. Ob sie getötet würden, bevor ihre Retter sie erreichten? Er nahm an, dass ihre Entführer, die bisher so gut wie nichts gesagt hatten, eher Terroristen als Kleinkriminelle waren. Wenn es aussah, als fasse man sie, würden sie dafür sorgen, dass ihre Geiseln starben. Doch seit dem Feuergefecht im Busch, das mit Explosionen und Feuer endete, gab es keine Anzeichen mehr für Verfolger.

In Bernards Füssen pochten unablässig Schmerzen. Bevor sie ihn geholt hatten, war er barfuss und nur mit Boxershorts bekleidet ins Bett gegangen. Sie hatten sich Zutritt zum Zimmer verschafft, also musste es mit Sicherheit ein Insiderjob sein und bevor er sich wehren konnte, hatte ihn der Stich einer Nadel zum Schweigen gebracht. Immerhin hatte er es geschafft, zuerst zu schreien. Danach war er im Gebüsch aufgewacht und erschrocken, als er das Klebeband über seinem Mund spürte. Er hatte schon immer Probleme mit den Nebenhöhlen gehabt und musste sich bewusst zwingen, so tief und langsam wie möglich durch die Nase zu atmen.

Seine Füsse waren schon bei den ersten Schritten durch den Busch zerstochen und aufgerissen worden. Später, als er von hinten aus dem Fahrzeug gezerrt wurde und rennen musste, während die Kugeln um ihn herumzischten, wurde es noch schlimmer. Sie hatten ihn und Greeves schnell und hart durch den Busch getrieben und jeder Schritt verschlimmerte Bernards Qualen. Er war mehrmals gestolpert und hingefallen, worauf er entweder – eine unglaublich schmerzhafte Erfahrung – an den gefesselten Händen hochgezerrt oder in die Rippen getreten wurde, bis er sich selbst auf die Beine kämpfte. »Wenn Sie weiter versuchen, uns aufzuhalten«, hatte ihm ein Mann auf Englisch, allerdings mit einem merkwürdigen lateinischen Akzent, zugeflüstert, »werden wir Sie einfach töten. Sie sind sich bestimmt darüber im Klaren, dass wir Sie nicht brauchen.« Sie hatten seinen Plan also sofort durchschaut. Er hatte gedacht, indem er sich öfter absichtlich fallen liess, als dies bereits aus Versehen geschah, könne er das Vorankommen verlangsamen und ihren Verfolgern die Möglichkeit geben, Boden gut zu machen. »Jetzt kommt niemand mehr«, hatte der Mann mit einer gewissen Überzeugung gesagt.

Eine, vielleicht auch zwei Stunden später, erreichte Bernard blutend, keuchend, dehydriert und von den Stiefeln der Entführer zerschrammt einen weiteren staubigen Strassenrand. Dort hatte man ihn und Greeves auf den Rücksitz eines Pick-ups gezerrt und geschoben. Sie fuhren mit hoher Geschwindigkeit auf einer stark geriffelten Strasse. Staub drang ins Fahrerhaus, fand den Weg durch die Plane und verstopfte seine Nasenlöcher und seinen Hals. Bei jeder Bodenwelle und jedem Schlagloch knallte er auf den steinharten Metallboden des Laderaums. Zweimal kamen sie langsam zum Stehen und hörten Stimmen. Jedes Mal spürte Bernard, dass eine Decke über seinen Körper gezogen wurde. Die Hitze vergrösserte seine Angst, zu ersticken und er spürte den harten Metallabdruck eines zylindrischen Gewehrlaufs, der unter der Decke gegen seine Schläfe gedrückt wurde. *Polizeikontrollpunkte?* fragte er sich. Da er im hinteren Teil des Wagens eingeschlossen war, war es schwierig, herauszufinden, welche Sprache gesprochen wurde, aber es war kein Englisch und klang auch nicht nach einem afrikanischen Dialekt. Vielleicht Portugiesisch? Das war die Sprache von Mosambik.

Als sie ihr Ziel erreichten, roch er das Meer. Die Luft auf seinen nackten Armen und Beinen war kühl und es war eine Erlösung, einfach stehen zu bleiben und sich für ein oder zwei Sekunden die angeschlagenen, schmerzenden Glieder zu strecken. Doch die Erleichterung war nur von kurzer Dauer. Ohne etwas zu sagen, holten sie ihn. Zwei von ihnen schleppten ihn über den glatten, polierten Betonboden in einen anderen Raum, legten ihn auf das nackte, quietschende Drahtgestell eines Betts, fesselten seine Knöchel mit Kabeln ans röhrenartige Metallgestell des Betts und schlugen mit einem Rohrstock auf seine bereits gequälten Fusssohlen. Die Tränen flossen auf die Innenseite seiner Kapuze und seine Schreie wurden durch Klebeband gedämpft. Sie sprachen keine Silbe und stellten ihm nicht eine einzige Frage.

Er hatte als Teil seiner Ausbildung als Marineoffizier, der bei sensiblen Einsätzen im Ausland eingesetzt wurde, Vorlesungen über Widerstand bei Verhören besucht. Er kannte die Techniken, die die Männer anwandten, aber das machte es nicht leichter, sie zu ertragen. Er war desorientiert, wurde im Dunkeln gehalten und seiner Sinne beraubt. Er wurde aus dem Gleichgewicht gebracht – er wusste nicht, was sie von ihm wollten, also konnte er keine Mittel entwickeln, um sie in die Irre zu führen. Er hatte bereits gelernt, die Geräusche von Schritten mit Schmerz zu verbinden. Er war bereits gedemütigt worden – er hatte sich aus purer Not vollgepinkelt. Wenn die Schritte wieder kamen, wollte er sich bemühen, nicht aus Angst den Darm zu entleeren, konnte sich aber keineswegs darauf verlassen, dass es nicht geschehen würde.

Er hörte den Schrei, erschrak und sein ganzer Körper reagierte darauf.

Schon wieder. Ein tierisches Geräusch, das aber von einem Menschen stammte. Von Robert Greeves.

»Niemals!« schrie er.

Bernard hörte dumpfe Schläge und einen weiteren Schrei, noch lauter als der letzte. Es gab gedämpfte Stimmen, manchmal laut, von trotzigen Schimpfwörtern gefolgt oder von seinem kultivierten, gebildeten politischen Meister gebrüllt. Die Bastarde. Weiteres Gejammer.

Das Geräusch von Wasser, das auf etwas gegossen wird und von einer offenen Handfläche, die auf Fleisch schlägt. War Robert ohnmächtig geworden? Versuchten sie, ihn wiederzubeleben? Schliesslich Stille.

Bernards Herz klopfte, als er die Schritte hörte. Türen öffneten sich und knallten zu. Die Schritte wurden lauter. *Gott, hilf mir*, betete er im Stillen.

Zwei von ihnen traten ein und packten ihn unter den Achseln. Sie zogen ihn – er hätte, selbst wenn sie ihn gelassen hätten, nicht laufen können und seine Zehenspitzen brannten vom Schleifen auf dem polierten Boden. Dann hoben sie ihn auf einen Holzstuhl.

Als die Kapuze abgenommen wurde, blinzelte Bernard, denn seine Augen wurden vom ungewohnten Licht geblendet. Es brannte, als sie blitzschnell das Klebeband von seinem Mund abrissen, aber dies war sein geringster Schmerz. Er befand sich an einem Schreibtisch und ihm gegenüber sass ein Mann, der lächelte. Das Gesicht war dunkel – gutaussehend – mit einem dicken schwarzen Schnurrbart, wie bei Saddam. In einem blechernen Aschenbecher glomm eine Zigarette, daneben stand ein kleines elektronisches Gerät, das wie ein tragbarer DVD-Player aussah. Ansonsten war das Zimmer unmöbliert, die Wände weiss getüncht, aber schmuddelig. Es gab in Metallrahmen gefasste Fenster, doch das Licht kam von einer nackten Glühbirne, denn die Glasscheiben waren mit Papier oder Plastik überklebt.

»Lasst uns allein«, sagte der Mann auf Englisch zu den beiden anderen. Bernard blinzelte und sah über die Schulter zu seinen Entführern. Einer trug Jeans, der andere eine dreiviertellange Cargohose. Ihre Hemden waren aus einfacher Baumwolle, eines blau, eines weiss. Beide trugen Skimasken, aber an ihren Händen und den Knöcheln des Mannes in der kürzeren Hose konnte er erkennen, dass sie dunkelhäutig waren. Die beiden Männer, von denen jeder eine Mini-Version einer AK 47 über die Schulter gehängt hatte, entfernten sich wortlos.

»Hallo, Bernard.«

Joyce sagte nichts. Aus seiner kurzen Ausbildung erinnerte er sich daran, dass er nur die so genannten ›grossen Vier‹ angeben sollte und nichts weiter. Unter den ›grossen Vier‹ verstand man Name, Rang, Geburtsdatum und Dienstnummer. Da er nicht mehr als Marineoffizier diente, beschloss er, sich auf zwei Angaben zu beschränken – seinen Namen und das Geburtsdatum. Für den Moment sagte er jedoch nichts.

»Zigarette?«

Er wollte gerade sagen, dass er nicht rauche, aber dann wurde ihm klar, dass er damit die erste Regel bräche. »Mein Name ist

Bernard Joyce und ich wurde am sechzehnten November neunzehn-siebzig geboren.«

Der Mann lachte und das Geräusch hallte von den kahlen Wänden zurück. »Das ist mir egal, Bernard. Und das ist die pure Wahrheit.« Er nahm die Zigarette in die Hand, zog tief daran und blies den Rauch zur Decke. »Eine üble Angewohnheit, ich weiss.«

»Mein Name ist Bernard Joyce und ich wurde am sechzehnten November siebzig neunzehnsiebzig geboren.«

Der Mann hob eine Hand. »Ich brauche nichts von Ihnen, Bernard. Ich muss nichts über Ihre Arbeit als politischer Berater von Robert Greeves wissen. Ich muss nichts über die Atom-U-Boote der Royal Navy wissen, und ich muss auch nichts über Ihre zukünftigen Pläne für Trup-peneinsätze im Irak, in Afghanistan oder sonst wo wissen. Ich muss nicht einmal wissen, dass Sie homosexuell sind. Abgesehen von der Tatsache, dass dies ein nützliches Detail ist – normalerweise ist es ein guter Weg, einen Mann zu brechen, wenn man ihn anal vergewaltigt, was aber bei Ihnen wohl nicht funktionieren würde. Eigentlich, Bernard Joyce, geboren vierundsiebzig, brauche ich Sie überhaupt nicht.«

Bernard rutschte auf dem Stuhl hin und her. Er fühlte sich mise-rabel. Wenn der Mann die Absicht hätte, ihn am Leben zu lassen, würde er sein Gesicht nicht zeigen.

»Hier ist also mein Dilemma. Was soll ich mit Ihnen machen und wie können Sie mir noch von Nutzen sein? Wissen Sie, Bernard, Sie waren eine Absicherung. Für den unwahrscheinlichen Fall, dass Robert Greeves in der Entführungsphase getötet würde, sollten Sie meine Ersatzgeisel sein. Aber Robert ist im Moment noch sehr leben-dig, wenn auch nicht sehr gesund. Er lächelte über seinen eigenen grausamen Scherz. »Sie, mein Freund, sind also völlig überflüssig.«

Bernard hatte das Gefühl, sich in die Hose zu machen. Er fragte sich, ob dieses Gespräch mit einer Kugel in seinem Kopf oder mit einem langsameren, barbarischeren Schicksal enden würde. Wenn er also seine Pflicht als ehemaliger Offizier erfüllen und einen Fluchtversuch unternehmen wollte, musste er am Leben bleiben. Er war schon so gut wie tot, also würde er nicht friedlich gehen.

»Ich frage mich, welche Gedanken Ihnen jetzt durch den Kopf gehen?« Der Mann fuchtelte mit der angezündeten Zigarette in der Luft herum, als wolle er seine Worte mit einem Fragezeichen untermalen. »Werden Sie zu meiner Scheherazade, die redet und redet, um sich am Leben zu erhalten und etwas zu sagen versucht, das mich davon abhält, Sie zu töten? Oder versuchen Sie zu fliehen und riskieren Ihr Leben für eine vergebliche Geste, treten dafür kämpfend ab, wie die Amerikaner sagen würden?«

Bernard sagte nichts. Der Mann lehnte sich über den Tisch und klappte den Bildschirm des tragbaren DVD-Geräts auf. Wie Sie sicher wissen, Bernard, gibt es viele Wege, einen Krieg zu führen. Mein Volk, das Volk, das von den Israelis, den Briten, den Amerikanern und ihren Marionetten in Pakistan und dem Haus Saud unterdrückt wird, hat keine Atom-U-Boote, Düsenjäger oder B-52-Bomber. Mein Volk ist gut darin, das Beste aus dem zu machen, was es hat. Dieses kleine Gerät – zusammen mit der Videokamera im Nebenraum – sind das, was man im Militär ›Kraftmultiplikatoren‹ nennt. Wissen Sie, was das bedeutet?«

Bernard wusste es schon, blieb aber vorerst bei seiner Strategie des Schweigens.

Der Mann seufzte. »Es bedeutet, dass ich meinem Gegner unverhältnismässig grossen Schaden zufügen kann, indem ich ein Mittel einsetze, das meine mageren militärischen Ressourcen verstärkt: Die Medien, Bernard, sind ein Kraftmultiplikator und meine Leute sehr gut darin, sie einzusetzen. So gut Ihre U-Boote, Flugzeuge und Bomben auch sein mögen, Ihre Leute sind hoffnungslos unfähig, die Weltpresse, den Rundfunk und das Fernsehen zu ihrem Vorteil zu nutzen.«

Wenn das Gespräch bei einem Drink im Marine- und Militärclub geführt worden wäre, hätte Bernard dem Mann wahrscheinlich zugestimmt.

»Bernard, erlauben Sie mir, die Kraft meiner Worte mit einigen Heimvideos zu verstärken.«

Bernard atmete tief durch, dann schloss er die Augen.

»Machen Sie sie auf, Bernard, oder ich lasse Ihnen von einem meiner Männer die Augenlider wegschneiden.«

Bernard blinzelte, sah ihn wieder an und schluckte. Auf seinem Gesicht zeigte sich nicht die Spur eines Lächelns, nur ein starrer Blick, der verriet, dass er beabsichtigte, seine letzte Drohung wahr zu machen, ohne mehr darüber nachzudenken, als wenn er gerade auf eine Ameise treten würde. Er beugte sich vor und drehte das Abspielgerät so, dass Bernard den kleinen Bildschirm sehen konnte.

Das Geschrei begann, sobald das Bild erschien. Robert Greeves lag nackt auf einem Stahlbett, demselben Typ, an den Bernard gefesselt war, als sie seine Fusssohlen geschlagen hatten, nur dass der maskierte Mann Robert nicht schlug. Die Kamera war etwa auf Höhe des Bettes in einem obszönen Winkel zwischen Greeves' Beinen angebracht. Greeves schrie auf und hob den Kopf. Bernard sah einen handgekurbelten Generator auf dem Boden, hinter dem der Mann mit der Skimaske kniete und sich zwischen den Beinen des Politikers bewegte. Vom Dynamo führten Drähte zu Klammern, die an Roberts Hoden befestigt waren. Der Mann begann zu kurbeln. Bernard zuckte zusammen und kniff die Augen wieder zu, als der schreckliche, durchdringende Schrei ertönte.

»Niemals!« schrie Greeves im Video und Bernard erkannte, dass es sich um eine Aufnahme der Foltersitzung handelte, die er vorher gehört hatte.

»Sie fragen sich, warum wir das tun?«, sagte der Mann und drückte auf die Stoptaste. Bernard sah ihn voller Abscheu an und in diesem Moment ging ihm der Gedanke durch den Kopf, sich zu befreien und den Mann zu töten. »Glauben Sie, ich will, dass er vor der Kamera zusammenbricht, und seinen Anführer und das britische Volk anfleht, die Insassen von Guantanamo Bay freizulassen oder eure Söldnertruppen aus dem Irak abzuziehen?«

Bernard hatte angenommen, dass die Nachricht in etwa so lauten sollte.

»Unter uns gesagt, Bernard, ich will nicht, dass er etwas sagt. Und falls Sie denken, dass meine Freunde und ich nur Kriminelle sind, nein, hier geht es nicht darum, Lösegeld zu erpressen.« Er drückte seine Zigarette im Aschenbecher aus.

Jetzt war Bernard wirklich verwirrt.

»Ich erkläre es Ihnen, wenn Sie es nicht erraten. Wenn alles so läuft, wie ich es mir vorstelle, werde ich Ihrem Herrn nicht mehr viel Schmerz zufügen. Ich möchte, dass Robert Greeves tapfer ist, wenn ich ihn filme und das Video über einen befreundeten Fernsehsender an die westliche Welt weitergebe. Ich will nicht, dass er weint und seine Ideale verrät, indem er um die Freilassung der Gefangenen oder den Abzug der Truppen aus dem Irak bettelt. Ich möchte nicht, dass die Menschen in Grossbritannien ihn für schwach halten, denn dann wird es vielen von ihnen insgeheim egal sein, wenn er im Fernsehen geköpft wird. Aber jemand muss die Botschaft überbringen...«

Bernard spürte, wie ihm Galle den Hals hinaufstieg und er schluckte schwer.

»Eine zweite Geisel zu haben – Sie, Bernard – gibt mir mehr Sendezeit, so einfach ist das. Ich kann der Welt ein Video zeigen, auf dem meine Männer hinter Robert Greeves stehen, das Schwert auf seiner Schulter und einer von uns kann auf Arabisch unsere Forderungen stellen. Dann wird dieses Video allenfalls zwei oder drei Tage hintereinander gespielt. Wenn ich jedoch ein zweites Video veröffentliche, diesmal mit jemandem, der um die Rettung von Greeves' Leben bettelt – und vielleicht sagt, die Männer, die Sie als Geisel halten, hätten gedroht, jeden Tag, an dem die britische Regierung eine Entscheidung hinauszögert, einen von Greeves' Fingern und Zehen abzuschneiden, verstärkt dies die Wirkung, meinen Sie nicht auch?«

Bernard starrte in diese kalten, berechnenden Augen und ein kleiner Teil von ihm wunderte sich, dass ein Mensch so entschlossen, so grausam und so erbarmungslos sein konnte.

»Ich werde Sie aber nicht foltern, Bernard, damit Sie für mich vor der Kamera reden. Und vergessen Sie nicht, dass Robert im Video kein einziges Wort sagen muss. Also machen wir es so.« Der Mann drehte sich zur Tür, um seine Stimme besser zur Geltung bringen zu können und rief auf Arabisch einen Befehl.

Aus dem Nebenzimmer ertönte erneut ein Schrei und Bernard wusste, dass es Greeves war.

»Genug!« sagte Bernard.

Der Mann rief einen weiteren Befehl, musste diesmal aber sehr laut schreien, um über die Schmerzensschreie hinweg gehört zu werden. »Wissen Sie, wenn das gut geht, werden Sie vielleicht entlassen, Bernard. Für den unwahrscheinlichen Fall, dass der Premierminister Ihre Truppen aus dem Irak abzieht und einige Unschuldige aus dem amerikanischen Gefängnis entlassen werden, werde ich mein Wort halten und Sie und Robert freilassen. Sollten Sie mir jedoch Probleme bereiten oder zu fliehen versuchen, verspreche ich Ihnen einen äusserst schmerzhaften Tod. Lassen Sie mich Ihnen noch einen kleinen Film zeigen, um meinen Standpunkt zu verdeutlichen.« Er drückte erneut auf ›Play‹.

Bernard schaute auf den Bildschirm. Dort war ein nackter, an einen Stuhl gefesselter Mann zu sehen. Er krümmte sich im Todeskampf. Sein ganzer Körper zitterte und stemmte sich gegen die Fesseln, aber er war geknebelt, so dass nur ein gutturales Stöhnen zu hören war. Zwei Blutspuren liefen, dort wo seine Augen gewesen waren, über sein Gesicht.

»Erstaunlich, wie schwer es ist, jemanden ohne seine Augen zu erkennen, finden Sie nicht auch? Zwingen Sie sich aber, genau hinzuschauen. Dieses Video wurde übrigens irgendwo in London gedreht, nicht hier in Afrika und es ist erst ein paar Tage alt. Das sind die einzigen Hinweise, die ich Ihnen gebe.«

Trotz des Schreckens blinzelte Bernard und konzentrierte sich wieder. Das Haar, die Form der Nase, obwohl auch sie blutig war, der starke Kiefer. »Nick ...«

»Gut gemacht. Hundertprozentig korrekt. Detective Sergeant Nick Roberts, wie die Polizei sagen würde, unterstützte uns bei unseren Ermittlungen zu Ihrer Reiseroute und Robert Greeves' Sicherheitsvorkehrungen. Wir hatten vor, ihn schnell zu töten, aber er versuchte zu fliehen, also habe ich ihm ein Auge nach dem anderen entfernt.«

Das Video lief weiter und Bernard sah den schwarzen zylindrischen Lauf einer schallgedämpften Pistole, die seitlich an Nicks Kopf gehalten wurde. Er hörte das Wimmern. Die Pistole feuerte, ihr Geräusch war nur ein winziges Husten, aber die Wirkung kam sofort. Bernard sah einen Augenblick lang zu. Lange genug, um zu sehen, wie der augenlose Kopf zur Seite geschleudert wurde und das Blut neben ihm an die Wand spritzte.

Tränen kullerten über Bernards Wangen. »Was wollen Sie von mir hören?«

15

»Chokwe liegt direkt vor uns«, sagte Sannie, blickte von der Karte auf und rieb sich die Augen. Die Sonne berührte beinahe den Horizont.

Es war ein langer, anstrengender Tag gewesen, aber Ruhe war das Letzte, woran Tom Furey dachte. Chokwe war ein wichtiger Wegpunkt auf ihrer Reise. Wenn ihre Theorie, dass die Terroristen auf den Indischen Ozean zusteuerten, stimmte, befand sich das kleine Bauerndorf dort, wo die Naturstrasse, die die Kriminellen nach dem Grenzübertritt genommen hatten, auf die geteerte Hauptstrasse zur Küste traf. An diesem Punkt kreuzten sich die Wege von Tom und Sannie sowie der Entführer.

Von nun an wollten sie die Polizei an jeder Strassensperre und Station, zu der sie kamen, befragen. Sannie war bereit, ihre Sprachkenntnisse, ihren Charme und ihren Vorrat an südafrikanischen Rand einzusetzen, um Antworten zu erhalten. Tom vermutete, die letzte dieser Waffen, die ihr zur Verfügung standen, sei die überzeugendste. Sie hatte ihn bereits gewarnt, dass die Polizei in Mosambik zwar im Allgemeinen höflich und freundlich sei, aber immer die Hand aufhalte und eine Liste mit kleinen Regeln und Vorschriften abarbeitete, um von ahnungslosen Touristen die Zahlung einer Busse zu verlangen.

Die Strasse nach Chokwe war von meist in Wellblechhütten untergebrachten Marktständen gesäumt. Die Verkäufer, die gerade dabei waren, ihre Läden zu schliessen, boten eine bunte Mischung von Waren an, darunter Reifen, Särge, Plastikeimer, Fernsehantennen, Salate, Fahrräder und Kleider. Ein Kleinbustaxi vor ihnen bremste, was Tom dazu zwang, fluchend auf sein Pedal zu treten. Der Bus hatte angehalten, um Fahrgeld zu kassieren, ihn aber kurz danach wieder überholt, so dass sah er auf die auf der Heckscheibe aufgemalten Worte ›*Sprich mit meinem Anwalt* ‹ schaute, die ihn trotz seiner Verärgerung lächeln liessen.

Wie die kleineren Städte, durch die sie gekommen waren, war auch Chokwe eine Mischung aus verfallender kolonialer Eleganz und chaotischem, lautem afrikanischen Leben. Aus Ghettoblastern dröhnte Musik und ungeduldige Autofahrer lehnten sich auf ihre Hupe. Das Gewimmel von Fussgängern und Radfahrern auf der Strasse und an ihren Rändern zwang Tom, langsamer zu fahren. Entsprechend überrascht war er, als ein rundlicher Polizist in blauer Hose und weissem Hemd mitten auf die Durchgangssstrasse watschelte und ihn anhielt.

»Wie schnell waren Sie unterwegs?« fragte Sannie.

Tom überprüfte den Tacho. »Nicht mehr als fünfundfünfzig.«

»Geschwindigkeitsüberschreitung. Ihr Führerschein«, sagte der Polizist, der an Toms Fensterbank lehnte und nach Luft schnappte.

»Blödsinn«, sagte Tom.

»Ruhig und geduldig, erinnern Sie sich?« fragte Sannie flüsternd. Sie lächelte den Polizisten an und grüsste ihn auf Tsonga-Shangaan, was ihn sofort entwaffnete.

»Was sagt er?«, unterbrach Tom die aufkeimende Unterhaltung.

»Er sagt, Sie seien zweiundsechzig gefahren.«

»Sagen Sie ihm, er soll sich ins Knie ficken.«

Sannie verzog keine Miene und flüsterte: »Vorsicht, vielleicht kann er *so* viel Englisch.« Tom lächelte wieder und nickte dem Polizisten wie ein Schwachkopf zu. Sannie unterhielt sich lange mit dem Mann, ohne laut zu werden und holte schliesslich ihren Ausweis der südafrikanischen Polizei aus der Handtasche. Tom sah, wie sich der Gesichtsausdruck des Mannes veränderte und er möglicherweise besorgt dreinblickte. Es war schwer zu sagen. Sie stellte ihm eine Reihe von Fragen und während er sprach, kratzte sich der Schwarze am Kinn und gestikulierte mit dem Daumen über die Schulter in Richtung Küste.

Sannies Augen weiteten sich. »Tom! Er sagt, alle suchen nach zwei oder drei Männern in einem *Bakkie* mit einem getönten Verdeck hinten, die in Richtung Küste fahren.«

»Was sonst?« Tom wischte sich die Rinnsale von Schweiss aus den Augen. Je näher sie der Küste kamen, desto heisser und schwüler wurde es. Sannie sprach wieder mit dem Mann.

»Er sagt, sie hätten über ihre Station in Xai-Xai gerade einen Funkspruch aus Maputo erhalten, dass sie nach bis zu drei Männern in einem Toyota HiLux Ausschau halten sollten, die vermutlich zwei Entführungsopfer hinten drin transportieren.«

Für einen Moment teilte Tom ihre Begeisterung. Wenigstens waren sie nicht die einzigen, die den Verdächtigen auf der Spur waren. Er fragte sich, woher die neuen Informationen stammten und wünschte sich plötzlich, Shuttleworth anrufen zu können – oder sonst irgendjemanden des Teams, um genau zu sein. Doch sein Mobiltelefon zeigte kein Signal an.

Der Polizist schaute besorgt an ihnen vorbei. Es gab bereits drei andere Autos – zwei überladene Pick-ups und das Minibustaxi, das Tom beinahe gerammt hätte –, die von einem anderen Beamten wegen überhöhter Geschwindigkeit angehalten worden waren und sich hinter ihrem Volkswagen anstellten. »Und, hat er sie gesehen?«

Sannie sprach erneut mit dem Mann. »Er sagt, er habe seinen Dienst erst vor zwei Stunden angetreten und in seiner Schicht sei bisher kein Fahrzeug aufgefallen, auf das diese Beschreibung passe. Ich habe aber den Namen seines Kollegen, der heute Nachmittag gearbeitet hat. Er ist auf dem Hauptposten in Xai-Xai.«

»Das ist doch was.« Der Polizist winkte sie weiter, ohne dass sie ein Bestechungsgeld oder eine Busse zahlen mussten, denn offensichtlich dachte er, hinter ihnen gäbe es einfachere Beute. Nachdem sie Chokwe verlassen hatten, hielten sie an und Sannie setzte sich wieder hinter das Steuer. Sie war ein Geschenk des Himmels, dachte Tom. Er wusste, dass er völlig überfordert gewesen wäre, wenn er die Grenze allein überquert hätte.

Zweimal fuhren sie hinter einem Toyota-Pick-up her. Tom zog seine Pistole aus dem Halfter und hielt sie zwischen den Oberschenkeln bereit. Sannie gab, die weissen Knöchel am Lenkrad, Gas und fuhr den Chico neben den Geländewagen, der bedrohlich über dem kleinen Auto aufragte. Den einen Wagen fuhr eine Portugiesin, die vier Kinder an Bord hatte, den anderen ein älterer schwarzer Mann mit einer Frau ähnlichen Alters, vermutlich seiner Frau. Tom war frustriert, aber auch erleichtert, denn jeder der beiden Wagen hätte ihr kleines Auto mit einem leichten Stoss von der Strasse in den Busch schubsen können.

Sie kamen an eine T-Kreuzung, wo die Strasse von Chokwe auf die EN1 traf, die wichtigste Nord-Süd-Verbindung entlang der Küste von Mosambik. »Nun, hier sind wir. Rechts oder links? Rechts geht es nach Maputo, der Hauptstadt und links geht es hinauf bis nach Tansania.«

Tom blickte wieder auf die Karte und fuhr der roten Linie, die die Strasse markierte, entlang, als ob ihn eine unsichtbare Kraft lenkte. »Je weiter man nach Norden kommt, desto ruhiger und weniger bevölkert wird es, richtig?«

Sannie nickte. »Allerdings könnte sich eine Bande von Entführern sehr leicht in die Slums von Maputo verirren.«

Tom schloss die Augen. »Norden«, sagte er, und Sannie wandte sich nach links.

Sie fuhren zügig die Küste hinauf und Sannie beschleunigte den Chico zwischen den Ortschaften auf Hundertzwanzig. Dort war sie gezwungen, wieder auf sechzig zu verlangsamen, einerseits um Radarfallen zu vermeiden und andererseits, um weitere örtliche Polizisten zu fragen, ob sie das flüchtige Fahrzeug gesehen hätten. Es gab keinerlei bestätigte Sichtungen und Tom spürte, wie die Saat des Grauens in seinem Bauch keimte.

Sie überquerten auf einer erhöhten Strasse ein breites Schwemmgebiet und danach eine Hängebrücke, über die sie in die Stadt Xai-Xai gelangten. Tom dachte, dass es früher dort recht angenehm gewesen sein musste. Auch die Stadt war von der Architektur geprägt, die er bereits mit dem Land assoziierte: Weiss getünchte Villen mit roten Dächern im portugiesischen Stil und verputzte Gebäude in Pastelltönen. Im Gegensatz zu den anderen Siedlungen, die sie durchfahren hatten, war Xai-Xai ein Ferienort. Es gab ein paar weisse Betonhotels, in denen Tom jedoch nicht übernachten wollte und einen Park mit einem wunderschönen Rasen und einem Musikpavillon. Es hätte ein beliebiger Ferienort an der Mittelmeerküste sein können. Vor einem Café sassen zwei portugiesische Männer mit vier viel jüngeren schwarzen Frauen in westlicher Kleidung, von denen eine ein kaffeebraunes Baby stillte. Ein Junge in Shorts und einem amerikanischen Basketballtrikot hielt, als sie an ihm vorbeigingen, die grösste Garnele hoch, die Tom je gesehen hatte.

»Flusskrebs«, kommentierte Sannie das Tier, das fast so lang wie der Unterarm des Jungen war. Aus einer Bar dröhnte laute Musik und als Sannie anhielt, um Leute aus einem Kleinbus vor ihr aussteigen zu lassen, schien es, als lasse das Dröhnen die Scheiben ihres Autos fast vibrieren.

Hier an der Küste war es heiss und schwül und Tom roch den typischen Geruch von Salzwasser, der stärker war als die Dieselabgase und der ölige Rauch von über rotglühender Holzkohle brutzelnden, gegrillten Hühnchen. Junge Leute liefen neben ihrem Auto her und winkten mit Tüten voller Cashewnüsse und noch mehr Garnelen. »Howzit, my *boet*«, rief ihm einer zu und Sannie lächelte und schüttelte den Kopf, als sie den Afrikaans-Slang in ›Hallo, mein Bruder‹ übersetzte.

»Das war früher ein schöner Ort, aber jetzt ist er zu lebhaft. Wir sind kurz nachdem das Land wieder für Südafrikaner geöffnet wurde, hierhergekommen, aber ich fürchte, meine Leute haben diesen Teil der Küste verdorben. Heutzutage kann man Cashewnüsse und Garnelen in Südafrika billiger kaufen als hier.«

Sannie hatte sich bei der letzten Radarfalle, an der sie angehalten hatten, nach dem Weg zum Hauptpolizeirevier erkundigt. Nun bog sie von der Hauptstrasse, die durchs Stadtzentrum führte, ab und parkte vor einem Gebäude, das so solide wie ein Blockhaus aussah, unter einem Baum. Die Einschusslöcher in der Wand verrieten Tom, dass beim Bau der Polizeistation darauf geachtet worden war, gut zu bauen, um Schüssen standzuhalten und der Bürgerkrieg hatte bewiesen, dass dies richtig war.

Drinnen fragte Sannie die diensthabende Polizistin an der Rezeption nach Capitao Alfredo – seinen zweiten Namen kannte sie nicht. Die Frau sah sie einige Sekunden lang ausdruckslos an, drehte sich dann um und ging in ein Hinterzimmer. Sannie sah zu Tom, der mit den Schultern zuckte.

»Ah, guten Abend«, sagte ein schlanker Mann in blauer Uniformhose und gestärktem weissen Hemd, der aus einem Hinterzimmer kam und sich die Hände an einer Papierserviette abwischte. »Ich bin Capitao Alfredo Manuel.« Er wischte sich die Hände erneut ab, diesmal an der Vorderseite seiner Hose und schüttelte Sannie und Tom dann die Hand. Sie stellten sich mit Dienstgrad und Namen vor. »Meine Kollegen aus Südafrika und England. Ich habe gehört, dass Sie kommen würden.«

Sannie beglückwünschte den Hauptmann zu seinem Englisch und dieser erklärte, er habe die Sprache ironischerweise in Russland gelernt, wo er als Soldat für die *Frelimo*, die Rebellengruppe, die später die Regierung in Mosambik bildete, ausgebildet worden sei. »Ich spreche natürlich auch Russisch und Deutsch. Bevor ich mich dem Kampf anschloss, war ich Lehrer.«

»Danke, dass Sie sich bereit erklärt haben, uns zu helfen, Captain«, sagte Tom.

»Da gibt es nichts zu danken. Die Freude ist ganz meinerseits. Es kommt nicht jeden Tag vor, dass wir Berichte über die Entführung eines hochrangigen Politikers durch Terroristen erhalten.«

Er führte sie um die Begrüssungstheke herum, den Korridor entlang und in einen anderen Raum, in dem sich sein Büro befand. Tom und Sannie setzten sich vor einem grossen antiken Holzschreibtisch auf kahle Metallstühle. Capitao Alfredo sass in einem ledernen Bürostuhl. »Zigarette?«

Sie lehnten ab, aber Alfredo zündete sich trotzdem eine Benson & Hedges an. Hinter ihm an der Wand befanden sich eine Karte von Mosambik und eine zweite, die Tom nicht genau erkennen konnte, von der er aber annahm, dass sie die nähere Umgebung zeigte. In Abständen steckten farbige Nadeln in etwas, das wie die Hauptstrasse zwischen dem Norden und dem Süden aussah. Auf dem Schreibtisch stand ein offener Styroporbehälter mit den Knochen eines halben Hühnchens darin. Tom roch Chili und Fett. »Haben Sie gehört, dass einer meiner Beamten ein verdächtiges Fahrzeug gesehen hat, das auf die Beschreibung des von Ihnen gesuchten Fahrzeugs passt?«

»Ja, Kapitän...«, sagte Sannie.

»Bitte, nennen Sie mich Alfredo.«

Sannie lächelte. Sie war eine weisse Afrikanerin und er ein Schwarzer, aber als er die attraktive blonde Frau ansah, hatte Tom den Eindruck, die Augen des Kapitäns seien lateinamerikanisch. Er glaubte auch, eine Spur von Erröten auf Sannies Wangen wahrzunehmen. »Ja, Alfredo, wir haben gehört, dass Sie nach demselben Toyota HiLux fahnden, den wir verfolgen und dass einer Ihrer Beamten das betreffende Fahrzeug gesehen haben könnte.«

Tom war beeindruckt davon, wie sie das geschafft hatte. In Tat und Wahrheit, wussten sie erst dass sie nach einem Toyota suchten, nachdem einer von Alfredos Männern es ihnen gesagt hatte. Tom und Sannie waren immer noch im Rückstand, aber hier wartete ihre Chance, aufzuholen und hoffentlich weiterzukommen.

Alfredo stand auf und drehte sich zu den Karten hinter ihm um. »Sim«, nickte er. »Eigentlich haben es mehrere meiner Leute gesehen. Nachdem die Meldung herauskam, fiel einem meiner Männer in Chisanno ein, dass ein HiLux mit einem getönten Fenster hinten am Verdeck an ihm vorbeigefahren war. Er erinnerte sich daran, weil es ungewöhnlich war, dass die anderen Fenster der Doppelkabine nicht getönt waren. Er sah den Wagen gegen ein Uhr heute Nachmittag. Sie können mit ihm persönlich sprechen, wenn Sie möchten. Ich habe ihn vorsichtshalber auf die Wache rufen lassen. Ich dachte, es könnte sich um dieses Fahrzeug handeln und habe alle meine Beamten dazu aufgerufen, besonders wachsam zu sein.«

Er warf ihnen einen langen, nachdenklichen Blick zu, als wolle er ihnen Zeit geben, zu würdigen, wie effizient er seine Polizeiarbeit gemacht habe. *Vielleicht*, dachte Tom, *wartet er auf ein Lob, weil er seine Arbeit gut gemacht hat.* »Fahren Sie bitte weiter!«, wies er den Mann an.

»Und dann?« fragte Sannie.

Tom sah auf seine Uhr.

Alfredo wandte sich wieder der Karte zu und legte einen seiner knochigen Finger auf einen Punkt. »Hier. In der Nähe von Chongoene, etwa dreizehn Kilometer nordöstlich von Xai-Xai, missachtete am späten Nachmittag ein HiLux mit getöntem hinterem, aber unverdunkelten Fenstern vorne bei der Fahrerkabine die Aufforderung eines meiner Beamten, anzuhalten.«

»Warum hat er ihn angehalten? Hat er es als das verdächtige Fahrzeug erkannt?«, fragte Tom.

Alfredo drehte sich zu ihm um und schüttelte den Kopf. »Bedauerlicherweise nicht. Das Funkgerät der Beamten funktionierte leider nicht, aber das Fahrzeug war zu schnell. Fünfundsechzig in einer Sechziger-Zone.«

Tom fand, der Kapitän habe dies in einem Tonfall gesagt, als sei es nur einen Schritt von einem Mord entfernt. »Haben Sie es nicht verfolgt?«

Alfredo schüttelte erneut den Kopf. »Dies ist ein armes Land, Detective Sergeant Furey. Nicht alle meine Beamten haben Autos oder Motorräder. Sie hatten keine Möglichkeit, den Toyota zu verfolgen, aber der Beamte benutzte sein Handy, um den nächsten Kontrollpunkt in Chidenguele anzurufen. Die Beamten dort sagten, die Beschreibung passe auf das verdächtige Fahrzeug, das Sie *verloren haben.*«

Die Betonung entging Tom nicht, aber er blieb stumm.

»Und dieser Kontrollpunkt hat Sie benachrichtigt?« wagte Sannie nachzufragen und suchte nach einer Möglichkeit, die Konfrontation zu entschärfen, bevor sie begann.

Alfredo lächelte über ihre Bemühungen. »Ja, Sannie. Ich habe die Polizisten bei den Radarfallen angewiesen, Strassensperren aufzustellen und jeden *Bakkie* zu kontrollieren, der durch diese Gegend fährt.«

Sie nickte. Das war gute Polizeiarbeit und eine rasche Reaktion.

»Aber«, fuhr Alfredo fort, nahm wieder Platz und wischte sich mit einer der Servietten, die mit dem Hähnchen geliefert worden waren, über die Stirn, als wäre er gerade von der Verfolgung des Fahrzeugs zurückgekommen, »das Fahrzeug hat Chidenguele nie erreicht.«

»Sind Sie sich sicher?« fragte Tom und bereute die Worte fast augenblicklich.

»Ich bin mir sicher, Detective Sergeant.«

»Bei einer festen Strassensperre wäre es schwer zu übersehen«, sagte Sannie, um Tom dafür zu tadeln, dass er das Wort des mosambikanischen Offiziers angezweifelt hatte und um Alfredo zu unterstützen. »Darf ich?« Sie stand auf und ging um den riesigen Schreibtisch herum, um die Karte genauer studieren zu können. Alfredo drehte sich in seinem Stuhl und sah zu ihr auf.

»Wie Sie sehen«, sagte er, »gibt es eine Nebenstrasse von der Küste weg, die sie hätten nehmen können.«

»Oder sie könnten irgendwo hier sein.« Sannie umrundete die etwa fünfundvierzig Kilometer Küstenlinie zwischen Chongoene und Chidenguele.

»Sagten Sie nicht, dies sei eine der belebtesten Gegenden Mosambiks?« erkundigte sich Tom. »Wir nahmen an, dass sie einen abgelegeneren Ort bevorzugen. Vielleicht weiter nördlich.«

Alfredo setzte zum Sprechen an, aber Sannie kam ihm zuvor. »Die etablierten Küstenorte wie Xai-Xai und Bilene weiter südlich sind gut besucht, aber dieser Teil der Küste ist noch sehr leer. Oder irre ich mich, Capitao?«

Alfredo nickte. »*Sim*, Sannie. Es gibt nur wenige Ferienorte und die sind meist ziemlich unzugänglich. Wegen der Dünen an der

Küste braucht man in dieser Gegend einen Allradantrieb, um dorthin zu gelangen.«

Sannie blickte zu Tom. »Abgelegen, für die meisten Fahrzeuge unzugänglich, an der Küste …«

»Perfekt«, stimmte ihr Tom zu. »Und trotzdem nur ein paar Stunden Fahrt von Maputo entfernt, falls sie irgendwo hinfliegen oder in eine Stadt verschwinden müssen.«

»Einige der Strände – vor allem die in der Nähe der Resorts – sind durch natürliche Riffe geschützt, so dass man auch mit einem kleinen Boot hinein- oder hinausfahren kann«, sagte sie.

»Capitao«, sagte Tom, der sich bemühte, bescheiden und flehend zu klingen, »welche Mittel haben Sie zur Verfügung, um diesen Teil der Küste abzusuchen?«

»Natürlich setze ich mich mit allen mir zur Verfügung stehenden Mitteln für diese Aufgabe ein«, sagte Alfredo. »Es ist für die britische Regierung selbstverständlich von grosser Bedeutung und ich hoffe, sie wird für die Hilfe unserer armen Polizei dankbar sein.« Er legte seine Hände mit den Handflächen nach oben auf den Schreibtisch.

Tom fragte sich, ob von ihm an dieser Stelle eine Bestechung erwartet wurde. Er verdrängte den kritischen Gedanken aus seinem Kopf. »Fahrzeuge?«, sagte er.

»Ich habe vier Autos und zwei Motorräder, aber nur einen Geländewagen – meinen eigenen Land Cruiser – mit dem wir natürlich jeder Spur nachgehen, die meine Beamten finden.«

Das erfüllte Tom nicht gerade mit Zuversicht. »Boote?«

»Es gibt an der *Praia* einige Schlauchboote, die der Polizei von der portugiesischen Regierung gespendet wurden. Aber leider«, Alfredo zuckte mit den Schultern, »haben sie alle Löcher.«

»Die *Praia*? Was ist das, der Strand?«

Sannie nickte. »Die *Praia do Xai-Xai*, der Strand der Stadt. Er ist etwa zehn Kilometer von hier entfernt.«

»Ich werde meine Beamten gleich morgen früh alle erreichbaren Dörfer und Ferienorte an diesem Küstenabschnitt kontaktieren lassen«, sagte Alfredo und stand auf, als wolle er signalisieren, das Treffen sei beendet. »Wenn wir eine Nachricht über das gestohlene

Fahrzeug erhalten, werde ich sofort mit meinem Land Cruiser losfahren und vier mit AK 47 bewaffnete Männer mitnehmen, die als Reaktionstruppe fungieren können.«

»Danke, Capitao. Wir sind Ihnen sehr dankbar, dass Sie uns getroffen haben und danken Ihnen bestens für Ihr freundliches Angebot, uns morgen zu helfen. Wir werden als erstes hier sein, um die Suche zu überwachen.« Sannie stand auf und nickte Tom zu, es ihr gleichzutun. Ihr Blick sagte ihm, er solle den Mund halten.

Als sie in die stickige, salzige Nachtluft hinausgingen, drehte sich Tom zu ihr um. »Was zum Teufel soll dieser Mañana-Blödsinn? Wir verschwenden nur Zeit.«

»Ruhig, ruhig.« Sie legte ihm eine Hand auf den Arm, wie sie es an der Grenze getan hatte. »Werden Sie sich der Realitäten der Polizeiarbeit in Afrika bewusst, Tom. Dieser Typ hat keine Boote, keinen Hubschrauber, nur einen Geländewagen und ein paar Fahrräder. Sie haben das Revier gesehen – es ist bis auf ihn und die diensthabende Frau leer. Seine Beamten sind sicher schon alle in ihren Dörfern unterwegs. Die Polizei hier verbringt die meiste Zeit damit, mit Radarkameras am Strassenrand zu stehen oder an Strassensperren Touristen zu schikanieren. Egal wie sehr man es sich wünscht, wird sich nicht einfach ein SWAT-Team vom Himmel abseilen.«

»Ich muss die Leute in Grossbritannien anrufen und ihnen Bescheid sagen. Vielleicht haben sie inzwischen sogar Leute vor Ort, in Südafrika oder hier. Wenigstens können wir die Möglichkeiten, an denen sich das Fahrzeug befinden kann, auf ein geografisches Gebiet einschränken.«

»Genau.« Sie nahm die Hand von seinem Arm. »Ich werde das Gleiche mit meinen Leuten tun. Solange wir hier keine Verstärkung bekommen, können wir leider nicht viel mehr tun, bis Alfredo morgen früh seine Leute an die Arbeit schickt.«

Tom ging von ihr weg in Richtung des Volkswagens und ballte und löste seine Fäuste. Er hatte Lust, auf etwas einzuschlagen, irgendwohin zu rennen, ins Auto zu steigen und die Küstenstrasse hinauf und hinunterzurasen, einfach etwas zu tun, um ein Fahrzeug zu suchen, von dem sie nur eine vage Beschreibung hatten. Es war alles so unglaublich frustrierend. Den ganzen Tag über war er nur einen Schritt hinter den Entführern gewesen. Sie waren so nah dran – aber in diesem Spiel reichte nah nicht aus. Er drehte sich um und sah Sannie dastehen, die ihm den Raum gab, sich Luft zu machen. »Es geht nicht um mich, Sannie. Ich möchte, dass Sie wissen...«

»Ich weiss, Tom«, sagte sie mitfühlend.

»Egal, wie das hier ausgeht, bin ich wahrscheinlich als Personenschutzbeamter am Ende. Ich habe grossen Mist gebaut und verdiene alles, was ich bekomme. Aber hier stehen die Leben zweier Männer auf dem Spiel. Ich kann nicht einfach am Strand sitzen und nichts tun.«

»Deshalb bin ich auch hier. Weiss Gott, ich habe meine Karriere wahrscheinlich auch vermasselt.« Sie versuchte, ein Lachen zu erzwingen, aber es war hohl und sie wussten es beide. Ihre Worte waren schlicht zu nah an der Wahrheit. »Aber wenn wir blindlings herumlaufen, werden wir mehr Schaden als Nutzen anrichten und das wissen Sie. Angenommen, wir fänden das Fahrzeug selbst und würden mit vorgehaltener Waffe hinrennen...«

»Sie sind uns zahlenmässig und waffentechnisch überlegen«, räumte er ein.

»Wenn wir es vermasseln, werden sie als erstes die Geiseln töten. Das wissen Sie, Tom. Nun ist der Zeitpunkt, an dem andere – das Militär, oder wer auch immer – einen Plan zur Rettung der Geiseln ausarbeiten müssen. Aber wir können immer noch nach ihnen suchen. Und zwar morgen. Vorsichtig.«

Er seufzte und liess sich gegen das Auto sinken. »Gott, ich habe Hunger – und Durst. Aber ich muss immer daran denken, wie schlimm es für Bernard und Greeves sein muss.«

»Sie wissen, dass Sie ihnen auf der Spur sind, Tom. Sie haben sie im Krügerpark beinahe erwischt. Das wird Ihre Männer am Leben erhalten und ihnen Hoffnung geben.«

»Wohin also als nächstes? In ein Hotel?«

Sannie schüttelte den Kopf. »Afrikanische Städte sind im Allgemeinen nicht für die Auswahl an Unterkünften bekannt. Alles, was ich bisher gesehen habe, gefällt mir nicht. In Kleinstädten sind Hotels oft gleichzeitig Bordelle.«

»Also, wohin?«

»Der Strand ist etwa zehn Kilometer von hier entfernt. Es gibt einen Campingplatz mit ein paar kleinen Häuschen, die man mieten kann. Wir haben dort vor ein paar Jahren übernachtet. Es ist kein Luxus, sollte aber in Ordnung sein.«

Tom zuckte mit den Schultern. Er war, wie schon seit der Landung in Afrika, überfordert und völlig auf sie angewiesen. Das war kein schlechtes Gefühl – jedenfalls nicht annähernd so schlecht, wie die Frustration, die er jetzt verspürte, weil es so aussah, als müssten sie sich bis zum Morgen zwölf Stunden lang gedulden. »Fahren Sie weiter.«

Sannie setzte sich ans Steuer. Nachdem die Hauptstrasse sie einen Hügel hinauf und aus dem Stadtzentrum herausgeführt hatte, bog sie bei einem Schild, mit einem Sonnenschirm auf dem *Praia do Xai-Xai* stand rechts ab. Es gab keine Strassenlaternen und nur die Helligkeit, die aus den Häusern der Dorfbewohner schimmerte, spendete in der Dunkelheit ein wenig Licht. Der Volkswagen rollte eine Achterbahn von Hügeln hinauf und hinunter, auf denen Bananen und andere Feldfrüchte, die Tom nicht ausmachen konnte, angebaut wurden. Im Gegensatz zu den Townships, durch die er auf dem Weg zum Krügerpark gefahren war, schienen die Dorfbewohner hier viele alte Bäume zwischen ihren Häusern stehen zu lassen, entweder als Schattenspender oder zur Stabilisierung der sandigen Hügel, auf denen sie lebten.

Die Strasse zum Strand endete in einer Schleife auf einer Klippe und Sannie bog nach links auf eine Nebenstrasse ab, die auf dem Weg hinunter zum Indischen Ozean schnell von einer Teer- zu einer Naturstrasse wurde. Der Wind hatte aufgefrischt und Tom erkannte durch die Düsternis hindurch auf dem dunklen Meer Wolken in der Form einer Herde galoppierender weisser Pferde. Durch das offene Fenster roch er salzige Luft und trotz der Brise war es draussen immer noch warm. Als sie den Hügel hinunterfuhren, sah er Ferienhäuser, die wie aus einem Prospekt aus den 1970er Jahren aussahen.

Sie hatten geschwungene Veranden, kantige geometrische Formen und jede Menge Tünche. Obwohl viele der Villen, wie er feststellte, mit einem Anstrich in Pastellfarben aufgefrischt worden waren und über gepflegte Gärten verfügten, sahen einige immer noch heruntergekommen aus. Vor der Tür eines besonders schönen Hauses mit ockerfarbenem Putz stand ein eigener Wachmann mit blauem Barett und militärischer Uniform.

Am Fusse des Hügels schien Sannie für einen Moment die Orientierung verloren zu haben. »Tut mir leid, ich hätte nicht rechts, sondern links abbiegen sollen«, sagte sie und vollführte eine Dreipunktewendung. Vor ihnen befand sich ein mehrstöckiges Hotel aus weissem Beton, in dessen Zimmern jedoch kein Licht brannte. Als Sannie die Richtung geändert hatte, blickte Tom zurück und erhaschte einen Blick auf die Fassade des Hotels. Es war völlig ausgehöhlt und die Zimmer waren leer. Die Glasscheiben aller Fenster und vermutlich auch deren gesamter Inhalt waren verschwunden. In gewisser Weise erinnerte das Hotel Tom an ägyptische Tempel im Tal der Könige oder an die Ruinenstadt Petra in Jordanien, die er besucht hatte, als er einen früheren Aussenminister beschützte. Das Hotel stand da wie ein weiteres Relikt eines verschwundenen Volkes und er fragte sich, ob das Hotel eines Tages wiedereröffnet würde. Aber nach dem, was Sannie gesagt hatte, schien der Tourismusboom das verschlafene, heruntergekommene Xai-Xai zugunsten von schöneren Strandimmobilien weiter nördlich ausgelassen zu haben.

Am Tor des *Campismo do Xai-Xai* begrüsste sie ein älterer afrikanischer Wachmann und führte sie durch den Campingplatz, der sich hinter einer Reihe niedriger Dünen mit Bäumen und Hecken vom Strand absetzte. Tom bemerkte inmitten der Büsche einen Sicherheitszaun, sah aber auch, dass er an einigen Stellen heruntergetrampelt war. An mehreren Bäumen rund um den kleinen Campingplatz hingen Neonröhren, von denen etwa jede zweite kaputt schien. Es gab nur zwei Parteien von Campern: Ein Paar in einem Wohnwagen, der von einem Mazda-Pick-up gezogen wurde, der schon bessere Tage gesehen hatte sowie einen alten Toyota Cressida, der neben einem Zweimannzelt geparkt war. Es sah kaum nach einem Spielplatz der Reichen und Berühmten aus.

Als sie anhielten, sprach Sannie mit dem Platzverwalter, der ihnen die Tür eines kleinen blauen Bungalows aufschloss, dessen Wände und Dach aussahen, als seien sie aus Asbestplatten gefertigt worden. Er schaltete das Licht ein und die einzige nackte Glühbirne beleuchtete ein Doppelbett im vorderen Teil des Raumes und eine Küchenzeile. Sie gingen hinein und fanden im hinteren Teil, von einem Vorhang abgetrennt, einen Alkoven mit zwei Einzelbetten.

»Ich war einen Moment lang besorgt.« Sannie nickte mit Blick auf das Doppelbett. »Sie hätten die Nacht fast im Auto verbringen müssen. Sie bekommen eines der Einzelbetten. Ich hoffe, Sie schnarchen nicht.«

Die Hütte roch modrig und feucht und Tom hörte Mücken um seine Ohren summen. Als er Sannie nach dem Preis fragte, fand er ihn überhöht für das, was es war, aber niemand von ihnen war in der Stimmung, zu feilschen. Wir nehmen es«, sagte er zum Hausmeister und Sannie übersetzte es.

Als sie zum Auto zurückgingen, um ihre spärlichen Vorräte und Habseligkeiten auszupacken, schaute er auf seine Uhr. Es war kurz vor neun Uhr abends und Tom holte das batteriebetriebene, tragbare Kurzwellenradio aus seiner Tasche, das er immer auf seine Überseereisen mitnahm. Sie hatten in regelmässigen Abständen den BBC World Service eingeschaltet. »Lassen Sie uns noch einmal die Nachrichten hören.« Die Piepser läuteten die Stunde ein. Die Nachricht von Greeves' Entführung hatte zwar immer noch einen hohen Stellenwert, war aber als Hauptthema vom Bericht über einen Skandal um die Gehälter von Fussballspielern verdrängt worden. *Typisch*, dachte Tom.

»Ich hole uns etwas zu trinken«, sagte Sannie und öffnete die Heckklappe des Chico.

»Danke, ich könnte einen Drink gebrauchen.«

»Eine in Afrika ansässige Terrorgruppe hat sich zur Entführung des britischen Ministers für Beschaffungswesen, Robert Greeves, und eines noch

nicht genannten Mitarbeiters bekannt und ein Video veröffentlicht, in dem sie mit ihrer Enthauptung droht ...«

»Cola?«

»Pst.« Tom winkte sie näher heran. Der Empfang war schlecht, also beugten sie sich beide vor, um den Bericht zu hören.

»Im Video ist Minister Greeves mit rasiertem Kopf und orangefarbenem Overall zu sehen, wie er vor drei Männern in Tarnuniformen kniet, die automatische Waffen tragen. Einer der mutmasslichen Terroristen hält ein langes Schwert auf den Schultern des Ministers und sagt auf Arabisch: »Wenn der britische Premierminister nicht innert achtundvierzig Stunden zustimmt, alle Truppen seines Landes aus dem Irak und Afghanistan abzuziehen, wird dieser Kriegsverbrecher, Robert Greeves, geköpft.« Der Videoclip in niedriger Auflösung wurde Berichten zufolge heute per E-Mail an einen arabischsprachigen Satellitennachrichtensender geschickt und vor einer Stunde erstmals ausgestrahlt. Die Entführer sagen, sie seien Mitglieder einer bislang unbekannten Gruppe namens ›Islamisches Afrikanisches Morgenrot‹. Herr Greeves, der im Video nichts sagt, verschwand gestern Morgen aus einer Luxuslodge in Südafrika, nachdem er Gespräche mit ...«

Tom richtete sich im Autositz auf, während er dem Sprecher zuhörte. »Sie müssen es heute Nachmittag geschickt haben, als wir auf der Suche nach ihnen waren. Das bedeutet, sie haben angehalten und halten sich irgendwo versteckt.«

Sannie nickte. »Sie können also nicht viel weitergefahren sein als dorthin, wo Alfredos Männer sie zuletzt gesehen haben. Der Nachrichtensprecher sagte ›Video in niedriger Auflösung‹ Sie könnten es über ein Satellitenmodem oder sogar von einem Telefon gesendet haben. Wenn es eine Telefonkamera ist, müssen sie sich in einem Gebiet mit Mobilfunkempfang befinden.«

Tom nickte. »Zumindest ist er noch am Leben – und sie geben der Regierung achtundvierzig Stunden Zeit. Aber nichts Neues von Bernard.«

Sannie lehnte sich mit verschränkten Armen ans Auto, um die neuen Informationen zu verarbeiten. »Sie wollen ihn vielleicht in einem separaten Video verwenden, um das Interesse der Medien an der Geschichte aufrechtzuerhalten. Sie kennen das Fernsehen – es kann dasselbe Material nur ein paar Mal zeigen, dann verlieren die Leute das Interesse.«

»Hoffen wir es, um seinetwillen. Ich würde das Video gerne sehen.«

»Dort drüben«, sagte Sannie und deutete auf den Wohnwagen.

»Was ist damit?« fragte Tom.

»Kommen Sie mit.«

Als sie sich dem Wohnwagen näherten, sahen sie einen übergewichtigen weissen Mann im Nebenzelt sitzen. Sein Campingstuhl sah aus, als breche er nächstens unter ihm zusammen. Er trank aus einer grossen gelben Dose ›Laurentina‹-Bier, während seine zierliche Frau an einem ausklappbaren Tisch etwas in einer Schüssel rührte. Sannie ging mit Tom im Schlepptau auf sie zu. Als sie sich dem Paar näherten, sah Tom flackerndes Licht, das sich in ihren Gesichtern spiegelte und hörte Menschen, die sich auf Afrikaans unterhielten. Das Paar jedoch war still.

Sannie deutete auf die Rückseite des Wohnwagens, und Tom dämmerte, was er da sah. An einem auf dem sandigen Boden verankerten Reserverad mit einer weissen Stange war eine tragbare Satellitenschüssel, etwa so gross wie ein grosser Wok, befestigt. Ein Kabel führte in den Zeltanbau und obwohl Tom den Bildschirm immer noch nicht sehen konnte, wurde ihm klar, dass das Paar Satellitenfernsehen schaute. An einem einsamen Strandabschnitt in Mosambik, hunderte von Kilometern von zu Hause entfernt.

»Ja, wir lieben unser Fernsehen«, sagte Sannie. »Einige dieser Leute würden ihr Haus nicht verlassen, wenn sie befürchteten, dadurch ihre Seifenopern oder Rugbyspiele am Wochenende zu verpassen.« Sie ging zu dem Paar und begrüsste es auf Afrikaans.

Der Mann schaute mit einem leicht verärgerten Ausdruck auf seinem fleischigen Gesicht vom Bildschirm auf. »Ja?«

»Können wir bei Ihnen etwas im Fernseher schauen, bitte. Können Sie auf BBC World oder einen der anderen Nachrichtensender umschalten?«

»Meine Frau sieht sich ihre Serie an«, sagte er abschätzig.

»Es ist wichtig. Wir sind Polizeibeamte – ich bin Inspektorin Susan Van Rensburg.«

Der dicke Mann lachte. »Was, Sie kommen, um meine TV-Lizenz zu überprüfen? Wir sind hier in Mosambik, nicht in Südafrika.«

Tom ging vor den Bildschirm. »Die Dame sagte, es sei wichtig.«

Der Mann wollte aufstehen, doch dann sah er Toms Blick. »Wir müssen unbedingt die Nachrichten sehen.«

Die Frau hatte bereits mit der Fernbedienung den Kanal gewechselt und der Protest des Mannes verstummte, als auf dem Bildschirm das Bild von Greeves, der unter der drohenden Klinge des Henkers kniete, erschien. Tom und Sannie drängten sich in den Zeltanbau, um genauer hinschauen zu können. »Sie sind hinter diesen *Skurken* her?«

Sannie nickte und sah sich schweigend das Video an.

»Entschuldigung, ja. Viel Glück. Aber ich glaube, der Typ ist zum Abschuss freigegeben«, sagte der Mann, als der Beitrag zu Ende war.

Tom hatte die drei bewaffneten Männer im grobkörnigen Videoclip gesehen und wusste, dass er und Willie ihnen zwar Schmerzen bereitet und ihre Zahl um zwei reduziert hatten, aber der massige Mann wahrscheinlich recht hatte. Es gab nichts, was sie jetzt tun konnten, ausser zu warten.

»Ich werde für ihn beten«, sagte die schlanke Frau.

»Das kann nicht schaden«, sagte Tom. Er spürte, dass Sannie seine Hand nahm und schaute bei der unerwarteten Geste zu ihr hin. Er sah, dass sie ihre Augen niedergeschlagen hatte und dass ihre andere Hand in einer der Hände des grossen Mannes lag und seine wiederum mit der seiner Frau verbunden war. Tom spürte, dass ihm bei der Geste dieser Fremden plötzlich ein Kloss im Hals steckte. Hand in Hand mit Sannie – der schönen, klugen, entschlossenen, mutigen Sannie, die ihre Karriere für ihn riskierte –, betete er.

Tom nahm die Hand der älteren Frau und schloss den Kreis.

Er neigte den Kopf und sagte leise: »Bitte.«

16

———————

Unter dem Blechdach des Flugzeughangars auf dem Luftwaffenstützpunkt Hoedspruit, nahe der Westgrenze des Krüger-Nationalparks, drückte die Hitze immer noch, obwohl es Mitternacht war. Der feuerfeste schwarze Overall, den Jonathan Fraser trug, machte dies nicht besser, aber er musste ihn anbehalten. Ausserdem war er bereit, den Rest seiner Ausrüstung anzuziehen, sobald die Situation auf die eine oder andere Weise geklärt war.

Seinen Männern brauchte man nicht zu sagen, was sie zu tun hatten – sie waren alle Profis. Sie nahmen die Waffen aus ihren Koffern, M4-Sturmgewehre und MP5-Maschinenpistolen von Heckler & Koch zerlegten und reinigten sie, überprüften Pistolen und luden Magazine mit Munition. Sprengstoffexperten bereiteten Sprengladungen mit unterschiedlicher Stärke vor. Solange sie nicht wussten, wo die Zivilisten festgehalten wurden und welche Art von Versteck die Terroristen nutzten, mussten sie sich auf alle Eventualitäten vorbereiten, um von einer Holztür bis zu einem geschweissten Sicherheitstor aus Stahl alles sprengen zu können. Als Kampfsanitäter ausgebildete Soldaten der Airforce Spezialeinheit SAS, packten ihre Erste-Hilfe-Kästen aus und wieder ein, nachdem sie überprüft hatten, dass ihre Vorräte an Morphium und Beuteln mit Infusions-flüssigkeit die Reise überstanden hatten.

Draussen standen, in Scheinwerferlicht getaucht, die Flugzeuge, die Fraser zur Verfügung standen und wurden von einem schwarzen Angehörigen der Fliegertruppen mit einem Schäferhund bewacht. Die britische C-17 wirkte ebenso elegant wie ein schwangeres Walross. Neben ihr standen drei robuste Atlas-Oryx-Hubschrauber – verbesserte südafrikanische Versionen des französischen Puma – und warteten wie eine Reihe angebundener Kavallerie-Reittiere. Daneben die FA-18 Hornet der US-Navy, so glatt, grau und tödlich wie ein Hai.

Ein südafrikanischer Oberst hatte in aller Eile das nominelle Kommando über die multinationale Operation erhalten, aber Major Jonathan Fraser war klar, wer das Sagen übernehmen würde, falls jemand Greeves und Joyce zu Gesicht bekäme: Er. Im Moment konnte er jedoch nichts anderes tun, als seine Waffen zu reinigen und die persönliche Ausrüstung – Schutzweste, Funkgerät, Betäubungs-granaten und Tränengas – immer wieder zu überprüfen. Er musste abwarten und studierte währenddessen Karten und Luftbilder des langen Küstenstreifens, von dem dieser Polizist, der sie alle in diese Lage gebracht hatte, *vermutete,* dass dort die Geiseln festgehalten wurden.

Frasers Nachrichtentechniker hatten ihr Satellitenkommunikati-onssystem im Hangar in Rekordzeit zum Laufen gebracht. Neben sicheren Telefon- und E-Mail-Verbindungen mit Grossbritannien verfügte er somit auch über eine Breitband-Internetverbindung. Bis sie direkten Zugang zu Daten von einem umgeleiteten CIA-Satelliten erhielten – was die Amerikaner versprochen hatten – musste er sich mit Bildern des zivilen Äquivalents, Google Earth, begnügen, um ein Gefühl für die Küstenlinie nördlich von Xai-Xai zu bekommen.

Polizeihauptinspektor Shuttleworth war vor einer Stunde einge-troffen und von einem Fahrer der South African National Defence Force vom örtlichen Flughafen abgeholt worden. Sein Anschlussflug aus Johannesburg hatte sich verspätet. Fraser hatte keine Ahnung, warum der Mann kam – der Anteil der britischen Polizei an dieser

Operation war irrelevant. Hätte deren Mann seinen Job von Anfang an gemacht, wäre jetzt niemand von ihnen hier. »Guten Morgen, Chief Inspector.«

Shuttleworth trank einen Schluck aus einer Plastikflasche und sah auf die Uhr. »Guten Tag, Major.« Er hatte seinen Anzug abgelegt und unter den Achseln zierten grosse feuchte Flecken sein Hemd. Er sah blass aus und schien dem Rentenalter nahe zu sein.

»Jonathan, bitte. Schön, einen Schotten zu treffen.« Fraser war stolz auf seine Diplomatie. Das war auch bei Übungen so. Bevor das Regiment zum Einsatz kam, um den Job, der für die Polizei eine Überforderung darstellte, zu beenden, musste man den Egos der Personen etwas schmeicheln. »Haben Sie mit Ihrem Mann, Furey, gesprochen?«

»Aye.« Shuttleworth war in der Luft, als Furey ihn anzurufen versuchte, um ihn über den Stand der Dinge jenseits der Grenze in Mosambik zu informieren. Die Telefonzentrale der Met in London hatte ihn mit dem COBRA-Lagezentrum in der Downing Street verbunden und ihm die sichere Satellitentelefonnummer von Jonathan Fraser in Hoedspruit gegeben. Tom gab dem SAS-Kommandeur seine Informationen weiter und Shuttleworth, der nach seinem Flug die Verspätung aufholen wollte, forderte die gleichen Informationen von Tom ein. »Die Mosambikaner haben heute gute Arbeit geleistet und das verdächtige Fahrzeug – vorausgesetzt, es war das richtige – identifiziert. Bei Tagesanbruch werden sie mit der Suche beginnen.«

Fraser musste sich ein Lachen verkneifen. Da wurde gelobt, dass das Tor geschlossen wurde, obwohl das Pferd längst weggelaufen war. Wie üblich war das Militär der Zivilpolizei einen Schritt voraus und scheute nicht vor entschlossenem Handeln zurück. Die südafrikanischen Verteidigungskräfte hatten den Mosambikanern die Beschreibung des wahrscheinlichen Fluchtfahrzeugs gegeben. Auch mehrere Stunden nach den Entführungen hatte das südafrikanische Militär noch immer keine Erlaubnis erhalten, die Grenze zu überschreiten und die Terroristen zu verfolgen. Doch der für die Operation verantwortliche Oberst, ein früheres hochrangiges Mitglied des Militärflügels des ANC, hatte einen der Oryx-Hubschrauber mit einem südafrikanischen Aufklärungskommando über die Grenze beordert, das versuchen sollte, die Spur der Flüchtigen aufzunehmen.

Fraser war von diesem Mann beeindruckt. Nicht nur wegen seines risikofreudigen, entschlossenen Handelns, sondern auch, weil der Colonel die Weitsicht besessen hatte, die Kommandotruppen sofort nach seiner Ernennung nach Hoedspruit zu beordern. Sie wollten in Mosambik zwar keine terroristischen Hochburgen angreifen – Südafrika konnte nicht riskieren, seinen Nachbarn zu verärgern, falls die Dinge schiefgingen –, aber sie waren eine hervorragende Ressource, auf die man während einer Verfolgungsphase zurückgreifen konnte. Sie waren zu sechst, allesamt einschüchternd aussehende Recken. Die Weissen erinnerten Fraser an Stürmer des Springbok Rugby-Teams, während die Schwarzen Zulu-Krieger hätten spielen können. Der britische SAS rühmte sich seiner Fähigkeit, sich unbemerkt an einen Ort zu schleichen und ein paar Kehlen aufzuschlitzen oder ein, zwei Geiseln zu retten. Diese Gruppe von Aufklärern sah jedoch aus, als rammten sie die Türen eines Verstecks mit der Stirn, räumten jeden ab und legten auf dem Weg alles in Schutt und Asche.

Eine ihrer Schlüsselqualifikationen war die Fährtenverfolgung im afrikanischen Busch. Am Nachmittag, als Fraser und seine Männer von England nach Südafrika flogen, überquerten die Aufklärer die Grenze und fanden die Stelle, an der die Flüchtigen ihr zweites Fluchtfahrzeug abgeholt hatten. Anhand der Reifenprofile identifizierten die Aufklärer die wahrscheinliche Art des Fahrzeugs – ein weiterer Pick-up mit Allradantrieb. Die schlechte Nachricht dabei war, dass es sich, wie beim ersten Wagen, den die Bande benutzt hatte, um ein äusserst gängiges Modell handelte. Das Team hatte ihn bei seiner Ankunft darüber unterrichtet und Fraser gab die Informationen an Shuttleworth weiter.

»Dieser Mann, Furey, ist ein ziemlicher Einzelkämpfer, oder? Er arbeitet gerne selbständig?«

Shuttleworth sah Fraser in die Augen. »Er ist einer der besten Personenschützer, die ich habe. Die Flucht über die Grenze war natürlich völlig unbefugt, aber er ist diesen Terroristen seit den Entführungen auf den Fersen.«

»Hmm.« Fraser war noch nicht von den Fähigkeiten des Mannes überzeugt. Seiner Meinung nach sollten Schutzbeamte ihren Mann vor Gefahr bewahren und ihn nicht über internationale Grenzen hinweg jagen.

»Aye, und als Sie noch in kurzen Hosen herumliefen, Jonathan, hat er mit der Spezialeinheit Bombenzellen der IRA hochgenommen. Vergessen Sie, wenn Sie diesen Mistkerlen gegenüberstehen, nicht, dass es zwei weniger davon gibt, weil Tom Furey heute Morgen seine Aufgabe erfüllt hat.«

Dennoch wären sie gar nicht hier, wenn nicht einer der besten Männer der Met versagt hätte, sagte sich Fraser und wandte sich wieder dem Computer und seinen detaillierten Karten der mosambikanischen Küste zu.

17

Die Tür öffnete sich und Bernard Joyce erwachte. Draussen hörte er Frösche quaken. Es schien Nacht zu sein, doch unter der stickigen Kapuze herrschte ständige Dunkelheit. Er roch, dass noch jemand im Raum war. Eine Hand bewegte sich an seiner Kehle und er zuckte erschrocken zurück, aber eine Stimme sagte: »Ruhig!« Er zwang sich, sich zu entspannen, denn er wollte vor diesen Männern keine Angst mehr zeigen. Er spürte, wie die Finger die Knoten der Schnur, mit der der Sack um seinen Hals gebunden war, lösten.

Bernard schnupperte die warme, klebrige, salzige Nachtluft, die frischer als sein eigener Atem in der Kapuze war und ihm deshalb herrlich kühl erschien. Er blinzelte. Der Raum war schwach beleuchtet, nur von einer Lampe irgendwo auf dem Flur. Die Zellentür stand offen und er nahm den Geruch, der von draussen kam, wahr. Die Hände des Mannes waren dunkelhäutig und sein Gesicht war unter einer Skimaske verborgen. Bernard war sich sicher, dass es einer der beiden war, die ihn zu seinem Treffen mit dem Araber gebracht hatten. Diesmal war der Mann jedoch allein. Bernard hatte keine Ahnung, wie lange er geschlafen hatte, erinnerte sich jedoch daran, dass er davor den Motor eines Autos anspringen hörte. Waren die anderen zu Besorgungen aufgebrochen? Seine Gedanken rasten. Es war wenig Zeit gewesen, eine Routine zu entwickeln und zweifellos wollten sie ihn aus dem Gleichgewicht bringen. Als er Bernards Kapuze wegzog, hatte sein Entführer die Waffe, die nach unten zeigte, umgehängt.

Die kleinen Annehmlichkeiten gingen weiter, als der Mann das Klebeband abriss, das nach dem früheren Gespräch über Bernards Mund geklebt worden war. Bernard jammerte nicht über den Schmerz beim Entfernen des Klebebands, denn dadurch wurde das Atmen erleichtert. Unbehindert von Kapuze und Klebeband wurde er ruhiger. Ausserdem schien ihm, sein Gehirn beginne besser zu funktionieren.

Der Dunkelhäutige zog ein Messer aus einer Lederscheide an seinem Gürtel. Der Mann beugte sich vor und Bernard versuchte, seine Angst zu kontrollieren. Wieder war alles, was er sagte: »Still!«. Er griff hinter Bernard an dessen Rücken und schob die kalte, schmale Klinge zwischen seine gefesselten Handgelenke. Obwohl er Angst hatte, der Mann könne ihn aus Versehen schneiden, zuckte er nicht. Nach einer leichten Bewegung des Handgelenks spürte Bernard, dass die dicken Kabelbinder auseinandersprangen. Allerdings wurde seine Dankbarkeit darüber, dass er seine Hände wieder spürte, vom sofortigen, überwältigenden Schmerz, der mit dem zurückkehrenden Blut in seine Finger strömte, erstickt.

»Reiben Sie sie.«

Bernard tat wie geheissen, massierte seine Handgelenke und betrachtete die raue Haut, dort wo die engen Fesseln sich eingegraben hatten. Das Messer noch immer in der Hand, zog der Mann hinter seinem Rücken ein Paar metallene Polizeihandschellen aus dem Gürtel. Er hielt sie Bernard vor die Nase. »Die Hände nach vorne. Anziehen!«

Bernard war darüber enttäuscht, aber alles war besser als die Plastikfesseln. Die Hände vor sich zusammengekettet zu haben, würde zumindest den ständigen Schmerz in den Schultern vermindern. Widerwillig schloss er die offenen Handschellen an beiden Handgelenken, liess sie aber so locker, dass sie seine Haut nicht berührten. Der Mann griff nach unten und überprüfte die Fesseln, wobei er sie, obwohl Bernards Finger noch nicht voll durchblutet waren, um eine weitere Kerbe verengte. Der Mann liess sich auf ein Knie nieder und zerschnitt das Band, mit dem Bernards Knöchel zusammengebunden waren. Wie bei den Handgelenken mischte sich die Erleichterung mit dem neuen Schmerz, den der Blutfluss in den gequälten Fusssohlen neu zu entfachen schien.

»Aufstehen!«

Erneute Qualen, aber es tat gut, den Kreislauf in Schwung zu bringen. Der Mann steckte sein Messer zurück in die Scheide und entsicherte seine verkürzte AK 47. Er richtete sie auf Bernards Bauch und deutete mit dem Kopf in Richtung der offenen Tür. »Raus!« Bernard humpelte, denn der Schmerz in seinen Füssen nahm mit jedem Schritt zu. Der Mann stiess den stumpfen Lauf hart in seine Wirbelsäule und er schlurfte in den Korridor. »Weiter!«

Das letzte Mal, als er aus seinem Zimmer geholt wurde, hatte man ihm eine Kapuze aufgesetzt. Trotz der Gefahr, bestraft zu werden, schaute Bernard sich um. Er befand sich in einem Korridor, von dem crèmefarbene Holztüren weggingen. Als er aufblickte, sah er in ein hohes, von Balken getragenes Strohdach. Der Boden war wie der in seinem Zimmer aus Beton und mit einer Art Wachs auf stumpfen Glanz poliert, was ihn ziemlich rutschig machte. Die Wände waren verputzt und weiss getüncht. Ein Fenster im Flur war, wie das in seinem Zimmer, mit schwarzem Plastik zugeklebt. Vor ihm, am Ende des Korridors, befand sich eine weitere helle Tür, in deren Schloss ein Schlüssel steckte. Er warf einen Blick zurück, bis er weiter nach vorne geschubst wurde, und sah am anderen Ende des Flurs eine weitere Holztür.

Der Mann mit der Maske winkte ihn zur Tür am Ende des Flurs, griff dann um ihn herum und drehte den Schlüssel im Schloss. Die Tür öffnete sich und machte den Weg zu einem Badezimmer mit einer Kombination aus einer Badewanne, einer Dusche und einer Toilette frei. Der Emailleüberzug der Badewanne war abgeplatzt und fleckig und es roch nach Schimmel und altem Urin, aber Bernard hatte vergessen, wie wunderbar solch einfache Einrichtungen sein konnten. Er hatte sich eingenässt, aber seinen Darm hatte er nie entleeren können. Er stank und hatte Schmerzen und dankte seinem Entführer fast, als dieser in anwies: »Waschen.« Bernard bemerkte, dass der Boden der Wanne mit Wasser bedeckt war und als er auf den Boden sah, entdeckte er auf drei ausgebreiteten Zeitungsblättern einen Haufen grauschwarzer Haare. Auf einem Regal an der Seite lag eine Haarschneidemaschine, die an einer Steckdose an der Wand angeschlossen war. Als Waffe wären sie nutzlos. Er fragte sich, ob die Haare auf dem Boden von Robert stammten und ob seine als Nächstes den Hügel ergänzen würden. Vermutlich waren die Haare auf der Zeitung gesammelt worden, um sie zu entsorgen. Dieser Gedanke liess ihn frösteln.

Während Bernard mit immer noch gefesselten Händen seine schmutzigen Boxershorts auszog, stand der Mann in der Tür. Zusätzlich zu den blauen Flecken auf seinem Körper und den Schnitten und Striemen an seinen Füssen war seine blasse Haut mit Mückenstichen übersät. Beschämt wandte er sich vom Terroristen ab und liess den Wasserhahn laufen. Er spürte, dass heisses Wasser aus dem Duschkopf kam. Auf der Toilette sitzend starrte er den Mann an, der hinter seiner Maske über den Versuch des Engländers lächelte, trotz seiner Verlegenheit etwas Trotz zu zeigen. Bernard wandte sich wieder zum Korridor hin und sah einen einfachen Holzstuhl hinter der Tür, auf dem ein zusammengefalteter orangefarbener Arbeitsanzug lag. Er musste an die Videos denken, die er von Gefangenen der arabischen Terroristen im Irak gesehen hatte. Oft trugen die Opfer die gleiche Art Kleidung, die den Uniformen der Gefangenen in Guantanamo Bay ähnelte. Wurde er für seinen Fernsehauftritt herausgeputzt? Durchaus möglich. Wenn er an den Stuhl herankäme, könnte er ihn als Waffe benutzen. Doch der Mann stand, die rechte Hand am Pistolengriff des Sturmgewehrs, den Finger durch den Abzugsbügel gekrümmt, in der Tür. Seine Augen verfolgten jede von Bernards Bewegungen.

Nackt trat er unter die Dusche und bearbeitete seinen schmutzigen Körper mit einem Stück Seife. In der Wand neben ihm gab es ein kleines Fenster aus Milchglas und wenn er sich auf die Zehenspitzen gestellt hätte, hätte er vielleicht hinausschauen können. Es war nur ein paar Zentimeter geöffnet und er wusste, dass es ihn deprimieren würde, wenn er versuchte, hinauszusehen oder es weiter zu öffnen. Der Mann schien seine Gedanken zu lesen, denn als Bernard über die Schulter zu ihm hinüberblickte, schüttelte er den Kopf. Bernard nickte ihm zustimmend zu. Er schäumte sein Haar mit der Seife ein und wusch sich erneut von Kopf bis Fuss.

Bernard spülte die Seife ab und nahm plötzlich starken Rauchgeruch wahr. Er schaute wieder zu seinem Bewacher und sah, dass auch dieser schnupperte. Ein Stoss von Meereswind brachte eine weitere Rauchschwade ins Bad, die von einigen schwarzen Ascheflocken begleitet wurde, die sich auf Bernards nasser Haut auflösten. Bernard trat vom Fenster zurück.

»Es reicht! Raus!« Der Mann schwang sein Gewehr und Bernard stieg tropfend aus der Badewanne und auf den polierten Betonboden. »Hinsetzen!« Bernard folgte der Anweisung und setzte sich mit angezogenen Knien neben der Toilette in der Ecke auf den Boden.

Der Terrorist stieg in die Badewanne, warf Bernard noch einmal einen drohenden Blick zu und stellte sich schnell auf die Zehenspitzen, um aus dem Badezimmerfenster zu schauen. Er fluchte in seiner lateinischstämmigen Sprache, die Bernard schon einmal gehört hatte – wahrscheinlich Portugiesisch. »Hierbleiben!«, bellte er Bernard zu, drehte sich um, ging hinaus, schlug die Badezimmertür hinter sich zu und drehte den Schlüssel im Schloss.

Bernard sprang auf, stieg wieder in die Badewanne, öffnete das winzige Fenster ein paar Zentimeter weiter und spähte hinaus. Dort erhellten Flammen die Dunkelheit. Neben dem Gebäude, in dem er sich befand, stand ein kleines, rundes Häuschen mit weissen Wänden und einem Strohdach, das schnell von den Flammen verschlungen wurde. Bernard spürte die zunehmende Hitze auf dem Gesicht. Niemand war draussen, doch er hörte, dass irgendwo im Haus eine Tür geöffnet wurde. Der maskierte Terrorist lief, sein Gewehr auf dem Rücken, zu einem in einem Bougainvillea-Beet versteckten Wasserhahn und spulte einen Gartenschlauch ab.

Bernard kletterte aus dem Bad, rutschte dabei in seiner Eile fast aus und zog sich seine schmutzigen Boxershorts an. Er richtete den Blick auf das Schlüsselloch und lächelte zum ersten Mal seit seiner Entführung. Er sah nichts, also steckte der Schlüssel noch im Schloss. Er sah sich nach etwas um, das er durchs Schlüsselloch stecken konnte. Der Spülmechanismus der Toilette war längst von der Oberseite des Spülkastens abgebrochen und nun ragte ein Stück Draht durch das Loch in der Oberseite des Porzellandeckels. Er hob den Deckel des Spülkastens ab und hängte den Draht aus. Dann schüttelte er Roberts Haare vom Zeitungsblatt, schob das Papier unter der Tür durch und steckte den Draht ins Schlüsselloch. »Komm schon, komm schon«, flüsterte er und rüttelte an der Tür. Der Schlüssel fiel klappernd herunter und Bernard hielt den Atem an. Hoffentlich war er nicht abgeprallt und von der Zeitung geglitten. Er zog das Papier zu sich. »Ja!«, rief er leise, als der Schlüssel unter der Tür durchrutschte. Er hob ihn mit seinen gefesselten Händen auf, liess ihn in seiner Hektik jedoch beinahe fallen. Schliesslich drehte er den Schlüssel im Schloss und die Tür öffnete sich.

Bernard schnappte sich das Handtuch und trocknete seine Füsse schnell ab, wobei er rosa Flecken hinterliess. Er wollte keine Fussabdrücke auf dem polierten Boden des Hauses hinterlassen und es seinem Entführer damit leichter machen, ihn dadurch zu verfolgen, aber seine Fusssohlen bluteten trotzdem und er konnte es nicht ändern. Er ging eilig den Flur entlang. »Robert?« An der ersten Tür gab es keine Antwort. Er ging am Raum, in dem er gefangen gehalten wurde, vorbei und blieb vor der nächsten Tür stehen. »Robert, ich bin's, Bernard. Robert, bist du da drin?« Von der anderen Seite kam ein ersticktes Gemurmel als Antwort und das Geräusch von Metall, das auf Metall klapperte.

Bernard probierte den Schlüssel der Badezimmertür im Schloss aus und zu seiner Überraschung funktionierte er. Das war nicht gerade der neueste Stand der Sicherheitstechnik, aber die Terroristen verliessen sich wohl darauf, dass ihre Gefangenen die meiste Zeit gefesselt und geknebelt blieben. Robert lag, nur mit einer Unterhose bekleidet, auf den nackten Federn eines eisenbeschlagenen Betts auf dem Rücken. Seine Hand- und Fussgelenke waren mit Handschellen an den Rahmen gefesselt. Bernard ging zu ihm, hob die Kapuze über seinen Kopf und zog das Klebeband vom Mund des Politikers ab. Sein Kopf war fast kahl rasiert und die jungfräuliche Kopfhaut hob sich reinweiss vom gebräunten Gesicht ab.

»Gott sei Dank«, sagte Robert Greeves und bearbeitete seinen Kiefer. »Was ist los?«

»Draussen brennt es. Sieht aus, als würde uns nur ein Mann bewachen.« Bernard zerrte an Greeves' Handschellen und fuhr dann mit der Hand am Bettgestell entlang.

Greeves drehte seinen Kopf, um seinen Blick Bernards Händen folgen zu lassen. »Der Rahmen ist solide – genau wie der, auf dem ich war, als sie, als sie …«

»Es ist alles in Ordnung. Ich werde dich irgendwie hier rausholen.«

»Wie?«

Bernards Panik wuchs. Greeves hatte Recht. Er war mit Handschellen an einen geschweissten Rahmen gefesselt. Ohne den Schlüssel oder einen Bolzenschneider, mit dem er die Kette der Handschellen durchtrennen konnte, war es unmöglich, Greeves zu befreien. Nicht einmal das Kopf- und Fussteil des Bettes liessen sich entfernen, da auch diese mit dem Federboden verschweisst waren. »Oh, Scheisse.«

»Bernard, hör mir zu!« Bernard fuhr sich frustriert mit der Hand durch die Haare und blickte auf Greeves hinunter. Er musterte die Verletzungen des Mannes. Blauschwarze Blutergüsse an Brust und Bauch, blutige Füsse – wie seine – und an seinem linken Bein, unterhalb des Knies, getrocknetes Blut. Es sah aus, als hätten sie ihn dort geschnitten. Greeves' Augen waren jedoch hell und glitzerten. Trotzig. »Bernard, verschwinde von hier. Sofort!«

»Nein, Robert, ich kann dich nicht hierlassen, ich …«

»Hör mir zu. Das ist ein Befehl, Bernard. Du weisst, dass du mich hier nicht rausholen kannst und dass du wahrscheinlich nur ein paar Minuten hast, bevor die Wache zurückkommt. Du *musst verschwinden* und Hilfe holen. Wenn er allein ist, wird er mich nicht bewegen können, bis die anderen zurückkommen. Hast du das Fahrzeug vorhin wegfahren gehört?«

Bernard nickte. »Aber, Robert ...«

»Halt die Klappe, Mann. Je schneller du gehst, desto grösser ist meine Chance.«

»Ich werde ihn überwältigen, seine Waffe nehmen und die Kette von deinen Handschellen wegschiessen.« Bernard wandte sich zum Gehen.

»Nein! Bleib hier und hör mir zu, verdammt noch mal. Er hat ein Sturmgewehr. Wenn du es vermasselst, sind wir beide tot. Du hast die grösste Chance, wenn du fliehst und Hilfe holst, Bernard. Ich bin für sie lebendig wertvoller als tot. Geh sofort, bevor es zu spät ist. Mit etwas Glück kannst du eine Rettung organisieren, solange dieser Kerl noch auf sich allein gestellt ist.«

In der Erwartung, der Wachmann kehre jeden Moment zurück, schaute Bernard wieder zur Tür. Er roch den Rauch, der jetzt stärker war, obwohl er das Spritzen mit einem Schlauch hörte. Er nahm Greeves' angekettete rechte Hand in seine und drückte fest zu. »Du hast Recht, verdammt noch mal. Mach's gut, Robert.«

»Ich habe dich und das ist alles, was ich brauche, nicht wahr?« Er zwang sich zu einem Lächeln, das dann aber aus seinem Gesicht verschwand. »Falls ..., nun ja, sag Janet und den Kindern, dass ich sie liebe. Und sag meiner Mediensprecherin, dass diese Bastarde sich selbst ficken können.« Bernard lächelte zu ihm hinunter und spürte, wie ihm Tränen in die Augen stiegen. »Ich bin sicher, Helen wird das in etwas umwandeln, das patriotischer und passender für die Medien ist, aber du verstehst, was ich meine.«

»Ich werde es ausrichten.«

»Dann geh. Beeil dich. Hol Hilfe!«

Widerwillig brachte Bernard das Klebeband und die Kapuze wieder an, dann schloss und verriegelte er die Tür. Wenn sie nicht wussten, dass er in Roberts Zimmer gewesen war, wären sie vielleicht nachsichtiger mit dem Minister. Er blieb in der Nähe des abgedeckten Fensters im Flur stehen und löste das Klebeband, mit dem die Plastikfolie über dem Glas befestigt war. Er spähte hinaus und sah, dass der Entführer das brennende Strohdach fast gelöscht hatte und immer wieder einen Blick zum Hauptgebäude zurückwarf, zweifellos besorgt darüber, was Bernard vorhatte. Dieser hoffte, er finde eine Waffe, könne den Bastard töten, seine Waffe holen und Robert befreien. Der Gedanke, Greeves im Stich zu lassen, schmerzte ihn zutiefst. Unvermittelt hörte Bernard das Motorengeräusch eines Fahrzeugs und sowohl der Hof wie auch der Garten draussen wurden von Scheinwerfern in gleissendes Licht getaucht.

»Scheisse!« Der Pick-up war zurückgekommen. Bernard rannte den Flur hinunter und versuchte, die Tür am anderen Ende zu öffnen. Sie war unverschlossen. Er schaute in einen Raum, der einmal das Wohnzimmer der Villa gewesen sein musste, mit einer Küche auf der einen Seite. Anstelle von Möbeln befand sich dort jedoch die Ausrüstung für einen Videodreh: Eine Kamera auf einem Stativ, ein Rahmen mit Lichtern und ein weisses Laken, das als Hintergrund an eine Wand geklebt war und auf dem in grüner arabischer Schrift etwas geschrieben stand. Ausserdem gab es auf einem Schreibtisch einen Laptop und ein Satellitentelefon, an das eine separate Antenne angeschlossen war.

Bastarde. Zumindest würde er ihre Propagandabemühungen drosseln und ihre Kommunikation unterbrechen. Er sah sich nach etwas Schwerem um und fand eine robuste Metalltasche. Er stellte den Laptop auf den Boden und schlug mit einer Ecke der schweren Kiste darauf ein. Nachdem er dies noch zweimal getan hatte, sah das Gerät völlig kaputt aus. Er zog den Stecker des Satellitentelefons heraus und hörte draussen laute Stimmen. Er hätte auch die Kamera zertrümmert, aber er musste weiter. Die Männer stritten sich und beschuldigten sich offensichtlich gegenseitig.

Bernard umklammerte das Telefon und ging durch die Küchentür in die warme, schwarze Tropennacht hinaus. Er lief einen Sandweg entlang, wobei er die Meeresluft tief und gierig einatmete.

Der Mond war nicht zu sehen, was gut für ihn war. Um ihn herum herrschte nur Schwärze – kein anderes Licht als das der grellen Scheinwerfer des Lastwagens und die Funken des fast erloschenen Feuers, die hoch in den Himmel stoben. Er entfernte sich immer weiter vom Haus und seine Augen gewöhnten sich allmählich an die Nacht. Er hielt inne und schnupperte erneut. Seine Nase und der Wind führten ihn in Richtung Meer. Er drehte sich um und rannte darauf zu, wie eine Schildkröte, die über den Sand krabbelt, um Schutz vor ihren Fressfeinden zu finden. Seine Füsse quietschten auf dem feinen Sand, der weiss leuchtete, obwohl weder natürliches noch künstliches Licht vorhanden war. Als er eine hohe Düne erklomm und seine schmerzenden Füsse im weichen Sand immer wieder wegrutschten, keuchte Bernard noch langsamer voran.

Als er den beidseits des Weges dicht bewachsen Gipfel erreichte, sah er den Indischen Ozean unter sich. Das Wasser war ruhig und verriet ihm, dass es irgendwo da draussen ein Riff gab, das den Strand vor Wellen schützte. Offensichtlich war Flut und das Wasser schob sich bis auf zehn Meter an den Fuss der Düne, auf der er stand, heran. Er stürzte den Hügel hinunter, rutschte und rollte die letzten paar Meter, dann richtete er seinen schmerzenden Körper wieder auf. Im weichen Sand nahe der Hochwassermarke würden seine Spuren leicht zu erkennen sein, also sprintete er direkt ins warme Salzwasser. Es brannte in den Wunden an seinen Füssen, aber er wusste, dass es ihm guttat. Die Terroristen würden seine Spuren bis zum Wasser finden, aber nicht wissen, ob er nach links in Richtung Norden oder nach rechts in Richtung Süden abgebogen war. Zumindest würde diese kleine List ihre Kräfte spalten. Er rannte, von purem Adrenalin angetrieben und von seinen verborgenen Kraftreserven zehrend, mit hochgezogenen Knien wobei ihm das Wasser bis zur Brust spritzte. Falls es sein müsste, schwämme er ins Meer hinaus, doch wenn es sich vermeiden liess, wollte er das Satellitentelefon nicht verlieren. Während er rannte, fummelte er daran herum und fand schliesslich einen Einschaltknopf.

Seine Gedanken rasten, als er versuchte, sich an eine Telefonnummer zu erinnern – irgendeine – die er anrufen konnte. Er wusste weder, wie die örtliche Notrufnummer lautete, noch wie man sie von einem Satellitentelefon aus anwählte. Obwohl sein IQ dem eines Genies nahe kam, konnte sich Bernard beim besten Willen nicht an die Nummer der Telefonzentrale von Greeves' Büro oder des Parlaments erinnern. »Sowas von dumm!«, keuchte er. Dann dachte er an Helen. Wie konnte er ihre Durchwahl vergessen – 6969. Der Scherz darüber hatte in ganz Westminster die Runde gemacht, was die Neuseeländerin aber mit Humor nahm. Wenigstens wusste er, wie man aus einem fremden Land anruft, denn er kannte die Vorwahl für England – 44 – und die ersten Ziffern der Telefonnummer des Geschäfts. Ob Helen um diese Zeit noch erreichbar war? Er hoffte, dass die arme Frau wegen der misslichen Lage rund um die Uhr bei der Arbeit war.

Er drückte auf Senden und wurde nach einigen seltsamen Piep-tönen mit einem Klingelton belohnt.

»Helen MacDonald«. Sie klang müde.

»Ich bin's, Bernard!«

»Bernard? Mein Gott! Wo sind Sie – wo ist Robert? Ist er ...«

Während er sich immer noch im Trab durch das seichte Wasser bewegte, liess er ihre Fragen schnell verstummen. Er konnte ihr nur sagen, dass er sich an einem Strand befinde und vermute, dass er in Mosambik sei. »Wie lautet Ihre Nummer?«

»Ich habe keine verdammte Ahnung. Geben Sie mir jemand anderen zum Anrufen ...«

»Wen?«

Er versuchte, sich zu konzentrieren. Er brauchte jemanden vor Ort, der Nachrichten an denjenigen weitergeben konnte, der die Such- und Rettungsaktion koordinierte. »Tom Furey. Geben Sie mir seine Handynummer und ich tippe sie ein, während wir reden. Ich habe keine Ahnung, wie lange der Akku dieses Dings hält. Bleiben Sie, wo Sie sind, Helen und ich rufe Sie an, sobald ich jemanden gefunden habe, der mir sagen kann, wo zum Teufel ich bin.«

»Ich gehe nirgendwo hin.«

Er forderte sie auf, Papier und einen Stift zu holen und gab ihr dann einen kurzen Überblick über die Anzahl der Männer, von denen sie entführt worden waren, ihre Bewaffnung und eine grobe Beschreibung des Hauses, in dem Greeves immer noch gefangen gehalten wurde.

»Okay, ich habe alles verstanden«, sagte sie, als er wieder nach

Luft schnappte. »Ein SAS-Team ist in Südafrika und wartet darauf, loszulegen, sobald es den Auftrag dazu erhält. Aber verflixt! Ich habe deren Nummer nicht... Furey ist irgendwo in Mosambik gelandet – und hat dabei einen ziemlichen Wirbel verursacht. Wenn Sie mich nach dem Telefonat mit ihm noch einmal anrufen, habe ich alle nötigen Kontaktdaten. Ist alles in Ordnung, Bernard?«

Seine Füsse fühlten sich wie rohes Fleisch an und sein ganzer Körper hämmerte vor Schmerz, aber er war am Leben und tat etwas. »Mir geht's gut, aber um Robert müssen wir uns Sorgen machen.«

TOM SASS am winzigen Esstisch im Chalet des Campingplatzes und blätterte in der simplen Touristenkarte von Mosambik. Er klatschte auf eine Mücke, die auf seinem Hals gelandet war.

Sannie sah die Anspannung in Toms verkrampften Schultern. Trotz der Killerinsekten trug er in der Abendhitze kein Hemd. Sie stellte eine Dose kalte Cola neben ihm auf den Tisch und er öffnete sie, ohne den Blick von der Karte zu nehmen.

»Das war vorhin sehr nett von Ihnen«, sagte er und nippte an seinem Getränk.

»Was?«

»Als Sie mit dem alten Paar gebetet haben.«

»Ich bin nicht übermässig religiös, aber meine Mutter geht mit den Kindern zur Kirche und zur Sonntagsschule. Und wenn ich nicht arbeite, gehe ich mit.«

Sie dachte, er beziehe sich wahrscheinlich auf die Art und Weise, wie sie seine Hand genommen hatte, aber diese Geste hatte nichts Intimes oder Sexuelles an sich. Es war die Art und Weise, wie ihre Mutter betete, wenn sie als Grossfamilie gemeinsam assen, obwohl es sich nach dem Tod ihres Vaters und ihres Mannes nie so anfühlte, als sei der Kreis der Hände vollständig geschlossen. Dennoch war es schön gewesen, Toms Hand zu halten, wenn auch nur für eine Minute. Es fühlte sich an, als könne sie seine Last mit ihm teilen und ihm einen Teil seines Schmerzes und seiner Angst abnehmen. Sie dachte, dass er, so wie er aussah, auch eine Nacken- und Schultermassage brauchen könnte, wollte aber nicht riskieren, ihn zu berühren. »Wenigstens wissen wir jetzt, auf wessen Seite Carla stand«, sagte sie und wechselte damit das Thema.

In Xai-Xai hatten beide Handys Empfang und Tom hatte vor Kurzem mit dem Kommandeur der Geiselbefreiungstruppe, einem SAS-Major, sowie mit seinem Vorgesetzten, Shuttleworth, gesprochen. Obwohl sie aus Sicherheitsgründen vorsichtig waren, was die Beschreibung der Rettungstruppe in ihrem Telefongespräch anging, hatte er ihr, nachdem er das Telefon aufgelegt hatte, berichtet, das Team der Special Forces befinde sich in Hoedspruit, für den Fall, dass der Aufenthaltsort der Terroristen ausfindig gemacht werde. Ausserdem hatte Shuttleworth von Isaac Tshabalala erfahren, dass Carla Sykes nach ihrer Abreise aus Tinga einen Flug nach Maputo, Mosambik, genommen hatte.

»Ich weiss, dass die Polizei hier alarmiert wurde, aber zu diesem Zeitpunkt war Carla bestimmt schon weit von Maputo entfernt. Wissen Sie, Sannie, für mich war neulich alles ein bisschen verschwommen, aber nichts ...«

»Tom, das ist weder die richtige Zeit noch der richtige Ort. Ich kann akzeptieren, dass Carla Sie wahrscheinlich unter Drogen gesetzt hat. Aber Tatsache bleibt, dass Sie sie freiwillig in Ihr Zimmer haben kommen lassen, und ob etwas passiert ist oder nicht, es war die Absicht. Wie ich schon beim ersten Mal gesagt habe, geht es mich nichts an, was Sie in Ihrer Freizeit machen. Die Tatsache, dass es so aussieht, als arbeite Carla für die Terroristen, ändert nichts daran.«

Er wollte noch etwas sagen, aber sie wusste, dass ihr Gesichtsausdruck ausreichte, um ihn zum Schweigen zu bringen. Es funktionierte bei ihren Kindern und es hatte auch bei Christo funktioniert. Er hatte oft genug darüber gelacht. Ausserdem wollte sie jetzt nicht mit Tom über alte Themen sprechen. Ein Teil von dem, was sie sagte, stimmte: Was sie beunruhigte, war, dass er sich Carla nicht widersetzt hatte, egal ob unter Drogen oder nicht. Dennoch erkannte sie, dass ihr nicht einfach egal war, was er in seiner Freizeit tat. Ihre Gefühle für ihn wurden immer stärker – sie konnte es nicht mehr leugnen. Sie bewunderte seine Hartnäckigkeit. Und ob es nun die

Spannung, die Aufregung, das Adrenalin der Verfolgung oder einfach nur seine körperliche Anwesenheit war, in diesem Moment fühlte sie sich an seiner Seite so lebendig wie seit dem Tod von Christo nicht mehr. Ihr Mann hätte Tom gemocht, beschloss sie und war froh, dass sie an beide Männer denken konnte, ohne das Gefühl zu haben, ihren Mann zu betrügen.

Ihr Herz schlug für Tom, der dasass und auf die Karte starrte, als würde daraus plötzlich eine bisher ungeahnte Lösung hervorspringen. Wie bei jeder polizeilichen Ermittlung brauchten sie eine Pause – und dass ihnen ein entscheidender Hinweis in den Schoss fiel. Es hatte wenig Sinn, die mosambikanische Küste endlos hinauf- und hinunterzufahren und darauf zu warten, dass ihnen am Morgen etwas einfallen würde.

Sannie sass am Tisch, stützte ihr Kinn auf die Handfläche und sah Tom an. Sie war auf sich selbst wütend, konnte aber die Erkenntnis nicht verdrängen, nicht nur mit ihm über die Grenze gegangen zu sein, weil sie nachfühlen konnte, dass er das schlimmste Szenario durchlebte, das einem Schutzbeamten widerfahren konnte. Sie war auch hier, weil sie sich um ihn sorgte und mit ihm zusammen sein wollte.

Als Sannie ihre Nachrichten abrief, stellte sie fest, dass sie zwei verpasste Anrufe von Isaac Tshabalala hatte. Sie hatte einen Anruf von ihrem Chef entgegengenommen. Wessels hatte ihr darin mitgeteilt, sie würde offiziell dafür gerügt, dass sie die Anordnungen des Polizeikommandanten von Skukuza ignoriert habe. Ausserdem habe sie von ihm selbst Konsequenzen zu erwarten, weil sie im Rahmen einer inoffiziellen Untersuchung mit einem Ausländer, der des Drogenbesitzes verdächtigt wurde, die Grenze überschritten habe. Inoffiziell wünschte er ihr Glück und forderte sie auf, so bald wie möglich nach Hause zu kommen und auf ihre Sicherheit zu achten. »Denk an deine Kinder, Sannie. Lass nicht zu, dass dieser Engländer dich in Gefahr bringt.«

Seine Warnung war berechtigt und gleichzeitig ungerecht. Sie war es ihren Kindern schuldig, keine unnötigen Risiken einzugehen – und dieser Auftrag fiel sicherlich in diese Kategorie -, aber sie ärgerte sich darüber, dass Wessels ihr quasi vorwarf, eine schlechte Mutter zu sein. Er war nett und ein guter Chef, aber eine Romanze gäbe es zwischen ihr und Henk nie wieder.

Toms Telefon klingelte wieder. Er nahm ab, hörte einige Sekunden lang zu, sprang dann jäh auf und stiess dabei beide Getränke um, sodass sie sich über die Karte ergossen.

18

─────────

Tom fluchte erneut, als die Vorderräder des Volkswagens in ein Schlagloch krachten, das so breit wie die Achse des Wagens war.

»Vorsichtig!« Sannie streckte sich und stützte sich mit einer Hand auf dem Armaturenbrett ab.

Tom schaute kaum auf die Geschwindigkeit, doch die Nadel hielt sich hüpfend nahe der Hundertzwanziger-Marke. So rasten sie nördlich von Xai-Xai die dunkle EN1 entlang. Tom behielt den Kilometerzähler genau im Auge und als sie sich der Fünfunddreissig-Kilometer-Markierung näherte, zählte er mit.

Nachdem er mit Bernard telefoniert hatte, liess er sich vom Besitzer erklären, wie er zum Strandresort kam und notierte sich die genaue Wegbeschreibung. Sobald er sich vergewissert hatte, dass die Verletzungen des Mannes nicht lebensbedrohlich waren und nicht erforderten, dass ein mosambikanischer Krankenwagen oder die örtliche Polizei kam, hatte er Bernard gesagt, er solle genau dort warten, wo er sei. Er wollte Bernard Joyce so schnell wie möglich wieder unter seinen Schutz nehmen und Sannie war damit hundertprozentig einverstanden.

Als plötzlich ein Lastwagen vor seiner Windschutzscheibe

auftauchte, bremste Tom heftig. Das Fahrzeug war ohne Licht unterwegs. Er fluchte und wich aus, wobei er das Gaspedal durchdrückte.

Tom rekapitulierte sein kurzes Gespräch mit Bernard, während er in den vierten Gang zurückschaltete und den Motor bis in den roten Bereich hochdrehte, bevor er den Schalthebel hart in den fünften Gang schob. Bernard hatte bereits mit dem Büro von Greeves gesprochen – mit Helen, der Pressesprecherin – und sie hatte ihm Toms Handynummer angegeben. Als Helen die Nummer gefunden hatte, galt Bernards nächster Anruf dem SAS-Kommandeur in Südafrika. Tom hatte weder Zeit noch den Akku von Bernards Satellitentelefon verschwendet, als sie miteinander sprachen. Bernard war vor Anstrengung schwer atmend irgendwo in Mosambik an der Küste entlanggelaufen und Tom hatte schweigend zugehört, als er ihm erklärte, dass Greeves am Leben war und wie er selbst hatte entkommen können.

»Ich konnte sie nicht überwältigen, Tom. Am Ende waren es zu viele und Robert befahl mir, zu gehen ... Es war nicht meine Entscheidung ...«

Tom unterbrach ihn, als er sah, worauf Bernard hinauswollte. »Sie haben das Richtige getan und Greeves hatte recht, als er Sie schickte, um Hilfe zu holen. Wir sind auf dem Weg, aber Sie müssen uns einen Hinweis geben, wo Sie sind. Ich bleibe mit Ihnen online oder Sie können mich zurückrufen.«

Zu diesem Zeitpunkt berichtete Bernard, dass er vor und links von sich in den Sanddünen Lichter sehe. Tom wartete atemlos, während Bernard sich einen Pfad durch die Dünen hinaufquälte. »Da ist eine verdammte Kneipe!«

Er war nur mit fleckigen Boxershorts bekleidet, seine Füsse waren mit Sand und Blut verschmiert und sein Blick vom anhaltenden Schreck und der Erleichterung wirr, als er in einem kleinen Küstenort in eine Strandbar stolperte. Als Bernard auf den Besitzer, der die Bar bediente und ein halbes Dutzend Urlaubsfischer zustürmte, hörte Tom die erstaunte Reaktion: Laute Bemerkungen auf Afrikaans. In einer Pause wurden Erklärungen gegeben und Tom hörte, wie einer der Männer sagte, sie hätten auf CNN gerade einen Nachrichtenbeitrag über die Entführungen gesehen.

Bernard reichte das Telefon an den Barkeeper weiter, dessen Englisch zwar passabel, aber lückenhaft war, weshalb Tom das Telefon an Sannie weitergab, die schnell in Afrikaans sprach. Währenddessen packte Tom eilig ihre Ausrüstung auf den Rücksitz des Chico. Es stellte sich heraus, dass das Resort weniger als vierzig Kilometer von Xai-Xai entfernt war. Obwohl der Barbesitzer schliessen und die betrunkenen Fischer ins Bett schicken wollte, versprach er, auf ihre Ankunft zu warten. Und nicht nur das, er musste sie auf dem Weg zu seiner Bar abholen, denn der letzte Kilometer führte durch Tiefsand.

»Da ist es«, sagte Sannie und entdeckte ein Bauschild, das das Ende des *Distrito do Xai-Xai* markierte und ein weiteres, das der Besitzer des Resorts beschrieben hatte. Tom schwenkte scharf ein und bog nach rechts auf die unmarkierte Sandstrasse ab. Es schien, als werbe der Besitzer der Lodge nur durch Mundpropaganda für sich, denn es gab kein Schild zu seinem Grundstück, das ›Paradise Cove‹ hiess.

»Hierhin wäre die Polizei niemals gekommen, um nach ihnen zu suchen«, sagte Tom.

Sannie nickte zustimmend. Sie hatten Glück gehabt. Aber keiner von ihnen hätte vorauszusagen gewagt, was die Entführer mit Greeves machen würden, wenn sie wussten, dass ihr Versteck aufgeflogen war. Tom befürchtete, dass die Entführer, obwohl Bernard vor weniger als einer Stunde entkommen war, den alten Ort bereits verlassen hatten und auf dem Weg zu einem neuen Versteck waren.

Sie hatten sich telefonische bei der Polizeiwache Xai-Xai gemeldet, aber die Beamtin der Nachtschicht, die am Empfang gedöst hatte, sprach weder Englisch noch Tsonga-Shangaan. Sannie und Tom hatten immer wieder den Capitao Alfredos Namen genannt und langsam, nur in Stichworten gesprochen, aber die Beamtin hatte sich standhaft geweigert, auch nur zu versuchen, sie zu verstehen. »Scheiss drauf«, hatte Tom schliesslich gesagt, nicht gewillt, noch eine Sekunde zu verschwenden. Damit waren sie wieder auf sich allein gestellt.

Die ersten sechs Kilometer ab der Hauptstrasse verliefen auf einer sandigen, aber festen Piste durch sanft gewellte, von Gras und kleinen Bäumen stabilisierte Dünen. Bei heruntergelassenem Fenster hörte Tom in der Ferne das Brüllen von Rindern. Sie fuhren an einem Küstensee vorbei, auf dessen spiegelnder Oberfläche sich das Licht des inzwischen aufgegangenen Mondes spiegelte und schwimmende Seerosen beleuchtete. Zu einem anderen Zeitpunkt hätte er vielleicht angehalten, um die Landschaft zu bewundern.

»Hier abzweigen«, befahl Sannie, aber Tom hatte das Schild zum ›Paradise Cove‹ bereits gesehen. »Noch einen Kilometer, dann sollte er dort sein und auf uns warten.«

Vor ihnen blitzten Lichter auf und Tom verlangsamte. Sie erreichten eine aus drei Lehmhütten mit Strohdächern bestehende Häusergruppe mit einem schläfrig aussehenden Schwarzen und einem weissen Mann. Dieser stand neben einem rostigen roten Nissan Safari mit Allradantrieb, dessen Scheinwerfer eingeschaltet waren. Wenn Tom die Augen zusammenkniff, konnte er im vorderen Teil des Fahrzeugs eine weitere Gestalt ausmachen. Die Beifahrertür öffnete sich und Tom sah Bernard Joyce aussteigen und sich die Hand vor die Augen halten. Tom schaltete das Licht seines eigenen Wagens aus, fuhr etwas weiter und blieb schliesslich stehen.

Als Tom aus dem VW ausgestiegen war, humpelte Bernard drei Schritte auf ihn zu und umarmte ihn.

»Mein Gott, Tom. Ich hätte nie geglaubt, jemals wieder einen Engländer zu sehen.« Tom spürte, wie ihm heisse Tränen über die Wange liefen. Obwohl er selbst einen dicken Kloss im Hals spürte, waren sie von Bernard, nicht von ihm. Bernard trug ein Paar grellfarbige Badeshorts und ein Golfshirt, auf dessen linker Brust der Name des Resorts eingestickt war.

»Sarel Bezuidenhout«, sagte der grosse Weisse, als Tom sich von Bernard löste. Sie gaben sich die Hand und Tom stellte Sannie vor.

»Waren Sie das, der uns im Busch verfolgt hat, mit der Schiesserei?«, fragte Bernard Tom.

Tom nickte.

»Verdammt gute Show, Tom. Zu schade, dass die Bastarde entkommen sind, aber ich kann Ihnen nicht sagen, wie gut es sich angefühlt hat, zu wissen, dass jemand hinter uns her war. Habt ihr einen von ihnen erwischt?«

»Zwei«, bestätigte Tom.

»Arschlöcher. Habt ihr eine Ersatzpistole dabei?« Bernard sah zu Tom und dann zu Sannie.

»Ich habe in der Bar einen Zweier für Affen und einen Neuner für menschliche Diebe«, sagte Sarel in stark akzentuiertem Englisch. »Ich komme mit.«

Sannie hob eine Hand. »Hören Sie, es ist nicht meine Entscheidung, aber ich denke, wir brauchen zuerst zumindest einen Plan.«

Tom stimmte zu und schlug vor, sie sollten alle ins Haus gehen. Er hatte bereits auf der Fahrt zur Hütte an der Küste mit Shuttleworth gesprochen und war von diesem unmissverständlich darauf hingewiesen worden, dass es ihm ausdrücklich untersagt sei, eine Ad-hoc-Rettungsaktion zu starten.

Er hatte Shuttleworth jedoch klar gesagt, dass er das Versteck der Terroristen ausfindig machen und das Ziel in Augenschein nehmen wolle, um sich zu vergewissern, dass sie noch da waren. Sein Vorgesetzter hatte diesem vernünftigen Vorschlag nicht widersprochen. »Stürmen Sie da nur nicht allein hinein. Sie wissen, dass die Terroristen Greeves töten, sobald sie glauben, dass jemand reinkommt.«

Auf der kurzen Fahrt im alten Geländewagen, eine steile Sanddüne hinunter und eine andere hinauf, berichtete Bernard Tom von seinen Gesprächen mit Major Jonathan Fraser, dem Koordinator der Rettungsmission.

»Es hat sich herausgestellt, dass ich ihn kenne«, sagte Bernard. »Ich habe, bevor ich die Marine verliess, mit ihm und seinen Leuten gearbeitet, als er vor ein paar Jahren Kapitän war. Er landete an einer Küste irgendwo im Nahen Osten. Ein guter Mann und ein harter Kerl.«

Bernard hatte eine Karte des Grundrisses des Hauses, in dem er gefangen gehalten worden war, skizziert, die sie von Sarels Bar an die

Einsatzzentrale in Hoedspruit faxten. »Bernard sagte, Sarel sei anhand seiner Beschreibung der Umgebung und der Strecke, die er gelaufen war – er war so geistesgegenwärtig gewesen, seine Schritte zu zählen, während er durchs Wasser rannte – in der Lage gewesen, das Anwesen zu identifizieren.«

»Es ist das einzige alte Haus in der Gegend im Umkreis von fünf Kilometern. Früher gehörte es einem portugiesischen Viehzüchter, doch es steht schon seit ich vor drei Jahren hierher kam, leer. Ein guter Ort für ein Versteck. Es ist nur mit dem Geländewagen zu erreichen – deshalb hat es auch niemand als Ferienort erschlossen.«

Tom nickte.

»Fraser ruft in einer halben Stunde mit einem groben Plan zurück. Er sagte, er wolle Sie dabeihaben, wenn Sie hier sind«, sagte Bernard zu Tom.

Sarel steuerte den Nissan um eine enge Kurve und eine weitere Düne hinauf, bis sie vor seiner holzverkleideten Bar ankamen. Sie alle folgten dem Besitzer eine Treppe hinauf, die unter seinem enormen Gewicht knarrte und ächzte. Vor der Bar befand sich eine Veranda mit Blick auf den ruhigen Indischen Ozean. Drinnen, in der Bar, roch es warm und muffig, weil das Gebäude immer noch etwas von der Hitze des Tages gespeichert hatte. Sarel schaltete das Licht und die Deckenventilatoren ein. Ausserdem drückte er einen Knopf auf einer Fernbedienung und ein Fernseher an der Wand in der am weitesten von der Bar entfernten Ecke erwachte zum Leben.

»Wie lange würden wir brauchen, um zum alten Bauernhaus zu gelangen und es zu überprüfen?« fragte Tom Sarel.

Der Afrikaner kratzte sich am Bart. »Wenn Sie zu Fuss am Strand entlang gehen, dreissig Minuten, wenn wir die Quads nehmen, zehn. Die Flut geht jetzt zurück, also schaffen wir es mit diesen.

»Und vom Strand?«

»Noch zehn Minuten Fussweg.«

»Sannie«, sagte Tom, »Sie bleiben hier bei Bernard und warten auf Frasers Anruf. Sagen Sie ihm, ich kontrolliere das Haus. Der beste Plan der Welt nützt nämlich nichts, wenn sie das Haus schon verlassen haben.«

Sannie schaute zweifelnd. »Vielleicht sollte ich mit Ihnen kommen.«

»Eine FA-18 der US-Navy ist auf dem Weg, um einen Aufklärungsflug zu machen«, sagte Bernard. »Fraser rechnet damit, dass sie innerhalb von vierzig Minuten nach seinem letzten Anruf, der vor fünfzehn Minuten erfolgte, über uns ist.«

Tom sah auf seine Uhr. »Hightech-Zeug ist okay, aber trotzdem muss jemand vor Ort sein und die Dinge ausloten.«

»Dann komme ich mit!«, sagte Bernard.

Tom sah auf die blutigen Spuren auf dem Holzboden der Bar hinunter. »Bleiben Sie hier und ruhen Sie sich aus, Bernard. Fraser braucht Sie, um mit Ihnen noch einmal den Grundriss des Hauses durchzugehen. Er wird es in- und auswendig kennen wollen und er wird noch mehr Fragen an Sie haben.«

Bernard sah auf den Boden. Tom konnte sehen, dass er emotional und körperlich ausgelaugt war, obwohl er, wie Tom, offensichtlich das Gefühl hatte, er könne nicht ruhen, bis Greeves in Sicherheit war.

»Ich werde in weniger als einer Stunde zurück sein. Danach wird jeder von uns eine Rolle bei dieser Rettung spielen. Sarel, ich habe kein Recht, Sie um Ihre Hilfe zu bitten, aber ...«

Der Afrikaner griff unter seine breite Holzlatte und zog eine Neun-Millimeter-Automatikpistole hervor. Als er den Schlitten zurückzog und einen Schuss abfeuerte, wirkte sie wie ein Spielzeug in seinen riesigen Händen. »Gehen wir«, sagte er und steckte die Waffe in den Bund seiner Shorts.

»Tom«, sagte Sannie, als er sich zum Gehen wandte.

»Ja?«

»Seien Sie vorsichtig.«

DIE ERSCHÖPFUNG und das Gefühl der Hoffnungslosigkeit, die ihn in der lähmenden Hitze des Campingplatzes in Xai-Xai zu lähmen begonnen hatten, waren verschwunden und an ihre Stelle ein kontinuierliches Prickeln von purem Adrenalin getreten. Tom drehte den

Gashebel des Quad-Bikes mit Allradantrieb auf und folgte Sarel den steilen Abhang der Sanddüne hinunter.

Die Feuchtigkeit im Sand, die die zurückweichende Flut hinterlassen hatte, fühlte sich fest wie Beton an, als sie darauf abbogen. Tom gab Gas, um Sarel einzuholen, dessen gelocktes Haar noch wilder aussah, als er beschleunigte.

Um die Terroristen nicht mit Motorengeräuschen zu warnen, liessen sie die Motorräder ein paar hundert Meter vom Fuss der Düne entfernt stehen, wo der Weg zum alten Bauernhaus hinaufführte. Sarel zog sein Quad in den Mondschatten, den eine hohe Düne warf und Tom parkte hinter ihm.

»Es ist etwa einen Kilometer von hier entfernt. Wir gehen in diese Richtung«, flüsterte er und deutete nach oben.

»Nein, ich gehe in diese Richtung«, sagte Tom und schüttelte den Kopf. »Geben Sie mir einfach die Wegbeschreibung.«

Sarel sah aus, als wolle er widersprechen, aber Tom sagte ihm: «Wenn Sie Schüsse hören, gehen Sie zurück und sagen Sie den anderen Bescheid. Bringen Sie Sannie zurück zur Hauptstrasse und sagen Sie ihr, sie soll eine Strassensperre errichten. Wenn Sie dann Ihre Waffe benutzen wollen, nur zu, denn dann bin ich schon tot.«

Sarel lächelte. »Gehen Sie den Weg zweihundert Meter hinauf und Sie werden das Bauernhaus auf der Flanke der nächsten Düne hinter dem Meer sehen.«

Tom kletterte den sandigen Weg hinauf. Er hielt sich nahe am Schutz der niedrigen Büsche, die die Düne bedeckten, auf der Seite.

In der Nähe des Dünengipfels entdeckte er eine wenig befahrene Seitenstrasse und beschloss, diese zu nehmen, anstatt auf der Hauptstrasse zu bleiben. Er hatte Glück. Der Umweg führte ihn bis zum Gipfel, aber er konnte in Deckung bleiben. Er vermutete, der Weg sei einst eine Abkürzung für Landarbeiter oder Fischer gewesen. Als er ein Licht sah, ging er in die Hocke.

Nachdem sich seine Augen daran gewöhnt hatten, erkannte er die kantige Form eines alten portugiesischen Bauernhauses. Das Licht hinter einem der Fenster war schwach. Zuerst dachte er, es käme von einer Laterne, aber als er näherkam, sah er, dass ein Vorhang vor das

Fenster gezogen worden war und das Licht hindurchschien. Als jemand zwischen der Lichtquelle und dem Vorhang durchging, flackerte ein Schatten auf dem Stoff. Tom liess sich wieder auf die Knie fallen und kauerte sich in ein Gebüsch.

Seine Stimmung besserte sich – sie waren noch drin. Doch dann liess ein durchdringender Schrei seinen Atem stocken. Es war ein Schmerzensschrei, wie er ihn trotz all der Kämpfe, die er als Polizist gesehen hatte und an denen er beteiligt gewesen war, noch nie gehört hatte. »Bastarde«, flüsterte er. Sie folterten Greeves. Vielleicht versuchten sie herauszufinden, ob Bernard, bevor er entfloh, mit ihm gesprochen hatte.

Tom wagte sich ein wenig näher heran. Sein Instinkt sagte ihm, dass er das Haus jetzt stürmen, die verdammte Tür eintreten und die Schweine, die einen wehrlosen Menschen misshandelten, festnageln sollte. Er holte tief Luft und drückte seinen Pulsschlag herunter. Shuttleworth hatte ihm nicht nur einen direkten Befehl erteilt, dieser war auch absolut berechtigt.

Hinter dem Stamm eines Busches versteckt, der fast so hoch war wie er selbst, sah Tom, dass Mondlicht auf die Windschutzscheibe eines Toyota Pick-ups fiel, dessen hinterer Teil mit einem Verdeck geschützt war. Die Beschreibung des Fahrzeugs passte genau. Er überlegte, ob er den Pick-up ausser Gefecht setzen sollte, doch ein Blick auf seine Uhr sagte ihm, er müsse so schnell wie möglich mit den aktuellen Informationen zurück. Er tröstete sich mit Sarels Hinweis, zum und vom Bauernhaus seien es vier Kilometer harte Fahrt durch Sand. Der Jet der US-Marine würde bald über ihnen sein und wenn sie erfuhren, dass die Entführer abzogen, konnten Tom und Sannie sie abfangen, bevor sie die Hauptstrasse erreichten. Er zuckte zusammen, als er ein weiteres Kreischen aus dem Inneren des Hauses hörte, dann ging er schnell zurück über die Düne und ans Wasser hinunter.

»Sie sind noch da«, sagte er zu Sarel. »Fahren wir zurück.«

. . .

TOM LEGTE sein Handy auf den Tresen und drückte auf die Lautsprechertaste, so dass er, Bernard, Sannie und Sarel, die sich um das Gerät drängten, die Stimme von Major Jonathan Fraser hören konnten, die leise durch das Gerät drang.

Fraser wählte sich von Hoedspruit aus ein und der Verteidigungsminister sowie andere hochrangige Militärs und Bürokraten waren über eine sichere Verbindung mit den Besprechungsräumen des Kabinettsbüros in der Downing Street verbunden. Dies war das Notfallzentrum der Regierung, das den Spitznamen COBRA trug.

Trotz der Anwesenheit seiner Vorgesetzten in der Konferenzschaltung leitete der Major die virtuelle Sitzung. »Gut gemacht, Tom, aber die FA-18 hat die gleichen Informationen bereits gesammelt – mit etwas mehr Details.«

Tom versuchte, Frasers herablassenden Ton zu ignorieren und hielt den Mund, als der SAS-Mann fortfuhr.

»Die FLIR-Kamera der Hornet – für die Zivilisten unter uns: das ist die vorwärtsgerichtete Infrarotkamera – erfasste die Wärmesignaturen von vier Personen im Haus. Eine befand sich unbeweglich in einem Zimmer – vermutlich Mr. Greeves, der noch immer an sein Bett gekettet war – und drei Röntgenumrisse, die sich im Haus bewegten, dem Piloten zufolge recht hektisch.«

Sannie murmelte das Wort »Röntgenumrisse«.

»Böse Jungs«, flüsterte Tom zur Erklärung.

Der Major fuhr fort: »Ich befürchte, dass sie sich darauf vorbereiten, das Haus zu verlassen. Das erfordert eine sofortige, direkte Aktion. Während wir sprechen, laufen die Motoren der C-17 an, meine Männer machen sich bereit und wir werden wenige Minuten nach Ende dieser Besprechung in der Luft sein. Hören Sie also gut zu und heben Sie sich alle weiteren Fragen bis zum Schluss auf.«

19

———————

So wie der Plan aussah, hatte er mehr Löcher als ein Poster von Saddam Hussein am Tag nach dem Einmarsch in Bagdad. Jonathan Fraser war an diesem Tag in der rauchenden, von Granaten zerfetzten Stadt gewesen und hatte den Sturz eines Tyrannen miterlebt. Er war auch zweimal in einen Krieg zurückgekehrt, der scheinbar kein Ende nahm. Er wusste, dass selbst die besten Absichten und die feinsten Pläne manchmal nach hinten losgehen.

Ein anderes altes militärisches Sprichwort, das Fraser, der mit Kopfhörern auf dem Reservesitz im Cockpit sass und den Piloten zuhörte, durch den Kopf ging, lautete, dass kein Plan den ersten Schuss oder die ersten zehn Minuten überlebt.

Trotz seines tief verwurzelten Pessimismus, den er stolz auf sein schottisches Erbe zurückführte, war der Plan so gut, wie man es sich unter diesen Umständen nur wünschen konnte.

»Dagger, hier ist Gunsmoke«, kam es in texanischem Dialekt über das Headset. Leutnant Pete ›Frenchy‹ Dubois sah aus, als komme er direkt aus dem Filmstudio, dachte Fraser. Der junge amerikanische FA-18-Pilot hatte einen stacheligen, mit Gel gefestigten Bürstenhaarschnitt und das kantige Gesicht eines Hollywood-Filmstars.

»Gunsmoke, hier ist Dagger, over«, antwortete Fraser und betätigte seinen Funkschalter. Fraser hatte die Kontrolle über die Operation von Hoedspruit sobald sie in der Luft waren auf die C-17 übernommen. Sie befanden sich nun in einer Höhe von 15'000 Fuss über dem Indischen Ozean an der Küste Mosambiks, direkt bei der Stadt Xai-Xai und warteten darauf, dass die letzten von Fraser zur Verfügung gestellten Einheiten in Position gingen.

»Dagger, ich bestätige, dass das Ziel immer noch in Position ist, keine Veränderung. Ein Objekt liegt am Boden und ist gefesselt, die anderen drei bewegen sich wie unter aufputschenden Drogen, over.«

Fraser lächelte vor sich hin. Das lakonische Gerede des Amerikaners verbarg seine Erregung kaum. Auch Fraser war aufgeregt. Wenn es ihm gelang, wäre es der grösste Coup in der langen Liste der Auszeichnungen des Regiments seit Princes Gate, als die Antiterroreinheiten die iranische Botschaft in London gestürmt und die dort festgehaltenen Geiseln befreit hatten. Ein Grossteil der SAS-Operationen in Kriegs- und Friedenszeiten war so geheim, dass nur wenige Mitglieder der britischen Öffentlichkeit von den Heldentaten der Elitetruppe wussten. Zumindest ausser den sensationslüsternen Enthüllungsbüchern unzufriedener ehemaliger Mitglieder. Aber wenn diese Operation ein Erfolg wurde, würden die Medien noch monatelang darüber berichten und sie analysieren. So sehr er ehemalige Soldaten, die Bücher über ihre Zeit beim SAS schrieben, normalerweise verachtete, jetzt dachte Fraser, er werde sich nach diesem Einsatz selbst als Autor versuchen. Er war nicht wegen des Geldes in die Armee eingetreten, auch wenn die Aussicht auf eine gute Rente ihm gefiel. Wenn sie Greeves' Leben retteten, bekäme er vielleicht den Posten des Kommandanten, aber wenn nicht, wäre eine Million Pfund an Tantiemen und von Zeitungsauszügen ein immerhin nicht allzu schlechter Trostpreis. »Verstanden, Gunsmoke.«

»Cheetah sechs, hier ist Dagger, sendet eure Position«, sagte Fraser ins Funkgerät.

Die langsamsten, aber potenziell wichtigsten Elemente waren seine Oryx-Hubschrauber der South African National Defence Force.

Drei von ihnen befanden sich von der anderen Seite der Grenze im Anflug und Fraser wollte genau wissen, wo sie waren. An Bord zweier dieser Hubschrauber befanden sich ein Dutzend seiner Männer in zwei Sechser-Teams, die seine Blockadeeinheit bildeten. Zu jeder der Gruppen gehörten zwei Scharfschützen. Sie würden sich einen Kilometer von der befestigten Hauptstrasse, der EN1, entfernt aus den Hubschraubern abseilen und in den Sanddünen westlich des Zielbauernhofs eine Blockadeposition einnehmen. Sollten die Terroristen tatsächlich ihre Sachen packen – seine im Moment grösste Befürchtung – würden die Soldaten in den Hubschraubern sie an der Flucht hindern und ihr Bestes tun, um Greeves zu befreien. Falls es dazu kommen sollte, war Fraser, was ihre Chancen anging, pessimistisch. Seine Scharfschützen könnten zwar den Fahrer und den Beifahrer des Fluchtfahrzeugs ausschalten, aber dann bliebe immer noch ein weiterer Mann am Abzug, der möglicherweise eine Pistole an Greeves' Schläfe hielt. Eine einzige Kugel genügte, um einen historischen Erfolg in einen jämmerlichen Misserfolg zu verwandeln. Der einzige kleine Trost war, dass keine ›Röntgenumrisse‹ Mosambik lebend verlassen würden, wenn die Hubschrauber seine Männer auf dem Sand abgesetzt hatten.

»Dagger, hier ist Cheetah sechs«, kam die Antwort mit südafrikanischem Akzent. »Wir sind gut in der Zeit und befinden uns fünf Minuten vor der Landezone. Ihre Männer sind eifrig bei der Sache – sie sind bereits an den Seilen, over.«

»Verstanden, Cheetah sechs. Gute Arbeit. Geben Sie mir Bescheid, wenn sie gelandet sind.«

Fraser sah auf seine Taucheruhr und erlaubte sich ein kleines Lächeln. Es war beinahe Zeit für ihn, die C-17 zu verlassen. Er winkte Unteroffizier Peter ›Chalky‹ White, dem Verantwortlichen des Geschwaders, zu und hob beide gespreizten Hände, um damit zehn Minuten anzuzeigen. Fraser schaltete den Kanal um und sagte zur Besatzung der C-17: »Noch zehn Minuten, meine Herren.«

Er spürte, wie sich das Flugzeug zu neigen begann. Es war ein Rausch, der bis in seine Fingerspitzen kribbelte und Fraser war sich sicher, dass ein solcher mit keiner Droge erreicht werden konnte. Die einzige bewusstseinsverändernde Substanz, die er sich gönnte, war Single Malt Whisky und wenn sie später am Tag wieder in Südafrika waren, würde er sich bestimmt genug davon reinziehen. Ganz gleich, was nächstens geschah.

»Dagger, hier ist Zero-Alpha, over«, sagte eine Stimme mit walisischem Klang über die Kopfhörer.

»Los, Taff«. Sergeant Hugh Carlisle war einer seiner Funker und nach dem Kosovo, dem Irak und Afghanistan gut mit ihm bekannt, daher die Ungezwungenheit in Frasers Antwort. Der mopsnasige, tätowierte Veteran bediente in Hoedspruit eine Reihe von Funkgeräten, Satelliten- und Mobiltelefonen. Taffy Carlisle hielt ihre militärischen und politischen Herren in Grossbritannien über den Fortgang der Operation auf dem Laufenden und sorgte für die Kommunikation mit den beiden Polizeibeamten am Strand von Mosambik. Sie benutzten dafür das Satellitentelefon, das Bernard Joyce aus seinem Gefängnis gestohlen hatte.

»Alles ist in Position, Dagger. Das Fahrzeug am Strand ist bereit und seine Scheinwerfer werden eingeschaltet, sobald es notwendig ist. Onkel Tom Cobbly und alle in London wollen wissen, was los ist.«

Fraser lächelte wieder. Im Hauptquartier des Regiments würden einige seine Entscheidung, die Angriffsteams zu begleiten, anstatt zurückzubleiben und die Operation von Hoedspruit aus zu leiten, missbilligen, aber er wollte dabei sein, wenn die Schiesserei begann. Wenn er versagte, würde man ihn als unverantwortlichen Ruhmesjäger ans Kreuz nageln. Dieses Risiko war es seiner Meinung nach wert. »Roger, Taff. Mach weiter so.« Wenn in der nächsten Stunde alles in die Hose ging, erlitte der Polizist am Boden den grössten Verlust. Schliesslich war er es, der seinen Mann überhaupt erst verloren hatte.

»Dagger, hier ist Cheetah Sechs. Ihre Jungs brauchen einen neuen Stempel in den Pässen. Sie sind auf dem Boden. Ich wiederhole, alle sind auf dem Boden, Ende.«

Fraser bestätigte die Meldung des Südafrikaners. Die beiden Hubschrauber, die die Truppen gebracht hatten, würden nun mit einem dritten Hubschrauber zusammentreffen, der unter dem

Gewicht mehrerer Zweihundert-Liter-Fässer voller Flugbenzin und einer tragbaren Pumpe ächzte. Alle drei würden auf einem Fussballplatz in einem Dorf zehn Kilometer vom Ziel entfernt landen und auftanken. Zweifellos würden sie einige neugierige Schaulustige abwehren müssen. Am Ende der Operation – wie auch immer sie ausgehen würde – würden die Hubschrauber sie zurück nach Südafrika bringen. Allerdings würde nicht das gesamte Angriffsteam, Greeves, Joyce und die Polizeibeamten in die drei Vögel passen, also würde es mehr als eine Welle geben. »Verstanden, Cheetah. Wir sehen uns in Kürze.«

Fraser schaltete auf die interne Frequenz der C-17 und bestätigte dem Piloten des riesigen Transportjets, dass sie sich über der Abwurfzone befanden.

»Wir kreisen jetzt«, bestätigte der Leiter der RAF-Staffel. »Sobald du fertig bist, sind wir bereit, Jonathan.«

»Okay, dann mache ich mich fertig. Wir sehen uns dann im sonnigen Südafrika.«

Die Piloten winkten ihm zu, als er seine Kopfhörer abnahm und der Navigator reichte ihm die Hand. »Viel Glück«, brüllte der Mann über das Heulen der Flugzeugmotoren hinweg. Fraser tat sein Bestes, um zu lächeln und kletterte die Treppe vom Cockpit hinunter in den Bauch des fliegenden Wals.

Um ihn herum herrschte geschäftiges, aber geordnetes Treiben. Seine Männer überprüften gegenseitig ihre Fallschirmausrüstungen, Sauerstoffmasken und Höhenmesser sowie die Waffen und Tauchflossen, die unter ihren Fallschirmgurten befestigt waren. Chalky White hievte die Fallschirmausrüstung seines Chefs hoch und Fraser schob seine Arme ins Gurtzeug. White half ihm beim Anlegen seiner Waffe – einer MP-5 –, der Rettungsweste, des Sauerstoffs, der Schwimmflossen und des Helms.

Rote Lichter in der hohen Decke erhellten den Frachtraum und tauchte die Männer und ihre Fracht in ein gespenstisches Raumschifflicht. Als die Männer zum Heck ihres Mutterschiffs schlurften, sahen sie wie Automaten aus.

Am Boden, in der Nähe des Scharniers der riesigen Rampe, die sich in Kürze öffnen würde, waren drei Zodiac-Schlauchboote, aus denen die Luft abgelassen worden war, festgebunden. Sie waren in getrennte Behälter, die jeweils etwa die Grösse einer grossen Waschmaschine hatten, verpackt. Jedes der Pakete war an einem Fallschirm befestigt. Die Lademeister der Royal Air Force an Bord der C-17 würden sie über die Rampe absetzen, bevor Fraser und seine Männer den leeren Booten ins Meer folgten. Im Wasser würden die Boote wieder mit Druckluftflaschen aufgepumpt und Fraser und die siebzehn Männer des Hauptangriffstrupps konnten die Aussenbordmotoren anwerfen und in Richtung des drei Kilometer vom Landepunkt entfernten Strandes rasen. Die C-17, wusste Fraser, flog jetzt in zwölftausend Fuss Höhe, ausser Sicht und praktisch ausser Hörweite der Menschen am Boden. Sollten die Terroristen das leise, weit entfernte Heulen der Düsentriebwerke hören, würden sie den Vogel mit einem Passagierflugzeug verwechseln. Es bestand keine Chance, dass irgendjemand an der Küste die Männer oder die kompakten Boote beim Aussteigen sah.

»Fünf Minuten«, rief einer der Lademeister und winkte mit der offenen Hand vor allen SAS-Leuten, die er sehen konnte. Diejenigen, die ihn sahen, gaben das Signal weiter, aber der plötzliche Luftzug und das Einschalten der roten Sprunglichter auf beiden Seiten der Absenkrampe verrieten allen, dass es bald so weit war.

Fraser liebte das Fallschirmspringen – was in seiner Branche hilfreich war, da er bereits über fünfhundert Sprünge absolviert hatte –, aber ausnahmsweise waren es die Aufregung und die Angst vor dem, was ihn am Boden erwartete, die ihn beschäftigten, nicht der Sprung und der Fall. Chalky gab ihm einen Daumen nach oben, als wolle er ihm versichern, dass alles gut gehen würde. Fraser nickte und erwiderte die Geste.

Die Boote rollten über den Rand der Rampe. »Grün. LOS!«

TOM UND SANNIE kauerten am Fuss der Sanddüne, die den Beginn des Weges hinauf zum Farmhaus markierte. Sie waren Frasers Anweisungen gefolgt und hatten das Ziel nicht überwacht, wie es

Tom lieber gewesen wäre. Er hätte jetzt unbedingt dort oben sein und das Haus und seine Besetzer im Auge behalten wollen.

»Sie wissen, dass er recht hat«, flüsterte Sannie, nicht zum ersten Mal. »Wenn wir jetzt gesehen würden, könnte das für Ihren Mr. Greeves katastrophal sein. Ausserdem hat Fraser Recht, wenn er sich um seine eigenen Männer Sorgen macht. Wenn einer seiner Scharfschützen mit ihren Nachtsichtgeräten sähe, wie Sie Ihren Kopf über die Spitze eines Sandhügels stecken, könnte er Sie erschiessen.«

Tom nickte. Sie und Fraser hatten natürlich recht. Aber dadurch fühlte er sich nicht unbedingt besser. Nach allem, was sie wussten, konnten sich die Terroristen – im wahrsten Sinne des Wortes – darauf vorbereiten, ihre Verluste zu begrenzen und Greeves' Enthauptung zu filmen, während er und Sannie wie ein Liebespaar, das ein bisschen Mitternachtssex haben wollte, am Strand sassen und warteten. Er sah auf die Uhr. Es war zwei Minuten vor vier. Laut dem Sergeant in Hoedspruit waren Supersoldat Fraser und seine Männer bereits im Wasser und sollten jeden Moment am Strand auftauchen. Der Plan sah vor, dass Tom und Sannie die Soldaten der Spezialeinheit, sobald sie dort eintrafen, den Weg zum Haus hinaufführten.

Einen Kilometer nördlich von ihnen, ausserhalb des Schussfelds, parkte Sarels alter Geländewagen mit aufs Meer gerichteten Scheinwerfern mit Fernlicht am Ufer. Im Fahrzeug, das von Sarel bewacht wurde, sass Bernard. Die Lichter dienten zwei Zwecken. Erstens würden die beiden Scheinwerfer Fraser, falls sein GPS- ausfiel, einen visuellen Anhaltspunkt für die ungefähre Position des Ziels geben, weil er wusste, dass er einen Kilometer links von ihnen landen musste. Zweitens waren die Scheinwerfer schräg auf eine Lücke im Riff gerichtet, die den Strand von Paradise Cove vor der Dünung des Meeres schützte. Obwohl die Flut abnahm, war sie immer noch hoch. Erst um sechs Uhr fünfundfünfzig am Morgen war Ebbe, aber dennoch bestand die Gefahr, dass eines von Frasers Gummibooten die Spitze des felsigen Riffs streifte und ein Loch davontrug.

Tom hatte Mitleid mit Bernard. Er wusste, dass der Ex-U-Boot-Fahrer sich lieber in den Kampf gestürzt hätte, teilte aber Frasers

Einschätzung, dass er mit seinen Verletzungen eher eine Belastung als ein Gewinn wäre. Bernard hatte Fraser über das Satellitentelefon eingeredet, dass nur er den Grundriss des Bauernhauses wirklich kenne, aber Fraser hatte dieses Argument mit dem Hinweis auf den äusserst detaillierten Grundriss, den Bernard bereits zur Verfügung gestellt hatte, in den Wind geschlagen. Auch Tom hatte das Haus mit eigenen Augen gesehen, so dass Bernard nicht einmal behaupten konnte, er sei der Einzige, der die genaue Lage des Hauses kenne. Indem Sarel erwähnte, er habe sogar die GPS-Koordinaten des Hauses, da er einmal für eine Gruppe südafrikanischer Off-Road-Enthusiasten eine Allrad-Rallye durch die Dünen geleitet habe, besiegelte er Bernards Schicksal. Damit er sich besser fühlte, hatte Sarel Bernard seine Neun-Millimeter-Pistole gegeben und versprochen, Bernard zum Haus zu fahren, sobald dieses gesichert war. Tom hielt es für sinnvoll, dass für den Fall, dass unerwartet ein Terrorist aus dem Busch auftauchte, möglichst viele von ihnen bewaffnet waren.

Tom wechselte seine Pistole von der rechten in die linke Hand und wischte seine Handfläche an seinem Hemd ab. Erneut spürte er, dass Sannie seinen Arm berührte und fragte sich, ob sie einfach nur eine mitfühlende Person war oder ob sie eine ähnliche Anziehungskraft spürte, wie er für sie empfand. Das konnte er nicht leugnen. »Es wird alles gut. Bleiben Sie cool. Hören Sie hin, ich glaube, die Boote kommen.«

CHEFINSPEKTOR SHUTTLEWORTH LEGTE auf und ging über den Betonboden des Flugzeughangars zum SAS-Kommunikationssergeant, der an einem mit Telefonen, Laptops und Funkgeräten übersäten Klapptisch sass.

Er wischte sich über die Stirn. Wie zum Teufel konnte es um vier Uhr morgens irgendwo auf der Welt so heiss sein, dass er schwitzte? Dennoch war ihm klar, dass die Hitze nicht die einzige Ursache für seine Schweissausbrüche war. Er hatte dem Premierminister gerade versichern müssen, dass eine Operation, an deren

Planung und Durchführung er gar nicht beteiligt war, nach Plan verlief.

Der politische Berater des Premierministers liess sich nicht mit einem Unteroffizier der Fernmeldetruppe abspeisen, wenn ihr Chef Informationen aus erster Hand wollte, sondern verlangte, mit dem ranghöchsten Mann vor Ort verbunden zu werden und so winkte der Feldwebel den Polizeibeamten herbei. Er sagte: »Das Büro des Premierministers«, aber Shuttleworth erfuhr nicht, dass der politische Berater das Telefon bereits an diesen weitergegeben hatte. Shuttleworth hatte die Stimme sofort erkannt und spontan einen Bericht über den bisherigen Verlauf der Operation zusammengeschustert.

Er hielt es für ungerecht, dass der Premierminister ihn nun für diese Angelegenheit verantwortlich machte, obwohl es sich eindeutig um eine militärische Operation handelte. Der Premierminister musste doch die Befehlskette verstehen? Immerhin hatte *er* diese Aktion auf fremdem Boden genehmigt. Shuttleworth dachte an Tom Furey. Gott stehe ihm bei. Wenn Greeves beim Angriff getötet wurde, würden die Jungs aus Hereford einen Geschwindigkeitsrekord dabei aufstellen, mit dem Finger auf die Met zu zeigen.

Shuttleworth hielt gegenüber Fraser an seiner früheren Verteidigung von Furey fest. Was ihn jetzt beunruhigte, war, dass seine beiden besten Männer – Tom und Nick Roberts – beide nicht im Spiel waren. Laut Bernard war der arme Nick tot und Shuttleworth fragte sich, ob er in die gleiche Falle getappt war, die Tom in der Nacht vor der Entführung von Greeves offensichtlich nicht erkannt hatte. Sie *waren* seine Besten, aber es bestand kein Zweifel daran, dass sie für unzulänglich befunden worden waren. Wenn es gut lief und Greeves lebend herausgebracht wurde, hatte Tom vielleicht eine Chance, seinen Job zu behalten, wenn auch sicher nicht seinen Rang.

Aus diesem Fiasko mussten sie alle ihre Lehre ziehen, aber vieles entsprach dem, was sie bereits in den Lektionen der Grundausbildung gelernt hatten.

Der SAS-Signalmann hob eine Hand in die Luft, die andere lag an seinem Kopfhörer. »Sie sind auf dem Trockenen«, sagte er, was bedeutete, dass die Sturmtruppe am Strand gelandet war, »falls Sie den Premierminister informieren wollen.«

Shuttleworth schnitt eine Grimasse. Vielleicht sollte er die Idee des Sergeants umsetzen und Nummer 10 Downing Street zurückrufen. Was konnte es schaden, wenn das Büro des Premierministers glaubte, er habe bei der Rettung eine Schlüsselrolle gespielt? Wer wagt, gewinnt. Er nahm das laminierte Blatt Papier mit allen wichtigen Telefonnummern zur Hand, griff nach dem Satellitentelefon, das er gerade benutzt hatte und rief an.

»Situationsraum Downing Street«, sagte eine Frau.

»Hier ist Chief Inspector Shuttleworth von der Metropolitan Police. Geben Sie mir den Premierminister.«

JONATHAN FRASER SASS im Führungsboot und war, als das Zodiac die Sandküste hinaufschoss, der Erste, der den Strand von Mosambik berührte. Es war ein Detail, aber eines, von dem er hoffte, es bleibe in Erinnerung.

Er hielt seine MP-5 nach vorn gerichtet, als er in gebückter Haltung auf die Dünenlinie zulief. Der Südafrikaner rechts von ihm hatte die Lichter seines Fahrzeugs gelöscht und am Strand war keine weitere Menschenseele zu sehen.

Vor ihm sah er etwas aufglimmen. Furey benutzte den Zigarettenanzünder. Es sah aus wie in einem Film aus dem Zweiten Weltkrieg, aber das verabredete Signal war wirkungsvoll. Mit Chalky und dem Rest der Sturmtruppe hinter sich, der die Boote hinter den Dünen in den Mondschatten zog, schritt er auf die beiden Polizisten zu.

»Jonathan Fraser. Schön, Sie persönlich kennenzulernen«, sagte er und schüttelte Toms Hand, obwohl die Begrüssung hohl klang, als sage er es nur aus Anstand. Er lächelte Van Rensburg an, als sie sich vorstellte und er ihre Hand schüttelte. Es war schön, dass diese Stimme, die sogar über das Satellitentelefon sexy klang, ein Gesicht erhielt. Fraser hoffte, sie sei bei der Nachbesprechung in Südafrika dabei. »Hört man Geräusche aus dem Haus?«

»Nein, dafür sind wir viel zu weit weg«, antwortete Furey. Wäre er einer seiner Männer gewesen, hätte Fraser ihn für seinen aufmüpfigen Ton zurechtgewiesen. Der Bulle hatte deutlich gemacht, dass er das Zielhaus im Auge behalten wollte. *Scheiss auf ihn*, dachte Fraser. Das war sein Auftritt und die Polizisten waren jetzt, da sie ihnen den Weg durch die Dünen gezeigt hatten, nur noch Ballast.

Fraser betätigte sein persönliches Funkgerät. Er hatte bereits mit dem Verantwortlichen der Blockadeeinheit, Forsythe, Kontakt aufgenommen. »Dagger eins, hier ist Dagger neun.«

» Dagger eins.« Forsythes Stimme klang ruhig in seinem Hörer.

»Wir sind am Fuss der Dünen. Wir gehen jetzt hinauf.«

»Verstanden«, sagte Forsythe. »Wir sind in Position, Boss.« Fraser wusste, dass Forsythe jetzt die Informationen an die Scharfschützenteams weitergab und ihnen mitteilte, dass ihre eigenen Männer in den nächsten Minuten in die Mulde in den Dünen südlich des Bauernhauses – den Aufstellungspunkt – vorrückten.

Fraser wandte sich an Tom. »Ihr zwei bleibt hier und haltet uns den Rücken frei. Es wird nicht lange dauern, bis ich euch anrufe. Sobald es erledigt ist. In Ordnung?«

»Nein, das ist verdammt noch mal nicht in Ordnung«, flüsterte Tom und Van Rensburg unterstütze ihn mit heftigem Kopfschütteln.

»Wir haben mehr als genug Feuerkraft, um den Job zu erledigen«, beharrte Fraser. Hier ging es nicht um Politik. Er wollte einfach nicht, dass zwei zusätzliche Leute in den Dünen umherirrten, während seine Männer und Scharfschützenteams den Angriff durchführten.

»Nein, Fraser, auf keinen Fall. Ich habe Ihnen schon am Telefon gesagt, dass Sannie und ich bis zum Ende an dieser Sache beteiligt sind. Bis ich abgelöst werde, bin ich für Greeves' Sicherheit verantwortlich.«

Das hättest du früher bedenken müssen, dachte Fraser. Doch er hatte weder die Zeit noch die Lust, an diesem Strand herumzutrödeln, wenn es einen Auftrag zu erledigen gab. »Nun gut. Oberfeldwebel?«

White ging zu Fraser. »Sir?«

Fraser wusste, dass die Verwendung von Whites formellem Rang seinem Freund und besten Fussballspieler signalisierte, dass er nicht glücklich über die Befehle war, die er erteilen musste. Aber ihm war auch bewusst, dass Chalky, wenn er es ihm befahl, von einer Klippe springen würde. »Neben Ihren anderen Aufgaben bei diesem Einsatz möchte ich, dass Sie Detective Sergeant Furey und Inspektorin Van Rensburg begleiten.«

»Es ist mir ein Vergnügen, Sir«, sagte White, wobei nicht zu übersehen war, was er über seinen neuen Auftrag dachte. »Bleiben Sie dicht bei mir, dann gehen wir alle mit zehn Fingern, zehn Zehen und zwei Augen nach Hause.«

SANNIE HIELT Fraser für einen *Windgat*, einen Windbeutel. Ganz gleich, ob Tom Fehler gemacht haben mochte, die Behandlung, die er von den Armeeangehörigen erfuhr, hatte er nicht verdient und sie auch nicht. Sie hatte es gehasst, wie der schmierige Major sie von oben bis unten angesehen hatte. Der Mann hätte an seinen Job denken sollen, nicht daran, ihr an die Wäsche zu gehen. White hingegen schien ein anständiger Kerl zu sein, auch wenn es ihm sichtlich missfiel, dass er sie und Tom beaufsichtigen musste.

Sannie konnte nicht leugnen, dass sie aufgeregt war. Trotz dem Neid und der Penisgefechte, die oft auftraten, wenn zwei bewaffnete Organisationen gemeinsam einen Auftrag erledigten, freute sie sich wirklich darauf, die viel gepriesene SAS in Aktion zu sehen. Wie viele Menschen, überlegte sie, konnten von sich behaupten, miterlebt zu haben, wie eine Terroristenhochburg ausgeschaltet wurde?

Die Taktik interessierte sie: Die Platzierung der Scharfschützen, die Methoden, mit denen sie eindringen würden. Sie fragte sich, wie viel Erfahrung die einzelnen Soldaten hatten. Sie stellte sich vor, dass sie in einem oder mehreren Kriegen gekämpft hatten – wahrscheinlich in Afghanistan oder im Irak –, bezweifelte aber insgeheim, dass einer von ihnen bei der Verfolgung bewaffneter Straftäter in so viele Gebäude eingedrungen war, wie sie selbst in ihren zehn Jahren im Dienst.

Als uniformierte Polizistin hatte sie ihre Waffe dreimal abgefeuert und dabei zweimal Straftäter verwundet. Bei einer ihrer ersten Razzien wäre sie dagegen beinahe selbst getötet worden. Sie waren einem Hinweis auf einen Drogendealer nachgegangen. Seine Nachbarn hatten sich über ihn beschwert, nachdem er beim Streit über eine verlorene Heroinlieferung einen Jungen aus der Gegend getötet hatte. Sannie war das jüngste Mitglied des Teams von Uniformierten, die die Ermittler unterstützten. Sie war vor dem Wohnblock, in dem der Mann lebte und stand neben dem Polizeifahrzeug, als die Razzia stattfand. Der Mann wohnte in einer Wohnung im ersten Stock und als der Vorschlaghammer die Tür aus den Angeln hob, rannte der Mann ins Schlafzimmer, sprang über das Balkongeländer und landete keine zehn Meter von ihr entfernt mit voller Wucht auf dem Boden. Er hatte eine Kanone von einem Gewehr, eine amerikanische 45er Automatik, in der Hand und zielte, während er sich aufrappelte, direkt auf ihre Brust. Sannie tastete noch nach ihrer eigenen Pistole, die noch im Holster steckte, als der Mann bereits abdrückte.

Es geschah nichts.

Ihr Auftragspartner, ein kurz vor der Pensionierung stehender Sergeant, der sich um das neue Mädchen kümmern sollte, war schneller als sie und setzte den Dealer mit zwei Kugeln in die Brust ausser Gefecht.

Sannie erinnerte sich an den Schock des Vorfalls und daran, dass sie den ganzen Tag mit den Tränen gekämpft hatte, bis sie nach Hause kam und schliesslich in Christos Armen zusammenbrach. Sie hatte daran gedacht, ihren Job aufzugeben, aber ihr Mann, der damals selbst noch in Uniform arbeitete, hatte ihr gesagt, sie müsse dankbar sein. Sie hielt sich keineswegs für kugelsicher, aber die Fehlzündung des Gangsters hatte sie gelehrt, immer bereit zu sein. Sie und Tom stapften hinter dem Sergeant Major die Düne hinauf.

»Bitte, Gott«, sagte sie zu sich selbst, »lass es für Tom und für Robert Greeves gut ausgehen. Tom hat es verdient. Er ist ein guter Mann.«

FRASER KNIETE zwischen zwei Dünen in einer Senke im Schatten und zog, genau wie die anderen Mitglieder des Hauptangriffsteams um ihn herum, seine Gasmaske aus der Tasche.

Um sicherzustellen, dass er mit der Maske senden und empfangen konnte, führte er einen kurzen Kommunikationscheck durch. Sobald die Eingänge aufgebrochen waren, würden sie das Haus mit Tränengas- und Blendgranaten – Betäubungsgranaten, die eine nicht tödliche, aber die Sinne verwirrende Lärm- und Rauchexplosion erzeugen – beschiessen. Natürlich würde Greeves ebenso wie die Terroristen unter dem Schock und den Chemikalien leiden, aber im Gegensatz zu seinen Entführern überleben.

»An alle Teams, hier ist Dagger neun, bestätigen Sie Ihre Position.«

»Dagger eins, Roger, Ende.« Die Blockadekräfte und Scharfschützen waren bereit.

» Dagger zwei, Roger, Ende«, sagte der Kommandant des zweiten Angriffsteams, das durch die Hintertür in das Haus eindringen würde. Fraser leitete das Angriffsteam, das durch die Vordertür des Hauses auf der Strandseite eindringen und das Fenster des Zimmers, in dem Greeves festgehalten wurde, einschlagen sollte.

»Dagger Neun, hier ist einer, over.«

Fraser spannte sich an. Er wollte gerade den Befehl zum Aufbruch geben. » Dagger eins, hier ist Neun. Was ist los, over?«

»Wir sehen Bewegung auf der Rückseite, am zweiten Fenster von rechts. Schatten auf dem Vorhang, over.« »Ein Röntgenumriss. Sieht aus, als hätte er einen Blick nach draussen geworfen, over.«

Fraser runzelte die Stirn. »Verstanden, eins. Sie kennen den Ablauf, wenn der Angriff beginnt. Wenn Sie eine Bewegung sehen und einen der Angreifer nicht treffen, schalten Sie ihn aus. Verstanden, over?«

Auch wenn er seine Rolle in Dutzenden von Übungen trainiert hatte, war dies Forsythes erster echter Einsatz. Fraser wusste, dass er es nicht geschafft hatte, die Irritation in seiner Stimme zu verbergen, aber sie alle kannten die Einsatzregeln und wussten, was von ihnen erwartet wurde.

»Verstanden, Neun. Dagger eins, Ende«, antwortete der abgestrafte Offizier.

»An alle Teams, hier ist Dagger Neun. Das war's. Bereithalten, bereithalten ...«

SANNIE HÖRTE den Schrei und Tom sah sie an, um zu bestätigen, dass auch er den unmenschlichen Laut gehört hatte.

»Bastarde«, murmelte White vor sich hin.

Da war das Geräusch wieder. Ein hohes, von einem Grunzen gefolgtes Kreischen. *Das kann doch nicht sein,* dachte sie, *das kann unmöglich sein.* Sie schüttelte den Kopf. Doch, sie hatte recht und kannte diese Schreie, solange sie zurückdenken konnte. Auf der Bananenfarm, auf der sie aufwuchs, hatte sie es schon tausendmal gehört.

»Oberfeldwebel«, sagte Sannie und zupfte am Ärmel seines schwarzen Overalls.

»Nicht jetzt, Ma'am.« Er drehte sich sichtlich verärgert zu ihr um. »Die Einsatzleitung gibt gerade das Kommando zum Stürmen.«

»Nein, anhalten, dieses Gekreisch, das war ...«

»BEREITHALTEN, haltet euch bereit. Los!«

Auf Frasers Kommando brachen aus jedem der Angriffsteams zwei Männer aus ihrer Deckung auf und liefen, den Oberkörper vorgebeugt, zur vorderen und zur hinteren Tür. Jeder trug eine kleine, mit starkem doppelseitigem Klebeband umwickelte Ladung Plastiksprengstoff bei sich. Sie brachten die Sprengsätze in der Nähe der Schlösser an den Türen an und aktivierten die Zünder. Die Männer, die die Sprengladungen anbrachten, machten sich auf beiden Seiten der Türen breit und Fraser und seine Männer sowie die Mitglieder von Dagger Drei waren auf den Beinen und in Bewegung, als die Explosionen die milde Ruhe der feuchten Nacht durchbrachen.

Vögel kreischten und flogen in die Luft, aber ihr Geschrei wurde von Kommandos und dem Geräusch splitternden Glases übertönt, dem kurz darauf der Knall explodierender Blendgranaten folgte. Ein grellweisser Blitz, der die umliegenden Dünen erhellte, begleitete die Detonationen. Um sich vor dem schrecklichen Licht- und Tonspektakel zu schützen, trugen Fraser und seine Männer Gasmasken mit getönten Brillengläsern, Funkgeräte und Ohrenschützer.

Wie sie es bei der kurzen Trockenübung vor dem Verlassen von Hoedspruit geprobt hatten, kniete einer von Frasers Männern mit einer kurzen Aluminiumleiter am Fenster von Greeves' Zimmer. Der Rauch der Explosion beim Eingangs quoll aus der Öffnung und einer der Männer warf eine Blendgranate hinein. Fraser stellte einen Fuss auf die mittlere Sprosse und stürzte hinein, als die Granate detonierte.

Wie eine Katze landete Fraser im rauchgefüllten Raum auf seinen Füssen und hörte erneut das schreckliche Heulen. Es verwirrte ihn, doch hob er trotzdem seine MP-5 und tastete den Raum mit Hilfe der am stumpfen Lauf befestigten Taschenlampe ab. »Robert Greeves! Wir britischen Streitkräfte sind gekommen, um Sie zu retten!« Fraser hörte den Rest des Teams hinter sich und den dumpfen Knall einer weiteren Blendgranate, die irgendwo anders im Haus losging.

Zwei Schüsse fielen und auf dem Gang fluchte jemand.

Durch den dichten Rauch hindurch sah Fraser das Bett und auf dem sich irgendetwas wand und sich die Kehle heiser schrie.

»Verdammte Scheisse«, fluchte Fraser und seine Mutter hätte ihn geohrfeigt, wenn sie ihn gehört hätte, aber das kümmerte ihn im Moment nicht. »Es ist ein verdammter ...«

»Affe. Ich sage Ihnen, das Geräusch, das wir gehört haben, war ein Affe«, sagte Sannie, während sie und Tom Seite an Seite, dicht auf den Fersen des stämmigen Oberfeldwebel White in Richtung des ausgebrannten, rauchenden Hauses rannten.

»Verdammter Mist«, hörte sie White murmeln, als er die Funksprüche abhörte. »Bleiben Sie hier, Ma'am und Mister Furey.«

»Blödsinn«, sagte Tom und schob sich, ohne die ausgestreckte Hand des Mannes zu beachten, an ihm vorbei.

Sannie folgte Tom und liess White, der kopfschüttelnd in sein Funkgerät sprach, im Freien stehen.

Die Polizisten kamen aus dem Haus und nahmen ihre Gasmasken ab. Einer fing laut zu lachen an, aber White bellte ihn an, er solle seine Klappe halten und der Mann riss sich zusammen und gehorchte sofort.

Sannie und Tom gingen durch die zersplitterten, rauchenden Überreste der ehemaligen Eingangstür. Der Aufenthaltsraum, der nur mit ein paar umgedrehten Holzstühlen ausgestattet war, war leer, aber der Geruch von Kordit und Rauch lag in der Luft. Zusammen mit etwas anderem.

»Affen*kak*«, sagte Sannie, als Tom die Nase rümpfte.

»Wie? Das kann nicht sein.«

»Sie können es mir glauben.«

Sie bogen nach rechts in den Flur und Sannie wedelte mit der Hand vor ihrem Gesicht, um die Luft zu reinigen. Aus dem Raum, in welchem angeblich Greeves festgehalten wurde, ertönten weiterhin Schreie und Gebrüll.

Als sie hereinkamen, stand Jonathan Fraser ohne Gasmaske und mit einer Maschinenpistole in der rechten Hand am Fussende des Betts. Einer seiner Männer hatte sich eine Zigarette angezündet, der andere stand da und blickte auf ein kleines, sich vor Angst windendes Wesen herab.

»Ich hab's Ihnen gesagt«, sagte Sannie, ohne eine Spur von Triumph in ihrer Stimme.

Ein grau-weisses Äffchen war mit Kabelbindern aus Plastik ans Bett geschnallt. Der kleine Primat, ›grüne Meerkatze‹ genannt, war ausgewachsen, wenn auch nur etwa einen Meter lang, wenn er ganz ausgestreckt war, wie er es jetzt sein musste. Er entblösste die scharfen, spitzen Reisszähne in seinem dunklen Gesicht und kreischte weiter.

»Erschiessen Sie ihn einfach, Boss«, sagte einer der Männer zu Fraser.

Diesem schien es die Sprache völlig verschlagen zu haben.

»Sie werden nichts dergleichen tun«, sagte Sannie. »Geben Sie mir Ihr Messer, Soldat und bleiben Sie weit weg. Ihr alle. Schade, das arme kleine Ding ist halb verrückt geworden.« Die kräftigen, zähen Militärs befolgten alle ihren Rat und gingen einen Schritt zurück.

Sannie griff nach unten und durchtrennte geschickt die Fesseln, die die Füsse des Affen festhielten. Er drehte sich auf den Rücken und versuchte abwechselnd, sie mit seinen winzigen menschenähnlichen Füssen zu kratzen und sich an den nackten Bettfedern festzuhalten. Sannie packte den Schwanz des Affen und hob ihn vom Bett hoch, wobei sie schnell eine der beiden Handfesseln durchtrennte. »Macht Platz für ihn. Weg von der Tür und den Fenstern. Das geht sehr schnell.«

Sannie hatte recht und selbst sie stiess einen kleinen Schrei aus und sprang zurück, als sie die letzte Fessel durchtrennte. Sie schaffte es gerade noch, ihr Handgelenk vor dem Maul des Affen wegzuziehen, obwohl sie richtig vermutete, dass der Affe nicht in erster Linie kämpfen, sondern fliehen wollte. Mit einer Geschwindigkeit, die alle überraschte, flog der Affe durch das zerbrochene Fenster in die Nacht hinaus. »Wie viele weitere?«, fragte sie.

Der Mann, der vorgeschlagen hatte, das Äffchen zu töten, antwortete, denn Fraser schien immer noch in einem Zustand des Halbschocks zu sein. »Drei. Sie rannten im Haus herum. Einem von ihnen hat einer der Jungs eine Kugel verpasst – wahrscheinlich in den Arm –, aber die anderen beiden waren zu schnell. Sie sind direkt an uns vorbeigerannt.«

Sannie schüttelte den Kopf. »Armes kleines Tier. Aber er wird wahrscheinlich überleben. Ich habe schon Eisvögel gesehen, die mit nur einem Bein und einem Arm herumliefen, nachdem sie sich in Elektrozäunen verhedderten und ...«

»Um Himmels willen, Frau«, sagte Fraser, »die verdammten Affen sind mir scheissegal!«

»Beruhigen Sie sich«, sagte Tom.

Fraser drehte sich zu ihm um. »Sagen Sie mir nicht, dass ich mich abregen soll. Das ist alles Ihre Schuld. Hören Sie mich? Das war von Anfang an ein Schlamassel und Sie sind derjenige, der ihn verursacht hat.« Frasers Gesicht rötete sich und seine Augen blitzten.

Er deutete auf Toms Brust, aber Tom blieb standhaft und sagte nichts.

Fraser holte tief Luft und kniff sich mit den Fingern in den Nasenrücken.

Tom sah Sannie an. »Wir müssen Alfredo benachrichtigen. Er soll seine Strassensperren sofort aufstellen. Es wird bald hell.«

Sie nickte, erkannte aber, dass Tom nur so tat, als ob. »Ich werde Sarel suchen und ihn bitten, uns mit seinem Geländewagen zu unserem Auto zu bringen. Hier können wir nicht mehr viel tun.«

»Danke«, sagte Tom. »Major, wenn Sie uns entschuldigen. Für uns ist es noch nicht vorbei.«

»Oh doch, das ist es mit Sicherheit!«, gab Fraser zurück.

20

Der Detektiv in Tom liess nicht zu, dass er in Selbstmitleid über den Ausgang der Razzia versank – das überliess er Fraser. Der SAS-Major tat ihm beinahe leid. Eine Mission, mit der er in die Geschichtsbücher hätte eingehen können, bliebe nun als tragische Farce in Erinnerung.

Tom war es egal, ob es um seinen Ruf oder um die Karriere anderer ging. Er hatte sich bereits damit abgefunden, keinen Job mehr zu haben, wenn er nach England zurückkehrte, aber das konnte ihn nicht von seiner einen verbleibenden Aufgabe abbringen – Robert Greeves zu finden, tot oder lebendig. Dieser Gedanke hatte sich, während er am Fusse der Dünen auf die Ankunft der Angriffsboote wartete, in ihm gefestigt. Er hatte versagt und man würde ihm nicht vergeben – weder er sich selbst noch irgendjemand anderes – bis er Greeves gefunden hatte. Die Falle, die Carla ihm gestellt hatte, die Verfolgungsjagd und nun der raffinierte Köder, der sie von der Spur der Terroristen abgelenkt hatte, waren zu seiner persönlichen Sache geworden. Man hatte ihn von A bis Z zum Narren gehalten. Es war, als ob die Terroristen ihn verhöhnen und ihm seine zahlreichen Fehlschläge unter die Nase reiben wollten.

Er würde es zu Ende bringen. Obwohl er es nicht laut zugeben und den irren Gedanken verdrängen wollte, bevor er ihn überhaupt zu Ende gedacht hatte, war es ihm eigentlich egal, ob Greeves tot oder lebendig war. Aber die Männer, die das getan hatten, sollten dafür bezahlen.

Er ging den Korridor entlang zum Badezimmer. In einer Ecke sah er ein Stück zerknülltes Zeitungspapier mit etwas darauf, das wie menschliches Haar aussah. Weitere graue und schwarze Strähnen lagen auf dem Boden verstreut. Er erinnerte sich daran, dass Greeves' Kopf für das Video rasiert worden war. Tom hatte ein halbes Dutzend Plastiktüten mit Reissverschluss aus ihrem Mietwagen mitgebracht, die Sannie an einer Tankstelle in Mosambik gekauft hatte, um die Reste ihrer Mahlzeiten darin aufzubewahren. Er drehte eine Tüte um, nahm eine Handvoll Haare damit auf und verschloss sie vorsichtig. Es würde zwar nichts anderes beweisen, als dass Robert Greeves tatsächlich im Haus gewesen war, aber bei einer Untersuchung zählte alles. Er erinnerte sich an das Mantra der Tatortermittler: Details, Details, Details.

Er entdeckte die blutigen Fussabdrücke auf dem polierten Betonboden im Badezimmer und auf dem Flur. Es gab nur einen Satz und er vermutete, dass sie von Bernard stammten. Bernard hatte berichtet, dass die Füsse des Ministers, als er mit Greeves in dessen Zimmer gesprochen habe, ebenso blutig gewesen seien, wie seine eigenen. Hatten die Terroristen Greeves Schuhe angezogen, um ihn zur Toilette zu begleiten, oder hatten sie den Boden nach der Rasur gereinigt? Wenn ja, warum liessen sie dann die Zeitung mit seinen Haaren auf dem Boden liegen? Er ordnete seine Beobachtungen gedanklich für die Akten und wünschte sich, er hätte sein Notizbuch mitgenommen. Er musste diese Gedanken später aufschreiben.

Der Gestank des Ortes drang ihm in die Nase. Als uniformierter Bobby war er einmal zu einem Wohnhaus in Islington gerufen worden, in dem eine alte Dame im Schlaf gestorben, aber tagelang nicht vermisst worden war. Es war Sommer und als sie die Tür öffneten, hatte er zum ersten Mal den Geruch einer verwesenden menschlichen Leiche in die Nase bekommen. Obwohl der Affengeruch nicht annähernd so schlimm war, stank es dennoch unangenehm.

Wie lange waren die Tiere schon da drin? fragte er sich. Seit Bernard die Flucht ergriffen hatte, waren ungefähr vier Stunden vergangen. Die Terroristen hatten schnell gearbeitet, wenn sie die Primaten fangen und im Haus verstecken mussten, bevor sie abhauten. Sie mussten gewusst haben, dass das Rettungsteam über Wärmebildkameras verfügte. Der Trick war brillant. Die Affen erschienen auf dem Infrarot-Radar als menschenähnlich und nur jemand, der die Bilder sehr geschickt oder mit viel Erfahrung analysierte, hätte erkannt, dass die abgebildeten Geschöpfe zu klein waren, um Menschen zu sein.

Er wurde getäuscht und fühlte sich dumm. Wäre Sannie bei seiner ersten Erkundung dabei gewesen, hätte sie die Affenschreie, die er für die Folterung von Greeves gehalten hatte, sofort erkannt. Und wenn man ihm und Sannie erlaubt hätte, das Ziel zu überwachen, während sie auf die Sturmtruppen warteten, hätte sie den Überfall früher abbrechen und den Terroristen wieder auf die Spur kommen können. Wenn, wenn, wenn. Sie hätten sich vielleicht eine weitere Stunde verschaffen können, aber ob das gereicht hätte? Wahrscheinlich nicht.

Alfredo hatte keine Strassensperren, die nach Einbruch der Dunkelheit in Betrieb waren, also waren ihnen die Terroristen mindestens drei Stunden voraus. Auf vernünftigen Strassen wären das inzwischen möglicherweise dreihundert Kilometer. Der nächste Schritt war leider ihnen überlassen.

»Blut!« Hörte Tom eine Stimme aus dem Raum neben dem, in dem Greeves und der unglückliche Affe gefangen gehalten worden waren. »Eimerweise.«

Tom betrat das Zimmer. Zwei schwarz gekleidete Polizisten leuchteten mit einer Taschenlampe auf den Boden und beleuchteten einen grossen Blutfleck. »Können Sie bitte zur Seite gehen?« Tom liess sich auf ein Knie sinken. Das Blut hatte sich zu einer Pfütze gesammelt und der Körper war dann, dem angrenzenden Geschmier nach zu urteilen, ein Stück weit weggeschleift worden. Tom leuchtete mit seiner Taschenlampe auf ein eingedrücktes Muster im getrockneten Blut fast am Ende der Schleifspur. Er vermutete, dass etwas

Faseriges – vielleicht eine Decke – auf den Körper gelegt und dieser darin eingerollt worden war.

Was die Menge des Blutes anging, irrte sich der Polizist. Nicht eimerweise – nicht einmal ein halber Eimer, um genau zu sein. Tom schätzte, es sei mehr oder weniger ein halber Liter. Es sah immer so aus, als ob es mehr wäre. Er sah vom Boden zu den Wänden hinauf. Nichts – keine Blutspritzer.

»Denkst du, was ich denke?«, fragte einer der Soldaten seinen Kameraden.

Tom stand auf und schluckte heftig. Obwohl die Schätzung des Soldaten weit daneben lag, war zu viel Blut zu sehen, als dass es von der Armwunde eines Affen stammen konnte.

»Sir!«, rief eine andere Stimme.

»Was nun?« fragte Fraser. Er ging durch die offene Tür in den Raum, in dem Tom und die anderen standen.

Tom folgte dem Major hinaus in den Flur und dann in die Küche. Auf einer zerkratzten Laminatplatte stand eine kleine graue Schachtel. »Was ist das?«, fragte er niemanden Bestimmtes.

»Es ist ein tragbarer Monitor für die Wiedergabe von Videos. Ich habe zu Hause einen für meine Digitalkamera«, sagte der Soldat, der das Gerät gefunden hatte. »Glauben Sie, er könnte mit einer Sprengfalle versehen sein, Chef?«

Fraser schritt durch die Küche und griff nach der Schachtel. Der junge Soldat machte unwillkürlich einen Schritt rückwärts, doch es passierte nichts.

Tom fand, der Polizist sei zu Recht besorgt und der gehetzte Blick in Frasers Augen machte ihm Sorgen. War der Mann so wütend über ihr Scheitern, dass er jegliche Gedanken an seine Sicherheit und die seiner Männer aufgegeben hatte und ausserdem jegliche Vorgaben bezüglich Fingerabdrücken und Beweisen ignorierte?

Fraser klappte den Bildschirm auf, legte ihn zurück auf den Tresen und drückte auf die Taste ›Play‹.

Nick Roberts' gequältes Gesicht erschien auf dem Monitor. Tom schloss für eine Sekunde die Augen, zwang sich dann aber, hinzuschauen. Bernard hatte ihm die Szene, die er auf dem Band gesehen hatte, erklärt, aber nichts konnte Tom auf die tatsächlichen bewegten Bilder der Hinrichtung seines ehemaligen Kollegen vorbereiten.

»Diese verdammten Viecher!«, sagte der junge Soldat und starrte schockiert auf den kleinen Bildschirm.

»Wer ist das?« fragte Fraser.

Tom erklärte es und der Major sagte: »Das tut mir leid.« Es klang, als ob er es ernst meinte. Tom vermutete, dass der stachelige Offizier mit dem grossen Ego und seinem Ehrgeiz wahrscheinlich selbst Freunde und Kameraden verloren hatte. Trotz Bernards Warnung war er schockiert, als er sah, wie aus den leeren Augenhöhlen Blut über Nicks Gesicht floss. Er sah, wie die Pistole – ein kleines Kaliber, vielleicht eine Zwei-Zwei und schallgedämpft– nahe an Nicks Schläfe gehalten wurde. Keiner der Männer im Raum zuckte nicht zusammen, als der dumpfe Schuss aus dem winzigen Lautsprecher des Videoplayers ertönte.

»Bastarde«, sagte ein anderer der Soldaten.

Tom fühlte sich unsicher auf den Beinen, als ein weiteres Gesicht auf dem Bildschirm aufflimmerte. Das Video war, wie das von Nicks Ermordung, grobkörnig und verwackelt. Als die Hand eines unbekannten Angreifers – sein Gesicht war nicht zu sehen – ihn auf die Knie zwang, gab es dennoch keinen Zweifel an der Identität des Mannes, der gefilmt wurde: Robert Greeves.

»Das kommt von unsinnigen Fluchtversuchen«, sagte eine Stimme im Hintergrund.

Genau wie Fraser beugte sich Tom näher an den kleinen Bildschirm heran und versuchte, jedes Wort zu hören. Aber es wurde nichts gesprochen. Tom hörte im Korridor hinter sich Schritte, war aber zu sehr in den Anblick von Greeves' Gesicht vertieft, um sich umzudrehen.

Greeves starrte mit einem verzweifelten, von Resignation geprägten Blick, in dem vielleicht noch die letzten Reste einer wütenden Reaktion zu sehen waren, in die Kamera, bevor sie loslegten.

Wie bei Nick erschien eine Hand mit einer kleinkalibrigen schallgedämpften Pistole in der Nähe von Greeves' linker Schläfe. Es gab keine Erklärung, keine Drohung, keine Warnung. Nur einen einzigen Schuss. Anders als beim Video von Nicks Hinrichtung, das an dieser Stelle endete, lief die Kamera diesmal weiter. Greeves' Kopf kippte zur Seite und aus einer kleinen Eintrittswunde floss Blut. Tom erhaschte einen Blick auf den massigen Körper eines Mannes hinter Greeves, sowie auf behandschuhte Hände unter den Achseln des Ministers. Der Mann hielt ihn für die Kamera aufrecht, während das Leben aus ihm strömte. Dann wurde der Bildschirm blau.

Obwohl ihm die Galle im Hals hochstieg, zwang sich Tom, das, was er gesehen hatte, zu analysieren. Er schluckte heftig. Es musste ein Zwei-Zwei-Hohlspitzgeschoss gewesen sein. Die spitz zulaufenden Bleiwände des Geschosses hatten sich beim Aufprall auf den Schädelknochen aufgespalten. Die Druckwelle der Explosion zerstampfte das Gehirn des Ministers zu Brei und beim Aufschlagen des Projektils in Greeves' Kopf irrten Splitter darin herum, prallten an den Innenseiten seines Schädels ab, traten aber nicht aus.

Das war wohl ein Grund, warum die Attentäter eine kleinkalibrige Patrone gewählt hatten. Sie mussten danach kein Geschoss aus der Wand klauben. Es waren Fachleute, denn die ausgeworfene Patronenhülse hatten sie aufgesammelt. Eine abgespeckte AK 47 für die Schiesserei und die Zwei-Zwei für die Hinrichtung. War das Töten von Anfang an geplant gewesen? Der Mann, der hinter dem sitzenden Politiker stand, war dazu da gewesen, ihn für die Kamera aufrechtzuhalten – um den Medien der Welt das Bild zu geben, das sie wollten, sofern diese krank genug waren, es zu benutzen. Tom wusste, dass Greeves, sobald die Kugel ihre Wirkung tat, wie eine Marionette, deren Fäden durchtrennt wurden, hinuntergefallen wäre. Den langsamen, rollenden, theatralischen Sturz auf den Boden, wie in Filmen, gab es in Wirklichkeit nicht. Der Tod trat augenblicklich ein.

»Lassen Sie es noch einmal laufen!«, sagte Fraser.

Tom zwang sich, das Video noch einmal anzusehen. Als Greeves erneut vor der Kamera starb, hörte Tom hinter sich scharfes Einatmen.

»Bernard!« Es war Sannies Stimme. Tom drehte sich um und

beobachtete, wie Bernard aus dem Zimmer in den Korridor verschwand. Er und Sannie waren hereingekommen, während sie sich das Video ansahen.

»Hat er es gesehen?«

Sannie nickte nur. Dann hatten sie beide den gleichen Gedanken und stürmten gemeinsam aus dem Zimmer, wobei Tom knapp vor Sannie durch die Tür rannte.

»Bernard!« rief Tom, als er durch das Haus und zur immer noch rauchenden Lücke der Hintertür ging.

»Da ist er, auf dem Weg zu den Dünen!« rief Sannie.

Tom erkannte, dass es derselbe Weg sein musste, den Bernard auf seiner Flucht genommen hatte, als er vom Zimmer, in dem er vergeblich versucht hatte, Greeves zu befreien, durchs Haus und in Richtung der Geräusche und Gerüche des Ozeans gerannt war. Tom sah seine mondbeschienene Silhouette, als Bernard im Laufschritt eine hohe Düne erklomm.

Er und Sannie verfolgten ihn und kämpften sich durch den tiefen, warmen Sand, der jeden Schritt bremste und zu einer Anstrengung machte. Tom erinnerte sich an solche Träume, die er gehabt hatte und in denen er versuchte, vor einem unsichtbaren, unbekannten Übel zu fliehen, wobei sein Vorankommen durch Schlamm oder Sand behindert wurde. Jetzt war er nicht auf der Flucht vor dem Bösen, sondern versuchte, dessen Folgen abzuwenden.

Sannie holte Tom ein, als er den Gipfel der letzten Düne erreichte. Vor ihnen erstreckte sich das endlose Meer, mit seiner gekräuselten, vom abnehmenden Mond weiss-golden gesprenkelten Oberfläche. Am Horizont wartete die Sonne darauf, sich wieder zu zeigen und der Himmel färbte sich rosa.

Sie sahen, wie die einsame Gestalt unter ihnen langsam den Fuss des Sandhügels erreichte und ins Wasser hinausging. Die Flut nahm ab und mit jedem sanften Auf und Ab einer kleinen Welle wurde der Streifen dunklen, nassen Sands breiter.

Mit Sannie an seiner Seite stapfte Tom weiter den Hügel hinunter. Sie rief wieder Bernards Namen, aber er ignorierte sie.

»Langsam«, flüsterte Tom und legte, als sie den flachen Sand erreichten, sanft eine Hand auf Sannies Arm.

Bernard ging ins Wasser. Der Schaum reichte ihm bis zu den Knien, als er stehen blieb.

»Es gibt nichts, was Sie hätten tun können«, sagte Tom und seine Stimme war gerade laut genug, um die Distanz zwischen ihnen zu überbrücken. Das Wasser brach über seine Schuhe und Sannie stand ruhig hinter ihm, eine Hand vor dem Mund.

»Ich weiss, Tom«, rief Bernard und blickte noch immer von ihnen weg, hinaus zum ersten erscheinenden winzigen Fingernagel der aufsteigenden Sonne.

»Wir kriegen sie schon, Bernard«, sagte Tom.

Bernard zuckte mit den Schultern, drehte sich schliesslich um und wandte sich ihnen zu. »Ja, ich glaube, das werden Sie eines Tages, aber darum geht es nicht, oder?«

»Sie haben das Richtige getan, als Sie Hilfe geholt haben, Bernard«, sagte Sannie.

»Ja, ich weiss«, sagte er zu ihr. Er sah sie ein paar Sekunden lang an und nickte langsam mit dem Kopf. »Ja, das ist *richtig*. Ich habe den Befehle befolgt. Seinen Befehl.«

»Das stimmt«, bestätigte Tom. »Und auch ich hätte Ihnen das Gleiche gesagt. Und wenn die Positionen vertauscht gewesen wären, hätten Sie ihm ebenfalls gesagt, er solle es tun.«

»Ja.«

»Kommen Sie zurück, Bernard. Gehen wir runter zu Sarel und trinken eine Tasse Kaffee oder etwas Stärkeres«, schlug Sannie vor.

»Eine Totenwache?«

Sie zuckte mit den Schultern.

Bernard richtete seinen Blick auf Tom, der wiederum auf die Automatikpistole, die lose an der Seite des anderen Mannes hing, schaute. »Wir haben ihn im Stich gelassen, Tom. Beide, Sie und ich.«

»Ich weiss, bei mir stimmt das, aber bei Ihnen nicht! Sie waren seine einzige Chance auf Freiheit, Bernard.«

»Nein, ich habe ihn enttäuscht, indem ich das Richtige getan habe. Das den Vorschriften entsprechend Richtige. So war ich in der

Marine immer, wissen Sie. Viele haben sich darüber lustig gemacht und sagten, ich hätte sogar nach dem Handbuch geschissen. Und sie hatten Recht. Ich musste es immer besser machen als jeder andere, weil ... Weil ich so bin, wie ich bin.«

»Kommen Sie, Bernard. Gehen wir etwas trinken.«

Bernard blickte wieder aufs Meer hinaus, zur kupfergoldenen Kugel, die aus dem Wasser aufstieg.

»Schön, nicht wahr?«

»Ja«, bestätigte Sannie.

»Ich muss noch einmal mit Ihnen reden, Bernard. Sie müssen mit mir vom Zeitpunkt an, als sie Sie und Robert entführt haben, bis zum Moment, als Sie fliehen konnten, jede Stunde, jede Minute und jede Sekunde durchgehen.« Tom blieb ruhig, während er sprach.

»Ich habe Ihnen alles gesagt, was ich weiss.«

»Es gibt immer etwas mehr. Glauben Sie mir, ich weiss es. Es gibt ein kleines Detail, an das Sie sich erinnern – etwas, das jemand gesagt oder getan hat, oder eben nicht gesagt oder getan hat – mit dem wir sie festnageln können, Bernard.«

Bernard drehte sich zu ihm um und lächelte.

»Nein, Tom, ich habe schon genug getan. Oder besser gesagt, ich habe nicht genug getan. Ich hätte ihn nicht verlassen sollen.«

»Nein.«

»Doch, Tom. Sie wissen es und ich weiss es. Ich bin weggelaufen.«

»Er hat es Ihnen befohlen.«

»Ich habe Helen seine letzten Worte gesagt. Wissen Sie, er dachte an seine Familie und spuckte diesen Bastarden ins Gesicht, während ich ihn verliess.«

Tom nickte.

»Er war ein tapferer Mann.«

»Das war er«, sagte Sannie.

»Ich habe ihn im Stich gelassen.«

»Das haben Sie nicht, Bernard«, beharrte Tom.

»Ich habe Sie gerufen, wissen Sie, Tom?«

Tom war verwirrt. »Wann. Am Telefon?«

»Nein. Als es passierte. Als sie mich im Haus aus dem Bett zerrten, rief ich Ihren Namen. Ich wusste nicht, nach wem ich sonst hätte schreien sollen.«

Tom spürte, wie das Blut aus seinem Gesicht wich und erneute Übelkeit sich in seinem Magen ausbreitete. Davon hatte Bernard zuvor nichts gesagt.

»Ich habe nach Ihnen gerufen, aber Sie haben nicht geantwortet, Tom. Ich nehme an, Sie haben geschlafen. Aber wir können ja auch nicht erwarten, dass Sie vierundzwanzig Stunden am Tag im Dienst sind, oder?«

»Bernard, werfen Sie mir die Waffe zu!« Sannie klang energisch und sie machte einen Schritt auf ihn zu, doch Bernard hob die Waffe langsam und sie verlangsamte ihren Schritt.

»Wir haben ihn im Stich gelassen. Sie und ich.«

Toms Verstand versuchte noch immer, diese neuen Informationen zu verarbeiten und war sprachlos. Er war so gut wie überzeugt, dass er nichts hätte tun können, um die Entführungen zu verhindern, ausser sich nicht zu verschlafen – und dabei vielleicht fünf oder zehn Minuten der Verfolgungszeit zu verlieren. Er war zum Schluss gekommen, dass er unmöglich hätte wissen können, was vor sich ging, da er sich in einem anderen Haus als Bernard und Greeves befunden hatte. Diese neue Enthüllung traf ihn wie ein Schlag in den Solarplexus und drohte, ihn in der Brandung in die Knie gehen zu lassen.

»Manchmal ist zur richtigen Zeit am richtigen Ort zu sein und alles nach den Vorschriften richtig zu tun, einfach nicht gut genug. Ich hätte bei ihm bleiben oder den einzelnen Wachmann umbringen sollen, während er das Feuer bekämpfte und bevor die anderen zurückkamen.«

»Sie wären wahrscheinlich getötet worden, Bernard«, sagte Sannie und füllte damit die Leere, die Toms bedrohliches Schweigen hinterlassen hatte.

»Ich habe mich um ihn gesorgt, wissen Sie«, sagte Bernard und blickte wieder aufs Wasser hinaus.

Tom setzte sich, die Fäuste an den Seiten geballt, in Bewegung.

»Tom«, flüsterte Sannie, doch er ignorierte es.

»Er war ein guter Mann, der noch mehr Grosses für sein Land hätte leisten können. Ein zu guter Mann für die Politik. Ich habe immer gesagt, ich würde mein Leben für ihn hingeben.«

Tom begann zu rennen und seine Füsse liessen Wasserfontänen aufspritzen. Schliesslich holte er Bernard ein.

Der andere Mann drehte sich um, so dass eine Seite seines Gesichts von den Sonnenstrahlen, die sich auf dem Wasser brachen, rotgolden angestrahlt wurde.

Dann hob Bernard die Hand, steckte sich den Lauf der Pistole in den Mund und drückte ab.

21

DREI WOCHEN SPÄTER

Das Klingeln des Telefons weckte ihn. Er schaute auf die rote LED-Anzeige seines Radioweckers und sah, dass es neun Uhr morgens war. Er hustete und wurde mit dem Gestank abgestandenen Scotchs bestraft.

»Furey«, sagte er in den Hörer, nachdem er das Telefon vom Boden aufgehoben hatte. Seine Stimme war heiser, denn er hatte wieder zu rauchen angefangen.

»Tom, ich bin's, Sannie.«

Er stützte sich auf einen Ellbogen, was ihm einen schwindelerregenden Dreh im Kopf bescherte. Er hustete noch einmal. »Sannie, das ist eine Überraschung.«

»Geht es dir gut? Du klingst, als ob du krank wärst.«

»Ich bin erkältet«, log er. »Das verdammte Londoner Wetter. Wo bist du, zu Hause? Wenn du willst, kann ich dich zurückrufen.« Er erinnerte sich an ihre Anspielungen auf das knappe Familienbudget und dass ein Einkommen kaum reiche, um ihre beiden Kinder grosszuziehen.

»Nein, Tom, ich bin bei der Arbeit. Das ist halboffiziell, damit sie nichts dagegen haben, dass ich ins Ausland anrufe.«

»Oh, ja, natürlich.« Er schimpfte mit sich selbst für sein Versehen.

280

Schliesslich hatten nicht alle wegen des Debakels in Mosambik ihren Job verloren. »Es geht also ums Geschäft?«

Am anderen Ende der Leitung entstand eine Pause und er bedauerte seine letzten Worte. Hatte er sich gereizt angehört, als hätte er angenommen, sie rufe aus persönlichen Gründen an?

»Ja, es ist geschäftlich, aber ich wollte dich schon lange anrufen, um mich zu vergewissern, dass es dir gut geht. Und fragen, ob mit dir alles in Ordnung ist.«

Alles in Ordnung? Der Mann, zu dessen Schutz er nach Afrika geschickt worden war, war tot. Ein anderer hatte sich aus Scham umgebracht, so dass Tom das Gefühl bekam, er hätte dasselbe tun sollen. Ausserdem war er auf unbestimmte Zeit von seinem Job suspendiert worden, zumindest bis das Ergebnis einer offiziellen Regierungsuntersuchung zu Greeves' Tod vorlag. »Mir geht's gut. Ich geniesse die Pause.«

»Tom, ich weiss, wie schwer das für dich sein muss, aber du schaffst es.«

»Stimmt. Ähm, worum geht es, Sannie?«

»Ich komme nach England.«

Das liess ihn sich im Bett aufrichten. »Wann? Warum?«

»Ich habe eine Vorladung erhalten, um bei der Untersuchung auszusagen. Meine Polizeidienststelle – und unsere Regierung – haben zugestimmt, mich dazu zu ermächtigen. Es sollte etwa eine Woche dauern, sagen sie. Ich komme morgen früh an.«

»Oh«, sagte er. Auch er war vorgeladen worden. Er nahm an, es sei der letzte Nagel im Sarg seiner Karriere. Es ärgerte ihn, dass bereits Einzelheiten über sein Zuspätkommen am Morgen des Verschwindens von Robert Greeves und Bernard Joyce zu den Medien durchgesickert waren – und Spekulationen über seinen Alkoholkonsum am Vorabend im Dienst. Aber es wurde kein Wort darüber verloren, dass die Eliteeinheit der Nation zur Terrorismusbekämpfung ein Haus voller Primaten gestürmt hatte. Das gab einen klaren Hinweis darauf, wie und von wem die Informationsschlacht hinter den Kulissen geführt wurde.

Nach seiner Rückkehr war Tom mit Anrufen von Journalisten

überhäuft worden und hatte sogar die Schmach erdulden müssen, dass einige von ihnen vor seiner Haustür lagerten, bis sein hartnäckiges Schweigen schliesslich Wirkung zeigte. Er würde bei der öffentlichen Anhörung die Verantwortung für seine Vergehen übernehmen, sich aber nicht dazu herablassen, sich zu verteidigen oder jemanden über die Presse zu verleumden. Er würde seine Strafe hinnehmen und sein Bestes geben, um einen neuen Weg zu finden und seine verbleibenden Jahre zu leben. Und das war's dann.

Seine Entschlossenheit, die Täter zu finden und sie vor Gericht zu stellen, die er unmittelbar nach der gescheiterten Rettungsaktion empfunden hatte, war verschwunden, wie die Blutfahne, die an jenem Strand in Mosambik mit der zurückgehenden Flut des Indischen Ozeans davongeflossen war. Bernards Enthüllung, er habe Alarm geschlagen und in der Nacht, als die Entführer ihn packten, Toms Namen gerufen, verfolgte ihn noch immer. Er konnte sich der Tatsache nicht entziehen, dass er bei seiner Pflicht versagt hatte. Obwohl Greeves ihm gesagt hatte, er solle einen Schlummertrunk nehmen, hätte er das Bier, das Carla ihm eingeschenkt hatte, nicht annehmen sollen und sie nicht in sein Zimmer lassen dürfen.

»Tom? Bist du noch da?«

»Was? Ach so, ja. Nun, auch wenn die Umstände nicht gerade ideal sind, ist es schön, dich wiederzusehen. Wo wirst du wohnen?«

Sannie nannte ihm den Namen eines Hotels in der Nähe von Waterloo. Er sagte, er kenne es und wartete darauf, dass sie den nächsten Schritt machte.

»Vielleicht können wir uns treffen«, sagte sie nach einer kurzen Pause. »Und über all die Dinge reden.«

»Unsere Geschichten in Ordnung bringen?« Er zwang sich zu einem Lachen, aber sie erwiderte es nicht.

»Das ist nicht, was ich meinte.«

»Sightseeing, Shopping?«

»Ich weiss, dass dich das beschäftigt, Tom – wohin sie danach gegangen sind, was mit ihnen passiert ist und warum man seither nichts mehr von ihnen gehört hat.«

Wenn in der Flasche, die auf dem Boden neben dem Bett lag,

noch etwas übrig gewesen wäre, hätte er auf der Stelle einen tiefen Schluck genommen. Vor dem Mittag hatte er noch nie mit dem Trinken begonnen, aber es gab keine Zeit wie die Gegenwart.

›Sie‹ – die islamische afrikanische Morgendämmerung oder wer auch immer sie waren – töten ihn, so sicher, wie sie Nick und Greeves erschossen hatten und so sicher, wie ihre Bosheit Bernard Joyce in den Tod getrieben hatte. Der einzige Unterschied war, dass Tom zu einem langen, langsamen Tod verdammt war.

Als er nach Hause gekommen war, hatten sie Tom sein Gewehr abgenommen. Aber er hatte eine Schrotflinte im Haus, die seinem Vater, der gerne Moorhühner schoss, gehört hatte. In der ersten Nacht nach seiner offiziellen Suspendierung hatte Tom eine halbe Flasche Single Malt geleert und das Gewehr geladen. Er hatte den rechten Schuh und die Socke ausgezogen, um mit dem grossen Zeh den Abzug zu betätigen und seine Lippen um den Lauf gelegt, aber es nicht tun können. Er war – im Gegensatz zu Bernard Joyce – zu feige.

Natürlich machte ihm das, was passiert war, verdammt zu schaffen. Es hatte sich in den letzten drei Wochen wie eine Hochgeschwindigkeitsversion des Krebses, der Alex verschlungen hatte, in seine Seele, seinen Geist und seinen Körper gefressen. »Ja.«

»Hey, Tom? Was ist denn los? Bist du betrunken?«

»Ich möchte jedenfalls die nächsten paar Stunden kein Auto lenken müssen.« Er versuchte erneut zu lachen, aber es schien, als scheiterten an diesem Morgen alle seine Scherze.

»Nun, wie auch immer. Ich dachte nur, ich lasse dich wissen, dass ich komme. Wenn du reden willst, hast du meine Handynummer. Schick mir einfach eine SMS, wenn du willst. Ich nehme an, ich sollte dich wieder schlafen lassen.«

Er wartete, ob noch etwas anderes kam, aber weder verabschiedete sie sich noch legte sie auf.

»Tom!«

Er sass da und wusste nicht, was er ihr als nächstes sagen sollte.

»Nun, okay. Das ist zu seltsam. Auf Wiedersehen und ...«

»Warte. Tut mir leid, Sannie. Ich bin nicht betrunken. Sag mir, wann dein Flug ankommt. Ich hole dich dann vom Flughafen ab.«

»Das musst du nicht. Sie haben einen Leihwagen für mich gebucht.«

»Ich könnte mit der U-Bahn kommen und dir helfen, den Weg nach Victoria zu finden. Auf eigene Faust und ohne GPS ist das vielleicht gefährlicher als der afrikanische Busch.«

Sie lachte und er erinnerte sich daran, wie hübsch sie aussah, wenn sie lächelte. Bei Sannie Van Rensburg würde er keine Erlösung finden. Ihr Besuch war nur die Bestätigung dafür, dass er in ein paar Tagen wieder durch alles durchgeschleift würde, aber es täte, egal unter welchen Umständen, gut, sie zu sehen. Er wollte nicht, dass sie auflegte. Er hatte in letzter Zeit viel an sie gedacht, sogar in den Anfällen von Trunkenheit und während der schlaflosen Stunden. Wenn ... Wenn er sich von Carla nicht hätte betäuben lassen. Wenn er die Entführer früher erwischt hätte. Wenn Willie nicht verwundet worden wäre. Wenn überhaupt alles anders gelaufen wäre, hätte er sich vielleicht mit intakter Würde zur Ruhe gesetzt und Sannie den Hof gemacht. Auf dieser wilden Fahrt durch Mosambik hatte es eine Verbindung zwischen ihnen gegeben, die weit über das Berufliche hinausging. Wenn er seine Augen schloss, sah er ihre.

»Also gut. Danke. Wenn es nicht zu viel Mühe macht, wäre das *lekker*.«

»Wenn du also von der Arbeit aus anrufst, haben sie dich offensichtlich nicht suspendiert?«

»Doch, das haben sie«, sagte sie und er konnte ihre Erleichterung darüber hören, dass das Gespräch über die Einseitigkeit hinauszugehen begann. »Aber nur für eine Woche. Mein Vorgesetzter hat mir einen offiziellen Verweis dafür gegeben, dass ich mit dir über die Grenze gefahren bin. Aber privat hat er dich dafür gelobt, dass du den Mut hattest, das zu tun, was du getan hast. Hey, ich habe dir gestern Abend eine Nachricht auf deinem Handy hinterlassen. Hast du sie nicht erhalten?«

»Ähm, nein, ich bin ziemlich spät nach Hause gekommen.« Er war bis zum Feierabend in seiner Stammkneipe gewesen. »Entschuldigung. Wie geht es deinen Kindern?«

»Es geht ihnen gut, danke der Nachfrage. Christo hat mich neulich gefragt, ob wir wieder zusammenarbeiten werden.«

Er wusste nicht, was er sagen sollte.

»Was meinst du?«, fragte sie.

»Wozu?«

»Arbeiten wir noch zusammen, Tom? Ich habe hier einige Spuren verfolgt. Ich gehöre zu einer kleinen Task Force, die zusammen mit euren Leuten versucht, die Spur der Terroristen aufzunehmen. Ich habe die Eintrittsgenehmigungen für den Nationalpark ab fünf Tagen vor den Entführungen überprüft. Eine mühsame Arbeit, aber bis jetzt habe ich noch kein Kennzeichen gefunden, das zum Isuzu, den sie benutzt haben, passt.«

Er glaubte, zu wissen, was sie meinte. Sie wollte herauskriegen, ob er von seiner Seite aus, privat, an etwas arbeite, obwohl er suspendiert worden war. Er schämte sich fast dafür, dass er das nicht getan hatte, sondern Shuttleworths Anweisung gefolgt war und sich zurückgehalten hatte. Was war aus der Entschlossenheit geworden, die er in Mosambik, als sein Blut noch in Wallung gewesen war, verspürt hatte? Sie war verschwunden. Ironischerweise dadurch, dass er das tat, was Bernard als ›das Richtige‹ bezeichnet hätte.

»Man hat mir gesagt, ich solle mich rausnehmen.« Das klang noch lahmer, als er dachte.

»Natürlich«, sagte sie. »Wie auch immer, vielleicht kann ich ein paar Ideen mit dir besprechen, wenn wir uns sehen.«

»Sicher.«

»Glaubst du, dass du deinen Job behalten wirst?«

»Keine Chance. Ausserdem: wer würde mich als Schutzbeamten haben wollen, selbst wenn ich überleben würde?«

»Jemand mit Verstand, Tom. Jemand, der sich ansieht, wie weit du gegangen bist und welche Risiken du auf dich genommen hast, um Greeves zurückzuholen. Du bist ein guter Mensch und ich weiss, dass das in unserem Beruf selten ist. Aber wir können uns nicht aussuchen, wen wir beschützen, oder?«

Er sass in seinem Bett und sah wieder auf die leere Flasche auf dem Boden und die im Zimmer verstreut liegenden schmutzigen Kleider.

»Weisst du noch, was ich zu dir gesagt habe, als wir zurück in den Krügerpark gingen, nachdem alles vorbei war?«

»Ja.«

»Dann vergiss es nicht, Tom. Wir sehen uns in ein paar Tagen.«

FRASER und die SAS-Männer nahmen Bernards Leiche mit und flogen mit den Oryx-Hubschraubern ab. Tom wurde angeboten, mitzufliegen, aber er lehnte ab und sagte, er müsse bei Sannie bleiben und auf die mosambikanische Polizei warten.

Die Jungs der Spezialeinheit hatten keine Lust, dort zu bleiben und ihren Anteil an der Katastrophe mit einer ausländischen Polizeitruppe zu teilen. »Wie Sie wollen«, sagte Fraser kurz angebunden und lief zum Hubschrauber.

Shuttleworth war wütend auf Tom, als dieser sich bei ihm meldete. Tom dachte, sein Chef hätte ihn, wenn er nach Grossbritannien zurückkehrte, an seiner Seite gebraucht, um als Blitzableiter zu fungieren. Tom mochte ihn gern, sah aber keinen Grund, nach England zu fliegen und dort schnellstmöglich seinem Schicksal gegenüberzutreten.

Bernards Tod schwächte seinen Willen. In den Stunden nach der gescheiterten Rettungsaktion war er wie ein Mann in der Schwebe und funktionierte nur noch. Während der Rückfahrt durch den Busch nach Südafrika, auf welcher sie ihrer früheren Route zurück folgten, tat Sannie ihr Bestes, um ihn bei Laune zu halten.

Nachdem sie die Grenze überquert hatten und in den Park zurückgekehrt waren, verlangsamte Sannie, weil sie sich einem Trio von Elefantenbullen näherten. Tom hatte seine Lust am Beobachten von Wildtieren verloren und reagierte leicht verärgert, als sie anhielt.

»Sieh sie dir an, Tom. Was siehst du?«

»Abgesehen vom Offensichtlichen?« Er hatte in den letzten achtundvierzig Stunden so gut wie keinen Schlaf bekommen.

»Bodyguards. Schutzbeamte.«

Er war verwirrt, denn sein Verstand war stumpf. Sie zeigte auf die beiden kleineren Bullen, die den grössten, dessen lange, gebogene Stosszähne fast bis zum Boden reichten, flankierten. »Diese beiden, die jüngeren, sind *Askaris*.«

»Was bedeutet das?«

»Es ist das Suaheli-Wort für ›Wächter‹«, erklärte sie, »das während der Kolonialzeit im gesamten übrigen Afrika übernommen wurde. Man verwendete es häufig, wenn die Armeen Weisser Truppen schwarze Einheimische einsetzten. In Südafrika waren Askaris in der Zeit der Apartheid schwarze Agenten, die verdeckt für die weisse Regierung arbeiteten.

Die ursprüngliche Bedeutung des Wortes ist, dass sich die *Askaris* um die Alten kümmern, die wichtigen Menschen. Sie sind ihre Augen und Ohren, wenn sie älter werden. Ihre Aufgabe ist es, genau wie unsere, zu beschützen.«

»Und? Was willst du damit sagen, Sannie?«

»Ich bin mir nicht hundertprozentig sicher, aber bei den Elefanten funktioniert es auf beide Seiten. Die Jüngeren passen auf die Älteren auf, lernen aber gleichzeitig von ihnen und profitieren von ihrer Gunst. Sie werden ein hervorragendes Team. Wenn ein alter Elefant schliesslich stirbt, sind die jüngeren stärker und weiser, weil sie Zeit mit ihm verbracht haben.«

»Willst du damit sagen, dass ich ein besserer Mensch bin, weil Robert Greeves tot ist?« Er lachte laut auf.

»Nicht besser, aber weiser. Härter. Tom, jeder braucht einen *Askari,* der auf ihn aufpasst.«

Tom legte den Hörer auf und lehnte seinen Kopf an die Schlafzimmerwand. Er fragte sich, wer sein *Askari* war und wer sich in diesen Tagen um Sannie kümmerte.

Er stieg aus dem Bett und ging ins Bad. Als er sich das Gesicht wusch und den Geschmack von Scotch und Zigaretten aus dem Mund spülte, kam ihm in den Sinn, dass sie gesagt hatte, sie habe eine Nachricht auf seinem Anrufbeantworter hinterlassen. Als er gestern Abend durch die Tür gestolpert war, hatte er das blinkende rote Licht ignoriert, weil er dachte, es sei ein weiterer Reporter, der ihn dazu bringen wolle, seine Seite der ganzen traurigen Geschichte zu erzählen. In der Journalistensprache bedeutete dies, ihm das Seil zu geben, um sich zu erhängen.

Statt mit einem Kamm fuhr er sich mit der Hand durchs Haar und ging die Treppe hinunter in die Küche. Das Abrufen seiner Nachrichten war das, was einer Hausarbeit heute am nächsten kam.

Er zögerte das Unvermeidliche hinaus, indem er eine halbleere Packung alten und vergammelten Orangensafts aus dem Kühlschrank nahm und sie ausleerte. Er hustete, als er die Play-Taste drückte.

»Tom, ich bin's, Sannie. Ich rufe aus Südafrika an – nun, ich denke, das weisst du – aber ich komme nach England für ...« Tom liess die Nachricht, einfach weil er den Klang ihrer Stimme gern wieder hörte, abspielen.

Die nächste Nachricht begann. »Hallo, Detective Sergeant Furey, hier ist noch einmal Mary Whitbread von Channel Four und ich möchte nur ...«

»Verpiss dich«, sagte Tom zur Maschine und drückte auf die Löschtaste.

Die nächste Nachricht kam von einer weiteren Frau und Tom wollte sie gerade wegdrücken, als ihm auffiel, dass der Akzent der Sprecherin so stark war, dass er daran zweifelte, dass sie eine britische Reporterin war. »Mr. Furey, wenn Sie das sind, was man in diesem Land einen Polizisten nennt, dann ist das hier Olga Kamorov.«

Olga? Vielleicht eine Russin? Er kannte keine Olga, aber ihre Stimme kam ihm bekannt vor.

»Wir haben uns vor ein paar Wochen in einem Club in Soho getroffen. Oh, sorry, Sie kennen mich als ...«

»Ivana«, sagte Tom laut. Die Stripperin, die er befragt hatte, als er auf der Suche nach Nick Roberts gewesen war. Tom bemühte sich, die Stimme der Frau zu hören. Im Hintergrund lief Musik; vielleicht rief sie aus dem Club an, in dem sie tanzte.

»Ich nehme an, Sie haben von Ebony gehört, denn Sie sind schliesslich Polizist. Aber ich wollte mit Ihnen über den Mann sprechen, der ständig kam, um sie tanzen zu sehen. Andere Polizisten sind nicht daran interessiert, mit ihm zu sprechen, aber ich bin mir nicht so sicher, dass das klug ist. Rufen Sie mich an.«

Ivana – oder Olga – hinterliess eine Handynummer und damit waren seine Nachrichten zu Ende. Tom hörte sich die Nachricht noch einmal an und schrieb Olgas Daten auf.

Er sass auf einem Hocker an der Frühstückstheke aus Edelstahl und klopfte sich in Gedanken versunken mit der Stiftspitze auf die Vorderzähne. Als er und Shuttleworth nach seiner Rückkehr nach England darüber gesprochen hatten, waren sie davon ausgegangen, Nick sei von der schwarzen Stripperin Ebony reingelegt worden und sie sei es gewesen, die ihn in die Fänge der Terroristen gelockt habe. Spätere Nachforschungen hatten ergeben, dass sie weder zur Arbeit noch in ihre Wohnung zurückgekehrt war. Sie war einfach verschwunden.

Tom wusste von Carla, dass Nick eine Vorliebe für schwarze Frauen hatte. Vermutlich hatte Carla dies auch ihren Freunden erzählt und diese hatten Ebony als Köder benutzt, um Nick zu kriegen.

Er fragte sich, warum eine dunkelhäutige südafrikanische Tänzerin mit islamisch-fundamentalistischen Terroristen im Bunde sein sollte. Es gab kaum etwas, das weniger wahrscheinlich war und das Gleiche galt für die flatterhafte Carla. Für beide Frauen wäre Geld bestimmt ein wahrscheinlicheres Motiv gewesen.

Tom riss die Seite mit Olgas Nummer ab und begann, auf einem neuen Blatt Notizen zu machen. Oben schrieb er ›Geld‹, dann unterstrich er es. Als Nächstes notierte er:

- *Entführung/Lösegeld?*
- *Warum Bernard?*
- *Zusammenhang mit Irak?*
- *Tarnung?*

Es ergab für ihn keinen Sinn und er verband alle Punkte mit einer Linie. Obwohl er sich über die Rolle der Frauen immer noch unsicher war, hatte er sich den Gedanken, Greeves sei wegen des Geldes entführt worden, aus dem Kopf geschlagen.

Er spielte Olgas Nachricht noch einmal ab. *Ich nehme an, Sie haben von Ebony gehört.*

Was meinte sie damit? Er hatte nichts von der Tänzerin gehört. Mit vor Hunger knurrendem Magen ging Tom zurück nach oben und nahm sein Handy vom Nachttisch. Beim Hinuntergehen scrollte er durch die gespeicherten Nummern, bis er diejenige fand, die er suchte.

»Morris«, sagte die Stimme am anderen Ende des Telefons.

»Dan, hier ist Tom Furey. Alles klar bei dir?« Detective Constable Dan Morris war auch ein Schutzbeamter und gehörte zu den Beamten, die im Zusammenhang mit Nicks Verschwinden ermittelten, als Tom nach Afrika flog.

»Oh, hallo Tom. Warte kurz, ich fahre gerade. Lass mich mal anhalten.«

Tom wartete und nahm wieder an der Frühstückstheke Platz. Er hielt den Stift in der freien Hand und blätterte den Block auf eine neue Seite um.

»Tut mir leid, mein Lieber. Wie geht es? Hast du deinen Kopf noch über Wasser?«

»Mehr oder weniger. Es ist nicht zum Lachen, Dan, aber nach der Untersuchung werde ich mehr wissen.«

»Du weisst doch, dass alle Jungs auf deiner Seite sind.«

Es war eher eine Feststellung als eine Frage, aber Tom fand, es höre sich an, als wolle Morris einfach nur so weitermachen wie bisher. »Dan, verfolgst du immer noch, was mit Nick passiert ist?«

»Du weisst, dass Shuttleworth alle darüber informiert hat, dass du nicht mehr an diesem Fall arbeitest und nichts mehr damit zu tun hast?«

»Ja. Schau, ich habe hier etwas, das dir helfen könnte, Dan. Die Sache bleibt einfach unter uns beiden, okay?«

»In Ordnung. Ja, wir versuchen, mehr darüber herauszufinden, was er vorhatte, aber ich sage dir die Wahrheit: Wir stossen dauernd nur auf Sackgassen, auf tote Spuren.«

»Meinst du das wörtlich oder im übertragenen Sinn?«, erkundigte sich Tom und schrieb das Wort ›tot‹ auf seinen Notizblock.

»Was?«

Dan war ein Faulpelz. Ein guter Polizist, aber bestimmt nicht das schärfste Messer in der Schublade. »Meinst du tot im Sinne von Leichen?«

Am anderen Ende der Leitung gab es eine Pause. »Vielleicht«, sagte Morris.

»Erinnerst du dich an den Stripclub, den du und Chris besucht habt?«

»Wie könnte ich das vergessen? Ich wünschte, jeder Job wäre wie dieser.«

Tom fand, das Lachen klinge gezwungen. Er wusste, dass er der Sache nahekam.

»Sie ist tot. Die Stripperin, von der ich Shuttleworth erzählt habe. Ebony, das schwarze Mädchen, mit dem Nick ein paar Mal gesehen wurde. Die, die von der Arbeit abgehauen ist.«

»Tom, diese Information ist nicht an die Medien weitergegeben, sondern sogar zur Geheimsache erklärt worden. Woher weisst du davon? Wenn Shuttleworth herausfindet, dass du deine Nase in den Minx-Club gesteckt hast, verwendet er deine Eingeweide als Strumpfbänder.«

Tom schrieb Ebonys Namen auf den Zettel und dahinter *Geheimsache?*

»Tom? Bist du noch da?«

»Ich muss los, Dan. Danke, Kumpel.«

»Danke? Wofür denn? Du sagtest, du hättest etwas, das uns helfen könnte.«

»Jetzt ist die Verbindung ganz schlecht, Dan. Ich höre dich nicht mehr.« Tom drückte die Ende-Taste.

Er mischte die Zettel vor sich und wählte die Handynummer von Olga Kamorov. Als es klingelte, schaute er auf die Uhr. Er fragte sich, ob sie ausschlafe, weil sie am Vorabend lange im Club Minx gearbeitet habe. Wenn ja, wäre es schade.

Aber sie antwortete, wenn auch flüsternd. »Bleiben dran«, forderte sie ihn auf.

Während er wartete, klopfte Tom mit dem Stift auf die Tischplatte. »Tut mir leid, ich war in Unterricht.«

»Unterricht?«

»Ich bin Studentin.«

Sowohl Studentin als auch Stripperin. Sie wäre nicht die erste, die ihr Studium durch Arbeit in der Sexindustrie finanzierte. »Olga, wir müssen über den Tod von Ebony sprechen.«

»Gut«, sagte sie. »Die anderen Polizisten wollen nicht, dass jemand darüber sprechen. Sie sagen alle Mädchen im Club, niemand darf mit Freunden oder Journalisten über Ebony sprechen. Aber das ist Problem und ich probiere, ihnen sagen. Aber sie nicht hören mich.«

Er war sich nicht sicher, was sie mit dieser letzten, unklaren Bemerkung meinte und wollte sie gerade auffordern, langsamer zu sprechen und es ihm zu erklären, doch sie unterbrach ihn, bevor er die Gelegenheit dazu hatte.

»Ich muss wieder in Vorlesung. Ich treffe Sie um Mittagszeit, ja? Um ein Uhr?«

Sie gab die Spielregeln vor und das gefiel ihm nicht, aber er hatte keine andere Wahl, als mitzuspielen. Ausserdem hatte er an diesem Tag nichts anderes in seinem Terminkalender. »Okay, wo?«

»Es gibt Burger King in der Euston Road, gegenüber St. Pancras, in der Nähe von Kings Cross. Kennen Sie ihn?«

»Ich werde ihn finden.« Er legte auf und ging zum Kühlschrank hinüber. Darin befanden sich ein einzelnes Ei in einer durchweichten Packung und eine halbe Packung Speck. Er stellte die Bratpfanne auf die Gasflamme und liess etwas Öl hineinlaufen. Sein Magen knurrte, also legte er den ganzen Speck hinein und schlug das Ei auf. In der Speisekammer lag ein halber Laib altbackenen Brotes. Er schnitt sich das am wenigsten verschimmelte Stück ab und warf den Rest, zusammen mit einigen Pizzaschachteln und

Currydosen, die sich noch auf der Arbeitsplatte türmten, in den Mülleimer.

Während in der Nähe das Frühstück brutzelte und ihm das Wasser im Mund zusammenlaufen liess, räumte er weiter auf. Er rechnete von ein Uhr aus rückwärts und plante im Geiste seinen Tag. Er brauchte fast eine Stunde, um zu essen, zu duschen und sich anzuziehen. Den Jaguar hatte er am ersten Tag seiner Suspendierung für den Service angemeldet. Die Idee, irgendwohin wegzufahren, hatte er verworfen und war davon ausgegangen, er verbringe die meiste Zeit entweder betrunken in einer Kneipe oder betrunken zu Hause – womit er bis jetzt richtig gelegen war. Er musste also die U-Bahn nehmen, um Olga zu treffen.

Er schöpfte den Speck und das Ei aus der Pfanne, gab noch etwas Öl hinzu und legte die Scheibe Brot hinein. Er verschlang alles in Minutenschnelle. Gekochtes Frühstück erschien ihm immer wie viel Aufwand für wenig Ertrag. Er hoffte, dies sei kein schlechtes Omen für den Rest des Tages.

Oben duschte er und kratzte sich die wuchernden Stoppel der letzten drei Tagen aus dem Gesicht, zog seine anthrazitfarbene Anzughose, schwarze Schuhe und Socken an und nahm ein sauberes weisses Hemd nach unten in die Waschküche zum Bügeln. Olga wusste kaum, dass er suspendiert war – es sei denn, sie hätte letzte Woche Zeitung gelesen. Tom dachte sich, sie hätte ihn sonst nicht angerufen. Er war vielleicht nicht offiziell im Dienst, wollte aber, dass sie dachte, er sei es. Er fragte sich, ob er von der Tänzerin irgend-etwas bekäme, das Sannie bei ihren Ermittlungen in Afrika helfen könnte. Er bezweifelte es, aber vielleicht konnte die südafrikanische Polizei Precious Mary Tambo überprüfen.

Bevor er das Haus verliess, blieb er im Flur stehen, richtete vor dem Spiegel seine Krawatte und zog seine Anzugsjacke an. Es fühlte sich gut an, wieder ein Ziel zu haben. Vielleicht führte es zu nichts, aber es lenkte ihn für ein paar Stunden von Greeves, Joyce und der bevorstehenden Untersuchung ab.

Draussen war ein perfekter Herbsttag. Die kühle Luft befreite seinen Kopf und es tat ihm gut, sein Frühstück beim Gang durch die

Southwood Lane in Richtung der U-Bahn-Station Highgate zu verdauen.

Zwei junge Mütter schoben ihre Kinder im Kinderwagen, unterhielten sich und lachten über irgendetwas. Es mahnte ihn daran, dass das Leben, auch wenn seine eigene Welt auf den Kopf gestellt worden war, weiterging. Er fragte sich, wie es Greeves' Frau und Kindern ging und ob Bernard Joyce Familie hatte.

In einigen Schaufenstern war bereits Weihnachtsschmuck zu sehen. Er überlegte sich, wie diese Zeit des Jahres für Sannies Kinder ohne ihren Vater war.

Tom betrat den U-Bahnhof Highgate und fuhr die lange Rolltreppe zu den Bahnsteigen hinunter, wobei er die unnatürlich feuchtwarme Luft in die Nase bekam. Schon wenige Minuten später kam eine Zug in Richtung Euston und er schob sich durch die Schiebetüren in den heissen, stickigen Waggon. Nur die Fahrer hatten eine Klimaanlage.

Auf dem Sitz neben ihm lag ein Exemplar der *Metro*, der kostenlosen Zeitung, die an Pendler verteilt wird. Er schlug sie auf und fand auf Seite fünf die Nachricht, die Sannie ihm bereits mitgeteilt hatte.

Südafrikanische LeibwächterIN sagt bei Greeves-Untersuchung aus

Eine südafrikanische Polizeibeamtin fliegt nach Grossbritannien, um im Rahmen der Ermittlungen zur Entführung und Ermordung des ehemaligen Ministers für die Beschaffung von Verteidigungsmitteln, Robert Greeves, auszusagen.

Inspektorin Susan Van Rensburg war während der zweitägigen Treffen zwischen den beiden Politikern als Schutzbeauftragte für den südafrikanischen Regierungskollegen von Minister Greeves eingesetzt.

Tom überflog die Zusammenfassung der Ereignisse und suchte nach dem ›Warum‹ in der Geschichte.

Die frühere Sprecherin von Robert Greeves sagte, die Regierung habe beschlossen, Inspektorin Van Rensburg zur Untersuchung einzuladen, um die Sicherheitsvorkehrungen, die vor dem Treffen der beiden Minister getroffen worden waren, zu klären und sich die Umstände, die zur Entführung von Robert Greeves führten, schildern zu lassen.

»Scheisse«, sagte Tom laut. Eine alte Dame in einem Plastikmantel, die ihm gegenübersass, blickte von ihrer Zeitschrift auf und zog die Augenbrauen hoch. Sannie vorzuladen war Teil der Bemühungen der Regierung, ihn als Sündenbock für Greeves' Tod hinzustellen. Er hätte es ahnen können. Er fragte sich, was sie von der Geschichte hielt und ob es ihre Aussage beeinflusste. Alles, was sie tun konnte, war, die Wahrheit zu sagen – und das reichte aus, um ihn zu entlassen.

Er spürte, wie sich der Nebel der Depression wieder um ihn legte und ihn die Falten in seinem frisch gebügelten Hemd beinahe erdrückten.

»In diesen Dingern stehen immer nur schlechte Nachrichten.« Die alte Dame sah ihn lächelnd an und nickte zu den Zeitungen neben ihm. »Deshalb ist meine Philosophie ›Bleib bei *OK!*‹«

Er lachte und nickte, als sie das Klatschmagazin hochhielt.

In Euston, am Ende der lauten, ruckelnden Fahrt, glitt er dankbar auf den überfüllten Bahnsteig und tauchte über den Weg aus der unterirdischen Welt und in den hell erleuchteten Hauptbahnhof auf.

Er verliess den geschäftigen Kopfbahnhof, bog links in die Euston Road ein und ging an der gotischen Pracht des kürzlich restaurierten und vergrösserten Bahnhofs St. Pancras International vorbei. Kurz vor dem Bahnhof King's Cross schlängelte sich Tom über die belebte Strasse zum Burger King.

Er war eine halbe Stunde zu früh. Er hatte Lust, eine Schachtel Zigaretten zu kaufen, wusste aber, dass er es nicht tun sollte. Als er mit Sannie telefoniert hatte, war sein Gehirn alles andere als auf Hochtouren gelaufen, aber jetzt erinnerte er sich, dass er sie etwas fragen wollte.

Ein paar Häuser weiter gab es ein Internetcafé und Tom ging hinein, weil er dachte, vielleicht finde er seine Antwort dort. Ein langhaariger Mann blickte von seinem Bildschirm auf und wies ihm den Weg zu einem Computer. Tom nahm sein Notizbuch heraus und tippte »Primaten des südlichen Afrikas« in den Browser. Er füllte zwei Seiten mit Bemerkungen, dann verliess er das Café um fünf Minuten vor eins.

Als er ankam, befanden sich ein Dutzend Leute im Burger King, aber er erkannte in keiner davon die verführerische, junge exotische Tänzerin. Er ging zurück nach draussen. Vielleicht war sie zu spät.

»Hey, Herr Polizist.«

Er drehte sich um und schaute hin. Das Mädchen, das ihn ansprach, hatte Ivanas – Olgas – Stimme, sah aber wie eine andere Person aus.

Sie war etwa einen Meter fünfzig gross, viel kleiner, als er es in Erinnerung hatte. Ihr Haar war zu einem Pferdeschwanz hochgesteckt und das fehlende Make-up liess Narben von Akne erkennen. Sie trug einen grauen, ausgewaschenen Sportpulli mit einer Kapuze, verblichene Jeans und alte Turnschuhe.

»Sie haben mich nicht erkannt.« Olga krümmte ihren Hals zurück und schaute durch eine randlose Flaschenbodenbrille zu ihm hoch, »Sie sind direkt an mir vorbeigelaufen.«

»Entschuldigung.«

Sie zuckte mit den Schultern. »Kein Wunder. Ich bin jetzt angezogen und habe keine meterhohen Stöckelschuhe an.«

Er lächelte. »Und die Brille?«

»Ich hätte Sie nicht erkennen sollen, nicht umgekehrt. Im Club kann ich die Männer, die kommen, kaum sehen. Die ganze Zeit dort bin ich wie in eine – wie sagt man? Nebel.«

»Wahrscheinlich ist das besser so.«

Sie nickte. »Essen wir?«

Sie standen Seite an Seite in der Warteschlange und während sie darauf warteten, bedient zu werden, unterhielten sie sich über das Wetter.

»Was studieren Sie?«

»Medizin, am UCL«, sagte sie. »Aber keine Witze über Anatomie oder Biologie, bitte. Davon bekomme ich von meinen Mitstudierenden genug.«

Der Campus des University College London in Bloomsbury war ganz in der Nähe. Tom war ein wenig überrascht, dass sie ihren Kollegen von ihrem Job erzählte.

»Das ist legal und kein Geld für Sex, wie manche Leute denken.

Sie wären überrascht, was manche Studenten alles machen. Es ist auch nicht alles legal.«

Er murmelte eine Entschuldigung und sagte nichts mehr, bis sie bedient wurden und ihr Essen an einen Tisch mit roter Laminatplatte brachten.

»Warum kommen Sie allein? Haben Sie keinen Partner, wie ein Fernsehpolizist? Sogar in Russland, wo die Regierung kein Geld hat, haben Milizpolizisten Partner.«

Tom wollte die Kontrolle nicht bereits verlieren, bevor das Gespräch begann. Er wollte sie ebenso wie sich selbst daran erinnern, wer in diesem Gespräch wer war.

»Was haben Sie mir zu sagen, Olga, was Sie den Ermittlungsbeamten nicht gesagt haben?«

»Sie haben also mit ihnen gesprochen?«

»Warum sollte ich nicht?«

»Ich dachte, andere Polizisten würden nicht mit Ihnen zusammenarbeiten wollen, weil Sie wegen einer afrikanischen Angelegenheit vom Dienst freigestellt sind.«

»Dann wissen Sie ja, warum ich keinen Partner habe.« Als Medizinstudentin war ihr IQ zweifellos höher als seiner. Dafür hatte er viel mehr Erfahrung im Fragenstellen als sie. Er steckte seinen Burger zurück in die Tüte und schickte sich an, aufzustehen. »Ich verschwende hier wohl meine Zeit.«

»Nein, warten Sie!«

Er erkannte Panik in ihren Augen. »Verarschen Sie mich nicht, Olga. Ich bin nicht hier, um mir Verschwörungstheorien anzuhören oder die Fantasien einer Amateurdetektivin zu befriedigen.«

»Hören Sie, ich weiss über Sie Bescheid, aber ich erinnere mich daran, dass Sie auch allein in den Club gekommen sind. Das ist etwas Persönliches für Sie. Irgendetwas geht hier vor sich, das nicht in Ordnung ist.«

Tom verschränkte die Arme, ignorierte sein Essen und sagte nichts.

»Andere Polizisten sagen, man solle nicht mit den Medien über Ebonys Tod sprechen, ja?«, fragte sie.

Er nickte.

»Aber der Journalist hat es getan, auch wenn die Polizei sagt, sie hat ihn befragt.«

Tom nahm den Hamburger wieder aus der Verpackung und nahm einen Bissen. Er spülte ihn mit einem Schluck Cola hinunter. Er wusste, dass Olga weiterreden würde, wenn er ruhig blieb und hatte Recht.

»Sie erinnern sich: Als sie in den Club gekommen sind, habe ich von einem wunderlichen Mann mit roten Haaren erzählt, der oft kam, um Ebony tanzen zu sehen – und sie für private Shows buchte.«

Tom nickte erneut.

»Nun, in der Nacht, nachdem du da warst, kam er zurück. Er fragte nach ihr, aber der Boss sagte ihm, Ebony sei nicht zur Arbeit erschienen. Er fing an, alle anderen Mädchen auszufragen, auch mich und wollte wissen, wo sie sein könnte. Ich sagtMorris und andere Polizisten kamen gestern zurück in den Club und sagten allen Mädchen und dem Management, dass niemand mit den Medien sprechen dürfe. Ich sage ihnen noch einmal, dass sie sich an die Medien wenden sollten und dass Fisher noch einmal in den Club kam und nach Ebony und den polizeilichen Ermittlungen fragte. Morris sagt zu mire, dass sie nicht hier sei und er wurde ärgerlich und schliesslich richtig wütend. Er bot mir sogar fünfzig Pfund an, wenn ich ihm Ebonys Adresse verrate, aber ich sagte nein.

»Hört sich nicht an, als wäre er der Mörder, wenn er so viel Aufmerksamkeit auf sich zieht«, kommentierte Tom, wischte sich den Mund ab und tat, als interessiere er sich nicht.

»Aha. Das haben andere Polizisten auch gesagt. Aber sehen Sie nicht, dass das nur gespielt war? Er hat absichtlich so getan, als wüsste er nicht, wo sie ist, aber bevor sie verschwand, hat er sie zwei Wochen lang verfolgt!«

Tom nahm noch einen Schluck. »Verfolgt? Ich dachte, Sie sagten, er sei ein Stammkunde. Vermutlich haben Sie auch Männer, die mehr als einmal kommen, um Sie tanzen zu sehen.«

Olga nickte und begann schliesslich, zu essen. Sie zupfte kleine

Stücke aus dem Brötchen des Burgers und kaute jedes Stück methodisch, immer wieder, während sie über ihre nächste Antwort nachdachte. »Ja, aber Ebony hat diesen Typen auch ausserhalb der Arbeit getroffen.«

Tom lehnte sich in seinem Plastikstuhl zurück. »Das haben Sie mir nicht gesagt, als ich in den Club kam.«

Sie haben nach Ebony und dem anderen Mann gefragt – dem Polizisten, den Sie suchten – nicht nach einem Ebony-Stalker«.

Tom nickte. Zu diesem Zeitpunkt hatte er an der Theorie gearbeitet, dass Nick und Ebony sich zusammen ein Nest gebaut haben könnten, nicht, dass sie von einem Verrückten ermordet wurde. »Woher wissen Sie das, hat sie es Ihnen erzählt?«

Olga schüttelte den Kopf und zögerte einen winzigen Moment. Sie griff wieder nach ihrem Burgerbrötchen, liess aber das Fleisch unberührt.

»Und?«

Sie sah zu ihm auf. »Als er Ebony nicht finden konnte und ihm niemand ihre Adresse geben wollte, liess der komische Typ seine Karte da. Sein Name war Fisher, Michael Fisher. Er ist ...«

»Er ist Journalist und arbeitet für die ›Welt‹.

Jetzt war Olga an der Reihe und lehnte sich mit verschränkten Armen zurück, um Tom zu parodieren. »Aha! Sie kennen diesen Mann also.«

Tom schüttelte den Kopf. Er erinnerte sich an den etwas unausstehlichen, hartnäckigen Reporter von der Medienkonferenz, die Greeves vor ihrem Flug nach Südafrika in den Büros des Rüstungsunternehmens gegeben hatte. Fisher war derjenige, der die Fragen über Greeves' häufige Besuche in Afrika gestellt hatte.

Olga gab den Versuch auf, Tom zu übertrumpfen und nahm ihren Bericht wieder auf. »Ebony hatte ein Tagebuch in ihrem Spind.«

»Und Sie haben diesen aufgebrochen?« Tom wischte sich die Hände an einer Papierserviette ab.

»Das Schloss war kaputt. Nach Ihrem Besuch begann ich, mir Sorgen um Ebony zu machen und in der Nacht öffnete ich den

Spind, um zu sehen, ob sie einen Abschiedsbrief oder etwas anderes hinterlassen habe.«

»Selbstmord?«

»In meiner Branche nicht unbekannt. In Ihrer auch, wenn es so ist wie in Russland.«

Tom liess diese Frage unbeantwortet.

»Wie auch immer, ich schaute in Ebonys Tagebuch und der letzte Eintrag ist die Notiz: *Michael anrufen* und dazu hat sie eine Handynummer aufgeschrieben. Ich verglich sie mit Fishers Karte und es ist derselbe Michael.«

»Sie hat also ausserhalb der Arbeit mit ihm gesprochen.«

»Ja.«

»Und als sie ihn nicht anrief, vermutlich weil sie ermordet worden war, kam Fisher in den Club und war nervös, weil er nichts von ihr gehört hatte und sie nicht finden konnte.«

»Genau!« Olga klatschte auf die Tischplatte, woraufhin ein anderes Paar neben ihnen hinüberschaute. »Die perfekte Tarnung.«

Es wäre ein Leichtes, sagte Tom, Ebonys Handyaufzeichnungen zu besorgen und herauszufinden, ob sie angerufen worden war. Er ging davon aus, dass Morris und Burnett dies als Routine erledigt hätten, weshalb er von dieser Theorie nicht so überzeugt war wie Olga.

»Aber was macht Sie so sicher, dass Fisher etwas mit ihrem Tod zu tun hat?«

Sie zuckte mit den Schultern. »Es ist schwer, Ihnen das zu sagen – zu erklären. Ich sehe an diesem Ort viele Männer und ich kenne die Blicke in ihren Augen. Es gibt die Betrunkenen, die sich amüsieren wollen; es gibt die Verzweifelten, die sonst nie einen Blick auf ein nacktes Mädchen werfen können und es gibt die Chauvinisten, die es mögen, wenn ein Mädchen tut, was sie sagen... Dann gibt es noch die Furchteinflössenden.«

»Furchterregende? Die Stalker, meinen Sie?«

Sie nickte. »Diejenigen, die dort sind und etwas anderes im Kopf haben. Man kann es in ihren Augen sehen. Fisher war einer von ihnen. Er war ein Mann mit einer Mission und ich glaube, diese Mission hiess Ebony.«

Tom betrachtete Olga. Sie war klug – das musste sie sein, um überhaupt zum Medizinstudium zugelassen zu werden – und sie kannte Männer. Er hielt sie für ein wenig paranoid, aber offensichtlich lief zwischen Fisher und Ebony – alias Precious – etwas ab, das über die normale Zuschauer-Stripperinnen-Dynamik hinausging. Es war der näheren Betrachtung wert. Er holte sein Notizbuch aus der Anzugtasche.

»Vermutlich haben Sie das alles Detective Morris erzählt?«

Sie nickte. »Morris – ist er Ihr Freund?«

»Das geht Sie nichts an. Aber er ist ein Kollege.«

»Er ist ein Ignorant.«

Tom konnte sich das Lächeln verkneifen. »Was hat er gesagt?«

»Er sagte, er würde Fisher anrufen, aber seine Augen verrieten mir, dass er mich für eine Spinnerin hielt.«

Tom liess das nächste Lächeln durch.

»Machen Sie sich nicht über mich lustig. Sie sind schlauer als Morris.«

Schmeicheleien brächten sie nicht weiter. Er sagte nichts.

»Morris und andere Polizisten kamen gestern in den Club zurück und wiesen alle Mädchen und das Management an, niemand dürfe mit den Medien sprechen. Ich riet Ihnen noch einmal, sich an die Medien zu wenden. Fisher kam noch einmal in den Club und fragte nach Ebony und den polizeilichen Ermittlungen. Morris sagt zu mir: ›Ich kümmere mich um Mr. Fisher, Schätzchen.‹ Pah! Ich sage nicht ›Liebling‹ zu ihm. Eher ›Fiesling‹.«

Tom hielt eine Hand hoch. »Klingt, als hätten sie ihn zumindest überprüft.«

»Was ist mit Ihrem Freund, dem Polizisten, den Sie eigentlich gesucht haben, passiert?«

»Er ist tot.«

Olga legte eine Hand auf den Tisch und für einen Moment dachte Tom, sie würde die Hand ausstrecken und ihn berühren, so wie es Sannie schon ein paar Mal getan hatte. Vielleicht gab es etwas an ihm, das Mitleid erregte. »Wie ist er gestorben?«

»Er wurde von Terroristen zu Tode gefoltert. Von denselben Leuten, die Robert Greeves, den Minister für Verteidigungsbeschaffung, in Afrika entführt haben.

Olga runzelte die Stirn und Tom konnte sehen, dass sie die Informationen verarbeitete, die er ihr gerade gegeben hatte. Sie schüttelte den Kopf. »Ebony arbeitete nicht für islamische Terroristen. Wenn Sie glauben, dass sie in ein Entführungskomplott verwickelt war, haben Sie sich das falsche Mädchen ausgesucht.«

»Warum?«

»Sie war eine gläubige Christin.«

»Christliche Stripperin?«

Olga schaute wieder beleidigt und verschränkte die Arme mit einem »Hmmm. Ich bin angehende Ärztin und exotische Tänzerin. Warum also nicht christliche Stripperin?«

Tom war verblüfft. Olga nahm die Verteidigung des toten Mädchens wieder auf. »Sie war mehr Christin als jeder andere Mensch, den ich kenne. Sie ging jeden Sonntag in die Kirche und schickte Geld nach Afrika in die Mission, in der sie eine Ausbildung erhalten hatte. Natürlich hat sie den Missionaren nicht erzählt, was sie in England gemacht hat. Sie erzählte den Leuten in Afrika, dass sie als Schwesternhelferin arbeite. Ich habe versucht, ihr zu helfen, so einen Job im Krankenhaus zu bekommen.«

Tom hatte immer noch das Gefühl, Ebony sei, nachdem sie dazu beigetragen hatte, Nick Roberts an einen Ort zu locken, von dem er entführt werden konnte, von den Leuten, die sie benutzt hatten, getötet worden. »Vielleicht tat sie es für Geld.«

Olga schüttelte energisch den Kopf. Der grösste Teil ihres Burgers blieb unangetastet und sie wickelte ihn in die Papiertüte, in die er eingepackt gewesen war. Tom sah auf ihre Hände hinunter. Er dachte, er müsse einer Medizinstudentin keinen Vortrag über Essstörungen halten, fragte sich allerdings, ob Olga psychische Probleme habe.

»Ebony war ein guter Mensch«, fuhr sie fort. »Aber Fisher hatte etwas mit ihr vor und darauf sollten Sie sich fokussieren.«

»Ich werde noch einmal mit Morris sprechen«, sagte Tom und schob seinen Stuhl zurück. »Haben Sie noch etwas in ihrem Tagebuch gefunden?«

»Nicht viel. Es sah neu aus – als hätte sie es erst seit zwei Wochen.« Olga zog einen Papierfetzen aus ihrer Handtasche. »Einen weiteren Namen habe ich noch gefunden, auf derselben Seite mit der Nummer von ›Michael‹. Der zweite Name war ›D. Carney‹.

Sie reichte ihm den Zettel und Tom schrieb den Namen und die Handynummer in sein Telefonbuch. Er hatte den Namen Carney schon einmal gesehen, konnte sich aber nicht erinnern, wo. Er wusste, dass es ihm wieder einfallen würde, sobald er ein paar Momente für sich hatte.

»Danke für Ihre Zeit, Olga. Wissen Sie, wer dieser Carney ist?« Noch während er die Frage stellte, erinnerte er sich, wo er den Namen und die Nummer schon einmal gesehen hatte.

Sie schüttelte den Kopf. »Reden Sie mit Fisher. Er ist derjenige, den Sie brauchen, um dieses Puzzle zusammenzusetzen, Herr Polizist.«

Tom stand auf. »Sie wissen wahrscheinlich genug über meine Situation und die polizeilichen Verfahren, um zu verstehen, dass Fisher bereits befragt wurde und dass es höchst unangebracht wäre, wenn ich ihn belästigen würde, während ich suspendiert bin.«

Sie nickte. »Aber ich weiss, dass Sie es trotzdem tun werden. Sie sind ein guter Mensch. Aber Morris und Fisher, das sind Widerlinge.« Olga verstaute die Reste des Burgers in ihrem kleinen Rucksack, schüttelte Toms Hand und ging zur Tür hinaus. Sie warf einen Blick über die Schulter zurück. »Vielleicht sehen wir uns ja mal wieder im Club?«

Tom schüttelte den Kopf. »Vielleicht sehe ich Sie eines Tages in einem Krankenhaus.«

Sie lachte. »Vielleicht bin ich dann dran, Sie nackt zu sehen.«

. . .

WAS TOM OLGA natürlich nicht sagen konnte, war, dass es zwischen Nick und Ebony eindeutig eine Verbindung gab und zwar in Form der Nachricht, die die Tänzerin auf Nicks Anrufbeantworter hinterlassen hatte. Irgendwie bezweifelte er, dass Nick vorgehabt hatte, in den Club zu gehen, um eine Spende für eine christliche Mission in Südafrika zu überreichen.

Nachdem Olga das Restaurant verlassen hatte, blieb Tom am Tisch sitzen und nahm sein Notizbuch und den Stift heraus. Er schrieb den Namen *Ebony* in die Mitte einer Seite und kreiste ihn ein. Er zog eine Linie nach links zu *Nick* und dann weiter zu einem weiteren Kreis, der *Greeves* enthielt. Rechts neben dem Künstlernamen der Stripperin schrieb er *Fisher*. Er tippte sich mit dem Stift ans Kinn, kehrte dann auf die Seite zurück und verband den Journalisten und den Politiker mit einem Strich. Ein Kreis. Aber war es reiner Zufall, dass die Tänzerin sowohl mit dem Reporter als auch mit dem Personenschützer des Ministers etwas am Laufen hatte?

Es gab nur eine Möglichkeit für Tom, es herauszufinden – oder, wenn er den Dienstweg einschlug, zwei. Aber er bezweifelte, dass das funktionierte. Dan Morris war jetzt bestimmt misstrauisch und Tom traute ihm zu, dass er ihn bei Shuttleworth verpetzte. So oder so war es unwahrscheinlich, dass er die Aufzeichnungen seines Gesprächs mit Fisher herausrückte.

Während der Zug zurück in die Stadt ratterte, holte Tom sein Handy und sein Notizbuch heraus. Er wählte die Nummer von D. Carney. Er erinnerte sich jetzt daran, dass es sich um einen Mann handelte und sein Name Daniel war. Eine aufgezeichnete Stimme meldete sich, aber es war nicht Carney: Es war eine Nachricht, die ihm mitteilte, dass das Telefon ausgeschaltet oder niemand erreichbar sei.

Dann wählte er die Telefonauskunft. »Könnte ich bitte die Nummer der Zeitung *"Die Welt«*, Redaktion, haben?«

22

Tom schaltete das Bild des britischen Premierministers auf dem Breitbild-Plasmafernsehers im Foyer der ›Welt‹ aus. Es wurde ein Satellitennachrichtenkanal ausgestrahlt, der demselben Mann gehörte, der auch die Zeitung kontrollierte, in deren Büros er wartete. Die Empfangsdame blickte von ihrem Computer auf und nickte ihm zu. »Michael hat gerade aufgelegt, Mr. Carney. Er ist sofort hier unten.«

Tom dankte ihr. Er hatte die Northern Line von King's Cross nach Bank genommen und war dann in die Docklands Light Rail umgestiegen, um zu den Büros der Zeitung zu gelangen. Wenn er aus dem Fenster sah, hatte er den Blick auf eine chaotische Landschaft. Glänzende, neue Büros und Wohnungen drängten sich zwischen renovierten Lagerhäusern aus Backstein, die zu schicken Wohnungen für wohlhabende Einwanderer umfunktioniert worden waren. Dennoch gab es vereinzelte Überbleibsel der alten ›Isle of Dogs‹. Die letzten nicht modernisierten, russgeschwärzten Gebäude warteten darauf, entweder abgerissen oder aus der Asche ihrer schmutzigen Vergangenheit wiedergeboren zu werden. Die Planer mochten dem Gebiet neues Leben eingehaucht haben, aber gleichzeitig hatten sie ihm die Seele gestohlen.

Die Laufnachricht am unteren Rand des Fernsehbildschirms wiederholte den einzigen Teil der Pressekonferenz des Premierministers, dem Tom seine Aufmerksamkeit geschenkt hatte: Der *Premierminister bestätigt, dass mindestens einer der Entführer von Robert Greeves, der in Südafrika getötet wurde, Muslim war.* Tom hörte Schritte und schaute über seine Schulter. Er erkannte den dünnen, blassgesichtigen, rothaarigen Reporter sofort.

»Daniel Carney?«, fragte Michael Fisher.

Tom nickte und streckte seine Hand aus, aber Fisher hielt sie an seiner Seite. Er musterte Tom von oben bis unten und Tom betete, dass Fisher den echten Carney nie getroffen hatte. Ausserdem hoffte er, dass Fisher ihn nicht von der Pressekonferenz, an der er mit Greeves teilgenommen hatte, wiedererkannte.

Bislang waren keine Fotos von Tom in den Zeitungen veröffentlicht worden, da seine Identität durch einen Defence Advisory Notice, besser bekannt als D-Notice, also eine Vertraulichkeitserklärung, geschützt war. Die Begründung dafür lautete, dass die Terroristenbande, die Greeves entführt hatte, noch auf freiem Fuss war und Tom an der Tötung einiger ihrer Mitglieder beteiligt gewesen war. Die Medien hielten sich freiwillig an die Beschränkungen, aber Tom wusste, dass sein Name und seine Identität nicht lange geheim bleiben würden, vor allem, wenn es, wie er annahm, bei der Untersuchung schlecht für ihn lief. Die Journalisten kannten seinen Namen, weshalb er ständig um ein Exklusivinterview gebeten worden war. Die Tatsache, dass er keins gegeben hatte, bedeutete, dass die Medien, wenn sein Name veröffentlicht wurde, kein Erbarmen mit ihm hätten.

Tom hatte Fisher vom Zug aus angerufen und ihr Gespräch war kurz. Bereits dem Tonfall von Fisher hatte er entnommen, dass dieser ihn nicht gerade mit offenen Armen empfangen würde.

»Ich weiss, wer Sie sind, Carney«, hatte Fisher gesagt, als Tom angerufen und sich als freier Journalist ausgegeben hatte. »Sie sind der Bastard, der mich um eine tolle Story gebracht hat. Nun, von der Stripperin werden Sie nicht mehr viel bekommen, oder?« Tom hatte einfach gesagt, er müsse mit ihm über Precious Tambos Tod sprechen. Er hatte angeboten, in die Büros der *Welt* zu kommen und Fisher hatte zugestimmt. Tom hatte keine Ahnung, was er herausfinden würde, aber es sah aus, als sei ihm die Scharade bisher gelungen.

»Können wir irgendwo unter vier Augen reden?«, fragte er.

»Am Ende des Flurs gibt es einen Interviewraum. Sally, ist Raum eins frei?« fragte Fisher die Empfangsdame.

Sie schaute auf ihren Computerbildschirm und sagte: »Du kannst rein, Michael, wenigstens für die nächsten zwanzig Minuten.«

»Wir brauchen nicht länger.«

Fisher führte Tom einen Gang entlang, der vom Hauptempfangsbereich abging. Sie blieben vor einer grellrot gestrichenen Tür stehen und Tom folgte dem kleineren Mann hinein. Er nahm das neue, spiralgebundene Stenogrammheft aus der rechten Anzugtasche und aus der linken den billigen Kassettenrekorder, den er unterwegs in einem Elektronikgeschäft gekauft hatte. Er hoffte, dass die Requisiten seine Reporter-Imitation untermauerten. Dass Daniel Carney ein Journalist war, wusste er, weil er die Visitenkarte des Mannes unter Nick Roberts' Kühlschrank gefunden hatte. Er erinnerte sich daran, dass er die Karte für billig gehalten hatte, es war die Art von Karte, die man mit einem Sofortdrucker erstellen konnte, wie man sie oft an grossen Bahnhöfen findet. Wer auch immer Carney war, er gehörte wahrscheinlich nicht zu den Besten seines Fachs. Tom hatte sich gefragt, ob Nick die Karte bei einer Veranstaltung erhalten habe, an der Greeves teilgenommen hatte oder ob er diesen Reporter privat kenne. Da sein Name jedoch in Precious' Tagebuch stand, war es möglich, dass Nick ihm im Club Minx begegnet war.

»Sie können das weglegen«, sagte Fisher. »Ich will nicht, dass mich jemand aufnimmt.«

Tom nickte und steckte den Kassettenrekorder zurück in seine Tasche. Er liess das Notizbuch geschlossen auf dem Tisch liegen, setzte sich hin und lehnte sich mit verschränkten Armen in seinem Stuhl zurück.

Fisher sah auf seine Uhr. »Und? Was haben Sie denn so Wichtiges zu sagen?«

Aus Fishers Äusserungen am Telefon war Tom klar, dass Precious den Medien etwas mitzuteilen hatte und ein Bieterkrieg im Gange war. »Der alte Bill hat mir gesagt, ich dürfe nichts über den Tod von Ebony schreiben.«

Fisher zuckte mit den Schultern. »Kein Scheiss, Sherlock. Sie haben das Gleiche mit uns gemacht, indem sie die Geschichte mit einem D-Vermerk versehen haben. Da fragt man sich, was sie noch mit Greeves vorhatte, nicht wahr?«

Fisher machte seinem Namen alle Ehre, dachte Tom und angelt nach Informationen, die ihm bisher vielleicht entgangen waren.

»Deshalb bin ich hier«, sagte Tom und hielt die Arme verschränkt.

»Nun, ich habe Ihnen nichts zu sagen, Sonnenschein«, sagte Fisher, lehnte sich zurück und spiegelte Toms Körpersprache. »Wenn Sie also nichts mehr zu sagen haben, sollten Sie besser auf Ihr Fahrrad steigen.«

»Ich habe nie die ganze Geschichte aus ihr herausbekommen«, sagte Tom.

Fisher hob die Augenbrauen und begann dann zu grinsen. »Was? Ihr habt mich um zehntausend Pfund überboten und die verdammte Geschichte trotzdem nicht bekommen? Soll das ein verdammter Scherz sein? Wessen Geld war das?« Fisher zählte die Namen einiger Zeitungen auf, aber Tom nickte oder schüttelte bei keiner von ihnen den Kopf.

»Alles, was ich aus ihr herausbekommen habe, war das, was sie Ihnen gegeben hat – gerade genug, um unser Interesse zu wecken«, sagte Tom.

»Was, dass sie von Greeves gevögelt worden war?«

Tom nickte.

»An sich nicht schlecht, aber es nützte uns nicht viel, weil sie uns nicht erlaubte, ihren Namen und ihr Foto zu veröffentlichen. Die Frau dachte, sie könne uns dazu bringen, fünfzehn Riesen für einen anonymen Hinweis zu zahlen. Ich nehme an, Sie haben von ihr die Erlaubnis bekommen, alle reisserischen Details zu veröffentlichen?«

»Natürlich. Das zusätzliche Geld hat den Zweck erfüllt.«

Fisher nickte. »Mein Redakteur würde das nicht riskieren. Das verdammte Management achtet heutzutage auf den Pfennig. Also, wer hat Sie finanziert?«

»Das kann ich nicht sagen, bevor es gelaufen ist, aber zumindest haben wir das Geld nicht ausgehändigt, bevor sie verschwunden ist. Die Bullen haben sich im Club umgesehen, wissen Sie.«

»Sagen Sie mir etwas, das ich nicht weiss. Irgendwann sassen sie mir im Nacken.«

»Mir auch.« Tom spürte, wie die Barriere zwischen ihnen ein wenig bröckelte. Vielleicht hatte Fisher endlich geschluckt, dass der Wettbewerb um Ebonys Geschichte vorbei war und keiner der beiden Männer gewonnen hatte. »Aber das mit Greeves ist schon komisch.« Tom breitete die Arme aus und beugte sich ein wenig vor, als wolle er Fisher etwas mitteilen. »So ein verdammt gradliniger Typ, ein guter Familienvater und so.«

Fisher lachte laut auf. »Was glauben Sie? Das sind immer die schlimmsten Übeltäter! Denken Sie mal darüber nach. Je makelloser das öffentliche Profil, desto perverser sind sie hinter den Kulissen.«

Tom lächelte und nickte. »Stimmt. Ist das der Grund, warum Ihr Blättchen ihn so oft nach Afrika verfolgt hat? Wollten Sie ihn aufrütteln, um herauszufinden, ob er es sich zur Gewohnheit gemacht hat, auf seinen Reisen schwarze Frauen zu vögeln?«

Auch Fisher entspannte sich ein wenig und nickte, als Tom sprach. »Ja, als ich geahnt habe, dass ihr uns mit der Schlacke überbieten würdet, dachte ich, ich versuche mal, an seinem Baum zu rütteln, um zu sehen, welche anderen faulen Äpfel herausfallen. Ui, und passen Sie auf, was Sie ein ›Blättchen‹ nennen, Sonnenschein. Das ist beleidigend.«

Im Gegensatz zu Schlampe, dachte Tom, sagte aber nichts. »Die anderen Stripperinnen im Club meinen, Sie hätten sie getötet.«

»Dumme Schlampen.« Fisher schüttelte den Kopf. »Hören Sie, als ich herausfand, dass Sie uns überboten hatten, ging ich hinunter und war ziemlich wütend. Ich habe versucht, ein paar Zehner zu verteilen, um zu sehen, ob einige der anderen reden – oder ob sie mir Ebonys Telefonnummer geben würden. Ich kam vielleicht wie ein gewöhnlicher Stalker rüber, aber die Cops wissen, dass ich sauber bin.«

»Ach ja?«

»Ja. Ich war in Afrika, als sie ermordet wurde, nicht wahr?«

»Ja, bei dieser ganzen Greeves-Sache, nicht?«

»Ja. Das war ein verdammter Scherbenhaufen. Ich habe einen Informanten, der mir einiges über den Bodyguard erzählt hat, der mit Greeves drüben war.«

Tom schluckte, hoffte aber, dass seine Schreckensröte nicht zu sehen war. »Zum Beispiel?«

Fisher lachte. »Glauben Sie, ich würde es Ihnen erzählen? Sagen wir einfach, dass die Jungs aus Hereford, wenn sie den Bullen etwas vorzuwerfen haben, nicht so verschwiegen sind, wie sie sich gerne darstellen.«

Fraser, dieser Bastard, dachte Tom. »Was glauben Sie, wer sie getötet hat?«

Fisher zuckte mit den Schultern. »Wer weiss? Wahrscheinlich war es ein Stalker. Soweit ich gehört habe, wurde sie vergewaltigt. Wenn ich wirklich an Verschwörungstheorien interessiert wäre, würde ich sagen, der MI5 oder Greeves' Leibwächter hätten sie getötet, um sie davon abzuhalten, über den grossen Mann zu reden, der sie gebumst hat. Aber Greeves' erster Leibwächter wurde von den Terroristen gefoltert und getötet, nicht wahr?«

Tom nickte, obwohl er keine Ahnung hatte, woher Fisher von Nick wusste, da die Umstände seines Todes nicht öffentlich bekannt gegeben worden waren. Er begann, sich Sorgen zu machen, dass der Reporter viel mehr wusste, als er zugeben wollte.

Fisher beugte sich vor, bis seine Handflächen auf dem Tisch lagen und blickte Tom in die Augen. »Und sein stellvertretender Schutzbeauftragter, Detective Sergeant Tom Furey, der derzeit suspendiert ist, weil er bei einer parlamentarischen Untersuchung über die Entführung und den Tod von Robert Greeves und Bernard Joyce erscheinen muss, sitzt mir in diesem Raum gegenüber, nicht wahr?«

Tom lehnte sich in seinem Sitz zurück. »Was hat mich verraten? Mein Bild war bisher noch nicht in der Presse.«

Fisher lächelte. »Ich habe diesen freiberuflichen Fotografen in Südafrika dafür bezahlt, Greeves zu verfolgen. Der Fotograf sagte, dieser Arsch von Wachmann sei ihm ständig in die Quere gekommen. Er mailte die Bilder von Greeves durch – nichts Nennenswertes – und wies auf den Mann hin, der ihm den Job versaut hatte.«

»Ich.«

»Sie.«

Tom zuckte mit den Schultern. Er wusste, dass es für ihn sehr schlecht ausgehen konnte, sich als Carney auszugeben, spürte aber, dass der Journalist nicht gleich zu Scotland Yard rennen würde. »Was wissen Sie über Carney?«

»Nichts.« Fisher streckte seine Hände, die Handflächen nach oben, aus. Ich habe ihn noch nie gesehen oder von ihm gehört und auch niemand hier oder sonst jemand, den ich kenne, hat das.«

»Ungewöhnlich?«

»Ja und nein. Es gibt eine Menge Leute, die eines Morgens aufwachen und beschliessen, als Teil ihrer Midlife-Crisis Journalisten zu werden. Es gibt viele zwielichtige Fernschulen, die mit Kursen in Reiseschriftstellerei und freiem Journalismus werben und es herrscht kein Mangel an leichtgläubigen Kunden, die denken, dies sei ein einfacher Weg zu Ruhm und Reichtum.«

»Aber er hat Sie überboten, indem er Precious Tambo, wieviel ... fünfundzwanzigtausend Pfund angeboten hat?«

Fisher lehnte sich wieder zurück. »Ja. Ich wünschte, ich wüsste, für wen er gestrickt hat. Nicht, dass eine der anderen Zeitungen es mir sagen würde. Vielleicht könnten Sie einen Gerichtsbeschluss erwirken, um sie zu zwingen, es herauszurücken?«

»Ich nicht«, sagte Tom.

»Ja, Sie nicht. Was ist mit den anderen Witzbolden, die mich befragt haben – Morris und wie heisst er noch?«

»Burnett. Das mag sein. Haben Sie ihnen etwas über den Bieterkrieg erzählt?«

Fisher schüttelte den Kopf. »Das geht die nichts an.«

»Dieser Daniel Carney ist jetzt ein Verdächtiger. Er könnte der Letzte gewesen sein, der Precious lebend gesehen hat. Es ist möglich, dass er sich als Journalist ausgegeben hat – er könnte herausgefunden haben, was Sie im Club vorhatten.«

»Es ist nicht meine Aufgabe, Mörder zu fangen, nicht wahr?«

Tom mochte Fisher nicht, aber er hatte Recht. »Es wäre Sache der Polizei, herauszufinden, wer Daniel Carney war und wer, wenn überhaupt, ihn finanzierte.« »Wer hat Ihnen gesagt, dass Nick Roberts tot ist?«

»Ich verrate meine Quellen nie, auf keinen Fall«, antwortete Fisher.

»Ihre Freunde in Hereford?«

Fisher schüttelte den Kopf. »Das werden Sie nicht aus mir herausbekommen. Aber vielleicht sollten Sie darüber nachdenken, was Sie mir sagen können, damit Sie nicht wie das Opferlamm aussehen, das Sie bei der Untersuchung mit Sicherheit sein werden, Thomas.«

»Ich habe Carneys Karte in der Nacht, nachdem er verschwunden war, im Haus von Nick Roberts gefunden.

Fisher biss sich auf die Unterlippe und verschränkte die Arme erneut. »Denken Sie, dieser Carney könnte einer der Terroristen sein? Glauben Sie, er könnte Ihrem Mann, Roberts, zum Club gefolgt sein, damit sie ihn dort überfallen konnten?«

Tom wusste es nicht. Er hatte das Gefühl, er drehe sich im Moment im Kreis. »Nach dem, was ich über Precious Tambo gehört habe, scheint sie nicht der Typ zu sein, der sich mit islamischen Dschihadisten abgibt.«

»Sie war eine Stripperin. Es gibt nicht viele Mädchen, die in diesem Beruf arbeiten, weil es ihnen Spass macht. Sie brauchte Geld – und vielleicht hatten die Terroristen mehr als genug davon. Ausserdem war sie ein Fleck auf Greeves weisser Weste, was seinen Leibwächter hätte in die Falle locken können. Das wäre zwar nicht ganz koscher gewesen, aber vielleicht hatte sie oder der echte Carney Kontakt zu Greeves' Leuten aufgenommen und der Minister hat seinen Handlanger geschickt, um sie auszuspionieren.«

Tom dachte in dieselbe Richtung, aber irgendetwas ging bei der Rechnung nicht auf. »Haben Sie jemals mit Greeves oder seiner Pressesprecherin Kontakt aufgenommen, um Precious' Anschuldigungen vorzubringen?«

Fisher schüttelte den Kopf. »Auf keinen Fall. Ich habe diese Sache für mich behalten. Wenn ich die Stripperin unter Vertrag genommen hätte, wollte ich ihn in letzter Minute um einen Kommentar bitten – am späten Nachmittag des Tages, bevor es in Druck ginge.«

Tom schüttelte den Kopf über diese Taktik. Das war Gossenjournalismus – eine Doppelseite mit reisserischen Anschuldigungen parat zu haben und der Zielperson keine Zeit zu geben, eine Antwort zu formulieren. Das Letzte, was ein Boulevardblatt wie die *Welt* wollte, war eine rationale Erklärung für Greeves' Beziehung zu einer anderen Frau oder, noch schlimmer, ein konkreter Beweis dafür, dass die Stripperin log.

Fisher führte weiter aus. »Wenn ich mit dem, was ich hatte, zu ihm gegangen wäre, hätte er aus allen Rohren feuern und auf jeden schiessen können. Sie wissen schon: ›Vergebt mir, Menschen in Grossbritannien, ich habe einmal gesündigt, aber jetzt haben mir meine Frau und meine Familie vergeben und stehen hinter mir.‹ Der typische Quatsch.«

»Das ist hartes Spiel«, sagte Tom.

»Ja. Das werden Sie gleich herausfinden. Geben Sie mir etwas aus dem Inneren dieses Dings und ich werde Sie bei der Untersuchung schonen. Wenn ich mich nur genug anstrenge, kann ich Sie wie einen Helden aussehen lassen.«

Tom schob seinen Stuhl zurück und stand auf. Er wollte keine Sekunde länger mit Fisher in einem Raum sein und glaubte kein Wort von dem, was der Mann gerade gesagt hatte.

»Ich werde Ihre Vorgesetzten anrufen und ihnen sagen, dass Sie sich hier trügerisch eingeschlichen haben.«

Als er die Tür des Besprechungszimmers öffnete, schaute Tom über die Schulter. »Nur zu. Ich glaube nicht, dass das einen Einfluss auf meine Zukunft hat.«

．　．　．

TOM FAND in der Nähe der Büros der Zeitung ein Café und bestellte einen Tee. Er holte sein Notizbuch, seinen Stift und sein Mobiltelefon heraus. Dann wählte er Dan Morris' Nummer. Der Detektiv stöhnte, als er hörte, dass es Tom war.

»Du musst mir bitte einen Gefallen tun«, sagte Tom.

»Nun, du bist nicht gerade in der Position, um etwas zu bitten. Ich werde nicht zulassen, dass du mich mit runterziehst, Tom. Ich lege jetzt auf.«

»Daniel Carney?«

»Was ist mit ihm?«

Tom stellte seinen Tee von seinem Notizbuch weg und wartete schweigend.

»Ich lege jetzt auf.«

Tom pustete auf die heisse Flüssigkeit, dann nippte er daran.

»Woher weisst du von ihm?«, lenkte Morris ein.

Tom lächelte vor sich hin. Fishers Drohung, seine Vorgesetzten über seine unbefugte und illegale Untersuchung zu informieren, beunruhigte ihn nicht im Geringsten. Er meinte es ernst: Nichts, was er ab jetzt tat, konnte die Sache schlimmer machen. Er hatte sich mit der Tatsache abgefunden, dass seine Karriere die Untersuchung nicht unbeschadet überstehen würde. In gewisser Weise war es befreiend, von den Regeln und Vorschriften befreit zu sein, die sein Leben als Polizist einundzwanzig Jahre lang bestimmt hatten. Alles, was jetzt zählte und alles, was ihn möglicherweise in seinem Job halten konnte, war, etwas zu finden, was die anderen übersehen hatten.

»Tom? Antworte mir!«

»Carneys Karte lag unter Nicks Kühlschrank – wahrscheinlich ist sie von der Tür abgerutscht.«

»Oh, richtig«, sagte Morris.

Tom konnte fast hören, wie sich die Räder quietschend im Kopf seines Kollegen drehten.

»Nun, damit verschwendest du deine Zeit. Ich glaube nicht, dass es ihn gibt«, sagte Morris.

»Wirklich?« Tom war bereits zum selben Schluss gekommen. Es

war schwierig, zu glauben, dass ein Freiberufler, der von einer Zeitung ein Budget von fünfundzwanzigtausend Pfund erhielt, anderen Reportern in der Branche unbekannt sei. Ausserdem waren diese Sofort-Karten, auf denen nichts weiter als eine Handynummer stand, eine fadenscheinige Tarnung. Tom vermutete, die Nummer stamme von einer vorausbezahlten SIM-Karte.

»Die Telefonnummer war von einer Prepaid-Karte«, sagte Morris, doch diese Bestätigung war für Tom kein Trost.

»Es gibt eine Menge Daniel Carneys im Telefonbuch und wir sind fast am Ende von ihnen angelangt, aber bis jetzt haben wir nichts gefunden.«

»Precious Tambo wurde vergewaltigt, ja?«

»Wer hat dir das gesagt? Ich werde jetzt wirklich auflegen, Tom. Alle Einzelheiten über ihren Tod werden verschwiegen.«

»Ein Reporter.«

Morris stöhnte wieder. »Verdammte Hölle. Auf Wiedersehen, Tom.«

Das Telefon verstummte und Tom trank noch einen Schluck von seinem Tee.

Namen. Das war alles, was er hatte. Einer existierte nicht und alle anderen, Nick Roberts, Precious Tambo und Robert Greeves – diejenigen, die ihm die Antworten geben konnten, die er brauchte – waren tot.

Auf dem Tisch lag eine Ausgabe der *Sun*, über die der letzte Kunde einen Milchkaffee verschüttet hatte. Tom blätterte sie durch, während er sich Gedanken über seine nächsten Schritte machte. Auf Seite fünf sah er eine Schlagzeile, die ihn vorwärts und zum Handeln brachte.

FREUNDE DES GETÖTETEN MINISTERS BERICHTEN ÜBER DIE TRAUER DER WITWE. JANET GREEVES PLANT, ZU ROBERTS EHREN EINE WOHLTÄTIGKEITSORGANISATION ZU GRÜNDEN.

In seiner Brieftasche befand sich eine laminierte Karte mit den Telefonnummern von Robert Greeves, seinen wichtigsten Mitarbeitern und von Greeves' Frau Janet. Es gab Nummern für die Häuser der Familie in London und in Bledlow Ridge, einem Dorf bei West

Wycombe in Buckinghamshire. Im Zeitungsbericht hiess es, Janet Greeves befinde sich im ›abgelegenen, gehobenen ländlichen Rückzugsort‹ der Familie. Tom vermutete, sein Anruf würde auf den Anrufbeantworter gehen, aber ihr Mobiltelefon läutete.

»Hallo?«, sagte eine Frauenstimme.

»Frau Greeves?«

»Wer ist am Apparat, bitte?«

Tom fand es richtig, dass sie vorsichtig war, bestimmt wurde sie von Hunderten von Reportern gejagt.

»Detective Sergeant Tom Furey, Ma'am. Ich war bei Mr. Greeves, als ...«

»Oh.«

»Ihr Verlust tut mir sehr leid, Ma'am.«

»Ich habe in den Zeitungen über Sie gelesen, Sergeant, allerdings nicht namentlich. Ist dies ein offizieller Anruf?«

Sie war frostig, sogar abweisend, was verständlich war.

»Wenn Sie die Presseberichte gelesen haben, wissen Sie, dass ich suspendiert wurde.«

»Nun, wenn Sie anrufen, um sich zu entschuldigen, ist das wirklich nicht nötig. Ich bin sicher, dass sie alles getan haben, was man tun konnte.«

Er hatte mehr Emotionen erwartet. Vielleicht Wut oder, wenn sie ihm verzieh, Mitgefühl oder Mitleid mit ihm, weil er bei der Ausübung seiner Pflicht versagt hatte.

»Wie sich die Dinge entwickelt haben, tut mir leid, dennoch habe ich auch einige Fragen an Sie, die bei den Ermittlungen über die Entführung und den Tod Ihres Mannes hilfreich sein könnten.«

»Ja, aber wie Sie gerade sagten, sind Sie suspendiert. Ich habe die Ermittlungsbeamten über alles, was Robert in den letzten Tagen vor seiner Abreise nach Afrika gemacht hat, informiert. Es gab nichts Ungewöhnliches. Ich verstehe, wenn Sie versuchen, Ihren Namen reinzuwaschen, aber ...«

»Das ist es nicht. Es sind einige heikle Angelegenheiten aufgetaucht, die ich gern unter vier Augen mit Ihnen besprochen hätte. Vielleicht ist es besser, wenn sie nicht in den offiziellen Bericht über die Ermittlungen der Detektive Morris und Burnett aufgenommen werden.«

Am Ende der Leitung trat eine Pause ein.

»Ich muss jetzt wirklich gehen. Ich bin bereits spät dran für einen Termin. Wenn Sie mir vielleicht Ihre Nummer geben, könnte ich ...«

»Es geht um die Affäre.«

Schweigen.

Tom wartete. Bisher hatte es immer funktioniert.

»Das mit dem Zuspätkommen ist absolut ernst gemeint. Heute Nachmittag und heute Abend bin ich bei meinen Kindern. Aber wir können uns morgen um elf Uhr im Haus in Bledlow Ridge treffen.«

TOM WAR AUFGEREGT. Zum ersten Mal seit Bernards Tod fühlte er sich wirklich lebendig. Er hatte einen Knopf gedrückt und Janet Greeves hatte geantwortet. Sie wusste von der Untreue ihres Mannes – vielleicht hatte es mehr als eine Affäre gegeben.

Er hasste es, bis zum nächsten Morgen warten zu müssen, um sie zu treffen.

Idealerweise hätte er seinen Trumpf von Angesicht zu Angesicht ausspielen können. Jetzt würde sie Zeit haben, sich auf seine Fragen vorzubereiten, aber da konnte er nichts machen. Er trank seinen Tee aus, ging zur Bahnstation und machte sich auf den Weg zurück nach Highgate.

Im warmen Haus angekommen, ging er ins Arbeitszimmer am oberen Ende der Treppe und schaltete seinen Computer ein. Er gab *Robert Greeves* und *Afrika* ins Betreff-Feld der Internet-Suchmaschine ein. Es gab eine Vielzahl von Treffern, also versuchte er es noch einmal, begrenzte die Suche auf Nachrichtenberichterstattungen und fügte *Michael Fisher* zu den Suchbegriffen. Diesmal beschränkte sich die Treffermenge auf weniger als eine Seite.

Er klickte auf Fishers letzten Artikel für die *Welt* , kurz vor Greeves' unglücklicher Reise zum Treffen mit dem südafrikanischen Verteidigungsminister. Es handelte sich um einen kritischen Artikel über die ›Liebesaffäre des weltreisenden Juniorministers mit dem schwarzen Kontinent und dem Geld der Steuerzahler‹. Er zeigte ein Ganzkörperfoto von Greeves, das so bearbeitet worden war, dass er einen Tropenhelm und Bombay-Bloomers trug, um den Hals ein übergrosses Fernglas gehängt hatte und in einer Hand einen Gin Tonic hielt. In der Geschichte listete Fisher die Afrikareisen des Ministers in den letzten drei Jahren auf.

Zu den Ländern, die er besucht hatte, gehörten neben Südafrika auch Kenia, Tansania, Namibia, Mosambik, Botswana und Malawi. Im letztgenannten Land habe er ausser den beiden in der Chronologie aufgeführten ›offiziellen‹ Besuchen auch viermal Urlaub verbracht.

Mit seinem kristallklaren Wasser und den farbenfrohen tropischen Fischen hat sich der Süsswassersee Malawis für Greeves in den vergangenen drei Parlamentsferien als weitaus attraktiver erwiesen als Bognor Regis, hatte Fisher geschrieben.

Tom notierte sich den Namen des Landes auf seinem Block und suchte zwanzig Minuten lang im Internet nach Informationen darüber. Er fand eine Karte und sah, dass das Binnenland östlich von Sambia und nordwestlich von Mosambik lag. Es schien, als bestehe das Land grösstenteils aus dem See, von dem Fisher in der Geschichte geschrieben hatte.

Er beschloss, Sannie, wenn er sie morgens abholte, zu fragen, was sie über Malawi wisse.

23

Über die Sprechanlage ertönte die Stimme des Piloten, der mit britischem Akzent sprach. Sie unterbrach den Film, den sich Sannie, ohne wirklich darauf zu achten, anschaute, während sie ein Frühstück mit Rührei, Würstchen und Pommes Frites ass.

»Meine Damen und Herren, kurz einige Informationen zu unserer Ankunft. Wir haben die Verspätung aufgeholt und erwarten, um fünf Uhr fünfzehn zu landen und um fünf Uhr zwanzig am Gate anzukommen. Das Wetter in London ist ziemlich warm – die Temperatur liegt im Moment bei fünfzehn Grad ...«

Sannie spülte die fettige Wurst mit ihrem Orangensaft herunter. In der Stimme des Mannes lag nicht die geringste Spur von Ironie. Fünfzehn Grad? Warm? Das war weniger als die Hälfte der Temperatur, bei der sie in Johannesburg abgereist war.

Während das Flugzeug rollte, überprüfte sie in einem Handspiegel ihr Make-up und trug ein wenig Lipgloss auf. Gegen die Tränensäcke unter ihren Augen konnte sie nichts tun. Obwohl die britische Regierung ihr einen Flug in der Business Class bezahlte, hatte sie kaum schlafen können.

Draussen war es immer noch stockdunkel. In Afrika ging die

Sonne in dieser Jahreszeit bereits um halb fünf Uhr auf und inzwischen war es ziemlich heiss.

Sannie schaute aus dem Fenster und drückte ihren Handrücken gegen das Plexiglas. Es fühlte sich kalt an. Sie fröstelte und fragte sich nicht zum ersten Mal, ob die Kleidung, die sie mitgebracht hatte, warm genug sei. Für die Reise trug sie Jeans und hochhackige Stiefel, ein kurzärmliges T-Shirt über einem langärmligen und eine schwarze, kurz geschnittene Lederjacke. Es war sehr leger, aber sobald sie in ihrem Hotel angekommen war, wollte sie ihren schwarzen Geschäftsanzug anziehen. Ihr erstes Treffen mit Chief Inspector Shuttleworth war erst für zwei Uhr nachmittags angesetzt, so dass sie vorher wahrscheinlich noch ein wenig schlafen konnte.

Es war nett von Tom, sie am Flughafen abzuholen und obwohl es eigentlich völlig unnötig war, war sie insgeheim dankbar, dass er sie im Mietwagen begleiten würde. Sie war etwas nervös, wie es klappen würde, sich in London zurechtzufinden.

Sannie war noch nie in England gewesen und es machte sie traurig, unter diesen Umständen hier zu sein. Sie wusste, dass die Untersuchung für Tom schlecht ausgehen würde und war fest entschlossen, zwar jede Frage wahrheitsgemäss zu beantworten, aber auch jede Gelegenheit zu nutzen, um seine schnelle Reaktion, nachdem sie herausfanden, dass Greeves vermisst wurde und seine verbissene Verfolgung der Terroristen zu loben. Ausserdem freute sie sich darauf, ihn zu sehen.

Die kurze Zeit, die sie miteinander verbracht hatten, war für beide eine Achterbahnfahrt der Gefühle gewesen – von einem unglaublichen Tiefpunkt, als es so aussah, als würden sie die vermissten Männer und die Terroristen nie finden, über den Höhepunkt, Bernard lebend zu finden und die Razzia zu planen, bis hin zur vernichtenden Niederlage, die sie am Strand von Mosambik erlitten. Sie fragte sich, ob Tom in Betracht gezogen hatte, dasselbe zu tun, was Bernard getan hatte.

Als sie mit ihm telefoniert hatte, hatte er sehr niedergeschlagen gewirkt und sie machte sich Sorgen um ihn. Sie wusste, dass er ohne seine Frau und mit der sehr realen Möglichkeit, dauerhaft suspendiert zu werden, einer sehr ungewissen Zukunft entgegensah.

Sie schaute wieder aus dem Fenster.

Das Einzige, was sie sah, waren die blinkenden Lichter eines anderen Flugzeugs und es überraschte sie, wie nah es aussah. Der weiteste Flug, den sie je unternommen hatte, war ein Urlaub auf Mauritius gewesen. Diese Reise – zu ihrem und Christos erstem Hochzeitstag – schien ihr eine Ewigkeit her zu sein und war es auch. Sie dachte an Christo, wie sie ihn in Gedanken immer sah: In denselben Kleidern, die er trug und ihr zulächelnd, bevor er ging, um ihren Sohn abzuholen. Sie biss sich auf die Unterlippe, als sie in die undurchdringliche Düsternis hinausblickte. Sie hatte sich erlaubt, Tom näher zu kommen. Nicht auf sexuelle Weise, aber sie war ihrem Herzen gefolgt und nicht ihrem Kopf, als sie sich ihm auf seinem verrückten Weg über die Grenze angeschlossen hatte. Nicht nur, weil sie ihm helfen wollte, die Männer zu finden, sondern weil es eine Energie oder ein Gefühl gab, das sie zu ihm zu ziehen schien. Er verstand den Schmerz, den sie durchgemacht hatte, auf eine Weise, wie es nur wenige Menschen konnten. Es hatte ihr wehgetan, zu spüren, dass der Eifer, den er nach Bernards Tod gezeigt hatte, verschwunden war.

Auf der Rückfahrt nach Südafrika hatte Sannie versucht, ihn wieder aufzumuntern, aber die erdrückende Depression hatte ihn übermannt. Die Anziehungskraft, die sie während der Verfolgungsjagd für ihn empfunden hatte, liess währenddessen etwas nach, aber sie empfand immer noch etwas für ihn. Allerdings durfte sie sich keinesfalls – weder für sich noch für ihre Kinder – an einen Mann binden, der mit Widrigkeiten nicht fertig wurde. Sie war gespannt, wie es ihm heute Morgen ging.

Sie hob ihr Handgepäck aus dem Gepäckfach und schloss sich der Prozession zum Terminal an. Sie schluckte heftig und spürte, wie sich ihr Magen zusammenzog, weil sich die Angst vor dem Unbekannten meldete – vor dem, was während der Untersuchung und mit Tom Furey passieren würde.

Sannie stieg, ihre Tasche hinter sich herziehend, aus und schaltete ihr Handy ein. Im Gehen schickte sie ihrer Mutter eine kurze SMS in der sie ihr mitteilte, dass sie gut angekommen sei. Einmal mehr konnte sie es ihr nicht hoch genug anrechnen, dass sie sich bereit erklärte, eine Woche lang auf die Kinder aufzupassen. Sannie vermisste diese bereits, obwohl sie bei der Erinnerung an Christos Frage ›Wirst du deinen Freund Tom, den Engländer, sehen?‹ lächelte.

»Ja, mein Schatz«, hatte sie ihm geantwortet, »das werde ich.«

ALS SIE ENDLICH DEN Zoll und die Einwanderungsbehörde passiert hatte, wartete Tom auf sie. Sie bemerkte ihn sofort. Er schien ein paar Zentimeter grösser zu sein als die Menschenmenge um ihn herum.

Das letzte Mal, als sie ihn gesehen hatte – sie setzte ihn am Garden Court Hotel in der Nähe des Flughafens von Johannesburg ab –, war er unrasiert, hatte blutunterlaufene und vom Schlafmangel aufgedunsene Augen und seine Schultern waren vom Gewicht der Niederlage gebeugt.

Jetzt war es kurz nach sechs Uhr morgens und obwohl er suspendiert war, hatte er sich frisch rasiert und trug einen schicken Geschäftsanzug mit einem offensichtlich frisch gebügelten, weissen Hemd und einer kastanienbraunen Krawatte. Sein dunkles, gewelltes Haar war gekämmt und er lächelte, als er durch die Menge schritt. In seiner Hand hielt er ein kleines, schmales, in buntes Papier eingewickeltes Paket.

»Sannie! Howzit!«

Sie lachte über seine typisch südafrikanische Begrüssung. »*Lekker*, Mann. Und dir?«

»Gut.« Er reichte ihr die Hand und sie schüttelte sie. Es war ein peinlicher Moment. Sie hatten so viel miteinander geteilt, dass sie das Gefühl hatte, sie sollte sich näher zu ihm beugen, damit er sie auf die Wange küssen konnte. Er lächelte ihr in die Augen. »Hier, das ist für dich.«

Er reichte ihr das kleine Päckchen und sie liess ihre Rolltasche los, um es zu öffnen. »Komm, lass mich das nehmen«, sagte er und griff nach ihrem Gepäck. Sie wollte protestieren, widmete ihre Aufmerksamkeit dann aber wieder dem Geschenk.

»Das hättest du doch nicht tun sollen, Tom«, sagte sie, als sie das Papier abzog, lachte dann aber über den kleinen, kompakten Faltschirm.

»Dein britisches Überlebenspaket.«

Sie berührte ihn am Arm, beugte sich zu ihm und küsste ihn auf die Wange. »Danke.«

Sie sah, wie ihm Farbe in die Wangen stieg, als er sagte: »Gerne. Du wirst ihn brauchen. Und jetzt kümmern wir uns um deinen Mietwagen.«

Sie lächelte hinter seinem Rücken, als er davonging und ihr den Weg durch die Menge bahnte. Sie hatte ihn aus einem Impuls heraus geküsst und obwohl es immer noch etwas peinlich war, bereute sie das kurze Zeichen von Intimität nicht. Er war ein Freund, das war alles. Und in den kommenden Tagen würde er jede Hilfe brauchen, die er bekommen konnte.

Während sie in der Warteschlange darauf warteten, dass sie ihr Auto abholen konnte, fragte er sie nach dem Flug, nach ihrer Mutter und den Kindern. Es war Smalltalk und sie konnte an der Art, wie er sein Gewicht von einem Fuss auf den anderen verlagerte, während er sprach, spüren, dass er noch viel mehr auf dem Herzen hatte. Natürlich hatte er das. Sannie hoffte wirklich, er sei nicht gekommen, damit sie über ihre Aussage bei der Untersuchung sprechen konnten. Sie war sich sicher, dass er nicht diese Art von Mensch war, aber man konnte ja nie wissen.

»Wann ist deine erste Besprechung?«, fragte er, nachdem sie die Papiere unterschrieben hatte. Sie gingen ausserhalb des Gebäudes zur Haltestelle des Shuttlebusses und warteten darauf, zum Parkplatz gebracht zu werden, auf dem die Mietfahrzeuge abgestellt waren.

»Erst um zwei Uhr, warum?«

Der Shuttlebus kam, was die Unterhaltung abwürgte. Sie stiegen ein und Tom hob ihre Tasche, die, wenn er sie in der Hand hielt, auf einmal sehr klein aussah, hinauf. Sie hatte wirklich nicht genug warme Kleidung mitgenommen. Vielleicht könnte sie vor dem

Treffen noch einen Mantel kaufen gehen. »Was hast du auf dem Herzen, Tom?«

Er rutschte im Bus auf dem Sitz hinüber, um Platz für sie zu machen. »Wie ich dir in der E-Mail geschrieben habe, ist mein Auto in der Werkstatt und wird repariert.«

»Ja und das ist gut so, denn ich bin etwas unsicher, wie ich mich in London zurechtfinden soll.«

»Ich wollte dich fragen, ob du Lust hast, vor deinem Treffen mit mir einen kleinen Ausflug aufs Land zu machen.«

Sie lehnte sich von ihm weg und sah ihn an, als müsste sie ihn neu einschätzen. »Wozu, Detective Sergeant?«, fragte sie mit einem nachgeahmten englischen Akzent.

Er lächelte. »Natürlich nichts Unanständiges, Ma'am.« Der Humor verschwand. »Ich habe für später heute Morgen ein Treffen mit der Witwe von Robert Greeves vereinbart. Ich kann den Zug nehmen – sie wohnt etwa eine Stunde ausserhalb von London – habe mich aber gefragt, ob ...«

Sannie hob eine Hand. »Tom, nein. Bestimmt nicht.«

»Ich dachte, dass ...«

»Du hast falsch gedacht. Du *weisst,* dass ich nur wegen der Untersuchung hier bin. Ich brauche dir nicht zu sagen, was für Probleme es nach sich ziehen würde, wenn ich hier an einer Ermittlung teilnähme!«

»Es handelt sich nicht um eine Ermittlung. Ich bin doch suspendiert. Ich erweise der Witwe von Greeves nur meinen Respekt.«

Sie schüttelte den Kopf. »Auf keinen Fall. Sieh dich heute Morgen an. Du führst etwas im Schilde, nicht wahr?«

Er zuckte mit den Schultern. Sie sassen schweigend da, während der Bus an Langzeitparkplätzen und Flughafenhotels vorbeifuhr, deren Leuchtreklamen im kalten Morgenregen diffus schimmerten.

Sannies Neugierde gewann die Überhand. Sie hatte schon fast erwartet, ein unrasiertes, ungewaschenes Wrack auf sich warten zu sehen. Einen Mann, der sich in Selbstmitleid suhlte und eine Schulter zum Ausheulen suchte. Sie war angenehm überrascht, den gutaussehenden, aufrechten Detektiv so zu sehen, wie sie ihn zum ersten Mal getroffen hatte und als sie seinen offensichtlichen Stimmungswandel sah, freute sie sich für ihn. Wenn sie dazu beitragen konnte, den Fall zu lösen und die Männer zu finden, die Greeves getötet hatten, würde ihr Stern zu Hause steigen. Wenn sich die Terroristen immer noch in Afrika versteckten und Tom in der Lage war, neue Informationen aufzuspüren, die die Behörden zu ihnen führten, würden die Briten in Südafrika jemanden als Verbindungsbeamten brauchen.

»Was kann dir über die Witwe von Greeves sagen, was du nicht schon von der Entführung bekannt ist?«

»Nichts.«

Der Shuttlebus hielt, sie stiegen aus und gingen über einen überdachten Gang zu einem anderen Büro. »Wenn du willst, fahre ich«, sagte Tom, nachdem sie die Schlüssel und die Wegbeschreibung zum Auto erhalten hatten.

Sie schüttelte den Kopf, drückte auf das elektronische Schloss des Ford Focus und kletterte eilig hinein, um dem Regen zu entkommen. Sie öffnete den Kofferraum, Tom verstaute ihre Tasche und stieg dann neben ihr ein, wobei er sich die Regentropfen von den Schultern seiner Anzugsjacke streifte.

»Wenn sie dir nichts über das Verschwinden ihres Mannes erzählen kann, was erwartest du dann von ihr?«

»Greeves.«

»Was ist mit ihm?«

»Er hatte eine Affäre mit einer schwarzen südafrikanischen Stripperin.«

Sannies Mund öffnete sich vor Überraschung und sie brauchte einen Moment, um sich dessen bewusst zu werden und ihn schloss. Sie startete den Wagen, fuhr schweigend aus dem Parkhaus, wo Tom sie in Richtung M25 wies. Die Scheibenwischer klatschten hin und her und das einzige Geräusch im Auto war das Rauschen des Heizungsgebläses, das sie auf höchste Stufe gestellt hatte.

»Wer weiss das noch? Vermutlich die ermittelnden Polizisten?«

Er erklärte, dass eigentlich zwei parallele Ermittlungen liefen. Tom hatte die erste geführt, die sich mit dem Verschwinden von Nick

Roberts befasste und ihn zum Stripclub in Soho und der verschwundenen Tänzerin Ebony alias Precious Tambo führte. Doch erst gestern hatte sein Gespräch mit dem Reporter Michael Fisher eine Verbindung zwischen Ebony und Robert Greeves aufgedeckt, von der Nick vielleicht gewusst hatte, vielleicht auch nicht. »Die Ermittler, die Nicks Tod und den Mord an Ebony untersuchen, wissen – soviel ich weiss – immer noch nichts von deren Verbindung zu Greeves.«

»Aber du wirst es ihnen doch bestimmt sagen?« fragte Sannie.

Tom nickte. »Hier links, auf die Autobahn. Die M25 ist wie eine riesige Ringstrasse, die um ganz London herumführt. Natürlich werde ich es ihnen sagen. Aber zuerst will ich mehr darüber wissen, was Greeves vorhatte. Im Moment verarbeite ich die Nachricht von einer toten exotischen Tänzerin, die ich von einem sehr zwielichtigen Boulevardjournalisten erhalten habe, der freimütig zugibt, nicht genug zu haben, um damit an die Öffentlichkeit zu gehen. Bei Janet Greeves hat es allerdings einen Stein ins Rollen gebracht, als ich ihr sagte, ich wolle mit ihr über ›die Affäre‹ sprechen.«

Sannie verarbeitete die Informationen, während sie sich ihren Weg durch den dichten Morgenverkehr bahnte. Die Müdigkeit, die sie im Flugzeug verspürt hatte, war verschwunden und sie musste sich sagen, dass sie das Lenkrad entspannt halten solle. Sie hatte das gleiche Gefühl, von dem sie spürte, dass es Tom antrieb. Er hatte bei den Ermittlungen eine neue Spur gefunden, die natürlich ins Leere laufen konnte, aber sie wollte unbedingt dabei sein, wenn er Janet Greeves auf den Zahn fühlte.

Tom erzählte ihr vom geheimnisvollen Reporter Daniel Carney und dass seine Bemühungen, irgendetwas über ihn zu finden, erfolglos geblieben waren.

»Vielleicht ist er Südafrikaner und arbeitet in London. Wenn das Mädchen Südafrikanerin war, wie du sagst, kannte sie vielleicht einen Freiberufler aus der Expat-Community.«

»Daran habe ich nicht gedacht«, gab Tom zu und runzelte die Stirn. »Siehst du, ich bin schon froh, dass du hier bist. Wenigstens kannst du deine Leute dazu bringen, Carney zu überprüfen.«

Sie sass bereits in der Falle und wusste es. *Verdammt noch mal,* dachte sie. »Tom, wenn du dein Wissen an eure Ermittlungsbeamten weitergibst, bin ich sicher, dass ich jeden überprüfen kann, vom dem sie es von mir verlangen.«

»Wir werden spätestens um eins wieder in London sein, so dass du genug Zeit hast, um dich für deine Besprechung umzuziehen. Übrigens: Habe ich dir schon gesagt, dass du in Jeans toll aussiehst?«

Sannie schnaubte. Mit Schmeicheleien würde er nicht sehr weit kommen. Sie sah auf die Uhr. Es war noch sehr früh und wenn sie zuerst im Hotel hielten, konnte sie duschen und ihren Anzug anziehen.

Sie verlangsamten sich mit dem Verkehr, der schliesslich zum Stillstand kam. Irgendwo vor ihnen konnte sie orangefarbene Lichter durch den Regen und den Nebel, der sie einhüllte, blinken sehen. »Tom, ich habe mich schon einmal weit für dich aus dem Fenster gelehnt, aber ...« Sie spürte, dass ihre Entschlossenheit schwächer wurde.

»Es ist für Janet Greeves, einfacher wenn eine zweite Frau im Raum ist. Das weisst du doch, oder?«

Sannie nickte.

»Es ist schön und wirklich so, wie ich mir England vorgestellt habe – sanfte grüne Hügel und kleine Dörfer mit strohgedeckten Häusern«, sagte Sannie.

Tom sah zu ihr hinüber und lächelte. Er sass am Steuer, als sie durch die Landschaft von Buckinghamshire fuhren und bemerkte, dass sie mit der Hand auf die Autotür trommelte.

Tom kannte die Strasse gut, denn ›Chequers‹, der Landsitz des Premierministers, lag nicht weit von der Abzweigung entfernt. Er war schon oft dort gewesen und hatte verschiedene Politiker und andere Persönlichkeiten bewacht, die dort an Sitzungen teilnahmen oder sonntags mit dem Premierminister in der Kirche im Dorf Little Kimble gesehen werden wollten.

Er wusste, dass sie nervös war, aber es war wichtig für ihn, sie hier zu haben. Nicht nur, wie er gesagt hatte, weil er dachte, dass die

Anwesenheit einer Frau Janet Greeves beruhigen könnte, sondern auch, weil es ihm das Gefühl gab, dass er dazu beitrug, die offizielle Seite der Untersuchung – wenn auch die der südafrikanischen Seite – voranzubringen. Das war besser, als nur herumzusitzen und auf das Henkersbeil zu warten, mit dem seine Karriere beendet würde. Ausserdem war er gern mit Sannie zusammen. In einer Zeit, in der er niemanden in seinem eigenen Land hatte, weder beruflich noch persönlich, war es gut, sie wieder an seiner Seite zu haben. Sie war in Afrika seine Partnerin gewesen und hatte bewiesen, dass er ihr voll und ganz vertrauen konnte. Ausserdem war sie schön und ihr Parfüm betörte seine Sinne.

»Da ist es.« Kurz nachdem sie den Bahnhof von Saunderton passiert hatten, bog er links in die Haw Lane ein. Die Strasse schlängelte sich bergauf und kahle Winterbäume flankierten die Zufahrt zum vornehmen Dorf Bledlow Ridge.

Auf der Spitze des Hügels bog Tom nach rechts ab und fuhr langsamer, bis er auf einem gusseisernen Schild an einem Torpfosten den Namen von Greeves Landgut – *Ingonyama* – entdeckte. Das Holztor war offen.

»Das ist Zulu für Löwe.« Sannie klappte auf ihrer Seite die Sonnenblende herunter und überprüfte ihr Haar und das Make-up. Tom fand, sie hätte sich diese Mühe sparen können. In ihrem schwarzen Hosenanzug, den Stiefeln und der schlichten weissen Bluse, die am Hals offen war und trotz der Kälte ein aufreizendes V von gebräunter Haut zeigte, sah sie cool, professionell und verdammt sexy aus. Sie hatte im Thistle Hotel in der Nähe von Waterloo, wo Besucher aus Übersee und von ausserhalb Londons oft übernachteten, eingecheckt, schnell geduscht und sich umgezogen, während er in der Lobby wartete. Sie trug eine goldene Halskette, die aus vielen kleinen Gliedern bestand, aber aus der Ferne solide wirkte. Sie folgte den Rundungen ihres Schlüsselbeins und streichelte ihre gebräunte Haut.

Tom fuhr eine lange, von herbstlich kahlen Pappeln gesäumte Schotterstrasse hinauf. Es hatte zu regnen aufgehört, aber der Himmel über ihm war immer noch bleigrau.

Sannie zeigte auf drei Raubvögel, die über ihnen kreisten. »Milane. Sie sehen aus wie die Gelbschnäbel, die wir zu Hause haben.«

»Ist das ein gutes oder ein schlechtes Omen?«

Sie zuckte mit den Schultern. »Wenn du eine Schlange bist, ein sehr schlechtes.«

»Nun, davon haben wir hier in England nicht allzu viele. Lass uns die Höhle des Löwen betreten, ja?«

Sannie runzelte die Stirn und öffnete ihre Autotür, was sie erschauern liess. »Löwen haben zwar keine Höhlen, aber bringen wir es hinter uns.«

Tom folgte ihr über die Pflastersteine. Er war weder Historiker noch Architekt, aber das Haus schien für ihn Geschichte und Geld zu symbolisieren: Alter roter Backstein, kahle Holzbalken und ein gepflegtes Strohdach. Der Wintergarten war trist, aber gepflegt.

Die Tür öffnete sich, bevor sie klopfen konnten. Janet Greeves – Tom erkannte sie von Bildern in den Zeitungen – stand da und wartete, ohne zu lächeln, auf sie.

Sie war in Jeans, grünen Gummistiefeln und einer dunkeloliven Barbour-Jacke für einen Spaziergang gekleidet.

»Detective Sergeant Furey?«

Tom nickte. »Guten Morgen, Ma'am. Das ist Inspektorin Susan Van Rensburg von der südafrikanischen Polizei. Sie ist mit dem afrikanischen Teil der Ermittlungen beauftragt.«

Auf Janet Greeves' Gesicht waren Überraschung und Unbehagen zu erkennen, aber sie schüttelte beiden die Hand. »Das ist jetzt also ein *offizieller* Besuch?«

»Frau Greeves, alles, was wir wollen, ist herausfinden, wer Ihren Mann und Bernard Joyce entführt hat und wo sie jetzt sein könnten. Wir schätzen alles, was Sie uns sagen können, um den Behörden hier und im Ausland bei der Erreichung dieser Ziele zu helfen.« Sie nickte und Tom fand, es sei ihm gut gelungen, nicht auf ihre Frage zu antworten. Die Frau war jedoch eindeutig aus dem Gleichgewicht geworfen, was aus seiner Sicht keine schlechte Sache war.

»Nun gut. Ich dachte, wir gehen ein Stück, wenn es Ihnen nichts ausmacht. Meine Tochter ist drinnen, sie wohnt bei mir und nach unserem Telefongespräch von gestern«, sie sah Tom an, »könnten Dinge zur Sprache kommen, von denen sie besser nichts erfährt.«

Tom war nicht glücklich darüber. Wenn man Leute in ihrer eigenen Umgebung befragte, war dies kein Heimvorteil für sie, denn was an den Wänden, auf den Kaminsimsen und unter Magneten an den Kühlschränken klebte, war oft genauso aussagekräftig, wie die Worte einer Person.

»Wenn es Ihnen nichts ausmacht, Frau Greeves, würde ich gerne Ihre Toilette benutzen, bitte.«

Janet seufzte. »Natürlich.«

Gute gemacht, Frau, dachte Tom. Sannie dachte genauso wie er und hatte eine Ausrede gefunden, um an Janet vorbei in ihr Allerheiligstes zu gelangen.

»Ich zeige Ihnen besser den Weg. Diese alten Gemäuer sind kompliziert wie Kaninchengänge.«

Während Janet Sannie durchs Wohnzimmer führte und einen Korridor in Richtung der Rückseite des Hauses zeigte, blieb Tom in der Eingangshalle stehen. Er bemerkte, wie Sannies Augen die Wände, den Couchtisch, das Klavier und den Kamin abtasteten. Aus dem oberen Stockwerk hörte Tom das dumpfe Dröhnen eines Basses. *Die Tochter*, mutmasste er.

Janet kam zu Tom zurück und stellte ihn direkt bei der Tür. »Damit habe ich nicht gerechnet«, sagte sie mit leiser Stimme.

»Inspektor Van Rensburg kommt bei der Suche nach den Verdächtigen gut voran, Ma'am.«

»Reden Sie nicht wie ein Politiker, Mister Furey. Sie haben mir deutlich zu verstehen gegeben, dass das Gespräch inoffiziell ist. Ich möchte nicht, dass irgendetwas von dem, was ich sage, den Namen meines Mannes in ein schlechtes Licht rückt. Der Regierung, unseren Kindern und *mir zuliebe*.« Sie verschränkte die Arme. »Vielleicht sollten Sie am besten einfach gehen.«

Sie war eine attraktive Frau mit blaue Augen und kastanienbraunem Haar, das zu einem einfachen Pferdeschwanz zurückgebunden war. Sie war schlank, etwa Eins siebzig, schätzte er, Mitte vierzig, vielleicht, und hatte makellose englische Rosenhaut, aber die faltige Oberlippe einer starken Raucherin. Er roch den Tabakgeruch an ihr. Greeves hatte gut gewählt. Gutes Aussehen, gute Erziehung und Geld – und ein paar Jahre jünger als er selbst.

»Inspektor Van Rensburg hat, genau wie ich, hier in England keine offizielle Zuständigkeit.«

»Das ist ein sehr offenes Eingeständnis. Ich denke, Sie sollten, sobald sie fertig ist, auf jeden Fall gehen.«

»Das bedeutet«, Tom streckte seine offenen Hände aus, »dass wir nicht hier sind, um zu protokollieren, was Sie sagen, oder eine Aussage zu notieren. Ich will ganz ehrlich sein. Wir – das heisst, die an dem Fall beteiligten Detektive – laufen sowohl hier als auch in Afrika in Sackgassen.«

»Wie ich Ihnen bereits am Telefon sagte, habe ich den Ermittlungsbeamten alles gesagt, was ich über Roberts Bewegungen vor seiner letzten Reise weiss.«

Janet drehte sich um, als sie Sannies Schritte hinter sich hörte. »Sie haben ein schönes Haus, Frau Greeves.«

Sie nickte. »Können wir gehen?«

Sannie nickte ebenfalls und zwinkerte Tom hinter Janets Rücken zu, während sie sie über die Pflastersteine zu einer umgebauten Scheune führte, in der, den Spitzenvorhängen am Fenster nach zu urteilen, keine Tiere mehr untergebracht waren. Sannie verlängerte ihre Schritte, bis sie neben der anderen Frau ging.

»Ihr Mann hat Afrika wirklich geliebt«, sagte Sannie. »Sind Sie oft mit ihm gereist?«

»Einmal habe ich ihn zu einem offiziellen Besuch – zu einer Konferenz, zu der die Ehepartner eingeladen waren, begleitet – und einmal machten wir mit den Kindern dort Urlaub.«

Tom hatte offensichtlich denselben Gedanken wie Sannie, denn sie sagte: »Aber er ist doch noch einige Male zum Vergnügen gefahren, oder? Ganz allein?«

»Es war für uns nicht immer möglich, zur gleichen Zeit Urlaub zu machen. Ausserdem stimmt das nicht ganz. Manchmal hat er am Ende seiner Dienstreisen noch ein paar Tage Erholung angehängt.

Diese grässliche Zeitung, die ›Welt‹, hat versucht, ihm unterzujubeln, er mache auf Kosten der Steuerzahler Urlaub, aber das stimmt nicht.«

Sannie murmelte, dass sie das verstehe. »Haben Sie jemals darüber nachgedacht, in Afrika zu investieren, Immobilien zu kaufen?«

»Er hat ab und zu darüber gesprochen.«

»Wo war Herrn Greeves Lieblingsort in Afrika?«

»Am Malawi-See. Aber was hat das alles mit seinem Tod zu tun?« Janet verlangsamte ihren Schritt, um mit Sannie Augenkontakt herzustellen.

»Frau Greeves, wenn wir herausfinden wollen, wie und warum er und die Menschen in seinem Umfeld ins Visier genommen wurden, ist es wichtig, dass wir so viel wie möglich über Ihren Mann wissen. Nicht nur über seine Bewegungen, sondern auch über sein persönliches und privates Leben.«

Janet sprach langsam, als versuche sie, mit einer Fremdsprachigen zu kommunizieren. »Ich – habe – der – Polizei – alles – erzählt.«

Sannie nickte. »Ja, nur nicht über die Affäre. Mit wem war sie?«

Tom war einen halben Schritt hinter ihnen. Er hatte gespürt, dass es für Sannie wichtig war, eine Beziehung zu Janet aufzubauen und es schien zu funktionieren, dass sie einfach die Führung des Gesprächs übernahm und im Gleichschritt ging.

»Inoffiziell?«

»Vorläufig«, sagte Sannie. »Sie wissen, dass ich das nicht versprechen kann. Sie haben jedoch mein Wort, dass nichts von dem, was Sie sagen, von mir oder Detective Sergeant Furey an die Medien weitergegeben wird und kein anderer Polizeibeamter hier oder in Südafrika davon erfahren muss, ausser es steht in unbestreitbarem Zusammenhang mit künftigen Ermittlungen.«

»Zumindest sind Sie ehrlich.« Janet holte tief Luft und verlangsamte ihren Schritt. »Nick Roberts.«

Toms Augen weiteten sich und er war froh, dass Janet sein Gesicht nicht sehen konnte.

»Der Leibwächter Ihres Mannes?« Sannie, dachte Tom, schaffte es besser als er, ihre Überraschung zu verbergen. Er war einen Moment lang verwirrt. »Waren Nick und Robert Greeves bisexuell?«

»Ja«, sagte Janet. Nun sprudelten die Worte nur so aus ihr heraus, als wäre eine unsichtbare Barriere durchbrochen. »Er war ständig im Haus und wir waren oft zusammen, öffentlich und privat, während Robert eine Rede hielt oder wegen privater auswärts war. Er war ein gutaussehender Mann und nicht nur Roberts politisches Beiwerk, sondern aufmerksam und an mir als Person interessiert. Ich kann Ihnen gar nicht sagen, wie schwer es war, um zwei Männer zu trauern – um den einen im Privaten und um den anderen in der Öffentlichkeit und dabei meine wahren Gefühle nicht offenbaren zu können. So, jetzt ist es draussen.«

»Ihr Mann hat es nicht gewusst?« Sannie schaffte es, die Frage nicht anklagend, sondern mitfühlend klingen zu lassen.

Janet schüttelte den Kopf. »Ich bezweifle, dass es ihn interessiert hätte. Wahrscheinlich wäre er sauer gewesen, dass es Nick war. Aber sonst, nein, die Tatsache, dass ich mit einem anderen Mann schlief, hätte ihn nicht übermässig beunruhigt. Wir hatten sozusagen eine unausgesprochene Abmachung.«

»Wenn er also eine Affäre hatte ...?«

Janet sah Sannie an und blieb stehen. Tom blieb einen Schritt hinter ihnen. »Ich habe Ihnen, wie auch den anderen, alles gesagt, was ich über die Bewegungen meines Mannes weiss, sowohl öffentlich wie auch privat, und zwar seit etwa zwei Wochen vor seiner Abreise nach Afrika. Aber um Ihre Frage zu beantworten: Sein Zeitplan hätte ihm mindestens einen Monat vor seinem Tod keine fünfzehn Minuten mit jemandem erlaubt, den ich nicht kannte.«

»Aber er hat mit mindestens einer anderen Frau geschlafen«, sagte Tom. Sannie und Janet drehten sich zu ihm um, als ob sie seine Anwesenheit erst jetzt bemerkten. »Haben Sie jemals von einer schwarzen Südafrikanerin namens Precious Tambo gehört, die auch Ebony genannt wurde?«

Ein Lachen stahl sich aus Janets Mund, doch dann bemühte sie sich, ruhig zu werden. »Mein Mann hätte nie mit einer Frau geschlafen.«

»Wollen Sie damit sagen, dass er schwul war?« fragte Sannie.

Janet ging einen Schritt von den beiden weg und schaute erst Tom, dann Sannie an, wobei sie jeden der beiden Detektive einige Sekunden lang einfach nur ansah. Tom sah den entrückten Blick in ihren Augen, als verarbeite sie eine neue Information. Die Andeutung eines Lächelns blitzte auf ihrem Gesicht auf, das ebenso schnell wieder verschwand.

»Sie kamen hierher, weil Sie dachten, *er* habe eine Affäre mit einer Frau gehabt, nicht wahr?«

Tom und Sannie sahen sich an, sagten aber nichts.

»Was für ein dummes Arschloch ich gerade war! Ich habe Ihnen mein Herz über Nick und mich ausgeschüttet, weil ich dachte, dass ich ihn irgendwie kompromittiert hätte. Dass ich ihn irgendwie davon abgehalten habe, seine Pflicht zu erfüllen, oder ihn von der Aufgabe, auf Robert aufzupassen, abgelenkt hätte. Aber darum ging es gar nicht, oder? Sie sind hergekommen, um Roberts Namen in den Dreck zu ziehen. Verdammte Scheisse.«

»Frau Greeves ...« Tom hob die Hand, aber sie unterbrach ihn.

»Raus hier. Verlassen Sie sofort mein Grundstück.«

»Janet ...«

»Ich rufe meinen Anwalt an. Wenn ich Sie wäre, würde ich gehen.«

»Wie schlimm war es, Janet?« fragte Tom.

Sie hielt inne, hielt das Telefon hoch und zeigte ihm, dass sie im Speicher nach dem Namen des Anwalts suchte. »Was?«

»Wie schlimm war das, was er Ihnen und Ihrer Familie angetan hat?«

»Robert ist tot. Das spielt keine Rolle.« Janet klang eher verbittert als erleichtert. Sie liess ihre Hand sinken, das Telefon hing schlaff an ihrer Seite, als ihre Wut nachliess. Sie blickte von den beiden weg, zurück in Richtung ihres Hauses. »Wir haben einen guten Sohn und eine Tochter, die gerade ihren Weg findet. Robert hat keinem von ihnen je etwas zuleide getan und ohne einen Vater werden sie es im

Leben schwer genug haben. Sie müssen es nie erfahren. Es ist das Beste für die Partei und auch für die Regierung, dass Robert als Held gestorben ist.«

»Sagen Sie es uns, bitte«, sagte Sannie. »Was sollen sie nie erfahren? Es könnte entscheidend sein, um seine Mörder zu finden.«

»Nein, Herr Inspektor, das macht keinen Unterschied und ich habe Ihnen beiden nichts mehr zu sagen. Bitte gehen Sie und lassen Sie mich, meine Kinder und meinen verstorbenen Mann in Ruhe. Glauben Sie mir, es ist besser so.«

»Und wenn seine Mörder freikommen?« Tom sah, dass es Sannie schwerfiel, ihr kühles Äusseres zu bewahren.

Janet zuckte mit den Schultern, nahm den Hörer ab und begann zu wählen.

»Komm«, flüsterte Tom. »Lass uns gehen.«

WÄHREND TOM auf der M40 zurück nach London raste, schaute Sannie zum dritten Mal innerhalb von zehn Minuten auf die Uhr. »Entspann dich, ich bringe dich rechtzeitig hin.«

»Ich bereue jetzt schon, dass ich zu dieser Frau mitgekommen bin.«

Tom zuckte mit den Schultern. »Da können wir jetzt nichts mehr machen. Und es hat definitiv geholfen, dass du da warst. Ich glaube nicht, dass sie sich mir gegenüber so sehr geöffnet hätte, wenn ich allein gewesen wäre.«

»War Greeves also bisexuell oder ein heimlicher Schwuler? War das sein grosses Geheimnis?«

Tom setzte den Blinker und überholte einen Lastwagen. Gleichzeitig schaltete er die Scheibenwischer ein, um den russigen, abgasfarbigen Schneeregen von der Windschutzscheibe des Mietwagens wegzuputzen. »Nun, so viel wir wissen, hat er mit einer Stripperin geschlafen. Aber es war seltsam, wie ungläubig Janet darauf reagierte, als du von einer Affäre mit einer Frau sprachst.«

»Gibt es irgendetwas in ihrem Privatleben, das in einem Zusammenhang zu den Entführungen oder den Terroristen steht?«

Tom dachte über diese Frage nach. Die Ermittlungen brachten immer wieder Überraschungen mit sich, nicht zuletzt die Enthüllung, dass Nick Roberts eine Affäre mit der Frau des Mannes hatte, den er eigentlich bewachen sollte. »So wie es aussieht war Nick in alle Familiengeheimnisse eingeweiht. Ich vermute, Precious Tambo hat sich nicht nur an die Zeitungen gewandt, sondern wahrscheinlich auch direkt mit Greeves Kontakt aufgenommen. Greeves könnte Nick geschickt haben, um mit ihr zu verhandeln und ihr vielleicht ein Angebot zu machen, das höher war als alles, was Fisher oder Carney bieten konnten.«

»Es sieht jedenfalls nicht so aus, als hätten sie zu wenig Geld.«

Tom nickte. »Interessant, dass sie die Leidenschaft ihres Mannes für Afrika nicht geteilt hat.«

»Mhm. Hast du bemerkt, dass ›er‹ über den Kauf von Immobilien gesprochen hat und nicht ›wir‹?«

»Klingt, als hätten sie ihren Ruhestand auf verschiedenen Kontinenten verbringen wollen«, sagte Tom.

Ein anderer Gedanke drängte sich in seinen Kopf, etwas, über das er in den letzten zwei Tagen nachgedacht hatte. »Haben eure Leute die Videobänder der Hinrichtung von Nick und Greeves analysiert?«

»Nein«, sagte Sannie. »Wir haben darum gebeten, sie zu sehen und man hat uns gesagt, wir bekämen die Ergebnisse, sobald eure Sicherheitsleute sie durchgesehen hätten. Aber bis jetzt hat uns eure Regierung nicht einmal eine Kopie geschickt. Wir haben Aufzeichnungen von Greeves' Auftritt im Fernsehen gesehen, aber das ist alles.«

Das war an sich schon interessant. Das auf der Festplatte des tragbaren Abspielgeräts gespeicherte Video war also nicht zu den Polizeiermittlungen beigebracht worden. Tom stellte sich vor, dass der SAS es dem Geheimdienst übergeben hatte, der in der Einsatzbasis in Südafrika eine Vertretung hatte.

Als sie sich London näherten, wurde der Verkehr dichter und langsamer. Als die M40 endete, fuhren sie auf die A40 und bahnten sich im Stop-and-Go-Verfahren ihren Weg durch die westlichen

Aussenbezirke der Hauptstadt. »Shepherd's Bush – hier wirst du dich wie zu Hause fühlen. Hier hängen alle Schwarzen herum.«

Sie blickte aus dem Fenster auf die Reihen von Geschäften, Reihenhäusern und Mietskasernen. »Ich weiss nicht, wie sich so viele Menschen in einer Stadt zusammenpferchen können. Ich habe jetzt schon Klaustrophobie.«

Während sie dahinschlichen, gab Tom einen spärlichen Kommentar zu den Sehenswürdigkeiten ab. Als sie ein Schild sah, das ihnen sagte, dass sie in Notting Hill waren, sagte Sannie: »Ich erinnere mich an den Film. Mit Hugh Grant und Julia Roberts. Wunderschön.«

»Ich erinnere mich an die Rassenunruhen hier im Jahr 1976. Ich war noch ein Kind, aber es war hässlich.«

»Im selben Jahr wie in Soweto. Ich hoffe, wir lernen daraus, Tom.«

»Apropos Afrika«, fiel ihm noch etwas ein, das er Sannie fragen wollte. »Was weisst du über Affen?«

Sie sah ihn fragend an. »Ein bisschen was. Ich bin auf der Farm mit ihnen aufgewachsen und manchmal sehe ich sie im Busch. Warum?«

»Wie denkst du, konnten die Terroristen sie fangen?«

»Das ist nicht schwierig. Wenn man ein Auto abstellt, in dem etwas zu essen liegt – Bananen, Brot, Marshmallows, einfach alles – dann kommen sie rein. Alles, was man tun muss, ist, ein paar Köder auf den Rücksitz eines *Bakkies* legen und schnell genug sein, um sie darin einzuschliessen. Man könnte sie auch mit Pfeilen betäuben, nehme ich an.«

»Was ist mit dem, der ans Bett gefesselt war? Sind sie leicht festzuhalten?«

»Nein, auf keinen Fall«, sagte Sannie und schüttelte energisch den Kopf. »Sie würden dich fast zu Tode beissen und kratzen. Der wurde bestimmt irgendwie betäubt. Was überlegst du, Tom?«

Er ignorierte ihre Frage und deutete, als sie vorbeifuhren, auf den Hyde Park zu ihrer Rechten. Sie überquerten die Themse auf der Vauxhall Bridge und als sie links auf das Albert Embankment abbogen, zeigte Tom auf das Bürogebäude, in dem die Spezialschutzeinheit untergebracht war, auf das Tintagel House und auf die Sehenswürdigkeiten zwischen diesem Gebäude und dem Hotel, in dem Sannie wohnte. Es war nur einen kurzen Spaziergang entfernt.

»Da sind wir«, sagte er und hielt den Wagen vor dem ›Thistle‹ an. »Wenn du mit Shuttleworth fertig bist, sollten wir uns treffen, aber ich möchte nicht zu nahe vom Geschäft gesehen werden, da ich nicht an dem Fall arbeiten soll.«

»Wie wäre es in der Nähe der Houses of Parliament – ich würde mir den Palast von Westminster gerne vor der Untersuchung von aussen ansehen, um mich zu orientieren«, sagte Sannie.

»Perfekt«, sagte Tom. »Wenn du fertig bist, gehst du auf der Lambeth Bridge über den Fluss zurück. Auf der anderen Strassenseite des Palastes gibt es ein Pub namens ›St. Stephen's Tavern‹. Ich bin in zwei Stunden dort, bis dahin bist du hoffentlich fertig. Ich suche in der Zwischenzeit ein Internetcafé.«

Sannie hielt inne und schaute zu ihm, bevor sie die Autotür öffnete. »Glaubst du, dass Janet Greeves deinen Chefinspektor Shuttleworth angerufen hat?«

»Ich fürchte ja. Viel Glück.«

24

Zurück in ihrem Hotelzimmer bürstete Sannie ihr Haar, frischte ihr Make-up auf und ging wieder hinaus in die bittere Londoner Kälte. Sie machte sich auf den Weg zum Bahnhof Waterloo und kaufte eine Fahrkarte für die British Rail für die einfache Fahrt nach Vauxhall. Sie war bereits verwirrt. Neben der Londoner U-Bahn – der ›Tube‹, von der sie gehört hatte – gab es offenbar noch andere Züge.

Der Bahnhof mit seinen Menschenmassen, die an ihr vorbeirauschten, war überwältigend. Alle schienen zu wissen, wo sie hinwollten. Sie hielt einen jungen Mann an, um nach dem Weg zu fragen, aber er sprach nur Spanisch. Eine ältere englische Frau war dagegen hilfreich. Der Zug war warm, aber überfüllt.

Als sie am Hauptbahnhof von Vauxhall ausstieg, fragte sie sich, ob es nicht einfacher gewesen wäre, zu Fuss zu gehen. Mit Hilfe der Anleitungen, die Tom ihr gegeben hatte, fand Sannie ihren Weg zur Themse und zum Albert Embankment zurück.

Sie erkannte die markante Architektur von Vauxhall Cross, dem Sitz des britischen Auslandsgeheimdienstes SIS oder MI6, den sie in einem James-Bond-Film gesehen hatte.

Es musste das prunkvollste geheime Gebäude der Welt sein. Es sah wie ein futuristischer Tempel aus, allerdings von den alten Stufenpyramiden der Maya oder Mesopotamier inspiriert. Aus den kantigen beigen Terrassen ragten tiefgrüne Glasscheiben, die dick genug zu sein schienen, um eine Rakete aufzuhalten. Ganz in Schwarz gekleidete Sicherheitsleute unterstrichen das Hollywood-Image des Spionagenests, das von zwei bizarren weissen Riesenfedern gekrönt wurde, die wiederum mit Satellitenschüsseln und Radioantennen geschmückt waren.

Wenn Vauxhall Cross wie aus einem George-Lucas-Film aussah, dann wirkte das alte Bürogebäude der Metropolitan Police weiter unten am Albert Embankment wie aus der Zeit des Schwarzweissfernsehens. Es war im wahrsten Sinne des Wortes ein Bürogebäude. Hier gab es keine flippigen, futuristischen Linien – nur einen uninspirierten, leicht deprimierenden, vom Alter stark angegriffenen Monolithen aus blassem Beton und rotem Backstein aus den Sechzigern.

Ein gelangweilt aussehender ziviler Sicherheitsbeamter prüfte ihre Identität und wies ihr den Weg über einen Marmorboden, der das einzige Zugeständnis an eine gewisse Extravaganz im Gebäude darstellte, zu den Aufzügen. Als sie aus dem Lift stieg, war der Steinboden verschwunden und schmutziggraue Teppichfliesen ersetzten ihn. Sie kam zu einer Holztür mit einer Glasscheibe und drückte auf eine Klingel. Anscheinend wurde sie erwartet, denn als sie einer Frau, die sich irgendwo im Inneren versteckt hielt, ihren Namen sagte, klickte das elektronische Schloss und Sannie stiess die Tür auf.

Vor ihr befand sich ein grösstenteils leerer Büroraum, in welchem jeder beliebige Haufen von Bürokraten irgendwo auf der Welt hätte arbeiten können. Er war mit Computerarbeitsplätzen ausgestattet und zwei Männer und eine Frau in Zivil tippten auf Tastaturen herum. Eine mausgraue Frau mit Hornbrille schaute auf und sagte: »Inspektorin Rensburg, ja?« Die Frau sprach laut und langsam, so wie man es mit unwissenden Touristen tut, wenn man glaubt, ein Nicht-Engländer verstehe ein paar Worte mehr, wenn man langsam und mit erhöhter Lautstärke spreche.

»Van Rensburg.«

»Chief Inspector Shuttleworth wartet im Eckbüro auf Sie.«

»Baie dankie.« Sannie lächelte vor sich hin, als sie sich auf den Weg ins Büro machte und wischte sich mit der rechten Hand lässig über die Seite ihrer schwarzen Hose. Mit der anderen strich sie sich ein imaginäres verirrtes Haar aus der Stirn.

Ein Mann Anfang fünfzig, mit dünnem Haar und tiefen Stressfalten in seinem hageren Gesicht, öffnete die Tür, bevor sie sie erreichte und sagte: »Hallo, ich bin David Shuttleworth. Sie müssen Susan sein?«

Es begann freundlich, als die beiden zusammen in der Büroküche Tee zubereiteten, bevor sie zur Sache kamen. Draussen war der Himmel noch immer einheitlich grau, was zur Hautfarbe der meisten Menschen zu passen schien, die sie bisher in dieser kalten, überfüllten Stadt gesehen hatte. Sie wusste, dass die Höflichkeit bald weichen würde. Shuttleworth führte sie in sein Büro, das auf der Seite zum Flur hin gläsern wie ein Aquarium war. Er liess die schmalen Jalousien herunter, um zu verhindern, dass die anderen Detektive hineinspähten.

»Ich erhielt einen Anruf von der Witwe von Robert Greeves«, begann Shuttleworth.

Sannie seufzte. Es wäre zu viel erhofft, dass die Frau den unerlaubten Besuch aus Angst vor einer verleumderischen Nachricht über ihren Mann verschwiegen hätte.

»Inspektorin Van Rensburg«. Jede Spur von Höflichkeit war mit den Jalousien verschwunden. »Ich habe keine Befehlsgewalt über Sie, aber lassen Sie mich Ihnen versichern, dass Sie hier ganz sicher nicht befugt sind, die Angehörigen eines verstorbenen britischen Politikers zu befragen.«

»Natürlich nicht, Chefinspektor und ich ...«

»Wenn es nach mir ginge, würde ich Sie in den nächsten Flieger zurück nach Südafrika setzen. Glauben Sie, wir hätten das Privatleben von Robert Greeves nicht bereits untersucht?«

Sannie wusste, dass zu diesem Zeitpunkt jede Antwort von ihr falsch wäre, also schwieg sie.

»Ich weiss, dass Furey nach jemandem sucht, dem er die Schuld zuschieben kann. Nach einem Fehler von Greeves oder Roberts, der die Terroristen gezwungen hat, sie zu töten und dass Tom nichts hätte tun können, um das zu verhindern. Aber das ist nicht der Fall.«

Sannie war sich da nicht so sicher, aber sie hielt auch hier den Mund.

»Nach dem, was ich in Südafrika über Sie gehört habe, können Sie von Glück sagen, dass Sie noch im Dienst sind. Sie haben sich von ihm zu einer wilden Verfolgungsjagd verleiten lassen, die ...«

»Bei welcher die Verantwortlichen beinahe gefasst und die Geiseln befreit worden wären.«

Shuttleworth war damit nicht einverstanden. Er stand auf, legte die Hände auf den Schreibtisch und beugte sich vor, um den Abstand zwischen ihnen zu verringern. »Sehr knapp ist nicht genug. Sie beide haben die ganze Zeit versucht, aufzuholen, aber die Schurken waren schneller als Sie. So einfach ist das.«

»Tom Furey war der Einzige, der diesen Männern auf der Spur war und es war nicht seine Schuld, dass sie entkommen sind. Das sind die Fakten in diesem Fall und das werde ich auch in Ihrer parlamentarischen Untersuchung mitteilen, Chief Inspector.«

Shuttleworth setzte sich wieder und strich sich die Krawatte glatt. Er sah, dachte Sannie, wie ein Mann aus, der nicht oft seine Stimme erhob und schon gar nicht gegenüber Frauen. Sie sah, wie er darum kämpfte, seine mürrische, unaufgeregte Haltung wiederzuerlangen. Sie sah darin auch ihre Chance, ihm eine Frage zu stellen. »Wann erhält der südafrikanische Polizeidienst die Kopien der Hinrichtungsbänder?«

Shuttleworth runzelte die Stirn. »Sie werden unsere Analyse der Bänder bekommen, wenn ich sie erhalte.«

»Sie haben sie also nicht!«

Er seufzte. »Der SAS hat sie an den Sicherheitsdienst übergeben. Die haben ihre eigenen, hochmodernen Leute für Videoanalyse und Forensik und werden genauso gründliche Arbeit leisten wie alle anderen auch.«

Sannie konnte die Verärgerung des Mannes spüren, nicht über sie, sondern, wie sie vermutet hatte, über die Tatsache, dass eine andere Behörde als die Polizei so wichtige Beweise beschlagnahmt und sie nicht weitergegeben hatte. Er war nicht glücklich darüber. Die Polizei war mit ihren Ermittlungen im Rückstand und das ärgerte den Schotten sichtlich.

Shuttleworth hob sein Kinn. »Wie weit sind Ihre Leute mit dem ausgebrannten Fahrzeug und den Listen der Personen, die in den Tagen vor den Entführungen in den Krügerpark gefahren sind?«

Sannie erklärte, die Nummernschilder am abgefackelten Isuzu gehörten zu einem anderen Fahrzeug, einer BMW-Limousine, die zwei Tage vor den Entführungen gestohlen worden sei. Das Kennzeichen tauchte jedoch nicht in den Listen der in den Park einfahrenden Fahrzeuge auf, was bedeutete, dass die Bande das Kennzeichen nach der Einfahrt gewechselt haben musste. Die Fahrgestellnummer konnte dem derzeitigen Besitzer, einem in Pretoria lebenden pakistanischen Chirurgen, zugeordnet werden.

Shuttleworths Augen weiteten sich, als sie die Herkunft des Arztes erwähnte.

»Dr. Pervez Khan passt aber absolut nicht ins Profil eines Terrorverdächtigen«, führte sie aus. »Wir haben ihn überprüft. Wohlhabend, ledig – geschieden, um genau zu sein. Ein Trinker, kleiner Partylöwe in der Midlife-Crisis, wie die Ermittler bisher herausgefunden haben.«

»Sie haben ihn also befragt?«

»Nein. Er ist zwei Tage vor der Entführung von Greeves und Joyce nicht in seiner Praxis aufgetaucht. Unsere Vermisstenabteilung hatte bereits eine Akte über ihn angelegt. Sein Geschäftspartner meldete ihn als verschwunden. Die bisher wahrscheinlichste Vermutung ist, dass er im Auto überfallen und getötet wurde. Wir haben sein Foto und eine Beschreibung des zerstörten Fahrzeugs an die Medien weitergegeben, aber es haben sich keine Zeugen gemeldet.«

»Warum sollte ein Arzt einen alten Pick-up fahren?«

Sannie nickte. Sie hatte die ermittelnden Beamten das Gleiche gefragt. »Doktor Khan«, erklärte sie Shuttleworth, »besass ein kleines Grundstück im privaten Timbavati-Naturschutzgebiet, an der Grenze zum Krügerpark und benutzte den Geländewagen als Zweitwagen für die Fahrt zu seinem Busch-Refugium. Sein Mercedes der neuesten Generation war zum Zeitpunkt seines Verschwindens in der Werkstatt, also benutzte er das *Bakkie* als vorübergehenden Ersatz.«

Shuttleworth fragte, ob die Polizei das Haus des Chirurgen auf Anzeichen einer kürzlichen Benutzung überprüft habe. »Die Ermittler, die das Ferienhaus besuchten, sagten, es habe in letzter Zeit keine Anzeichen für Fahrzeugbewegungen gegeben und der Hausmeister, ein älterer Schwarzer, der dort mit seiner Frau lebt, berichtete, der ›Chef‹ sei seit Wochen nicht mehr zu Besuch gekommen.«

»Hmm. Dann müssen wir den guten Doktor also zu unserer Liste der Opfer hinzufügen?«

»Ich nehme an, ja. Selbst wenn er mit der Bande zu tun hätte, wäre er ziemlich dumm, sein eigenes Fahrzeug, egal ob mit oder ohne Nummernschild, zu benutzen. Ausserdem taucht sein Name nicht im Einfahrtsregister des Nationalparks auf. Tatsächlich wurden an diesem Tag keine Namen von Personen, die einen Isuzu fuhren, registriert, die auch nur im Entferntesten pakistanisch klangen.«

»Sind Sie bereit, sich morgen der Untersuchung zu stellen?«, fragte er sie, um das Thema zu wechseln.

Sannie wusste nicht, ob man jemals wirklich bereit sein konnte, bei einer parlamentarischen Untersuchung ins Rampenlicht zu treten. Sie war sich aber sicher, dass alles, was sie tun könne, darin bestehe, die Fragen, die ihr gestellt wurde, wahrheitsgemäss zu beantworten. Und genau das sagte sie Shuttleworth.

»Sie haben in Afrika ziemlich viel Zeit mit Tom Furey verbracht.«

»Was hat das mit meiner Aussage zu tun?«

»Es sieht nicht gut für ihn aus, wissen Sie.«

Das hatte sie den Zeitungsberichten entnommen und auch dem, was Tom ihr selbst gesagt hatte. »Ich werde weder lügen noch Beweise unterschlagen, falls Sie das andeuten wollen.« Sie hatte genug von der mürrischen, blutleeren Kreatur, die ihr gegenübersass. Ihn loszuwerden wäre gut für Tom.

. . .

SIE GING AM TRÜBEN, kabbeligen Wasser der Themse entlang und das düstere Wetter draussen passte zu ihrer Stimmung. An einem sonnigen Tag wäre es vielleicht schön gewesen, aber der Himmel hatte die Farbe einer Elefantenhaut, obwohl es erst früher Nachmittag war.

Sie überquerte den Fluss auf der Lambeth Bridge, von der sie einen guten Blick auf den Palace of Westminster, den Sitz des britischen Parlaments und den Turm des Big Ben hatte, der wie ein stämmiger Wachmann über dem historischen Gebäude stand.

Als sie über die Brücke ging, sah sie zwei Polizisten an der Ecke der Horseferry Road stehen. Der eine hatte eine Glock mit Ersatzmagazinen in Taschen am Oberschenkel befestigt, während der andere eine Neun-Millimeter-Maschinenpistole, eine Heckler & Koch MP-5, trug. Da sie aus Johannesburg stammte, war sie es gewohnt, Polizisten mit Waffen zu sehen – in ihrer Heimat trugen sogar die Sicherheitskräfte halbautomatische Sturmgewehre –, aber sie wusste, dass dieses Phänomen in England relativ neu war. Sie fragte sich, ob sich die blassgesichtigen, niedergebeugten Menschen, die zielstrebig an ihr vorbeigingen, durch die Anwesenheit des bewaffneten Beamten eher beruhigt oder beunruhigt fühlten.

Sie bahnte sich ihren Weg durch die Seitenstrassen von Westminster, ausser Sichtweite des Flusses, in Richtung Parlament. In einer Gasse namens Strutton Ground stolperte sie über einen kleinen Strassenmarkt, dessen Waren in durchsichtige Plastikplanen gehüllt waren. Hinter den regennassen Planen tauchte ein Stand wie eine Oase in der Wüste vor ihr auf: Mäntel!

»Hallo, meine Liebe, kann ich Ihnen helfen?«, fragte sie ein Mann mittleren Alters, der zwei Pullover und eine Windjacke trug und seine behandschuhten Hände erwartungsvoll aneinander rieb.

Die Mäntel waren nicht gerade hochwertig, sahen aber herrlich warm aus. Sannie probierte ein paar an, bevor sie sich für ein Kleidungsstück aus Kunsttweed entschied, das an der Taille modisch geschnitten war und ihr bis zu den Knien reichte. Auf dem Pappschild am Ständer stand ›dreissig Pfund‹. Sie rechnete kurz im Kopf nach, beschloss dann aber, dies sein zu lassen, da es keine gute Idee sei, britische Preise in südafrikanische Rand umzurechnen. Dreissig klang viel besser als dreihundertdreissig und ausserdem wollte sie die Jacke jetzt, wo sie spürte, dass ein Hauch von Wärme in ihren Körper zurückkehrte, auf keinen Fall ausziehen.

Als sie ging, begannen die Kunstfasern ihre Arbeit zu tun und im Gegensatz zu den meisten der grimmig dreinblickenden Londoner, die um sie herum durch den Regen strömten, schaffte sie es sogar, zu lächeln.

New Scotland Yard lag, wie Tom es ihr gesagt hatte, am Broadway. Das sich drehende Schild vor dem Polizeigebäude, das sie ebenfalls aus Filmen und Fernsehsendungen kannte, war kleiner als sie erwartet hatte. Bewaffnete Polizisten bewachten den Eingang von ihrem Platz hinter Leitplanken aus, von denen sie annahm, dass sie Autobomber aufhalten sollten.

Sannie ging weiter und als sie um eine Ecke bog, tauchten gross wie ein Märchenpalast und mit einigen goldenen Verzierungen, die das Monotone durchbrachen, die ›Houses of Parliament‹ vor ihr auf. Sie würde noch früh genug sehen, wie die britische Demokratie von innen funktionierte. Linkerhand von den Gebäuden bog sie ab und folgte dem Weg, den Tom ihr erklärt hatte, zur St. Stephen's Tavern.

Er wartete an einem kleinen Stehtisch in der hinteren Ecke auf sie und winkte ihr zu, als sie hereinkam. Die Wärme war nach ihrem kühlen Spaziergang willkommen, auch wenn es hier nach schalem Bier, nasser Kleidung und muffigem Körpergeruch roch. Tom bot ihr an, ihr einen Drink zu spendieren und sie bat um einen Gin Tonic.

»Eine Erinnerung an Afrika«, sagte er, als er das hohe, taufeuchte Glas vor ihr abstellte.

»Prost. Nachdem ich deinen Chef getroffen habe, wünschte ich, nie hergekommen zu sein. Wann haben sie ihn exhumiert?«

Tom lachte. »Shuttleworth ist gar nicht so übel, wenn man ihn näher kennenlernt. Er ist allerdings ein Pragmatiker und weiss, dass die Regierung einen Skalp braucht, um das alles zu überwinden. Unglücklicherweise muss es meiner sein.«

Sie rührte in ihrem Getränk und sah sich um. Mit seiner hohen Decke und den Buntglasfenstern hätte das Lokal auch Teil eines

Palastes sein können. »Du klingst bemerkenswert positiv, wenn man das alles in Betracht zieht.«

Er zuckte mit den Schultern und nippte an seinem Lagerbier. »Ich habe Mist gebaut, Sannie, daran gibt es keinen Zweifel.«

Sie war neugierig, warum er sich nicht mehr um seine Karriere zu kümmern schien, aber auch keine Anzeichen zeigte, die Ermittlungen ruhen zu lassen. »Was hast du so gemacht, während ich die Mühlen der schottischen Inquisition kennengelernt habe?«

Tom erzählte ihr, er sei in einem Internetcafé gewesen und habe weitere Berichte über Greeves, seine Karriere und seine häufigen Reisen nach Afrika gefunden. »Warst du schon einmal in Malawi?«

Sannie schüttelte den Kopf. »Es ist ein Ort, an den wir, äh, ich schon immer mal hinwollte. Komisch, es fällt mir immer noch schwer, mich im Singular und nicht im Plural zu sehen.«

»Ich weiss, wie du dich fühlst – obwohl Herr und Frau Greeves dieses Problem sicher nicht hatten.«

»Ich würde meinen Kindern Malawi auch gern zeigen. Man sagt, der See sei wunderschön und es wäre eine tolle Reise durch Botswana und Sambia.«

»Ja, ich habe mir die Route im Internet angesehen.«

»Was denkst du, Tom?«

Sie begann sich zu fragen, ob es ihm wirklich so gut ging, wie er es vorgab. Sicherlich war es positiv, dass er eine optimistische Einstellung hatte und sich nicht in Depressionen suhlte. Aber in seinem Kopf ging noch etwas anderes vor. Hatte er, während sie von seinem Vorgesetzten ausgequetscht wurde, eine neue Spur gefunden? Sie stellte ihm die Frage.

»Nein, ich glaube nicht, dass die Entführer Greeves nach Malawi gebracht hätten, wenn er noch am Leben wäre«, sagte er. »Aber ich würde trotzdem gern dorthin fahren.«

»Warum?«

»Mir hat gefallen, was ich – unter den gegebenen Umständen – von Afrika gesehen habe und ich denke, dass ich bald mehr Zeit zur Verfügung habe. Ich habe mir überlegt, ein Auto zu mieten und von Südafrika bis nach Malawi zu fahren.«

Sannie war misstrauisch, spielte aber mit. »Das wäre teuer. Ich habe einen Land Rover. Er war Christos ganzer Stolz, aber ich fahre ihn kaum noch. Wir benutzen ihn nur, wenn die Kinder und ich in den Busch gehen. Du könntest ihn ausleihen.«

»Ich würde ihn dir bezahlen«, sagte er.

Sie zuckte mit den Schultern. »Lass ihn warten und gut laufen, dann tust du mir einen Gefallen.«

Sie tranken aus und Sannie ging zur Bar, um eine zweite Runde zu holen. Während sie auf den Barkeeper wartete – einen jungen weissen Südafrikaner mit Dreadlocks, der ihr, als er ihren Akzent hörte, sagte, er stamme aus Durban – dachte sie darüber nach, was Tom gerade gesagt hatte. Ob er gehofft hatte, bei ihr zu bleiben oder vielleicht sogar mit ihr zu reisen?

»Sie sehen aus, als laste das Gewicht der ganzen Welt auf Ihren Schultern«, sagte der Barmann und schob ihr das Pint Lagerbier und einen weiteren Gin Tonic hinüber.

»Ich fürchte, genauso ist es.« Sannie trug die Getränke zum Tisch und schätzte Tom im Gehen ein. Wenn die Untersuchung so verlief, wie es alle erwarteten, würde er für immer das Stigma des Versagens tragen. Sogar im Ausland würde er es schwer haben, eine bezahlte Arbeit zu finden. Wollte sie wirklich etwas mit jemandem ohne Perspektiven zu tun haben? Sie musste an ihre Kinder denken. Aber er sah sehr gut aus und sie wusste, dass er ein guter Mann war. Sie fühlte sich in seiner Nähe wohl und sicher, eine Ironie, wenn man bedachte, dass er sie immer in Schwierigkeiten brachte. Und wenn er lächelte, wie jetzt, als sie die Getränke abstellte, spürte sie, wie ihr Herz ein wenig schneller schlug.

»Nun, dann lass uns auf deine nächste Reise nach Afrika anstossen«, sagte Sannie und hob ihr Glas. »Sie kann nicht schlimmer sein als die letzte!«

Tom lachte. »Auf Afrika.«

NACH DEM ZWEITEN Drink verliessen sie die Kneipe. Tom sagte, er fahre Sannie zu ihrem Hotel zurück und er wolle nicht über dem erlaubten Limit sein. Er fragte sie, ob sie schon Pläne für das Abendessen habe, aber sie verneinte und willigte ein, dass er sie in ein Restaurant seiner Wahl einlud.

Tom parkte das Auto und da es noch früh war, machte er den Vorschlag, vor dem Abendessen in der Hotelbar noch einen Drink zu nehmen. Die ersten beiden hatten sie lockerer werden lassen und sie stimmte zu, stieg aber auf Weisswein um, da zu viele Gins sie rührselig werden liessen. »Lass es mich auf mein Zimmer nehmen«, sagte sie, als Tom seine Brieftasche zückte. »Die britische Regierung kann diese Rechnung übernehmen.«

»Das kommt einem Geschenk zum Ruhestand wohl am nächsten«, sagte er und hob sein Pils.

»Hör auf, so zu reden, Tom.«

Auf ihren strengen Ton hin hob er die Augenbrauen.

»Ich meine es ernst. Hör auf, dich so verdammt mit deinem Schicksal abzufinden.« Sie spürte, wie sich ihre Wangen röteten, die Folge einer Kombination aus Alkohol und ihrer plötzlich wachsenden Wut. »Du kannst nicht kampflos untergehen, Mann.«

Er setzte sein Getränk ab. »Ich bin nur realistisch, Sannie, aber ich habe nie gesagt, dass ich aufhören werde zu kämpfen.«

»Sag mir, was du vorhast. Woher kommt dieser plötzliche Wunsch, wieder nach Afrika zu gehen?«

Er nickte, als ob es eine berechtigte Frage wäre. »Ich werde einen Neuanfang brauchen. Niemand wird mir hier einen Job geben – nicht einmal als Nachtwächter bei Tesco. In gewisser Weise kann ich nirgendwo anders hin, also kann ich es auch in Afrika versuchen.«

Sie schüttelte den Kopf. »Ich glaube dir nicht. Was steckt sonst noch dahinter? Es muss einen anderen Grund geben.«

Er drehte sich auf seinem Hocker an der Bar, so dass sein Körper ihr zugewandt war. Er sah aus, als wolle er etwas sagen, besann sich dann aber eines Besseren. »Nichts«, sagte er. »Lass uns essen gehen.«

»Na gut.« Sie war enttäuscht, denn es schien ihr, als hätte er etwas sagen wollen, das sie beträfe. »Okay, aber ich will mich umziehen.«
Ich warte hier unten.

»Bis ich zurückkomme, stehst du dir die Beine in den Körper.

Komm mit auf mein Zimmer und während ich mich fertig mache, kannst du fernsehen.« Warum, fragte sich Sannie, als sie zu den Fahrstühlen gingen, hatte sie einen solchen Vorschlag gemacht? Sie spürte seine Augen auf sich, als sie auf die beleuchteten Stockwerksnummern blickte und auf den Aufzug wartete. Jetzt war es zu spät.

In ihrem Zimmer angekommen, reichte sie ihm die Fernbedienung des Fernsehers. »Fühl dich wie zu Hause. Ich gehe duschen.« Obwohl sie dies nicht vor Tom sagen wollte, um ihn nicht zu beleidigen, hatte London etwas an sich, das sie sich schmutzig fühlen liess. Von den übermässig aufgeheizten Innenräumen, die sie zum Schwitzen brachten und dem Nieselregen, der sich mit Abgasen und Staub vermischte, fühlte sie sich, als wäre ihre Haut mit einer schmierigen Schicht aus Dreck überzogen. Auch ihre Fingernägel zeigten Trauerränder. Auch wenn sie wusste, dass sie sich in einem Monat über die Hitze beschweren würde, vermisste sie die Sonne bereits.

Sannie schnappte sich ihren Kulturbeutel, schloss die Badezimmertür, schlüpfte aus den Schuhen und streifte ihren Anzug ab. Der Hochdruckstrahl des heissen Wassers belebte sie und sie beschloss, auch ihr Haar zu waschen. Sie konnte den Fernseher im Zimmer hören und wusste, dass es Tom gut ging.

Es war seltsam, dachte sie, nackt im Bad zu stehen, ihr Make-up aufzutragen und zu wissen, dass Tom auf der anderen Seite der Tür sass. Erst als sie ihr Handtuch an den Haken hängen wollte, fiel ihr auf, dass sie ihre sauberen Sachen nicht mit ins Bad genommen hatte. Ihre Tasche lag noch auf dem Bett. Sie schob die Schuld auf den zusätzlichen Drink.

Sannie beendete ihr Make-up, wickelte das Handtuch um sich und verknotete es zwischen ihren Brüsten. Das Hotel war schön und sauber, aber es war nicht die Art von Ort, die flauschige weisse Bademäntel anbot.

»Entschuldige«, sagte sie und kam heraus.

Tom stand auf und sah sie an. Sie spürte seinen Blick auf sich, sah, wie er versuchte, seine Augen auf ihre zu richten. Sie war sich der Haut, die sie zeigte, schmerzlich bewusst. Ihre Beine, auf die sie stolz war und ihre Arme, die einen weiteren Tag in der Woche im Fitnessstudio hätten gebrauchen können, um sie straff zu halten. Sie flitzte durch den Raum und griff nach ihrer Tasche. Als sie sie anhob, öffnete sie sich – sie hatte vergessen, dass sie den Reissverschluss aufgezogen hatte, um ihre Kosmetiktasche herauszuholen.

»Oh, *fok!*«

»Komm, ich helfe dir.«

Tom liess sich auf ein Knie nieder, ebenso wie sie, aber Sannie brauchte eine Hand, um ihr Duschtuch zusammenzuhalten. Mit der anderen Hand sammelte sie BHs und Hosen, Schuhe und verstreute Kleider auf. Es war sehr peinlich, aber er begann zu lachen.

»Gib mir das.« Sie streckte die Hand aus und griff nach der Seidenbluse, die er in der Hand hielt.

Sie knieten dicht beieinander auf dem Boden, die Gesichter weniger als einen Meter voneinander entfernt.

»Danke«, sagte Tom, der das Kleidungsstück immer noch festhielt.

Als sie daran zog, spürte sie seine Finger durch den seidigen Stoff. »Wofür?«

»Dafür, dass du dich bereit erklärt hast, mich heute zu begleiten, für alles, was du in Südafrika getan hast, und für …«

»Es ist nichts.« Sannie hielt die Bluse immer noch in der Hand und er gab sie nicht her. Sie spürte weiterhin die Wärme seiner Haut durch ihre Finger, als sie den Stoff um ihre Hand wickelte. Das war nicht nichts. Sie hatte – wieder einmal – ihre Karriere und ihre Zukunft für diesen dunkelhaarigen, gut aussehenden Mann, der neben ihr in einem Hotelzimmer in einem fremden Land kniete, riskiert.«

Sie war sich ihrer eigenen Nacktheit unter dem Handtuch und dem wachsenden Gefühl der Wärme, die von ihrem Inneren ausging, sehr bewusst. Er war es, die Aufregung, die Unbekümmertheit und die Ferne all dessen von ihrem normalen Leben. Das war der Grund, warum sie ihn in ihr Hotelzimmer eingeladen hatte.

Tom beugte sich näher und küsste sie.

Die Zeit schien stillzustehen und der Kuss dauerte ewig. Sie waren zwei hungrige Seelen und verzehrten sich gegenseitig, erst auf dem Boden kniend, dann sitzend. Sie spürte, wie das Handtuch von ihrem Körper fiel. Das Gefühl seines Körpers an ihrem, das Streichen ihrer aufgerichteten harten Brustwarzen gegen die Baumwolle seines Hemdes, war elektrisierend. Ihre Haut fühlte sich plötzlich überempfindlich an und kribbelte. Als er seine Lippen auf die Seite ihres Halses legte und ihr Schlüsselbein hinunter bis zur Stelle bewegte, an der es mit ihrer Schulter zusammentraf, dachte sie, sie werde in seinen Armen ohnmächtig. Gott, es war so lange her, dass sie so etwas gefühlt hatte.

Sannie hielt alles zusammen, jede Minute eines jeden Tages. Die Anforderungen eines Jobs in einem von Männern dominierten Beruf, in dem sie es härter und besser machen musste als alle anderen. Der ständige Kampf, genug Zeit mit ihren Kindern zu verbringen und Schuldgefühle zu vermeiden, keine erstklassige Hausfrau zu sein. Die Momente der Trauer, die sie immer noch zu Tränen rührten – manchmal war das alles zu viel. Aber hier, jetzt, so weit weg von zu Hause, wünschte sie sich nichts sehnlicher, als dass er sie mitnahm. Körperlich, geistig und sexuell. Sie verschmolz mit ihm und spürte gleichzeitig, wie sich bei jeder Berührung seiner Lippen ein neuer Teil ihres Körpers in Spasmen purer Lust versteifte.

Als ob er ahnte, dass sie genau das wollte, hob er sie aufs Bett und zog dann seine Jacke aus. Er schaute auf sie herab und sie öffnete sich seinem Blick. Sie schwelgte in der Lust, die er ausstrahlte. Er begann, seine Krawatte zu lösen und einen seiner Schuhe auszuziehen. »Mach dir keine Mühe«, hauchte sie.

Seine Füsse standen noch immer auf dem Boden und er stützte sich mit den Händen auf beiden Seiten von ihr ab, während er sich über sie beugte. Sie griff nach ihm und nahm sich einige Augenblicke Zeit, um den Umriss in seiner Hose zu erkunden, bevor sie langsam den Reissverschluss öffnete und ihn zu entdecken begann.

Er bewegte seine Hand zwischen ihren Beine, spaltete sie und fand dann ihre Klitoris. Sie stöhnte auf, wölbte den Rücken und stemmte sich seiner Berührung entgegen. Sie führte ihn zu sich und spürte, wie seine Finger, erst einer, dann ein zweiter, in sie eindrangen. Sie war mehr als bereit für ihn und als er die Finger zurückzog, schob sie die Spitze seines Glieds zwischen ihre geschwollenen Lippen.

»Sannie ...«

»Ja, Tom. Oh, bitte...«

Er drang in sie ein, einfach so, und sie legte ihre Hände um seinen Hals und ihre Beine um seine Taille. Sie hob die Hüften, um seinen Stössen entgegenzukommen und er drang heftiger in sie ein, so dass sich ihr Po am Ende des ersten, tiefen, langsamen Stosses von der Bettdecke abhob. Ihre Augen waren in seine versunken, als er kurz innehielt und sie fühlte sich schwerelos, wie mit ihm balancierend. Als ein Teil von ihm.

Tom begann sich zu bewegen und sie wollte ihn fast nicht mehr loslassen, bis die Reibung ihre Wirkung entfaltete, wieder und wieder. Er hielt sie in seinen starken Armen und senkte sein Gesicht, um abwechselnd ihre Lippen, ihre Wange, die Seite ihres Halses und ihr Schlüsselbein zu küssen, auf die Stelle, die noch von seiner ersten Berührung brannte.

Sannie hielt die Augen so lange offen, wie sie konnte und prägte sich jede einzelne Furche seines Gesichts ein. Auch wenn sie ihn nach ihrer Abreise aus London nicht mehr wiedersehen würde, wollte sie den Mann, der sie wieder ganz gemacht hatte, niemals vergessen. Jeder seiner Stösse löste eine weitere Welle der Lust in ihr aus.

Und er, der spürte, wie ihr Körper seinen Penis umklammerte, sich anspannte und ihn umfing, hörte, wie sie zu schreien begann. Er erhöhte das Tempo und stiess härter, aber immer kontrolliert, in sie. Sie schloss ihre Augen und zog ihren Körper an seinen heran, schmiegte sich perfekt an ihn, während sie ihn festhielt und erneut schrie. Er schloss sich ihr an.

Als Tom eine Stunde später nackt neben ihr lag, kamen die Schuldgefühle, wie Sannie es erwartet hatte. »Der Zimmerservice wird bald hier sein, ich sollte mich wieder anziehen«, sagte er.

»Ich ziehe mich an.«

»Nein, bleib da.« Er stand auf, zog seine Hose an und setzte sich neben sie auf das Bett, während er sein Hemd zuknöpfte. »Du denkst an Christo, nicht wahr?«

Sie nickte und biss sich auf die Unterlippe.

»Ich auch – ich an Alex, meine ich. Ich weiss, ich sollte mich nicht schuldig fühlen, es ist ja nicht so, dass wir beide eine Affäre haben...«

»Ich weiss, aber ...«

»Aber es ist alles in Ordnung«, sagte er und an seinem Tonfall erkannte sie, dass er ihre Gedanken gelesen hatte. Nichts, was sich so gut, so richtig anfühlte, konnte falsch sein. Christo würde nie aus ihrem Herzen und ihren Gedanken verschwinden – und ihr war klar, dass Tom seine Frau für immer in Ehren halten würde, aber er hatte sie wieder vollständig gemacht. Sie wollte wieder in seinen Armen liegen und die Sicherheit seiner Umarmung spüren.

Sie streckte ihre Hand aus und ergriff sie, als er sich zu bewegen begann. »Ja, das ist es. In Ordnung, meine ich.«

Es klopfte an der Tür, gefolgt von »Zimmerservice«.

Sannie zwang Tom, sich zum Abendessen wieder auszuziehen, obwohl er protestierte und erklärte, es sei ihm peinlich. Sie sassen sich auf dem Bett gegenüber und assen Cheeseburger mit Speck und Ei und dazu dicke, fettige Pommes. Wenn sie die Vorsicht schon in den Wind schlagen wollte, konnte sie es auch gleich ganz tun. Tom schenkte ihr Champagner ein und sie stiessen mit den Gläsern an.

Sie erzählte ihm mehr über das Aufwachsen auf dem Bauernhof und den ersten Jungen, den sie je geküsst hatte. Als sie zugab, dass Christo der erste Mann war, mit dem sie je geschlafen hatte, sah sie, wie sich die Erkenntnis langsam auf seinem Gesicht ausbreitete. Sie rechnete es ihm hoch an, dass er nichts sagte, als er erfuhr, dass er der einzige Mann ausser ihrem Ehemann war, mit dem sie Sex gehabt hatte. Er beugte sich einfach vor, wischte mit seinem Finger etwas Ketchup aus ihrem Mundwinkel und küsste sie.

Nach dem Abendessen liebten sie sich wieder und wuschen sich gegenseitig in einem langen, seifigen Schaumbad.

Später, als das Licht gelöscht war, lag er, einen Arm hinter seinem

Kopf verschränkt, den anderen um sie gelegt, während sie sich an ihn kuschelte, da und starrte an die Decke.

Sie fuhr sich mit den Fingerspitzen durch das drahtige Haar auf seiner Brust. »Denkst du an die Untersuchung?«

»Nein«, sagte er. »An Afrika.«

25

Tom wog die gefaltete Jeans in seiner Hand und warf sie dann zur Seite. Seine Tasche war ohnehin fast voll, und er hatte bereits eine leichte hellbraune Hose eingepackt.

Der Radiowecker auf seinem Nachttisch war auf einen UKW-Musiksender eingestellt und zu jeder vollen Stunde liefen die Nachrichten. Er unterbrach das Packen, um hinzuhören. Die zweite Nachricht war eine direkte Übernahme aus der Morgenzeitung. Die Untersuchung war am Vortag abgeschlossen worden und es war wahrscheinlich, dass der Leibwächter von Robert Greeves wegen der Entführung des Ministers für Verteidigungsbeschaffung nicht angeklagt werde, sondern ›bis zum Ergebnis einer Disziplinaranhörung des Ministeriums suspendiert bleiben‹ würde. Der beschissene DJ, der nach dem Nachrichtensprecher redete, machte sogar einen Witz darüber. Tom schnaubte. Aber nichts davon war von Bedeutung.

Das Ergebnis war vorhersehbar, aber Tom interessierte sich vor allem für einige der vorgelegten Beweise. Die Untersuchung hatte im ›Boothroyd Room‹ stattgefunden, einem der Ausschusssäle im modernen Verwaltungsgebäude, dem ›Portcullis House‹, neben dem grossen alten Palast von Westminster.

Der Raum war nach Betty Boothroyd benannt, einer ehemaligen

Sprecherin des Unterhauses. Als Tom am ersten Tag den Raum betrat, befand sich zu seiner Linken eine Bronzebüste der beeindruckend aussehenden Frau. Vor ihm hatte er durch dicke, kugelsichere Fenster einen Blick auf die Themse, auf ein paar Bürogebäude, einen Teil des London Eye und das St. Thomas' Hospital.

Die Ausschussmitglieder der beiden grossen Parteien und der Liberaldemokraten sassen an Schreibtischen aus Buchenholz, die in einer grossen U-Form angeordnet waren. Am unteren Ende des U sass der Vorsitzende, einen Ordner mit Notizen vor sich auf einem dicken Glaspult. Hinter ihm war ein Wandteppich mit ländlichen Feldern zu sehen, der allerdings aus irgendeinem Grund in Blautönen gehalten war. Tom setzte sich auf einen der wenigen freien Plätze in den vorderen Reihen der mit Stoff bezogenen Sitze, die für die Öffentlichkeit reserviert waren. In diesem Fall handelte es sich offensichtlich um die Presse, denn als er den Saal betrat, bemerkte er reges Notieren.

Im Inneren des U stand ein kleiner Tisch, an dem ein Mann und eine Frau sassen. Vor ihnen lagen Notebooks. Es waren die Protokollführenden und ihre Position so abgesenkt, dass sich ihre Köpfe kaum auf gleicher Höhe mit den Schreibtischen befanden, an denen die Ausschussmitglieder sassen. Ein bizarres Stück Unterwerfung, dachte Tom.

Als er sich umsah, entdeckte er vier Fernsehkameras, die an den Wänden angebracht waren. Auch wenn die Kameras der Medien nicht eingeladen waren, wurden die Sitzungen aufgezeichnet. Gekürzte Ausschnitte würden am Ende jedes Sitzungstages an die Medien weitergegeben werden.

In den ersten vier Tagen, bevor er zu Wort kam, hörte sich Tom die Aussagen einer Reihe von Polizisten, Forensikern, Militärs und ›Mitarbeitenden des Aussenministeriums‹ an, deren Namen nicht veröffentlicht werden durften. Mit anderen Worten: Spione. Tom war davon ausgegangen, dass MI6-Leute die SAS-Einsatztruppe begleitet hatten und wusste von dem, was Shuttleworth Sannie erzählt hatte, dass der SIS eine führende Rolle bei der laufenden Jagd auf die Terroristen spielte. Nichts deutete jedoch darauf hin – vielleicht absichtlich, vielleicht auch nicht –, dass sie der Ergreifung der Terroristen nähergekommen waren.

Von besonderem Interesse für Tom war die Aussage der leitenden zivilen Tatortermittlerin. Ihr Name war Rachel Rubens. Sie erzählte dem Untersuchungsausschuss, sie und ein männlicher Kollege seien mit einem Oryx-Hubschrauber zum alten Bauernhaus in Mosambik geflogen worden – im selben Flugzeug, das Major Fraser, die ersten seiner Männer und die Leiche von Bernard Joyce zur Luftwaffenbasis Hoedspruit gebracht hatte.

Den Vorsitz bei der öffentlichen Untersuchung führte ein Abgeordneter der Regierung, Miles Jensen. Er war für einen Politiker jung, Ende dreissig, und äusserst ehrgeizig. Tom nahm an, er sehe in der Übernahme des Vorsitzes eine Chance, sich in den Medien zu profilieren. Er war in seinen Fragen hartnäckig bis zur Unhöflichkeit, aber Tom hatte in seiner Zeit als uniformierter Polizist, der in Gerichtsverhandlungen auftrat, auch erlebt, dass er von Fachleuten, also Anwälten, übergangen worden war.

Jensen bat Rachel, von den Beweisen in der Villa zu erzählen, die mit Robert Greeves und seinem tragischen Tod in Verbindung standen.

»Im Badezimmer wurde eine Menge Haare gefunden, die meisten davon auf dem Fussboden und einige Strähnen auf einem Blatt Zeitungspapier. Die Haare waren schwarz und grau und wurden positiv mit einer DNA-Probe aus der Wohnung von Herrn Greeves verglichen.«

»Und woher stammte die Probe?« fragte Jensen.

»Von einer von Herrn Greeves' Haarbürsten aus seiner Londoner Wohnung. Im Schlafzimmer, in dem Herr Greeves gefangen gehalten wurde, fanden sich ausserdem Blut, CSF sowie vier durchtrennte Kunststoffkabelbinder.«

»CSF?«

»Entschuldigung«, sagte Rachel. »Zerebrale Rückenmarksflüssigkeit. Das ist das, was das Gehirn im Schädel umgibt. Es war mit dem Blut vermischt, was für diese Art von Wunde typisch ist.«

»Und diese Flüssigkeiten und die Plastikbinder wurden mit Herrn Greeves in Verbindung gebracht?«

»Ja. Das Blut und das CSF stimmten überein und auf den Plastikbändern, mit denen vermutlich seine Hand- und Fussgelenke ans Bett, auf dem er lag, gebunden waren, gab es Hautzellen und etwas Blut. Ausserdem befanden sich in einigen der Bettfedern, in der Nähe der Stelle, an der sich sein Kopf befunden hätte, Haarsträhnen von Herrn Greeves.«

»Und das Muster der Blutflecken? Was können Sie uns darüber sagen?«

Rachel nahm einen Schluck aus einem Glas Wasser, das vor ihr auf dem Tisch stand. Tom bemerkte, dass sie sich schnell im Raum umsah, doch als er den Kopf drehte, um zu schauen, wen sie anblickte oder suchte, sah sie bereits wieder zu Jensen. Es entsprach dem Muster eines kleinkalibrigen Kopfschusses aus nächster Nähe – das heisst, das Blut floss aus der Eintrittswunde und wurde nicht durch eine Austrittswunde ausgestossen.

Jensen stellte ihr einige weitere Fragen, woraufhin sie das Muster auf dem Boden des Raumes erläuterte. Es war eine blutige Angelegenheit und Tom bemerkte ein paar blasse, schockierte Gesichter unter den anwesenden Politikern. Er notierte sich ein Wort in sein Notizbuch. *Übereinstimmend.*

»Ich danke Ihnen, Frau Rubens. Wenn Sie nicht noch etwas anderes haben, das für die Untersuchung von Interesse sein könnte, möchte ich Ihnen für Ihre Anwesenheit und Ihre Aussage danken.«

»Ja, da ist noch etwas«, sagte sie. An der Art, wie er von seinen Notizen zu ihr aufblickte, erkannte Tom, dass Jensen keine Ergänzungen erwartet hatte. Er hatte sie jedoch dazu aufgefordert, mehr zu erzählen. »Der Boden war gewischt worden.«

»Abgewischt?«

»Ja. Die Täter hatten das Blut mit einem Lappen von der Grösse eines Geschirrtuchs aufgewischt und teilweise auf dem Boden verschmiert. Detective Sergeant Furey kam in seinem ersten Bericht zum Schluss, dass die Leiche von Herrn Greeves eine kurze Strecke – etwa einen

Meter – vom Ort des Sturzes weggeschleift und dann in eine Art Stoff eingewickelt worden war. Anhand der am Tatort gesammelten Fasern können wir sagen, dass es sich um eine Decke aus einer Mischung aus Wolle und Nylon handelte. Dies ist zwar richtig, aber wir fanden durch ein Schmiermuster und andere Fasern auch Hinweise – möglicherweise von einem Geschirrtuch –, dass die Täter einen Versuch unternommen hatten, den Blutfleck zu beseitigen, es aber wohl aufgegeben haben.

»Sie haben aber kein solches ›Geschirrtuch‹ gefunden!« fragte Jensen.

»Nein. Es war ... naja, wir fanden es ein bisschen merkwürdig.«

»Weshalb?«

»Nun, es war weder ein Schwamm noch ein nasses Handtuch oder etwas ähnliches. Wenn jemand versucht hat, den Fleck von der Wand zu entfernen, hätte er es nicht schlechter machen können. Er hat es nur verteilt, die Blutflecken irgendwie verschmiert.«

»Verstehe«, sagte Jensen in der Art und Weise, wie es Leute tun, die zwar gelehrt klingen wollen, aber in Wirklichkeit nicht wissen, was sie von dem, was sie gerade gehört haben, halten sollen, dachte Tom. »Vielleicht waren unsere Terroristen nicht so professionell, wie es den Anschein hatte?«

»Ich weiss es nicht, Herr Vorsitzender«, sagte Rachel achselzuckend.

Da er suspendiert worden war und daher nicht in die Nachforschungen einbezogen wurde, war dies alles neu für Tom. Auf den ersten Blick sah es aus, als ob alles richtig gemacht worden war. Die Villa war versiegelt und mit einer feinen Zahnbürste durchkämmt, Gipsabdrücke von Fussabdrücken und Reifenspuren angefertigt worden, wo es möglich war – was im Sand nicht einfach war -, und Fingerabdrücke abgenommen und abgeglichen worden. Die einzigen Abdrücke, die identifiziert werden konnten, waren die von Greeves und Bernard. Die Terroristen hatten offenbar die ganze Zeit über Handschuhe getragen oder den Ort sauber gewischt, bevor sie ihn verliessen.

. . .

TOM SCHLOSS seinen Koffer und sah sich im Schlafzimmer um, um sicherzugehen, dass er nichts vergessen hatte. Er betastete die Brusttasche des einzigen Blazers, den er mitnahm – den marineblauen – und fühlte den Reisepass und die Mappe mit dem Ticket. Er trug den Koffer in der einen Hand und einen Tagesrucksack und seine Handgepäckstücke in der anderen. Er schloss die Schlafzimmertür und ging die Treppe hinunter. Auf halbem Weg nach unten begann sein Handy zu klingeln, aber da er die Hände voll hatte, konnte er es nicht herausnehmen.

Unten im Flur zog er es hervor und es piepte, weil er eine Nachricht erhielt. »Hallo, ich bin's«, sagte Sannie auf dem Band. »Ich bin ungefähr zehn Minuten entfernt. Ich weiss immer noch nicht, ob das eine so gute Idee ist. Ruf mich an, wenn du willst, dass ich weiterfahre.«

Er dachte an sie, an die Nächte, die sie zusammen verbracht hatten. Nach dem ersten Tag der Untersuchung hatte er sie eingeladen, bei ihm zu übernachten, aber zum Glück war sie zuerst in ihr Hotel zurückgegangen, um ein paar Sachen zu holen. Als er zu Hause ankam, war die Southwood Lane von Fernsehwagen und nicht gekennzeichneten Zeitungsautos nahezu blockiert. Er war langsamer geworden, als er sich seinem Haus näherte und hatte dann, als ein paar der Geier ihn erkannten, den Fuss aufs Gaspedal gedrückt. Anstatt ihnen die Genugtuung einer Verfolgungsjagd zu geben, hielt er an der U-Bahn-Station an und stieg, noch bevor die ersten Paparazzi sein Auto entdeckt hatten, in einen Zug. Er hatte sich in Sannies Hotelzimmer geflüchtet, weil er es hasste, von zu Hause weggelaufen zu sein. Wenn sie ihn zu Sannie verfolgt hätten, hätte er es nicht riskieren können, später am Abend noch einmal auszugehen und er konnte sie nicht nicht wiedersehen.

Sie war es, die ihn aufrecht hielt, als der Fall sich gegen ihn verdichtete und er liebte sie dafür, wie sie zu ihm hielt. Selbst als sie die Beweise lieferte, die sein Schicksal besiegelten, erkannte er an den kurzen Blicken, die sie ihm zuwarf, als sie sprach, dass sie ihm beistehen würde.

»Inspektorin Van Rensburg.« Jensen hatte eine Pause eingelegt, um seine Stimme zu klären. »Erzählen Sie der Untersuchungskommission bitte, was Bernard Joyce am Strand von Mosambik zu Ihnen und Detective Sergeant Thomas Furey gesagt hat, kurz bevor er sich das Leben nahm.«

Sannie gab eine Zusammenfassung der Erklärung, die Tom aus seinen Notizen abgetippt hatte und die bereits als schriftliches Beweismittel bei der Untersuchung eingereicht worden war. Es reichte nicht aus, sie schriftlich zu haben. Jensen war klug genug, zu wissen, dass die Presse jemanden brauchte, der all dies sagte. Ohne Sannies Bericht gelangten die Worte möglicherweise nicht an die Öffentlichkeit, bis die vollständigen Protokolle mit den Untersuchungsergebnissen veröffentlicht wurden und das konnte noch Wochen dauern. Die Reporter, die sich im Raum drängten, hatten auf diesen Moment gewartet und das keineswegs geduldig. Jensen, so vermutete Tom, hatte wahrscheinlich einigen einen Tipp gegeben, denn es schien, dass in diesem Moment mehr Journalisten anwesend waren als bisher seit der Eröffnungssitzung.

»Ja, Herr Joyce, hat über sein eigenes Handeln nachgedacht und seine Überzeugung geäussert, der die meisten von uns nicht zustimmen würden, nämlich, dass er mehr hätte tun können, um Herrn Greeves zu retten. Aber da war noch mehr, nicht wahr, Frau Inspektorin?«

Tom sah, wie sie ihren Blick auf ihn richtete und er betete, dass keiner der Reporter scharf genug gewesen war, um dies zu erkennen und zu verstehen. »Ja«, sagte sie.

Jensen wiederholte Wort für Wort Bernards Behauptung, er habe Tom während seiner Entführung um Hilfe gerufen.

Nachdem Sannie sich zurückgezogen hatte, legte Jensen in seinem Plädoyer dar, was bereits das Beweisprotokoll gezeigt habe: Detective Sergeant Furey habe tief und fest geschlafen, nachdem er Alkohol konsumiert und die Managerin der luxuriösen Safari-Lodge, in der er untergebracht war, unterhalten habe. Deshalb habe er Bernard Joyces Hilferuf offenbar nicht gehört.

Wie er von Anfang an angenommen hatte, war Tom, noch bevor er in den Zeugenstand trat, am Ende. Trotzdem schmerzte es nicht weniger, nun da er das Ergebnis kannte. Er meinte, er hätte ein tapferes Gesicht aufgesetzt. Er hatte jede Frage, die ihm gestellt wurde, vollständig und ehrlich beantwortet, auch wenn seine Worte jeden Rest von beruflichem Respekt, der ihm vielleicht noch gezollt wurde, zerstörten.

»Haben Sie in dieser Nacht illegale Drogen genommen, Detective Sergeant?«

»Nein, das habe ich nicht.«

Das schien das einzig Positive zu sein, was er in den vorangegangenen fünfzig Minuten seiner Aussage sagen konnte.

»Ich erinnere Sie daran, dass Sie unter Eid stehen, Detective Sergeant Furey.«

»Daran müssen Sie mich nicht erinnern.« Das war, was er sich Jensen gegenüber am ehesten erlaubte: sarkastisch oder verärgert zu sein. Er mochte den Mann nicht – die Art und Weise, wie er der Presse schmeichelte, oder die Art und Weise, wie er den SAS-Major Fraser wie einen kleinen Götzen behandelte, vor dem man sich verbeugen und kratzbürsten musste – aber Jensen machte einfach nur seinen Job. Seine Aufgabe war es, einen Sündenbock zu finden und das war schon so gut wie erledigt, bevor die Untersuchung überhaupt begonnen hatte.

Jensen hatte die Worte fallen lassen. Den Medien waren bereits Berichte über das in Toms Zimmer gefundene Kokain zugespielt worden und offizielle Erklärungen aus Pretoria und Scotland Yard hatten bestätigt, dass keine Anklage gegen ihn erhoben worden war. Andere Beweise, darunter auch einige von Sannie, hatten bereits bewiesen, dass Carla korrumpiert war, und die Medien waren auf die Idee gekommen, die Drogen als Teil eines Komplotts darzustellen. Das half Tom, der im besten Fall als leichtgläubig, im schlimmsten Fall als nachlässig bis hin zu kriminell dargestellt wurde, natürlich nicht.

Die Wahrheit, dachte Tom, als er sein Gepäck zur Türschwelle brachte und die Haustür abschloss, lag dort, wo sie normalerweise lag – irgendwo zwischen dem Besten und dem Schlimmsten von dem, was die Leute glaubten. Als er die Terroristen aufspürte und beinahe fing, hatte er gute Arbeit geleistet. Shuttleworth versicherte ihm, dies werde in den Ergebnissen herausgehoben, da die Regierung etwas auch nur annähernd Positives aufzeigen müsse. Dennoch hatte ihn Carla verführt, mindestens moralisch, wenn nicht sogar körperlich. Unabhängig davon, ob sie ihn unter Drogen gesetzt hatte oder nicht, musste er zugeben, dass er Alkohol getrunken hatte. Das war, – egal, in welcher Menge – gegen die Vorschriften. In seiner Aussage machte er deutlich, dass er keinen Sex mit ihr hatte – doch die Schlussfolgerung, die daraus gezogen wurde, war, dass er zu betäubt war, um sie zu ficken. Schliesslich hatte er sie in der Absicht, mit ihr zu schlafen, in sein Zimmer gelassen.

Als Folge seines Handelns starben zwei Männer. Mit der Schuld, die er wegen Bernards Tod empfand, würde er für den Rest seines Lebens leben müssen. Dafür hatte Bernard gesorgt.

Es war ein guter Zeitpunkt für ihn, zu gehen – spät am Abend. Die Zeitungen hatten den Redaktionsschluss für den nächsten Morgen bereits überschritten und es war sinnlos, um diese Tageszeit sein Haus zu überwachen. Bis zur Veröffentlichung des Abschlussberichts und der Empfehlungen der Untersuchungskommission gäbe es keine neuen Schlagzeilen. Die Zeitungen hatten an diesem Morgen die Höhepunkte des letzten Tages zusammengefasst. *BETRUNKENER BODYGUARD UNTER DROGEN VERSCHLÄFT HILFERUF SEINES SCHUTZBEFOHLENEN*, lautete die Schlagzeile der Zeitung, die Tom in den Mülleimer vor seinem Haus warf. Er liess die Post an die Wohnung seines Cousins in Kent weiterleiten und hatte die Zeitung abbestellt. Er wusste nicht, wann er wieder in England wäre. Eigentlich dürfte er das Land nicht verlassen, ohne Shuttleworth zu informieren. Wenn der Untersuchungsausschuss wieder zusammenkam, um das Urteil zu verkünden, würde seine Abwesenheit bemerkt.

»Scheiss auf sie«, sagte Tom zu sich selbst. Er sah, wie der kleine rote Ford Focus um die Ecke bog und langsam anhielt, während Sannie die Hausnummern anschaute. Sie hatte sein Haus noch nie gesehen, aber das war jetzt auch egal.

Sannie sah ihn, blinkte mit der Lichthupe und winkte durch den

Bogen des Wischerblatts. Tom ignorierte den Nieselregen und winkte zurück. Als sie anhielt, schaute er noch einmal die dunkle Strasse auf und ab, um sich zu vergewissern, dass keine Fotografen auf ihn lauerten. Sannie sagte, ihre Taschen seien im Kofferraum, also legte er seine auf den Rücksitz und setzte sich auf den Beifahrersitz. Sie lehnte sich zu ihm und küsste ihn. Sie schmeckte wie das Versprechen von Sonnenschein.

»Ich habe mich gefragt, ob du hier seist. Hast du meine Nachricht erhalten?«

Er nickte. »Ich war noch am Packen. Dachtest du wirklich, ich wolle nicht gehen?«

»Ich weiss es nicht. Ich glaube, es ist das Beste für dich.«

»Du klingst nicht überzeugt.«

»Ja, weil ich es nicht bin. Es ist in Ordnung, wenn du dir eine Auszeit gönnst und warten willst, bis sich der Mediensturm gelegt hat. Aber wenn du wegläufst, kannst du vielleicht nie weit genug laufen.«

»Ich laufe nicht weg.« Er schnallte sich an und starrte direkt aus der Windschutzscheibe.

»Ich weiss.« Sie legte den Gang ein, fuhr von der Bordsteinkante weg und legte dann ihre Hand auf sein Knie. »Und das macht mir auch Sorgen: Ich vermute, du bist hinter etwas her.«

Er hob die Augenbrauen.

»Ich glaube, du jagst ein Phantom.«

TOM SASS in der Economy Class, während Sannie ein Rückflugticket für die Business Class hatte. Am Check-in in Heathrow hatte sie versucht, ihm ein Upgrade zu verschaffen, aber das Flugzeug war voll. »Wir können auf halbem Weg tauschen, wenn du willst«, hatte sie ihm angeboten.

»Ich sollte mich von nun an besser ans Sparen gewöhnen. Keine Flüge mehr in der ersten oder der Business-Klasse mehr.« Er hatte das Ticket von seinen Ersparnissen bezahlt und obwohl es ihm nicht an Geld mangelte – wenn er wollte, hatte er genug, um sechs Monate lang zu reisen, würde ihm nicht mehr viel davon bleiben, wenn er nicht endlich einen Job fand. Die Rente, für die er mehr als zwanzig Jahre gearbeitet hatte, war nur noch ein Traum.

Er bekam zwar kein Upgrade, aber Sannie konnte ihm einen Platz in der Lounge der British Airways verschaffen und während Sannie nur einen Gin Tonic hatte, trank Tom drei Bier. »Damit komme ich durch die Rinderklasse«, erklärte er.

Sie sassen zusammen auf einem Zweiersofa und hielten sich an den Händen, während sie an ihren Getränken nippten. »Tom, wir haben noch nicht einmal darüber gesprochen, wo du übernachtest.«

Sie hatte ihm angeboten, ihm für die Reise ein Fahrzeug zu leihen – der Land Rover Defender stand seit Christos Tod praktisch ungenutzt in ihrer Garage –, aber sie hatten keine Zeit gefunden, weitere Einzelheiten seines Besuchs zu besprechen.

»Ich hatte vor, mir in der Nähe des Flughafens ein Hotelzimmer zu nehmen. Am Tag nach unserer Ankunft würde ich dich gern besuchen, um dein Fahrzeug zu besichtigen, falls es noch im Angebot ist«, sagte er.

»Natürlich kannst du den verdammten Wagen noch haben, Tom. Aber ich möchte, dass du zu mir kommst. So lange, wie du willst. Ich habe in den letzten vierundzwanzig Stunden darüber nachgedacht.«

»Was ist mit deinen Kindern?«

»Darüber habe ich am meisten nachgedacht. Ich würde nichts tun, was sie verletzen könnte, aber sie mochten dich beim letzten Mal und haben dich immerhin einmal getroffen. Ich habe hinter der Garage eine kleine Gästewohnung. Wenn du sie willst, kannst du sie haben.«

Er beugte sich vor und küsste sie auf die Wange. »Natürlich möchte ich sie. Ich weiss nicht, wohin mein Weg mich führt, Sannie, aber es ist schön zu wissen, dass ich einen Anfang habe.«

»Hast du schon eine Idee, wohin du gehen wirst?«

Er zuckte mit den Schultern, nahm sein Bier in die Hand und trank einen grossen Schluck. Sie dachte, er weiche einer Antwort auf die Frage entweder aus oder habe wirklich keine Ahnung, wohin er wolle. Sie vermutete, dass Erstes zutraf. Er verheimlichte ihr immer noch etwas Wichtiges. Diese ganze Idee, nach Afrika zu fliehen, klang nicht richtig. Es machte keinen Sinn, dass er auf einem Kontinent Trost oder Zuflucht finden wollte, auf dem seine Karriere erschütternd und blutig zu einem Stillstand gekommen war. Er war hinter etwas oder jemandem her. Wenn er allein hinter den Terroristen her war, war er verrückt. Gefährlich verrückt. Auch wenn sie seinetwegen schon mehrmals gegen die Regeln verstossen hatte, sie würde nicht mit Tom in die Wildnis Afrikas fahren, ihre Neun-Millimeter-Waffe in der Handtasche, um ihn zu unterstützen. Dessen war sie sich sicher. Die kombinierten Kräfte der südafrikanischen, britischen und amerikanischen Regierungen suchten nach diesen Männern. Tom Furey konnte nicht erreichen, was Polizei, Spione und Satelliten nicht geschafft hatten. Oder etwa doch?

Ihr Flug wurde aufgerufen und sie trennten sich in der Warteschlange zum Einsteigen. Er küsste sie und sagte ihr, er sehe sie am Ende des Flugs wieder.

Ja, dachte sie, *aber für wie lange?*

26

»**W**at *doen jy*?« Tom, der auf dem Rücken unter dem Land Rover lag, drehte beim Klang der Stimme den Kopf und sah ein Paar kleine nackte Füsse und dünne goldbraune Beine.

Nachdem Abschrauben des Stopfens von der Motorölwanne hatte und dem Ablassen des Inhalts in die Blechschale, glänzte Toms Hand von heissem, schwarzem Öl. Als er seine Ellbogen und Füsse benutzte, um sich unter dem Fahrzeug hervorzuschieben, bemerkte er, dass sich seine Beine, die in Shorts steckten, sich bereits rosa zu färben anfingen. Er erkannte die Stimme und den Jungen, der dort stand, hatte aber keine Ahnung, was er sagte.

Er hielt eine Hand hoch, um seine Augen vor dem grellen Sonnenlicht zu schützen. »Hallo, Christo. Kennst du mich noch? Ich bin Tom.« Die Nachmittagssonne schien ins Gesicht des Jungen. Tom wischte sich mit der Rückseite seines sauberen Arms über die Stirn. Nach London war die Hitze ein erneuter Schock.

Der Junge nickte. »Was machst du?«, fragte er, diesmal auf Englisch.

Tom setzte sich auf, schnappte sich einen Lappen, den er in der Garage gefunden hatte und wischte sich die Hand, so gut er konnte, ab. Die Brühe war seit dem Tod des Vaters des Jungen und wer weiss, wie lange davor, nicht mehr gewechselt worden. Seine Hand war immer noch schwarz. »Ich wechsle das Öl. Sieh mal darunter. Du kannst sehen, wie es abläuft.«

Christo schüttelte den Kopf. »Das ist das *Bakkie* meines Vaters.«

Tom sah, wie der Junge die Stirn runzelte und sich konzentrierte, als versuche er, herauszufinden, was los sei. *Viel Glück, kleiner Freund,* dachte Tom. »Ich weiss. Deine Mami leiht es mir für eine Weile.«

»Wohin gehst du?«

»Ich mache ein bisschen Urlaub.«

Der Junge nickte. »Mama fährt mit uns übers Wochenende in den Krügerpark und Ouma kommt auch mit.«

»Das ist schön.« Tom vermutete, dass es sich bei ›Ouma‹ um Sannies Mutter Elise handelte, die sie kurz nachdem sie Christo und seine kleine Schwester Ilana bei der Schule abgesetzt hatte, vom Flughafen abholte. Elise hatte gelächelt, als Sannie ihr Tom vorstellte, aber er konnte keine Wärme in ihren Augen erkennen. Es würde Zeit brauchen – wenn er sie bekam. Er sagte Christo nicht, dass er vorhatte, sie in den Nationalpark zu begleiten und den Rest seiner Reise von dort aus anzutreten. Diese Nachricht sollte Sannie den Kindern überbringen.

»Kommst du nach deinem Urlaub zu uns?«

Woher zum Teufel soll ich das wissen? dachte Tom. »Ich weiss es nicht, Christo. Hey, ich habe etwas für dich.«

Die Augen des Jungen leuchteten auf. Tom liess die Brühe abtropfen und ging in die vergleichsweise kühlen Räume der umgebauten Einliegerwohnung, in der er wohnte. Er hatte die Klimaanlage laufen lassen, aber sie schien der Hitze nicht Herr zu werden. In Heathrow hatte er in letzter Minute in einem Souvenirladen angehalten und einen Fussball mit dem Logo von Manchester United gekauft.

»Cool!« Christo liess den Ball sofort abprallen und schoss ihn so weit, dass er an der gemauerten Sicherheitsmauer abprallte, dann sprang er über den Rasen, um ihn wie ein Torwart zu fangen.

Tom lachte, als er sich ein T-Shirt überzog. »Gut gemacht!« Er sah, wie Elise sie durch die Küchenfenster beobachtete. Ein schwarzes Dienstmädchen stand neben ihr und Sannies Mutter sagte, ohne Tom aus den Augen zu lassen, etwas zu der Frau. Er lächelte sie an, aber sie erwiderte die Geste nicht. Er schob es gedanklich beiseite.

»Mama kommt bald nach Hause und dann können wir das Schwimmbad benutzen, aber nicht vorher«, informierte Christo ihn. »Ouma kann nicht schwimmen«, flüsterte er. Tom nickte und teilte seine Zuversicht.

Elise kam an die Hintertür. »Christo! Komm herein und trinke etwas Milch. Ich habe auch noch ein paar Leckereien gebacken.« Sie hielt einen Teller mit Keksen in der Hand, die Tom von der anderen Seite des Swimmingpools her riechen konnte.

»Juhu!« Christo vergass seine Fragen und seinen Fussball und huschte zum Haus. Elise zerzauste sein Haar, während sie ihn zum Haus führte. Sie verschwand wieder in der Küche, kam aber mit einer Flasche Castle Lager zurück.

»Hier, Tom. Sieht aus, als könnten Sie nach Ihrer Arbeit ein Bier gebrauchen«, sagte sie, wobei sich ihre Mundwinkel leicht nach oben kräuselten. Sie ging auf ihn zu. »Kommen Sie, setzen wir uns in den Schatten.«

»Ich bin noch nicht fertig, noch nicht einmal halbwegs, aber ein Bier wäre schön, danke.« Er hoffte, dass dies ein Zeichen dafür war, dass sie auftaute, mochte sich aber nicht darauf verlassen. Elise führte ihn unter einen schattigen Baum mit roten Blüten, unter dem ein schmiedeeiserner Tisch und Stühle standen.

»Sannies Mann liebte diesen Wagen.«

Tom öffnete das Bier und nahm dankbar einen langen Schluck. »Es ist nett von Sannie, dass sie ihn mir ausleiht. Ich werde das Fahrzeug unversehrt zurückbringen.«

»Ich mache mir keine Sorgen, dass der Land Rover kaputt geht, Tom.«

Nun, dachte er, *wenigstens hat sie keine Zeit verschwendet, um auf den Punkt zu kommen.* »Ich bin nicht hier, um jemanden zu verletzen.«

Sie winkte mit der Hand, vielleicht um eine Fliege zu verscheuchen, aber gleichzeitig wirkte es, als wische sie seine Worte weg. »Meine Tochter kam gerade langsam mit dem Tod ihres Mannes zurecht. Ich weiss, was sie in Mosambik mit Ihnen – für Sie – getan hat. Das kann ich ihr nicht verzeihen, aber es ist Vergangenheit. Sie weiss, dass sie ihr Leben und ihren Job nicht hätte aufs Spiel setzen dürfen, aber sie hat es Ihretwegen getan.«

Es steckte genauso viel Anschuldigung wie Feststellung in ihrer Aussage, dachte er, wollte sich aber nicht auf einen Disput mit der Frau einlassen.

»Bringen Sie diese Familie nicht erneut in Gefahr, Tom.«

Er nahm noch einen Schluck. »Das werde ich nicht. Wohin ich auch gehe und was ich auch tue, ich bin dabei auf mich allein gestellt.«

Elise nickte. »Gut. Das ist jetzt ihr Auto.«

Sannie war am Vormittag ins Büro gegangen, um Wessels über die Untersuchung und ihre Reise zu berichten. Sie hatte Tom gesagt, sie habe nicht vor, zu erwähnen, dass der Engländer in ihrer Wohnung sei, und er hatte ihr zugestimmt. Sie durfte allerdings früher von der Arbeit nach Hause, um mehr Zeit mit ihren Kindern verbringen zu können. Christo rannte, einen Keks in der Hand, aus dem Haus. Ilana, die Tom bisher gemieden hatte, steckte den Kopf aus der Hintertür und spähte die Einfahrt hinunter. Das elektrische Tor öffnete sich und Sannie fuhr hinein.

Sie nahm die beiden Kinder in die Arme und bedeckte sie mit Küssen, setzte sie dann ab und winkte Tom zu. Elise stand auf, nickte Tom zu, wie um ihre Warnung zu bekräftigen und sich zu vergewissern, dass sie angekommen und verstanden worden sei, winkte Sannie zu und zog sich ins Haus zurück.

»Zieh deine Jacke aus und komm zu uns in den Pool«, rief Sannie Tom zu, als sie auf das Haus zuging, wobei sich an jedes ihrer Beine ein Kind klammerte.

»Lass mich erst den Wagen fertig machen.«

Sannie nickte und verschwand drinnen und Tom kroch zurück unter den Land Rover und schraubte die Ölwanne wieder an. Als er den Schraubenschlüssel anhob, um die Schrauben festzuziehen, überlegte er, dass die letzte Person, die das Werkzeug vor ihm in der Hand gehabt hatte, tot war. Es fühlte sich seltsam an, inmitten der Besitztümer eines anderen Mannes zu sein. Und mit seiner Familie. Er konnte Elise ihr Misstrauen und ihre stille Abneigung gegen ihn nicht verübeln.

Er füllte den Motor mit Öl aus einer ungeöffneten Flasche, die er in der Garage gefunden hatte, auf. Christo hatte einen guten Vorrat an Ersatzteilen und Verbrauchsmaterial angelegt und vor dem Abendessen wollte Tom auch die Filter erneuern.

Der Land Rover war komplett für das Campen im afrikanischen Busch ausgerüstet und Tom erkannte, mit welcher Leidenschaft Sannies verstorbener Mann sein Fahrzeug gepflegt hatte. Es war, abgesehen von einer Staubschicht, die es seit der letzten Fahrt überzogen hatte, innen und aussen tadellos. Zu Toms Überraschung sprang es, wenn auch nur zögernd, an und er liess den Motor eine halbe Stunde lang im Leerlauf laufen, um das alte Öl zu erwärmen und dem Doppelbatteriesystem, das er unter der Motorhaube entdeckt hatte, wieder etwas mehr Leben einzuhauchen.

Auf dem Dach befand sich ein Dachträger aus Aluminium mit massgeschneiderten Halterungen für zwei Gasflaschen, die Tom unter einer Plane mit anderen Campingutensilien fand, sowie ein paar Kanister. Ausserdem befand sich eine Art grosse rechteckige Kiste auf dem Dach, die er zunächst für eine mit einer wasserdichten Plane abgedeckte Aufbewahrungsbox hielt. Als er diese jedoch wegzog, entdeckte er, dass es sich um ein aufklappbares Dachzelt handelte. Im hinteren Teil des Zeltes befand sich eine Kühl-Gefrierkombination mit Kompressorantrieb, die vom Doppelbatteriesystem gespeist wurde. Der Deckel des Kühlschranks war mit einem Holzkeil offengehalten worden, um Schimmelbildung zu verhindern. Als er herausfand, wie er ihn bei laufendem Motor einschalten konnte, brummte er gleichmässig vor sich hin und begann bald zu kühlen. In der Garage standen Plastikkisten mit ordentlich verpackten Campingutensilien, darunter Besteck, Teller, Tassen und Töpfe in der einen, nicht lang haltbare Lebensmittel in einer anderen und eine dritte Kiste war mit tragbaren Lampen, einem Luftkompressor und verschiedenen elektrischen Adaptern vollgestopft. Er hatte erwartet, dass er das Fahrzeug selbst ausstatten müsste, aber Sannie hatte ihm bereits gesagt, dass er alles, was er in Christos gut sortiertem Fundus an Ausrüstung, Werkzeugen und Geräten finde, mitnehmen dürfe.

Tom setzte den Öleinfülldeckel wieder auf, liess die Motorhaube herunter und sah auf, als sich die Hintertür wieder öffnete. Christo und Ilana stürmten in ihren Badeanzügen auf den Swimmingpool zu und Sannie ging fröhlich lachend hinter ihnen her. Sie trug einen grünfarbigen Rum-Drink in einer Flasche und ein weiteres Bier, das sie ihm entgegenhielt. Sie sah gut aus. Sie hatte ihren Anzug ausgezogen und trug ein gelbes Bikinioberteil und ein Paar kurz geschnittene blaue Shorts mit einem australischen Surf-Logo auf der Seite. Er hatte sie schon nackt und in BH und Höschen gesehen, aber jetzt sah sie, wenn es möglich war, noch anziehender aus. Sie war ein Versprechen für lange, unbeschwerte Sommerferien und endlosen Sonnenschein, sowie eine Welt ohne Mord, Terrorismus und Politik. Sie warf den Kopf zurück und lachte über etwas, das ihre Mutter in der Küche sagte und wiegte sich in den Hüften, als sie die Flaschen an ihrer Seite schwang und auf ihn zukam. Eine solche Sannie hatte er noch nie gesehen. Zu Hause, bei ihren Kindern, sicher vor der Aussenwelt und frei, selbst wieder ein Kind zu sein. Als sie auf ihn zukam und eine Hüfte an den warmen Aluminiumkotflügel des Lastwagens lehnte, sah sie aus wie ein koketter Teenager.

»*Jesses*, habe ich die Sonne vermisst!« Sie kippte die Kühlbox um, benutzte die Zacken des Deckels, um den Deckel der Bierflasche wegzuhebeln und schraubte dann den Drehverschluss ihres Getränks ab. Tom leerte den Rest des Biers, das Elise ihm gebracht hatte. Es war bereits von der Nachmittagssonne erwärmt, aber das Pils, das Sannie ihm reichte, war eiskalt und frisch. Er wollte sie, genau in diesem Moment, und erlaubte sich die kurze Fantasie eines ewigen Lebens am Strand mit dieser sonnengeküssten Frau. »Du bist *dreckig*, Mann«, sagte sie und sah auf seine Hände. »Ist der Wagen gut angesprungen?«

»Beim ersten Mal.«

Sie nippte an ihrem Getränk und rief dann, als Christo nachfragte, sie komme bald ins Schwimmbad. »Komm mit uns schwimmen«, sagte sie zu Tom.

»Ich bin hier fast fertig.« Er deutete auf den Wagen. »Geh und spiel mit deinen Kindern. Ich passe von hier aus auf dich auf.«

Sannie schmollte. »War meine Mutter furchtbar zu dir?«

Er lächelte. »Nicht mit vielen Worten, aber man könnte sagen, dass mir die Leviten gelesen wurden und ich es verstanden habe. Sie versucht nur, dich zu beschützen.«

Sannie nickte und schaute dann über ihre Schulter. Ihre Mutter beobachtete sie von der Küche aus. »Mama! Komm in den Pool!« rief Ilana.

»Die Pflicht ruft«, sagte sie und stellte ihr Getränk auf dem Kotflügel des Land Rovers ab. Tom beobachtete, wie sie sich umdrehte, mit vollem Schwung zum Rand des Pools rannte und mit einem Hechtsprung eintauchte, der kaum einen Spritzer verursachte. Ihr Kopf stiess aus dem Wasser und sie stürzte sich auf die beiden Kinder. »Da kommt das *Krokodil!*« Die Kinder kreischten vor Freude.

Elise hatte ein Brathähnchen gekocht, nahm aber Toms Komplimente kaum zur Kenntnis.

Christo hatte seine anfänglichen Vorbehalte gegenüber dem fast Fremden im Haus verloren und löcherte Tom mit Fragen über englische Fussballmannschaften und die Rugbymannschaft des Landes. Obwohl Sannie dem Jungen sagte, er solle ruhig sein und sein Gemüse essen, unterhielt sich Tom gerne mit ihm. Die kleine Ilana war immer noch still und schüchtern, aber lächelte ihn immerhin ein paar Mal an und kicherte, bevor sie ihr Gesicht hinter ihrer Hand verbarg. Es waren reizende Kinder, dachte er, deren Mutter und kratzbürstige Ouma stolz auf sie sein konnten. Er verstand den Beschützerinstinkt der älteren Frau.

Sannie hatte geduscht und ein einfaches Sommerkleid mit einem bunten Sonnenblumenmuster angezogen. Es reichte kaum bis zur Hälfte ihrer schlanken, athletischen Oberschenkel und brachte ihre Bräune zur Geltung. Wie ihre Kinder sass sie barfuss am Esstisch.

Tom schwitzte trotz des Ventilators, der von einem Küchentisch über sie hinweg wehte, stark.

»Ist David Beckham der beste Fussballspieler der Welt?« fragte Christo.

»Die Karotten, Christo«, sagte Sannie, während sie an einem Hühnchenflügel kaute.

»Er wird öfter in der Zeitung abgebildet als jeder andere Spieler«, sagte Tom. Christo nickte, als sei die Frage damit beantwortet und Tom spürte, dass sich Zehen sein Schienbein hinaufschoben.

Er blickte zu Sannie, die ihm gegenübersass, hinüber – ihre Mutter sass am Kopfende des Tisches –, aber sie ignorierte ihn. Sie bat ihre Mutter, ihr das Salz zu reichen, wobei sie ihren Fuss immer höher und höher bewegte, bis er in Toms Schritt ruhte. Er hustete und Sannie fragte ihn, ob er mehr Wasser oder noch ein Bier wolle. »Oh, für mich ist es gut, wie es ist«, sagte er. Sie lächelte und er glaubte, die Andeutung eines Zwinkerns zu erkennen. Sie wackelte mit den Zehen und er spürte, wie er steif zu werden begann. Tom konzentrierte sich auf sein Huhn.

Nach dem Essen setzte Elise den Kessel für Kaffee auf und hiess Tom, sitzen zu bleiben. Er war sehr dankbar dafür. Sannie grinste hinter dem Rücken ihrer Mutter.

»Was ist so lustig, Mama?«, fragte Christo.

»Nichts, mein Junge. Nur etwas Lustiges, das Mami heute bei der Arbeit gehört hat. Du und Ilana könnt eine Stunde lang fernsehen, wenn ihr wollt.«

»Juhu!« Die Kinder verliessen den Raum.

»Ich gehe früh zu Bett «, sagte Elise. »Ich will noch mein Buch fertiglesen. Gute Nacht.«

Tom wünschte ihr eine gute Nacht und atmete hörbar auf, als nur noch sie beide in der Wohnküche sassen. »Ist es sicher für dich, zu stehen?«, kicherte sie.

»Kaum. Du bist unverbesserlich. Was hast du dir nur dabei gedacht, mit deiner Mutter hier zu stehen?« Er lächelte.

»Es fühlt sich an, als wäre man wieder fünfzehn. Es bringt ein köstliches Element von Risiko mit sich, findest du nicht?«

Tom schüttelte den Kopf.

»Lass uns den Kaffee draussen trinken.«

Sie sassen nebeneinander in einer Schaukel am Pool und Tom liebte das Gefühl ihres nackten Beines, das sich dicht an seins presste. Sie unterhielten sich eine Weile und vermieden es, über den Fall oder Toms bevorstehende Reise zu sprechen. Obwohl dies nicht nötig war, erklärte ihm Sannie, ihre Mutter habe Christo geliebt und sei besorgt, dass Sannie nie wieder einen so guten Mann wie ihn als Vater für ihre Kinder finde. »Was ich natürlich nicht von dir glaube.«

»Ich habe nie daran gedacht, einmal eine Familie zu haben«, sagte er. »Aber deine Kinder sind toll.«

Sie pustete auf ihren Kaffee und nippte daran. »Sie können manchmal Ungeheuer sein, glaub mir. Aber ich will nur das Beste für sie.«

»Schliesst mich das aus?«

Sie sah ihn an. »Natürlich nicht. Aber ist es das, was du willst?«

»Ich weiss nicht, was ich will, ganz ehrlich gesagt. Aber ich liebe es, hier zu sein. In diesem Haus, mit dir und deinen Kindern ...«

»Und mit meiner Mutter?«

»Nun, wir sollten es nicht übertreiben.« Sie lachten beide.

Später, nachdem sie die Kinder ins Bett gebracht und sich vergewissert hatte, dass ihre Mutter sicher in ihrem Zimmer war, kam Sannie mit zwei offenen Bierflaschen wieder nach draussen. »Du hast dich heute Nachmittag nicht ins Schwimmbad gewagt. Kannst du nicht schwimmen?«

»Doch, natürlich«, widersprach er, nahm das Bier entgegen und trank einen grossen Schluck.

»Dann komm jetzt mit mir hinein«, sagte Sannie und stellte ihr unangetastetes Getränk ins Gras. Sie stand auf und streckte eine Hand zu ihm aus.

»Ich habe keine Badehose an«, sagte er.

Sie blickte über die Schulter zurück auf das dunkle Haus, griff nach dem Saum ihres Kleides und hob es über ihren Kopf. »Ich auch nicht, Geliebter.« Die weisse Haut, wo ihr Höschen und das Bikinioberteil gewesen waren, leuchtete einladend. Sie drehte sich um, ging, ohne sich umzudrehen, von ihm weg und liess sich lautlos ins Wasser gleiten.

Tom knöpfte seine Shorts auf und streifte sein T-Shirt ab, bevor er ihr folgte. Am Beckenrand angekommen zog er seine Unterhose aus und liess sich ins Wasser fallen. Sannie liess sich auf der anderen Seite ins Wasser gleiten und tauchte in seinen Armen auf. Sie küsste ihn lang und hungrig, wobei ihre Zunge in seinen Mund eindrang. Er wollte etwas sagen, aber sie legte ihm einen Finger auf die Lippen. Das Wasser des Pools war salzig, genau wie sie. Es war, als würde man eine Meerjungfrau küssen.

Sie führte ihn, halb watend, halb schwimmend, zu einer Seite des Pools. Dort versperrte ein Bougainvillea-Strauch im Garten die Sicht von der Küche aus, falls jemand einen Blick zum Fenster hinauswarf. Wenn sie auf dem Boden stand, reichte das Wasser bis zur Hälfte ihrer Brüste, so dass ihre Brustwarzen gerade die Oberfläche durchbrachen. Er legte eine Hand unter ihren Po, den anderen Arm um sie, zog sie zu sich und hob sie leicht im Wasser. Sie umschlang ihn mit ihren Beinen und schob ihre Hand zwischen sie. Sie spreizte sich für ihn und er liess sie auf sich heruntergleiten.

Er hatte noch nie im Wasser Liebe gemacht, aber in dem Moment, als sie den Ansatz seines Penis berührte, erinnerte er sich an den Moment auf dem Hotelbett, als die Zeit stillgestanden war, als er für kurze Zeit so tief in einem anderen Wesen geruht hatte, wie es nur möglich war.

»Mmm, ich könnte die ganze Nacht hierbleiben«, sagte er.

»Für immer«, flüsterte sie ihm ins Ohr.

Da ihre Körper vom Wasser gehalten wurden, waren lange, tiefe und befriedigende Stösse möglich. Sie hielt sich mit ihren Schenkel und ritt auf ihm, liess ihn tief bis in sich und hielt ihn dort fest, bis sein Griff um ihre Taille sie zurück nach oben zwang. Er schob einen Arm zwischen sie und rieb ihre Klitoris mit seinem Daumen. Ihr Tempo beschleunigte sich und sie bearbeitete ihn heftiger mit ihren Muskeln. Wenn sie nach oben glitt, schloss sie sich fest um ihn, entspannte sich dann und auf dem Weg nach unten war sie hart und stark.

Als sein Daumen über ihre Klitoris fuhr, erreichte sie ihren Höhepunkt – ein Orgasmus, der durch ihren Körper schoss und einen Hitzeschwall über sein Glied und ins Wasser um sie herum sandte. Sie schlang ihre Arme um seinen Hals und er befreite seine Hand, um nasse blonde Haarsträhnen aus ihrem Gesicht zu streichen, damit er ihr in die wasserblauen Augen sehen konnte.

Sie stöhnte auf, als er sich wieder in ihr zu bewegen begann und es fühlte sich fast an, als würde sie fliegen. Als er mit erneuter Dringlichkeit in sie eindrang, hob er ihre Brüste aus dem Wasser, nahm erst die eine, dann die andere Brustwarze in den Mund, klemmte sie zwischen seine Zähne und seine Zunge und saugte gierig.

Als er die inzwischen vertrauten Empfindungen ihres sich steigernden zweiten Orgasmus spürte, sah er zu ihr auf. »Lass deine schönen blauen Augen dieses Mal offen. Ich will sie sehen, wenn du kommst.« Als er sie wieder spürte, kam er zu ihr und füllte sie vollständig aus.

Danach duschten sie gemeinsam in der Wohnung hinter der Garage und sie schlief eng an ihn gekuschelt in dem engen Einzelbett. Der Deckenventilator kühlte sie, blies die Mücken davon und sie liessen das Laken weg. Sannie schlief mit ihrem Kopf in sein Brusthaar gebettet, doch Tom lag, eine Hand unter seinem Kopf verschränkt, fast die ganze Nacht wach.

Sie erwachte in der Morgendämmerung und streckte sich wie eine zufriedene Katze. Er lächelte sie an und küsste sie. Dann bewegte sich ihre Hand scheinbar von selbst, zu seiner wachsenden Erektion.

»Musst du wirklich allein auf diese Reise gehen?«

»Ja, Liebes.«

Elises Verhalten ihm gegenüber wurde in den folgenden drei Tagen langsam weicher. Vielleicht, dachte Tom, während er den Kühlschrank im Kofferraum des Land Rover mit gefrorenen Steaks, *Boerewors* und einem Sixpack Castle füllte, lag es daran, dass Sannies Mutter wusste, dass er bald aus ihrem Leben verschwinden würde.

Dennoch war sie hilfsbereit, brachte ihn zum örtlichen Supermarkt und Metzger und wies ihn auf ein Autoersatzteilgeschäft hin, wo er zusätzliches Öl, Filter, einen Keilriemen und Kühlerschläuche kaufte. Er füllte die Gasflaschen auf und machte das Bett im Dachzelt mit sauberer Bettwäsche und einer Decke bereit. Er sortierte seine Kleider, von denen er einige bei Sannie zurückliess und kaufte ein zusätzliches Paar Shorts und ein khakifarbenes Buschhemd für die Reise. Am Freitagnachmittag war er bereit zum Aufbruch und als Elise mit Christo und Ilana von der Schule nach Hause kam, begann Tom, ihren in die Jahre gekommenen Toyota Condor für den Wochenendausflug in den Krügerpark zu packen.

»Ich helfe dir«, sagte Christo, der in seinem Schulhemd und seinen Shorts, aber ohne Schuhe, neben ihm stand.

»Guter Mann.« Tom hätte den Wagen allein schneller packen können, aber er liess den Jungen kleine Kisten und Kühltaschen bringen und die Sachen dort in den Kofferraum packen, wo er sie haben wollte. Später einmal würde er es noch richtig lernen müssen, dachte Tom. Während sie arbeiteten, unterhielten sie sich über Fussball und Fernsehsendungen und zu seiner Überraschung musste Tom über einige Witze, die der Junge erzählte, lachen. Er genoss seine Gesellschaft richtig.

»Kommst du nach deinem Urlaub wieder hierher zurück, Tom?« fragte Christo, während er seinen eigenen kleinen Rucksack voller Kleidung in den Condor hievte.

»Ja, ich muss den Wagen deines Vaters zurückbringen.«

»Nein, kommst du richtig zu uns?« In diesem Moment kam Elise, in einer Hand einen Picknickkorb, aus der Hintertür. Sie blieb stehen und hörte der Unterhaltung zu.

Tom seufzte. Was sollte er sagen? Er schob die Kühlbox nach hinten auf die Ladefläche und wischte sich die Hände an den Shorts ab. Er blickte zum Jungen hinunter. »Möchtest du denn, dass ich zurückkomme und bleibe?«

Nun war Christo an der Reihe, einen Moment lang über seine Antwort nachzudenken. Er nickte mit dem Kopf.

»Ich habe etwas vergessen«, sagte Elise und ging in die Küche zurück.

Bevor Tom mit Elise sprechen konnte, kam Sannie und hupte mit ihrem Mercedes, als das elektrische Tor aufgerollt wurde. »Hey, Mann! Ich dachte, ihr hättet schon gepackt«, rief sie. Sie gab Christo einen Kuss und lächelte Tom an, dann rannte sie ins Haus und hielt nur inne, um ihre hohen Absätze abzustreifen. »Ich brauche zehn Minuten, um mich umzuziehen und wenn ich fertig bin, solltet ihr besser bereit sein!«

Sannie hatte schon um ein Uhr Feierabend gemacht, sie mussten sich aber trotzdem anstrengen, um den Park zu erreichen, bevor die Tore um sechs Uhr schlossen. In der ersten halben Stunde stiess der Land Rover blauen Rauch aus, aber schliesslich wurde der lange schlafende Motor warm und Tom stellte fest, dass er ihn auf hundertzehn beschleunigen konnte. Sannie hatte vorgeschlagen, dass die Kinder bei Elise im Condor sitzen könnten und sie bei Tom mitfahren würde, falls er eine Wegbeschreibung benötigte. »Die Kinder haben dich seit einer Woche kaum gesehen, Sannie«, erinnerte Elise sie.

Tom fand, ihre Mutter habe eine gute Entscheidung getroffen. Ausserdem musste er sich erst daran gewöhnen, sich in Afrika zurechtzufinden. Sannie überholte ihn auf der Autobahn bald und fuhr locker schneller als hundertzwanzig. Über das Handy teilte sie ihm mit, sie fahre weiter und richte sich im Pretoriuskop-Camp ein. Tom versicherte ihr, er könne eine Karte gut genug lesen, um sie zu finden.

Es war dieselbe Strasse, die er und Sannie auf der Aufklärungsreise vor Greeves' Entführung gemeinsam von Johannesburg nach Tinga Legends gefahren waren. Es schien ein ganzes Leben her zu sein und in gewisser Weise war es das auch. Toms altes Leben war vorbei. Kein Job und keine Zukunft mehr – zumindest nicht in England. Er dachte darüber nach. Nein, sagte er sich, es war noch nicht ganz vorbei.

Als er in der Nähe von Witbank an den Warnschildern vor Überfällen vorbeikam, machte er sich um Sannie und ihre Familie Sorgen.

Sannie hatte jedoch ihre Z88 Dienstpistole dabei und Tom hatte sie ihre private kompakte halbautomatische neun Millimeter Waffe gegeben, eine südafrikanische RAP 401. Dank ihres kurzen Laufs war sie leicht zu verbergen, aber das Acht-Schuss-Magazin hatte weniger als die Hälfte der Kapazität der Glock, die er im Dienst trug. Tom hatte gehofft, dass sie ihm eine Schusswaffe anbieten würde und einer der Gründe, warum er nach Malawi fahren und nicht fliegen wollte, war, dass er eine Waffe auf sich tragen konnte. Von diesen Hintergedanken hatte er Sannie aber nichts erzählt.

Als er am Eingang des Numbi-Tors ankam, brach er das erste Mal auf der Reise das Gesetz, denn er hätte die Pistole anmelden müssen, tat es aber nicht. Er hatte sie unter einem Berg von Ausrüstung in der Werkzeugkiste auf dem Rücksitz des Land Rovers versteckt. Nach den nächsten zwei Tagen musste er ein besseres Versteck für die Pistole finden, wenn die Grenzübertritte begannen. Sannie hatte sich die Mühe gemacht, ihn zu fragen, warum er glaube, eine Waffe aus Südafrika mitnehmen zu müssen, aber angesichts seines Schweigens hatte sie aufgegeben. Sie hatte ihm auch zwei Ersatzmagazine und eine Schachtel mit Patronen mitgegeben.

Auf der kurzen Fahrt vom Parkeingang zum Pretoriuskop-Camp verlangsamte er und hielt an, um ein Breitmaulnashorn zu beobachten, das am Strassenrand graste. Es ignorierte ihn und mampfte zufrieden das kurze grüne Gras, das mit den ersten Regenfällen der Saison in einem verbrannten Buschstück gewachsen war. Auf seinem Rücken sass ein kleiner Vogel mit einem roten Schnabel, ein Madenhacker. Der *Askari* des Tieres, wie Sannie ihn genannt hatte. Tom hatte niemanden mehr, den er bewachen musste und das Gefühl war irgendwie befreiend. Er musste nur für sich selbst schauen und für niemanden sonst. Ironischerweise widmete er seine nächsten Gedanken Sannie und ihren Kindern. Er überprüfte die Zeit auf seiner Uhr und schaffte es wenige Minuten, bevor das Tor geschlossen wurde, durch die hölzernen Tore des Camps.

Die Anlage bestand aus einem Campingplatz und Reihen von Bungalows, die von kleinen Rondavels, wie Sannie sie nannte, bis zu grösseren, in sich abgeschlossenen Häusern reichten, in denen eine sechsköpfige Familie Platz fand. Es gab viele alte Bäume und die Rasenflächen waren grün und gut gepflegt, zweifellos mit Hilfe des Warzenschwein-Trios, das vor Toms Land Rover über die Strasse flitzte und seine Schwänze wie Antennen in die Höhe streckte.

Er fand Sannie, Elise und die Kinder am oberen Ende des Campingplatzes, der sich an einer Seite des Komplexes über mehrere Terrassen erstreckte. Ein mit dicken Metallkabeln verstärkter elektrischer Zaun umgab das Lager, der Elefanten fernhalten sollte.

»Hast du das Nashorn gesehen?«, fragte Ilana ihn.

Er beugte sich vor und versicherte ihr, er habe es beobachtet. Das kleine Mädchen war ihm in den letzten Tagen ans Herz gewachsen und er hatte ein schlechtes Gewissen, dass er bald verschwinden würde, so wie der letzte Mann in ihrem Leben. Sannie beendete das Einschlagen eines Zeltpflocks, stand auf und wischte sich über die Stirn. Sie hatte das Kuppelzelt aus Nylon, in dem sie, Elise und die Kinder schlafen würden, schnell aufgebaut. Sie trug Shorts in Tarnfarben und ein dehnbares orangefarbenes Trägerleibchen, das ihren flachen Bauch zeigte, als sie sich streckte und gähnte.

Unter der Anleitung von Sannie und den Kindern hatte Tom bald zum ersten Mal sein aufklappbares Dachzelt aufgebaut. Es sah gemütlich aus und er dachte, noch gemütlicher wäre es, wenn Sannie in der Nacht über die Leiter zu ihm klettern würde.

Tom unterhielt sich mit Elise, während Sannie die Kinder zum Duschen brachte, und bat sie, ihn in die Feinheiten des Grillens – oder *Braaiens,* wie die Südafrikaner es nennen – einzuweihen. Er hatte in seinem winzigen Garten in London und im Urlaub in Spanien ein paar Versuche unternommen, aber keinen, der als überwältigend erfolgreich bezeichnet werden konnte, sagte er ihr. Elise lachte und erklärte ihm die Grundlagen des Anzündens des Feuers, des Wartens, bis es verbrannt war, bis glühende Kohlen übrigblieben. Sie zeigte ihm, wie man das kreisförmige Gitter auf und ab bewegte, das an einer Metallstange über der Feuerschale befestigt war. Es schien ihm ziemlich einfach zu sein.

Mit sanfter Ermutigung und Ratschlägen von Sannie und Christo kochte er und die Steaks waren nicht annähernd so verbrannt, wie sie hätten sein können. Es war ein langer Tag für alle, besonders für Sannie, darum waren sie um neun Uhr alle in ihren Zelten.

Tom lag in seinem Dachbett und lauschte den Geräuschen des Busches – dem Quietschen von Fledermäusen, dem Kreischen einer Eule und dem beruhigend vertrauten Quaken der Frösche im nahen Damm. Aus weiter Ferne war das leise Brummen eines Löwen, der sein Rudel rief, zu hören. Der Schlaf kam langsam.

Um vier Uhr weckte ihn Sannie, trieb ihn aus dem Bett und in den Condor. Zu dieser Jahreszeit öffneten die Tore des Camps um halb fünf. Elise kam nicht mit, aber Sannie und die Kinder waren fest entschlossen, hinauszugehen und den Löwen, der in der Dunkelheit vor dem Morgengrauen nahe am Camp wieder gebrüllt hatte, zu suchen. Sie fanden ihn, immer noch rufend, nicht mehr als einen Kilometer entfernt, auf der asphaltierten Strasse liegend. Er senkte den Kopf und streckte die Schnauze heraus, als ob er jeden noch so kleinen Ton aus seiner riesigen Lunge herauspressen wollte. Für Tom fühlte es sich an, als würden selbst die Metallplatten an den Seiten des Toyotas vibrieren.

Sie fuhren nach Skukuza, wo Sannie ihn mit Isaac Tshabalala bekannt gemacht hatte. Das weckte bei Tom schlimme Erinnerungen, gab ihm aber Kraft für die lange Reise, die vor ihm lag. Sannie kaufte den Kindern Burger zum Mittagessen und ein Eis und sie schwammen alle im Pool eines Picknickplatzes, der sich in der Nähe des Camps am Ufer des Sabie-Flusses befand. Es war, wie Tom bemerkte, derselbe Fluss, an dem die Tinga Lodge lag. So sehr er es auch genoss, zu tun, als sei er Teil von Sannies glücklichem Familienleben, so sehr juckte es ihn doch, sich auf den Weg zu machen.

»Du bist distanziert«, sagte sie zu ihm, als sie abends allein am Lagerfeuer sassen. Am Samstagabend wurde im Open-Air-Kino des Pretoriuskop-Camps ein Dokumentarfilm über Wildtiere gezeigt und Elise ging mit den Kindern hin, damit Sannie etwas Zeit mit Tom verbringen konnte. In der Ferne heulten und gackerten Hyänen, aber der Lärm kam von der grossen Leinwand.

Er nickte.

»Sagst du es mir oder nicht?«

Er betrachtete sie. Jeder neue Blickwinkel, jede Nuance des Tageslichts schien ihm mehr von ihrer Schönheit zu offenbaren. Im orangefarbenen Schein des Feuers schien es, als käme die Wärme, die er spürte, eher aus ihrem Inneren als von den glimmenden Kohlen. Ein Teil von ihm wollte sie einfach nur festhalten und seinen Körper sich in ihrem auflösen lassen.

Sie liess sich von seinem Schweigen nicht beirren, aber ihre Verzweiflung stieg. "Denk an mich. Ich stehe immer noch am Rande der Ermittlungen. Wenn du eine neue Spur hast, sag es mir! Ich verschaffe dir bei dieser wilden Verfolgungsjagd einen Vorsprung, aber wenn du sie findest, brauchst du Verstärkung. Ich kann dir nicht innerhalb von fünfzehn Minuten ein Team von Aufklärern schicken, weisst du. Was weisst du über diese Terroristen, was wir nicht wissen, Tom, und was die britische Regierung nicht weiss?«

»Wenn ich etwas Neues herausfinde, rufe ich dich an«, war alles, was er sagte. Er wollte nicht, dass sie mit ihm zusammen war. Er wollte nicht, dass sie sich aufregte. Er wollte nicht, dass was sie tat, egal wie gut sie es meinte, ihn den Gejagten verriet. Aus all diesen Gründen und zu ihrem Schutz und dem der Zukunft ihrer Kinder, sagte er ihr nichts.

»Es hat keinen Sinn, dein Leben für einen privaten Rachefeldzug zu riskieren, Tom. Der Mann, den du beschützen solltest, liegt in Mosambik in einem unmarkierten Grab. Selbst wenn du die Mörder findest, wird das Greeves weder zurückbringen noch deine Karriere wiederbeleben. Das ist dir doch klar! Begreif es endlich, Tom – der Mann ist tot!«

Toms Gesicht verriet nichts – schon gar nicht das Einzige, dessen er sich vollkommen und absolut sicher war.

Robert Greeves war noch am Leben.

27

Tom schlug sich durch Afrika.

Der Krügerpark war eine Idylle voller Wildtiere und wunderschöner Landschaften, wie sie National Geographic am Fernseher zeigte. Er liess Sannie und ihre Familie dort zurück, die alles packten um nach Johannesburg zurückzukehren, während er nach Norden reiste. Seine Stimmung schwankte mit der sich verändernden Landschaft.

Der Süden des Parks war von dichtem Buschwerk und vielen Menschen, die in Privatwagen und offenen Safarifahrzeugen unterwegs waren, geprägt. Als er sich um einen Stau herumschlängelte, der sich neben einem Nashorn gebildet hatte, war er gereizt. Dann erkannte er, dass ein Teil seiner Frustration darauf zurückzuführen war, dass er Sannie verlassen hatte. Ausserdem waren der kleine Christo und Ilana sichtlich über seine Abreise enttäuscht. Er hatte ein schlechtes Gewissen, weil er bei ihnen die Erwartung geweckt hatte, dass es einen neuen Mann im Haus geben werde. Er hatte sich gefragt, wie es wohl wäre, Stiefvater zu sein. Vielleicht hätte es ihn erschreckt, wenn die Kinder nicht so viel Spass gemacht und sich so gut benommen hätten – sie machten Sannie und dem Vater, den sie nur so kurz gekannt hatten, alle Ehre. Er verdrängte die Gedanken an die Elternschaft aus seinem Kopf.

Je weiter er nach Norden kam, desto mehr lichteten sich sowohl der Busch als auch die Menschenmassen. Offene Grasflächen ersetzten das lange Gras und die Dornenbüsche des südlichen Teils des Parks. Allmählich verliess er das, was man als Zivilisation bezeichnete, mit all den damit verbundenen Verantwortlichkeiten, Regeln und Verpflichtungen. Zum ersten Mal seit zwanzig Jahren war er niemandem ausser sich selbst Rechenschaft schuldig. Er vermisste Sannie, war aber auch frei, um sich auf die bevorstehende Aufgabe zu konzentrieren.

Er hielt in der Mitte des Parks im Satara-Camp und kampierte in der Nähe des Zauns. Ein Trio alter Büffelbullen liess sich direkt auf der anderen Seite des Zauns zum Schlafen nieder. Tom fragte sich, ob sie dachten, dass sie dort, in der Nähe des Camps, sicherer wären. Ein Löwe, der in der Ferne brüllte, wiegte ihn in den Schlaf. Er gewöhnte sich von Tag zu Tag mehr an Afrika.

Am nächsten Morgen stand er früh auf, aber nicht, um auf die Suche nach wilden Tieren zu gehen. Er nahm die asphaltierte Strasse von Satara nach Orpen im Westen, zu einem anderen Tor des Krügerparks. Er überprüfte seine Karte des Parks, auf der auch die an den Nationalpark angrenzenden privaten Wildreservate verzeichnet waren. In den Jahren der Apartheid hatten wohlhabende Südafrikaner Land am Rande des öffentlichen Parks aufgekauft und ein Netz privater Reservate aufgebaut, die ähnlich wie der Nationalpark betrieben wurden, aber den eigenen Interessen dienten. In der Vergangenheit trennte ein Zaun das öffentliche und das private Land, aber dieser wurde in den letzten Jahren abgebaut, so dass die Tiere ungehindert vom Krügerpark in die angrenzenden Gebiete wandern konnten. Einige der Grundstücke wurden kommerziell besser erschlossen und Lodges verlangten von ausländischen Besuchern Höchstpreise für eine Luxussafari, während andere Grundstücke sich im Besitz von Privatpersonen befanden, die sie an Wochenenden und Feiertagen privat nutzten.

Nachdem er eine Ortschaft namens Acornhoek passierte, bog er auf eine unbefestigte Strasse, die ihn tiefer in die privaten Reservate führte. Schliesslich erreichte er den Eingang zum privaten Timbavati-Wildreservat, der einem der Tore zum Krüger ähnelte. Timbavati hatte seine eigenen Ranger in schicken, gebügelten Uniformen, eigene Regeln und eigene Eintrittsgebühren. Tom bezahlte für die Einfahrt und erklärte, er sei ein geladener Gast und auf dem Weg zum Grundstück von Doktor Khan. Das war eine Lüge, aber der Sicherheitsbeamte hinterfragte seine Aussage nicht. Tom erkundigte sich nach dem Weg zum Anwesen des verstorbenen Arztes – was den Mann immer noch nicht misstrauisch machte – und sagte, er habe zwar die Erlaubnis zum Besuch, sei aber noch nie dort gewesen.

Tom fuhr an einem offenen Land Rover-Safarifahrzeug vorbei und winkte dem Fahrer und seinen Touristen zu. Er folgte den an Steinhaufen befestigten Schildern und bog von der Hauptstrasse durch das Reservat nach links ab. Nach Angaben des Wächters befand sich das Haus von Doktor Khan sechseinhalb Kilometer weiter.

Er stellte den Tageskilometerzähler ein und kam zu einer unmarkierten Abzweigung, die von einem einsamen Elefantenbullen bewacht wurde, der seine breite Stirn benutzte, um einen mächtig aussehenden Baum umzustossen. Sannie hatte Tom erzählt, dass Elefanten dies taten, um von den Wurzeln zu fressen oder manchmal auch nur, um an ein paar Blätter zu gelangen, die sonst unerreichbar gewesen wären. Er hatte keine Zeit, die mächtige Kreatur zu beobachten, sondern schaltete einen Gang zurück und fuhr auf der schlechter werdenden Piste weiter. Er schaltete den Land Rover in den niedrigen Allradantrieb, um eine ausgetrocknete sandige Flussüberquerung zu bewältigen und gab Gas, um das gegenüberliegende Steilufer hinaufzuklettern.

Das Haus, das endlich in Sicht kam, war einfach, aber stilvoll. Strohdach, einstöckig, mit weiss gekalkten, verputzten Wänden und braun gestrichen. Es hatte einen strohgedeckten, auf drei Seiten offenen Ess- und Barbereich im Freien, von dem aus sich ein weiter Ausblick bot. Auf der anderen Seite des Flusses – vermutlich desselben, den er gerade überquert hatte – sah er ein kleines künstliches

Wasserloch mit einer Pumpe. Ein einzelner Büffel trank aus dem Betonbecken. Tom hielt den Land Rover an und stieg, dankbar für die Gelegenheit, sich die Beine zu vertreten und eine kühle Brise auf dem feuchten Rücken seines Hemdes zu spüren, aus. Die Klimaanlage im Land Rover war entweder schon seit Jahren nicht mehr gereinigt worden oder funktionierte nicht.

»Hallo?« Er ging in den schattigen Aufenthaltsraum und sah sich um. Auf den beiden Tischen und der hölzernen Thekenplatte lag kein Staub. Ein mit einer Kette und einem Vorhängeschloss gesicherter Kühlschrank mit Glastüren enthielt eine grosse Auswahl an Bieren und Weinflaschen. In einem Schrank über der Bar befand sich hinter Metallgittern eine ebenso beeindruckende Auswahl an Spirituosen, darunter einige teure Single Malt Scotches. Zu beiden Seiten der Getränkeschränke hingen Fotos in geschmackvollen, wenn auch rustikalen Holzrahmen an der Wand. Es gab Aufnahmen von allen ›Big Five‹: Löwe, Elefant, Nashorn, Leopard und Büffel. Ausserdem war auf einem Bild ein dunkelhäutiger aber adrett aussehender Mann zu sehen, der neben einem toten Büffel kniete und sich auf ein Jagdgewehr stützte. Tom vermutete, es zeige Doktor Khan. Auf einem anderen Foto sah man einen Sonnenuntergang über schimmerndem Wasser. Die untergehende Sonne wurde von einem vergitterten, mit Bougainvillea bewachsenen Bogen eingerahmt, der sich über den Weg zu einem schmalen Streifen weissen Sandes spannte.

»Guten Morgen, Sir, kann ich Ihnen helfen?« Ein älterer schwarzer Mann erschien hinter dem Haus. Er trug einen blauen Overall, an dem er sich die Hände abwischte, als er herüberkam.

Tom wandte sich von den Fotos ab und zog seine Brieftasche aus der Hose. »Ich bin Detective Sergeant Tom Furey von der Londoner Metropolitan Police. Ich bin im Zusammenhang mit dem Verschwinden von Doktor Khan hier.«

»Sie sind aus East London?«, fragte der Mann.

Tom hatte von der Stadt an der Küste Südafrikas gehört. »Nein, aus England.«

»Die Polizei war schon hier, Sir.« Der Hausmeister musterte Tom von oben bis unten.

In Shorts und T-Shirt gekleidet und mit einem Fahrzeug mit Dachzelt unterwegs, sah er kaum wie ein ermittelnder Detektiv aus. Tom beschloss, weiter zu reden und zu bluffen. »Ich arbeite mit der südafrikanischen Polizei an diesem Fall. Sie haben mich gebeten, Ihre Unterlagen und Ihr Gästebuch zu überprüfen, um zu sehen, wer sich in letzter Zeit hier aufgehalten hat.«

»Der Doktor hat alle Bücher in seinem Haus in Jo'burg aufbewahrt, Sir.« »Hat die Polizei alles gesehen?«

»Natürlich.« Tom ging zur Bar hinüber. »Aber das Gästebuch ... wo ist es?«

»Doktor Khan hat immer gesagt, dass ich mit niemandem über seine Freunde – seine Gäste – sprechen solle, Sir.«

Tom drehte sich zu dem Mann um. »Wie heissen Sie?« Er holte sein Notizbuch und seinen Stift aus der Tasche seiner Shorts.

»Amos, Sir.«

Tom tat, als würde er schreiben. »Sie begleiten mich zum Polizeirevier in Acornhoek und erklären dem dortigen Vorsteher, warum Sie bei dieser wichtigen Untersuchung nicht mitarbeiten.« Der Mann sah besorgt aus und Tom hatte Mitleid mit ihm. Er hatte weder rechtlich noch anderweitig das Recht, dem Hausmeister zu drohen. »Es sei denn, Sie geben mir einfach das verdammte Gästebuch. Sofort!«

Amos schien bei dem gebellten Befehl zusammenzuzucken. Er duckte sich hinter die Theke und holte ein grosses, in Leder gebundenes Buch hervor. Tom nickte nur, als der ältere Mann das Dokument über die Theke schob. Er blieb jedoch stehen und beobachtete Tom, als dieser das Buch aufschlug.

Tom begann am Anfang, der drei Jahre zurücklag. Nur etwa ein Drittel des Buches war voll, stellte er fest. Offensichtlich empfing der Doktor nicht allzu viele Gäste. Auf der vierten Seite fand er die beiden Namen, nach denen er suchte. Einer stand über dem anderen. Er liess sich nichts anmerken, aber sein Gehirn begann zu rotieren. Als er die folgenden Seiten überflog, spürte er, dass sein Herz schneller schlug. Er fand drei weitere Einträge – jedes Mal die gleichen zwei Namen. Das war alles, was er brauchte, trotzdem prägte er sich auch drei weitere regelmässig auftauchende Namen ein. Zwei von ihnen gaben Pretoria als Wohnadresse an, während die dritte interessanterweise aus Russland stammte. Er musste sie alle überprüfen. Für die letzten vier Wochen gab es keine Einträge.

»Wann war der Doktor zuletzt hier, Amos?« Tom klappte das Buch zu.

Amos nahm das Buch und legte es vorsichtig unter den Tresen zurück. »Das haben andere Polizisten bereits gefragt, Sir.«

Tom wusste, dass er sich auf wackligem Boden befand. Je länger er hierblieb, desto misstrauischer würde der alte Hausmeister werden. »Ich weiss, Sie haben es ihnen gesagt, Amos. Aber wir überprüfen seine letzten Bewegungen. Es ist wichtig, dass Sie es mir sagen.«

Amos schaute zum Himmel, als ob er das Datum berechne. »Vor einem Monat, Sir.«

»Und er kam in seinem *Bakkie*, dem Isuzu?«

»Ja, Sir. Ich habe noch die Telefonnummer eines der Polizisten, die gekommen sind, Sir. Können wir ihn anrufen?«

Tom ignorierte ihn und zeigte auf das Bild vom Sonnenuntergang am Strand. »Wo wurde das aufgenommen?«

Amos war überrascht von der Frage. Genau die Reaktion, die Tom sich erhofft hatte. Er wollte den alten Mann davon ablenken, die Polizei zu rufen. »In Malawi, Sir.«

»Im Strandhaus des Doktors?«

Amos nickte.

»Am Kap Maclear, richtig?«

»Ja, Sir.«

»Die anderen Polizisten haben sich nicht nach Malawi erkundigt, nicht wahr?«

»Nein, Sir. Vielleicht rufen wir jetzt dort an.«

Tom packte sein Notizbuch und seinen Stift ein, drehte sich um und ging zurück in den Sonnenschein. »Das ist nicht nötig. Danke für Ihre Hilfe, Amos«, sagte er, während er zum Land Rover ging. Er hatte etwas.

· · ·

ZURÜCK IM KRÜGER-NATIONALPARK schaffte Tom es kurz bevor die Tore um halb sieben geschlossen wurden bis ins Shingwedzi-Camp, weit im Norden. Die Sonne verschwand hinter dem dornigen Buschland ausserhalb der Umzäunung, als er das Zelt aufbaute und ein Feuer entfachte. Er schaltete sein Mobiltelefon ein und rief Sannie zu Hause an.

»Tom! Wo bist du?«

Er erzählte es ihr und begann dann, von der morgendlichen Fahrt zu Doktor Khans privater Wildtierlodge im Timbavati-Gebiet zu berichten.

Sannie unterbrach ihn. »Tom, du bist verrückt. Wenn die örtliche Polizei herausfindet, was du vorhast, wirst du verhaftet. Du hast mir nicht gesagt, dass du deine Nase in unsere Ermittlungen hier steckst. Als ich dir erzählt habe, dass Khan der Besitzer des *Bakkie* ist, den die Terroristen benutzt haben, habe ich nicht erwartet, dass du gegen ihn ermittelst!

»Sannie, hör mir zu. Robert Greeves hat mit Nick Roberts als seinem Schutzbeauftragten in den letzten zwei Jahren mindestens dreimal Khans Haus besucht.«

Am anderen Ende des Telefons herrschte Stille.

»Sannie? Ich nehme an, ihr habt Khan kriminalistisch überprüft?« Es war ein zu grosser Zufall, dass Khan ein Grundstück an der Grenze zum Krügerpark, nicht weit von Tinga entfernt, besass und kurz vor der Entführung verschwand. Er wollte das Leben des Doktors selbst unter die Lupe nehmen und sein erster flüchtiger Blick hatte eine solide Verbindung zu Greeves ergeben, die der südafrikanischen Polizei entgangen war. Das war schlampige Detektivarbeit, wenn nicht sogar etwas Schlimmeres, von ihrer Seite.

»Natürlich. Er ist sauber – ich habe es zweimal überprüft.«

»Wie sieht es mit laufenden strafrechtlichen Ermittlungen aus?«

Sannie machte wieder eine Denkpause. »Ich weiss es nicht. Ich werde morgen nachsehen, aber was soll ich meinen Leuten sagen – dass du das als Freiberufler machst?«

»Nein. Sag ihnen, dass du aufgrund einer Vermutung handelst. Frag die Polizisten, die in Khans Wohnung waren, ob sie sein Gästebuch überprüft haben. Das haben sie offensichtlich nicht. Wahrscheinlich haben sie nach Bombenbaukästen oder AK 47 gesucht, aber Khan war kein Terrorist.«

»Weshalb verdächtigst du ihn dann, Tom?«

»Versuch es bei deiner Einheit für Sexualverbrechen. Wir wissen, dass Khan Junggeselle war, der gerne feierte – aber wie und mit wem? Bei diesem Kerl müsst ihr tief graben. Er hat eine Verbindung zu Greeves und ich glaube nicht an Zufälle.«

»Das tut kein Polizist. Geht es dir gut, Tom?«

»Ja, mir geht's gut. Und dir?«

»Ich vermisse dich.«

»Ich dich auch.«

»Kommst du zurück?«

Jetzt war er an der Reihe, eine Pause zu machen. »Wenn das alles vorbei ist, ja. Ich muss doch deinen Wagen zurückbringen, oder?«

»Mach keine Witze. Was ist ›das alles‹?«

»Ich sage dir Bescheid, wenn ich es weiss, Sannie. Ich verspreche es. Ich rufe dich zurück, wenn ich kann.«

Er legte auf und legte ein paar Lammkoteletts auf den Grill. Er ass und trank allein, abgesehen von einer Hyäne, die vor dem Lagerzaun innehielt und ihn mit traurigen Augen ansah. Es war erstaunlich, dachte Tom, wie schnell er sich an die Anwesenheit von Raubtieren um ihn herum gewöhnt hatte. Er sprach mit der Hyäne, als wäre sie ein Haustier und erklärte ihr sanft, er habe nichts zu essen für sie. Am Zaun und in den Toilettenhäuschen gab es zahlreiche Schilder, die die Camper vor den Gefahren des Fütterns von Wildtieren warnten.

Tom öffnete ein weiteres Bier und dachte an den Weg, der vor ihm lag.

AFRIKA ENTHÜLLTE SICH IHM WEITER, in seinem eigenen trägen, verführerischen Tempo.

In der Kühle der Morgendämmerung packte er seine Sachen und fuhr zum Pafuri-Tor zuoberst im Norden. Auf der Brücke über den

Luvuvhu-Fluss blieb er stehen, um die Aussicht zu geniessen. Unter ihm, in den Büschen am Ufer des schnell fliessenden Flusses, sah er einige Antilopen, denen er bisher noch nicht begegnet war. Das Kartenbuch, das Sannie ihm gegeben hatte, enthielt auch Bilder von Tieren. Das schokoladenbraune Wesen mit den feinen weissen Streifen und Punkten und der langen zotteligen, bartähnlichen Mähne, war ein Nyala. Wenn das Tier wusste, dass er da war, ignorierte es ihn. Er beneidete es um sein friedliches, einfaches Leben. Trotzdem musste es sich vor den lauernden Raubtieren in Acht nehmen, denn in Afrika wartete der Tod manchmal im nächsten Baum. Er stieg wieder in den Land Rover und fuhr los.

Tom liess den zunehmend leeren und ruhigen Nationalpark hinter sich und als er durch das Land des Venda-Volks fuhr, wurde er wieder in die Konflikte des modernen Afrikas hineingeworfen. Hier standen traditionelle Schilf- und Lehmhütten mit bunten geometrischen Mustern an den Wänden und spitzen Dächern Seite an Seite mit neuen, zweckmässigen Ziegelhäusern, die durch staatliche Bauprogramme finanziert wurden. Für Tom sah es aus, als wollten die Behörden das zwanzigste Jahrhundert überspringen und Menschen, deren Lebensstandard sich seit dem neunzehnten Jahrhundert kaum verändert hatte, direkt ins einundzwanzigste Jahrhundert zu katapultieren. Soweit er sehen konnte, war es bis dahin noch ein langer Weg.

Die Scheibenwischer des Land Rovers arbeiteten auf Hochtouren und versuchten, ihm genügend Sicht zu verschaffen, damit er durch den plötzlichen Regenguss sehen konnte, der hart und laut auf das Aluminiumdach des Fahrzeugs trommelte. Ein Rinnsal von Regenwasser lief an der Innenseite der Windschutzscheibe und der Türsäule hinunter, hinter das Armaturenbrett, über das Gaspedal und über seinen in Sandalen steckenden Fuss. Es gab Dinge, die allen Land Rovern auf der ganzen Welt, unabhängig von Modell und Alter, gemeinsam waren.

In der heissen, schwülen Grenzstadt Musina, wo die Sonne durch die Wolken brach, um die Feuchtigkeit zurück in den Himmel zu saugen, legte er einen Zwischenstopp ein, um Lebensmittel zu ergänzen und Treibstoff aufzufüllen. Dann fuhr er weitere rund neunzig Kilometer nach Westen. Dort überquerte er das trockene Bett des Flusses Limpopo, der an einem abgelegenen Übergang namens Pont Drift die Grenze zwischen Südafrika und Botswana bildet.

Wenn er durch Simbabwe gefahren wäre, hätte er sein Ziel schneller erreicht, aber Sannie hatte ihn davor gewarnt, die immerwährende Benzinknappheit stelle in diesem Land ein Problem dar. Botswana, so stellte er bald fest, bestand aus endloser leerer Landschaft. Er durchquerte weitere sandige Flussbetten und fuhr an einer Herde scheuer Elefanten vorbei, während er durchs Mashatu-Wildreservat fuhr, wo das Land abgeholzt und der Vegetation beraubt worden war und stellenweise der Oberfläche eines heissen, staubigen, roten Mondes ähnelte.

Als er wieder auf der Teerstrasse war, kam er gut voran und fuhr immer weiter nach Norden. Die Monotonie des schwarzen, von dichtem Dornengestrüpp gesäumten Strassenbandes hätte ihn zum Einschlafen gebracht, wären da nicht das tiefe Grollen des Diesels und die Hitze des pulsierenden Motors gewesen. Er verlangsamte nur in Ortschaften, von denen die meisten von einem Polizeiauto und einer Radarfalle bewacht zu werden schienen, sonst hielt er den Land Rover für den Rest des Tages bei über hundert Stundenkilometern.

Heiss und müde folgte er in der belebten Regionalstadt Francistown den Schildern zum Marang Hotel. Dieses war eine weitere Empfehlung von Sannie. Sie und Christo hatten dort während ihrer Flitterwochen auf dem Weg zum Okavango-Delta Halt gemacht. Jetzt, wo er jeden Zentimeter ihres schlanken, goldenen Körpers kannte, war es seltsam, sie sich mit einem anderen Mann vorzustellen. Hinter dem Hotel mit seinen schattigen, grünen Rasenflächen und dem Swimmingpool lag ein staubiger Zeltplatz. Höflich grüsste er ein älteres südafrikanisches Ehepaar in einem Land Cruiser, vermied aber ein Gespräch und ging zum Pool. Das kalte Wasser spülte den Sand von seiner Haut und er bestellte beim Kellner der Poolbar ein Bier, während er sich auf eine mit Segeltuch bespannte Sonnenliege legte und sich von der schnell hereinbrechenden Dunkelheit abkühlen liess.

Der nächste Tag verlief ähnlich und die Monotonie des leeren Busches wurde nur durch den Anblick von zwei Elefanten unterbrochen. Der erste war tot und um seinen Kadaver wimmelt es von den kräftigen Flügelschlägen und hackenden Schnäbeln der Geier. Er drosselte seine Geschwindigkeit auf achtzig und mit einem Windstoss brach der unverkennbare Gestank des Todes ins Fahrerhaus. Das zweite Tier erschreckte ihn, als es vor ihm über die Strasse stürmte. Er bremste heftig, verfehlte es nur um ein paar Meter und versuchte, nicht an den Schaden zu denken, den er dem Wagen und sich selbst zugefügt hätte, wenn er es angefahren hätte. Sannie hatte ihm geraten, nachts nicht zu fahren und er verstand jetzt, warum. Im Umkreis von Hunderten von Kilometern gab es keine einzige Strassenlaterne und bis dicht an den Strassenrand heran wuchsen dornenbestandene Bäume. Ein Zusammenstoss mit einem Tier würde eine Katastrophe bedeuten.

Er hielt an, um in Nata aufzutanken, einer Siedlung an einer Kreuzung, von der aus eine Route nach Norden in Richtung Sambia und eine andere nach Westen ins üppige Binnenparadies des Okavango-Deltas führte. Nata selbst war jedoch nichts fürs Auge. Hier regnete es kaum je und eine Wolke aus blendend weissem Staub schwebte über zwei Tankstellen, einem billigen Hotel, einem Postamt, einem Gemischtwarenladen, einer Kneipe und einer Metzgerei. Während ein schwatzhafter Angestellter seinen Tank mit Diesel füllte, kam ein kleiner Mann mit den feinen, fast orientalisch anmutenden Gesichtszügen der San – früher als Buschmänner bekannt – auf Tom zu und fragte nach Geld, Zigaretten und Bier. Das Weisse in den Augen des San war rötlich-gelb und er roch nach Alkohol. Tom schüttelte den Kopf, sowohl über den Mann als auch über die Auswirkungen der so genannten Zivilisation auf ein uraltes Volk.

Es war heiss und trocken. Er musste literweise Wasser trinken. Als er an der Tankstelle auf die Toilette ging, bemerkte er, dass die Haut seines rechten Arms und seiner rechten Gesichtshälfte – der Stellen, die während der Fahrt am stärksten der Sonne ausgesetzt waren – ziegelrot war. Als er wieder im Wagen sass, trug er zusätzliche Sonnencreme auf, aber es schien, als könne ihn nur wenig vor den Elementen schützen. Er fuhr sich mit der Hand durch sein feuchtes Haar und spürte Staub. Die Entfernungen, die er zurücklegte, verblüfften ihn, als er sie mit England, Schottland und Wales verglich. Sannie hatte ihn gewarnt, dass er Kilometer um Kilometer eintönigen afrikanischen Buschs sehen würde und hatte Recht damit.

Als er sich der sambischen Grenze näherte, nahm die Luftfeuchtigkeit zu. Hier tauchte das Land langsam ins Tal des Sambesi-Flusses ein. Bei Kazungula überquerte er die Grenze auf einer Fähre und vom Wasser her kühlte ihn eine seltene Brise kurzzeitig ab, als er sich an ein Sicherheitsgeländer lehnte und einen Eisvogel beobachtete, der über der Wasseroberfläche schwebte, bevor er sich im Sturzflug auf die Jagd machte. Der Vogel tauchte auf und flog mit leerem Schnabel davon. Ob sein Jagdausflug wohl ebenso erfolglos enden würde?

Er schätzte die Wahrscheinlichkeit, die Theorie, die er sich in seinem Kopf zusammengebaut hatte, sei richtig, auf fünfzig zu fünfzig. Er würde es erst in Malawi mit Sicherheit wissen und bis dahin gab es noch ein ganzes Land zu durchqueren.

Sambia war ärmer, kantiger und heruntergekommener als das angenehm wohlhabende Botswana oder das geschäftige, auffällige, manisch-depressive Südafrika. Hier und da gab es Anzeichen für eine Entwicklung, entweder durch ausländische Hilfe oder durch den Zustrom von Touristengeldern, aber ansonsten wirkte das Land wie ein alter, auf den Knien liegender Elefant, der darum kämpfte, wieder aufrecht zu stehen. Im Radio des Land Rovers liefen in englischer Sprache Nachrichten über die jüngsten Wahlen in Sambia. Die Opposition hatte eine Niederlage erlitten und beschuldigte die Regierung der Korruption. Ein Sprecher warnte vor Protesten auf der Strasse und der Ansager erwähnte, es sei eine verstärkte Polizeipräsenz geplant, um den Demonstrationen entgegenzuwirken. Tom hatte das Gefühl, Demokratie sei in vielen Teilen Afrikas immer noch eher ein Ideal als eine Realität.

Auf dem Weg nach Livingstone, der nächstgelegenen Stadt auf

der sambischen Seite der mächtigen Victoriafälle, fuhr er an Schildern für ein neues Fünf-Sterne-Hotel und ein sich im Bau befindendes Einkaufszentrum vorbei, doch in der Stadt selbst beobachtete er, wie ein Wachmann einen Strassenjungen mit einem Holzknüppel schlug. Der Junge, in zerlumpten Shorts und einem zu grossen T-Shirt, rannte davon. Zwischen seinen auf die Kopfhaut gepressten Fingern lief Blut hinunter.

Tom hatte weder Zeit noch Lust, die Victoriafälle zu besuchen, spielte aber in Gedanken kurz eine Szene durch, in der er mit Sannie und ihren Kindern zurückkehrte, um sich die Sehenswürdigkeit anzusehen. Auf der Strasse, die aus Livingstone herausführte, beobachtete er zwei junge Burschen, die in einem Karren, der aus der Ladefläche eines alten Pick-ups gebaut worden war, auf ihn zufuhren. Er wurde von zwei ramponierten, vernarbten Eseln gezogen. Sie peitschten die Tiere in einer grausamen Raserei, um einem glänzenden neuen Mercedes-Benz auszuweichen, der an ihnen vorbeirauschte und in letzter Sekunde auswich, um einen Frontalzusammenstoss mit Tom zu vermeiden. Tom drückte lange auf die Hupe des Land Rovers, aber die trotzige Geste war umsonst, denn der Mercedes war wahrscheinlich mit fast zweihundert Sachen unterwegs, dachte er. Einem Strassenschild zufolge war diese Strecke, ein Geschenk der dänischen Regierung, gut, aber eine halbe Stunde später musste Tom Schlaglöchern ausweichen, die so tief wie sein Unterarm waren.

Die Strassen in Sambia schienen genauso als Fusswege wie als Autostrassen zu dienen. Während der Fahrt fuhr er an einer ständigen Prozession von Menschen vorbei, die zur Schule oder zur Arbeit gingen oder von einem armen Dorf zum anderen. Hier war ein junger Mann mit Beinen und Armen wie Zweige, in Lumpen gekleidet und mit dem Blick des Wahnsinns in den Augen, dort ein Mann in Anzug und Krawatte, der auf einem Kinderfahrrad fuhr. Frauen in bunt bedruckten Tüchern mit Babys auf dem Rücken liefen am Strassenrand entlang, ignorierten ihn und den übrigen Verkehr und bewegten sich mit der Unnahbarkeit und Anmut von

Giraffen. Kinder in gestärkten Uniformen schrien und winkten wild, als der Land Rover an ihnen vorbeirumpelte.

Tom konnte nicht mehr zählen, wie viele Polizeikontrollstellen er passierte. Sannie hatte ihn gewarnt, diese seien, von den Grenzübergängen abgesehen, die grössten Unannehmlichkeiten. Sie hatte Recht und er versuchte, sich selbst daran zu mahnen, geduldig und freundlich zu sein. Er übernachtete auf einem Campingplatz auf einer Farm in der Nähe einer kleinen Stadt namens Choma an der Strasse von Livingstone nach Lusaka. Da er der einzige Camper war, nutzte er die Gelegenheit dazu, Sannies Neun-Millimeter-Maschine aus dem Werkzeugkasten zu nehmen, sie zu zerlegen und zu reinigen.

Um vier Uhr fünfzehn stand Tom auf und zog sich eine Nylon-Laufhose, ein T-Shirt und seine Turnschuhe an. Er hielt es für sicher, das Fahrzeug stehen zu lassen, also dehnte er sich zwanzig Minuten lang und machte sich dann auf den Weg zum Laufen. Er folgte dem Feldweg, der von der Farm zur Hauptstrasse führte, wobei er auf den unebenen Boden achtete, denn er wollte sich nicht den Knöchel verstauchen. Auf der Teerstrasse angekommen, fand er seinen Rhythmus, in welchem er tief und langsam atmete. Um diese Zeit gab es nur wenige Autos und über weite Strecken schien es, als sei er der einzige Mensch in Afrika. Nach etwa einer halben Stunde tauchte die Sonne über dem flachen Horizont auf und färbte das offene Grasland zu beiden Seiten wie geschmolzenes Gold. Er sah auf die Uhr, drehte um und machte sich auf den Rückweg. Eine Schar von Kindern in kastanienbraunen und weissen Uniformen, vermutlich aus Familien, die auf der Farm arbeiteten, kicherten und zeigten auf ihn, als er vorbeikam. Er winkte und lächelte. Es war ein gutes Gefühl, sich wieder zu bewegen. In den kommenden Tagen musste er wacher und beweglicher sein als je zuvor in seiner Karriere – sowohl geistig wie körperlich. Zurück auf dem Campingplatz machte er noch fünfzig Liegestütze und hundert Klappmesser. Schliesslich genoss er unter der Dusche das Gefühl des starken Sprühnebels, der auf seine gestärkten Muskeln prasselte. Als er sich abtrocknete, betrachtete er sein Gesicht im Spiegel. Er nickte und sagte laut: »Bereit.«

28

Der Zollbeamte Goodenough Khumalo unterdrückte mit einer Hand vor dem Mund ein Gähnen und sagte: »Der Nächste.«

Der Mann an der Spitze der Schlange für Nicht-Einwohner war gross, weiss und hatte tiefschwarzes Haar und einen Schnauzbart. Goodenough beobachtete ihn beim Gehen, bemerkte sein Lächeln und die Art, wie er ihm in die Augen sah. *Alles in Ordnung? Das werden wir ja sehen*, dachte Goodenough. Er hatte gelernt, dass man diejenigen, die nervös herumzappelten und in alle Richtungen schauten sowie diejenigen, die zu selbstsicher wirkten, besonders gut beobachten musste. Hinter dem Mann befanden sich mindestens vierzig weitere Personen, die vom Flug der South African Airways aus London kamen. Goodenough hatte es nicht besonders eilig – er musste nirgendwo anders hin.

»Guten Morgen, wie geht es Ihnen?«, fragte der Mann, als er an den hohen Tresen trat. Er trug ein blaues Baumwollhemd, einen marineblauen Blazer und eine hellbraune Hose.

»Gut, und Ihnen?« fragte Goodenough zurück, nahm den britischen Pass und schob ihn vor sich hin.

Er sah sich das Foto an und blickte zu dem Mann auf. Überein-

399

stimmend. Er hatte sogar den gleichen Schnurrbart. Goodenough überprüfte das Ausstellungsdatum. Der Reisepass war erst einen Monat alt. Er blätterte die Seiten durch. Seit der Ausstellung des neuen Dokuments war der Mann bereits einmal in Südafrika gewesen, und zwar erst vor ein paar Wochen. Er benutzte den Barcode-Scanner und die Daten des Mannes blinkten auf dem Bildschirm vor ihm auf. Der grüne Aufkleber im Reisepass war ein Dreimonatsvisum. Er war noch sehr aktuell, so dass der Inhaber in diesem Zeitraum so oft ein- und ausreisen konnte, wie er oder sie wollte. Jedes Mal wurde der Aufkleber gescannt und das Einreise-/Ausreisedatum elektronisch in einem Computer registriert.

»Herr Daniel Carney, Ihr Visum ist noch gültig.«

»Ja«, sagte der Mann und lächelte.

»Wie lange bleiben Sie dieses Mal in Südafrika?«

»Nur drei Tage.«

Goodenough sah sich das weisse Einreiseformular an, das Carney ausgefüllt hatte. »Ich sehe, Sie sind freiberuflicher Journalist. Sind Sie geschäftlich oder zum Vergnügen hier?«

»Hauptsächlich zum Vergnügen. Eigentlich bin ich auf der Durchreise. Vielleicht schreibe ich aber auch einen Artikel über die Vorbereitungen Ihres Landes auf die Fussballweltmeisterschaft. Ich finde es fantastisch, dass Afrika endlich Gastgeber sein wird, Sie nicht auch?«

Goodenough dachte, der Mann wolle ihn ablenken. Er nickte und tippte auf der Tastatur vor ihm herum, ohne etwas Besonderes zu tun. Er wollte einfach, dass der Mann dachte, er würde ihn weiter überprüfen. Dann blickte er wieder zu Mr. Daniel Carney hinüber, der nur wieder lächelte.

»Wohin reisen Sie von Südafrika weiter?«

»Nach Mosambik.«

»Haben Sie Ihr Weiterflugticket?«

»Ähm, nein. Ich fahre mit einem Mietwagen.«

Goodenough sah auf und glaubte, zum ersten Mal einen Riss in der Fassade des Mannes zu sehen. Carney kratzte sich am Hinterkopf. Die meisten Menschen verspürten ein gewisses Mass an Nervosität, wenn sie es mit Autoritätspersonen zu tun hatten, ganz gleich, mit welchen. Das kannte er gut. Er hatte es schon mit hysterischen Frauen, wütenden Männern und weinenden Kindern zu tun gehabt. Bei diesem Mann fand er jedoch keinen Grund, ihn festzuhalten, auch wenn sein Bauchgefühl ihm sagte, dass mit ihm etwas nicht stimmte.

Er stempelte den Pass des Mannes ab und schob ihn zurück über den Tresen. »Geniessen Sie Ihren kurzen Aufenthalt in Südafrika.«

»Oh, das werde ich, da bin ich mir sicher.«

Sannie traf morgens um sieben Uhr fünfzig in der Zentrale des Schutz- und Sicherheitsdienstes der südafrikanischen Polizei in der Visagie Street 218 in Pretoria ein und fuhr mit dem Aufzug in ihr Stockwerk.

Das General-Piet-Joubert-Gebäude war weder von aussen noch von innen ein schöner Anblick. Seine Betonfassade war mit winzigen blauen Kacheln verziert, die die Tristesse des Gebäudes kaum auflockerten.

Sie begrüsste Lizzy, die Empfangsdame und schnappte sich, wie immer, eine Ausgabe des *Citizen*, einer Boulevardzeitung. Auf dem Weg zur Kaffeemaschine las sie den Artikel auf der Titelseite, in dem es um einen Einsatz der Abteilung für Familiengewalt, Kinderschutz und Sexualdelikte zur Zerschlagung einer Menschenschmugglerorganisation ging. *SEX-SKLAVEN-RING AUFGEFLOGEN*, schrie die Schlagzeile.

Sannie pfiff leise, als sie ihren Kaffee zum Arbeitsplatz balancierte. *Unter grossem Aufwand und der Zusammenarbeit mit der Polizei in England, Deutschland, Italien und Mosambik.*

Sie setzte sich, nippte an ihrem Kaffee, legte die Zeitung vor sich hin und las weiter.

Polizeisprecherin Inspektor Martha Nel sagte, die gut organisierte Bande habe auf dem Landweg auf Langstreckenfrachtfahrzeugen, in versteckten Abteilen von Frachtcontainern, illegal Einwandernde aus Mosambik nach Südafrika und von dort hinaus transportiert.

Inspektor Nel sagte: »Jungen und Mädchen, meist Waisenkinder im Alter von acht und neun Jahren, wurden illegal transportiert. Einige von ihnen wurden per Schiff von Mosambik nach Europa geschmuggelt.«

Sannie schauderte. Als ob sie sich das Schicksal der jungen Leute nicht vorstellen könne, hiess es im Artikel weiter, die Opfer seien mit Versprechungen von Arbeit und Unterkunft im Ausland geködert und dann in illegale Bordelle verkauft worden. Bei den meisten der Verschleppten handelte es sich um junge Frauen in ihren späten Teenager- oder frühen Zwanzigerjahren.

Sannie entnahm dem Artikel, dass die Aktion bereits vor einigen Wochen stattgefunden hatte, aber erst jetzt an die Presse weitergegeben worden war. Sie vermutete, dies sei darauf zurückzuführen, dass die ermittelnden Beamten hofften, nach der ersten Verhaftung, bei der eine Containerladung junger Menschen am Grenzübergang von Komatipoort abgefangen worden war, weitere Verantwortliche zu finden. Der Fahrer hätte geredet, um seine Strafe zu minimieren und den Ermittlern dabei den Namen der nächsten Person in der Kette genannt, was eine Weiterverfolgung ermöglichte.

Sannie kannte die in der Geschichte zitierte Frau. Sie und Martha Nel hatten ihre Ausbildung gemeinsam absolviert und waren beide bei ihrem ersten Einsatz im rauen Johannesburger Flachlandvorort Hillbrow eingesetzt worden, wo sie in den schäbigen Strassen und Hotels im Schatten des markanten Fernmeldeturms JG Strijdom Streife liefen. Als Sannie Christo kennenlernte und sich für eine Ausbildung zur Personenschützerin bewarb, hatten sie jedoch unterschiedliche Karrierewege eingeschlagen. Sannie öffnete ihr Adressbuch und wählte die Nummer des Büros der Kinderschutzeinheit im Southern-Life-Gebäude in der Pretorius Street. Als die Empfangsdame am anderen Ende sie an Martha weiterleitete, musste sie ein paar Minuten warten.

»Sannie, wie geht's? Wie lange ist das her, fünf Jahre? Wie geht es deinen Kindern?«

Sie tauschten Höflichkeiten aus und Sannie nahm Marthas Beileid zu Christos Tod entgegen. »Schlimm. Ich erinnere mich, davon gelesen zu haben. Er war so ein guter Mensch.«

»Martha, du bist heute sicher sehr beschäftigt, aber ich möchte dir gern ein paar Fragen über die Menschenschmuggeloperation stellen.«

»Ja, du hast recht, ich habe viel zu tun. Ich habe heute Morgen schon fünf Radiointerviews gegeben. Der Chef hält um zehn Uhr eine Pressekonferenz ab, ich habe also nicht viel Zeit, Sannie. Aber wenn ich kann, helfe ich dir gern.«

»Was hat es mit Südafrika auf sich, Martha? Im Artikel steht, dass sie Leute hierherbringen.«

»Die meisten von ihnen wurden ins Ausland geschickt, aber es gab auch Mosambikaner, die nach Südafrika gebracht wurden.«

»Ich möchte eure Operation ja nicht herabwürdigen, Martha, aber das ist doch nichts wirklich Neues, oder? Ich meine, wir haben jeden Tag Mosambikaner auf der Durchreise.«

»Da hast du Recht, Sannie, aber diese Bande brachte nur Kinder nach Südafrika. Wir glauben, dass sie sie zu Einzelpersonen gebracht haben, zu Pädophilen. Nicht für Bordelle, wie es in Italien und Deutschland der Fall war. Es ist fast so, als lasse man auf Bestellung Autos stehlen. Wir glauben, die Täter hier haben nach einem Jungen oder Mädchen eines bestimmten Alters gefragt und viel Geld dafür bezahlt.«

»Wir reden also nicht von Typen, die im Ort ins Bordell gehen oder versuchen, Kinder in ihr Auto zu locken?«

»Du hast es erfasst. Wohlhabende Leute. Geschäftsleute, Berufstätige, so etwas in der Art. Sehr diskret. Die Art von Schweinen, die ein respektables Image zu verteidigen haben.«

»Habt ihr in dieser Auftraggebergruppe irgendwelche Verhaftungen vorgenommen?«

»Noch nicht. Die Typen, die wir in Südafrika aufgegriffen haben, reden nicht. Das Geld und die Macht ihrer Auftraggeber haben ihnen Angst gemacht. Mit den Deutschen und den Italienern hatten wir mehr Glück. Die Mittelsmänner haben gepetzt und die Polizei dort hat in beiden Ländern ein halbes Dutzend Bordelle durchsucht.«

»Und in England?«

»Glück und Pech. Wir bekamen die Namen von zwei pakistanischen Herren und gaben sie an die Engländer weiter. Es stellte sich heraus, dass sie bereits wegen Menschenschmuggels überwacht wurden, obwohl die Pommies mehr an ihnen interessiert waren, weil sie mögliche Terrorverdächtige transportierten. Die Opfer des Sexhandels waren ein Bonus.«

»Was ist also schiefgelaufen?«

»Als das Überwachungsteam die Wohnung der Männer betrat, um Dateien von ihrem Computer zu sichern, wurde es überrumpelt. Die Verdächtigen kehrten zurück und zündeten eine ferngesteuerte Bombe, die den Computer zerstörte, den IT-Mitarbeiter, der die Dateien heruntergeladen hatte, tötete und das Haus in Flammen aufgehen liess.«

»*Mensch*,« sagte Sannie. »Das klingt nach mehr als nur Menschenschmuggel.«

»Die Engländer hatten wahrscheinlich Recht mit der Vermutung, dass es eine Verbindung zu Terroristen gibt. Leider wurden alle Informationen, die sich möglicherweise auf dem Computer befunden haben, vernichtet. Während die Briten versuchten, eine andere Verbindung zum Menschenschmuggel zu finden, haben wir mit der Freigabe der Informationen gewartet. Sie haben schliesslich nichts gefunden, deshalb sind wir heute an die Öffentlichkeit gegangen. Sannie – sorry, hey, aber ich muss jetzt wirklich los...«

»Oh, schon gut. Vielen Dank, Martha. Entschuldigung, noch eine Frage.«

»Okay.« Sannie hörte jetzt die Ungeduld in Marthas Tonfall.

»Die Leute, die ihr hier in Südafrika aufgesammelt habt ... glaubt ihr, sie reden irgendwann? Dass sie die Namen der Pädophilen verraten, die sie beliefert haben?«

»Darauf kannst du wetten. Wir werden sie auf die eine oder andere Weise zum Reden bringen. Selbst wenn wir die Bastarde ins Zeugenschutzprogramm aufnehmen müssen, werden wir die wichtigsten Hintermänner kriegen.«

»Ja, das glaube ich euch. Bevor wir aufhören: Darf ich dir einen Namen nennen? Doktor Pervez Khan.« Sannie gab Martha die Adresse des Doktors. »Er ist als vermisst gemeldet, aber ihr könntet seinen Namen bei eurer Befragung der Personen erwähnen.« Sie verabschiedete sich und legte auf.

Sannie war früh zur Arbeit gekommen, um sicherzugehen, an einen der wenigen Computer im Büro gelangen zu können. Sie schaltete eine der Stationen ein, trank ihren Kaffee aus und überflog den Rest der Zeitung, während sie darauf wartete, dass das veraltete Gerät vereit war. Als es endlich zum Leben erwachte, loggte sie sich ein und prüfte ihre E-Mails. Es gab zwei verspätete Antworten auf die Nachforschungen, die sie in Bezug auf Daniel Carney begonnen hatte. Sannie hatte ihre Theorie, es könnte sich bei Carney um einen in London lebenden Südafrikaner handeln, weiterverfolgt.

Die erste Nachricht kam von der südafrikanischen Botschaft in London. Die dortige Pressesprecherin antwortete, sie wisse nichts über einen südafrikanischen Journalisten namens Daniel Carney. Die Überprüfung ihres Protokolls der Medienanrufe des letzten Jahres hatte keine Erwähnung einer Person namens Carney zu Tage gebracht. »Verdammt«, brummte Sannie, als sie die Nachricht schloss.

Die zweite Meldung kam von der südafrikanischen Journalistenvereinigung. Auch sie ergab nichts Neues. Es gab keine Aufzeichnungen darüber, dass ein Daniel Carney jemals als freier Mitarbeiter registriert oder der Gewerkschaft beigetreten war. Von allen grossen Zeitungen Südafrikas hatte sie bereits Antworten erhalten, die ihr mitteilten, dass sie noch nie von diesem Mann gehört hatten.

Er war also offensichtlich kein akkreditierter Reporter. Nur: Wer war er dann?

Sannie beschloss, beim Innenministerium nachzufragen, ob in den letzten Monaten jemand mit dem Namen Daniel Carney nach Südafrika ein- oder vor dort ausgereist sei. Sie konsultierte noch einmal ihr Adressbuch und rief einen Mann an, der ihr in der Vergangenheit bei solchen Anfragen geholfen hatte. Es erschien ihr ein aussichtsloses Unterfangen, aber im Moment fiel ihr kein anderer Weg ein.

Ihr Ansprechpartner war im Moment nicht in seinem Büro, also fragte sie nach seiner E-Mail-Adresse und erhielt sie von der Telefonistin. Sannie tippte eine kurze Nachricht und schickte sie ab.

ELISE DRÜCKTE auf den Knopf der Fernbedienung und das Sicherheitstor öffnete sich. »Christo, hör auf. Zieh deine kleine Schwester nicht an den Haaren!«

»Aber sie hat mich gebissen, Ouma!«

»Erzähl keine Märchen. Du bist grösser als sie, mein Junge. Du musst auf sie aufpassen.«

»Und sie darf mich nicht beissen!«

Die Kinder, die sich sonst so gut benahmen, waren an diesem Nachmittag, seit sie sie von der Schule abgeholt hatte, sehr anstrengend gewesen. Vielleicht war es die Hitze oder sie waren wegen der Unterbrechung ihrer Routine verunsichert. Elise hielt das Letztere für wahrscheinlicher.

Sannies Reise nach England, der Besuch des Engländers bei ihnen und seine Abreise, als die Kinder sich gerade mit ihm anfreundeten, war zu viel für sie, dachte Elise. Obwohl sie es Sannie gegenüber nicht zugeben wollte, hatte auch sie gespürt, wie ihre anfängliche Abneigung gegen den Fremden ein wenig nachliess, als sie ihn besser kennenlernte. Er war ein guter Mann, nahm sie an – warum sonst hätte Sannie sich für ihn interessieren sollen? Aber er war offensichtlich nicht der Typ, der sich auf ein Familienleben einlassen konnte. Warum, fragte sie sich, würde er sich sonst aufmachen und allein in den Busch gehen? Nach allem, was sie erfahren hatte, war der Mann immer noch auf den Spuren der blutigen Terroristen, die seinen Chef umgebracht hatten. Das war in Ordnung, wenn man sich wie der Star eines Actionfilms aufführen wollte, aber sie befürchtete, er könne versuchen, Sannie mit hineinzuziehen, wie er es in Mosambik getan hatte.

Elise war sich nicht sicher, ob Sannie klug genug war, sich nicht wieder zu einem dummen Abenteuer verleiten zu lassen. Trotz ihrer akademischen Fähigkeiten in der Schule und ihres Engagements bei der Arbeit hatte Sannie immer eine wilde Seite gehabt. Sie war auf einer Farm aufgewachsen und trotz Elises Bemühungen war es ihr nicht in allem gelungen, sie zu zivilisieren. Pierre, Sannies Vater, war mit dem Mädchen zu sanft umgegangen. Als Teenager war sie eher ruhig gewesen – zumindest, soweit Elise wusste –, aber sie war besorgt, weil sie mit dem Engländer offensichtlich Sex gehabt hatte. Obwohl sie wusste, dass die Normen heutzutage anders waren, war Elise nicht glücklich über ausserehelichen Sex. Jedenfalls kam es darauf an, ob der Mann der Richtige für ihre Tochter und ihre Enkelkinder war. Der Engländer konnte charmant sein, aber, wie er gerade bewiesen hatte, war er nicht von der Sorte, die es lange aushielt.

»Ouma, bitte, bitte, bitte, darf ich ins Schwimmbad gehen?«

Elise hatte Mitleid mit Christo, aber obwohl er recht gut schwimmen konnte, war es eine feste Regel im Haushalt, dass die Kinder das Schwimmbad nur benutzen durften, wenn ihre Mutter anwesend war. »Nein. Du musst warten, bis deine Mutter nach Hause kommt.«

Christo knurrte und Ilana kläffte wieder. Elise parkte den Wagen und stellte den Motor ab. »Hilf mir, die Einkäufe hineinzutragen«, sagte sie zu Christo, der die Stirn runzelte, aber gehorchte und zum Kofferraum ging. Das Telefon begann zu klingeln. »Nimm zwei Tüten und bring sie mit«, sagte sie, eilte zum Haus und fummelte an ihren Schlüsseln herum.

»Hallo?«

»Frau Van Rensburg?«

»Eigentlich Frau De Winter«, sagte Elise zum englischsprachigen Mann in der Leitung. Es hörte sich an, als ob er mit einem Handy telefonierte. »Wer ist am Apparat?«

»Frau De Winter, mein Name ist Daniel Carney, ich bin ein Journalist aus England – ein Freund von Tom Furey. Ich habe gehört, dass er bei Ihnen wohnt. Könnte ich bitte mit Tom sprechen?«

Elise runzelte die Stirn. Sie war gegenüber Fremden von Natur aus misstrauisch – das musste man auch sein, wenn die Kriminalitätsrate in Johannesburg so hoch war wie heutzutage. Aber der Mann war Engländer, und er wusste, dass Tom bei ihnen gewohnt hatte. Sie entspannte sich ein wenig. »Er ist nicht hier.«

»Oh, es tut mir leid, das zu hören. Hat er seine Reise schon angetreten?«

Also, dachte Elise, wusste der Mann zumindest über Toms Vorhaben Bescheid. »*Ja*. Vor ein paar Tagen.«

»Nochmals, es ist ärgerlich, das zu hören. Ich bin nur für ein paar Tage in Johannesburg und wollte mich mit ihm treffen. Ich habe einige Informationen, ein paar Dokumente, die ich aus England mitgebracht habe. Sie werden Tom sehr helfen, aber wie es scheint, habe ich keine Möglichkeit, ihm die Informationen zukommen zu lassen.«

»Nun«, Elise hielt inne. Sie könnte dem Mann sagen, er solle die Papiere im Haus abgeben. Sannie würde schon wissen, was sie damit machen sollte.

»Vielleicht könnte ich die Dokumente einfach bei Ihnen abgeben. Sannie wäre bestimmt auch daran interessiert.«

»Wo sind Sie, Herr ...?«

»Carney. Ich befinde mich gerade in der Nähe Ihres Hauses und fahre gerade darauf zu. Ich habe vorher geklingelt, aber es war niemand zu Hause, also habe ich gewartet, bis ich Ihr Auto kommen sah.«

Elise leckte sich über die Lippen und fuhr sich mit der Hand durch ihr graues Haar. »Ähm, meine Tochter kommt in ein paar Stunden von der Arbeit nach Hause. Vielleicht können Sie ...«

»Ich fliege in zwei Stunden, Frau De Winter. Wie wäre es, wenn ich die Papiere einfach bei Ihnen abliefere und Sannie später am Abend anrufe?«

»Ouma! Da ist ein Auto am Tor«, rief Christo.

Sie nahm an, es wäre in Ordnung. Der Mann kannte Tom offensichtlich und hatte auch Sannies Namen erwähnt. Elise hob die Fernbedienung für das Tor auf, die sie auf den Küchentisch gelegt hatte und drückte den Knopf.

Sannie war spät zum Mittagessen gegangen und als sie zurückkam, fand sie einen gelben Post-it-Zettel mit einer Telefonnachricht darauf vor. Jay Suresh, ihr Ansprechpartner im Innenministerium, hatte sie zurückgerufen und gesagt, sie solle ihn dringend anrufen. Sannie seufzte. Warum konnte die Empfangsdame sie nicht auf ihrem Handy anrufen, wenn es dringend war? Sie wählte Suresh an und loggte sich, während sie in der Warteschleife wartete, wieder in den gemeinsamen Computer ein. Sie rief ihre E-Mails auf, unter denen sie eine Nachricht von Jay fand. Sie öffnete und las sie, während sie noch darauf wartete, mit ihm persönlich zu sprechen. *Hallo, Sannie. Du musst übersinnliche Kräfte haben! Daniel John Carney, britischer Staatsbürger, Geburtsdatum 21.7.64, kam heute Morgen um null Uhr acht Uhr mit dem BA-Flug aus London am OR Tambo International Airport an. Er hatte ein bestehendes Visum und dies war seine zweite Einreise.* Suresh gab auch das Datum von Carneys erster Ankunft an. Sie sah in ihrem Kalender nach. Es war vier Tage, bevor Greeves und Joyce aus Tinga entführt worden waren.

»Sannie, hallo. Tut mir leid, ich hatte einen anderen Anruf«, sagte Suresh. »Sannie? Bist du noch dran?«

»Hallo, Jay. Tut mir leid, ich habe gerade deine E-Mail gelesen.«

»Hey, wusstest du, dass dieser Typ heute ankommt?«

»Nein. Nein, das wusste ich nicht.«

»Seltsam, was?«

»Schrecklich trifft es eher. Behaltet den Kerl im Auge, Jay. Es ist sehr wichtig. Wir können ihn nicht aus Südafrika ausreisen lassen, ohne mit ihm gesprochen zu haben.«

Sannie bedankte sich für seine Hilfe und schritt in Wessels' Büro. Ihr Vorgesetzter, der ebenfalls ein verspätetes Mittagessen an seinem Schreibtisch einnahm, bedeutete ihr, sich zu setzen. Sie hatte ihm nichts von Daniel Carney oder Precious Tambo und deren Affäre mit Robert Greeves erzählt und so dauerte es ein paar Minuten, bis sie es ihm erklärt hatte.

»Das kommt einer neuen Spur im Fall Greeves am nächsten«, sagte Wessels, als sie fertig war. »Machen Sie sich an die Arbeit. Wir müssen Hotels und Pensionen, Autovermietungen und einfach alles überprüfen. Ich fürchte, für Sie wird es heute spät.«

»Das ist kein Problem, denn meine Mutter ist bei den Kindern. Ich rufe sie an.«

Sannie ging zurück an ihren Arbeitsplatz und rief zu Hause an. Das Telefon klingelte und klingelte, bis sie schliesslich ihre eigene Stimme auf dem Anrufbeantworter hörte. »Mama? Mama, wenn du da bist, nimm ab. Mama?«

Es meldete sich niemand und der Anrufbeantworter schaltete sich ab. Sie wählte erneut, erlebte aber alles noch einmal. Sie fragte sich, ob ihre Mutter mit den Kindern irgendwo hingegangen sei. Sie versuchte es auf ihrem Handy, erreichte aber auch dort nur die Mailbox. Sannie kaute auf ihrer Unterlippe. Ihre Mutter hatte schon zwei Handys verloren, es war also nicht ausgeschlossen, dass sie mit den Kindern ein Eis essen war und ihr Handy im Auto vergessen hatte.

Sannie rief eifrig bei den grossen Hotels in Johannesburg an und begann mit denen, die dem Flughafen am nächsten lagen. Nachdem sie sechs erfolglos angerufen hatte, versuchte sie es noch einmal mit den Telefonnummern von zu Hause und ihrer Mutter. Nichts. Sie begann, sich Sorgen zu machen.

Wessels kam aus seinem Büro und blieb an ihrem Schreibtisch stehen. »Sie sehen besorgt aus.«

»Ich kann weder meine Mutter noch die Kinder erreichen.«

»Sannie, ich habe Erasmus und Ndlovu gerade gesagt, dass sie Überstunden machen müssen, um diesen Carney aufzuspüren. Es sähe nicht gut aus, wenn du jetzt Feierabend machst.«

»Das weiss ich«, sagte sie schneller und schärfer, als sie es beabsichtigt hatte. »Aber ich mache mir Sorgen um sie.«

Wessels seufzte. »Mensch, ich bin ein altes Weichei. Geh, schnell. Ruf auf dem Weg nach Hause und zurück von deinem Handy weitere Hotels an. Ich sage den anderen, dass du zum Innenministerium gehst oder so.«

»Du bist ein Star«, sagte sie ihm, woraufhin er errötete, sich abwandte und zügig zur Kaffeemaschine ging.

Sannie sass auf halbem Weg nach Hause in ihrem Auto und sprach mit der Rezeption des Holiday Inn, Sandton, als ihr Telefon piepte und ihr signalisierte, sie habe eine Nachricht erhalten. Als der Rezeptionist ihr mitteilte, dass kein Daniel Carney im Hotel wohnte, beendete sie das Gespräch und hörte die Nachricht ab. Als sie sie abspielte, war nichts zu hören. Stille, bis auf das leise Brummen eines Automotors. Sie hatte gehofft, es sei ihre Mutter. Vielleicht war sie es, und sie hatte aus Versehen, ohne es zu wissen, ihre Nummer gewählt. Sannie überprüfte die Anrufer-ID, aber die Nummer war gesperrt, also war es nicht ihre Mutter.

Sie fuhr einhändig und in der anderen Hand hielt sie das Telefon. Es begann zu vibrieren und zu klingeln.

»Van Rensburg«, sagte sie.

»Frau Inspektor, wenn Sie mit dem Auto unterwegs sind, halten Sie an. Ich möchte nicht, dass Sie einen Unfall bauen.«

»Wer spricht?« Die Stimme des Mannes war so verfremdet, als käme sie durch einen elektronischen Synthesizer. Ein Schauer lief ihr über den Rücken.

»Das ist im Moment nicht wichtig. Aber wichtig ist, dass ich Ihre Kinder habe.«

29

Von der sambischen Stadt Chipata aus hatte Tom versucht, Sannie anzurufen, aber er hatte mit seinem Handy keinen Empfang gekriegt. Am Morgen hatte er in einem frustrierenden Prozess des Anstehens und Hin- und Herrennens, die Grenze von Sambia nach Malawi überquert, was fast zwei Stunden dauerte.

Es war eine Erleichterung, die letzte Etappe zum Malawisee hinter sich gebracht zu haben, obwohl er dabei auf der schlechtesten sogenannten Strasse fuhr, die er in seinem Leben angetroffen hatte. Sie als asphaltiert zu bezeichnen, war eine grobe Übertreibung, denn es schien mehr Löcher als Teer zu geben. Auf einigen Abschnitten hatten sich die Fahrer beidseits der Strasse eine neue Route gebahnt, indem sie dem Rand entlanggefahren waren.

Wenn Sambia ein armes Land war, so war es Malawi erst recht, aber die Menschen schienen sehr freundlich zu sein. Kinder lächelten und winkten ihm zu und Erwachsene nickten höflich, als er den Weg zum See, der den grössten Teil des kleinen Landes einnimmt, entlangholperte und vor sich hinfluchte.

Er überprüfte sein Telefon regelmässig, hatte aber immer noch keinen Empfang. An einigen Orten entdeckte er dagegen Telefonzellen am Strassenrand. Wenn er in Salima, der nächsten grösseren

Stadt, keinen Empfang hatte, würde er eine von ihnen nutzen oder ein Hotel am Seeufer suchen, von dem aus er gegen Bezahlung telefonieren konnte.

Wie in Sambia und Botswana waren auch in Malawi die Strassen mit Schildern gesäumt, die für Grabsteine, Särge und Beerdigungsdienste warben. Zweimal kam er an offenen *Bakkys* vorbei, die, flankiert von Trauernden in ihrer besten, schäbigen Kleidung, Särge transportierten. Er stellte sich vor, wie es gewesen sein musste, die Schwarze Pest in Europa zu erleben: Wie ganze Haushalte, Dörfer und Gemeinden langsam, aber unausweichlich ausgelöscht wurden, bis sich die Überlebenden zerstreuten und die Krankheit vielleicht weiter in die Welt trugen. Am Grenzposten hatte er junge Mädchen mit geflochtenen Haaren und engen, paillettenbesetzten Jeans gesehen, die in die Fahrerhäuser von Fernlastwagen kletterten, die in der Schlange auf die Zollabfertigung warteten. Die Strassen Afrikas hatten die Flüsse als Bänder des Lebens – und des Todes – abgelöst.

Salima mochte einmal eine hübsche Stadt gewesen sein, aber sie wirkte so heruntergekommen, löchrig und bröckelig wie ihre Hauptstrasse. Er parkte vor einer Bank und wechselte einige Pfund in Kwacha, um für die kommenden Übernachtungen, Lebensmittel und Treibstoff für den Land Rover Bargeld zu haben. Er hoffte, nicht länger als ein paar Tage in Malawi bleiben zu müssen, war aber bereit, so lange zu bleiben, bis er Antworten auf all die Fragen hatte, die ihn vorwärtstrieben.

Auf seiner Karte wirkte es zwar, als läge die Stadt am Seeufer, doch die Realität sah anders aus. Das Wasser lag zwanzig Kilometer weiter entfernt, am Ufer der Senga-Bucht. Die Strasse verlief nun über flachem Land, das wohl bei Regenfällen überflutet war, erhöht auf einem Damm. Jetzt war noch weniger Platz vorhanden, um Schlaglöchern auszuweichen, so dass er die meiste Zeit der Fahrt im zweiten Gang fuhr und in die erodierten Becken hinein und wieder herauskletterte.

Statt eines Panoramablicks über das gewaltige Binnengewässers fand er den Strand von Senga Bay von ummauerten Villen, Gästehäusern und einem weissen Betonhotel bewacht, durch dessen Tor er fuhr. In einem Hof hinter dem Hauptgebäude, auch ohne Blick aufs Wasser, befand sich ein kleiner, aber schattiger Zeltplatz. Zwei andere Fahrzeuge mit südafrikanischer Zulassung, ein Jeep und ein Land Cruiser, parkten unter einem Baum. Sie hatten Dachzelte wie er und zwischen den beiden Dachträgern war eine Wäscheleine gespannt.

Tom ging zur Rezeption des Hotels und fragte, ob es ein Telefon gäbe, das er benutzen könne. Er schaute auf seine Uhr. Fünf Uhr nachmittags. Sannie war vielleicht nicht zu Hause, aber Elise und die Kinder wären es bestimmt. Er würde es zuerst auf Sannies Handy und dann auf dem Festnetzanschluss versuchen.

Er meldete sich an, bezahlte für seinen Campingplatz und wählte Sannies Handynummer. Es war besetzt, ging aber im Gegensatz zu seinem Telefon nicht auf die Mailbox, wenn es besetzt war. Das Telefon zu Hause klingelte, bis sich der Anrufbeantworter meldete, und er hinterliess eine Nachricht.

Tom versuchte es erneut auf Sannies Handy, aber es war immer noch besetzt, also suchte er die Hotelbar auf. Wenigstens hatte er Sannie eine Nachricht hinterlassen können, die sie auch bekommen würde.

SANNIE HATTE ihr Auto am Rande der Autobahn angehalten. Fahrzeuge zischten an ihr vorbei.

Normalerweise wäre anhalten das Letzte, was sie tun würde – nicht einmal, um mit ihrem Handy zu telefonieren. Auf einer Hauptstrasse in Johannesburg anzuhalten oder, schlimmer noch, eine Panne zu haben, hätte die Aufmerksamkeit von Autodieben auf sich gezogen. Aber es war unmöglich, der unmenschlichen, verzerrten Stimme am anderen Ende des Telefons zuzuhören und sich gleichzeitig auf die Strasse zu konzentrieren.

»Ich sagte doch, ich habe keine Ahnung, wo Tom Furey ist!« Sie wusste, dass sie die Ruhe bewahren und den Anrufer nicht verärgern sollte, aber er hatte ihre Kinder. Sie hätte ihm gern die Augen ausgekratzt – ihn sogar umgebracht.

»Das erfahren sie sofort. Er hat auf Ihrem Anrufbeantworter zu Hause eine Nachricht für Sie hinterlassen. Er ist in Salima, am Ufer des Malawi-Sees. Wenn er bis nach Cape Maclear kommt, wohin er unterwegs ist, werden Sie Ihre Kinder nie wieder sehen.«

»Sind Sie verdammt noch Mal in meinem Haus? Ich gehe zu ...«

»Halten Sie die Klappe, Sie dumme Schlampe. Sie werden Ihre Kinder nie wieder sehen, wenn Furey nicht umkehrt und über Südafrika nach England zurückkehrt. Haben Sie verstanden, was ich Ihnen sage, Inspektorin? Ihre Kinder werden nicht sterben, zumindest nicht sofort, aber Sie werden sie nie wieder sehen. Das Gleiche gilt, wenn Sie Ihren Vorgesetzten oder sonst jemandem erzählen, was ich gerade gesagt habe.«

Sannie begann zu weinen und dicke Tränen kullerten über ihr Gesicht. Sie dachte an den Pädophilenring, den die Polizei gerade aufgedeckt hatte.

»Hören Sie mir zu, Frau Inspektor. Kontaktieren Sie Furey – es ist mir egal, wie Sie es machen – stoppen Sie ihn und sagen Sie ihm, er soll nach London zurückkehren. Wenn er Cape Maclear erreicht, werden wir es zuerst erfahren. Dann wird er sterben und Ihre Kinder werden verschwinden – für immer. Ihre Kinder sind bereits aus Südafrika heraus. Wenn Furey in London ist, werden sie freigelassen und man wird Ihnen sagen, wo sie zu finden sind.«

»Nein, bitte... lassen Sie mich mit ihnen reden und ich werde ...«

»Sie können es verhindern, Inspektorin. Sagen Sie Furey, dass Robert Greeves tot ist und er die Männer, die ihn entführt haben, auf keinen Fall findet. Er kann jedoch Ihre Kinder retten.«

»Warten Sie ...«

Die Telefonleitung war tot. Sannie wischte sich die Tränen von den Wangen, verschmierte dabei ihr Make-up und legte den ersten Gang ein. Sie liess die Kupplung kommen und trat das Gaspedal durch. Ein Auto hupte hinter ihr, als sie sich wieder in den Verkehr einreihte, aber sie ignorierte es.

Auf dem Heimweg rief sie Wessels an und erklärte ihm unter Schluchzen, dass ihre Kinder entführt worden seien. Trotz der Warnung des Entführers erzählte sie ihm, was sie über Toms Reise wusste. Dies war nicht der richtige Zeitpunkt, um Informationen vor ihrem Chef zurückzuhalten. Wessels sagte ihr, er sei auf dem Weg zu ihr und schicke sofort einige uniformierte Beamte.

Sannie hielt zweihundert Meter vor ihrem Haus an, zog ihre Pistole und entsicherte sie. Sie ging den Rest des Weges zu ihrem Tor und drückte die Fernbedienung. Sobald der Spalt breit genug war, quetschte sie sich hindurch und trat mit erhobener Waffe die Hintertür auf, die einen Spalt offenstand.

»Polizei! Mama? Wo bist du?« Mit der linken Hand wischte Sannie die Tränen weg und machte sich auf das gefasst, was sie vorfinden würde.

Sie ging durch die Küche und durchsuchte die Zimmer der Kinder und ihr eigenes. Sie sah Ilanas Barbie auf dem Boden und zwei von Christos Spielzeugautos. Sie unterdrückte einen weiteren Schluchzer und trat mit gezückter Pistole die Badezimmertür auf.

Elise sass vollständig bekleidet auf der Toilette, aber ihre Hände und Knöchel waren mit Kabelbindern aus Plastik gefesselt und ihr Mund mit Klebeband geknebelt. Sannie steckte ihre Pistole zurück und riss ihrer Mutter den Knebel weg.

»Oh, Sannie, es tut mir so, so leid.« Ihre Mutter begann zu weinen.

Während sie Schmink- und Tablettenflaschen aus dem Badezimmerschrank kramte, um eine Nagelschere zu finden, versuchte Sannie, sie zu beruhigen. Der Blässe im Gesicht ihrer Mutter nach zu urteilen, schien sie unter Schock zu stehen. Sannie schnitt die Fesseln durch und half Elise aufzustehen. »Es war nur ein Mann, Sannie, aber er hatte eine Waffe und ...«

Sannie fuhr sich mit der Hand durchs Haar. Jetzt war es an der Zeit, ihre eigenen Emotionen unter Kontrolle zu bringen und eine gute Beschreibung des Entführers zu bekommen. Sie musste ihre Mutter beruhigen und ihr jede Information entlocken, die sie bekommen konnte – so, als wäre sie irgendeine Zeugin.

»Ich setze den Kessel auf, Mama, und du nimmst dir Papier und einen Stift. Schreib alles auf, woran du dich erinnern kannst, und zwar von Anfang an. Vor allem, wie er aussah. Konntest du ihn gut sehen?«

»Sannie, es tut mir so, so leid. Wenn er ihnen weh tut, bringe ich mich um und ...«

Ihre Mutter wurde hysterisch. »Setz dich hin! Schreib auf, Mama, und dann stelle ich dir ein paar Fragen.«

Draussen hörte sie das Heulen eines Horns.

»Er sagte, er sei ein Journalist aus England und er kenne Tom. Er sagte, sein Name sei Daniel ... ähm, lass mich seinen Nachnamen studieren. Daniel ...«

Sannie wandte sich vom Herd ab und spürte, wie ihr das Blut aus dem Gesicht wich. Sie schluckte schwer. »Daniel Carney?«

»Ja, genau, das war es. Daniel Carney.«

NACHDEM ER EIN paar Bier getrunken hatte, ging Tom zur Rezeption und nahm den Telefonhörer. Nichts.

»Ah, das ist kaputt«, sagte die Frau.

»Ich nehme an, Sie haben keine Ahnung, wann die Leitung repariert wird?«

Sie schüttelte den Kopf.

Ach, Afrika, dachte er. Er verabschiedete sich von der Dame am Empfang und ging wieder hinaus in die Nacht. Der Himmel war klar und der Mond ging gerade auf. Er ging um das Hotel herum bis zu einem Sicherheitszaun, der einen Teil des Strandes nur für Hotelgäste abtrennte. Eine leichte Brise schmückte die Oberfläche des Sees mit silbrigen Kräuseln. Weiter draussen blinkten winzige orangefarbene Lichter. Fischer, vermutete er. Unter anderen Umständen wäre es vielleicht schön gewesen. Aber nicht heute Abend.

Als Tom zum Land Rover zurückkehrte, hob er den Werkzeugkasten heraus und legte ihn auf den Vordersitz. Er nahm die Neun-Millimeter-Pistole heraus, packte sie aus und lud die beiden Ersatzmagazine mit je acht Patronen aus der Schachtel, die Sannie ihm gegeben hatte. Er steckte sie in die mit einem Reissverschluss versehene Innentasche seiner Shorts, die er morgen wieder tragen wollte. Die Pistole nahm er mit die Leiter hinauf in sein Zelt auf dem Fahrzeugdach. Er glaubte nicht, dass er die Waffe heute Abend brauchen würde, aber vielleicht morgen.

WESSELS VERSUCHTE, tröstend und professionell zu wirken, obwohl er gleichzeitig mit seiner schäumenden Wut auf Sannie kämpfte, weil sie ihm nicht früher von Fureys Reise nach Malawi erzählt hatte.

»Glaubt der verdammte Narr, er könne es allein mit einer Bande von Terroristen aufnehmen?«

Sannie zuckte mit den Schultern. »Ich frage mich, ob es überhaupt irgendwelche Terroristen gibt.«

»Wie meinen Sie das? Natürlich gibt es die.« Wessels sass in ihrem Wohnzimmer neben ihr auf der Couch. Elise hatte sich so weit erholt, dass sie den uniformierten Beamten Tee kochen konnte und ein forensisches Team war damit beschäftigt, Fingerabdrücke zu nehmen und nach anderen Spuren zu suchen, die Daniel Carney hinterlassen haben könnte. »Sie haben Robert Greeves getötet, Sannie.«

»Ich glaube, Tom denkt, dass Greeves noch am Leben ist. Der Entführer sagte mir, ich solle Tom sagen, Greeves sei tot, als ob ihn das von seinem Tun abhalte.«

Wessels seufzte. »Aber warum sollten die Terroristen seinen Tod vortäuschen und ihn am Leben lassen?« »Als lebende Geisel ist er für sie viel mehr wert.«

»Greeves' Frau erzählte uns, ihr Mann habe oft davon gesprochen, sich nach Malawi zurückzuziehen. Ich glaube, deshalb ist Tom dorthin gegangen.«

»Er hat *sich nicht zur Ruhe gesetzt*, er wurde hingerichtet. Die englische Polizei hat es auf Video.«

»Sie haben auch den Tod eines anderen Mannes auf Video, Nick Roberts, Greeves' ersten Schutzmann.«

»*Ja*, und?«

»Ich bin die Beschreibung von Daniel Carney, die meine Mutter gegeben hat, immer wieder durchgegangen, Henk.«

»Und?«

»Wenn wir vom britischen Aussenministerium das Passfoto von Carney bekommen, bin ich mir ziemlich sicher, dass ich weiss, wer er wirklich ist.«

TOM WACHTE vor dem Morgengrauen auf, faltete das Dachzelt zusammen und sicherte es mit Riemen. Er versteckte die Pistole unter dem Fahrersitz des Land Rovers und schloss das Fahrzeug ab. Er ging barfuss durchs Hotel zum Seeufer und lief nach ein paar Minuten Dehnen los.

Er lief schneller, dann wechselte er zwischen Sprints und langsamem Joggen. Als auf dem See das erste schimmernde Glitzern des neuen Tageslichts erschien, drehte er sich um und rannte ins klare Wasser, wo er, sehr zur Belustigung von zwei paddelnden Fischern, das unsichtbare ferne Ufer ansteuerte. Das Wasser war kalt und versetzte seine Nerven in Aufruhr. Da er wusste, dass er in ein paar Stunden glühend und schwitzend im Land Rover sitzen würde, genoss er die belebende Kühle, solange sie anhielt.

Er joggte über den Strand zurück zum Campingplatz. Nach dem Bad im klaren frischen Wasser brauchte er keine Dusche mehr. Der Malawisee war, wie alles, was ihm in Afrika begegnet war, nicht so, wie er es erwartet hatte. Er hatte sich schlammiges Wasser vorgestellt, ähnlich vielleicht wie eine riesige Senkgrube im Landesinneren. Er stellte jedoch fest, dass es sich eher um das grösste Schwimmbad der Welt mit einem weissen Sandstrand handelte. Ein wunderschöner Ort. Er beobachtete, wie das Adlermännchen und das Adlerweibchen an der roten Sonne vorbeizogen und wünschte sich, Sannie wäre hier, um diesen Moment mit ihm zu teilen.

SANNIE WAR die ganze Nacht aufgeblieben, aber es hatte keine weiteren Anrufe gegeben. Wessels döste auf ihrer Couch und die uniformierten Polizisten waren gerade durch zwei von der Morgenschicht ersetzt worden. Ihre Mutter schlief, dank eines Beruhigungsmittels, das ihr ein Polizeiarzt verabreicht hatte, der in der Nacht vorbeigekommen war, in ihrem Zimmer.

Sie tigerte mit einer weiteren Tasse schwarzen Kaffees in der Hand auf den Linoleumfliesen ihrer kleinen Küche umher. So sehr sie sich auch bemühte, konnte Sannie doch nicht verhindern, dass sie sich die schrecklichen Dinge ausmalte, die jemand Ilana und Christo antun könnte. Als Polizeibeamtin wusste sie, wie böse Erwachsene zu Kindern sein konnten. Auch wenn sie nicht mehr auf der Strasse patrouillierte, verging kaum ein Tag, an dem die Medien sie nicht daran erinnerten, wenn sie über Vergewaltigungen oder Mord an einem Kind berichteten. Manche Menschen in Südafrika glaubten immer noch, Sex mit einer Jungfrau sei ein Mittel zur Heilung von HIV/AIDS. Sannie unterdrückte die Tränen, bevor sie kamen; sie musste stark sein. Sie fragte sich immer wieder, was sie Tom sagen würde, wenn er anrief. Ein Teil von ihr wollte genau das tun, wozu sie der Kidnapper aufgefordert hatte – ihn dazu bringen, seine törichte Suche aufzugeben. Doch schon die Forderungen, die der Mann am Telefon gestellt hatte, bestätigten, dass Tom auf der richtigen Spur war und demjenigen, der hinter diesem bizarren Plan steckte, gefährlich nahekam. Der andere Teil von ihr – die erfahrene Polizeibeamtin, die im Dienst Kugeln und Tod gesehen hatte – wollte diese Männer finden und verhaften.

Nein. Findet sie und tötet sie.

Sannie spähte durch die Tür zu Wessels, der jetzt vor dem Fernseher, auf dem der Sportkanal lief, schnarchte. Ein Golfturnier liess ihn einschlafen. Sie nahm ihre Handtasche und das kabellose Telefon aus der Halterung und ging nach draussen in den Hof. Es war kurz nach elf und sie schirmte ihre Augen mit der freien Hand gegen die grelle Sonne ab.

»South African Airways, guten Tag«, sagte eine Mitarbeiterin.

»Hallo, ich möchte bitte eine Buchung vornehmen. Wann geht Ihr erster Flug nach Lilongwe, Malawi?«

Als sie wieder im Haus war, ging sie in ihr Schlafzimmer, zog die Bluse, die Hose und die Stiefel aus, die sie seit fast vierundzwanzig Stunden getragen hatte und ging ins Bad, um zu duschen. Sie brauchte nur ein paar Minuten, um sich zu waschen und ein kurzärmeliges khakifarbenes Buschhemd, eine passende Hose und Wanderschuhe anzuziehen. Dann holte sie ihre Sporttasche aus dem Kleiderschrank und packte.

Als Sannie wieder ins Wohnzimmer zurückkehrte regte sich Wessels. Er gähnte. »Was hast du vor?«

»Ich weiss, es klingt verrückt, aber ich gehe ins Fitnessstudio, Henk. Ich glaube, ein bisschen Bewegung tut mir gut. Ich bin nur eine Stunde weg und habe mein Handy dabei.«

Er rieb sich das stoppelige Kinn und streckte dann die Arme aus. »*Ja,* ein Workout hilft vielleicht dabei, den Stress abzubauen. Ich bleibe hier, bis du zurückkommst, dann muss ich ins Büro. Es werden bald ein paar Detektive hier sein, und bei dir bleiben – falls er wieder anruft.«

»Okay, bis dann.« Sie ging schnell hinaus, bevor ihm auffiel, dass Wanderschuhe nicht das Normalste waren, was man für ins Fitnessstudio trug.

In der Garage räumte Sannie einige Kisten um – hauptsächlich Christos alte Sachen – und fand in einer Blechkiste seine Tauchausrüstung. Sie wühlte sich durch Masken, Flossen und Schwimmwesten, bis sich ihre Hand um eine massive Waffe schloss. Sie zerrte ein Tauchermesser aus dem Gerümpel und zog es aus der Scheide. Die Klinge aus rostfreiem Stahl war fast dreissig Zentimeter lang. Auf der einen Seite war sie bösartig gezackt, auf der anderen rasiermesserscharf – sie erinnerte sich, wie er sie zu prüfen pflegte, indem er die Haare auf seinen Unterarmen damit wegrasierte, was sie immer erschaudern liess. Es glitzerte im fahlen Morgenlicht, das durch das Fenster fiel. Mit ihrer Polizeipistole bestieg sie auf keinen Fall ein Verkehrsflugzeug, es wäre denn, sie hätte die nötigen Papiere, um zu beweisen, dass sie in offizieller Mission unterwegs war. Aber andererseits würde sie nicht unbewaffnet in deren Versteck gehen. Sorgfältig steckte sie das Messer wieder in die stabile Plastikscheide und vergrub es zuunterst in ihrer Tasche, unter dem herausnehmbaren, halbstarren Stück mit Vinyl überzogenem Karton, der die Tasche in Form hielt. Wenn ihre Tasche bei der Ankunft in Malawi am Zoll kontrolliert würde, könnte eine Frau, die ein Tauchermesser, aber keine Tauchausrüstung bei sich hatte, Fragen aufwerfen und sie wollte nicht aufgehalten werden. Sie schloss den Reissverschluss der Tasche und stieg ins Auto.

Bislang hatte Tom auf seiner Reise nur abends angerufen, und sie wusste, dass er es erst heute Abend wieder versuchen würde. Bis dahin wäre er längst in Cape Maclear. Sie hoffte, sie käme ihm dort zuvor. Sie startete das Auto und öffnete das Sicherheitstor.

30

Das türkisfarbene Wasser des Sees wurde von einem langen weissen Sandstreifen gesäumt, der sich so weit erstreckte, wie Tom sehen konnte. Hier war die Strandpromenade nicht so zugebaut wie in der Senga-Bucht.

Anstelle von Mittelklassehotels aus Beton gab es Backpacker-Unterkünfte, die aus sandigen Campingplätzen und einfachen Schilf- und Strohbungalows bestanden und in der Nähe des Nationalparks am Cape Maclear, an einem Ende des Strandes, befanden sich die Ferienhäuser der wohlhabenden Minderheit Malawis und von ausländischen Investoren.

Er trug eine tief über die Augen gezogene Kappe, eine Sonnenbrille und seine Badeshorts. Trotz des grosszügig aufgetragenen Sonnenschutzmittels spürte er, wie sein Rücken in der Mittagssonne brannte. Wenn er wie ein dummer weisser Tourist aussah, war das umso besser, dachte er. Er schlenderte am Wasser entlang und winkte höflich, aber bestimmt die immer kleiner werdende Schar von Verkäufern ab, die ihm den Strand entlang folgten.

»Wollen Sie ein Souvenir, mein Herr? Ein Bild? Eine Holzschnitzerei?«

»Nein, danke.«

»Wollen Sie *Dagga*? Malawi-Gold?«

»Nein, definitiv nicht, danke.«

»Wollen Sie ein Mädchen, Mister?«

Und so ging es weiter. Doch irgendwann wären sie seiner überdrüssig, hoffte er.

Der Campingplatz, auf dem er den Land Rover geparkt hatte, war typisch für alle, an denen er vorbeigekommen war. Jeder war durch einen fadenscheinigen U-förmigen Zaun aus geflochtenem Schilfrohr von seinen Nachbarn getrennt, wobei die dem Strand zugewandte Seite offenblieb, damit die Gäste die Aussicht geniessen und die Strandverkäufer wohl ungestört ihrem Gewerbe nachgehen konnten.

Ein paar braungebrannte Mädchen mit australischem Akzent sassen nebeneinander auf Sarongs, rauchten und unterhielten sich, während eine Afrikanerin ihr Haar flocht und Perlen hineinfädelte. Das sah an schwarzen Frauen gut aus, dachte Tom, war sich aber nicht sicher, wie es in Sydney ankommen würde.

Weiter hinten am Strand wateten ein halbes Dutzend Touristen in Neoprenanzügen und mit Masken ins klare Wasser und hockten sich hin, um ihre Flossen anzulegen. Der südafrikanische Tauchlehrer ging von Person zu Person und half ihnen bei ihrem unbeholfenen Manöver.

Draussen auf dem Wasser zog ein Schnellboot eine enge Kurve und zog dabei eine Gischtfahne hinter sich her, die die von ihm gezogene Wasserskifahrerin nicht bewältigen konnte. Mit einem Quitschen kam sie ins Schleudern und schlug mit einem schmerzhaft klingenden Schlag auf der Wasseroberfläche auf. Tom schüttelte den Kopf.

Hinter dem Skiboot, das zurückkehrte und das lachende Mädchen auffischte, lag eine Insel, die wie eine Ansammlung von Granitblöcken aussah und von hohen Bäumen gekrönt war. Ein Fischadler-Paar, dessen markante weisse Köpfe und rotbraune Körper sich deutlich vom dunklen Laub abhoben, beobachtete auf der Suche nach ihrer nächsten Mahlzeit das Wasser.

Nach dem, was er auf den Plakaten auf den Campingplätzen und in den Hotels gesehen und von den Strandverkäufern, die ihn nicht losliessen, erfahren hatte, lebten im See unzählige tropische Fische in leuchtenden Farben, die man Buntbarsche nannte. Wäre er hier im Urlaub gewesen, hätte er geschnorchelt oder getaucht, aber er war auf der Suche nach etwas anderem – einem Haus mit einem mit Bougainvillea bewachsenen Torbogen, der zum Strand und zum See führte.

Als Tom sich Cape Maclear näherte, bemerkte er, dass die Häuser grösser, prächtiger und gepflegter wurden. Die meisten, so vermutete er, stammten aus den sechziger Jahren und der Blütezeit des britischen Kolonialismus im damaligen Njassaland. Es handelte sich in der Regel um einstöckige Villen mit weiss gekalkten Putzfassaden. Die jetzigen Besitzer, wer auch immer sie waren, hatten ordentlich gepflegte Rasenflächen und Gärten. Er vermutete, dass es sich um eine Art Millionärsviertel in einem schmutzigen, armen Land handelte. Er bemerkte auch weniger Schlepper – sogar sein eigenes Gefolge war auf einen einzigen hartnäckigen Teenager geschrumpft. Als von einer Wiese ein blau gekleideter Sicherheitsbeamter auf den weissen Sand trat, drehte sich der Junge um und ging den Strand entlang zurück.

Schliesslich sah er einen Zaun und ein Schild vor sich, die das Ende des öffentlichen Strandes und den Beginn des Cape Maclear National Park markierten. Von seinen Erkundigungen auf dem Campingplatz hatte er erfahren, dass man, um den Nationalpark zu betreten, zur Strasse, die ein Stück im Landesinneren zur Landspitze führte, gehen musste. Auf der anderen Seite des Zauns war die Küstenlinie mit Buschwerk und Felsen bewachsen, die sich perfekt zum Tauchen und Schnorcheln eigneten. Ein paar Wachleute schlenderten von einer anderen Villa auf den Strand zu, und Tom verlangsamte seinen Schritt. Er gähnte und streckte sich, dann drehte er sich um und watete ins Wasser. Er behielt seine Kappe und die Sonnenbrille auf und begann, in Richtung Seemitte zu schwimmen. Als er etwa fünfzig Meter zurückgelegt hatte, drehte er sich um und liess sich auf dem Rücken treiben. So konnte er, wenn er zum Ufer blickte, die Fronten der Villenreihe, die zur Parkgrenze führte, besser erkennen.

Am Ende der Reihe sah Tom eine gestutzte Hecke, die etwa so hoch war wie ein durchschnittlicher Mann und die Sicht auf ein Haus verdeckte. Oberhalb der Hecke glitzerte eine Spule aus Stacheldraht, was bedeutete, dass sich hinter dem Gebüsch ein möglicherweise elektrifizierter Sicherheitszaun befand. Was ihn jedoch am meisten interessierte, war das Tor in der Mitte der Hecke, unter dem ein Wachmann stand. Dieser wurde von einem Gitter mit einer rotblühenden Bougainvillea umrahmt. Langsam drehte Tom um und schwamm den Weg, den er gekommen war, zurück.

Hundert Meter weiter tauchte er am Strand aus dem Wasser auf und wurde von dem hartnäckigen jungen Mann begrüsst, der versucht hatte, ihm Malawi-Gold, Marihuana, zu verkaufen. Zum ersten Mal an diesem Tag war Tom nicht unzufrieden, ihn zu sehen.

»Boss, möchten Sie etwas ...«

»Was ich will, mein Freund«, Tom fuhr sich mit der Hand durch die Haare und strich sich das kühle, frische Wasser aus dem Gesicht, »ist eine Information.«

»Ich, ich weiss alles über Cape Maclear, Bwana. Was immer Sie wollen, Solomon findet es.« Er strahlte mit der Freundlichkeit eines Verkäufers, der kurz vor dem Abschluss eines Geschäfts steht.

Tom ging in Richtung Campingplatz zurück und der Junge begleitete ihn neben ihm. »Wer wohnt in dem Haus mit der grossen Hecke?«

»Ah, Bwana, ich habe Hunger.«

»Mein Geld ist in meinem Fahrzeug.«

»Sollen wir es holen, Boss?«

Tom schüttelte den Kopf. Als sie den Campingplatz erreichten, sagte er dem Jungen, er solle am Strand warten und ging zum Land Rover, um seine Brieftasche zu holen. Er öffnete sie und zog einige Scheine heraus. Zurück am Wasser drückte er dem Strandverkäufer zehn Dollar in die Hand. »Es gehört einem Inder.«

»Aus Malawi?« fragte Tom.

Der Junge schüttelte den Kopf. »Nein, aus Südafrika.«

»Wie heisst er?«

»Dieser Mann mag seine Privatsphäre, Bwana. Ein Freund von mir war ... eines Abends in diesem Haus, und die Sicherheitsleute erwischten ihn. Sie haben ihn übelst verprügelt, mein Herr.«

Bei seinem Besuch, vermutete Tom, hatte der Kollege des Jungen wohl versucht, ins Haus einzubrechen.

»Ich sollte nicht über diesen Ort sprechen. Dort sind schlimme Dinge passiert.«

»Wie zum Beispiel?«

Der Junge schüttelte seine Dreadlocks. Tom zog einen weiteren grünen Geldschein hervor.

»Die Frauen im Dorf – auch meine Mutter – sagen uns, wir dürfen uns diesem Mann niemals nähern. Er kommt schon seit vielen Jahren und die Mütter sagen ihren Kindern, dass sie niemals mit diesem Mann sprechen oder in sein Auto steigen dürfen.«

»Sein Name?« fragte Tom erneut.

Der Junge warf einen nervösen Blick über die Schulter, als ob der Bewohner des Hauses ihnen folge. »Khan«, flüsterte er.

Tom nickte. Er spürte, wie sein Mund trocken wurde und sich sein Puls beschleunigte. »Ist er jetzt da?«

Solomon schüttelte den Kopf. »Er ist auf seiner Insel, glaube ich. Ich habe vor einigen Tagen sein Boot gesehen.«

»Seine Insel?«

»Ja, er ist ein reicher Mann, Bwana. Die Insel ist weit weg, etwa fünf Kilometer, aber ich kann ein Boot für Sie organisieren. Ein Schnellboot, Bwana, oder ein Kajak allein für Sie?«

Tom rieb sich das Kinn. Er wollte seine Annäherung nicht verraten. »Ja, das brauche ich für heute Nachmittag ...«

Kapitän Henk Wessels goss sich eine Tasse Kaffee aus der Thermos-Kanne in Sannies Küche ein und nahm das kabellose Telefon ab. Er drückte die Wahlwiederholungstaste und schlürfte das lauwarme

Gebräu, während er darauf wartete, dass jemand das Telefon abnahm.

»South African Airways, guten Tag«, sagte eine Frauenstimme.

Wessels legte ohne zu sprechen den Hörer auf und knallte die Tasse auf den Tresen. Er griff in seiner Hosentasche nach seinen Autoschlüsseln.

»Diese verdammte Frau! Ich hätte es wissen müssen.«

SANNIE PARKTE ihr Auto am Flughafen OR Tambo, schnappte sich ihre Sporttasche, schloss das Auto ab und rannte hinüber zum Terminal. Sie nahm den Aufzug zur zweiten Ebene, verfluchte seine Langsamkeit und trat in die Abflughalle hinaus.

Sie suchte die Check-in-Schalter ab, bis sie einen SAA-Schalter entdeckte, hinter dem auf einer Tafel der Flug nach Lilongwe, Malawi, angezeigt wurde. Sie warf einen Blick auf ihre Uhr. Weniger als eine halbe Stunde bis zum Boarding – sie hatte es gerade noch geschafft.

Wie ein Boxer, der auf den ersten Schlag wartet, verlagerte sie ihr Gewicht von einem Fuss auf den anderen und versuchte, tief durch-zuatmen, während der rundliche afrikanische Geschäftsmann vor ihr die Frau hinter dem Schreibtisch um ein Upgrade anflehte. Ihr Mobiltelefon klingelte und sie vergass ihre Ungeduld.

»Van Rensburg.«

»Sannie, ich bin's, Henk. Wo bist du, verdammt noch mal?«

»Ähm ...«

»Verdammt noch mal, Sannie, es ist gar nicht wichtig. Wir haben deine Kinder gefunden!«

Sannie quietschte vor Freude und der Geschäftsmann und der Abfertigungsbeamte starrten sie an. Es war ihr egal. »Wo? Wie, Henk? Wie geht es ihnen? Bitte sag mir, dass sie in Sicherheit sind. Wenn sie jemand angefasst hat, werde ich ... Wo bist du? Telefonierst du mit dem Handy?«

»Langsam, Sannie. Ja, ich telefoniere vom Auto aus. Die Kinder sind bei zwei Uniformierten. Es gab eine Beschwerde über übermässigen Lärm in einem Haus in Boksburg. Die Beamten gingen hin und es kam zu einer Schiesserei. Ein Mann bewachte Christo und Ilana. Er wurde getötet, aber deinen Kindern geht es gut, Sannie. Die Polizisten, die bei ihnen sind, sagen, sie seien anscheinend unverletzt.«

Sannie begann zu weinen und wischte sich die Tränen weg. »Oh, Henk. Ich muss zu ihnen.«

»Okay, okay. Wo bist du denn? Ich war im Fitnessstudio, aber du bist ja nicht da.«

Sie fühlte sich schuldig, schämte sich für ihr ungestümes Verhalten und dachte an Tom. Sie musste ihm eine Nachricht zukommen lassen, aber im Moment war er auf sich allein gestellt. »Ich bin am Flughafen, Henk. Internationale Abflughalle.«

Er schwieg ein paar Sekunden lang. »An jedem anderen Tag würde ich dir die verdammte Kündigung vor die Füsse werfen, Inspektorin. Bleib, wo du bist, und ich komme zu dir. Ich führe dich zu diesem Haus.«

»Gib mir doch einfach die Adresse, dann fahre ich selbst hin.«

»Sannie, ich möchte dich unterstützen. Du hast verdammt viel durchgemacht. Ausserdem, könnten ja Komplizen auf dem Weg zurück zum Haus sein, wer weiss. Ich muss mich um den Tatort kümmern und dann bringen wir deine Kinder raus. Ich kann nicht zulassen, dass die Uniformierten sie einfach so mitnehmen. Ich will diese Bastarde fangen, Sannie.«

»Ich auch.« Sie wusste, dass er Recht hatte und zwar nicht nur in Bezug auf die operativen Aspekte. Sie brauchte jetzt auch einen Freund, an den sie sich anlehnen konnte. »Okay, aber beeil dich, Henk.«

Sie rannte nach draussen und über die Strasse, woraufhin ein BMW-Fahrer eine Vollbremsung hinlegen musste. Sannie ignorierte seine Schimpftirade und rannte, ihre Tasche umklammernd, über den Parkplatz. »Oh nein, Mann!«

Der Vorderreifen auf der Fahrerseite war platt. Wie zum Teufel konnte das passieren? Ihr war zum Schreien zumute. Sie schloss das Auto auf und war dabei, den Teppich im Kofferraum anzuheben, um den Wagenheber herauszuholen, als ihr Handy erneut klingelte. Sie fluchte, ging dann aber ran.

»Ich bin's, Henk. Ich fahre gerade auf den Flughafenparkplatz. Wo bist du?«

»Du bist schon da?«

»Ich war bereits auf dem Weg nach Boksburg, und zwar schnell«, sagte Henk.

Sie wies ihm den Weg zur Parkbucht, in der sie geparkt hatte und dreissig Sekunden später hielt er an.

Henk drückte einen Knopf und sein elektrisches Fenster glitt herunter. »Ach, steig einfach ein, Sannie. Er lehnte sich hinüber und öffnete die Beifahrertür seines Ford Falcon. Wir können später wiederkommen und dein Auto holen.«

Sannie nickte. Er hatte Recht und sie konnte keine Minute länger darauf warten, Christo und Ilana zu sehen. »Okay. Ich schliesse nur noch ab.« Ihre Sporttasche lag auf dem Rücksitz, wo sie sie gerade hingeworfen hatte und sie nahm sie heraus. Ein Auto mit einem platten Reifen war für Diebe wie eine offene Kühltruhe für einen Affen. Sie schloss das Auto mit der Fernbedienung ab, warf ihre Tasche in Henks Wagen und stieg ein. »Okay, los geht's!«

DIE MUSKELN im Rücken des Fischers spannten sich, als er das Kajak mühelos über die Seeoberfläche trieb. Tom dagegen schwitzte stark, obwohl er nichts tat – ausser mit dem abgeschnittenen Rest einer Plastikflasche das Wasser herauszugiessen.

Der See glitzerte wie ein riesiges silbernes, mit Goldmünzen übersätes Seidentuch, denn hinter ihnen verschlang der Malawisee wieder einmal die Sonne.

»Die Krokodilinsel«, sagte der Fischer, hob eine Hand vom Paddel und deutete auf den grünen Fleck vor ihnen. Tom hörte den Ruf eines Fischadlers, was ein weiteres Zeichen dafür war, dass sie sich Land näherten.

Solomon hatte Tom erzählt, die Insel sei nicht grösser als einen Kilometer im Durchmesser. Sie war als kleines, exklusives Touristenresort ausgebaut, die für ein Dutzend Personen Platz bot. Khan hatte sie als laufendes Unternehmen gekauft, aber Solomon hatte gesagt, sie werde seines Wissens nicht mehr kommerziell betrieben. »Er hat Freunde, die zu Besuch kommen.«

»Hat er Personal?« hatte Tom gefragt.

Solomon hatte die Achseln gezuckt. »Jedenfalls niemand von hier. Die Fischer sagen, dass nachts manchmal Boote dorthin fahren.«

Tom trug seine schwarzen Badeshorts und ein braunes, langärmeliges T-Shirt, das verschwitzt an seiner Haut klebte. Es hatte ihn vor der Nachmittagssonne geschützt und würde, sobald er auf der Insel war, seine immer noch blasse Haut verdecken. Seiner Turnschuhe waren an den Schnürsenkeln zusammengeknotet und um seinen Hals gehängt. Er hatte sich auf dem Campingplatz vom Tauch- und Schnorchelzubehör einen wasserdichten Gummisack ausgeliehen und Sannies Pistole, die Ersatzmagazine, einen Teleskopschlagstock und ein Paar Handschellen, die Tom aus Christos Garage mitgebracht hatte, darin verpackt. Dort hatte er eine ganze Kiste mit Ausrüstung gefunden, von der Sannie ihm später erzählte, ihr Mann habe sie bei seinen privaten Sicherheitsaufträgen, die er manchmal nach Feierabend übernahm, um sein Einkommen bei der Polizei aufzubessern, benutzt. Neben den Handschellen und Handschuhen hatte er auch Funkgeräte, eine dünne Schutzweste, die man unter einem Anzug tragen konnte und eine Dose Pfefferspray gefunden.

Der Fischer hörte auf zu paddeln. »Nicht weiter«, sagte er.

Tom nickte. Der Mann hatte ihm bereits gesagt, er riskiere es nicht, auf der Insel zu landen. Sein Englisch war nicht gut genug, um ihm zu erklären, warum. »Viel Ärger«, war alles, was er sagen konnte. »Okay. Bei Sonnenaufgang.« Tom zeigte auf den rosafarbenen Himmel, wo die Sonne gerade verschwunden war, und hob den Arm in die Luft. Der Fischer nickte. Er würde bei Sonnenaufgang hierhin zurückkehren.

Tom hatte eigentlich keine Pläne. Er hatte in Monkey Bay kein funktionierendes Telefon gefunden, so dass er Sannie, selbst wenn er es gewollt hätte, nicht darüber hätte informieren können, was er tun wollte. Dort, wo er jetzt war, hätte er sowieso nicht viel Unterstützung von der südafrikanischen Polizei bekommen. Doch gern hätte er die Gerüchte, die er über Pervez Khan gehört hatte, weitergegeben. Die Informationen, die er von Solomon erhalten hatte, hätten für die Südafrikaner jedoch kaum ausgereicht, um ihn auszuliefern.

Tom schwang seine Beine über die Seite des Einbaums und glitt lautlos ins Wasser. Er schwamm in Richtung der Insel, die etwa hundert Meter entfernt war und schob die Tasche vor sich her. Solomon hatte ihm versichert, es gebe trotz des Namens der Insel, im Wasser keine Krokodile. Tom war sich nicht sicher, ob er dem Jungen glauben könne, also schwamm er, wenn auch nur einarmig, so schnell er konnte.

Solomon hatte ihm erklärt, auf der einen Seite der Insel gebe es einen breiten Sandstrand und auf der anderen Seite eine felsige Küste mit Felsbrocken. Die Häuser und die Bar des früheren Ferienortes blickten auf die Seite mit dem Sand, hatte Solomon gesagt. Er hatte den Fischer gebeten, ihn in der Nähe der Felsen abzusetzen und Solomon hatte übersetzt.

Seine Füsse fanden auf einem rutschigen untergetauchten Felsen Halt und er richtete sich vorsichtig auf. Den wasserdichten Sack legte er auf einen anderen glatten, runden Felsen, der noch warm von der untergegangenen Sonne war und stemmte sich aus dem Wasser empor. Er setzte sich, zog seine Turnschuhe an und nahm die Pistole und das Ersatzmagazin aus der Tasche. Dieses steckte er in die Taschen seiner Badeshorts. Er hatte insgesamt vierundzwanzig Schuss dabei und hoffte, dass er sie nicht alle brauchen würde – oder noch besser keinen davon. Er versteckte die Tasche so in einer Spalte zwischen zwei Felsen am Fusse des höchsten Baumes auf dieser Seite der Insel, dass der blaue Plastik gerade noch sichtbar war. Mit dem purpurroten Himmel im Rücken ging er in Richtung Osten, zur bewohnten Seite der Insel.

Der Busch war hier dicht und fast tropisch, ganz anders als die Landschaft, die er bisher im restlichen Afrika gesehen hatte. Er war eine Welt von London entfernt und überfordert, doch er wurde mit jedem Schritt weitergetrieben. Während er sich vorwärtsbewegte, huschten kleine Lebewesen durch das spärliche Gestrüpp. Er tat sein Bestes, um sie zu ignorieren und ging weiter. Aus den Bäumen über ihm kam ein Krächzen, vielleicht von einer Fledermaus oder einer Eule.

Die Vegetation vor ihm lichtete sich und Tom konnte die Umrisse von Gebäuden erkennen. Er roch Holzrauch und bemerkte einen der typischen afrikanischen Wasserheizkessel, die aus einem alten Brennstofffass, das über einer gemauerten Feuerstelle zementiert war, bestand, mit einem Schornstein dahinter. Er sah vier einfache gemauerte Gebäude mit schrägen Dächern aus Wellasbestplatten. *Personalunterkünfte*, dachte er. Er entdeckte nirgends einen Lichtschimmer.

Er ging zum nächstgelegenen Gebäude und lehnte sich an dessen Rückwand. Als er sich umschaute, sah er ein viel grösseres, weiss getünchtes und mit Stroh gedecktes Gebäude. Er nahm an, dass es sich entweder um das Haupthaus oder um einen grösseren Bungalow handelte. Langsam bewegte er sich weiter. Als er zum Gebäude kam, sah er, dass es zu einer Reihe von vier Gebäuden gehörte, die auf einen gepflegten Rasen und einen schmalen, weissen Sandstrand dahinter hinausgingen. Draussen auf dem türkisfarbenen Wasser des Sees konnte er die schwankenden Lichter der Fischer in ihren Einbäumen sehen. Eine leichte Brise, die vom Wasser her wehte, kühlte sein Gesicht, konnte aber den Schweiss auf seinem Körper nicht trocknen.

Aus einem der Fenster des Haupthauses schimmerte ein fahler Schein. Der Rauch aus dem Heizkessel hatte ihm verraten, dass jemand hier war. Er bewegte sich von Deckung zu Deckung, von Baum zu Hecke, bis hin zum Schatten einer Schirmkonstruktion aus Schilf, die einen Tisch und Stühle verdeckte.

Das Haus hatte eine Veranda, die etwa einen Meter über dem Gras lag und von einem Dachvorsprung überragt wurde. Tom sah die flackernden Schatten einer Kerze, deren Flamme von der Brise des Sees sanft hin und her bewegt wurde.

Er hielt Sannies Pistole vor sich und bewegte sich zur Seite des Lodge-Gebäudes. Mit dem Rücken an die weiss getünchten Wände gepresst, schlich er sich näher an die Veranda. Als er an der Ecke ankam, die das Ende des Gebäudes markierte, drehte er langsam den Kopf, um über die Veranda sehen zu können.

Dort sass, in einem Korbsessel, Robert Greeves und er war sehr lebendig.

<h1 style="text-align:center">31</h1>

Sannie forderte Henk Wessels auf, schneller zu fahren.

»Hey, ich will nicht, dass wir in einen Autounfall verwickelt werden. Das Haus ist nur die Strasse hoch.«

»Ich kenne dich. Du siehst besorgt aus«, sagte sie. »Und wenn etwas nicht stimmt, fährst du mit dem Finger in deinem Kragen herum.«

Er sah sie an. »Natürlich mache ich mir Sorgen. Je eher du wieder mit deinen Kindern zusammen bist, desto besser. Ausserdem will ich sie aus dem Haus haben, falls die anderen Entführer zurückkommen.«

Sie nickte, fand es allerdings seltsam, dass Henk nicht schon mehr uniformierte Offiziere herbeigerufen hatte, um ihre Kinder woanders unterzubringen. Das hätte sie getan, aber sie war ja nicht er.

»Hier ist es.« Wessels hielt den Wagen an.

An dem bescheidenen einstöckigen Haus war, abgesehen von den beiden uniformierten Polizisten vor dem Haus und der Tatsache, dass beide Beamte weiss waren, nichts Ungewöhnliches. Es gab zwar immer noch viele Weisse in Uniform, aber es war doch etwas seltsam, zwei von ihnen zusammen zu sehen. Die meisten Nachwuchskräfte heutzutage waren Schwarze, anders als zu der Zeit, als Sannie in den Polizeidienst eingetreten war. Sannie nickte den Beamten zu, die sie anlächelten, als sie Wessels den Gartenweg hinauf folgte, weil sie es kaum erwarten konnte, zu ihren Kindern zu gelangen.

Wessels zog einen Schlüssel heraus und schloss die Eingangstür auf.

Sannie schob sich an ihm vorbei, als er sie öffnete. »Christo? Ilana?«

Sie betrat das schäbig eingerichtete Wohnzimmer und roch abgestandenen Zigarettenrauch und altes Speiseöl. »Christo? Ilana?«

»Mama?« rief Christo aus der Küche. Er rannte hinaus und seine Schwester hielt sich an seinem Hemdzipfel fest.

Sannie hielt sich die Hand vor den Mund und eilte zu ihnen. Sie sank auf die Knie, breitete die Arme aus und zog sie an sich. Sie vergrub ihren Kopf in Christos Hemd und liess den Stoff ihre aufgestauten Tränen aufsaugen. Sie war zu überwältigt, um zu sprechen.

»Wo bist du gewesen, Mama?«, fragte Ilana.

»Dieser Mann, der Tom kannte, hat uns abgeholt, Mama. Geht es Tom gut?«

Sannie schluchzte tief und heftig und schob Christo etwas zurück, um sich mit dem Handrücken die Augen zu wischen. »Christo, hör mir zu. Geht es dir gut, mein Junge? Bist du verletzt? Hat dieser Mann ... dir weh getan? Oder hat er deiner Schwester wehgetan?«

»Nein, Mama.«

Ilana sah zu ihr auf und als Sannie sah, wie sie die Tränen zurückblinzelte, begann sie selbst wieder zu weinen.

»Mama, geht es dir gut?« fragte Christo.

»Ja, mein Junge, mir geht es gut. Komm, wir gehen. Ich bringe euch nach Hause.«

Tom sah Greeves an, bemerkte aber die zerbrochene Bierflasche im Gras nicht. Als er seine Füsse bewegte, splitterten die Glasscherben und knirschten.

»Wer ist da?«

Tom machte keine Anstalten, sich zu verstecken. Er war für diese Konfrontation mehr als bereit. Er trat ins Licht.

»Detective Sergeant Furey«, Greeves liess sich langsam in seinen Stuhl zurücksinken. »Nehmen Sie Platz.«

»Ich bleibe stehen.« Tom schaute sich weiterhin um und die Pistolenhand folgte seinem Blick, während er die Veranda, die Flanken und die Tür, die ins Innere der Hütte führte, beobachtete.

»Ich nehme an, Sie haben ein paar Fragen. Scotch?«

Tom schüttelte den Kopf.

»Nun, es stört Sie bestimmt nicht, wenn ich noch einen nehme.«

Tom bemerkte ein leichtes Lallen in den Worten des Ministers. Soweit er sehen konnte, war Greeves in guter Verfassung. Sein Gesicht und seine Arme sahen im reflektierten Licht golden und gesund aus. Sein Haar war gekämmt und er trug ein am Hals offenes weisses Baumwollhemd und eine marineblaue Hose.

»Auf die Beine. Los geht's.«

»Oh, nicht so schnell, Tom. Sie haben es bis hierher geschafft. Sagen Sie mir wenigstens, woher Sie wussten, dass das alles ein Schwindel war und ich nie wirklich entführt wurde.«

»Sie zuerst. Warum?«

»Warum was?«

»Warum haben Sie Ihre Entführung vorgetäuscht? Was für ein Skandal hat Sie dazu veranlasst?«

Greeves sagte nichts. Er füllte sein Glas aus der Karaffe auf dem Tisch nach und nahm einen langen Schluck.

»Es war Ebony, die Stripperin, nicht wahr?« Während er auf die Antwort wartete, lauschte Tom angestrengt auf jedes Geräusch aus dem Haus und überprüfte erneut alle Seiten der Veranda.

»Ja.«

»Wann haben Sie mit ihr geschlafen?«

»Sagen Sie es mir.«

Tom schaute in diese kalten grauen Augen. »Wie alt war sie? Zehn? Elf?«

Greeves atmete aus, hob sein Glas und schwenkte es lässig.

»Wenn Sie es wirklich wissen müssen: Sie war zwölf. Damals wusste ich es nicht, ich dachte, sie sei älter.«

»Und Sie glauben, das macht es besser?«

»Besser?« Greeves starrte ihn trotzig an. »Nein. Und das ist die Wahrheit. Ich weiss, dass es nicht in Ordnung ist, aber ich kann es nicht ändern. So bin ich nun mal – so bin ich veranlagt. Ich mag junge Mädchen. Ich hatte sie und alles, was war vergessen. Es passierte vor Jahren in Südafrika. Dann kam sie als Illegale nach England, sah eines Tages mein Bild in der Zeitung und nahm Kontakt zu mir auf. Dann arrangierte sie einen Termin in meiner Wahlkreisbesprechung.«

»Und sie haben sie töten lassen.« Tom spürte, wie die Wut in ihm aufstieg und versuchte, sie zu kontrollieren und ruhig zu bleiben.

»Nein! Ich habe in meinem Leben noch nie jemanden umgebracht.«

»Sie verlogener Mistkerl.« Tom holte selbst tief Luft, denn er musste sich zusammenreissen. »Sie haben Nick geschickt, um sie zu holen... und um sie zu töten.«

»Nein. Ich schwöre es. Ich schwöre es beim Leben meiner Kinder. Ich habe ihr gesagt, dass ich es nicht war...«

»Aber Sie haben sie erkannt.«

Ein weiterer Seufzer. »Ja, ich wusste, dass sie es war, aber ich habe versucht, sie davon zu überzeugen, dass sie sich geirrt hat.«

»Und deshalb haben Sie Nick geschickt, um die Drecksarbeit zu erledigen.«

»Nein, es ist nichts passiert. Ein paar Wochen lang nicht. Sie rief in meinem Büro an und hinterliess mir eine weitere Nachricht, in der sie kryptisch sagte, sie habe mit den Medien gesprochen und nur ich könne das Richtige tun. Helen, meine Pressesekretärin, hat es mir berichtet, obwohl sie dachte, es sei ein Scherzanruf.«

»War das, als Sie Nick schickten, um mit ihr zu verhandeln, nachdem sie Sie kontaktiert hatte?«

»Nick ist tot, Tom.«

»Blödsinn. Er gibt sich als ein Journalist namens Daniel Carney aus. Es hat eine Weile gedauert, bis ich es herausgefunden habe, aber als mir klar wurde, dass Sie Ihren Tod vorgetäuscht haben, war offensichtlich, dass Nick auch noch lebt.«

Greeves sah zu einer Seite der Veranda und Tom folgte seinem Blick. Dann wandte Greeves den Blick wieder Tom zu. Der Trotz war aus seinem Gesicht gewichen. »Was hat uns verraten? Da bin ich neugierig.«

»Die Affen.«

»Wie das?«

Tom erinnerte sich an seine Internetrecherche über afrikanische Primaten. »Grüne Meerkatzen sind nur bei Tageslicht aktiv. Nachts schlafen Sie in den Bäumen.«

»Und?«

»Also haben Sie und Ihre lustige Truppe sie tagsüber fangen müssen. Bernards inszenierte Flucht fand aber erst weit nach Einbruch der Dunkelheit statt. Ihre Leute lockten die Affen also tagsüber in Käfige und hielten sie irgendwo in der Nähe. Sobald Bernard sicher entkommen war, liessen Sie die Affen ins Haus bringen und dort positionieren. Sie hatten alle genug Zeit, um zu entkommen. Das ist der Beweis dafür, dass die ganze Aktion von langer Hand geplant war.«

Tom wartete auf eine Reaktion, bekam aber keine, also fuhr er fort. »Jemand hat Ihnen irgendwann einen halben Liter Blut abgenommen – keine schwierige Operation für Ihren Freund Dr. Khan – und es im Raum, in dem Sie festgehalten wurden, verteilt, damit es so aussieht, als ob Sie erschossen worden wären. Khan hat sogar etwas Gehirn-Rückenmarksflüssigkeit entnommen und mit dem Blut vermischt. Nette Idee, obwohl die Lumbalpunktion sicher nicht angenehm war. Aber die Haare waren ein Verräter. Da haben Sie einen Fehler gemacht.«

»Wirklich? Erzählen Sie.«

»Nachdem die ›Entführer‹ Ihnen den Kopf rasiert hatten, haben sie Ihre Haare auf dem Badezimmerboden liegen lassen, damit wir sie finden. Von den angeblichen Wunden an Ihren Fusssohlen, die Bernard als ›Beweis‹ für Ihre Folter angesehen hatte, gab es jedoch kein Blut im Flur.«

»Und das haben Sie ganz allein herausgefunden?«

»Die Indizien, die Beweise, waren alle da. Es fehlte nur noch ein Motiv. Das war der schwierige Teil. Sie wollten aussteigen... aus der Öffentlichkeit verschwinden, ohne Ihrer Partei Schande zu machen, aber Sie konnten nicht einfach aufhören. Es steckte mehr dahinter, auch nachdem Sie Nick das afrikanische Mädchen haben töten lassen.«

»Sie glauben, alles zu wissen.«

»Jedenfalls das meiste. Wenn ich Sie zurück nach London bringe, können Sie die Lücken füllen. Ihr Kumpel Khan war der Nagel zum Sarg, nicht wahr?«

Greeves zuckte mit den Schultern. »Was meinen Sie damit?«

»Ich habe im Autoradio gehört, die Südafrikaner hätten vor kurzem eine internationale Menschenschmugglerbande hochgenommen, deren Hauptzweck es war, den Sexhandel zu beliefern – einschliesslich minderjähriger Jungen und Mädchen für kranke Perverse wie Sie. Auch Khan musste verschwinden – ich wette, er wusste, dass die Spur zu ihm führen würde. Und ausserdem wette ich, dass die beiden Typen, die ihr eigenes Haus in Enfield in die Luft gejagt haben, die Verbindungsleute in Grossbritannien waren. War es Nick, der sie auf der Strasse erwischt hat? Hatten Sie ihn auch dorthin geschickt, um irgendeine Verbindung oder Aufzeichnung loszuwerden, die sie von Ihnen hatten?«

»Was werden Sie mit all diesen Informationen tun, Tom? Die Welt glaubt, ich sei tot. Die britische Regierung ist glücklich – es kursierten bereits Gerüchte über mein bevorstehendes Ableben. Die Presse hat die Geschichte geschluckt. Was müsste geschehen, damit Sie es seinlassen?«

Tom schüttelte den Kopf. Der Bastard versuchte, ihn zu kaufen. »Ein anständiger, ehrbarer Mann hat sich Ihretwegen das Leben genommen und mir haben Sie mein Leben gestohlen. Ich will es zurück.«

»Nun, das geht nicht. Wem haben Sie Ihre kleine Geschichte noch erzählt?«

»Ich habe mich schon gefragt, wann Sie das fragen würden. Ich

habe einen Brief an eine Freundin von mir geschickt, die Tatortermittlerin ist. Sie wird wissen, welche Fragen sie den richtigen Leuten
stellen muss. Ich habe ihr auch geschrieben, dass sie, falls mir etwas
zustösst und sie vom MI6 oder der Regierung hingehalten wird, alles
an Michael Fisher von der *Welt weitergeben* soll.«

»Ich wünschte, das hätten Sie nicht getan.«

Tom blickte zur Eingangstür der Lodge, von der die kultivierte
Frauenstimme gekommen war.

Janet Greeves trat aus dem Schatten hervor. In ihrer rechten
Hand hielt sie eine mit einem Schalldämpfer versehene halbautomatische Pistole vom Kaliber zwei. Lassen Sie Ihre Waffe fallen, Detective Sergeant Furey.«

»Tun Sie, was sie sagt«, sagte eine weitere Stimme hinter Tom.

Er drehte sich um und sah, wie ein dunkelhäutiger Mann mit
einem kurzläufigen AK 47-Sturmgewehr zwischen den Baumreihen
hervortrat, die das Hauptgebäude vom ersten Gästebungalow
abschirmte. Er sass in der Falle.

»Doktor Khan, nehme ich an?«

Der Mann lächelte und zuckte mit den Schultern. »Es spielt keine
Rolle, wer ich bin. Lassen Sie sofort Ihre Waffe fallen, Furey, oder ich
schiesse.«

Tom bemerkte, dass der Mann ein grosses Mobiltelefon trug, das
schwer an einem Clip an seinem Gürtel hing. Ein Satellitentelefon,
vermutete er. Tom wog seine Möglichkeiten ab. Er konnte einen von
ihnen, aber nicht beide, ausschalten. Was er jetzt tun musste, war, am
Leben zu bleiben und zwar so lange wie möglich. Nicht dass er sich
Chancen ausrechnete. Er ging, wohl wissend, dass die beiden Waffen
jede seiner Bewegungen verfolgten, in die Hocke und legte Sannies
Pistole auf den gefliesten Verandaboden.

Greeves wollte sich von seinem Stuhl erheben, doch seine Frau
trat einen Schritt aus dem Schatten auf ihn zu und richtete ihre
Pistole auf des Politikers Kopf. »Bleib, wo du bist, Robert.«

»Was?« Greeves sah seine Frau an, Verwirrung ins Gesicht
geschrieben.

»Gib ihm Deckung, Pervez.« Janet Greeves schloss die Lücke zwischen ihr und Tom, blieb aber eine Armeslänge von ihm stehen.

»Pervez?« Greeves schaute den pakistanischen Südafrikaner flehend an, aber der Mann schüttelte nur den Kopf. »Was zum Teufel ist hier los?«

»Furey weiss zu viel«, sagte Janet zu ihrem Mann.

»Ich kann fliehen und mir eine neue Identität zulegen. Warum verrätst du mich?«

Janet lachte. »*Dich* verraten? Mach dich nicht lächerlich, Robert. Es war das Risiko wert, aber unser Bodyguard-Freund hier war zu clever. Zu seinem eigenen Besten und zu deinem.«

»Du Schlampe.«

Tom schaute vom Mann zu der Frau und wieder zurück. »Was hat er getan, Janet? Hat er, als er zum Arbeiten und Spielen hier war, Ihre Kinder so wie die afrikanischen Kinder angefasst?«

»Sehr scharfsinnig. Ich wusste schon früh in unserer Ehe, dass Robert nicht sonderlich an mir interessiert war, ausser dass er mich benutzte, um ein paar Kinder zu zeugen, die Teil seiner politischen Karriere waren. Die Auslandsreisen begannen schon früh und ich hatte einen Verdacht. Als unsere Tochter zehn Jahre alt war, ertappte ich ihn dabei, wie er, während sie schlief, auf ihrem Bett sass, ihren Körper betrachtete und ihr Nachthemd hochhob.«

»Janet, bitte... er braucht es nicht zu wissen ...«

»Halt die Klappe, du mieses Stück Scheisse.«

Greeves sah bei der Vehemenz genauso verblüfft aus wie Tom. Es war, als erlebe er diese Gefühle zum ersten Mal. Janet blickte wieder zu Tom. »Ich habe ihm damals gesagt, dass ich ihn umbringen lasse, wenn er die Kinder jemals anfasse. Ich dachte, dass eine Verhaftung und ein Prozess den Kindern mehr schaden würde, ganz zu schweigen vom Schaden, den es der Partei zufügen würde.«

»Dann lautete die Vereinbarung also, dass er seine sexuellen Gelüste im Ausland ausleben würde – mit den Kindern anderer Leute.«

»Verurteilen Sie mich nicht, Mr. Furey. Was ich getan habe, habe ich getan, um meine Familie zu schützen. Ehrlich gesagt, wünschte ich, die Ereignisse, die dazu geführt haben, dass wir jetzt hier sind, wären schon vor einem Jahrzehnt passiert.«

»Janet, das ist lächerlich ...«

»Ich sagte, du sollst still sein.«

Tom behielt die Frau im Auge. »Ich hatte den Verdacht, dass Sie, Frau Greeves, wussten, was es mit der vorgetäuschten Entführung auf sich hatte, wusste aber nicht, dass Sie die Drahtzieherin waren. Was hat Sie dazu gebracht? Die Stripperin, die drohte, an die Öffentlichkeit zu gehen oder die Zerschlagung des Sexsklavenschmugglerrings in Südafrika?«

»Beides, um genau zu sein. Pervez hat Robert davon überzeugt, dass er sicher und diskret ... Gott, ich hasse es, das zu sagen ... ein Kind nach Grossbritannien bringen könne. Ein afrikanisches Kind, denn das war der kranke kleine Wunsch meines Mannes. Robert bestellte ein elfjähriges Mädchen für sich. Wäre Pervez erwischt worden, hätte die Spur zu Robert geführt. Durch seine Kontakte zur südafrikanischen Polizei hat Nick von der bevorstehenden Operation erfahren und mir einen Tipp gegeben.«

Tom sah Greeves an. Der Mann wollte also tatsächlich ein Kind *kaufen*. Er richtete seine Aufmerksamkeit wieder auf die Frau. »Sie und Nick hatten also eine Affäre – das war nicht nur ein Ablenkungsmanöver?«

Sie schüttelte den Kopf. »›Affäre‹ ist vielleicht ein zu starkes Wort, denn es impliziert eine romantische Komponente, Gefühle. Ich habe Bedürfnisse – körperliche und geschäftliche – und Nick war sehr glücklich, diese zu befriedigen. Ich schickte ihn zu diesem Mädchen, Ebony, und sagte ihm, er solle sich als Journalist ausgeben und mehr Geld bieten als es die *Welt* tat. Ich wäre erleichtert gewesen, wenn sie England mit einer Tasche voller Geld verlassen hätte, aber sie änderte ihre Meinung. Sie sagte Nick, sie habe Gott im Gebet nach der richtigen Entscheidung gefragt und erkannt, dass dieser, selbst wenn sie das Geld ihrer Kirche in Afrika gäbe, nicht damit einverstanden wäre. Sie sagte Nick, dass sie, was auch immer passiere, an die Öffentlichkeit gehe.

»Sie haben sie also töten lassen?«

»Ich sagte bereits, dass Nick mir in einer Reihe von persönlichen und geschäftlichen Angelegenheiten geholfen hat. Wenn es nur um die Frau gegangen wäre, wäre die Sache erledigt gewesen, aber die Südafrikaner waren diesem anderen schmutzigen Geschäft auf der Spur.«

»Ich würde den internationalen Kinderhandel zum Zwecke der sexuellen Ausbeutung kaum als schmutziges kleines Geschäft bezeichnen«, sagte Tom.

»Für solche Spielereien bleibt keine Zeit mehr, Furey.« Sie hob ihren Arm auf und hielt ihm die Pistole vor die Augen.

Tom fand, sie sehe wie eine Leopardin aus, die ihre Beute im Blick behält und bewertet. Wie der lautlose Jäger hatte sie im Hintergrund gewartet und auf den richtigen Moment gewartet, um zuzuschlagen. Er blickte wieder zu Greeves und sah, dass dessen Gesicht weiss vor Furcht war. Und Greeves hatte guten Grund, sich Sorgen zu machen – Tom spürte, dass seine Frau auf diese Gelegenheit gehofft, nein, sogar gewartet hatte. Dieser Mann, der in die Kriegsgebiete der Welt gereist war, um die britische Aussenpolitik zu verteidigen und der die Medien und die Opposition im Parlament in die Knie gezwungen hatte, kniete vor der Frau, die sein Schicksal so viele Jahre lang in ihren Händen gehalten hatte.

»Und warum die ganze Scharade mit den Entführungen und den Videos für die Medien?«

»Ich bin meinem Mann nichts schuldig, Sergeant Furey. Ich wollte jedoch nicht, dass meine Kinder noch mehr leiden müssen, als sie es bereits taten. Ausserdem bin ich fest von unserer Regierung überzeugt, aber die Partei würde einen weiteren Sexskandal, erst recht von diesem Ausmass, nicht überleben. Wenn aber Robert und Nick durch die Hand von Terroristen starben, würde dadurch die Entschlossenheit der grossen Massen der britischen Öffentlichkeit, ihre Führer im Kampf gegen das Böse zu unterstützen, verstärkt.«

Tom war versucht, auf ihre letzten Worte zu reagieren, aber er zügelte seine Zunge. Die Frau war eine Fanatikerin und er wusste, dass es nichts Gefährlicheres in der Welt gab. Er drehte sich zum Mann mit dem Sturmgewehr um.

»Was ist mit Carla Sykes passiert? Sie war Teil des Entführungs-
komplotts.«

Janet zuckte mit den Schultern. »Wie Sie, glaube ich, herausgefunden haben, hatte Sie in der Vergangenheit mit Drogen zu tun. In
einem Hotelzimmer in Mosambik wartete etwas Kokain auf sie – ein
von Nick arrangierter Bonus als Ersatz für die Menge, die sie in
Ihrem Zimmer platziert hatte. Ich bezweifle, dass wir noch einmal
von ihr hören werden.«

Tom versuchte, sich kein Zittern anmerken zu lassen. »Und Sie,
Doktor? Wann haben Sie die Seite gewechselt, vom Mann zur Frau?«

»Ich? Ich stand nie auf einer Seite. Frau Greeves bot mir Geld an,
um die Entführung ihres Mannes zu organisieren. Ich habe die
Söldner bezahlt und sie auf den Weg nach Mosambik geschickt.
Sollten sie gefasst werden oder jemals an die Öffentlichkeit gehen,
werden sie nur erzählen, wie ihre ›terroristischen‹ Auftraggeber sie
kurz bevor sie ihre Geisel töteten, gehen liessen. Und jetzt hat mir
Frau Greeves noch mehr Geld angeboten, um ...«

»Zu tun, was ich sage.«

»Wo ist Nick?« fragte Tom.

»Er ist auf dem Weg hierher«, sagte Janet. »Als er mir sagte, Sie
kämen Robert und Pervez immer näher, bin ich hierher geflogen. Ich
musste mir selbst ein Bild von der Lage machen, und sehen, ob die
Situation noch zu retten ist. Das ist offensichtlich nicht der Fall. Da
Sie Robert gesagt haben, Sie hätten einen Bericht an die Tatortermittler geschickt, gehe ich davon aus, dass Ihre südafrikanische Partnerin auch alles weiss?«

Tom schüttelte den Kopf. »Nein, ganz und gar nicht. Alles, was sie
weiss, ist, dass ich auf dem Weg hierher war, nach Malawi. Sie hat
keine Ahnung von all dem hier ... und über Sie.«

»Ich fürchte, das stimmt nicht«, antwortete Janet.

Er spürte, wie Angst um Sannie und ihre Kinder ihn umklammerte und in ihm brannte.

»Sie *müssen* mir glauben. Genau für den Fall, dass so etwas
passieren würde, habe ich ihr nicht alles gesagt. Ich wusste, dass ich
wenig Chancen habe. Sie kann nichts beweisen. Damit werden Sie

durchkommen. Wenn Sie mich töten, wird niemand es erfahren. Dann bin ich einfach verschwunden. Bitte glauben Sie mir, Janet. Mit dem Brief an die Ermittler und die Presse habe ich geblufft, wissen Sie.«

Janet zuckte mit den Schultern. »Das habe ich vermutet. Trotzdem: Man hat sie gewarnt, Tom, aber sie hat es nicht beachtet. Sie weiss ganz offensichtlich Bescheid.«

Tom schüttelte den Kopf. Sie wusste mehr als er und nun kam er sich wie ein Narr vor, obwohl er erfuhr, dass er Recht gehabt hatte. Er hatte Sannie und ihre Familie enttarnt. »Sannie hat zwei kleine Kinder. Machen Sie sie nicht zu Waisen.« Er glaubte, während eines kurzen Moments Zweifel über ihr Gesicht huschen zu sehen, einen Schimmer von Weichheit, aber er hatte sich geirrt.

»Sie sind im Moment alle zusammen. Sie haben Recht, die Kinder sollten nicht ohne Mutter aufwachsen müssen.«

»Wir warten, bis Nick kommt.«

»Janet«, sagte Greeves. »Sag Pervez, er soll sich zurückziehen. Ich bin keine Bedrohung für dich.«

»Oh doch, das bist du«, sagte sie. »Du bist eine Bedrohung für alles, was ich habe. Aber es wird ganz interessant sein, deinen Leibwächter entscheiden zu lassen, ob du leben sollst oder nicht. Pervez?«

Der Pakistani liess seinen Blick vom kurzen Lauf des Gewehrs von Greeves zu Janet schweifen. »Ja?«

»Ich übernehme diese beiden. Holen Sie Wessels ans Telefon.«

32

Sannie führte die Kinder in den Flur des Hauses in Boksburg. »Henk?« Sie hörte das Klingeln des Mobiltelefons ihres Vorgesetzten und als er abnahm seine gedämpfte Stimme.

Sie blieb in der Tür zur Küche stehen. Wessels hielt ihr den Rücken zugewandt und nickte, während er sprach. »*Ja*, ich verstehe.« Dann beendete er das Gespräch.

»Henk, wir gehen jetzt. Willst du uns mitnehmen, oder sollen uns die Uniformierten nach Hause bringen?«

»Sannie, es ist nicht sicher für euch, wenn ihr geht. Ich habe gerade einen Anruf vom Team bekommen, das dein Haus beobachtet. Da ist ein Auto dreimal vorbeigefahren. Die diensthabenden Männer halten sich drinnen versteckt und haben Verstärkung angefordert. Wir sollten einfach hier warten, bis es sicher ist. Dieser *Scheisskerl läuft* immer noch frei herum.«

»Dann gehen wir ins Hauptquartier – einfach irgendwo anders als hier. Ich will hier nicht bleiben.«

»Ich werde die Jungs von draussen schicken – die werden schneller bei euch sein als der nächste Streifenwagen. Ich möchte, dass du hier bei mir bist, wo ich dich und die Kinder im Auge behalten kann.«

»Komm schon, Henk. Das macht doch keinen Sinn.« Ilana zupfte an ihrem Hosenbein. »Warte einen Moment, Schatz. Henk, dann gehen wir in ein Hotel. Jedenfalls bleiben wir nicht an diesem verdammten Platz.«

Wessels hob die Hände, die Handflächen nach oben. »Sannie, bitte. Ich weiss, dass dies eine schwierige Zeit für dich ist, aber warum gehst du nicht in die Küche und machst dir eine Tasse Tee oder so? Wir sind überlastet und ein Entführer läuft frei herum. Ich kann dich und die Kinder jetzt nicht herumchauffieren, möchte aber, wie ich schon sagte, die Gewähr, dass ihr in Sicherheit seid.«

»Nun ...«

»Das ist besser. Ich gehe einfach und sage es den Uniformierten.«

»Kommt«, sagte Sannie zu Ilana und Christo, »lasst uns nachsehen, ob es hier etwas zu essen gibt.«

»Es ist so schön, dass du da bist, Mama«, sagte Christo und öffnete den Kühlschrank in der Küche.

»Sannie sah durchs Fenster des Wohnzimmers, wie Henk mit dem uniformierten Polizisten sprach. Der Mann warf einen Blick hinein, zuckte mit den Schultern und ging dann den Gartenweg hinunter, wo sein Kollege ins weisse *Polizei-Bakkie* stieg.

Sannie fand, die Kinder hielten sich bemerkenswert gut, wenn man bedachte, dass sie entführt worden waren – anscheinend hielten sie Carney, trotz alldem, was sie ihnen darüber eingebläut hatte, nie mit einem Fremden irgendwohin zu gehen, anfangs nicht für einen schlechten Menschen. Aber laut Henk hatte es eine Schiesserei gegeben und der Mann, der sie bewachte, war dabei getötet worden. »Haben dich die Schüsse erschreckt, mein Junge?«

Christo sah zu ihr auf und verzog vor Verwunderung das Gesicht. »Was für Schüsse, Mama? Ich habe keine gehört.«

TOM SAH sich auf der Veranda um. Greeves sass auf der Kante seines Stuhls und sah Janet nervös an. Jedes Mal, wenn er zu sprechen versuchte, unterbrach sie ihn mitten im Satz.

Janet wirkte ruhig und entschlossen. Khan hatte Wessels gerade gesagt, der Engländer wisse alles und sie könnten es sich nicht leisten, irgendwelche Zeugen zurückzulassen, egal wo. Tom hatte Sannies Chef noch nicht persönlich kennengelernt, aber er vermutete, dass der besagte Wessels ihr Vorgesetzter war. Es schien ein Befehl zu sein, sie – und ihre Kinder – loszuwerden. Khan war Rechtshänder und hatte sich seine AK 47 über die rechte Schulter gehängt, die Hand am Pistolengriff. Mit der linken Hand hatte er die Tasten des Mobiltelefons bedient und Tom hatte bemerkt, dass ihm das schwer gefallen war. Wie Tom erwartete, musste Khan, als es an der Zeit war, das Gespräch zu beenden, auf das Satellitentelefon hinunterschauen und die Taste zum Beenden des Anrufs suchen.

Khan befand sich etwa vier Schritte entfernt links hinter ihm und Greeves stand vor ihm, ebenfalls etwas links. Janet befand sich, vielleicht sechs Meter von ihnen entfernt, rechts von ihnen.

Janet sah Khan an und fragte: »Und?«

Nun waren beide abgelenkt und Tom wusste, dass er nur eine Chance hatte. Khan, der über eine schnell feuernden Militärwaffe verfügte, stellte die grösste Gefahr dar. Er drehte sich um und rannte in gebückter Haltung die kurze Strecke zum Pakistani. Neben dem mit grossen Augen blickenden Greeves streckte er die rechte Hand aus. Die Flammen der beiden Kerzen auf dem niederen Couchtisch, von denen das einzige Licht auf der Veranda ausging, flackerten durch den plötzlichen Luftzug. Als Tom den kleinen Tisch umstiess flogen sie in Greeves' Schoss und Greeves kreischte wie ein verängstigtes Kind, als heisser Wachs auf seine Hose spritzte.

Im selben Moment, in dem er mit voller Wucht in Khan prallte, hörte Tom Janets schallgedämpfte Pistole zweimal husten. Er packte den überraschten Mann an der Taille, zog ihn vor sich hin und stürzte mit ihm rückwärts um, wobei Khan auf ihn fiel. Er spürte, wie der Körper des Arztes zusammenzuckte und sich versteifte, als eine der Kugeln irgendwo in ihn eindrang. Tom hatte darauf gesetzt, dass die kleinkalibrige Kugel nicht bis zu ihm durchdringe, was dadurch bestätigt wurde, dass er keinen Schmerz spürte.

Doch Khan war noch am Leben, strampelte vor Schmerz und Wut und versetzte Tom mit seinem Ellbogen einen harten Schlag in die Rippen.

Tom hatte genügend Videos von Strassenkämpfen studiert, die vor allem in den USA von Überwachungskameras aufgezeichnet worden waren. Er wusste, dass die einzige Möglichkeit, eine solche Schlägerei zu überleben, darin bestand, unkontrollierte Aggressionen zu entfesseln. Gleichzeitig bohrte er die Finger seiner einen Hand in Khans Augäpfel und ballte die andere zu einer Faust, mit der er zweimal kräftig in die Nieren des Mannes schlug. Khan verlor die Kontrolle über den Griff seines Gewehrs und versuchte, Toms Hand von seinen Augen zu reissen. Tom nutzte seine Chance und ergriff die Waffe, obwohl sie noch an Khans Schulter hing.

Aus dem Augenwinkel sah er, dass Greeves wie eine Krabbe auf allen Vieren davonkroch, dann aber anhielt, um Toms weggeworfene Pistole aufzuheben. Jetzt feuerte Janet und Tom hörte, dass eine Kugel nahe genug bei seinem Kopf von den Fliesen abprallte, dass ein Splitter seine Wange zerschnitt.

Tom drückte ab und hoffte, Khan sei undiszipliniert genug gewesen, seine Waffe zu entsichern. Er hatte Recht. Der Wählhebel war auf Vollautomatik gestellt und eine lange Salve von acht oder mehr Kugeln schlug Löcher ins Dach und zerschmetterte eines der vorderen Fenster. Janet Greeves drehte sich um und rannte ins Haus zurück.

Khans Atem ging rasend schnell und Tom spürte, dass die Kraft aus dem verwundeten Mann wich. Erbarmungslos schlug er ihm erneut in den Magen, rollte sich unter ihm weg und hakte dabei das Gewehr aus. Khan streckte eine Hand aus, aber Tom ignorierte ihn. In den Sekundenbruchteilen, bevor die Wut in ihm nachliess, richtete Tom das Ende des Gewehrlaufs auf den Kopf des Arztes und krümmte den Finger um den Abzug.

Nein. Obwohl der Mann boshaft und ein Händler menschlichen Elends war, der einem edlen Beruf den Rücken gekehrt hatte, lag es weder in Toms Natur noch war er dazu ausgebildet worden, einen Mann kaltblütig hinzurichten.

Tom schnappte sich das Telefon von Khans Gürtel und rutschte vom Deck auf den Rasen, etwa einen Meter unterhalb des Geländers. Er begann, die Lodge zu umrunden und sah Robert Greeves in einer Blutlache, die sich langsam um ihn bildete, auf den Steinfliesen liegen. Als Tom an der Gestalt vorbeiging, sah er die leblosen Augen, die über das dunkle Meer starrten. Diesmal konnte er ihn nicht mehr täuschen.

Greeves war von eine Kugel in den Kopf getroffen worden, und zwar von der Hand seiner eigenen Frau. Damit hatte diese Frau, die sich so sehr bemüht hatte, ihre Familie, die politische Partei, der sie treu ergeben war und sogar den Mann, der sie verraten hatte, zu schützen, die Ursache für ihren Kummer schliesslich beseitigt.

Tom riss Sannies Pistole aus Greeves' lebloser Hand und steckte sie in den Bund seiner Shorts.

Er setzte sich ins Gras, stützte das Gewehr auf den Rand der Veranda und richtete sie auf den Eingang der Lodge, durch den Janet verschwunden war. Er schaltete das Satellitentelefon ein und schloss für einen Moment die Augen, um sich an Sannies Handynummer zu erinnern. Er hatte sie oft genug angerufen und zwang sich, die Ziffern zu finden.

Das Telefon begann zu klingeln.

»MAMA, dein Telefon klingelt!« rief Christo aus der Küche. Sannie war ins Wohnzimmer gegangen, damit sie hören konnte, was Wessels zu den wegfahrenden Polizisten sagte. Sie schaute zu ihrem Sohn hinüber und sah, dass Christo den Klingelton zu ihrer Sporttasche zurückverfolgt hatte, die auf dem Boden stand.

»Ich komme.«

Christo hievte die Tasche auf einen Barhocker bei der Frühstückstheke und öffnete den Reissverschluss. Er wühlte in ihrer Kleidung. »Wart, mein Junge, ich finde es.«

Hinter ihr öffnete sich die Tür und sie hörte Wessels' Schritte auf dem polierten Betonboden.

Gerade als sie das Telefon fand, piepte es und zeigte damit an, dass sie eine Nachricht erhalten hatte.

»Sannie?« sagte Wessels.

Sie ignorierte ihn vorerst, denn sie wollte die Nachricht abhören.

»Sannie, ich bin's, Tom. Hör zu, denn das ist sehr, sehr wichtig. Dein Chef, Wessels, arbeitet mit ihnen zusammen... mit der Bande. Ihr müsst euch von ihm fernhalten. Bring die Kinder in Sicherheit und warte, bis ich aus Malawi zurück bin. Ich nehme das erste Flugzeug und ...«

»Sannie, ich muss unter vier Augen mit dir reden«, sagte Wessels von hinten.

Sie roch ihn. Das billige Aftershave, über das sie einst hinwegzusehen bereit gewesen war. Sie liess ihre freie Hand lässig in die Sporttasche fallen und durchwühlte langsam ihre Kleider.

»Leg das Telefon weg, Sannie, was ich dir zu sagen habe, kann nicht warten.«

Als sie den Kopf drehte und das Telefon senkte, sah sie, dass er seine Jacke beiläufig zur Seite strich, wie das Gewicht des Ersatzmagazins in seiner Jackentasche diese Bewegung verstärkte und diese sich zu öffnen begann. Sie erhaschte einen Blick auf das schwarze Metall seiner Pistole und sah, wohin seine Finger wanderten.

Sannies Hand schloss sich um den Griff des Tauchmessers ihres toten Mannes. Mit der anderen Hand holte sie aus und warf Henk ihr Handy an den Kopf. Es prallte an ihm ab und er verlor kaum die Kontrolle über seine Schritte.

»Lauft!«, schrie sie ihre Kinder an, während sie das Messer aus der Tasche zog. Mit ihrer nun freien Hand riss sie die Plastikhülle ab und warf sie weg. Sie stürzte sich auf Wessels und spürte, wie sich die Bewegung der Klinge verlangsamte, als sie unter seiner offenen Anzugsjacke seitlich an seinem Bauch entlanglief. »Raus!«, sagte sie erneut zu Christo, der gebannt zusah.

Wessels stöhnte und sah an sich herunter, wo sich auf seinem weissen Hemd ein roter Fleck ausbreitete. Der Stoff war aufgeschlitzt, aber Sannie vermutete, sie habe Wessels nur geschnitten, aber keine lebenswichtigen Organe verletzt. Sie holte aus, um erneut zuzustechen, aber Wessels brüllte vor Wut und Schmerz, schlug mit dem

Handrücken nach Sannie und traf sie seitlich am Kopf. Sie taumelte nach hinten, prallte gegen die Frühstückstheke und hielt sich mit der freien Hand dort fest.

Christo packte Ilana am Unterarm, rannte aus der Küche und durch die Hintertür des Hauses. Sannie richtete sich auf und stürzte sich erneut auf Wessels. Ihr mütterlicher Beschützerinstinkt brachte sie dazu, sich zwischen die Gefahr und ihre Kinder zu stellen.

»Du Schlampe«, zischte er und diesmal zog er seine Pistole.

Als er den Schlitten mit der linken Hand packte und zurückzog, um eine Patrone zu laden, warf sich Sannei auf ihn. Sie stach blindlings zu und spürte, wie das Messer ins Fleisch drang und Wessels rückwärts auf den Boden kippte.

Sannie zerrte krafvoll am Griff, um die Klinge zu befreien, aber der Druck in Wessels' Bauch sog am Stahl und hielt ihn fest. Sie stöhnte bei der Anstrengung, aber Wessels kam wieder zu sich. Er war mindestens zwanzig Kilogramm schwerer als sie und, selbst verwundet, viel stärker. Er schob sie mit der freien Hand von sich, holte mit dem Fuss aus und trat ihr in die Rippen, was sie einen weiteren Meter von ihm wegschleuderte.

Wessels stand auf und packte den Griff des Messers. Er brüllte, dann folgte ein tiefes, animalisches Stöhnen, als sich das Messer löste. Einem schrecklichen, saugenden Geräusch folgte ein Schwall hellen Blutes und Wessels taumelte, während er gegen den Schmerz ankämpfte und die Farbe aus seinem Gesicht wich. Er liess das Messer fallen, hob aber gleichzeitig seine Pistole. Er feuerte einmal und das Geräusch klang in der Enge des Hauses wie eine kleine Explosion.

Sannies erster Instinkt war, aus der Hintertür zu rennen, aber sie wusste, dass die Bewegung den Mörder auf sie aufmerksam machen würde. Ausserdem hätte er freie Bahn für einen Schuss auf sie oder die Kinder. Während er einen weiteren unkontrollierten Schuss abfeuerte, stand sie auf und rannte direkt auf ihn zu. Sie prallte mit ihrem vollen Gewicht hart in seine Brust und stiess ihn wieder auf den Rücken. Sie krallte die Finger der einen Hand in sein Auge und packte seine Pistolenhand mit der anderen, um ihm die Waffe zu entreissen.

Wessels entriss sie aus ihrer Umklammerung, zog sie zurück und versetzte Sannie mit dem Griff der Waffe einen heftigen Schlag gegen die Schläfe. Die Wucht des Hiebs betäubte sie, und sie sackte gegen ihn.

»Jetzt stirbst du, verdammt noch mal«, sagte er, vor Schmerz und wegen ihres Angriffs, der ihn ausser Atem gebracht hatte, keuchend. Er drehte die Waffe so, dass der Lauf gegen ihren Kopf gerichtet war.

»Aber, Henk ...?« Sannie blinzelte und versuchte, sich auf sein Gesicht zu konzentrieren. »Warum meine Kinder?«

»Khans Verwalter in Timbavati rief ihn in Malawi an und informierte ihn darüber, dass Furey ihnen auf den Fersen sei. Ich verfolgte seine Grenzübertritte über Interpol und sah, dass es nur eine Frage der Zeit war, Greeves zu finden. Furey ist ein Niemand, aber wenn er es dir gesagt hätte und du die Behörden hier eingeschaltet hättest, wäre für sie alles in die Hose gegangen. Sie wollten, dass ich dein Schweigen erkaufe, aber ich sagte ihnen, du seist zu *hochmütig*, um dich bestechen zu lassen. Ich sagte ihnen, das Einzige, was dich zum Schweigen bringen könne, sei die Sicherheit deiner Kinder. Roberts *hat* dir *gesagt,* du sollst mir nicht sagen, was er von dir will, Sannie, aber du hast es trotzdem getan. Was für eine verdammt miserable Mutter bist du eigentlich?«

Sie starrte ihm in die Augen. »Ich hoffe, die Hölle existiert.«

CHRISTO WAR nach draussen gelaufen und hatte seine schreiende kleine Schwester zu einem Schuppen im Hinterhof geführt, wo er ihr zu warten befahl. Er hörte drinnen die Schüsse und wusste, dass seine Mutter in tödlicher Gefahr schwebte. Er dachte an seinen Vater und die schrecklichen Erinnerungen an die Beerdigung stiegen in ihm hoch. Damals war er noch klein, aber er hoffte, er müsse nie wieder mit ansehen, wie jemand in einer Kiste aufgebahrt und dann in der Erde vergraben wurde. Er lief an der Seite des Hauses entlang zurück zur Haustür. Sie stand noch offen. Er hielt inne. In der Ferne hörte er Polizeisirenen, also war Hilfe unterwegs. Aber wie lange würde es dauern, bis die Polizei eintraf? Er hörte ein Krachen im Haus und das Geräusch, als ob etwas oder jemand umgefallen sei. Seine Mutter brauchte ihn.

Er schlich sich hinein und sah die beiden, Hauptmann Wessels und seine Mutter, auf dem Boden liegen. Der Chef seiner Mutter hielt ihr die Waffe an den Kopf. Christo sah das blutige Messer, das direkt hinter ihnen auf dem Boden lag.

Christo zögerte. Da stimmte etwas nicht, denn Hauptmann Wessels war ein guter Mann. Das hatte ihm seine Mutter gesagt. Doch dann sagte Herr Wessels etwas Schlimmes – er beschimpfte seine Mutter.

Christo rannte nach vorne und hob das Messer auf.

Beim Geräusch hinter sich drehte Wessels den Kopf und blickte ins grimmige Gesicht des Jungen.

Sannie sah, dass sich Wessels' Hand bewegte und sich der gedrungene schwarze Lauf der Pistole auf das Gesicht ihres Sohnes zu bewegte.

»Nein!«, schrie sie. Sie drehte sich halb, senkte ihre Zähne in sein Handgelenk und biss so fest zu, wie sie konnte. Mit einem ohrenbetäubenden Knall löste sich ein Schuss aus der Pistole, aber sie presste ihre Kiefer noch fester zusammen und hörte, selbst als sie das erste Blut in ihrem Mund spürte, nicht auf.

Sie nahm eine Bewegung über sich und eine kurze Lichtspiegelung auf dem polierten Edelstahl wahr, als das Messer in einem Bogen auf Henk Wessels' rechtes Auge zuflog.

Tom hörte aus dem Inneren der Hütte ein Stöhnen.

Er wischte sich mit dem Handrücken den Schweiss von der Stirn. Khan hatte mit dem Jammern aufgehört – für immer, dachte Tom. Er schaute über den Rand der erhöhten Veranda und hörte das Stöhnen erneut.

Er hatte dreimal versucht, eine Nummer der malawischen Polizei zu bekommen, zuerst die von Cape Maclear, dann die des Hauptquartiers in Lilongwe. Aber jedes Mal, wenn er von der britischen Telefonauskunft nach Malawi durchgestellt wurde, war die Nummer entweder falsch oder es klingelte einfach nicht.

Janet Greeves hatte bewiesen, dass sie zu töten bereit war und er hatte keine Lust, in ein dunkles Gebäude zu gehen, um sie aufzustöbern. Seine Strategie bestand aus zwei Möglichkeiten: Er wollte bis zum Tageslicht abwarten und dann versuchen, mit ihr zu verhandeln und sie in Gewahrsam zu nehmen. Oder er konnte weiter versuchen, mit der örtlichen Polizei Kontakt aufzunehmen. Die andere Unbekannte war Nick Roberts. Angeblich war er auf dem Weg und in Erwartung eines hitzigen Endes legte Tom seine Hand fester um den Pistolengriff von Khans AK 47.

Das Satellitentelefon klingelte.

Tom schaute auf den Bildschirm und erkannte, dass die Erkennung der Anrufernummer gesperrt war.

»Hallo«, sagte er in den Hörer.

»Khan?«

Hinter der Stimme war ein Geräusch wie das Aufheulen eines Motors zu hören. Tom drehte das Telefon leicht von sich weg, um seine Stimme zu dämpfen. »Ja.«

»Die Sonne scheint auf die Starken.«

Verdammt, dachte Tom. Das war offensichtlich ein Code, von dessen Antwort Tom keine Ahnung hatte. »Was hast du gesagt?«

»Bist du das, Furey?«

Tom sagte nichts.

Nick lachte am anderen Ende der knackenden Satellitenverbindung. »Ich habe die Schüsse gehört. Ich habe mich schon gefragt, ob alles schiefgelaufen ist. Wenn du Khans Telefon hast, ist er tot. Hast du unsere Janet schon getroffen?«

»Es ist vorbei, Nick.«

»Ja, richtig, Herr Bruce Willis, Sir. Als Nächstes wirst du mir erzählen, dass ich umzingelt bin und dass ein bewaffnetes Team der malawischen Polizei auf dem Weg ist.« Nick lachte wieder.

Tom hörte das Absterben des Motors, bevor er den Hörer vom Ohr weghielt. Er empfing das Geräusch in Stereo. »Du bist in der Nähe, nicht wahr?«, sagte er. »Ich höre dich.«

»Nun, wenn du das Telefon hast, hast du wahrscheinlich auch Khans AK, also werde ich nicht an Land kommen. Ist Janet noch am Leben?«

Tom sagte nichts. Er hob den Kopf, blickte über den See und sah ein abgedunkeltes Boot, hinter dem letzte Wellen von Kielwasser, die sich noch nicht gelegt hatten, Bewegung verrieten. Es glitzerte wie ein erleuchteter Weg, der zurück zum Festland führte. Tom rannte in der Hocke zu den Bäumen zwischen der Lodge und dem ersten Bungalow und in der Deckung hinunter zum Wasser.

»Wenn sie nicht tot ist, solltest du sie umbringen. Dann erben ihre verwöhnten Gören ihre Millionen und denken, sowohl ihre liebe alte Mutter wie auch ihr kranker alter Vater seien von den grossen bösen Terroristen getötet worden. Alle werden glücklich sein.«

Tom war mittlerweile in der Nähe des Ufers und konnte Nick sehen, der sich gegen den Himmel abhob und mit seinem Handy telefonierte.

»Wo bist du, Tom? Weisst du, sie zahlt mir eine Menge Geld, mein Freund. Wenn du den Mund hältst, könnte ich dir einen Anteil geben. Willst du den zweiten Teil des Codes ›Die Sonne scheint auf die Starken‹, wissen? Der Rest lautet: ›Bevor sie auf die, die unter ihnen knien, scheint ‹. Ich stehe immer noch, Tom, und du kniest immer noch, verdammt noch mal. Komm, steh mit mir.«

TOM WOLLTE Nick im Boot stehen und reden lassen. »Warum, Nick? War es nur wegen des Geldes? Oder war es Janet?«

»Hah! Netter Versuch. Es war beides – und keins von beidem.«

Tom hielt inne. Die Art und Weise, wie Nick sich in Schweigen hüllte, liess ihn glauben, dass der Mann reden wollte, um sich zu entlasten.

»Die Frau war verzweifelt, geil wie ein verdammtes Kaninchen und ausserdem entschlossen, Greeves in der Politik zu halten. Ich sagte nicht nein zu Sex und ich brauchte das Geld nach der Trennung von meiner Frau. Aber es war viel mehr als das. Es war das Überschreiten der Grenze. Ich wusste, dass ich jetzt alles bekommen konnte, was ich wollte – Alkohol, Kokain, Frauen. Alles. Und niemand konnte mich dafür zur Rechenschaft ziehen. Wenn Khan tot ist, oder Greeves, oder Janet, oder sie alle, weisst du, wovon ich rede, wenn ich sage, dass es ein Rausch ist. Es ist das verdammte Nonplusultra, nicht wahr? Die Macht, Leben zu nehmen. Ich sage dir was, Tom: Wenn du mich nicht verrätst, gebe ich dir hundert Riesen. Pfund, nicht Dollar.«

Tom blieb stumm.

»Aber wenn du mich verrätst, Thomas, werde ich dich natürlich finden. Dann mache ich dich fertig und vergewaltige diese hochnäsige Fotze Van Rensburg vor den Augen ihrer Kinder, bevor ich ihr die Kehle durchschneide. Welche Variante suchst du dir aus?«

»Komm ans Ufer, Nick, und lass uns hier darüber reden«, sagte Tom. Ihm war jetzt klar, dass Nick verrückt war.

Ein paar Sekunden lang herrschte Schweigen. »Nein, Tommy. Du bist der gute Junge, nicht wahr, Tommy? Sonst wärst du nicht hier. Die anderen hätten dir auch Geld angeboten. Du bist der weisse Ritter, nicht wahr, Tommy? Nein. Ich muss jetzt nach Südafrika und die Schlampe selbst erledigen.«

Tom hörte, wie der Motor ansprang. Nick konnte das Festland schneller als er wieder erreichen und wenn ihn die malawische Polizei nicht vorher erwischte, zu Sannie und ihren Kindern nach Südafrika zurückkehren – und Tom hatte keine Chance, vor ihm dort zu sein.

TOM LEGTE das Telefon neben sich hin und hob das Sturmgewehr an die Schulter. Er schaute durch das offene Visier und holte tief Luft. Es war ein weiter, aber nicht unmöglicher Schuss. Etwa zweihundert Meter, schätzte er. Er hatte schon aus grösserer Entfernung eine Kugel in den Mittelpunkt eines Ziels getroffen. Er holte tief Luft und legte seinen Finger um den Abzug. Nick beugte sich vor, um nach etwas zu greifen und Tom hörte den Motor des Bootes aufheulen.

Als Nick sich wieder aufrichtete, begann Tom, den Finger zu krümmen. Bevor er den Schuss abfeuern konnte, wurde er nach vorn geschleudert, wie von einem Preisboxer geschlagen, der hinter ihm auftauchte und ihm genau zwischen die Schulterblätter boxte.

Janet Greeves schlurfte, die schallgedämpfte Pistole mit zwei Schuss an ihrer Seite hängend, die Veranda von Pervez Khans luxuriöser Lodge entlang. »Nick ...«, krächzte sie.

Die Nase des Schnellboots hob sich, die Drehzahl des Motors manifestierte sich in einem Heulen und das Schiff hinterliess eine Gischtfahne.

Tom schnappte nach Luft und versuchte, seine Lungen wieder zu füllen. Jeder Atemzug brachte einen neuen Schmerzstich mit sich. Er fuhr mit der Hand seinen Rücken hinauf, um nach Blut zu tasten. Seine Fingerspitzen berührten ein Stück noch heisses Metall, aber es war keine Nässe zu spüren.

Tom hatte sich aus Christo Van Rensburgs Vorrat an Sicherheitsausrüstung in der Garage eine schmale Schutzweste ausgeliehen und trug diese unter seinem langärmligen T-Shirt. Einen Schuss aus einer AK 47 hätte sie nicht aufgehalten, aber die zwei Schüsse hatten kaum mehr als Prellungen bewirkt. Tom rollte sich schmerzgeplagt auf die Seite und hob die AK 47 auf.

»Janet, legen Sie Ihre Waffe nieder«, rief er ihr zu, obwohl ihm das Sprechen noch mehr Schmerzen bereitete.

Sie sah ihn an. »Er ist weg.« Sie hustete und aus ihrem Mund lief Blut das Kinn hinunter.

Tom sah den nassen roten Fleck auf der rechten Seite ihrer Bluse. Er musste sie, während er mit Khan rang, mit seinem ersten Feuerstoss aus der AK getroffen haben. »Ich bringe Sie zu einem Arzt, Janet. Legen sie die Waffe weg.«

Sie drehte sich zu ihm um und liess die Pistole fallen. Tom spürte, dass seine Kraft zurückkehrte, stand auf und lief zu ihr hinüber. Als er noch drei Schritte entfernt war, sackte sie auf die Knie. Sie hatte einen Arm ausgestreckt und zeigte in Richtung des Sees und des verschwindenden Bootes.

»Ich habe gelogen«, krächzte sie, als Tom sie in seine Arme nahm.

»Pst.«

»Ich habe ihn geliebt. Nicht Robert ...«

Tom hielt sie, als sie starb.

EPILOG

»**D**as Leben auf dem Bauernhof bekommt dir gut«, sagte Sannie und strich Tom mit der Hand über dessen nackten, gebräunten Bizeps.

Mit dem kurzärmligen blau-hellbraunen Buschhemd und khakifarbenen Shorts sah Tom zumindest langsam wie ein Lowveld-Farmer aus. »Das steht dir wirklich gut«, sagte er, liess eine Hand auf ihren festen Po gleiten, und streichelte ihn durch die dünne Baumwolle ihres Sommerkleids. Sie kicherte, schob seine Hand weg und drehte ihm das Gesicht zu, damit er sie küssen konnte.

Sie stapften weiter den Hügel hinauf. Die satte rote Erde klebte an Toms Stiefeln und quetschte sich durch Sannies Zehen. Seit er hier die erste Kobra gesehen hatte, trug er immer Wanderschuhe auf der Farm, aber weder Sannie noch die Kinder liessen sich überreden, es ihm gleichzutun.

Seit der Schiesserei in Malawi und dem erschütternden Kampf zwischen Sannie und Wessels waren zwei Monate vergangen. Christo war ein paar Mal bei einem Kinderpsychologen gewesen, schien aber abgesehen von gelegentlichen Albträumen gut mit dem Erlebten zurechtzukommen. Sowohl Tom als auch Sannie hatten ihm immer wieder gesagt, er habe das Leben seiner Mutter und seiner Schwester gerettet und sein Vater wäre stolz auf ihn gewesen.

Doch Tom wusste, dass der Junge noch lange von seinen Dämonen geplagt würde, in der einen oder anderen Form vielleicht sogar für den Rest seines Lebens.

Sobald er wusste, dass Sannie, Elise und die Kinder sicher auf der Bananenfarm untergebracht waren, die sie ausserhalb von Hazyview, nicht weit von der Farm, auf der Sannie aufgewachsen war, gekauft hatten, war Tom nach England zurückgekehrt. Allerdings verbrachte er so wenig Zeit wie möglich in London, wo der erste Schnee als grauer, dicker Schneeregen gefallen war.

Shuttleworth hatte ihn zu einem Treffen mit dem Premierminister begleitet, bei dem ihm zugesichert worden war, dass er wieder in seine alte Stelle eingesetzt und für eine Beförderung in Betracht gezogen werde, wenn er eine Vertraulichkeitserklärung unterzeichne, in der er sich verpflichtete, Stillschweigen über die Umstände von Greeves' Tod zu wahren.

Tom hatte dies abgelehnt und sich stattdessen entschieden, vorzeitig in den Ruhestand zu gehen. Wenn er sein Haus in Highgate verkaufte, konnten sie das Überbrückungsdarlehen für den Bauernhof abbezahlen und noch viele Jahre lang sehr komfortabel leben. Tom packte seine Kleidung für die kalte Jahreszeit und das Album mit den Fotos von ihm und Alexandra ein, von denen Sannie gesagt hatte, dass sie sie sehen wolle. Er küsste das silbern eingerahmte Foto von ihr, das an ihrem Hochzeitstag aufgenommen worden war und sagte: »Du würdest sie mögen, Alex.« Dann trat er den Abendflug von British Airways nach Johannesburg ohne Bedauern an.

Er hatte keine Ahnung von Bananenanbau, aber Sannie und Elise brachten ihm bei, was sie wussten, und ihre Nachbarn füllten die Wissenslücken. Er hatte angenommen, dass sie an die Küste ziehen würden – vielleicht nach Durban oder Kapstadt –, aber diese Möglichkeiten hatte Sannie abgelehnt. Doch je länger er hier war, desto mehr sah er die Farm als einen Ort an, an dem er sich nicht nur verstecken, sondern leben wollte.

»Wann hörst du endlich auf, die zu tragen?«, fragte Sannie und hob einen Zipfel seines Hemdes an, das er gewöhnlich heraushängend trug, um das Holster mit der Glock zu verbergen.

»Du weisst, wann«, sagte er.

TOM SCHLIEF UNRUHIG.

Der Strom war ausgefallen – schon wieder. Ob es sich um eine der zu Sparzwecken täglich von der Regierung geplanten stundenlangen Pausen in der Elektrizitätslieferung oder um den Ausfall eines veralteten Werks handelte, würde er erst am Morgen wissen, es ärgerte ihn aber so oder so. Er bereute es überhaupt nicht, nach Afrika gezogen zu sein, aber manchmal war es nicht ganz einfach, sich daran zu gewöhnen, dass Dinge, die er in England für selbstverständlich gehalten hatte, hier fehlten oder nicht funktionierten.

Eine Mücke schwirrte um seine Ohren, doch egal, wie oft er sich schlug, traf er sie nie.

Sannie schlief auf dem Rücken, ihr Brustkorb hob und senkte sich rhythmisch. Ihr goldenes Haar umgab ihren Kopf in einem Wirrwarr und ein nacktes Bein ragte unter dem Laken hervor. Sie hatten sich geliebt, als sie ins Bett gegangen waren. Selbst wenn sie gesagt hätte, sie wolle in einen Malaria-Sumpf am Oberlauf des Amazonas ziehen, wäre er mit ihr gegangen. Er liebte sie.

Er schlug sich erneut auf die Wange, fluchte leise und stand auf.

Auf nackten Füssen stapfte er in die Küche des Bauernhauses und betätigte wie gewohnt den Lichtschalter, aber nichts geschah. Er drückte auf den Knopf der wiederaufladbaren, batteriebetriebenen Campinglaterne, die auf der Bank stand. Im Kühlschrank stand eine Flasche noch kaltes Wasser. Er schenkte sich ein Glas ein und ging zum Fenster, um es zu trinken. Er blickte auf die scheinbar endlosen Reihen von Bananenstauden und wunderte sich darüber, wie sehr sich sein Leben verändert hatte. Zum Besseren.

Roxy's Korb war leer. Ob sie wohl einem Buschbaby hinterherlief? Einem der kleinen Primaten mit grossen Augen und buschigem Schwanz, die in den einheimischen Bäumen in der Nähe des Hauses lebten und deren Rufe, die dem Weinen eines Kleinkinds ähnelten, während der meisten Nächte zu hören waren. Heute war alles still.

Normalerweise wäre die grosse Rhodesian Ridgeback-Hündin, eine gute Wächterin, schwanzwedelnd an der Küchentür gestanden und hätte auf ein Mitternachts-Leckerchen gehofft. Als Erbe der früheren weissen Besitzer der Farm, die sie ausgebildet hatten, bellte sie nur Schwarze an, war aber gegenüber allen, die nach Feierabend unterwegs waren, auf der Hut.

Tom nahm die Schlüssel vom Haken in der Speisekammer und schloss die Tür auf. Er griff nach einer Mücke, die sich auf sein Schulterblatt gesetzt hatte, verfehlte sie und kratzte sich. »Roxy?«, rief er leise.

Er ging über die Veranda, die das weissgetünchte Haus aus den Fünfzigerjahren umgab. Er liebte es, am späten Nachmittag mit Sannie hier draussen zu sitzen und über den Rand seines Bierglases hinweg den Sonnenuntergang zu betrachten. Er wollte die Kinder nicht wecken, doch war er sich sicher, Roxy sei bestimmt schon bei ihm, bis er Ilanas Schlafzimmer erreiche.

Er wollte gerade wieder zur Küche umdrehen und die Sorge um den dummen Hund aufgeben, als er den Vorhang sah.

Das Fenster zu Ilanas Zimmer stand offen.

Mit langen Schritten ging er weiter. Der Stoff hing schlaff aus dem Fenster, das schiebbare Fliegengitter hätte unten und die Strebe, die das Fenster offenhielt, fest eingerastet sein müssen. Sannie kontrollierte das alles immer vor dem Zubettgehen. Sie achtete besser darauf, ihre Kinder vor Insekten zu schützen als ihren zukünftigen Ehemann.

Tom spürte, dass sein Herz schneller schlug. Er zog den Vorhang beiseite und schaute ins Zimmer.

»Ilana!«

Er ging denselben Weg zurück und rannte hinein. Sannie sass auf dem Bett, hatte bereits ihre Shorts an, und zog sich ein T-Shirt über den Kopf, als er das Zimmer betrat. »Was ist los, Tom? Hast du mich gerufen?«

Tom lief auf seine Seite des Betts und zog die Glock unter seinem

Kissen hervor. Wie immer war sie schussbereit. Er holte tief Luft. »Ilana ist weg.«

Sannie legte eine Hand auf ihren Mund. »Mein Mädchen! Und Christo?«

»Er ist ...«

»Mami? Wo ist Ilana?« Christo betrat das Zimmer. »Sie ist nicht in ihrem Bett.«

Tom sah die Erkenntnis und die wachsende Angst auf dem Gesicht des kleinen Jungen. »Ist es dieser Mann?«

Tom hatte sein Handy gezückt und wählte eine Nummer. Er hielt es an sein Ohr, während Sannie ihren Kleiderschrank öffnete und unter einen Stapel von Winterpullovern griff. Sie steckte ein Magazin in den Griff ihrer RAP 401 und spannte sie.

»Mami?«

»Tom und ich suchen Ilana, Christo. Ich möchte, dass du ...«

Elise betrat das Schlafzimmer und band ihren Bademantel mit einem Gürtel zu.

Tom hielt das Telefon an sein Ohr und wartete auf eine Antwort. »Sannie, das ist falsch. Du muss hierbleiben und dich um Christo kümmern. Ich hole ...« Er hob eine Hand, um ihren Protest zum Schweigen zu bringen. »Hallo, Duncan? Bist du wach?«

Duncan Nyari, der frühere Fremdenführer von Tinga, hatte seinen Job dort aufgegeben. Er wohnte jetzt im Haus des alten Managers, half Tom und Sannie auf der Farm und betrieb ein kleines Reiseunternehmen. »Die Vögel am Zaun machen zu viel Lärm, sie warnen, Tom. Ich dachte, es sei vielleicht der Leopard, der den Hund auf der Farm des alten Du Toit getötet hat.«

Tom sagte ihm, dass Ilana verschwunden sei und bat ihn, sofort zum Haus zu kommen, um ihm bei der Spurensuche zu helfen.

»*Yebo*«, stimmte Duncan zu. »Ich nehme die Schrotflinte mit.«

Sannie nahm Christos Hand. »Komm, zieh dir etwas an, mein Schatz.«

»Wir müssen euch an einen sicheren Ort bringen«, sagte Tom. Dann wählte er die Notrufnummer der Polizei.

Sannie sah zu ihm auf. »Ich bringe Mama und Christo zu den Du Toits von nebenan, dann komme ich zurück und helfe dir.«

Tom nickte. Er hätte keinen von ihnen aus den Augen lassen wollen, aber er und Duncan mussten die Spur dessen aufnehmen, der Ilana entführt hatte. Obwohl sie ein fröhliches, abenteuerlustiges kleines Mädchen war und er sich durchaus vorstellen konnte, dass sie einfach von zu Hause weggelaufen sein könnte und zurückkam, wenn Hunger sie plagte, glaubte er dies nicht. Tom meldete sich bei der Polizei und erzählte, was passiert war.

Er ging mit Sannie, Elise und Christo nach draussen und schaute zu, wie sie sich in den Land Rover setzten. Als er die Angst im Gesicht des kleinen Jungen bemerkte, hasste er sich dafür, dass er noch mehr Elend über diese Familie brachte. In seine Familie, denn jetzt war er für sie verantwortlich.

» Sannie, ruf mich bitte an, wenn du auf dem Hof der Du Toits bist und bleib dort.«

Als sie den Motor startete und hochdrehte, stiess der Geländewagen Dieselrauch aus. »Hör auf, mir zu sagen, was ich tun soll. Sobald ich Mom und Christo abgesetzt habe, komme ich ...«

Es knallte zweimal in der Dunkelheit. Elise schrie auf und Christo begann zu weinen. Die beiden Schüsse klangen, als kämen sie vom Hügel herunter, vom Pfad, der zum Haupttor führte.

»Fahr los!«

Die Räder drehten für einen Moment durch, dann gruben sich die groben Reifen in den Schlamm und der Land Rover brauste vom Haus weg.

Tom hatte im Schlamm Fussabdrücke bemerkt. Es schien ihm aber besser, sie Sannie nicht zu zeigen, denn sonst würde sie ihre Mutter bestimmt allein mit Christo losschicken und sich ihm bei der Jagd anschliessen. Er musste alles dafür tun, dass zumindest sie überlebte, auch wenn es ihm nicht gelang, Ilana zu retten. Doch Sannie dachte bestimmt anders darüber.

Tom hob seine Waffe und lief in die Richtung der Schüsse, hielt sich aber in den ersten Reihen der Bananenstauden verborgen, statt die Strasse zu benutzen. Es dauerte nicht lange, bis er Roxy fand. Sie lag mit aufgeschlitzter Kehle neben dem Weg. Der Entführer musste sie – vielleicht mit Essen – in die Nähe gelockt und ihr den Kopf gestreichelt haben, damit sie nicht bellte, bis er ihr den Hals durchtrennte. Tom wusste, dass es ein weisser Mann war. Ein Engländer.

Er hörte hinter sich aus dem Hain auf der anderen Seite des Weges ein Stöhnen. »Duncan?«

»Tom ... Er hat mich erwischt.«

»Bleib ruhig und spar deine Kräfte«, flüsterte Tom.

Er spähte zwischen den Bananenstauden hervor und schaute die Strasse hinunter. Der Weg schien frei zu sein. Er sprintete aus der Deckung und rutschte durch den Schlamm an Duncans Seite. Dieser zuckte zusammen, als Tom sein blutverschmiertes Hemd öffnete. »Schulter und Bauch.« Tom zog sein T-Shirt aus und drückte es auf Duncans Bauchwunde, auf die Verletzung, die ihm schlimmer schien. »Drück das darauf. Ich rufe einen Krankenwagen.«

»Er ... Er hat Ilana ... Es ist ein weisser Mann.«

»Ich weiss. Ich werde ihn kriegen.«

»Tom ... Sie bewegte sich nicht. Er trug sie über seine Schulter gelegt. Ich konnte mir kein klares Bild machen.«

Tom nickte. Er rief den Rettungsdienst an, sprach schnell und leise mit der Frau am Telefon und legte auf.

»In diese Richtung«, ächzte Duncan und hob eine Hand, um ihm den Weg zu weisen. »Er läuft.«

Blätter klatschten in Toms Gesicht, als er parallel zur Strasse rannte und den im Schlamm gut sichtbaren Fussspuren, die die langen Schritte des Mannes hinterlassen hatten, folgte.

Sannie hielt den Land Rover vor dem Eingangstor an, stieg aus und forderte ihre Mutter auf, sich hinter das Steuer zu setzen.

»Aber Tom sagte ...«

»Tu es einfach, Mama! Nimm Christo mit nach drüben und bleib mit ihm dort.« Sannie schloss die Tür und ging am Zaun entlang, den

Körper angespannt wie eine Löwin, die sich anschleicht, um zu töten. Ihre Mutter fuhr in die entgegengesetzte Richtung, aus der die Schüsse gekommen waren, in die Nacht hinaus.

Der oder die Männer mussten über den Zaun geklettert sein oder ihn durchgeschnitten haben, denn bei der Einfahrt gab es keine frischen Fussabdrücke und ausserdem war das Tor verschlossen gewesen. Falls Sannie die Person, die Ilana entführt hatte, fand, war sie bereit, sie zu töten.

Sie sah das Bauernhaus auf dem Hügel rechts vor sich immer noch im Dunkeln liegen. Wunderbar, lieber Stromversorger *Eskom*, dachte sie. Wenn die Elektrizität jetzt wieder käme, würden die in Abständen entlang des Zauns angebrachten Sicherheitsleuchten sie in Helligkeit tauchen. Sie betete zum ersten Mal überhaupt, dass die Dunkelheit andauern möge.

Sannie sah, dass der Maschendraht aufgeschnitten war und blieb stehen, um zu lauschen.

Das Stapfen von Füssen.

Sie hörte ein Rascheln in den Bananenstauden und liess sich auf ein Knie sinken. Sie stützte ihre schiessende rechte Hand mit der Linken und zielte durch die Lücke im Zaun in Richtung des Geräuschs.

Trug er Ilana auf dem Arm oder über der Schulter? Sannie hatte wenig Zeit zu entscheiden, ob sie auf den Kopf oder die Körpermitte zielen sollte. Sie war eine gute Schützin. Sie würde nicht danebenschiessen.

Jetzt konnte Sannie das angestrengte Atmen des Mannes hören. Sie sah die Hand, die die Pistole hielt und begann, den Abzug zu betätigen, um das Spiel zu stoppen.

»Tom!«

Er brach aus dem Schutz der Bananenstauden hervor, blieb vor ihr stehen und hob seine Waffe. »Jesses, hast du mich erschreckt.«

Sannie stand auf und kämpfte darum, ihren Atem zu beruhigen. Sie blickte auf den Boden und verfluchte sich dafür, dass sie das nicht schon früher getan hatte. »Er ist schon weg.«

Sie suchten den Schlamm und das heruntergedrückte Gras

genauer ab und gingen dann über die geteerte Strasse. Auf der anderen Seite gab es keine entsprechenden Fussabdrücke. »Er ist die Strasse hinaufgegangen«, sagte Tom.

Sie begannen Seite an Seite, aber auf jeweils gegenüberliegenden Seiten der dunklen Landstrasse, zu laufen, verlangsamten aber, als sie das Aufheulen eines Motors und das darauffolgende Knirschen eines Getriebes hörten.

Vor ihnen überquerte ein *Bakkie*, ein Pick-up mit Doppelkabine, die Anhöhe. Seine Scheinwerfer waren ausgeschaltet und das Fahrzeug fuhr im Zickzack, als könne sich der Fahrer nicht voll konzentrieren.

Sannie hob die freie Hand und forderte den Fahrer zum Anhalten auf, aber dieser beschleunigte das Fahrzeug, das mit heulendem Motor auf sie zusteuerte. »Schiess auf die Reifen, Tom!«, rief Sannie. »Ilana ist irgendwo da drin.«

Tom nickte und blieb mit gespreizten Beinen, die rechte auf die linke Hand gestützt, stehen. Sannie tat es ihm gleich und als das Fahrzeug weiter auf sie zuraste, eröffneten sie das Feuer.

Nun ruckelte der Pick-up schlingernd weiter und als Tom Nick Roberts Gesicht mit weit aufgerissenen Augen sah, hätte er ihm am liebsten die nächste Kugel durch den Kopf gejagt. Aber das war das Risiko nicht wert, denn wenn Nick die Kontrolle völlig verlor, könnte Ilana sterben. Er feuerte noch zweimal und wusste, dass entweder seine oder Sannies Schüsse das Ziel getroffen hatten. Gummi quietschte auf dem Asphalt und der Wagen rutschte von der Strasse, pflügte durch Schlamm und Gras und steuerte auf die Reihe von Eukalyptusbäumen zu, die auf der anderen Strassenseite von Tom und Sannies Bananen standen.

»Nein!« schrie Sannie, als sie hinter dem Fahrzeug die Böschung hinunterlief.

Der Wagen prallte gegen einen Baumstamm und die Wucht löste den Airbag auf der Fahrerseite aus. Die Hupe des Fahrzeugs schrillte ununterbrochen und aus dem aufgerissenen Kühler entwich zischend Dampf.

Tom stellte sich auf die Fahrerseite, zog mit einer Hand die Tür auf und hielt Roberts mit der anderen in Schach. »Raus!«

»Ilana? Ilana!«

Tom zerrte Nick am Hemdkragen aus dem Auto und warf gleichzeitig einen schnellen Blick nach hinten. Er sah, dass Sannie ihre Tochter im hinteren Teil des Wagens auf dem Boden liegend gefunden hatte.

Nick Roberts kniete vor Tom auf dem Boden. Als dieser ihn gepackt hatte, war Nick benommen gewesen, aber jetzt begann er zu lachen.

»Sie atmet, Tom, sie lebt!« Sannie drückte das kleine Mädchen an ihre Brust. Sie zog ihr Handy aus der Hosentasche, rief ihre Mutter an und bat sie, mit dem Land Rover zu kommen.

Tom hielt seine Glock unter Nicks Kinn und durchsuchte ihn eilig nach Waffen. »Was hast du mit dem Mädchen gemacht, du Mistkerl?«

Roberts schüttelte den Kopf, wie um ihn zu klären. »Ganz ruhig, ganz ruhig. Es ist nur Chloroform. Sie wacht bald wieder auf.«

»Sannie, seine Pistole liegt im Fahrzeug«, sagte Tom. Sie hielt ihr Kind im Arm und hob Nicks Waffe vom Boden auf der Beifahrerseite auf.

»Warum, Nick?«, war alles, was Tom sagen konnte und trat einen Schritt zurück.

Roberts lächelte ihn an, zuckte dann mit den Schultern und hob die Hände mit der Handfläche nach oben. »Ein Mann braucht zu essen, Tom. Du hast mir das Leben versaut, alter Kumpel. Also dachte ich, ich könne mit dem Verkauf eines kleinen weissen Mädchens genug verdienen, um gut zu leben.«

Tom schloss die Lücke zwischen ihnen wieder und schlug dem Mann mit dem Griff seiner Pistole seitlich auf den Kiefer.

Nick hustete Blut. »Sieh an, sieh an. Jetzt bist du wohl hier zu einem Einheimischen geworden, was? Der frühere Tom Furey hätte nie einen Gefangenen verprügelt. Er wäre zum Chef gerannt, wenn er einen anderen dabei erwischt hätte, wie er einem Demonstranten Manieren beibringt.«

Tom schüttelte den Kopf.

Sannie kniete sich hinter Tom ins Gras und legte Ilana hin. Sie strich ihr das blonde Haar aus den Augen, beugte sich über sie und lauschte auf ihren Atem. Als sie sich vergewissert hatte, dass das Kind lebte, küsste sie es und stand auf.

»Und was passiert jetzt, Thomas?«, fragte Nick.

»Wir rufen die Polizei und Sie wandern für den Mord an Precious Tambo ins Gefängnis. Es dürfte auch einige Fragen zum Tod von Carla Sykes durch eine Überdosis verunreinigter Drogen geben.«

Nick schüttelte den Kopf und sein Gesicht verzog sich zu einem breiten Grinsen. »Wenn das alles ist, was ihr gegen mich in der Hand habt, werde ich nie ernsthaft im Gefängnis sitzen. Vielleicht hat man genug, um mich wegen Verschwörung anzuklagen, aber das setzt voraus, dass die britische Regierung einen öffentlichen Prozess anstrebt. Aber seit du nach Afrika zurückgekehrt bist, Tom, habe ich nichts mehr über den alten Greeves in den Zeitungen gelesen, was bedeutet, dass sie es geheim halten. Was hast du getan, dich mit einer Pension freigekauft? Und hier interessiert sich niemand für diese Schlampe, Carla. Nein. Du hast in Südafrika nichts gegen mich in der Hand, ausser vielleicht Einbruch.«

»Und Entführung«, sagte Sannie.

Er lachte wieder. »Versuchte Entführung? Drei bis fünf Jahre, höchstens.«

»Halt die Klappe, Nick, du nervst mich.«

»Er könnte Recht haben, Tom«, flüsterte Sannie.

»Hör auf die Dame, Thomas, sie ist klug.« Nick zuckte mit den Schultern. »Das ist mir egal. Wo und wie lange es auch immer sein mag, ich werde meine Zeit absitzen und dann werde ich euch finden und zurückkommen. Und wenn deine Kinder dabei helfen, mich in Schwierigkeiten zu bringen, Sannie, werde ich sie aufspüren und töten, wenn ich rauskomme, das versichere ich dir.«

Sannie hob ihre Pistole, so dass sie, wie Toms Waffe, auf Nicks Gesicht gerichtet war. Sie sah Tom an. Er schaute sie kurz an, wollte aber seinen Blick nicht zu lange von Nick abwenden und nickte.

· · ·

Hauptmann Isaac Tshabalala kratzte sich an seinem kahlen Kopf. Er hatte Tom Furey und Sannie Van Rensburg immer noch nicht verziehen, dass sie seine Anweisung nicht befolgt hatten und nach Mosambik gefahren waren, obwohl er eine Untersuchung über das Verschwinden des britischen Ministers aus Tinga durchführen wollte.

Er stand neben seinem Streifenwagen und blickte den Hügel hinauf zum von gepflegten Reihen von Bananenstauden umgebenen Bauernhaus, in dem die beiden ehemaligen Polizisten jetzt lebten. Es war ironisch und ein wenig ärgerlich, dass einer seiner ersten grösseren Fälle nach seiner Versetzung von Skukuza nach Hazyview die Untersuchung einer Schiesserei vor dem Anwesen dieses Paares war.

Ein Mann war tot und ein weiterer verwundet, doch der Arzt in Nelspruit sagte, Duncan Nyari werde sich erholen.

Furey und Sannie standen nebeneinander am Ende der Veranda, stützten sich auf das Geländer und blickten über ihre Farm, wobei sich ihre Körper berührten. Furey winkte Isaac zu und dieser winkte zurück. Dann nahm der Engländer die Hand seiner Frau in seine. Sie hatten offensichtlich eine aufregende, anstrengende Nacht hinter sich.

Das Ungewöhnliche bei diesem Verbrechen war, dass der Bösewicht ein weisser Mann war. Ein bewaffneter Täter war in die abgelegene Farm eingebrochen – es gab eindeutige Beweise dafür, dass der Mann den Sicherheitszaun durchtrennt hatte und eingedrungen war – und nachdem die Besitzer ihn beim Versuch, ein Kind zu entführen, überrascht hatten, war es zu einem Schusswechsel gekommen. Furey und Van Rensburg hatten das Fahrzeug des Entführers angehalten, woraufhin der Mann angeblich auf sie geschossen und versucht hatte, zu Fuss mit dem Kind zu fliehen. Die beiden Ex-Polizisten hatten das Feuer erwidert und ihn getötet.

Ein ungutes Gefühl sagte Isaac, dass hinter diesem Verbrechen mehr steckte, als man auf den ersten Blick sah, aber er war froh, diese beiden geplagten Seelen für den Moment in Frieden zu sehen. Nun stürmte die ältere Frau, Sannie Van Rensburgs Mutter, lautstark zum Haus, wobei sie die beiden Kinder überholten.

Tom und Sannie drehten sich um und umarmten die Kinder.

Isaac setzte seine Mütze wieder auf, stieg in sein Auto und fuhr aus dem Tor.

473

DANKSAGUNG

Ein sehr guter Freund von mir, der anonym bleiben möchte, arbeitet seit vielen Jahren als Schutzbeamter für die Londoner Metropolitan Police. Im Laufe seiner Karriere hat er Politiker und andere wichtige Persönlichkeiten, die in aller Munde sind, eng beschützt.

Im Laufe mehrerer Gespräche und E-Mails erklärte er mir die Einzelheiten seiner Arbeit und beantwortete Dutzende von Fragen. Er überprüfte das Manuskript und korrigierte nicht nur meine zahlreichen Fehlinterpretationen, sondern erwies sich auch als kritischer und effizienter Lektoratslehrling. Ich danke dir.

Die Tinga Legends Private Game Lodge sowie Tinga Narina, ihre Schwesterlodge, gibt es wirklich, auch wenn sie den Eigentümer gewechselt haben und jetzt ins Lion Sands-Portfolio der More-Gruppe gehören. Robert und Lesley Engels, Freunde aus Kapstadt, machten mich mit ihnen bekannt und schlugen mir vor, die entsprechenden Szenen dieses Buches dort spielen zu lassen. Ich danke Ihnen beiden und dem damaligen Marketingdirektor, Ian Taylor, für eine sehr gute Idee und einen wunderbaren Aufenthalt.

Glücklicherweise (oder, je nach Sichtweise, unglücklicherweise) ähnelt niemand, den ich in einer der Tinga-Lodges getroffen habe, auch nur im Entferntesten der völlig fiktiven und miesen Carla Sykes.

Obwohl ich nach London reiste, um die in Grossbritannien spielenden Szenen zu recherchieren, half mir mein Freund Ray Philpott, sowohl die Lücken in meinem Gedächtnis wie auch die in meinen unvollständigen Notizen zu füllen, wenn es um einige der im Buch beschriebenen Orte ging. Danke, Kumpel.

Hannelie Dargie, eine Freundin und treue Leserin sowie Tracey Hawthorne, eine Freundin und schonungslos ehrliche Kritikerin, haben das Manuskript auf der Suche nach südafrikaspezifischen Irrtümern und Fehlern in Afrikaans gelesen. Alle, die noch übrigbleiben, sind Traceys Schuld.

Ich danke Dr. Grahame Hammond für die medizinischen Informationen über Kopfverletzungen und dafür, dass er mir während der Monate, die wir 2002 gemeinsam in Afghanistan in der Armee verbrachten, half, bei klarem Verstand zu bleiben.

Mein Dank geht auch an den ehemaligen Tatortermittler Brian Dargie, der mir bei der Inszenierung einiger der Todesfälle geholfen und viele blutige Details über Körperflüssigkeiten geliefert hat.

Mein guter Freund John MacGregor und sein Bruder Rod schlossen sich Nicola und mir, während ich *Silent Predator* schrieb, in Afrika an und begleiteten uns auf einer Fahrt nach Mosambik. Ihre Autovermietung möchte die Details bestimmt nicht wissen, doch haben John und Rod bewiesen, dass es möglich ist, die Strasse vom Krügerpark nach Xai-Xai mit einem kleinen Mietwagen mit Zweiradantrieb zu fahren. Da sich die Strassenverhältnisse in Afrika aber dauern verändern, sollten Sie sich, bevor Sie etwas Ähnliches versuchen, über die örtlichen Bedingungen informieren.

Ohne die Liebe und Unterstützung meiner Frau Nicola, die die langen Zeiten des Schweigens und undendlicher Grübeleien ertragen muss, wenn die Dinge nicht nach Plan laufen, könnte ich nicht tun, was ich tue. Mein Ziel im Leben ist, so gut zu ihr zu sein, wie sie zu mir ist.

Wie immer haben sich meine Mutter Kathy und meine Schwiegermutter Sheila als hervorragende Korrekturleserinnen erwiesen und ich danke ihnen für ihre Hilfe und dafür, dass sie meine Frau und mich bei sich aufgenommen haben.

Ich danke all meinen Freunden bei Pan Macmillan Australien für ihre harte Arbeit an der ersten Ausgabe dieses Buches.

Besonderer Dank geht an Maya von Dach für die Übersetzung dieser Ausgabe ins Deutsche, und an ihre Korrekturlesenden, Luzia und Thomas Wyss-Gassner und Manfred Suter. Maya gibt ihren

Anteil an den Einnahmen aus jedem deutschsprachigen Buch direkt an ihre Lieblings-NGO, WildlifeACT in Südafrika weiter, die sich für Artenschutz mittels Freiwilligenprojekten in verschiedenen Parks, unter anderem in KwaZulu Natal, einsetzt. Eine Empfehlung für alle, die Hand anlegen und Afrika von einer anderen Seite her kennenlernen möchten www.wildlifeact.com.

Und zu guter Letzt: Wenn Sie es bis hierhin geschafft haben, liebe Leserin, lieber Leser, danke ich Ihnen. Sie sind die allerwichtigsten Personen in der Welt des Verlagswesens und des Schreibens.

www.tonypark.net

Auf der Website von Tony Park finden Sie Informationen über aktuelle und künftige deutsche Übersetzungen seiner Bücher.